U0135386

区域卫生信息平台与妇幼保健信息系统

项目指导单位　卫生部信息化工作领导小组办公室
　　　　　　　卫生部统计信息中心

主　编　秦　耕　张　彤　汤学军

副主编　潘晓平　金　曦　张伶俐
　　　　陈瑞典　尹　平

主　审　胡建平

人民卫生出版社

图书在版编目（CIP）数据

区域卫生信息平台与妇幼保健信息系统 / 秦耕等主编.
—北京：人民卫生出版社，2011.4
ISBN 978-7-117-13803-1

Ⅰ. ①区… Ⅱ. ①秦… Ⅲ. ①卫生管理－管理信息系
统－中国②妇幼保健－卫生服务－管理信息系统－中国
Ⅳ. ①R199.2

中国版本图书馆 CIP 数据核字（2010）第 244072 号

门户网：www.pmph.com	出版物查询、网上书店
卫人网：www.ipmph.com	护士、医师、药师、中医
	师、卫生资格考试培训

区域卫生信息平台与妇幼保健信息系统

主　　编：秦　耕　张　彤　汤学军
出版发行：人民卫生出版社（中继线 010-59780011）
地　　址：北京市朝阳区潘家园南里 19 号
邮　　编：100021
E - mail：pmph @ pmph.com
购书热线：010-67605754　010-65264830
　　　　　010-59787586　010-59787592
印　　刷：中国农业出版社印刷厂
经　　销：新华书店
开　　本：889×1194　1/16　　印张：31
字　　数：938 千字
版　　次：2011 年 4 月第 1 版　2011 年 4 月第 1 版第 1 次印刷
标准书号：ISBN 978-7-117-13803-1/R·13804
定　　价：85.00 元

打击盗版举报电话：010-59787491　E-mail：WQ @ pmph.com
（凡属印装质量问题请与本社销售中心联系退换）

编写委员会

主　　编　秦　耕　张　彤　汤学军
副 主 编　潘晓平　金　曦　张伶俐　陈瑞典　尹　平
专家委员会　饶克勤　王才有　许培海　曹丽萍　金水高　刘丽华　徐勇勇
　　　　　　张福林　王临虹　樊延军　杨　琦　丁　辉　杜玉开　安　琳
主　　审　胡建平
编　　委　（按姓氏拼音排序）

陈瑞典	福建省卫生信息协会	饶延华	武汉市江夏区妇幼保健院
陈　献	湖北省妇幼保健院	沈　安	长风开放标准平台软件联盟
陈远方	华中科技大学同济医学院	沈丽宁	华中科技大学同济医学院
陈　忠	武汉市妇幼保健院	石丽华	吉林省妇幼保健院
池开封	云南省丽江市妇幼保健院	汤学军	卫生部统计信息中心
崔　丹	新疆自治区疾病预防控制中心妇幼保健中心	王存库	中国疾病预防控制中心妇幼保健中心
杜其云	湖南省妇幼保健院	王　坤	华中科技大学同济医学院公共卫生学院
符丽玲	昆明市妇幼保健院	王良炯	湖南省妇幼保健院
付　旻	武汉市卫生局	王　萍	厦门市卫生局
宫丽敏	中国疾病预防控制中心妇幼保健中心	王晓蓉	苏州市妇幼保健所
郭光萍	云南省妇幼保健院	魏　桐	广西自治区妇幼保健院
胡荣华	武汉市妇幼保健院	武明辉	北京妇幼保健院
金　曦	中国疾病预防控制中心妇幼保健中心	肖　年	重庆市妇幼保健院
兰凤荣	天津市妇女儿童保健中心	徐育松	湖北省妇幼保健院
李　恒	天津市妇女儿童保健中心	许德俊	福建省卫生信息协会
李丽娟	中国疾病预防控制中心妇幼保健中心	杨春驹	云南省卫生厅
李义民	天津市妇女儿童保健中心	尹　平	华中科技大学同济医学院公共卫生学院
连光利	中国疾病预防控制中心妇幼保健中心	张　斌	武汉市妇幼保健院
林墨菊	柳州市妇幼保健院	张富霞	天津市妇女儿童保健中心
刘毅俊	武汉市卫生局	张伶俐	卫生部妇幼保健与社区卫生司
罗晓东	中国疾病预防控制中心妇幼保健中心	张松卫	安徽省妇幼保健所
聂　妍	中国疾病预防控制中心妇幼保健中心	张　彤	中国疾病预防控制中心妇幼保健中心
潘惊萍	四川省妇幼保健院	张　燕	云南省妇幼保健院
潘晓平	中国疾病预防控制中心妇幼保健中心	张英奎	河北省妇幼保健中心
秦　耕	卫生部妇幼保健与社区卫生司	赵　娟	北京妇幼保健院
裘　洁	卫生部妇幼保健与社区卫生司	赵　萍	昆明市妇幼保健院
瞿　刚	上海市卫生局	郑　涛	上海市长宁区卫生局
		周晓军	重庆市妇幼保健院

致 谢

《区域卫生信息平台与妇幼保健信息系统》是卫生部委托中国疾病预防控制中心妇幼保健中心配合医药卫生体制改革组织开展的《基于区域卫生信息平台的妇幼保健信息系统建设技术解决方案研究》项目重要成果，不仅十分复杂且极具挑战性和创造性。编著工作得到了全国有关单位和企业的大力支持与协助，在此表示感谢！

华中科技大学同济医学院
福建省卫生信息协会
北京妇幼保健院
天津市妇女儿童保健中心
重庆市妇幼保健院
上海市卫生局
云南省卫生厅
云南省妇幼保健院
昆明市卫生局
昆明市妇幼保健院
湖北省妇幼保健院
武汉市卫生局
武汉市妇幼保健院
上海市长宁区卫生局
湖南省妇幼保健院
广西自治区妇幼保健院
柳州市卫生局
柳州市妇幼保健院
苏州市卫生局
苏州市妇幼保健所
安徽省妇幼保健所
河北省妇幼保健中心
四川省妇幼保健院

吉林省妇幼保健院

新疆自治区疾病预防控制中心妇幼保健中心

福建弘扬软件有限公司

成都金石软件有限公司

武汉加州系统工程公司

北京纳米国显科技发展有限公司

北京嘉和美康信息技术有限公司

万达信息股份有限公司

浪潮集团有限公司

杭州华三通信技术有限公司

国投安信数字证书认证有限公司

河北仁方计算机科技有限公司

上海臻鼎电脑科技有限公司

广州市慧通计算机有限公司

序

2010 年，卫生部组织专家研究制定了"十二五"卫生信息化建设发展规划。"十二五"期间我国卫生信息化建设将按照"统一高效、资源整合、互联互通、信息共享"的原则，将建设方向从以往"垂直性"的业务系统全面转到"扁平化"的区域卫生信息化建设上来，着重解决传统业务系统所存在的"信息孤岛"和"信息烟囱"问题，通过实现互联互通和信息共享，支撑建立具有中国特色、以人为本的城乡统筹一体化医疗卫生服务新体系。

实际上，不论是基层业务机构（即医疗服务点）内部应用系统，还是具有垂直管理特点的公共卫生条线系统，传统建设方式之所以很难避免形成"信息孤岛"或"信息烟囱"，除了缺乏统一标准和统筹规划设计外，还有一个非常重要的因素就是没有充分认识到和重视区域层面用于支持跨机构、跨系统高效信息集成和交互协作的公共服务信息平台建设，该平台实质上就是以电子健康档案和电子病历为基础的区域卫生数据中心。通过建立不同区域层级的卫生信息公共服务平台，各医疗服务点业务系统可以很方便、高效地实现"连点成面"，进而"串点成线"，最终实现"横向互联、纵向贯通、条块结合、信息共享"的区域卫生信息化应用蓝图，满足以患者为中心的医疗卫生服务实现跨机构、跨系统甚至跨地域的互联互通和高效协作，整合医疗卫生资源，提高服务质量，降低医药费用，缓解"看病难、看病贵"问题。但是由于公共服务平台属于公共基础设施，并不属于任何一家医疗机构和业务主管部门所有，若没有各级政府的重视和主导以及一个公益的第三方负责管理，单靠各个医疗机构和业务部门自身力量，加上多方面因素的影响，是无法得到良性建设和持续维护运行的。我们非常高兴地看到，目前这一问题已经得到党中央、国务院的充分重视，在《关于深化医药卫生体制改革的意见》中已经明确提出要"加强信息标准化和公共服务平台建设"，卫生部也在"3521 工程"总体设计方案中对平台建设进一步提出了有关技术和管理要求。

为配合推进以健康档案、电子病历和区域卫生信息平台为重点的医改信息化建设，近年来卫生部组织开展了一系列信息标准与关键技术的基础研究工作。一方面，制定了国家、省、地市（区域）三级卫生信息平台建设的技术方案，为卫生领域内部及外部业务系统之间如何科学、高效地实现互联互通和信息交换共享指明了原则思路和技术框架；另一方面，初步制定了电子健康档案、电子病历、业务数据集等底层数据标准以及以共享文档规范为基础的数据交换标准，为基于语义层的信息互认共享奠定基础。与此同时，还针对业务部门关心的如何开发建立符合国家标准和公共服务平台技术架构的业务系统问题，指导开展了应用研究：一是研究针对众多医疗服务点（基层医疗机构）的"基于电子病历的医院信息平台建设技术解决方案"，二是研究针对条线业务系统建设的"基于区域卫生信息平台的妇幼保健信息系统建设技术解决方案"。两项研究工作都是为了指导卫生领域不同性质的业务部门如何避免造就新的"信息孤岛"和"信息烟囱",如何基于公共服务平台实现与其他业务系统间的互联互通和高效共享与协作。其中,"基于区域卫生信息平台的妇幼保健信息系统建设技术解决方案"研究项目是由卫生部信息化工作领导小组办公室委托,在卫生部统计信息中心、妇幼保健与社区卫生司指导下,由中国疾病预防控制中心妇幼保健中心负责组织全国妇幼保健战线的专家、学者共同协作完成。本书为该项研究工作的成果汇编,是去年卫生部统计信息中心正式出版的《电子健康档案与区域卫生信息平台》一书的姊妹篇,是第一部面向业务部门专门介绍基于健康档案和区域卫生信息平台的新一代业务应用系统建设思路和技术架构的业务专著。

全书围绕深化医药卫生体制改革对推进实用共享的医药卫生信息化建设、支撑和规范国家基本公共卫生服务的有关要求,详细阐述了以居民健康档案为核心、以区域卫生信息平台为依托的新一代妇幼保健信息系统建设的有关基本概念、总体设计思路、业务和技术需求以及系统架构方案,首次提出了妇幼保健信息系统的业务模型、功能模型和信息模型,以及技术实现方案与部署模型等内容。目的是指导各地在推进基于健康档案的区域卫生信息化工程中,如何科学、合理、有序地组织开展符合国家标准与规范要求的妇幼保健信息系统建设。本书也可同时为其他领域业务应用系统建设提供一定的参考借鉴。

妇女儿童的健康问题关系到国泰民安。妇幼保健工作是我国基本公共卫生服务体系的重要组成部分,妇幼保健信息系统收集和管理的妇女儿童健康信息是居民电子健康档案的重要数据来源。卫生部制定的"十二五"卫生信息化发展规划中对公共卫生信息化领域有关妇幼保健信息系统建设提出了明确要求。"十二五"期间,妇幼保健信息化建设应在国家卫生信息化整体规划下,统筹实施,实现与相关医疗卫生机构以及相关部门之间的互联互通和业务协同。随着全国医改信息化建设宏伟工程的不断推进,希望在不久的将来,能够看到我国妇幼保健服务及管理工作在信息化应用方面得到快速发展,让广大妇女、孕产妇和儿童更多地感受到深化医改带来的安全、有效、方便、价廉的优质医疗保健服务。

卫生部统计信息中心主任

二〇一〇年十二月三十一日

前　言

　　2008 年，为配合我国新一轮医药卫生体制改革，大力推进医药卫生信息化建设，卫生部信息化工作领导小组提出将"打好三个基础、建好三级平台、提升业务应用系统"作为今后医药卫生信息化建设的重点任务。其目标是在加强我国卫生信息资源规划和信息标准化基础上，大力推动以人的健康为中心、以居民健康档案为基础的区域卫生信息平台与业务应用系统建设，逐步建立医疗卫生机构之间以及与相关部门之间统一高效、互联互通、信息共享的区域卫生协同服务模式，促进解决社会关注的"看病难、看病贵"等问题。这一新的战略思路围绕"以人为本"的医药卫生体制改革中心思想，着重强调以人的全生命周期健康管理、健康决策为目的的区域卫生信息资源规划和充分整合利用，首次提出了以"标准化健康档案"数据中心为核心的区域卫生信息化建设模式。通过构建基于健康档案的区域卫生信息平台及与其信息流程、运行模式相适应的各类业务应用系统，旨在消除"信息孤岛"和"信息烟囱"，实现不同医疗卫生机构之间的互联互通和信息共享，减少患者重复检查和重复用药，降低医疗费用，提高医疗服务和卫生管理决策的质量和效率。

　　以健康档案为核心的区域卫生信息化建设是一项非常复杂的系统工程，其业务范围涉及医疗服务、疾病控制、妇幼保健、社区卫生等各个卫生业务方面，在关键技术上涉及数据交换、数据存储、信息安全、信息标准等，以及管理模式、保障机制、法制建设等管理问题。为在国家级层面制定一整套区域卫生信息化建设所需要的标准、规范和技术方案，及时加强对各地业务指导和规范管理，2008～2009 年间卫生部信息化工作领导小组办公室、卫生信息标准专业委员会、统计信息中心会同相关业务司局组织开展了一系列国家卫生信息标准基础与技术应用研究，至 2009 年底已取得多项重要成果，主要包括三类：①数据标准，包括《健康档案基本架构与数据标准（试行）》和《电子病历基本架构与数据标准（试行）》；②平台标准，包括《基于健康档案的区域卫生信息平台建设指南（试行）》和《基于健康档案的区域卫生信息平台建设技术解决方案（试行）》；③应用系统标准，包括《基于区域卫生信息平台的妇幼保健信息系统建设技术解决方案》、《基于电子病历的医院信息平台建设技术解决方案》等。

　　本书是已出版的《电子健康档案与区域卫生信息平台》姊妹篇。书中阐述了以电子健康档案和区域卫生信息平台为基础的新一代妇幼保健信息系统建设的有关基本概念、总体设计思路和业务需求，制定了妇幼保健信息系统的业务模型、功能模型和信息模型，以及系统技术实现方案与部署模型，是指导各地在基于健康档案的区域卫生信息化建设中开展妇幼保健信息系统建设的技术指南和规范化依据。本书也可为区域卫生信息化建设中的其他业务应用系统建设提供技术参考。

　　本书主要在概念层和逻辑层提出以健康档案和区域卫生信息平台为基础的妇幼保健信息系统建设的技术解决方案，不涉及规定具体信息技术或产品，具有普遍的适用性和指导意义。各地在开展实际建设中应依据本书提出的方法学和技术路线，结合各自需求、应用规模和资源条件确定适应本地要求的建设重点和具体实施方案。

本书内容除前言外，共分为十一章：

第1章　概述　介绍本书的编制背景和意义；列举书中涉及的主要规范性引用文件；阐述书中涉及的部分关键概念以及概念之间的相互关系，如健康档案、区域卫生信息平台、妇幼保健信息系统等。

第2章　总体设计思想　通过分析妇幼保健信息系统的领域特点以及传统设计思路的局限性，详细阐述以健康档案和区域卫生信息平台为基础的新一代妇幼保健信息系统建设的总体设计思路；并介绍本书所采用的技术路线及有关方法学，包括信息资源规划（IRP）、统一建模语言（UML）、HL7（Health Leval Seven）开发框架（HDF）、面向服务的体系架构（SOA）等。

第3章　需求分析　从满足妇幼保健服务与管理需求，实现基于健康档案和区域卫生信息平台的业务应用系统互联互通角度，全面分析、阐述妇幼保健信息系统的业务需求、功能需求和数据需求。

第4章　业务模型　通过组织机构模型、业务场景、领域模型的建立，全面描述妇幼保健领域内部业务活动、妇幼保健领域与其他机构之间的协同业务关系。

第5章　功能模型　通过用例分析描述妇幼保健信息系统的功能范围、作用及相应的参与者。

第6章　信息模型　通过结构分析及行为分析，分别产生静态和动态的妇幼保健信息系统的信息模型。描述信息对象中所包含的属性和活动，以及信息对象之间的逻辑关系。在妇幼保健信息系统与区域卫生信息平台的交互方面，通过基本业务活动分析，借鉴 HL7 的 R-MIM 模型，建立妇幼保健信息系统与区域卫生信息平台之间的交互信息模型。

第7章　系统架构　阐述妇幼保健信息系统的体系架构、业务服务模式、数据资源模式、应用表现模式，区域卫生信息平台提供的基础服务、接口服务和基于平台的业务应用，以及妇幼保健业务子平台的功能与服务、安全保障体系与信息标准体系等。

第8章　技术架构　阐述妇幼保健信息系统的技术架构，主要在概念层面上重点描述业务逻辑层、数据架构层和表示层等。

第9章　网络与基础设施　阐述妇幼保健信息系统的网络与基础设施，包括整体框架、网络基础设施、服务器与存储等方面。依据不同的建设规模从网络构建、应用设计、网络管理、应用部署等方面提供解决方案。

第10章　安全保障体系　阐述妇幼保健信息系统所涉及的安全保障机制和环境，从多个角度描述安全环境、基础设施、业务系统、应用数据等环节的安全保障措施，包括了物理安全、网络安全、应用安全和安全管理与运维等方面。

第11章　项目管理　通过分析基于区域卫生信息平台的妇幼保健信息系统建设的项目目标与特点，从确定项目范围、项目规划、项目组织、项目管理、项目技术、项目实施、项目监控等所有环节，阐述项目管理的各种措施，并提炼项目管理的各种要素，完成项目建设全过程的需求。

编写委员会

2010 年 12 月

目 录

第1章

概　述

1.1　背景和意义

中共中央、国务院《关于深化医药卫生体制改革的意见》明确提出：大力推进医药卫生信息化建设。将建立以人为本、实用共享的医药卫生信息系统作为深化医药卫生体制改革、建设服务型政府、促进实现医药卫生事业健康发展的重要手段和技术支撑。按照国务院医药卫生体制改革领导小组的统一要求，当前医药卫生信息化建设的重点是"打好三个基础、建好三级平台、提升业务应用系统"。从2009年起要逐步为全民建立标准化健康档案，建设以健康档案为基础的区域卫生信息平台，并提升业务应用系统，构建医疗卫生机构之间的互联互通、信息共享机制，实现区域卫生协同，惠及居民。这一全新的、具有中国特色的卫生信息化建设理念为解决长期困扰我国卫生领域的"信息孤岛"、"信息烟囱"问题提供了系统性的解决方案和长远的战略发展思路。

为了积极配合深化医药卫生体制改革各项措施的贯彻落实，加强全国各地居民健康档案和区域卫生信息平台的规范化建设和技术指导，2009年卫生部组织制定并相继发布了《健康档案的基本架构与数据标准（试行）》、《电子病历的基本架构与数据标准（试行）》、《基于健康档案的区域卫生信息平台建设指南（试行）》和《基于健康档案的区域卫生信息平台建设技术解决方案（试行）》等一系列规范和标准。按照医改工作部署，2010年开始在全国范围内将逐步启动以居民健康档案和区域卫生信息平台为基础的区域卫生信息化建设工程。

区域卫生信息化建设主要涉及四大要素，缺一不可。一是电子化居民健康档案，二是基于健康档案的区域卫生信息平台，三是基于区域卫生信息平台的业务应用系统，四是国家统一的信息标准与规范。其中健康档案是核心，区域平台是支撑，信息标准是基础，而业务系统则是实现医疗卫生机构信息化、保证健康档案"数出有源"的前提条件。在新的区域卫生信息化建设模式下，如何依托标准化健康档案和区域卫生信息平台的建设，有效提升各类医疗卫生机构运行使用的业务应用系统互联互通性，是当前推进医药卫生信息化建设任务中亟须研究解决的重点问题。

妇幼保健工作是医药卫生体制近期五项重点改革中"促进基本公共卫生服务逐步均等化"的国家公共卫生服务项目。妇幼保健信息系统是医药卫生体制改革需要重点建设的公共卫生信息系统重要组成部分，其收集和管理的特殊人群（妇女、儿童）健康个案信息是居民健康档案的主要组成内容和重要信息来源。在医药卫生体制改革的推动下，以健康档案为核心的区域卫生信息化建设对妇幼保健领域信息化提出了新的任务和更高要求，为妇幼保健信息系统带来了更加丰富的内涵和更广阔的应用前景。

基于国家卫生信息化发展规划的战略高度，及时开展以标准化健康档案和区域卫生信息平台为基础的新一代妇幼保健信息系统建设技术解决方案研究和试点示范建设，是认真按照医药卫生体制改革要求，具体落实居民健康档案和区域卫生信息平台建设、大力提升业务应用系统的重要举措。本书的制定和应用推广,不仅将在推进业务领域信息化建设方面发挥良好的示范作用,而且必将有力地促进我国妇幼保健领域各项卫生改革措施的贯彻落实,降低孕产妇死亡率和婴儿死亡率,减少出生缺陷和残疾的发生,提高妇女儿童健康水平,具有重要的现实意义。

1.2 规范性依据

本书严格遵循了相关的国家法律、法规、业务规范与标准的要求,主要参照的规范性文件如下:
(1)《中华人民共和国母婴保健法》,1994
(2)《中华人民共和国人口与计划生育法》,2001
(3)《中华人民共和国传染病法》,2004
(4)《中华人民共和国电子签名法》,2004
(5)《中华人民共和国统计法》,2009
(6)中共中央、国务院《关于深化医药卫生体制改革的意见》,2009
(7)国务院《〈中华人民共和国母婴保健法〉实施办法》,2001
(8)国务院《计划生育技术服务管理条例》,2001
(9)国务院《关于印发医药卫生体制改革近期重点实施方案(2009—2011年)的通知》,2009
(10)卫生部《全国城市围产保健管理办法(试行)》,1987
(11)卫生部《农村孕产妇系统保健管理办法(试行)》,1989
(12)卫生部《母婴保健专项技术服务基本标准》,1995
(13)卫生部《婚前保健工作规范》,2002
(14)卫生部《产前诊断技术管理办法》,2002
(15)卫生部《新生儿疾病筛查技术规范》,2004
(16)卫生部《常用计划生育技术常规》,2004
(17)卫生部《妇幼保健信息系统基本功能规范(试行)》,2008
(18)卫生部《妇幼保健信息系统网络支撑平台技术指南(试行)》,2008
(19)卫生部《国家基本公共卫生服务规范(2009年版)》,2009
(20)卫生部《城乡居民健康档案管理服务规范》,2009
(21)卫生部《全国儿童保健工作规范(试行)》,2009
(22)卫生部《新生儿疾病筛查管理办法》,2009
(23)卫生部《健康档案基本架构与数据标准(试行)》,2009
(24)卫生部、国家中医药管理局《电子病历基本架构与数据标准(试行)》,2009
(25)卫生部《基于健康档案的区域卫生信息平台建设指南(试行)》,2009
(26)卫生部《基于健康档案的区域卫生信息平台建设技术解决方案(试行)》,2009
(27)卫生部《全国妇幼卫生调查制度》,2010

1.3 基本概念

居民健康档案建设是深化医药卫生体制改革、建立实用共享的医药卫生信息系统、促进实现基本公共卫生服务均等化的重要手段。区域卫生信息平台则是构建实时、动态的电子化健康档案的基础支撑平台,是以健康档案为核心、为各类业务应用系统提供互联互通和共享服务的信息枢纽。妇幼保健信息系统属于需要重点提升的公共卫生领域业务应用系统,其管理的信息是健康档案内容的重要组成部分。正确地理解健康档案和区域卫生信息化建设中的相关概念,理清妇幼保健信息系统在健康档案和区域卫生信息平台中的地位以及相互之间的关系,是全面客观做好新一代妇幼保健信息系统需求分析和科学合理设计的前提基础。

　　为方便对本书的内容快速阅读和理解，这里仅就书中涉及的部分重点概念进行阐述，更多的概念及解释参见《电子健康档案与区域卫生信息平台》。

健康档案与电子健康档案（ electronic health record，EHR ）

　　《健康档案基本架构与数据标准（试行）》中对健康档案进行了明确的定义，指出健康档案是居民健康管理（疾病防治、健康保护、健康促进等）过程的规范、科学记录。健康档案是以居民个人健康为核心，贯穿整个生命过程，涵盖各种健康相关因素、实现信息多渠道动态收集，满足居民自我保健和健康管理、健康决策需要的信息资源。健康档案通过在区域范围多渠道动态收集居民个人的全生命周期的健康相关信息，成为个人健康信息的最全面和最客观的记录载体。健康档案的建立和充分利用，不仅能满足预防、保健、医疗、康复、健康教育、医疗保障等居民健康动态管理、预警预测和医疗卫生机构协同服务的需要，也能满足居民个人使用健康档案信息，识别健康危险因素、改变不良生活方式和行为、加强自我保健的需求。见图 1-1。

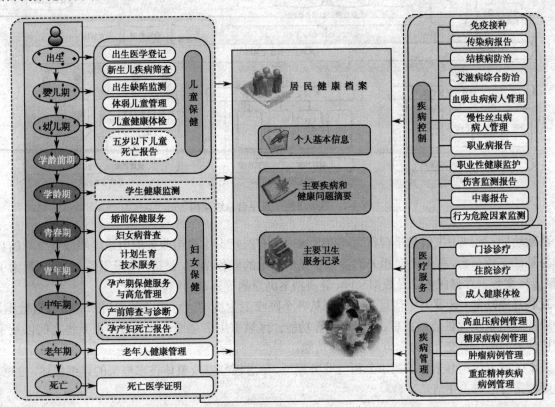

图 1-1　健康档案内容架构

　　电子健康档案，即电子化的健康档案，其信息主要来源于区域内医疗卫生机构运行使用的各类业务应用系统。电子健康档案对这些业务应用系统的信息需求并非全部，具有高度的目的性和抽象性。除非特别说明，本书内容文字中的健康档案均指电子健康档案。

　　关于健康档案的系统架构、基本内容和信息来源以及数据标准的详细描述，参见《健康档案基本架构与数据标准（试行）》的有关章节。

基于健康档案的区域卫生信息平台（ EHR-based regional health information network，EHR-RHIN ）

　　基于健康档案的区域卫生信息平台（以下简称：区域卫生信息平台）是指连接区域范围内各类卫生

业务应用系统,以居民健康档案信息的采集、交换、存储为基础,支撑各类医疗卫生机构实现互联互通、信息共享和联动协同工作的公共服务信息平台和区域卫生数据中心。

区域卫生信息平台的功能主要包括基础功能和互联互通功能,见图 1-2。

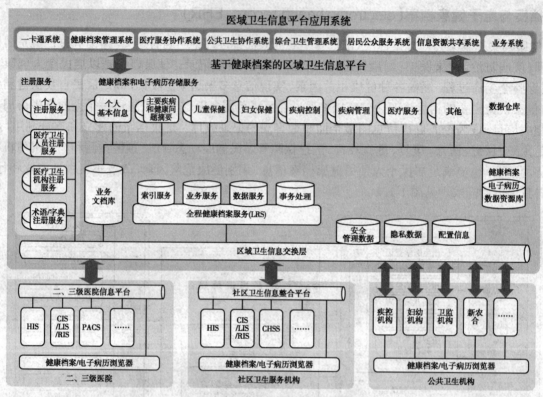

图 1-2　区域卫生信息平台系统架构

基础功能: 区域卫生信息平台作为连接区域内所有医疗卫生机构业务应用系统和服务终端的数据共享与基础支撑平台,首先要向相关的参与者提供基础的服务功能,包括:注册服务、健康档案索引服务、健康档案数据存储服务以及数据仓库、健康档案浏览器等基础功能。

互联互通功能: 区域卫生信息平台需要从各个医疗卫生机构运行的业务应用系统中获取数据,并为各业务应用系统提供信息共享、协同服务等功能。区域卫生信息平台与业务应用系统之间以及平台内部构件之间的信息交互,均称为互联互通功能。

关于区域卫生信息平台的需求分析与业务模型、信息模型以及整体技术框架的详细描述,参见《电子健康档案与区域卫生信息平台》。

互联互通性(interoperbility)

互联互通性是指一个系统能够正确使用其他系统生成的数据的能力。即系统之间能够传输数据,并且这些数据能够被系统准确地理解。互联互通性可以视为系统与系统之间进行协作的技术规范,它包含两个层面的含义,第一个层面是指系统与系统之间能够进行数据交换,即消息层互联;第二个层面是指系统能够识别并准确理解被交换数据的含义,能够按照预期操作进行,即语义层互通。

一般将互联互通性分为功能(语法)互联互通性和语义互联互通性两类。功能(语法)互联互通性是指两个或多个系统之间通过设定功能和定义报文结构进行信息交换的能力。语义互联互通性是指两个或多个系统共享的信息能够按原有定义被理解的能力。语义互联互通性是实现无歧义信息共享的前提条件,涉及数据的整合、概念、术语、域模型和数据模型以及信息(数据)框架的一致性问题。

妇幼保健信息系统（maternal and child health care information system，MCHIS）

《妇幼保健信息系统基本功能规范（试行）》中对妇幼保健信息系统进行了基本定义，指出妇幼保健信息系统是指按照国家有关法律法规和政策的要求，以计算机技术、网络通信技术等现代化手段，对妇幼保健机构及相关医疗保健机构开展的妇幼保健工作各主要阶段的业务和管理等数据进行采集、处理、存储、传输及交换、分析与利用的业务应用系统。妇幼保健信息系统以服务居民个人为中心，兼顾管理与决策需要，是妇幼保健相关机构对其服务对象进行长期、连续的系统保健服务和开展科学管理的重要技术支撑手段。

健康档案信息来源于医疗卫生机构向居民个人提供各项卫生服务（或干预措施）过程中产生的相关卫生服务记录，并通过各类业务应用系统和区域卫生信息平台实现在卫生服务过程中健康相关信息的数字化采集、整合和动态更新。其基本内容涉及基本信息、儿童保健、妇女保健、疾病控制、疾病管理和医疗服务等六个业务域，各业务域的记录信息分别由相应的业务应用系统负责采集和运行管理。妇幼保健信息系统是健康档案中儿童保健和妇女保健两个业务域的主要信息来源，是以健康档案为核心的区域卫生信息化建设中需要重点建设的公共卫生领域业务应用系统之一。

基于区域卫生信息平台的妇幼保健信息系统（RHIN -MCHIS）

基于区域卫生信息平台的妇幼保健信息系统应该遵循区域卫生信息资源规划，符合健康档案数据标准，并依托区域卫生信息平台与其他相关业务应用系统之间实现互联互通、信息共享和协同联动，从而达到提高妇幼保健服务质量和效率，加强妇幼保健服务过程监管与综合决策支持能力的目的。是深化医药卫生体制改革形势下推动妇幼卫生事业健康快速发展不可或缺的重要基础设施与支撑环境。

基于区域卫生信息平台的妇幼保健信息系统在逻辑架构上可划分为妇幼保健服务系统和妇幼卫生管理系统两大组成部分。其中妇幼保健服务系统是指部署在各个妇幼保健服务点（即直接面向服务对象具体提供各项妇幼保健服务项目的有关医疗卫生机构），用于支撑儿童保健和妇女保健各项服务功能，并完成信息采集与上报的业务应用系统。妇幼卫生管理系统是指部署在妇幼保健机构和妇幼卫生行政管理部门，面向妇幼保健服务提供者，实现对辖区妇幼保健服务工作进行全面、动态监管，以及预警预测和综合决策的业务管理信息系统。见图 1-3。

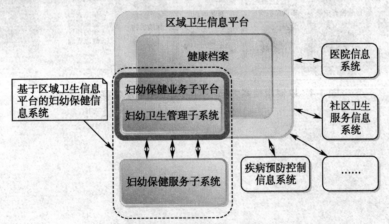

图 1-3　妇幼保健信息系统与区域卫生信息平台逻辑关系图

除非特别说明，本书后续内容中所称"妇幼保健信息系统"均指"基于区域卫生信息平台的妇幼保健信息系统"。

区域卫生信息化建设（regional health informationization）

区域卫生信息化是指按照"统一高效、资源整合、互联互通、信息共享"建设策略，以区域为基本建设单元，在统一的区域卫生信息资源规划和信息标准化基础上，开展的以全生命周期居民健康档案为核心的区域卫生信息平台建设，以及基于区域卫生信息平台的公共卫生、医疗服务、卫生监管、卫生应急等各类业务应用系统建设。目的是实现区域范围内各类医疗卫生机构之间以及与相关部门之间互联互通和信息共享，提升医疗卫生服务质量，方便百姓就医，创新服务模式，加强服务监管，促进科学决策，推动卫生事业健康、快速发展。这里的区域主要指行政区划中的地级市(或直辖市的区县)。

区域卫生信息化建设主要涉及四大要素，缺一不可。一是电子化居民健康档案，二是基于健康档案的区域卫生信息平台，三是基于区域卫生信息平台的业务应用系统，四是国家统一的信息标准与规范。其中健康档案是核心，区域平台是支撑，信息标准是基础，而业务系统则是实现医疗卫生机构信息化、保证健康档案"数出有源"的前提条件。见图1-4。

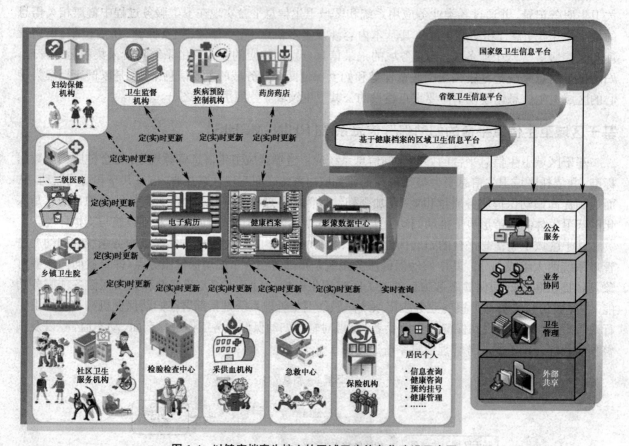

图1-4 以健康档案为核心的区域卫生信息化建设示意图

第 2 章

总体设计思想

本书在准确理解健康档案、区域卫生信息平台和业务应用系统等各项关键概念基础上，通过分析妇幼保健业务和妇幼保健信息系统的领域特点，以及传统认识上的妇幼保健信息系统设计思路及其局限性，围绕以健康档案为核心的区域卫生信息化建设总体要求，提出基于区域卫生信息平台的新一代妇幼保健信息系统总体设计思路和技术路线，并在设计中遵循、采用国际通用、便于相互理解和共享的方法学。

2.1 现状分析

2.1.1 妇幼保健业务特点

妇幼保健工作作为一项具有中国特色、保健与临床并重的公共卫生条线业务，主要包括妇幼保健服务和服务监管两个层面的业务内容，具有参与协作机构多和时间跨度长等特点。其中，妇幼保健服务是由辖区范围内相关医疗保健机构承担，面向特定服务对象（妇女和儿童）提供的有计划、连续的专项系统保健服务。一项系统、完整的妇幼保健服务一般可分解为多个相对独立、又相互关联的业务服务活动，这些业务服务活动的具体执行可能需要多个相关医疗保健机构、在一定的时间段内联动协作完成，相关医疗保健机构包括妇幼保健机构、承担妇幼保健服务的医院和社区卫生服务机构、乡镇卫生院以及卫生领域外相关部门等（图 2-1）。而服务监管则是由业务主管部门负责，在妇幼保健服务过程中针对各项服务提供的质量、效率、效果等进行动态业务监管，以指导和保证妇幼保健工作按目标、按计划完成。监管工作不仅在辖区范围实施，而且需要从上（国家级）至下（县区级）进行逐级业务管理和业务指导，各项监管职能由国家、省、市、县区各级卫生行政部门及其授权的各级妇幼保健机构负责（图 2-2）。

2.1.2 妇幼保健信息系统的逻辑特性

妇幼保健的业务特点决定了妇幼保健信息系统具有不同于一般业务应用系统的领域特性。一般业务应用系统如医院信息系统、社区卫生服务信息系统等，系统功能完整，一般只被一个特定的机构用户使用，且限于在该机构内部封闭运转。而妇幼保健信息系统是一种需要跨机构甚至跨地域运行的、"逻辑完整、物理分散"的开放式信息系统，或称为"领域信息系统"。即从逻辑结构上看，其系统功能完整，支撑整个妇幼保健业务运转；但从物理结构上看，实际是由相互独立、面向不同业务层面（服务和监管两个层面）、分散在多个不同机构中运行的若干业务子系统，按照一定的业务规则有机组合而成。传统上所谓的妇幼保健信息系统实质上是一个逻辑概念。

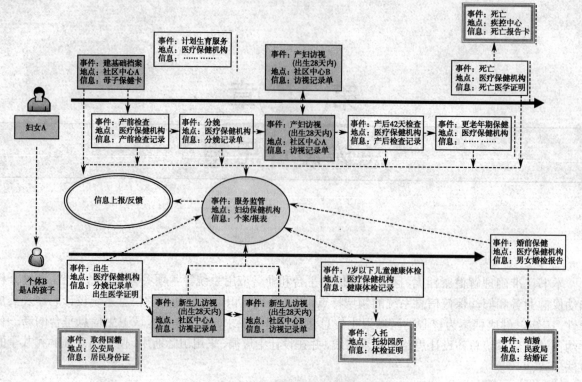

图 2-1　妇幼保健服务与信息流程示意图

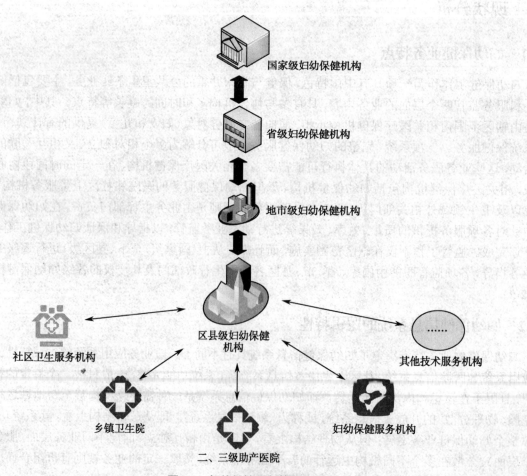

图 2-2　妇幼保健业务管理架构

2.1.3　传统认识上的妇幼保健信息系统设计思路

在医药卫生体制改革提出全面加强以居民健康档案为核心的区域卫生信息平台建设战略路线之前,由于体制机制、信息化认识水平以及技术资源等条件限制,传统的妇幼保健信息系统设计思路通常是:

(1) 系统功能完整、封闭运行。系统结构和功能完整,由多个业务子系统组成,且从信息的采集、处理、传输与交换、存储以及分析利用等全部在一个封闭式系统环境中完成,支撑妇幼保健工作的各项服务和管理业务活动在整个跨机构执行过程中的正常开展和延续。

(2) 数据独立采集、专项管理。独立建立本领域的专项健康档案(妇女保健档案和儿童保健档案等),并在区域范围通过各业务子系统从各业务活动的具体执行机构直接采集所需的完整的服务对象健康信息。

传统认识上的妇幼保健信息系统可分解为三个层次结构。第一层负责数据采集与数据上传,通过部署到各业务活动执行机构的应用系统客户端实现;第二层负责业务过程的全流程控制和数据集中存储,通过本领域独立的业务信息平台和业务数据中心完成;第三层基于业务信息平台和业务数据中心负责业务数据分析及综合利用,用于妇幼保健业务管理和决策支持(图 2-3)。

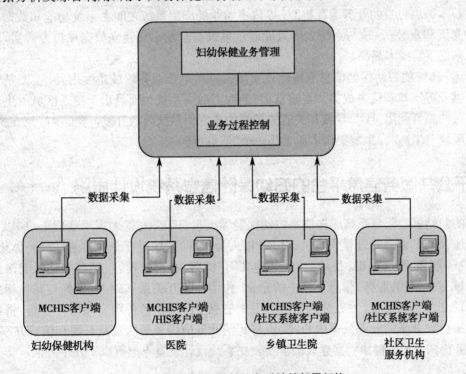

图 2-3　传统妇幼保健信息系统的部署架构

2.1.4　传统设计的局限性

传统的妇幼保健信息系统设计存在着明显的局限性。首先在系统功能规划方面,由于区域化的妇幼保健工作需要一个开放式的领域信息系统支撑,妇幼保健信息系统实际上是一个逻辑概念。而传统的建设思路往往将其设计为一个封闭式的系统环境,变成了物理概念。针对妇幼保健服务和监管两方面业务工作进行一体化统一开发,并且延伸到各相关保健服务机构中部署业务应用系统客户端,用于独立采集数据。这种典型的"烟囱式"条线业务系统建设方式,不可避免地造成一体化设计的妇幼保健信息系统各业务应用子系统与各保健服务机构中自建的内部业务系统之间,在部分业务域和功能域上发生交叉重叠和冲突,系统重复建设、数据重复采集和上报(如孕产妇死亡报告、儿童死亡报告等系统),这一问题在社区、乡镇基层卫生服务机构中尤为突出。其次在数据资源管理方面,由于缺乏信息共享条件,传统的妇幼保健信息系统为了实现对服务对象健康信息的全面掌握,满足本条线业务领域的管理需求,在数据规划和数据管理上,必须进行完全独立的控制。要求建立专属于妇幼保健领域的专项健康档案和集中管理的业务数据中心,并通过业务系统客户端直接从各相关服务提供机构采集所需要的数据。

由于传统的其他卫生业务领域在信息系统功能设计和数据资源规划管理方面也大多存在类似问题,导致的结果是:对服务对象而言,因为不同的健康或疾病问题需要往返于多个机构、建立多"卡"多"册",且彼此间信息不能共享,本属于自己完整的健康信息游离在多个机构,并且可能导致重复检查甚至重复治疗,也很难得到及时的追踪随访服务;对医疗保健机构而言,同一个服务对象的相同数据可能需要按照不同"条线管理"的要求进行重复采集、重复登记、重复上报,且难以从其他机构获得需要的共享数据,工作效率低下、基层工作人员苦不堪言;对卫生行政管理部门而言,需要重复投入建设多种类型的专项健康档案和领域(条线)业务数据中心,而由于"数出多门",这些不同的专项档案和数据中心中分别收集、存储的数据在一致性方面存在较大问题,甚至相互矛盾,不能满足区域层面对居民健康信息综合利用和科学决策的需要。

此外,在互联互通性方面,由于缺乏以人为中心的卫生信息资源整体规划及标准化,传统的业务系统设计只关心本领域自身的业务运行机制,导致不同业务应用系统之间在系统功能和数据资源上必然存在一定的交叉和重叠,系统与系统之间只能通过系统整合及相互建立数据接口方式实现信息交换,互联互通效率低下且成本高昂。

综上所述,传统的妇幼保健信息系统建设实际上是从单个业务领域角度出发,主要是为妇幼保健领域自身提供业务支撑和信息服务、"自建自用"的业务应用系统。而且由于缺乏区域卫生信息资源整体规划和高效的整合利用机制,导致相关业务领域的各应用系统分散开发,不能很好地支持互联互通、信息共享和区域卫生协同,系统架构本质上是一个"信息烟囱"。

2.2 基于公共服务信息平台的妇幼保健信息系统设计思路

新一代的妇幼保健信息系统应在满足妇幼保健领域自身服务与管理需求基础上,向以"人的健康"为中心的全生命周期健康管理模式发展,体现"以人为本"的区域医疗卫生信息系统一体化设计理念。严格按照"统一规划、统一标准、集成开发、共建共用"原则,在准确理解、把握妇幼保健信息系统在健康档案和区域卫生(公共服务)信息平台中的定位、作用和相互关系基础上,做好与其他相关业务应用系统的统筹规划和资源整合,并充分利用区域卫生信息平台提供的各项公共服务功能,搭建高效统一的业务管理平台及共享的业务数据中心,实现与其他业务应用系统的互联互通和信息共享,满足区域医疗卫生服务协同及居民健康档案建设的需要。在系统设计上重点把握以下几个方面:

2.2.1 突出以人为本,实现全生命周期健康管理

深化医药卫生体制改革的核心是强调"以人为本"。要求从卫生服务理念、医疗卫生制度、卫生服务模式和服务手段等各方面充分体现以服务居民个人为中心的改革思想,以提高有限卫生资源的可及性和公平性,促进解决老百姓"看病难、看病贵"等问题。以居民健康档案和区域卫生信息平台建设为重点的医药卫生信息化战略规划和各项任务的提出,是贯彻落实"以人为本"改革思想的具体举措。

为适应新形势的要求,在业务应用系统建设上,应树立以"人的健康"为中心的全程服务理念,以实现居民全生命周期健康管理为目标,将建设的重点从传统的"面向领域、重业务管理"及时转向"面向区域、重服务个人"。站在服务全局的高度,通过开展全面、系统的区域卫生信息资源规划,优化业务流程和服务模式,提高服务质量和效率,满足"惠及居民、服务应用"的卫生信息化战略要求。

2.2.2　整合数据资源，实现业务数据中心共建共用

　　妇幼保健信息系统不是孤立的业务应用系统，而是整个区域卫生信息化业务应用体系中的一个重要成员，妇幼保健信息系统所管理的特定服务对象(妇女、儿童)的专项健康数据，只是服务对象在整个生命进程中形成的完整健康信息的一部分。正确地认识和处理好妇幼保健信息系统与其他业务应用系统(如医疗服务、疾病控制和社区卫生等)在数据资源建设上的相互衔接和互为补充的协作关系，在区域层面实现跨领域、跨系统的数据资源整合，是实现相关业务应用系统共同支撑全程一体化健康管理服务的重要基础。新一代妇幼保健信息系统应在做好区域卫生信息资源规划和数据标准化基础上，将基于"领域业务数据中心"的传统烟囱式系统建设模式转变为基于"区域业务数据中心"的集成化开发模式，实现业务数据中心的"共建共用"，彻底取消系统间的"数据接口"，满足"统一高效、资源共享"的区域卫生信息化建设总体要求，见图 2-4。

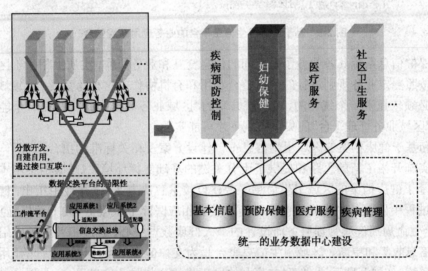

图 2-4　基于数据资源整合的共享业务数据中心

2.2.3　优化系统体系架构，实现区域业务高效协作

　　由于妇幼保健工作是由一系列服务和管理业务活动有机组成，这些业务活动的具体执行和业务数据产生的源头可能涉及多个医疗服务机构和业务管理部门。为加强信息资源高效整合和充分利用，避免系统功能重复建设和数据重复采集，应首先打破领域和条块限制，通过对区域范围内与人的全生命周期健康管理相关的各业务领域进行全面的业务需求、业务流程和职能边界分析与统筹规划，按照"数据从哪里来、功能就归哪里"的原则，做好妇幼保健信息系统以及相关业务应用系统的功能域重组、数据流程再造以及功能模型的优化设计，将负责数据采集的服务应用和负责数据分析的管理应用合理地区分开来，避免底层相关应用系统之间的功能交叉重叠，改变传统封闭式的妇幼保健信息系统建设格局，回归领域信息系统的逻辑特性。使逻辑架构下的妇幼保健信息各业务子系统，在区域卫生信息平台的基础支撑下，具备"统一高效、各司其职"的协作能力，能够共同、有机地参与到妇幼保健业务活动中来，从根本上消除"信息孤岛"和"信息烟囱"，见图 2-5。

2.2.4　立足区域卫生信息平台，构建条线业务应用系统

　　如前所述，妇幼保健信息系统是一个由多个业务子系统逻辑组成的领域信息系统。经过与相关业务应用系统整合后，这些业务子系统逻辑上均隶属于妇幼保健业务范畴，但物理层面实际上分别归属于不同业务应用系统的功能域，且分散在区域范围内不同的医疗保健机构中运行和采集数据。因此，

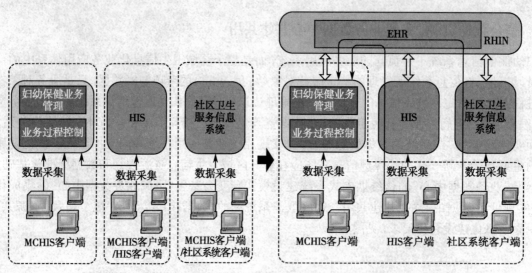

图 2-5　基于区域卫生信息平台的业务应用系统整合

逻辑上的妇幼保健信息系统其各业务子系统间的信息交互和业务协作,实质上相当于区域内多个业务应用系统之间按照一定业务规则进行的信息整合利用和有机协作。这种跨系统、跨领域的信息整合利用与协作显然必须依托于一个统一的、多系统共享的"区域业务数据中心",并在一个能连接各相关业务应用系统的"区域业务管理平台"的集中控制下才可能实现。

　　健康档案和基于健康档案的区域卫生信息平台建设方案及相关标准的出台,为新一代妇幼保健信息系统的建设实施开拓了新的思路和提供了十分关键的基础支撑环境。《健康档案基本架构与数据标准(试行)》和《基于健康档案的区域卫生信息平台建设技术解决方案(试行)》中指出,健康档案是人从出生到死亡全过程中出现各种疾病或健康问题和接受相应医疗卫生服务(或干预措施)的完整健康记录,是为支持全生命周期健康管理服务而设计的个人健康数据中心,通过相关业务应用系统的运行与协作实现动态信息收集和更新。区域卫生信息平台是为支撑健康档案建设而设计的,用于连接区域内各类业务应用系统,实现互联互通、信息共享和协同工作的公共服务信息平台,是以区域内健康档案的信息收集和管理为核心、整合各业务领域数据资源的区域卫生数据中心。区域卫生信息平台一方面向区域内所有业务应用系统提供公用的基础服务功能,如个人身份注册与识别、健康档案索引服务、数据存储服务等;另一方面为各业务应用系统提供基于区域卫生数据中心的信息共享和协同服务等互联互通功能。实际上,利用"区域卫生信息平台"提供的各项基础服务和互联互通功能,能够使业务应用系统所需要的"区域业务管理平台"得以高效、简捷和十分经济的搭建,能很方便地实现与其他业务应用系统的资源整合和互联互通。"区域业务管理平台"可以视为"区域卫生信息平台"上的业务子平台。

　　区域卫生信息平台所承担的区域卫生数据中心角色,逻辑上也分为两个层次。其一是"健康档案数据中心",主要负责相对静态、结果性的健康档案记录信息的集中存储和服务管理;其二是"区域业务数据中心",存放的是业务应用系统之间需要交换共享以及健康档案需要的数据,在"区域业务管理平台"直接控制下,从连接的各业务应用系统中进行数据动态抽取和整合。健康档案信息来源于业务应用系统,但并不直接与业务应用系统发生信息交互,而是通过搭建在区域卫生信息平台上的"区域业务管理平台"和"区域业务数据中心"来间接实现的。业务应用系统首先通过"区域业务管理平台"将采集的数据提交到"区域业务数据中心",以完成相关业务活动之间的动态的信息交互、信息整合和协同服务,待业务活动阶段性完成后再将结果性数据上传到"健康档案数据中心",完成健康档案数据的静态存储以及提供数据二次利用等服务。

　　综上所述,新一代妇幼保健信息系统应是基于区域卫生信息平台的业务应用系统,通过在区域卫生信息平台上构建的"区域业务管理平台"和共享的"区域业务数据中心",实现妇幼保健领域信息的收集、整合和综合利用,以及与其他业务应用系统间的互联互通和业务协同。同时,基于区域卫生信息平台的妇幼保健信息系统也是健康档案中儿童保健域和妇女保健域的主要信息提供者和信息利用者,并承担着为其他业务域推送和从中获取共享信息的任务,在与其他业务应用系统有机协作过程中实现健康档案的"共建共用"、保证健康档案成为"活档案"和具有更大的利用价值,见图 2-6。

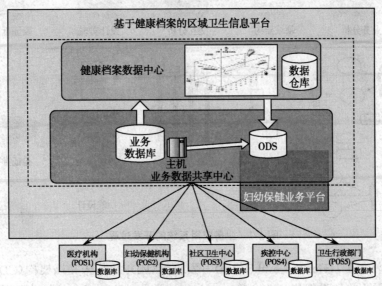

图 2-6　基于区域卫生信息平台的妇幼保健信息系统

2.2.5　遵循卫生信息标准与规范,实现信息互联互通

以健康档案为核心的区域卫生信息化建设旨在逐步建立一套基于语义层互联互通、实用共享的医药卫生信息系统,以实现医疗卫生机构之间经济、高效的信息共享和协同服务。因此在区域卫生信息化建设面临的四大技术要素中,第一要素就是制定国家统一的基本信息标准与规范。不论健康档案、区域卫生信息平台还是各类业务应用系统在设计和建设过程中在标准与规范问题上必须确保严格的一致性。

除本书外,目前妇幼保健信息系统建设可参照的有关行业标准主要有:①《健康档案基本架构与数据标准(试行)》;②《基于健康档案的区域卫生信息平台建设技术解决方案(试行)》;③妇幼保健信息系统基本数据集标准,参见《健康档案基本架构与数据标准(试行)》的附件 4-10;④《妇幼保健信息系统基本功能规范(试行)》;⑤卫生部《妇幼保健信息系统网络支撑平台技术指南(试行)》等。各项信息标准是一个不断研究和逐步修订的过程,需要在卫生信息化实际建设中不断总结和完善。

2.3　技术路线

业务应用系统的设计开发过程目前主要以面向对象分析方法为基础,其开发框架主要包括需求、分析、设计、实现与验证等开发活动,这些开发活动可依据不同的项目管理模型分布到开发过程中,如图 2-7 所示。

本书重点在于完成妇幼保健信息系统的需求分析、系统分析和系统设计。按照由业务到技术、由核心到边界、由软件到硬件的设计原则,从妇幼保健领域的需求分析开始,通过构建业务模型、功能模型和信息模型,在概念和逻辑层次上对妇幼保健领域的主要业务活动和妇幼保健信息系统总体架构进行全面的分析和抽象。在需求分析和系统分析基础上,进而提出妇幼保健信息系统的系统总体架构和技术实现方案。本书不涉及进一步系统细化分析、具体的程序设计实现以及验证批准等内容。

本书在方法学上主要应用了国际通用的信息资源规划(IRP)基本原理与方法、统一建模语言(UML)

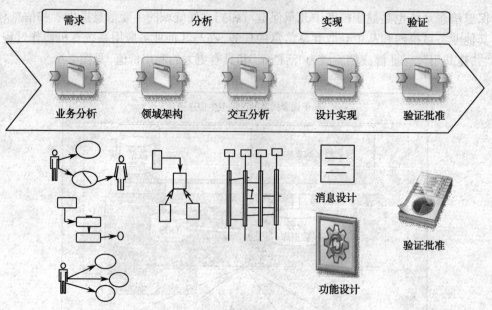

图 2-7 业务应用系统的开发过程

与面向对象分析方法、HL7(Health Leval Seven)开发框架(HDF)、临床文档架构(CDA)、医疗企业集成规范(IHE)和面向服务的体系架构(SOA)等。有关方法学的基本原理与应用方法的具体介绍参见《电子健康档案与区域卫生信息平台》的第二章。

2.3.1　需求分析与业务建模

需求分析主要从妇幼保健业务需求、数据需求、系统功能需求和技术环境需求等四个方面进行全面分析和描述，以明确妇幼保健信息系统的建设目标、主要任务和职能边界。

业务建模是业务需求分析的基础，其目的是从妇幼保健服务对象、服务提供者及管理者的视角，阐述妇幼保健领域为各相关参与者所提供的服务以及在相关业务活动中的信息交互。通过业务建模明确妇幼保健信息系统所处的业务环境，以及应当为妇幼保健业务解决的实际问题。

业务模型采用统一建模语言(UML)通过业务用例、业务场景建立。业务用例一般用业务用例图进行描述，业务场景一般用活动图进行描述。首先通过业务用例、业务场景描述业务活动，通过用例分析描述业务需求，通过活动图描述每个业务用例中的业务流程以及过程的每个部分由谁来执行。通过结构分析与行为分析建立消息模型和交互模型，最终形成消息与功能规范。

2.3.2　系统分析

系统分析包括领域架构分析和交互分析。通过领域架构分析对妇幼保健各业务活动按所属的职能进行领域规划，为妇幼保健信息系统建立功能域、子域及划分子系统提供依据。

对于交互分析，不仅要考虑到妇幼保健领域内的信息共享、交互和管理，还要重点考虑到妇幼保健信息系统在整个区域卫生信息化中的位置，与健康档案的关系，与其他相关应用领域的关系，涉及系统与平台之间信息交换与协同处理机制。本书对妇幼保健信息系统与区域卫生信息平台之间的信息交互，定义为边界领域，并采用 HL7 的分析与建模方法，以满足跨系统、跨平台信息交互的需要。同时，通过划分边界领域，使整个妇幼保健信息系统的结构更加清晰，分析描述更加条理化。

2.3.2.1　功能建模

妇幼保健信息系统是支撑业务活动实现的信息技术手段。通过功能建模，界定妇幼保健信息系统在各个妇幼保健业务子域的功能范围，并明确各子系统中参与者的各项功能操作，并以此定义消息集合，以提供对基本消息开发最后阶段的质量和利用 HL7 的应用一致性要求的保证。

功能模型采用统一建模语言（UML）的系统用例图描述。

2.3.2.2　信息建模

信息建模是通过结构分析和行为分析，对基于区域卫生信息平台的妇幼保健信息系统的业务对象所包含的信息以及执行具体功能活动的输入、输出数据以及这些数据之间的逻辑关系进行描述，这是建设基于区域卫生信息平台的妇幼保健信息系统必不可少的步骤。

通过结构分析和行为分析对妇幼保健信息系统的静态结构和交互行为活动进行梳理，分别产生静态和动态的信息模型。静态信息模型反映了信息的静态结构，以类图表示实体类、业务类以及相互间的关联关系；动态模型则反映了信息的交互，以时序图表示对象的动态行为，包括对象的方法、协作和活动等。

本书在妇幼保健信息系统与区域卫生信息平台的信息交互分析上，采用了 HL7 定义的参考信息模型 RIM（Reference Information Model）、域消息信息模型 D-MIM（Domain Message Information Model）和细化消息信息模型 R-MIM（Refined Message Information Model）开发框架，并与《电子健康档案与区域卫生信息平台》中信息模型保持一致。提供在具有不同数据结构和应用领域的异构系统环境之间进行信息交流的标准模式，以达成跨系统乃至跨平台的应用，实现为医疗服务、卫生管理提供信息交换和整合标准的目的，让各业务应用系统之间的信息交换变得简单而畅通。

2.3.3　系统设计

基于健康档案的区域卫生信息平台是一个基于 SOA 的服务平台。SOA（面向服务的体系架构，Service Oriented Architecture）是一种软件架构，是分布式软件系统构造方法和环境的新发展阶段。SOA 是一个组件模型，它将应用程序的不同功能单元（称为服务组件）通过这些服务之间定义良好的接口和契约联系起来。接口是采用中立的方式进行定义的，它应该独立于实现服务的硬件平台、操作系统和编程语言。这使得构建在各种这样的系统中的服务可以一种统一和通用的方式进行交互。SOA 的首要目标是 IT 与业务对齐，支持业务的快速变化。如果整个 IT 架构本身是松散耦合的，一个服务的变化（功能、数据、过程、技术环境等）将不影响其他服务，就可以被快速开发、测试和部署。

区域卫生信息平台上的卫生信息访问层（HAIL）就是基于 SOA 架构的核心服务组件，它为各个服务点提供了透明的服务接入方式，使各个服务点的业务应用系统可以使用自己的方式如自己的操作系统、自己的编程语言实现对服务平台上各项服务的调用，以达到互联互通、数据共享的目的。

妇幼保健信息系统由于其跨机构、跨时间段甚至跨区域的业务特点，决定了在体系架构上必须建立一个开放、可扩展、可分步实施的灵活方案，该方案同样是基于 SOA 服务架构的系统设计、实现和部署方案，以支持妇幼保健信息系统在区域卫生信息平台基础上实现信息交互及协同运作。

本书在妇幼保健信息系统的系统设计上主要包括系统平台的系统架构、技术架构、网络支撑平台、安全保障体系和项目管理等几个方面内容。

第3章

需 求 分 析

本书主要从妇幼保健业务需求、数据需求、系统功能需求三个方面对妇幼保健信息系统的建设需求进行全面分析和描述，以明确妇幼保健信息系统的建设目标、主要任务和职能边界。

3.1 业务需求

3.1.1 机构与角色分析

3.1.1.1 区域妇幼保健业务体系

妇幼保健服务对象从区域妇幼保健业务体系中获取相应的妇幼保健服务，而这个业务体系是由辖区内有关医疗机构、妇幼保健机构以及卫生行政管理部门共同组成。各机构承担的业务内容分别为：

卫生行政管理部门：妇幼卫生工作的计划制定、监督和组织者；

妇幼保健机构：对妇幼保健各项业务活动进行组织、管理和指导，是妇幼保健信息管理的主体；承担婚前保健、妇女病普查等服务，承担儿童死亡报告、孕产妇死亡报告和出生缺陷监测的组织管理工作，以及受妇幼卫生行政管理部门授权或委托，承担辖区内妇幼卫生管理工作；

医院：指二级以上的医疗机构，包括妇幼保健专科医院，承担儿童保健、产前检查、分娩、《出生医学证明》签发和医疗救治等服务；

社区卫生服务机构：承担儿童保健、产前检查、产妇访视、新生儿访视等服务；

乡镇卫生院：承担儿童保健、产前检查、分娩、产妇访视、新生儿访视、《出生医学证明》签发等服务。

3.1.1.2 妇幼保健业务角色

根据上述分析可知：妇幼保健服务并不是由单一机构提供，而是由区域内数量众多、类别各异的医疗保健机构和其他相关机构共同提供，组成区域内的妇幼保健业务体系。但同时，某一医疗保健机构除了提供妇幼保健服务，也同时承担一种或多种非妇幼保健服务的职责，如医疗服务、疾病控制等。

在这种复杂的情况下，如果仅依据实体机构类别去分析妇幼保健业务活动的提供者，将难以实现清晰明确的阐述。因此，本方案采用"实体机构名称（角色名称）"进行表述，能准确描述业务需求中的服务提供方，从而为业务活动图和数据图/表的构建奠定基础。

医疗卫生服务角色是依据实体机构提供卫生服务的职能来划分的，是逻辑上的机构概念（即角色），而不是现实的医疗卫生服务和管理机构，一个机构在提供不同卫生服务过程中，可以承担多种角色。

根据《电子健康档案与区域卫生信息平台》中的有关设计，在区域内综合归纳出7个具体的医疗卫生服务角色，见表3-1。

表 3-1　医疗卫生服务角色目录

角色名称	角色标识符	角色说明
基础建档	R01	主要指卫生服务机构所承担的个人或机构信息建档及维护等基本信息创建职能的集合
儿童保健	R02	主要指卫生服务机构所承担的儿童健康体检、体弱儿童管理、新生儿疾病筛查等儿童保健领域公共卫生服务与管理职能的集合
妇女保健	R03	主要指卫生服务机构所承担的孕产期保健、计划生育技术服务、妇女病普查等妇女保健领域公共卫生服务与管理职能的集合
疾病控制	R04	主要指卫生服务机构所承担的传染病、慢性非传染性疾病、职业病、中毒与伤害等疾病预防控制、公共卫生服务与管理职能的集合
疾病管理	R05	主要指卫生服务机构所承担高血压病例管理、糖尿糖病病例管理、精神分裂症管理等疾病管理、公共卫生服务与管理职能的集合
医疗服务	R06	主要指卫生服务机构所承担的门急诊、住院、健康体检服务提供等医疗服务职能的集合
行政管理	R07	主要指卫生服务机构所承担的实施医疗卫生行业管理、制定并实施区域卫生规划、组织实施和监督检查、负责卫生机构认证、卫生行政许可、卫生服务监督与评审、卫生执法及监督管理等行政管理与监督职能的集合

当区域内的医疗保健机构提供妇幼保健服务时，其角色项均为"儿童保健"或"妇女保健"。

需要重点指出的是，现实中许多妇幼保健机构（实体机构）承担了临床医疗服务职责，这些妇幼保健机构在提供临床医疗服务时，其角色为"医疗服务"。由于"医疗服务"内容归属于医院信息系统（HIS）范畴，故本方案中未纳入相关内容。

3.1.1.3　机构与角色关系分析

为便于进一步分析需要，《基于健康档案的区域卫生信息平台建设技术解决方案（试行）》3.3.2 中列出主要实体机构与角色的关系表，见表 3-2。表 3-2 中表达了医疗卫生服务实体机构与其所承担角色的关系，如：承担了"儿童保健"角色的机构有妇幼保健机构、医院、乡镇卫生院、社区卫生服务机构，在交叉处打上"√"。

表 3-2　实体机构与角色关系表

实体机构名称	基础建档	儿童保健	妇女保健	疾病控制	疾病管理	医疗服务	行政管理
社区卫生服务机构	√	√	√	√	√	√	
乡镇卫生院	√	√	√	√	√	√	
诊所				√	√	√	
医院			√	√	√	√	
疾病预防控制机构				√	√		
妇幼保健机构		√	√	√		√	
急救中心						√	
血站						√	
健康教育机构					√		
卫生行政管理部门							√
卫生监督机构							√
食品药品监督管理机构							√

在实际应用中，为完成业务需求分析及模型构建，本方案对角色的表示采用如下方式：**实体机构名称（角色名称）**。

如：妇幼保健机构以儿童保健角色提供相应服务，则在本方案其表示为："妇幼保健机构（儿童保健）"。

3.1.2 业务活动分析

妇幼保健业务活动是对在妇幼保健服务中有意义的、相对独立与完整的动作行为进行描述和记录。本节主要对妇幼保健业务活动进行梳理，先阐述了具体的妇幼保健业务活动如何抽取形成基本活动，再由基本活动组装成为妇幼保健业务活动。继而阐述了妇幼保健业务活动与参与者关系，明确了每个业务活动的参与者。最后基于业务流转关系，分析每个业务活动的上下游业务活动。通过以上对业务活动的多角度分析，为后续章节业务模型的构建奠定基础。

3.1.2.1 妇幼保健业务域

根据业务特点，妇幼保健业务域可以归纳为两大类：一是妇幼保健服务域，二是妇幼卫生管理域。

妇幼保健服务域是指由辖区内妇幼保健业务体系共同提供各类医疗保健服务，直接面向个体服务对象，能产生包含居民健康档案内容在内的服务信息的一类业务的集合。主要依据《健康档案基本架构与数据标准（试行）》与相关业务规范，分为儿童保健、妇女保健两大部分，见表 3-3。妇幼保健服务域参照《健康档案基本架构与数据标准（试行）》的编码规则进行编码。如：《出生医学证明》签发业务子域的标识符为"B0101"，表示该业务子域属于健康档案领域中的一级类目"公共卫生（B）"下的二级类目"儿童保健（01）"，业务子域顺序号为"01"。

表 3-3 妇幼保健服务域业务列表

序号	一级类目	二级类目	业务子域	标识符
1		01 儿童保健	《出生医学证明》签发	B0101
2			新生儿访视	B0102
3			新生儿疾病筛查	B0103
4			儿童健康体检	B0104
5			体弱儿童管理	B0105
6			5 岁以下儿童死亡报告	B0106
7		02 妇女保健	婚前保健服务	B0201
8			妇女病普查	B0202
9			计划生育技术服务	B0203
10			产前保健（产前检查）	B0204
11	B 公共卫生		产时保健	B0205
12			产妇访视	B0206
13			产后 42 天检查	B0207
14			高危孕产妇管理	B0208
15			产前筛查	B0209
16			产前诊断	B0210
17			出生缺陷监测	B0211
18			孕产妇死亡报告	B0212
19			青春期保健服务 *	B0213
20			孕前保健服务 *	B0214
21			更老年期保健服务 *	B0215

备注：* 为待扩充的业务子域

青春期保健服务、孕前保健服务、更老年期保健服务属于妇女保健业务域，因目前缺乏国家统一规范的健康档案记录表单与数据标准，本方案中暂不进行详述，将在记录表单规范统一后进一步扩充。

妇幼卫生管理域一般包括妇女儿童专项档案管理、妇幼保健服务监管、妇幼保健综合决策支持，以及妇幼保健监督执法等。妇幼卫生管理域业务列表见表 3-4。

表 3-4　妇幼卫生管理域业务列表

序号	一级类目	二级类目	业务子域
1		妇女儿童专项档案管理	妇女儿童专项档案管理
2			出生医学登记
3			出生缺陷监测与干预
4		妇幼保健服务监管	儿童健康管理与服务评估
5	妇幼卫生管理		孕产妇健康管理与服务评估
6			重大妇女病监测
7		妇幼保健综合决策支持	妇幼保健综合决策支持
8		妇幼保健监督执法	妇幼保健执业资质管理
9			《出生医学证明》证件管理

在妇幼卫生管理域中妇幼保健服务监管是主要业务内容。妇幼保健服务监管是依据妇幼保健机构承担的群体保健工作管理职能，对本辖区内妇幼保健服务开展过程、质量、效果等进行监督管理。其业务特点有：主要由本辖区卫生行政管理部门与妇幼保健机构完成，针对辖区内的妇幼保健服务提供和妇幼卫生管理工作，进行妇幼保健服务过程、服务效果、绩效考核等方面的监管，并产生业务管理和决策支持等信息。由于不直接面向服务对象提供个体服务，所以一般不产生居民健康档案信息。妇幼保健服务监管是妇幼保健机构开展的重要工作内容之一，通过对本区域内妇幼保健服务进行监管，实现区域内的"保健与临床相结合"，从而体现其公共卫生属性。

3.1.2.2　妇幼保健基本活动

妇幼保健业务活动是来源于妇幼保健业务域，由各级各类医疗卫生机构负责执行，其信息以业务表单形式记录。通过对妇幼保健业务活动采取自底向上的方法进行分解、归纳、汇总、去重、抽象后，最终可形成不可再分的基本活动。也就是说，这些基本活动可以只存在于一个业务域中，也可以存在多个业务域中。基本活动的特点如下：

（1）基本活动来源于业务域；

（2）基本活动是卫生业务活动内的活动；

（3）基本活动是业务活动的抽象；

（4）基本活动高于所在的业务域。

基本活动的抽取过程如图 3-1 所示。

《基于健康档案的区域卫生信息平台建设技术解决方案（试行）》3.4.5 中经过分析，与健康档案相关的卫生业务活动进行抽取后共形成 8 大类 28 个基本活动。在此基础上，本方案根据妇幼卫生管理业务的特点，对基本活动目录进行了扩展，形成 15 大类 43 个基本活动，见表 3-5。其中，与妇幼保健领域相关的有 13 大类 31 个基本活动，表中以斜体表示。

基本活动与相应的业务子域进行组装后，可演绎为具有实际业务意义的妇幼保健业务活动，进而组成相应业务子域、业务域。基本活动是从包括妇幼保健在内的卫生服务活动中抽象出的本质内容，是不同业务活动中的共性部分。其重要意义也在此得到体现：通过对几个基本活动的组装可以形成更多具有不同业务特点与意义的妇幼保健业务活动，从而实现业务活动分析的稳定性与可扩展性。具体抽象和演绎过程如图 3-2 所示。

3.1.2.3　妇幼保健业务活动

通过上述基本活动与相应的业务子域的组装，形成了具体的妇幼保健业务活动。依此，妇幼保健业务活动的编码采用"业务子域 + 基本活动"的方式。在某些业务子域中，可能有两个或两个以上的业务活动是由同一基本活动组装而成，则在编码末再加上顺序号。图 3-3 列出了具体编码规则。

表 3-5 基本活动扩展目录

序号	活动类别	基本活动名称	基本活动标识符
1	01 建档	01 注册	0101
2		02 维护	0102
3	02 登记	01 临床服务登记	0201
4		02 体检登记	0202
5		03 转诊记录	0203
6		04 专案登记	0204
7	03 观察	01 问询记录	0301
8		02 体格检查记录	0302
9		03 实验室检验记录	0303
10		04 物理检查记录	0304
11		05 影像检查记录	0305
12	04 诊断	01 诊断记录	0401
13	05 防治(干预)	01 预防接种记录	0501
14		02 用药记录	0502
15		03 手术记录	0503
16		04 麻醉记录	0504
17		05 放射治疗记录	0505
18		06 介入治疗记录	0506
19		07 植入治疗记录	0507
20		08 分娩记录	0508
21		09 输血记录	0509
22		10 随访记录	0510
23		11 医学指导	0511
24		99 其他治疗记录	0599
25	06 评估	01 评估报告	0601
26	07 法定医学报告与证明	01 疾病报告	0701
27		02 事件报告	0702
28		03 疾病证明	0703
29		04 事件证明	0704
30	08 费用结算	01 费用结算	0801
31	09 资料收集	01 资料收集	0901
32	10 资料查询	01 资料查询	1001
33	11 群体评估	01 现状评估	1101
34		02 前瞻性评估	1102
35		03 效果评估	1103
36	12 统计分析	01 统计分析	1201
37		02 报表生成	1202
38	13 预警预报	01 预警	1301
39		02 预测	1302
40	14 质量控制	01 质量控制	1401
41	15 资料输出	01 反馈	1501
42		02 上报	1502
43		03 发布	1503

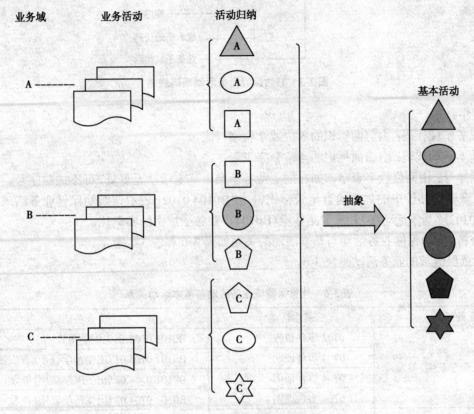

图 3-1 基本活动抽取过程

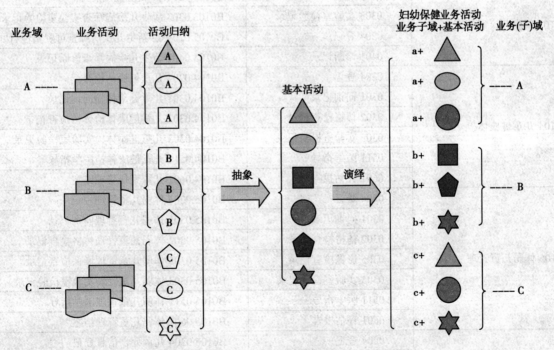

图 3-2 业务活动生成过程

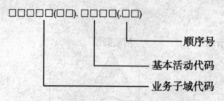

图 3-3 妇幼保健业务活动编码规则

图 3-3 中：

——业务子域代码：由前面标识的 5 位或 7 位字符表示。

——基本活动代码：由前面标识的 4 位数字表示。

——顺序号：由两位数字表示。如在同一业务子域中基本活动无重复，可不加顺序号。

如：儿童健康体检中的体格检查记录标识符为"B0104.0302，表示该妇幼保健业务活动表示"体格检查记录（0302）"基本活动在"儿童健康体检（B0104）"业务子域中的实例化。

经过分析，妇幼保健业务活动与基本活动的关系如表 3-6 和表 3-7 所示。

（1）儿童保健域的业务活动见表 3-6。

表 3-6 儿童保健域业务活动与基本活动关系

业务子域	基本活动	业务活动
B0101《出生医学证明》签发	0702 事件报告	B0101.0702 出生医学报告
	0704 事件证明	B0101.0704.01《出生医学证明》首次签发
	0704 事件证明	B0101.0704.02《出生医学证明》补发
	0704 事件证明	B0101.0704.03《出生医学证明》换发
B0102 新生儿访视	0204 登记	B0102.0204 新生儿访视登记
	0510 随访记录	B0102.0510 新生儿访视记录
B0103 新生儿疾病筛查	0204 登记	B0103.0204.01 新生儿疾病筛查登记
	0303 实验室检验记录	B0103.0303 新生儿疾病筛查实验室检验记录
	0204 登记	B0103.0204.02 新生儿疾病筛查可疑阳性召回
	0401 诊断记录	B0103.0401 新生儿疾病筛查诊断记录
B0104 儿童健康体检	0204 登记	B0104.0204 儿童健康体检登记
	0301 问询记录	B0104.0301 儿童健康体检问询记录
	0302 体格检查记录	B0104.0302 儿童健康体检体格检查记录
	0303 实验室检验记录	B0104.0303 儿童健康体检实验室检验记录
	0511 医学指导	B0104.0511 儿童健康体检医学指导
	0601 评估报告	B0104.0601 儿童系统管理结案
B0105 体弱儿童管理	0204 登记	B0105.0204 体弱儿童管理登记
	0301 问询记录	B0105.0301 体弱儿童管理问询记录
	0302 体格检查记录	B0105.0302 体弱儿童管理体格检查记录
	0305 影像检查记录	B0105.0305 体弱儿童管理影像检查记录
	0303 实验室检验记录	B0105.0303 体弱儿童管理实验室检验记录
	0511 医学指导	B0105.0511 体弱儿童管理医学指导
	0601 评估报告	B0105.0601 体弱儿童管理结案
B0106 5 岁以下儿童死亡报告	0204 登记	B0106.0204 儿童死亡信息登记
	1401 质量控制	B0106.1401 儿童死亡信息审核
	1401 质量控制	B0106.1402 儿童死亡信息质控
	0702 事件报告	B0106.0702 儿童死亡报告卡上报

（2）妇女保健域的业务活动见表 3-7。

表 3-7 妇女保健域业务活动与基本活动关系

业务子域	基本活动	业务活动
B0201 婚前保健服务	0204 登记	B0201.0204 婚前保健服务登记
	0301 问询记录	B0201.0301 婚前保健服务问询记录
	0302 体格检查记录	B0201.0302 婚前保健服务体格检查记录
	0305 影像检查记录	B0201.0305 婚前保健服务影像检查记录
	0303 实验室检验记录	B0201.0303 婚前保健服务实验室检验记录
	0401 诊断记录	B0201.0401 婚前保健服务诊断记录
	0704 事件证明	B0201.0704 婚前医学检查证明签发
	0511 医学指导	B0201.0511.01 婚前卫生咨询
	0511 医学指导	B0201.0511.02 婚前卫生指导
	0203 转诊记录	B0201.0203 婚前保健服务转诊记录
B0202 妇女病普查	0204 登记	B0202.0204 妇女病普查登记
	0301 问询记录	B0202.0301 妇女病普查问询记录
	0302 体格检查记录	B0202.0302 妇女病普查体格检查记录
	0305 影像检查记录	B0202.0305 妇女病普查影像检查记录
	0303 实验室检验记录	B0202.0303 妇女病普查实验室检验记录
	0401 诊断记录	B0202.0401 妇女病普查诊断记录
	0511 医学指导	B0202.0511 妇女病普查医学指导
B0203 计划生育技术服务	0204 登记	B0203.0204 计划生育技术服务登记
	0301 问询记录	B0203.0301 计划生育技术服务问询记录
	0302 体格检查记录	B0203.0302 计划生育技术服务体格检查记录
	0305 影像检查记录	B0203.0305 计划生育技术服务影像检查记录
	0303 实验室检验记录	B0203.0303 计划生育技术服务实验室检验记录
	0401 诊断记录	B0203.0401 计划生育技术服务诊断记录
	0503 手术记录	B0203.0503 计划生育技术服务手术记录
	0511 医学指导	B0203.0511 计划生育技术服务医学指导
B0204 产前保健（产前检查）	0204 登记	B0204.0204 孕产期保健管理登记
	0301 问询记录	B0204.0301 产前保健问询记录
	0302 体格检查记录	B0204.0302 产前保健体格检查记录
	0305 影像检查记录	B0204.0305 产前保健影像检查记录
	0303 实验室检验记录	B0204.0303 产前保健实验室检验记录
	0511 医学指导	B0204.0511 产前保健医学指导
	0203 转诊记录	B0204.0203 产前保健转诊记录
B0205 产时保健	0508 分娩记录	B0205.0508 分娩记录
B0206 产妇访视	0204 登记	B0206.0204 产妇访视登记
	0510 随访记录	B0206.0510 产妇访视记录
B0207 产后 42 天检查	0204 登记	B0207.0204 产后 42 天检查登记
	0302 体格检查记录	B0207.0302 产后 42 天检查体格检查记录
	0303 实验室检验记录	B0207.0303 产后 42 天检查实验室检验记录
	0511 医学指导	B0207.0511 产后 42 天检查医学指导
	0601 评估报告	B0207.0601 孕产妇保健管理结案

续表

业务子域	基本活动	业务活动
B0208 高危孕产妇管理	0204 登记	B0208.0204 高危孕产妇管理登记
	0301 问询记录	B0208.0301 高危孕产妇管理问询记录
	0302 体格检查记录	B0208.0302 高危孕产妇管理体格检查记录
	0305 影像检查记录	B0208.0305 高危孕产妇管理影像检查记录
	0303 实验室检验记录	B0208.0303 高危孕产妇管理实验室检验记录
	0511 医学指导	B0208.0511 高危孕产妇管理医学指导
	0601 评估报告	B0208.0601 高危孕产妇管理结案
B0209 产前筛查	0204 登记	B0209.0204 产前筛查登记
	0301 问询记录	B0209.0301 产前筛查问询记录
	0302 体格检查记录	B0209.0302 产前筛查体格检查记录
	0305 影像检查记录	B0209.0305 产前筛查影像检查记录
	0303 实验室检验记录	B0209.0303 产前筛查实验室检验记录
B0210 产前诊断	0204 登记	B0210.0204 产前诊断登记
	0301 问询记录	B0210.0301 产前诊断问询记录
	0302 体格检查记录	B0210.0302 产前诊断体格检查记录
	0305 影像检查记录	B0210.0305 产前诊断影像检查记录
	0303 实验室检验记录	B0210.0303 产前诊断实验室检验记录
	0511 医学指导	B0210.0511 产前诊断医学指导
	0401 诊断记录	B0210.0401 产前诊断诊断记录
B0211 出生缺陷监测	0204 登记	B0211.0204 出生缺陷监测登记
	1401 质量控制	B0211.1401.01 出生缺陷监测信息审核
	1401 质量控制	B0211.1401.02 出生缺陷监测质控
	0701 疾病报告	B0211.0701 出生缺陷监测报告
B0212 孕产妇死亡报告	0204 登记	B0212.0204 孕产妇死亡信息登记
	1401 质量控制	B0212.1401.01 孕产妇死亡信息审核
	0702 事件报告	B0212.0702 孕产妇死亡报告卡上报
	1401 质量控制	B0212.1401.02 孕产妇死亡信息质控
	1401 质量控制	B0212.1401.03 孕产妇死亡评审
青春期保健服务 *	0204 登记	青春期保健登记
	0301 问询记录	青春期保健问询记录
	0302 体格检查记录	青春期保健体格检查记录
	0303 实验室检验记录	青春期保健实验室检验记录
	0401 诊断记录	青春期保健诊断记录
	0501 医学指导	青春期行为与营养咨询
	0501 医学指导	青春期性教育与心理指导
孕前保健服务 *	0204 登记	孕前保健登记
	0301 问询记录	孕前保健问询记录
	0302 体格检查记录	孕前保健体格检查记录
	0303 实验室检验记录	孕前保健实验室检验记录
	0401 诊断记录	孕前保健诊断记录
	0501 医学指导	孕前健康咨询
	0501 医学指导	孕前健康指导

业务子域	基本活动	业务活动
更老年期保健服务 *	0204 登记	更老年期保健登记
	0301 问询记录	更老年期保健问询记录
	0302 体格检查记录	更老年期保健体格检查记录
	0305 影像检查记录	更老年期保健影像检查记录
	0303 实验室检验记录	更老年期保健实验室检验记录
	0401 诊断记录	更老年期保健诊断记录
	0501 医学指导	更老年期膳食营养与咨询
	0501 医学指导	更老年期用药与心理指导

备注：* 为待扩充的业务子域

（3）妇幼卫生管理域的业务活动：妇幼卫生管理域包含妇女儿童专项档案管理、妇幼保健服务监管、妇幼保健综合决策支持以及妇幼保健监督执法等。本书主要定位于阐述妇幼保健服务域业务内容，以及与妇幼保健服务机构执业密切相关的监督执法内容，关于妇幼卫生管理域业务活动内容将另有规范文件进行说明。

3.1.2.4 业务活动与参与机构关系分析

妇幼保健业务活动具有区域内医疗卫生服务机构之间协作的特点，各机构根据其职能与资质参与妇幼保健领域业务活动，承担相应的妇幼保健服务，同时还扮演其他领域的角色，承担其他领域的工作任务。多个机构的协作关系和机构多种角色的确给妇幼保健领域的业务活动描述带来一定的困难。因此，在妇幼保健领域内，为了理清妇幼保健业务活动和参与机构的关系，表 3-8 和表 3-9 分别列出了儿童保健、妇女保健域的业务活动与参与机构间的关系，"〇"表示这些机构可能参与本业务活动，可以是一个机构或多个机构，"●"表示此机构作为典型参与机构，便于业务活动图的描述。

（1）儿童保健域的业务活动与参与机构的关系：表 3-8 列出了在儿童保健域中，各参与机构以儿童保健角色参与到业务活动中，与业务活动的关系。

表 3-8　儿童保健域的业务活动与参与机构的关系表

业务子域	活动标识符	业务活动	社区卫生服务机构	乡镇卫生院	妇幼保健机构	医院
《出生医学证明》签发	B0101.0702	事件报告（出生医学报告）		〇	〇	●
	B0101.0704	《出生医学证明》首次签发		〇	〇	●
	B0101.0704	《出生医学证明》补发		〇	●	〇
	B0101.0704	《出生医学证明》换发		〇	●	〇
新生儿访视	B0102.0204	登记	●	●	〇	
	B0102.0510	随访记录	●	●	〇	
新生儿疾病筛查	B0103.0204	登记	〇	〇	●	●
	B0103.0303	实验室检验记录			●	〇
	B0103.0204	可疑阳性召回			●	〇
	B0103.0401	诊断记录			●	〇
儿童健康体检	B0104.0204	登记	●	●	●	〇
	B0104.0301	问询记录	●	●	●	〇
	B0104.0302	体格检查记录	●	●	●	〇
	B0104.0303	实验室检验记录	●	●	●	〇
	B0104.0511	医学指导	●	●	●	〇
	B0104.0601	评估报告（儿童系统管理结案）	●	●	〇	

续表

业务子域	活动标识符	业务活动	社区卫生服务机构	乡镇卫生院	妇幼保健机构	医院
体弱儿童管理	B0105.0204	登记	●	●	○	
	B0105.0301	问询记录	○	○	●	○
	B0105.0302	体格检查记录	○	○	●	○
	B0105.0305	影像检查记录	○	○	●	○
	B0105.0303	实验室检验记录	○	○	●	○
	B0105.0511	医学指导	○	○	●	○
	B0105.0601	评估报告(体弱儿童管理结案)	●	●	○	
5岁以下儿童死亡报告	B0106.0204	儿童死亡信息登记	○	○	●	○
	B0106.1401	儿童死亡信息审核	○	○	●	○
	B0106.0702	事件报告	○	○	●	○

（2）妇女保健域的业务活动与参与机构的关系：表3-9列出了在妇女保健域中，各参与机构以妇女保健角色参与到业务活动中，与业务活动的关系。

表3-9　妇女保健域的业务活动与参与机构关系表

业务子域	活动标识符	业务活动	社区卫生服务机构	乡镇卫生院	妇幼保健机构	医院
婚前保健服务	B0201.0204	登记			●	
	B0201.0301	问询记录			●	
	B0201.0302	体格检查记录			●	
	B0201.0305	影像检查记录			●	
	B0201.0303	实验室检验记录			●	
	B0201.0401	诊断记录			●	
	B0201.0704	婚前医学检查证明签发			●	
	B0201.0511	婚前卫生咨询			●	
	B0201.0511	婚前卫生指导			●	
	B0201.0203	转诊记录			●	
妇女病普查	B0202.0204	登记	○	○	●	○
	B0202.0301	问询记录	○	○	●	○
	B0202.0302	体格检查记录	○	○	●	○
	B0202.0305	影像检查记录	○	○	●	○
	B0202.0303	实验室检验记录	○	○	●	○
	B0202.0401	诊断记录	○	○	●	○
	B0202.0511	医学指导	○	○	●	○
计划生育技术服务	B0203.0204	登记	○	○	●	○
	B0203.0301	问询记录	○	○	●	○
	B0203.0302	体格检查记录	○	○	●	○
	B0203.0305	影像检查记录	○	○	●	○
	B0203.0303	实验室检验记录	○	○	●	○
	B0203.0401	诊断记录	○	○	●	○
	B0203.0503	手术记录	○	○	●	○
	B0203.0511	医学指导	○	○	●	○

续表

业务子域	活动标识符	业务活动	社区卫生服务机构	乡镇卫生院	妇幼保健机构	医院
产前保健（产前检查）	B0204.0204	登记	●	●	○	○
	B0204.0301	问询记录	●	●	○	○
	B0204.0302	体格检查记录	●	●	○	○
	B0204.0305	影像检查记录	●	●	○	○
	B0204.0303	实验室检验记录	●	●	○	○
	B0204.0511	医学指导	●	●	○	○
	B0204.0203	转诊记录	●	●	○	○
产时保健	B0205.0508	分娩记录		○	○	●
产妇访视	B0206.0204	登记	●	●	○	
	B0206.0510	随访记录	●	●	○	
产后 42 天检查	B0207.0204	登记	○	○	○	●
	B0207.0302	体格检查记录	○	○	○	●
	B0207.0303	实验室检验记录	○	○	○	●
	B0207.0511	医学指导	○	○	○	●
	B0207.0601	评估报告(孕产妇保健管理结案)	○	○	●	○
高危孕产妇管理	B0208.0204	登记	○	○	●	○
	B0208.0301	问询记录	○	○	●	○
	B0208.0302	体格检查记录	○	○	●	●
	B0208.0305	影像检查记录	○	○	●	○
	B0208.0303	实验室检验记录	○	○	●	○
	B0208.0511	医学指导	○	○	●	○
	B0208.0601	评估报告(高危孕产妇管理结案)	○	○	●	○
产前筛查	B0209.0204	登记	○	○	●	○
	B0209.0301	问询记录			●	○
	B0209.0302	体格检查记录			●	○
	B0209.0305	影像检查记录			●	○
	B0209.0303	实验室检验记录			●	○
产前诊断	B0210.0204	登记	○	○	●	○
	B0210.0301	问询记录			●	○
	B0210.0302	体格检查记录			●	○
	B0210.0305	影像检查记录			●	○
	B0210.0303	实验室检验记录			●	○
	B0210.0511	医学指导			●	○
	B0210.0401	诊断记录			●	○
出生缺陷监测	B0211.0204	出生缺陷监测登记	○	○	○	●
	B0211.1401	出生缺陷监测信息审核	○	○	○	●
	B0211.0701	疾病报告	○	○	○	●
孕产妇死亡报告	B0212.0204	孕产妇死亡信息登记	○	○	●	○
	B0212.1401	孕产妇死亡信息审核	○	○	●	○
	B0212.0702	事件报告	○	○	●	○
	B0212.1401	孕产妇死亡评审			●	

续表

业务子域	活动标识符	业务活动	社区卫生服务机构	乡镇卫生院	妇幼保健机构	医院
青春期保健服务		登记	○	○	●	○
		问询记录			●	○
		体格检查记录			●	○
		实验室检验记录			●	○
		诊断记录			●	○
		行为与营养咨询			●	
		性教育与心理指导			●	
孕前保健服务		登记	○	○	●	○
		问询记录			●	○
		体格检查记录			●	○
		实验室检验记录			●	○
		诊断记录			●	○
		孕前健康咨询			●	
		孕前健康指导			●	
更老年期保健服务		登记	○	○	●	○
		问询记录			●	○
		体格检查记录			●	○
		影像检查记录			●	○
		实验室检验记录			●	○
		诊断记录			●	○
		膳食营养与咨询			●	○
		用药与心理指导			●	○

3.1.2.5 业务活动流转路径分析

妇幼保健服务的每项业务，均由一个到多个业务活动构成，而每个业务活动都可能涉及它的上游、下游活动，即上游活动的结果作为本活动的输入，而本活动产生的结果可能成为其他下游活动的输入，体现了业务流转、业务驱动关系。当上、下游活动涉及其他领域或机构时就产生了活动的交互。这里的上下游活动指本活动与领域内其他子域或其他机构之间的信息输入或输出，本子域内业务活动的上下顺序并不属于此述。以下两张表分别列出了儿童保健、妇女保健域上下游活动关系的分析。

（1）儿童保健域的上下游活动关系分析见表3-10。

表3-10 儿童保健域的上下游活动关系分析

业务项目	活动标识符	活动	上游活动	下游活动	交互机构
B0101《出生医学证明》签发	B0101.0702	出生医学报告	分娩记录	个人基本信息登记、新生儿访视登记、预防接种记录	疾病预防控制机构
	B0101.0704	《出生医学证明》首次签发			
	B0101.0704	《出生医学证明》补发			
	B0101.0704	《出生医学证明》换发			

续表

业务项目	活动标识符	活动	上游活动	下游活动	交互机构
B0102 新生儿访视	B0102.0204	新生儿访视登记	出生医学报告		
	B0102.0510	新生儿访视记录		出生缺陷监测报告、体弱儿童管理登记、5 岁以下儿童死亡报告	
B0103 新生儿疾病筛查	B0103.0204	新生儿疾病筛查登记	分娩记录		
	B0103.0303	新生儿疾病筛查实验室检验记录			
	B0103.0204	新生儿疾病筛查可疑阳性召回			
	B0103.0401	新生儿疾病筛查诊断记录		门急诊登记、出生缺陷监测报告	医院
B0104 儿童健康体检	B0104.0204	儿童健康体检登记	分娩记录		
	B0104.0301	儿童健康体检问询记录			
	B0104.0302	儿童健康体检体格检查记录			
	B0104.0303	儿童健康体检实验室检验记录			
	B0104.0511	儿童健康体检医学指导		体弱儿童管理登记	
	B0104.0601	儿童系统管理结案		5 岁以下儿童死亡报告	
B0105 体弱儿童管理	B0105.0204	体弱儿童管理登记	儿童健康体检、医学指导、分娩记录、新生儿访视记录		
	B0105.0301	体弱儿童管理问询记录			
	B0105.0302	体弱儿童管理体格检查记录			
	B0105.0305	体弱儿童管理影像检查记录			
	B0105.0303	体弱儿童管理实验室检验记录			
	B0105.0511	体弱儿童管理医学指导		门诊急诊登记	
	B0105.0601	体弱儿童管理结案		5 岁以下儿童死亡报告	
B0106 5 岁以下儿童死亡报告	B0106.0204	儿童死亡信息登记	分娩记录、新生儿访视记录、儿童系统管理结案、体弱儿童管理结案		
	B0106.1401	儿童死亡信息审核			
	B0106.1402	儿童死亡信息质控			
	B0106.0702	儿童死亡报告卡上报			

（2）妇女保健域的上下游活动关系分析见表 3-11。

表 3-11　妇女保健域的上下游活动关系分析

业务项目	活动标识符	活动	上游活动	下游活动	交互机构
B0201 婚前保健服务	B0201.0204	婚前保健服务登记			
	B0201.0301	婚前保健服务问询记录			
	B0201.0302	婚前保健服务体格检查记录			
	B0201.0305	婚前保健服务影像检查记录			
	B0201.0303	婚前保健服务实验室检验记录			
	B0201.0401	婚前保健服务诊断记录		母婴传播性疾病报告、结核报告、传染病报告	疾病预防控制机构
	B0201.0704	婚前医学检查证明签发			
	B0201.0511	婚前卫生咨询			
	B0201.0511	婚前卫生指导			
	B0201.0203	婚前保健服务转诊记录			
B0202 妇女病普查	B0202.0204	妇女病普查登记			
	B0202.0301	妇女病普查问询记录			
	B0202.0302	妇女病普查体格检查记录			
	B0202.0305	妇女病普查影像检查记录			
	B0202.0303	妇女病普查实验室检验记录			
	B0202.0401	妇女病普查诊断记录		门诊急诊登记	
	B0202.0511	妇女病普查医学指导			
B0203 计划生育技术服务	B0203.0204	计划生育技术服务登记			
	B0203.0301	计划生育技术服务问询记录	产前诊断诊断记录		
	B0203.0302	计划生育技术服务体格检查记录			
	B0203.0305	计划生育技术服务影像检查记录			
	B0203.0303	计划生育技术服务实验室检验记录			
	B0203.0401	计划生育技术服务诊断记录			
	B0203.0503	计划生育技术服务手术记录			
	B0203.0511	计划生育技术服务医学指导			
B0204 产前保健（产前检查）	B0204.0204	孕产期保健管理登记			
	B0204.0301	产前保健问询记录			
	B0204.0302	产前保健体格检查记录			
	B0204.0305	产前保健影像检查记录			

业务项目	活动标识符	活动	上游活动	下游活动	交互机构
	B0204.0303	产前保健实验室检验记录		母婴传播性疾病报告	
	B0204.0511	产前保健医学指导		高危孕产妇管理登记	
	B0204.0203	产前保健转诊记录			
B0205 产时保健	B0205.0508	分娩记录		《出生医学证明》签发、新生儿疾病筛查、儿童健康体检、出生缺陷监测报告、孕产妇死亡报告、婴儿死亡报告、体弱儿童管理登记	
				预防接种、母婴传播性疾病报告	疾病预防控制机构
B0206 产妇访视	B0206.0204	产妇访视登记			
	B0206.0510	产妇访视记录			
B0207 产后 42 天检查	B0207.0204	产后 42 天检查登记			
	B0207.0302	产后 42 天检查体格检查记录			
	B0207.0303	产后 42 天检查实验室检验记录			
	B0207.0511	产后 42 天检查医学指导		计划生育技术服务登记	
	B0207.0601	孕产妇保健管理结案		孕产妇死亡报告	
B0208 高危孕产妇管理	B0208.0204	高危孕产妇管理登记	产前保健医学指导		
	B0208.0301	高危孕产妇管理问询记录			
	B0208.0302	高危孕产妇管理体格检查记录			
	B0208.0305	高危孕产妇管理影像检查记录			
	B0208.0303	高危孕产妇管理实验室检验记录			
	B0208.0511	高危孕产妇管理医学指导			
	B0208.0601	高危孕产妇管理结案		孕产妇死亡报告	
B0209 产前筛查	B0209.0204	产前筛查登记			
	B0209.0301	产前筛查问询记录			
	B0209.0302	产前筛查体格检查记录			
	B0209.0511	产前筛查影像检查记录			
	B0209.0303	产前筛查实验室检验记录			
B0210 产前诊断	B0210.0204	产前诊断登记			
	B0210.0301	产前诊断问询记录			
	B0210.0302	产前诊断体格检查记录			
	B0210.0305	产前诊断影像检查记录			

业务项目	活动标识符	活动	上游活动	下游活动	交互机构
	B0210.0303	产前诊断实验室检验记录			
	B0210.0511	产前诊断医学指导			
	B0210.0401	产前诊断诊断记录		出生缺陷监测报告、计划生育技术服务登记	
B0211 出生缺陷监测	B0211.0204	出生缺陷监测登记	分娩记录、产前诊断诊断记录		
	B0211.1401.01	出生缺陷监测信息审核			
	B0211.1401.02	出生缺陷监测质控			
	B0211.0701	出生缺陷监测报告			
B0212 孕产妇死亡报告	B0212.0204	孕产妇死亡信息登记	分娩记录、孕产妇保健管理结案、高危孕产妇管理结案		
	B0212.1401.01	孕产妇死亡信息审核			
	B0212.0702	孕产妇死亡报告卡上报			
	B0212.1401.02	孕产妇死亡信息质控			
	B0212.1401.03	孕产妇死亡评审			

3.1.2.6 与区域卫生信息平台交互的业务活动

妇幼保健领域需要与区域卫生信息平台交互的业务活动主要包括两大类：一是产生居民健康档案内容的妇幼保健业务活动；二是需要与其他领域或机构有关联业务的，需要通过平台进行信息共享和业务驱动的业务活动。信息交互内容将在第 6 章信息模型中具体阐述，表 3-12 与表 3-13 先列出需要与平台交互的妇幼保健业务活动：

表 3-12 儿童保健域中与平台交互的业务活动

业务子域	基本活动	业务活动
B0101《出生医学证明》签发	0702 事件报告	B0101.0702 出生医学报告
B0102 新生儿访视	0204 登记	B0102.0204 新生儿访视登记
	0510 随访记录	B0102.0510 新生儿访视记录
B0103 新生儿疾病筛查	0204 登记	B0103.0204.01 新生儿疾病筛查登记
	0303 实验室检验记录	B0103.0303 新生儿疾病筛查实验室检验记录
	0204 登记	B0103.0204.02 新生儿疾病筛查可疑阳性召回
	0401 诊断记录	B0103.0401 新生儿疾病筛查诊断记录
B0104 儿童健康体检	0204 登记	B0104.0204 儿童健康体检登记
	0301 问询记录	B0104.0301 儿童健康体检问询记录
	0302 体格检查记录	B0104.0302 儿童健康体检体格检查记录
	0303 实验室检验记录	B0104.0303 儿童健康体检实验室检验记录
	0511 医学指导	B0104.0511 儿童健康体检医学指导
	0601 评估报告	B0104.0601 儿童系统管理结案

业务子域	基本活动	业务活动
B0105 体弱儿童管理	0204 登记	B0105.0204 体弱儿童管理登记
	0301 问询记录	B0105.0301 体弱儿童管理问询记录
	0302 体格检查记录	B0105.0302 体弱儿童管理体格检查记录
	0305 影像检查记录	B0105.0305 体弱儿童管理影像检查记录
	0303 实验室检验记录	B0105.0303 体弱儿童管理实验室检验记录
	0511 医学指导	B0105.0511 体弱儿童管理医学指导
	0601 评估报告	B0105.0601 体弱儿童管理结果
B0106 5 岁以下儿童死亡报告	0702 事件报告	B0106.0702 儿童死亡报告卡上报

表 3-13 妇女保健域中与平台交互的业务活动

业务子域	基本活动	业务活动
B0201 婚前保健服务	0301 问询记录	B0201.0301 婚前保健服务问询记录
	0302 体格检查记录	B0201.0302 婚前保健服务体格检查记录
	0305 影像检查记录	B0201.0305 婚前保健服务影像检查记录
	0303 实验室检验记录	B0201.0303 婚前保健服务实验室检验记录
	0401 诊断记录	B0201.0401 婚前保健服务诊断记录
	0203 转诊记录	B0201.0203 婚前保健服务转诊记录
	0511 医学指导	B0201.0511 婚前卫生咨询与指导
B0202 妇女病普查	0301 问询记录	B0202.0301 妇女病普查问询记录
	0302 体格检查记录	B0202.0302 妇女病普查体格检查记录
	0305 影像检查记录	B0202.0305 妇女病普查影像检查记录
	0303 实验室检验记录	B0202.0303 妇女病普查实验室检验记录
	0401 诊断记录	B0202.0401 妇女病普查诊断记录
	0511 医学指导	B0202.0511 妇女病普查医学指导
B0203 计划生育技术服务	0301 问询记录	B0203.0301 计划生育技术服务问询记录
	0302 体格检查记录	B0203.0302 计划生育技术服务体格检查记录
	0305 影像检查记录	B0203.0305 计划生育技术服务影像检查记录
	0303 实验室检验记录	B0203.0303 计划生育技术服务实验室检验记录
	0401 诊断记录	B0203.0401 计划生育技术服务诊断记录
	0503 手术记录	B0203.0503 计划生育技术服务手术记录
	0511 医学指导	B0203.0511 计划生育技术服务医学指导
B0204 产前保健（产前检查）	0204 登记	B0204.0204 孕产期保健管理登记
	0301 问询记录	B0204.0301 产前保健问询记录
	0302 体格检查记录	B0204.0302 产前保健体格检查记录
	0305 影像检查记录	B0204.0305 产前保健影像检查记录
	0303 实验室检验记录	B0204.0303 产前保健实验室检验记录
	0511 医学指导	B0204.0511 产前保健医学指导
	0203 转诊记录	B0204.0203 产前保健转诊记录

续表

业务子域	基本活动	业务活动
B0205 产时保健	0508 分娩记录	B0205.0508 分娩记录
B0206 产妇访视	0204 登记	B0206.0204 产妇访视登记
	0510 随访记录	B0206.0510 产妇访视记录
B0207 产后 42 天检查	0204 登记	B0207.0204 产后 42 天检查登记
	0302 体格检查记录	B0207.0302 产后 42 天检查体格检查记录
	0303 实验室检验记录	B0207.0303 产后 42 天检查实验室检验记录
	0511 医学指导	B0207.0511 产后 42 天检查医学指导
	0601 评估报告	B0207.0601 孕产妇保健管理结案
B0208 高危孕产妇管理	0204 登记	B0208.0204 高危孕产妇管理登记
	0301 问询记录	B0208.0301 高危孕产妇管理问询记录
	0302 体格检查记录	B0208.0302 高危孕产妇管理体格检查记录
	0305 影像检查记录	B0208.0305 高危孕产妇管理影像检查记录
	0303 实验室检验记录	B0208.0303 高危孕产妇管理实验室检验记录
	0511 医学指导	B0208.0511 高危孕产妇管理医学指导
	0601 评估报告	B0208.0601 高危孕产妇管理结案
B0209 产前筛查	0204 登记	B0209.0204 产前筛查登记
	0301 问询记录	B0209.0301 产前筛查问询记录
	0302 体格检查记录	B0209.0302 产前筛查体格检查记录
	0305 影像检查记录	B0209.0305 产前筛查影像检查记录
	0303 实验室检验记录	B0209.0303 产前筛查实验室检验记录
B0210 产前诊断	0204 登记	B0210.0204 产前诊断登记
	0301 问询记录	B0210.0301 产前诊断问询记录
	0302 体格检查记录	B0210.0302 产前诊断体格检查记录
	0305 影像检查记录	B0210.0305 产前诊断影像检查记录
	0303 实验室检验记录	B0210.0303 产前诊断实验室检验记录
	0511 医学指导	B0210.0511 产前诊断医学指导
	0401 诊断记录	B0210.0401 产前诊断诊断记录
B0211 出生缺陷监测	0701 疾病报告	B0211.0701 出生缺陷监测报告
B0212 孕产妇死亡报告	0702 事件报告	B0212.0702 孕产妇死亡报告卡上报

儿童保健业务域所涉及的基本活动包括:

- 0204 登记
- 0301 问询记录
- 0302 体格检查记录
- 0303 实验室检验记录
- 0305 影像检查记录
- 0401 诊断记录
- 0510 随访记录
- 0511 医学指导

- 0601 评估报告
- 0702 事件报告

儿童保健业务活动涉及的基本活动与区域卫生信息平台间的交互见图 3-4。

图 3-4 儿童保健基本活动交互图

妇女保健业务域所涉及的基本活动包括:

- 0204 登记
- 0301 问询记录
- 0302 体格检查记录
- 0303 实验室检验记录
- 0305 影像检查记录
- 0401 诊断记录
- 0503 手术记录
- 0508 分娩记录
- 0510 随访记录
- 0511 医学指导
- 0601 评估报告
- 0701 疾病报告

妇女保健业务活动涉及的基本活动与区域卫生信息平台间的交互见图 3-5。

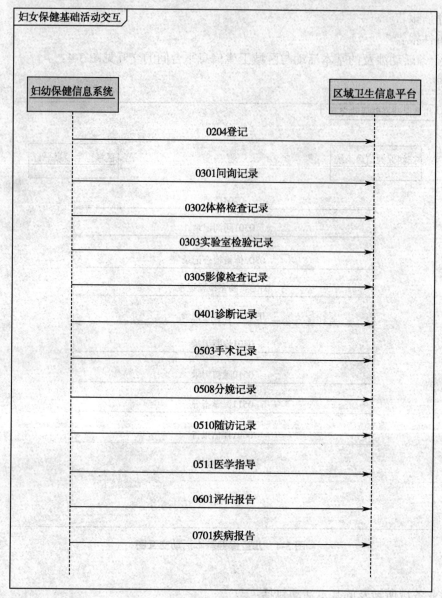

图 3-5 妇女保健基本活动交互图

3.2 数据需求

每个业务活动，都将产生或处理一定的数据，并记录相关的服务信息，对所需记录的信息进行科学分类和抽象描述，使之系统化、条理化和结构化，即形成业务活动的记录表单，记录表单是业务活动记录的主要载体，也是健康档案的主要信息来源，每个业务子域对应健康档案中的一个基本数据集，基本数据集是指构成某个卫生事件（或活动）记录所必需的基本数据元集合，是业务记录表单的一个子集，或若干表单的子集的并集。是在其进行信息记录时所必须采用的、基本的数据元集合，且其内容限定于特定卫生服务活动所使用的卫生服务活动记录表单。数据元是健康档案数据标准化的最小单元，数据元的命名以及相关属性定义必须遵循统一的卫生信息数据元标准化规则，才能进行无歧义的信息交换和协调运作。

弄清业务活动—记录表单—基本数据集与数据元的对应关系，特别是健康档案中与妇幼保健业务相关基本数据集的具体内容，对于妇幼保健信息系统进行系统分析和交互分析，以及具体的数据库设计分析，都起到关键性的作用。

3.2.1 妇幼保健业务记录表单

卫生服务记录的主要载体是卫生服务记录表单。卫生服务记录表单是卫生管理部门依据国家法律法规、卫生制度和技术规范的要求,用于记录服务对象的有关基本信息、健康信息以及卫生服务操作过程与结果信息的医学技术文档,具有医学效力和法律效力。

表 3-14 列出健康档案妇幼保健服务记录表单参考用表名称及编号,具体内容详见附录 1。

表 3-14 健康档案妇幼保健服务记录表单参考用表列表

表单编号	表单名称	表单编号	表单名称
表 B010101	出生医学证明	表 B020401	孕产妇基本情况登记表
表 B010201	新生儿疾病筛查记录表	表 B020402	产前检查初诊记录表
表 B010301	0～6 岁儿童基本情况登记表	表 B020403	产前检查复诊记录表
表 B010302	0～6 岁儿童健康体检记录表	表 B020404	分娩记录表
表 B010401	体弱儿童管理记录表	表 B020405	产妇访视记录表
表 B010501	儿童死亡报告卡	表 B020406	新生儿访视记录表
表 B020101	女性婚前医学检查表	表 B020407	产后 42 天检查记录表
表 B020102	男性婚前医学检查表	表 B020408	孕产妇高危管理记录表
表 B020103	婚前医学检查证明	表 B020501	产前筛查与诊断记录表
表 B020201	妇女健康检查表	表 B020601	医疗机构出生缺陷儿登记卡
表 B020301	女性计划生育技术服务记录表	表 B020701	孕产妇死亡报告卡
表 B020302	男性计划生育技术服务记录表		

3.2.2 妇幼保健基本数据集

基本数据集是指构成某个卫生事件(或活动)记录所必需的基本数据元集合。基本数据集标准规定了数据集中所有数据元的唯一标识符、名称、定义、数据类型、取值范围、值域代码表等数据元标准,以及数据集名称、唯一标识符、发布方等元数据标准。健康档案基本数据集(妇幼保健部分)是指与健康档案相关的妇幼保健业务活动进行信息记录时所必须采用的基本的数据元集合,内容基本限定于各业务活动记录表单,见表 3-15。

表 3-15 健康档案相关卫生服务基本数据集标准目录(妇幼保健部分)

序号	一级类目	二级类目	数据集标准名称	数据集标识符
1	A 基本信息		个人信息基本数据集	HRA00.01
2	B 公共卫生	B01 儿童保健	出生医学证明数据集	HRB01.01
3			新生儿疾病筛查数据集	HRB01.02
4			儿童健康体检数据集	HRB01.03
5			体弱儿童管理数据集	HRB01.04
6		B02 妇女保健	婚前保健服务数据集	HRB02.01
7			妇女病普查数据集	HRB02.02
8			计划生育技术服务数据集	HRB02.03
9			孕产期保健服务与高危管理数据集	HRB02.04
10			产前筛查与诊断数据集	HRB02.05
11			出生缺陷监测数据集	HRB02.06

注:详细内容请参阅卫生部《健康档案基本架构与数据标准(试行)》。

3.2.3 妇幼保健业务活动数据元

　　健康档案中与妇幼保健业务相关的基本数据集共10个,其中儿童保健领域4个,妇女保健领域6个。妇幼保健服务的每个业务活动对应每个基本数据集中的一部分,以出生医学报告为例,表3-16列出了业务报告活动所涉及的数据元及与表单之间的关系。具体内容详见附录2。

表 3-16　出生医学报告业务活动包含的数据元、与表单关系分析

数据元标识符（DE）	数据元名称	定义	业务表单
HR02.01.006	新生儿姓名	新生儿在公安户籍管理部门正式登记注册的姓氏和名称	
HR02.02.002	新生儿性别代码	标识新生儿生理性别的代码	
HR30.00.004	新生儿出生日期时间	新生儿出生时的公元纪年日期和时间的完整描述	
HR30.00.005	出生地	出生时地址的详细描述,包括省(自治区、直辖市)、市(地区)、县(区)、乡(镇、街道办事处)	
HR03.00.003	地址类别代码	标识地址类别的代码	
HR03.00.006	行政区划代码	标识中华人民共和国县级及县级以上行政区划的代码	
HR03.00.004.01	地址 - 省(自治区、直辖市)	地址中的省、自治区或直辖市名称	
HR03.00.004.02	地址 - 市(地区)	地址中的市或地区名称	
HR03.00.004.03	地址 - 县(区)	地址中的县或区名称	
HR03.00.004.04	地址 - 乡(镇、街道办事处)	地址中的乡、镇或城市的街道办事处名称	
HR03.00.004.05	地址 - 村(街、路、弄)	地址中的村或城市的街、路、里、弄等名称	
HR03.00.004.06	地址 - 门牌号码	地址中的门牌号码	
HR03.00.005	邮政编码	由阿拉伯数字组成,用来表示与地址对应的邮局及其投递区域的邮政通信代号	
HR30.00.006	出生地点类别代码	标识出生地点类别的代码	
HR55.01.001	新生儿健康状况代码	标识新生儿健康状况类别的代码	表 B010101 出生医学证明
HR30.00.007	出生孕周	新生儿出生时的妊娠时长,精确到天	
HR30.00.009	出生身长(cm)	新生儿出生后1小时内身长的测量值,计量单位为cm	
HR30.00.010	出生体重(g)	新生儿出生后1小时内体重的测量值,计量单位为g	
HR02.01.003	母亲姓名	母亲在公安户籍管理部门正式登记注册的姓氏和名称	
HR02.04.002	母亲国籍代码	标识母亲所属国籍的代码	
HR02.05.002	母亲民族代码	标识母亲所属民族类别的代码	
HR01.00.003.01	母亲身份证件 - 类别代码	标识母亲身份证件类别的代码	
HR01.00.003.02	母亲身份证件 - 号码	母亲身份证件上唯一的、终身不变的法定标识符	
HR02.01.004	父亲姓名	父亲在公安户籍管理部门正式登记注册的姓氏和名称	
HR02.04.003	父亲国籍代码	标识父亲所属国籍的代码	
HR02.05.003	父亲民族代码	标识父亲所属民族类别的代码	
HR01.00.004.01	父亲身份证件 - 类别代码	标识父亲身份证件类别的代码	
HR01.00.004.02	父亲身份证件 - 号码	父亲身份证件上唯一的、终身不变的法定标识符	
HR22.01.001	助产人员姓名	助产人员在公安户籍管理部门正式登记注册的姓氏和名称	
HR21.01.003	助产机构名称	助产机构的组织机构名称	

3.3 系统功能需求

3.3.1 儿童保健服务

3.3.1.1 《出生医学证明》签发

《出生医学证明》是《中华人民共和国母婴保健法》规定的法定医学证明文书,由新生儿所在的医疗保健机构和从事家庭接生的人员依据一定的工作程序为中华人民共和国境内出生的新生儿签发。要求通过信息系统完成出生医学信息登记、档案更正、《出生医学证明》首次签发、补发、换发、机构外出生的签发等业务管理。具体要求如下:

(1) 出生医学信息登记:由信息系统提供产妇档案及新生儿档案信息的建立功能,档案信息的具体内容由"表 B010101 出生医学证明"规定,要求做到如下几点:

1) 支持现役军人、外籍人在境内分娩等特殊情况;

2) 与父母信息相关联;

3) 对联系地址、联系方式等敏感数据采用加密存贮,通过系统才能还原显示;

4) 允许在授权的情况下对档案数据进行修改,但采用日志记录保存。

(2)《出生医学证明》证件首次签发:由信息系统提供《出生医学证明》的首次签发和打印功能,签发信息的具体内容由"表 B010101 出生医学证明"规定。要求做到如下几点:

1) 签发前系统自动检测《出生医学证明》必填的接生、分娩信息资料的完整性;

2) 签发时发现档案有错时,必须发出档案修改申请,经指定人员授权后才能对档案进行限制性修改。

(3)《出生医学证明》换发、补发、机构外出生的签发:由信息系统提供《出生医学证明》换发、补发、机构外出生的签发管理,并提供换发、补发、机构外出生签发的申请、审批过程记录,并对相关资料、证明材料等存档管理。

(4) 综合查询:由信息系统提供《出生医学证明》查询、档案查询、首次签发查询、换发查询、补发查询、机构外出生的签发查询等查询。要求做到严格的权限管理,所有查询仅对授权者开放。系统可导入、共享已存在 / 录入的信息,并进行审核。

(5) 统计报表:由信息系统提供《出生医学证明》、档案、首次签发、换发、补发、机构外出生的签发等相关项目的统计报表,要求做到提供严格的权限管理,所有统计报表仅对授权者开放。

3.3.1.2 新生儿疾病筛查

新生儿疾病筛查是对新生儿疾病早发现、早治疗纠正,提高儿童健康的重要措施。要求通过信息系统完成新生儿疾病筛查档案的建立、初检信息登记、复检信息、召回管理、治疗与随访、提醒等业务管理,具体要求如下:

(1) 新生儿疾病筛查档案:由信息系统提供新生儿疾病筛查档案的管理,具有档案信息建立、修改、删除功能。新生儿疾病筛查档案的具体内容由"表 B010201 新生儿疾病筛查记录表"规定,要求做到如下几点:

1) 能够与母亲档案信息关联;

2) 家庭地址、电话号码等隐私信息采用加密存储,只有通过系统才能还原显示。

(2) 初检信息登记:由信息系统提供完成新生儿疾病筛查标本的初检数据登记功能,具体内容由"表 B010201 新生儿疾病筛查记录表"规定,要求做到如下几点:

1) 具有对初检信息的审核,并能够打印初检结果报告;

2) 具备检测仪器结果导入的数据自动采集功能;

3) 对录入或导入的数据进行合法性判断与审核,具备修改错误日志记录功能;

4) 具备报告单批量打印功能。

（3）复检信息登记：对初检有疑问的对象，进行标本复检，由信息系统提供对复检对象的复检结果数据录入，打印复检待排通知单、复检报告单的业务管理功能，具体内容由"表 B010201 新生儿疾病筛查记录表"规定。

（4）召回：对于筛查呈阳性的对象进行召回处理，由信息系统提供阳性结果的通知和接收、召回管理、确诊与排除管理的业务管理功能。

（5）治疗与随访：对已确诊的患儿追访其治疗过程，登记相关的治疗信息，由信息系统提供相应的治疗信息登记功能。

（6）提醒管理：由信息系统通过设置标准参考值，对初检（复检）标本质量、检查结果阳性、召回复查、确诊随访等环节采用提醒功能，帮助工作人员提高工作质量和效率。

（7）综合查询：由信息系统提供新生儿筛查信息的查询功能，可以根据单个或多个条件组合查询新生儿筛查卡片信息、初检、复检、召回、治疗等信息。采用一览表方式显示，并支持打印和数据导出。

（8）统计报表：由信息系统提供新生儿疾病筛查的统计报表功能，能够生成和打印新生儿筛查中心、各级卫生主管部门、医疗保健机构所需的统计报表，支持数据导出。

3.3.1.3 新生儿访视

新生儿访视是对新生儿做健康检查，了解新生儿健康状况，宣传科学育儿知识，指导母亲哺乳、护理、防病和发现异常，使新生儿期易出现的问题得到及时的发现和控制。要求通过信息系统完成新生儿访视档案的建立、访视信息登记、访视小结、治疗与随访、提醒等业务管理，具体要求如下：

（1）新生儿访视档案：由信息系统提供新生儿访视档案的管理，具有档案信息建立、修改、删除功能。新生儿访视档案的具体内容由"表 B020406 新生儿访视记录表"规定，要求做到如下几点：

1）能够与母亲档案信息的关联；

2）家庭地址、电话号码等隐私信息采用加密存储，只有通过系统才能还原显示。

（2）访视信息登记：由信息系统提供完成每次新生儿访视的体检数据登记功能，具体内容由"表 B020406 新生儿访视记录表"规定，要求做到如下几点：

1）具有对访视信息的审核，并能够打印访视结果报告；

2）对录入或导入的数据进行合法性判断与审核，具备修改错误日志记录功能；

3）具备报告单批量打印功能。

（3）访视小结：对访视管理过程进行小结，由信息系统提供对服务对象的访视小结数据录入，打印访视小结结果报告，并向服务对象提供访视小结报告。

（4）治疗与随访：体检过程中检出出生缺陷，则能够在信息系统中标识为出生缺陷儿，以便转入出生缺陷儿专案管理；检出需治疗的疾病，则由信息系统提供登记相关转诊或治疗信息记录功能。

（5）提醒管理：由信息系统通过设置标准参考值，对访视信息质量、到期未访视、治疗与随访等环节采用提醒功能，帮助工作人员提高工作质量和效率。

（6）综合查询：由信息系统提供新生儿访视信息的查询功能，可以根据单个或多个条件组合查询新生儿访视登记信息、体检、治疗、提醒等信息。采用一览表方式显示，并支持打印和数据导出。

（7）统计报表：由信息系统提供新生儿访视的统计报表功能，能够生成和打印各级卫生行政主管部门、医疗保健机构所需的统计报表，支持数据导出。

3.3.1.4 儿童健康体检

儿童健康体检是各级保健机构管理 0～6 岁儿童的健康体检、喂养情况、眼保健、口腔保健、听力保健、心理保健、疾病管理等情况，并对儿童各期生长发育进行动态评价。对 0～6 岁儿童进行系统管理，记录儿童从出生到 6 岁各阶段的保健信息，建立完整的儿童系统管理档案，实现对七岁以下儿童的动态连续追踪管理。要求通过信息系统完成儿童健康体检档案的建立、体检信息登记、生长发育评价、儿童系统管理结案、提醒等业务管理，具体要求如下：

（1）儿童健康体检档案：由信息系统提供儿童健康体检档案的管理，具有档案信息建立、修改、删除功能。儿童健康体检档案的具体内容由"表 B010301 0～6 岁儿童基本情况登记表"规定，要求做到如下几点：

1）能够与父母档案信息的关联；

2）家庭地址、电话号码等隐私信息采用加密存储，只有通过系统才能还原显示。

（2）体检信息登记：由信息系统提供完成每次儿童健康体检的数据登记功能，具体内容由"表 B010302 0～6 岁儿童健康体检记录表"规定，要求做到如下几点：

1）具有对儿童健康体检信息的审核，能够打印体检结果报告，并具备儿童保健手册体检记录打印功能；

2）对录入或导入的数据进行合法性判断与审核，具备修改错误日志记录功能；

3）具备报告单批量打印功能。

（3）生长发育评价：信息系统根据体检结果，提供自动生成生长发育评价，自动描绘生长发育评价图，提供生长发育评价和评价图的打印功能。

（4）儿童系统管理结案：对符合儿童系统管理结案条件的，信息系统提供儿童从出生到 6 岁各阶段的保健体检信息登记，记录结案情况，提供打印功能。

（5）提醒管理：由信息系统通过设置标准参考值，对体检信息质量、到期未体检、检出体弱儿未管理等环节采用提醒功能，帮助工作人员提高工作质量和效率。

（6）综合查询：由信息系统提供儿童健康体检信息的查询功能，可以根据单个或多个条件组合查询儿童健康体检登记信息、体检、生长发育、结案、提醒等信息。采用一览表方式显示，并支持打印和数据导出。

（7）统计报表：由信息系统提供儿童健康体检的统计报表功能，能够生成和打印各级卫生行政主管部门、医疗保健机构所需的统计报表，支持数据导出。

3.3.1.5 体弱儿童管理

体弱儿童管理是将存在体弱因素的儿童纳入体弱儿童专案管理。要求通过信息系统完成体弱儿童档案的登记、随诊信息登记、预约登记、体弱儿童管理结案、提醒等业务管理，具体要求如下：

（1）体弱儿童档案登记：儿童在体检时被确诊为体弱儿时，根据体弱儿因素由信息系统自动生成相应的体弱儿童管理登记卡，具有档案信息建立、修改、删除功能。同时，制定体弱儿童管理指导方案。体弱儿童管理档案的具体内容由"表 B010401 体弱儿童管理记录表"规定，要求做到如下几点：

1）能够与父母档案信息的关联；

2）家庭地址、电话号码等隐私信息采用加密存储，只有通过系统才能还原显示。

（2）随诊信息登记：由信息系统提供完成每次体弱儿童随诊的数据登记功能，并提供具体内容由"表 B010401 体弱儿童管理记录表"规定，要求做到如下几点：

1）具有对体弱儿童随诊信息的审核，能够打印随诊结果报告；

2）对录入或导入的数据进行合法性判断与审核，具备修改错误日志记录功能；

3）具备报告单批量打印功能。

（3）预约登记：信息系统根据随访结果和体弱儿童管理指导方案，提供自动生成下次预约时间的功能，登记预约情况。

（4）体弱儿童管理结案：对符合体弱儿童管理结案条件的，信息系统提供结案、转归情况登记，并提供打印功能。

（5）提醒管理：由信息系统通过设置标准参考值，对体弱儿童的随诊信息质量、到期未复诊、体弱儿童转诊未接诊等环节采用提醒功能，帮助工作人员提高工作质量和效率。

（6）综合查询：由信息系统提供体弱儿童的管理与随诊信息查询功能，可以根据单个或多个条件组合查询体弱儿童的随诊、预约、转归、结案、提醒等管理信息。采用一览表方式显示，并支持打印和数据导出。

（7）统计报表：由信息系统提供体弱儿童随诊的统计报表功能，能够生成和打印各级卫生主管部门、医疗保健机构所需的统计报表，支持数据导出。

3.3.1.6 5岁以下儿童死亡报告

5岁以下儿童死亡报告是对妊娠满28周（或出生体重在1000克及以上）的活产儿至未满5周岁的儿童的死亡情况进行报告管理。通过定期组织开展5岁以下儿童死亡评审、开展信息监测质控，查找存在的问题，制定和落实干预措施。要求通过信息系统完成5岁以下儿童死亡报告信息登记、审核儿童死亡信息、检查重复报卡、上报5岁以下儿童死亡报告卡、提醒等业务管理，具体要求如下：

（1）提取5岁以下儿童死亡报告信息：由信息系统提供提供儿童死亡信息功能，并具有信息修改、删除等功能。5岁以下儿童死亡报告信息的具体内容由"表B010501　儿童死亡报告卡"规定，要求做到如下几点：

1）能够与父母档案信息关联；

2）家庭地址、电话号码等隐私信息采用加密存储，只有通过系统才能还原显示；

3）允许在授权的情况下对档案数据进行修改，但采用日志记录保存。

（2）审核儿童死亡信息：由信息系统提供完成儿童死亡信息审核功能，对录入或导入的数据进行合法性判断与审核，审核确认通过的5岁以下儿童死亡报告卡不允许修改，被驳回的数据提供修订功能，具备修改日志保存功能。提供打印死亡报告卡的功能。

（3）检查重复报卡：信息系统根据查重原则，对经查重结果认定是重复填写的记录给予删除，并记录到删除日志。

（4）上报5岁以下儿童死亡报告卡：对于审核通过的5岁以下儿童死亡报告卡，信息系统提供上报功能，并将上报时间等信息保存到日志中。

（5）提醒管理：由信息系统通过设置标准参考值，对超期未上报的儿童死亡报告卡、被上级驳回的儿童死亡报告卡等环节采用提醒功能，帮助工作人员提高工作质量和效率。

（6）综合查询：由信息系统提供5岁以下儿童死亡信息的查询功能，可以根据单个或多个条件组合查询死亡原因、死亡地点、死亡时间等信息。采用一览表方式显示，并支持打印和数据导出。

（7）统计报表：由信息系统提供5岁以下儿童死亡的统计报表功能，能够生成和打印各级卫生主管部门、医疗保健机构所需的统计报表，支持数据导出。

3.3.2 妇女保健服务

3.3.2.1 青春期保健服务

青春期保健是以保护青少年身心健康，促进青少年健康成长为目的，对青少年进行营养、行为指导、体格发育检查、心理咨询及性教育为主要内容的保健服务。要求通过信息系统完成青少年保健服务管理档案的建立、体格发育检查信息登记、健康教育与咨询、健康指导等业务管理，具体要求如下：

（1）青少年保健服务管理档案登记：由信息系统提供青少年保健档案的管理，具有档案信息建立、修改、删除功能。要求做到家庭地址、电话号码等隐私信息采用加密存储，只有通过系统才能还原显示。

（2）体格发育检查信息登记：由信息系统提供完成青少年体格发育检查信息的数据登记功能，要求做到如下几点：

1）具有检查信息的审核功能，能够打印检查结果报告；

2）对录入或导入的数据进行合法性判断与审核，具备修改错误日志记录功能；

3）具备报告单批量打印功能。

（3）青少年行为健康指导：信息系统根据问询咨询结果和体格发育检查结果，对青少年的健康状况进行综合评估。遵循普遍性指导和个性化指导相结合的原则，对青少年的营养、卫生、性行为与心理进行指导，提供青春期保健指导意见登记功能，并能够打印保健指导意见报告。

（4）综合查询：由信息系统提供青少年体格发育检查信息的查询功能，可以根据单个或多个条件组合查询体格发育检查信息、签发等信息。采用一览表方式显示,并支持打印和数据导出。

（5）统计报表：由信息系统提供青少年体格发育检查与咨询指导的统计报表功能,能够生成和打印各级卫生行政主管部门、医疗保健机构所需的统计报表,支持数据导出。

（6）提醒管理：由信息系统通过设置标准参考值,根据业务常规对青春期保健管理各环节进行提醒,包括对生殖系统异常、少年妊娠、营养不良等环节采用提醒功能,帮助工作人员提高工作质量和效率。

3.3.2.2　婚前保健服务

婚前保健服务是对准备结婚的男女双方,在结婚前所进行的婚前医学检查、婚前卫生指导和婚前卫生咨询服务。要求通过信息系统完成男女双方婚前保健服务档案的建立、婚前医学检查信息登记、婚前保健医学指导、婚前医学检查报告与证明签发、转诊登记等业务管理,具体要求如下：

（1）婚前保健服务档案：由信息系统提供男女双方婚前保健档案的管理,具有档案信息建立、修改、删除功能。婚前保健档案的具体内容由"表 B020101　女性婚前医学检查表"、"表 B020102　男性婚前医学检查表"规定,要求做到如下几点：

1）能够与对方档案信息关联；

2）家庭地址、电话号码等隐私信息采用加密存储,只有通过系统才能还原显示。

（2）婚前医学检查信息登记：由信息系统提供完成男女双方婚前医学检查信息的数据登记功能,具体内容由"表 B020101　女性婚前医学检查表"、"表 B020102　男性婚前医学检查表"规定,要求做到如下几点：

1）具有对婚前医学检查信息的审核功能,能够打印检查结果报告；

2）对录入或导入的数据进行合法性判断与审核,具备修改错误日志记录功能；

3）具备报告单批量打印功能。

（3）婚前保健医学指导：信息系统根据检查结果,提供婚前保健医学指导意见登记功能,并能够打印医学指导意见报告。

（4）婚前医学检查报告与证明签发：信息系统具备生成和打印男女婚前医学检查报告功能,并登记签发婚前医学检查证明信息,保存到日志记录功能。

（5）转诊登记：对于婚前医学检查过程中检出疾病者,信息系统提供转诊信息的登记(包括转诊日期、转诊医院、转诊原因、转出人员等)的功能,并将转诊记录保存到日志中。

（6）综合查询：由信息系统提供婚前医学检查信息的查询功能,可以根据单个或多个条件组合查询婚前医学检查信息、转诊、签发等信息。采用一览表方式显示,并支持打印和数据导出。

（7）统计报表：由信息系统提供婚前医学检查的统计报表功能,能够生成和打印各级卫生行政主管部门、医疗保健机构所需的统计报表,支持数据导出。

3.3.2.3　计划生育技术服务

计划生育技术服务包括计划生育技术指导、咨询以及与计划生育有关的临床医疗服务。要求通过信息系统完成计划生育技术服务档案登记、计划生育技术服务信息登记、计划生育术后随诊记录、计划生育医学指导、提醒等业务管理。具体要求如下：

（1）计划生育技术服务档案登记：由信息系统提供计划生育技术服务档案的管理,具有档案信息建立、修改、删除功能。计划生育技术服务档案的具体内容由"表 B020301　女性计划生育技术服务记录表"、"表 B020302　男性计划生育技术服务记录表"规定,要求做到如下几点：

1）能够与个人档案信息的关联；

2）家庭地址、电话号码等隐私信息采用加密存储,只有通过系统才能还原显示。

（2）计划生育技术服务信息登记：由信息系统提供计划生育术前检查、技术服务的数据登记功能,并提供具体内容由"表 B020301　女性计划生育技术服务记录表"、"表 B020302　男性计划生育技术服务记录表"规定,要求做到如下几点：

1）具有对计划生育术前检查、技术服务信息的审核，能够打印检查结果报告；

2）对录入或导入的数据进行合法性判断与审核，具备修改错误日志记录功能；

3）具备报告单批量打印功能。

（3）计划生育术后随诊记录：信息系统针对计划生育手术后的服务对象，提供随访结果、治疗情况、转归情况记录功能，系统自动生成追访对象一览表，医生也可指定特定的追访对象。

（4）计划生育医学指导：信息系统根据随诊结果，提供计划生育医学指导意见登记功能，并能够打印医学指导意见报告。

（5）提醒管理：由信息系统通过设置标准参考值，对术后未随诊或未治疗等环节采用提醒功能，帮助工作人员提高工作质量和效率。

（6）综合查询：由信息系统提供计划生育技术服务信息的查询功能，可以根据单个或多个条件组合查询计划生育术前检查、术后随诊、治疗、提醒等信息。采用一览表方式显示，并支持打印和数据导出。

（7）统计报表：由信息系统提供计划生育技术服务的统计报表功能，能够生成和打印各级卫生行政主管部门、医疗保健机构所需的统计报表，支持数据导出。

3.3.2.4 孕前保健服务

孕前保健是以提高出生人口素质，减少出生缺陷和先天残疾发生为宗旨，为准备怀孕的夫妇提供健康教育与咨询、健康状况评估、健康指导为主要内容的保健服务。要求通过信息系统完成男女双方孕前保健服务档案的建立、孕前医学检查信息登记、孕前健康教育与咨询、孕前健康指导等业务管理，具体要求如下：

（1）孕前保健服务档案：由信息系统提供男女双方孕前保健档案的管理，具有档案信息建立、修改、删除功能。孕前保健档案的具体内容由"孕前医学检查表（女）"、"孕前医学检查表（男）"规定，要求做到如下几点：

1）能够与对方档案信息的关联；

2）家庭地址、电话号码等隐私信息采用加密存储，只有通过系统才能还原显示。

（2）孕前医学检查信息登记：由信息系统提供完成男女双方孕前医学检查信息的数据登记功能，具体内容由"孕前医学检查表（女）"、"孕前医学检查表（男）"规定，要求做到如下几点：

1）具有对孕前医学检查信息的审核功能，能够打印检查结果报告；

2）对录入或导入的数据进行合法性判断与审核，具备修改错误日志记录功能；

3）具备报告单批量打印功能。

（3）孕前健康指导：信息系统根据一般情况了解和孕前医学检查结果，对孕前保健对象的健康状况进行综合评估。遵循普遍性指导和个性化指导相结合的原则，对计划怀孕的夫妇进行怀孕前、孕早期及预防出生缺陷的指导，提供孕前保健医学指导意见登记功能，并能够打印医学指导意见报告。

（4）综合查询：由信息系统提供孕前医学检查信息的查询功能，可以根据单个或多个条件组合查询孕前医学检查信息、签发等信息。采用一览表方式显示，并支持打印和数据导出。

（5）统计报表：由信息系统提供孕前医学检查与咨询指导的统计报表功能，能够生成和打印各级卫生行政主管部门、医疗保健机构所需的统计报表，支持数据导出。

3.3.2.5 产前保健

产前保健服务是对孕妇从建立孕产妇保健管理档案开始，对孕妇进行的产前初检、定期产前复检的过程，对孕妇和宫内胎儿情况进行必要的定期监护，通过系统的产前保健及早发现高危妊娠，早期转诊治疗，是保证孕妇和胎儿健康和安全分娩的必要措施。要求通过信息系统完成孕产期保健管理档案的建立、首次产检信息登记、产前检查复诊信息登记、预约复诊登记、产前保健孕产妇转诊记录、确诊高危孕产妇登记、终止妊娠登记、提醒等业务管理，具体要求如下：

（1）孕产期保健管理档案：由信息系统提供孕产期保健服务档案的管理，具有档案信息建立、修

改、删除功能。孕产期保健服务的具体内容由"表 B020401　孕产妇基本情况登记表"规定,要求做到如下几点:

　　1) 能够与配偶档案信息关联;

　　2) 家庭地址、电话号码等隐私信息采用加密存储,只有通过系统才能还原显示。

　　(2) 首次产前检查信息登记:由信息系统提供完成产前检查信息的初诊数据登记功能,具体内容由"表 B020402　产前检查初诊记录表"规定,要求做到如下几点:

　　1) 具有对产前检查信息的审核功能,并能够打印检查结果报告;

　　2) 具备检测仪器结果导入的数据自动采集功能;

　　3) 对录入或导入的数据进行合法性判断与审核,具备修改错误日志记录功能;

　　4) 具备报告单批量打印功能。

　　(3) 产前检查复检信息登记:信息系统提供对每次产科检查复检结果数据的录入,打印产前复检报告单等业务管理功能。

　　(4) 预约复诊登记:信息系统根据产前检查业务常规,提供自动生成下次预约时间、产检次数等功能,登记预约信息,打印预约复诊单,并实现对孕妇人群进行预约管理。

　　(5) 产前保健孕产妇转诊记录:对于孕产期保健过程中检出疾病,符合转诊条件者作转诊处理,信息系统提供转诊信息记录(包括转诊日期、转诊医院、转诊原因、转出人员等)的功能,并将转诊记录保存到日志中。

　　(6) 确诊高危孕产妇登记:对于孕产期保健过程中检出高危因素的加以确诊,以此转入高危孕产妇管理系统中,信息系统提供登记高危孕产妇管理专案和确诊信息的功能。

　　(7) 终止妊娠登记:对于在孕期检查中出现异常需要采取终止妊娠措施的孕妇,信息系统提供登记终止妊娠措施的相关信息(包括实施时间、终止妊娠方式、过程记录、胎儿情况、产后情况等)。

　　(8) 提醒管理:由信息系统通过设置标准参考值,根据业务常规对孕产期保健管理各环节进行提醒,包括建档未检查、未按期复诊等环节采用提醒功能,帮助工作人员提高工作质量和效率。

　　(9) 综合查询:由信息系统提供产前检查信息的查询功能,可以根据单个或多个条件组合查询产前检查初诊、复诊、转诊、终止妊娠等信息。采用一览表方式显示,并支持打印和数据导出。

　　(10) 统计报表:由信息系统提供产前检查的统计报表功能,能够生成和打印各级卫生行政主管部门、医疗保健机构所需的统计报表,支持数据导出。

3.3.2.6　产时保健

　　产时保健是指在整个分娩过程中,一方面要监护产妇的各项生命体征及产程进展情况,另一方面要监护胎儿情况,如胎心音、胎动、胎儿有无窘迫等,及时发现异常并及时处理的医疗保健服务。产时保健是预防滞产、出血、感染、窒息、产伤等的发生,确保产妇和胎儿安全的必要服务。要求通过信息系统完成分娩信息登记、综合查询、统计报表等业务管理,具体要求如下:

　　(1) 分娩信息登记:由信息系统提供分娩信息(包括产程记录、分娩方式、新生儿情况、分娩机构等)登记功能,分娩信息的具体内容由"表 B020404　分娩记录表"规定,要求做到如下几点:

　　1) 能够与本人档案信息关联;

　　2) 分娩信息可与《出生医学证明》共享并实现协同互操作性。

　　(2) 综合查询:由信息系统提供分娩信息的查询功能,可以根据单个或多个条件组合查询分娩时产妇和新生儿情况、分娩方式等信息。采用一览表方式显示,并支持批量打印和数据导出。

　　(3) 统计报表:由信息系统提供分娩信息的统计报表功能,能够生成和打印各级卫生行政主管部门、医疗保健机构所需的统计报表,支持数据导出。

3.3.2.7　产妇访视

　　产妇访视是重要的产妇保健服务,围生期保健或妇产科医务人员(简称访视人员)在产妇访视中,对辖区内分娩后的产妇了解全身健康状况,进行规定项目的体格检查、卫生保健和避孕指导工作。要

求通过信息系统完成产妇访视档案的建立、产妇访视信息登记、访视小结、治疗与随访、提醒等业务管理,具体要求如下:

(1) 产妇访视档案:由信息系统提供产妇访视档案的管理,具有档案信息建立、修改、删除功能。新生儿访视档案的具体内容由"表B020405 产妇访视记录表"规定,要求做到如下几点:

1)能够与本人档案信息关联;

2)家庭地址、电话号码等隐私信息采用加密存储,只有通过系统才能还原显示。

(2) 产妇访视信息登记:由信息系统提供完成每一次产妇访视的体检数据登记功能,具体内容由"表B020405 产妇访视记录表"规定,要求做到如下几点:

1)具有对访视信息进行审核,并打印访视结果报告的功能;

2)对录入或导入的数据进行合法性判断与审核,具备修改错误日志记录功能;

3)具备报告单批量打印功能。

(3) 访视小结:对访视管理过程进行小结,由信息系统提供对服务对象的访视小结数据录入,打印访视小结结果报告,并向服务对象提供访视小结报告。

(4) 治疗:对在访视过程中检出需治疗的疾病,则由信息系统提供登记相关转诊或治疗信息记录。若发生孕产妇死亡,则需要系统标识为孕产妇死亡,以便转入孕产妇死亡监测管理。

(5) 提醒管理:由信息系统通过设置标准参考值,对访视信息质量、到期未访视、治疗与随访等环节采用提醒功能,帮助工作人员提高工作质量和效率。

(6) 综合查询:由信息系统提供产妇访视信息的查询功能,可以根据单个或多个条件组合查询产妇访视登记信息、体检、治疗、提醒等信息。采用一览表方式显示,并支持打印和数据导出。

(7) 统计报表:由信息系统提供产妇访视的统计报表功能,能够生成和打印各级卫生行政主管部门、医疗保健机构所需的统计报表,支持数据导出。

3.3.2.8 产后42天检查

产后42天检查是指在产后42天内进行产后检查的保健服务,是对产妇从产后全身健康状况、哺乳情况等方面进行的保健措施,通过妇科检查、相关辅助检查如血、尿常规、白带常规、肝功等,及早发现疾病,及时处理,并提供产妇的营养、哺乳、计划生育及避孕的咨询与指导。要求通过信息系统完成产后42天检查档案信息登记、产后42天检查信息登记、孕产妇保健管理结案、提醒等业务管理,具体要求如下:

(1) 产后42天检查档案信息登记:由信息系统提供完成产后42天检查的数据登记功能,具体内容由"表B020407 产后42天检查记录表"规定,要求做到如下几点:

1)具有对产后42天检查信息的审核功能,并能够打印检查结果报告;

2)对录入或导入的数据进行合法性判断与审核,具备修改错误日志记录功能;

(2) 产后42天检查信息登记:信息系统提供登记产妇产后42天检查情况(包括妇科检查、处理及指导意见等)的功能,打印产后42天检查结果报告单。

(3) 孕产妇保健管理结案:在孕产妇终止妊娠或产后42天检查完成时做孕产妇保健管理结案,信息系统提供登记结案情况信息功能,具备孕产期保健手册记录打印功能。

(4) 提醒管理:由信息系统通过设置标准参考值,根据业务常规对产后保健各环节进行提醒,包括对未按期检查、检查结果发现异常等环节采用提醒功能,帮助工作人员提高工作质量和效率。

(5) 综合查询:由信息系统提供产后保健信息的查询功能,可以根据单个或多个条件组合查询产后42天检查、孕产期保健管理结案等信息。采用一览表方式显示,并支持打印和数据导出。

(6) 统计报表:由信息系统提供产后42天检查的统计报表功能,能够生成和打印各级卫生主管部门、医疗保健机构所需的统计报表,支持数据导出。

3.3.2.9 高危孕产妇管理

产前检查过程中发现有高危因素的孕产妇,将被纳入高危孕产妇专案管理,并按管理程序进行高危孕产妇的评分、登记、预约、追踪和转归工作。要求通过信息系统完成高危孕产妇管理档案的建立、高危孕产妇确诊信息登记、高危孕产妇预约随诊登记、高危孕产妇医学指导、高危孕产妇管理结案、提醒等业务管理，具体要求如下：

（1）高危孕产妇管理档案：由信息系统提供高危孕产妇档案的管理，具有档案信息建立、修改、删除功能。高危孕产妇管理的具体内容由"表 B020408　孕产妇高危管理记录表"规定，要求做到如下几点：

1）能够与本人档案信息关联；

2）家庭地址、电话号码等隐私信息采用加密存储，只有通过系统才能还原显示。

（2）高危孕产妇确诊信息登记：根据孕产妇高危因素评判，由信息系统提供完成高危孕产妇确诊信息的登记功能，具体内容由"表 B020408　孕产妇高危管理记录表"规定，要求做到如下几点：

1）具有对高危孕产妇信息审核的功能，并能够打印检查结果报告；

2）具备高危因素维护功能，用户可增加、修改、删除和编辑高危因素；

3）具备医院级别设置和高危抢救中心设置功能，提供高危机构一览表、高危机构增加、修改、删除和编辑功能；

4）对录入或导入的数据进行合法性判断与审核，具备修改错误日志记录功能；

5）具备报告单批量打印功能。

（3）高危孕产妇预约随诊登记：信息系统根据高危孕产妇检查业务常规，提供自动生成下次预约时间、产检项目等功能，登记预约信息，打印预约复诊单；并实现对高危孕妇人群进行预约管理。

（4）高危孕产妇医学指导：信息系统根据随诊检查结果，提供高危孕产妇医学指导意见登记功能，并能够打印医学指导意见报告。

（5）高危孕产妇管理结案：在孕产妇高危因素消失、孕产妇保健管理结案的同时实现对高危孕产妇管理结案，信息系统提供登记结案情况信息功能，具备高危孕产妇管理结案打印功能。

（6）提醒管理：由信息系统通过设置标准参考值，根据业务常规对高危孕产妇保健管理各环节进行提醒，包括未按期复诊等环节采用提醒功能，帮助工作人员提高工作质量和效率。

（7）综合查询：由信息系统提供高危孕产妇管理信息的查询功能，可以根据单个或多个条件组合查询高危因素、随诊、高危孕产妇管理结案等信息。采用一览表方式显示，并支持打印和数据导出。

（8）统计报表：由信息系统提供高危孕产妇管理的统计报表功能，能够生成和打印各级卫生行政主管部门、医疗保健机构所需的统计报表，支持数据导出。

3.3.2.10　产前筛查

产前筛查是指通过医学检测方法，查找出患有严重遗传障碍的个体，即从孕妇群体中发现某些怀疑有先天性缺陷和遗传性疾病胎儿的高危孕妇，以便进一步明确诊断。要求通过信息系统完成产前筛查信息登记、筛查结果登记、高风险孕妇管理等业务内容。具体要求如下：

（1）产前筛查信息登记：由信息系统提供产前筛查信息登记功能。要求做到如下几点：

1）能从健康档案中获取孕妇基本信息；

2）对联系地址、联系方式等敏感数据采用加密存贮，通过系统才能还原显示；

3）允许在授权的情况下对档案数据进行修改，但采用日志记录保存。

（2）筛查结果登记：由信息系统提供产前筛查结果的登记功能。要求做到如下几点：

1）具有对产前筛查结果信息审核，并能够打印筛查结果报告的功能；

2）具备检测仪器结果导入的数据自动采集功能；

3）对录入或导入的数据进行合法性判断与审核，具备修改错误日志记录功能；

4）具备报告单批量打印功能。

（3）高风险孕妇管理：由信息系统提供产前筛查高风险孕妇的管理功能，包括高风险通知、产前咨询、产前诊断、筛查追访等管理。

(4)提醒管理：由信息系统通过设置标准参考值,对产前筛查结果阳性、高风险孕妇通知、产前咨询、筛查随访等环节采用提醒功能,帮助工作人员提高工作质量和效率。

(5)综合查询：由信息系统提供孕产妇筛查信息的查询功能,可以根据单个或多个条件组合查询产前筛查相关信息。采用一览表方式显示,并支持打印和数据导出。

(6)统计报表：由信息系统提供产前筛查的统计报表功能,能够生成和打印产前筛查机构、各级卫生行政主管部门、医疗保健机构所需的统计报表,支持数据导出。

3.3.2.11 产前诊断

产前诊断是在遗传咨询的基础上,主要通过遗传学检测和影像学检查,对高风险胎儿进行明确诊断,从而降低出生缺陷率,提高优生质量和出生人口素质。要求通过信息系统完成产前诊断信息登记、高风险孕妇管理等业务内容。具体要求如下:

(1)产前诊断信息登记：由信息系统提供产前诊断信息登记功能。要求做到如下几点:

1)能从健康档案中获取孕妇基本信息;

2)能与产前筛查登记信息相连;

3)对联系地址、联系方式等敏感数据采用加密存贮,通过系统才能还原显示;

4)允许在授权的情况下对档案数据进行修改,但采用日志记录保存。

(2)高风险孕妇管理：由信息系统提供产前诊断高风险孕妇的管理功能,包括产前咨询、产前诊断、筛查随访等管理。

(3)提醒管理：由信息系统通过设置标准参考值,对产前诊断结果阳性、高风险孕妇通知、产前咨询、诊断随访等环节采用提醒功能,帮助工作人员提高工作质量和效率。

(4)综合查询：由信息系统提供孕产妇诊断信息的查询功能,可以根据单个或多个条件组合查询产前诊断相关信息。采用一览表方式显示,并支持打印和数据导出。

(5)统计报表：由信息系统提供产前诊断的统计报表功能,能够生成和打印产前诊断机构、各级卫生行政主管部门、医疗保健机构所需的统计报表,支持数据导出。

3.3.2.12 出生缺陷监测

出生缺陷是指胚胎或胎儿发育过程中结构或功能发生的异常。以医院为基础的监测,监测对象是指从妊娠满28周至生后7天的围生儿(包括活产、死胎、死产,治疗性引产,但不包括计划外引产),在此期间首次确诊的主要出生缺陷均需报告。以人群为基础的监测的监测范围为妊娠满28周(如孕周不清楚,可参考出生体重达1000克及其以上)至生后42天,在此期间首次确诊的主要出生缺陷均需报告。城市、农村监测分别由社区卫生服务中心、乡镇卫生院的妇幼保健人员负责本辖区内所有孕产妇分娩的胎婴儿相关信息的收集,并填报《出生缺陷登记卡》,在此期间发现缺陷的,也应及时填报《出生缺陷登记卡》。要求系统通过信息系统完成提取出生缺陷儿基本信息,上报、审核出生缺陷儿登记卡,出生缺陷统计等业务管理,具体要求如下:

(1)提取出生缺陷儿基本信息：由信息系统提供提取出生缺陷儿基本信息功能,要求做到如下几点:

1)能从健康档案中获取出生缺陷儿基本信息;

2)能够与母亲档案信息关联;

3)对联系地址、联系方式等敏感数据采用加密存贮,通过系统才能还原显示;

4)允许在授权的情况下对档案数据进行修改,但采用日志记录保存。

(2)上报、审核出生缺陷儿登记卡

1)对录入或导入的数据进行合法性判断与审核,具备修改错误日志记录功能;

2)能检查重复报告情况;

3)具备报告单批量打印功能。

(3)提醒管理：由信息系统通过设置,对上报出生缺陷儿报告卡、审核出生缺陷儿报告卡、重复报告等环节采用提醒功能,帮助工作人员提高工作质量和效率。

（4）综合查询：由信息系统提供出生缺陷监测信息的查询功能，可以根据单个或多个条件组合查询出生缺陷监测相关信息。采用一览表方式显示，并支持打印和数据导出。

（5）统计报表：由信息系统提供出生缺陷监测信息的统计报表功能，能够生成和打印各级卫生主管部门、医疗保健机构所需的统计报表，支持数据导出。

（6）预警预报：信息系统设置一定的参考值，能够对群体出生缺陷高发、多发、出生缺陷类别变化等情况进行预警预报。

3.3.2.13　孕产妇死亡报告

孕产妇死亡报告是对从妊娠开始至产后42天内死亡的妇女，不论妊娠时间和部位，包括宫外孕、葡萄胎、计划生育和内、外科疾病死亡等孕产期妇女死亡情况进行报告管理。以便及时了解和掌握孕产妇死亡动态及孕产妇死亡相关因素，制定有效干预措施，控制并降低孕产妇死亡率。要求通过信息系统完成提取孕产妇死亡报告信息、审核孕产妇死亡信息、检查重复报卡、孕产妇死亡评审、上报孕产妇死亡报告卡、提醒等业务管理，具体要求如下：

（1）提取孕产妇死亡报告信息：由信息系统提供提取孕产妇死亡基本信息功能，并具有信息修改、删除等功能。孕产妇死亡报告信息的具体内容由"表B020701　孕产妇死亡报告卡"规定，要求做到如下几点：

1）家庭地址、电话号码等隐私信息采用加密存储，只有通过系统才能还原显示；

2）允许在授权的情况下对档案数据进行修改，但采用日志记录保存。

（2）审核孕产妇死亡信息：由信息系统提供完成孕产妇死亡信息审核功能，对录入或导入的数据进行合法性判断与审核，审核确认通过的孕产妇死亡报告卡不允许修改；被驳回的数据提供修订功能，具备修改日志保存功能；提供打印死亡报告卡的功能。

（3）检查重复报卡：信息系统根据查重原则，对经查重结果认定是重复填写的记录给予删除，并记录到删除日志。

（4）孕产妇死亡评审：信息系统根据评审原则，提供各级医疗保健机构对孕产妇死亡的评审结果记录。

（5）上报孕产妇死亡报告卡：对于审核通过的孕产妇死亡报告卡，信息系统提供上报功能，并将上报时间等信息保存到日志中。

（6）提醒管理：由信息系统通过设置标准参考值，对超期未上报的孕产妇死亡报告卡、被上级驳回的孕产妇死亡报告卡等环节采用提醒功能，帮助工作人员提高工作质量和效率。

（7）综合查询：由信息系统提供孕产妇死亡信息的查询功能，可以根据单个或多个条件组合查询死亡原因、死亡地点、死亡时间等信息。采用一览表方式显示，并支持打印和数据导出。

（8）统计报表：由信息系统提供孕产妇死亡的统计报表功能，能够生成和打印各级卫生主管部门、医疗保健机构所需的统计报表，支持数据导出。

3.3.2.14　妇女病普查

妇女病普查是对已婚育龄妇女有针对性地对危害妇女健康的疾病，采用常规的妇女病检查方法，进行的早期发现筛查，通过普查达到早发现和早治疗，提高广大妇女健康水平。要求通过信息系统完成妇女病普查档案登记、妇女病检查信息登记、随访记录、预约妇女病治疗登记、输出妇女病检查报告、提醒等业务管理，具体要求如下：

（1）妇女病普查档案登记：由信息系统提供妇女病普查档案的管理，具有档案信息建立、修改、删除功能。妇女病普查档案的具体内容由"表B020201　妇女健康检查表"规定，要求做到如下几点：

1）能够与个人档案信息关联；

2）家庭地址、电话号码等隐私信息采用加密存储，只有通过系统才能还原显示。

（2）妇女病检查信息登记：由信息系统提供妇女病检查的数据登记功能，并提供具体内容由"表B020201　妇女健康检查表"规定，要求做到如下几点：

1）具有对妇女病检查信息审核,并打印检查结果报告的功能;

2）对录入或导入的数据进行合法性判断与审核,具备修改错误日志记录功能;

3）具备报告单批量打印功能。

（3）随访记录:信息系统针对普查过程中发现异常的服务对象,提供随访结果、治疗情况、转归情况记录功能,系统自动生成追访对象一览表,医生也可指定特定的追访对象。

（4）预约妇女病治疗登记:信息系统根据随访结果,提供登记预约信息功能,包括预约时间、治疗项目和医疗保健机构等,并能够对治疗人群进行预约管理。

（5）输出妇女病检查报告:信息系统根据检查结果和诊断生成妇女病检查指导意见,提供打印或导出妇女病检查报告,或根据工作单位的妇女病普查结果生成妇女病普查综合报告。

（6）提醒管理:由信息系统通过设置标准参考值,对建档未查、检查缺项、检查结果异常未诊断、预约未治疗、治疗未随访等环节采用提醒功能,帮助工作人员提高工作质量和效率。

（7）综合查询:由信息系统提供妇女病普查信息的查询功能,可以根据单个或多个条件组合查询妇女病检查、随访、预约、治疗、提醒等信息。采用一览表方式显示,并支持打印和数据导出。

（8）统计报表:由信息系统提供妇女病普查的统计报表功能,能够生成和打印各级卫生行政主管部门、医疗保健机构所需的统计报表,支持数据导出。

3.3.2.15 更老年期保健服务

更老年期保健服务是以保护更年期与老年期妇女健康,减少心理负担、降低意外损伤为目的,对更年期与老年妇女激素水平测定、体格检查、膳食营养与行为活动指导、心理咨询为主要内容的保健服务。要求通过信息系统完成更年期与老年妇女保健服务管理档案登记的建立、医学检查信息登记、健康行为指导等业务管理,具体要求如下:

（1）更老年期保健管理档案:由信息系统提供更老年期保健服务档案的管理,具有档案信息建立、修改、删除功能。要求做到家庭地址、电话号码等隐私信息采用加密存储,只有通过系统才能还原显示。

（2）医学检查信息登记:由信息系统提供完成更老年期妇女医学检查信息的数据登记功能,要求做到如下几点:

1）具有检查信息的审核功能,能够打印检查结果报告;

2）对录入或导入的数据进行合法性判断与审核,具备修改错误日志记录功能;

3）具备报告单批量打印功能。

（3）更老年期健康指导:信息系统根据医学检查结果,对更老年期妇女的健康状况进行综合评估。遵循普遍性指导和个性化指导相结合的原则,对更老年期妇女的用药、膳食营养、行为活动、精神心理指导,提供更老年期保健指导意见登记功能,并能够打印保健指导意见报告。

（4）综合查询:由信息系统提供更老年期医学检查信息的查询功能,可以根据单个或多个条件组合查询体格发育检查信息、签发等信息。采用一览表方式显示,并支持打印和数据导出。

（5）统计报表:由信息系统提供更老年期医学检查与健康指导的统计报表功能,能够生成和打印各级卫生行政主管部门、医疗保健机构所需的统计报表,支持数据导出。

（6）提醒管理:由信息系统通过设置标准参考值,根据业务常规对更老年期保健管理各环节进行提醒,包括子宫内膜癌、宫颈癌、卵巢癌等妇科肿瘤与骨质疏松的预警提醒。

3.3.3 妇幼卫生管理

依前 3.1.2.3 所述,本处只阐述妇幼保健监督执法的部分内容。

3.3.3.1 妇幼保健执业资质管理

依照国家对母婴保健技术服务执业许可管理条例,对辖区内各医疗保健机构和人员的相关执业资质进行管理。要求通过信息系统完成对机构和个人的执业资质建立管理档案,对执业资质的范围、有效期、复检、个人复训与考核、验证、不良记录等进行记录和管理,具体要求如下:

（1）证件档案管理：提供证件信息登记、证件变更、证件验证等功能。

（2）个人复训与考核记录：提供个人复训与考核记录功能。

（3）个人不良执业记录：提供个人不良执业记录功能。

（4）综合查询：由信息系统提供执业资质证件查询、档案查询、变更查询、验证查询等查询。要求做到严格的权限管理，所有查询仅对授权者开放。

（5）统计报表：由信息系统提供执业资质证件管理、档案、变更、作废等相关项目的统计报表，要求做到提供严格的权限管理，所有统计报表仅对授权者开放。

3.3.3.2 《出生医学证明》证件管理

《出生医学证明》证件管理，包括空白《出生医学证明》流转管理、废证管理、档案管理、真伪鉴定、质量控制等。

（1）空白《出生医学证明》流转管理：系统提供空白证件申领、申领表审核、空白证件入库、空白证件出库、空白证件调配、空白证件查询统计等功能。

系统不允许出生证编号重号入库。

（2）《出生医学证明》废证管理：系统提供废证登记、废证入库、废证出库、废证销毁、废证查询统计等功能。

（3）《出生医学证明》档案管理：对《出生医学证明》的档案进行管理，提供档案登记、档案借阅登记、档案归还登记、档案查询统计等功能。

（4）《出生医学证明》真伪鉴定：系统提供《出生医学证明》真伪鉴定申请、申请转交、证件真伪鉴定、反馈真伪鉴定结论等功能。

（5）《出生医学证明》质量控制：系统提供制定质控计划、记录质控结果、反馈质控结果等功能。

（6）《出生医学证明》综合查询统计：系统提供空白证件申领情况查询、群体统计信息查询、《出生医学证明》年度管理和使用统计、查询订单结算情况等功能。

业务模型

4.1 业务模型总体设计

业务模型是采用一定方法对客观存在的现实业务进行的抽象和模拟。业务模型通过业务用例、业务场景、领域模型建立。

业务用例是指业务对象参与业务过程的各项活动,通过业务用例分析及活动图对业务场景的描述阐述妇幼保健领域外部及内部的业务过程。

业务活动图描述妇幼保健的各种业务活动场景,以及各个机构间与妇幼保健相关的业务活动场景,关注各个机构间的业务和数据依存关系。通过活动场景描绘业务活动,并产生妇幼保健业务记录和相关报表,对这些记录、表单、报表的详细描述即产生相应的数据需求。

业务对象模型(也叫领域模型)是描述业务用例实现的对象模型。它是对业务角色和业务实体之间应该如何联系和协作以执行业务的一种抽象。

4.1.1 妇幼保健业务模型范围

妇幼保健业务模型包括妇幼保健领域内部、妇幼保健与其他领域间交互的业务模型。

(1)妇幼保健领域内的业务模型:主要描述妇幼保健领域内业务运行过程。

(2)妇幼保健领域与其他领域或机构间的业务模型:主要描述业务活动的交互。区域卫生信息平台妇幼保健服务是实现妇幼保健领域与其他领域或机构间关于妇幼保健信息互联互通的服务集合,是区域卫生信息平台的重要组成部分。其目的是为其他领域提供妇幼保健相关的信息源,以及为妇幼保健信息系统提供所需的妇幼保健及其他卫生信息。区域卫生信息平台提供的卫生信息服务包括以健康档案为核心的妇幼保健信息服务以及与妇幼保健相关的其他信息服务。

区域卫生信息平台妇幼保健服务是妇幼保健与其他机构间进行信息交互的技术实现。描述妇幼保健相关机构(或个人)作为业务参与者在各个相关单位间的业务过程。如妇幼保健机构上下级间、妇幼保健机构与其他妇幼保健机构间、妇幼保健机构与管理部门、妇幼保健机构与服务对象(儿童、妇女)、妇幼机构与疾病预防控制中心、医保、社区、医院间的关系,这些关系的描述对平台中的妇幼保健信息交互与存储产生直接的影响。

本部分内容只包含妇幼保健领域需与其他领域进行信息交互的业务。与领域间交互关系无关的妇幼保健业务,只在领域内部进行描述。以下依据各部分展开阐述。

4.1.2 妇幼保健业务模型描述方法

本章采用 UML 语言,遵循 UML2.0 规范,利用建模工具,以"业务活动"为核心建立妇幼保健业务模型,主要通过用例图(User-case Diagram)和活动图(Activity Diagram)来表现。

业务用例图从用户角度出发,描述妇幼保健业务领域可以为哪些用户(业务领域内的个人、管理人员及其他领域的业务参与者)提供哪些服务;活动图描述每个业务用例中的业务流程、业务活动所产生的信息及业务活动执行者;从而实现活动与机构关系、活动与活动之间关系的可视化表达。

(1)业务用例图例见图 4-1。

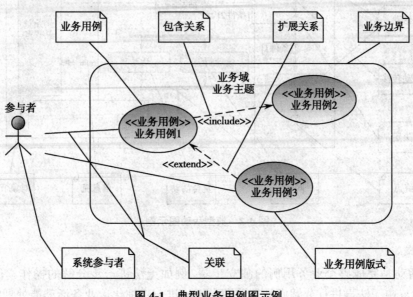

图 4-1　典型业务用例图示例

在用例图中,会使用到如下元素:

1)参与者:业务用例的参与者表示一个业务项目的执行者或与业务领域相关联的外部角色。在妇幼保健信息系统中,通常以妇幼保健机构中的儿童保健、妇幼保健、妇幼卫生管理等业务角色描述参与者,表示该机构分别以儿童保健、妇女保健或妇幼卫生管理等角色,执行其业务活动。与妇幼保健业务相关的外部人员或系统也被描述为业务参与者,如妇幼保健对象、区域卫生信息平台等。

2)业务用例:业务用例描述的是参与者与业务领域之间在业务过程执行时可能产生的交互,典型的业务用例表现为参与者进行的业务工作。业务用例是从参与者的视角来描述的。除了业务用例应用于业务领域之外与普通的系统用例并无区别,在妇幼保健信息系统中,业务用例用版式《业务用例》来区分业务用例与普通的系统用例。

3)关联:关联是参与者和业务用例之间的关系。关联表示这个参与者可以执行该业务用例或参与者与用例间的交互。

4)包含关系与扩展关系:包含关系与扩展关系都被描述为两个用例之间的关系。

包含关系表示箭头发起端的用例包含箭头指向的用例,即在执行某用例时,如果该用例包含另一用例,那么这个用例必须被执行。

扩展关系则表示箭头发起端的用例可以从箭头指向用例扩展执行,即在执业某用例时,如果有扩展用例指向该用例,可以从该用例导向到扩展用例。

实例上,包含用例与扩展用例都是依赖关系,起始用例依据被包含用例,扩展用例依赖起始用例。

5)业务边界:表示业务域内业务主题所定义的业务范围。如儿童保健域新生儿访视主题表示新生儿访视范围内的业务工作。

(2)业务活动图示例见图 4-2。

在妇幼保健信息系统业务建模过程中,我们一般采用带有泳道的活动图来描述业务的活动过程场景,用于表示完成业务用例所需执行的业务过程。活动图的基本元素包括:

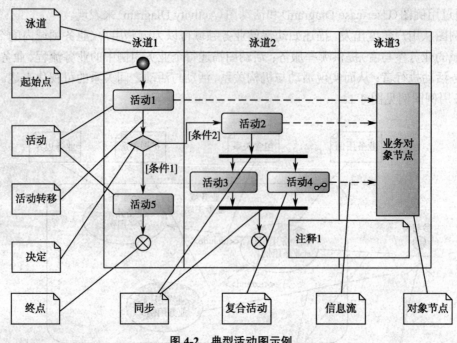

图 4-2　典型活动图示例

1）活动：活动是完成整个业务用例的独立步骤，例如无法进一步分解的操作。但这并不意味着该操作在现实世界中无法再进行分解而是在该图中无法进一步细化。业务活动能处理业务过程的输入和输出信息，在活动中某个操作的输出可以是后续操作的输入。活动还能调用另一个活动，接受一个事件可发送一个消息。

2）复合活动：标识为类似"8"字号的活动被认为是嵌套一系列其他活动的复合活动。可以在其他活动图中详细展开。

3）活动转移：用箭头表示，用来连接活动图中各个独立的组件，表达活动的控制流。在活动转移中，输入箭头将激活活动中的某个步骤：在该步骤执行完成后，控制流将沿着输出箭头继续。活动转移可以被赋予名称。

4）决定：一个决定一般至少包含一个输入和两个输出，对于每个输出应该设置一个条件，这些条件写在方括号"[条件]"中，如果满足该条件，则控制流就将沿着相应的输出进行处理。而其定义的[否则]输出则是在任意条件都不满足时执行的。

5）同步：当活动转移将分成两个或多个并行流时，就需要使用一个同步线，它用粗横线或粗竖线表示，这种同步叫分岔。当两个或多个活动转移并行流时，也需要一个同步线，也是用粗横线或竖线表示，这种同步叫结合。

6）起始点：起始点是整个活动开始的地方。

7）终点：包含两种类型的终点，一是控制流终点，表示终止活动转移，用"⊗"符表示，控制流终点不会影响其他控制流的结束。另一类终点是整个活动过程的终结，用"⊙"符表示，这类终点结束后活动图中所有活动结束。

8）泳道：带有泳道的 UML 活动图中的各个元素可以分成单独的区域分隔，这种分隔被形象地称为泳道，创建这种分隔可以根据不同的标准，如组织实体、角色、成本中心、地理位置等，泳道可以被组织成网格形式。妇幼保健业务建模采用机构（角色）来组织泳道。

9）对象节点：活动过程需要展示的业务对象，包括报表、信息结构体等。采用矩形表示对象节点，如健康档案。

10）信息流：表示信息的交互，用带箭头的虚线表示。

4.2 业务场景模型

4.2.1 儿童保健服务

4.2.1.1 《出生医学证明》签发

（1）领域内业务模型

1）业务描述：出生医学报告是登记新生儿出生医学信息，并向相关机构和区域卫生信息平台报告，以建立个人健康档案的活动。

《出生医学证明》是《中华人民共和国母婴保健法》规定的法定医学证明文书，是公安户口登记机关进行出生人口登记的重要依据。由卫生部统一制发。

《出生医学证明》管理涉及各级卫生行政部门和在开展助产技术服务的医疗保健机构，针对《出生医学证明》的首次签发、换发、补发、机构外出生的签发等规范性、标准化工作进行有效管理。

《出生医学证明》签发包括档案管理、首次签发、换发、补发、机构外出生的签发管理，以及在此基础上的信息查询统计与交流。

《出生医学证明》管理业务用例图（图4-3）描述了业务参与者包括服务提供机构、服务对象、区域卫生信息平台在妇幼保健业务领域中可获取的服务。

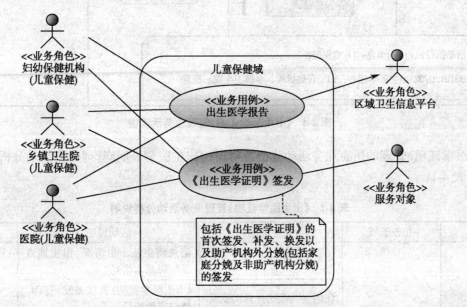

图4-3 《出生医学证明》管理业务用例图

妇幼保健机构、医院、乡镇卫生院：以儿童保健角色提供出生医学报告、《出生医学证明》签发服务。

服务对象：在妇幼保健业务领域的《出生医学证明》管理中，获取《出生医学证明》。

区域卫生信息平台：妇幼保健业务领域将出生医学信息推送给区域卫生信息平台。

2）业务场景（活动图）：应用《出生医学证明》管理业务活动图（图4-4）对业务用例图的主要业务活动过程进一步阐述，这个活动图从业务参与者（服务对象和区域卫生信息平台）的角度说明《出生医学证明》管理的传递流程。

在图4-4中，具有助产资质的医疗保健机构登记新生儿出生医学信息，并向区域卫生信息平台报告，建立个人健康档案。出生医学报告为新生儿访视、预防接种等后续活动提供相关信息。服务对象申领《出生医学证明》时，医疗保健机构判断该服务对象是否已发证，未发证则给服务对象首次签发《出生医学证明》；若已发证且需补发或换发，则在指定机构办理补发或换发手续。

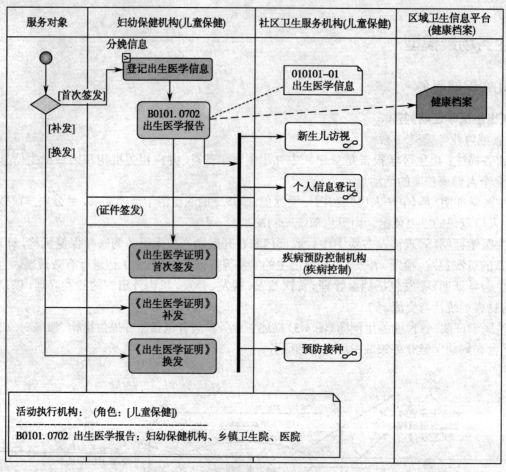

图 4-4 《出生医学证明》管理业务活动图

　　《出生医学证明》管理的所有业务活动分析说明，在《出生医学证明》管理业务活动分析说明表中加以阐述，见表 4-1。

表 4-1 《出生医学证明》管理业务活动分析说明

业务域	业务子域	业务活动	活动说明	相关表单
B01 儿童保健	01 出生医学登记	出生医学报告	记录新生儿出生情况、出生地点及父母基本信息	表 B010101 出生医学证明
		《出生医学证明》首次签发	《出生医学证明》首次签发、打印，登记证件编号	
		《出生医学证明》补发	证件补发、打印，档案修改换发，更新证件编号	
		《出生医学证明》换发	证件换发、打印、档案修改换发，更新证件编号	
		《出生医学证明》机构外出生的签发	《出生医学证明》机构外出生的签发、打印，登记证件编号	
		查询		
		统计		

　　（2）与其他领域或机构间交互的业务模型：妇幼保健领域在登记出生医学信息时，将出生医学信息提交到区域卫生信息平台，区域卫生信息平台据此建立居民健康档案；区域卫生信息平台依据各机构对出生医学信息的订阅主题分别将信息推送给社区卫生服务机构、乡镇卫生院、疾病预防控制中心

及行政管理机构。社区卫生服务机构、乡镇卫生院据此进行个人信息登记、建立家庭健康档案,进行新生儿访视等。疾病预防控制中心据此创建儿童预防接种档案进行预防接种。卫生行政管理部门获取出生医学统计信息,并监控出生情况,见图4-5。

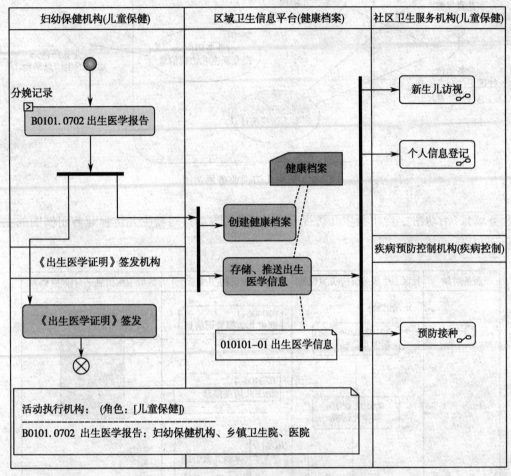

图 4-5 《出生医学证明》信息交互业务活动图

4.2.1.2 新生儿访视

(1)领域内业务模型

1)业务描述:通过新生儿访视,妇幼保健人员可以了解新生儿健康状况,宣传科学育儿知识,指导母亲哺乳、护理、防病和发现异常,使新生儿期常见问题得到及时的发现和控制。

新生儿首次访视时间为出院后3～7天,正常足月新生儿访视2次,有高危因素及初访有问题的酌情增加访视次数,产后28天满月随访、称重并结案,儿童进入系统管理程序。

在访视过程中对新生儿做健康检查。包括:了解新生儿分娩前后的情况,如母亲孕期的健康情况、分娩方式、有无窒息、出生体重、喂养方式、大小便等;观察新生儿一般情况,如面色、精神、呼吸、体温等;全身检查,头面部:前囟、颅缝、有无血肿、唇、腭、口腔、颈部;皮肤:有无皮疹、黄疸、红肿等以及常规脐带处理。

在新生儿访视业务用例图(图4-6)中,描述了业务参与者包括服务提供机构、新生儿、区域卫生信息平台在妇幼保健业务领域中可获取的服务。

乡镇卫生院、社区卫生服务机构:以儿童保健角色提供新生儿访视服务。

服务对象:在妇幼保健业务领域的新生儿访视中接受新生儿访视服务。

区域卫生信息平台:妇幼保健业务领域将新生儿访视信息推送给区域卫生信息平台。

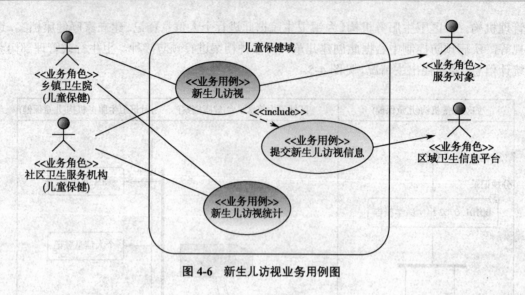

图 4-6　新生儿访视业务用例图

2）业务场景（活动图）：应用新生儿访视业务活动图（图 4-7）对新生儿访视业务用例图的主要业务活动过程进行详细描述。

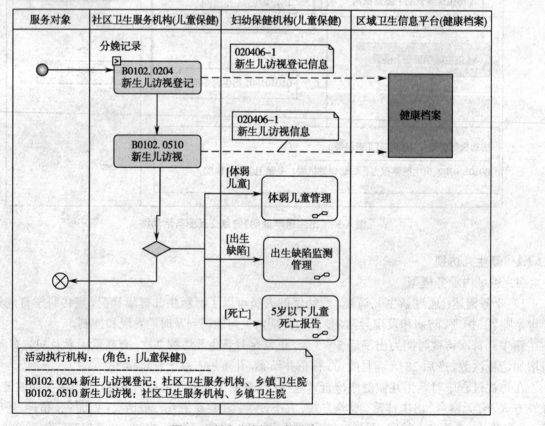

图 4-7　新生儿访视业务活动图

图 4-7 中，描述了新生儿接受新生儿访视的业务过程。新生儿在医院接受新生儿首次体检，社区卫生服务机构和乡镇卫生院为新生儿建立新生儿访视档案，并入户访视，将每次访视信息推送到区域卫生信息平台；访视过程中若发现体弱儿童、出生缺陷、5 岁以下儿童死亡，则分别转入相应管理过程；满足访视结案条件的，进行访视小结。

新生儿访视的所有业务活动分析说明，在新生儿访视业务活动分析说明表中加以阐述，见表 4-2。

表 4-2　新生儿访视业务活动分析说明

业务域	业务子域	业务活动	活动说明	相关表单
B01 儿童保健	02 新生儿访视	登记	登记新生儿访视基本信息,建立管理档案	表 B020406 新生儿访视记录表
		随访记录	接受保健人员入户访视,并记录	
		查询		
		统计		

（2）与其他领域或机构间交互的业务模型：妇幼保健领域在新生儿访视结案时,将新生儿访视信息、新生儿访视小结信息提交到区域卫生信息平台。区域卫生信息平台根据各机构对新生儿访视主题的订阅,分别向妇幼保健机构、所在社区或乡镇卫生服务机构、卫生行政管理部门推送此信息。卫生行政管理部门获取新生儿访视信息进行统计分析,见图 4-8。

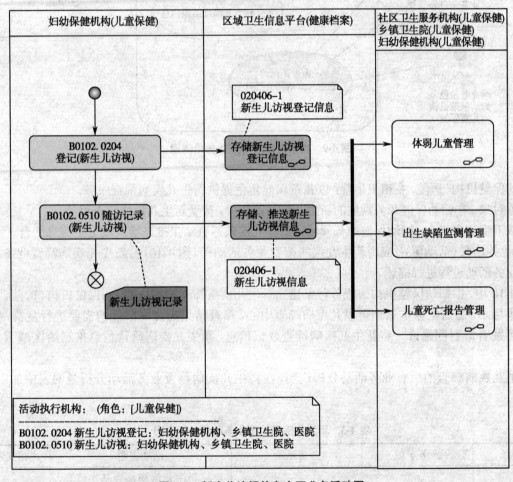

图 4-8　新生儿访视信息交互业务活动图

4.2.1.3　新生儿疾病筛查

（1）领域内业务模型

1）业务描述：新生儿疾病筛查是指医疗保健机构对新生儿进行先天性、遗传性疾病施行专项检查,提供早期诊断和治疗的母婴保健技术,是提高出生人口素质,减少出生缺陷的预防措施之一。

筛查前需对每位新生儿建立一份卡片资料,记载母亲和新生儿的基本信息以及初筛采血情况等信息。血片统一送往筛查中心进行筛查,筛查中心进行新生儿疾病筛查相关实验室检查,并召回筛查结果为可疑阳性的新生儿进行确诊。新生儿疾病筛查包括先天性甲状腺功能减低症（TSH）、苯丙酮尿症（Phe）、听力障碍等。本方案依据《健康档案基本架构与数据标准（试行）》，只对先天性甲状腺功能减低症与苯丙酮尿症进行阐述。

在新生儿疾病筛查业务用例图（图4-9）中，描述了业务参与者包括服务提供机构、服务对象、区域卫生信息平台从妇幼保健业务领域中可获取的服务。

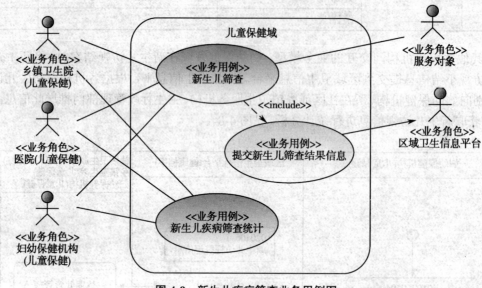

图 4-9　新生儿疾病筛查业务用例图

妇幼保健机构、医院、乡镇卫生院：以儿童保健角色提供新生儿疾病筛查服务。

服务对象：在妇幼保健业务领域的新生儿疾病筛查中，接受新生儿疾病筛查服务。

区域卫生信息平台：妇幼保健业务领域将新生儿疾病筛查结果推送给区域卫生信息平台。

2）业务场景（活动图）：应用新生儿疾病筛查业务活动图（图4-10）对新生儿疾病筛查业务用例图的主要业务活动过程进行描述。

图4-10中，由妇幼保健机构为服务对象建立新生儿疾病筛查档案，由妇幼保健机构、医院、乡镇卫生院采集标本，然后把标本送到新生儿疾病筛查中心，筛查结果为可疑阳性的需要进行复检，复检结果仍为可疑者需召回确诊。将新生儿疾病筛查登记信息、新生儿疾病确诊信息推送给区域卫生信息平台。

新生儿疾病筛查的所有业务活动分析说明，在新生儿疾病筛查业务活动分析说明表中加以阐述，见表4-3。

表 4-3　新生儿疾病筛查业务活动分析说明

业务域	业务子域	业务活动	活动说明	相关表单
B01 儿童保健	03 新生儿疾病筛查	登记	登记新生儿疾病筛查基本信息，建立管理档案	表 B010201 新生儿疾病筛查记录表
		实验室检验记录	记录实验室检验结果信息	
		可疑阳性召回	召回筛查结果可疑阳性的对象	
		诊断记录	记录新生儿疾病筛查诊断结果，提交结果报告	
		查询		
		统计		

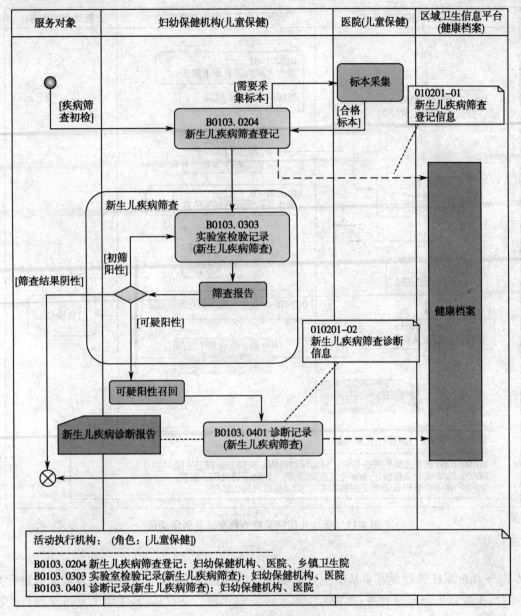

图4-10 新生儿疾病筛查业务活动图

（2）与其他领域或机构间交互的业务模型：妇幼保健领域在新生儿筛查试验和新生儿筛查疾病诊时，将新生儿筛查信息和诊断信息提交到区域卫生信息平台。区域卫生信息平台将依据订阅"诊断出有严重遗传性疾病的保健对象筛查信息"主题的机构推送相关信息，订阅该信息服务的社区卫生服务中心或乡镇卫生院据此进行专案管理；医院在进行诊疗时可获取新生儿疾病筛查的相关信息。区域卫生信息平台根据卫生行政管理部门订阅主题，实时将出新生儿筛查统计信息推送给卫生行政管理部门，见图4-11。

4.2.1.4 儿童健康体检

（1）领域内业务模型

1）业务描述：儿童健康体检是各级保健机构对0～6岁儿童进行健康体检、喂养情况、眼保健、口腔保健、听力保健、心理保健、疾病管理等，并对儿童各期生长发育进行动态评价。对0～3岁儿童进行系统管理，记录儿童从出生到3岁各阶段的保健信息，建立完整的儿童系统管理档案，实现对七岁以下儿童的动态连续追踪管理。

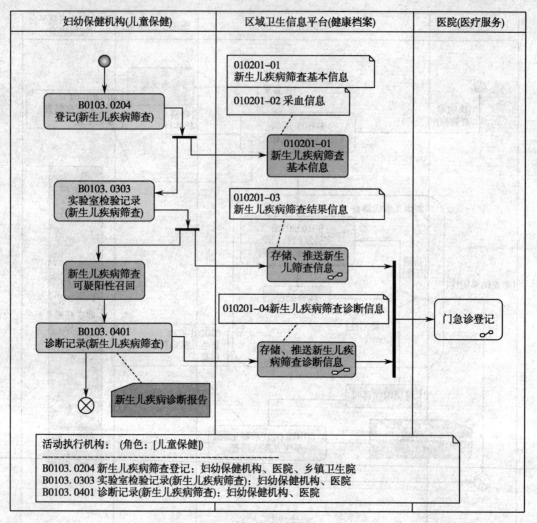

图 4-11　新生儿疾病筛查信息交互业务活动图

3 岁以下儿童系统管理是儿童从出生到 3 岁定期进行健康检查，对儿童发育及常见病进行系统的监测和治疗，1 岁以内每年进行 4 次体检，1 岁至 3 岁每年进行 2 次体检，3 至 7 岁每年进行 1 次体检（"4：2：1 管理"）。通过定期的健康检查，可以较系统地掌握儿童生长发育和健康状况的动态变化，进行科学的分析，对生长发育不正常的尽早采取措施予以矫治，对发现的疾病，能及时给予科学有效地治疗，从而提高婴幼儿的健康水平。

在儿童健康体检业务用例图（图 4-12）中，描述了业务参与者包括服务提供机构、服务对象、区域卫生信息平台从妇幼保健业务领域中可获取的服务。

妇幼保健机构、医院、乡镇卫生院：以儿童保健角色提供儿童健康体检服务。

服务对象：在妇幼保健业务领域的儿童健康体检中，接受儿童健康体检服务。

区域卫生信息平台：妇幼保健业务领域将儿童健康体检信息推送给区域卫生信息平台。

2）业务场景（活动图）：应用儿童健康体检业务活动图（图 4-13）对儿童健康体检业务用例图的主要业务活动过程加以描述。

图 4-13 中，社区卫生服务机构、乡镇卫生院为服务对象建立儿童健康体检档案，检查儿童健康情况并输出体检报告，体检过程中发现体弱因素，确诊为体弱儿童，以便转到体弱儿童专案管理中。儿童满足结案条件，则社区卫生服务机构、乡镇卫生院对儿童进行系统管理结案。将儿童健康体检档案、儿童健康体检报告推送给区域卫生信息平台。

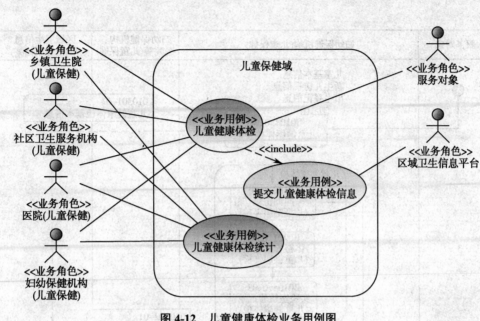

图 4-12 儿童健康体检业务用例图

儿童健康体检的所有业务活动分析说明,在儿童健康体检业务活动分析说明表中阐述,见表 4-4。

表 4-4 儿童健康体检业务活动分析说明

业务域	业务子域	业务活动	活动说明	相关表单
B01 儿童保健	04 儿童健康体检	登记	登记儿童健康体检相关信息,建立管理档案	表 B010301 0～6 岁儿童基本情况登记表
		问询记录	记录与本次服务相关的既往情况	表 B010302 0～6 岁儿童健康体检记录表
		体格检查记录	记录体格检查结果信息	
		实验室检验记录	记录实验室检验结果信息	
		医学指导	针对儿童健康体检服务情况提出的有关医学方面的指导意见	
		评估报告(儿童保健管理结案)	对超过儿童保健管理范围或死亡的儿童进行结案处理	
		查询		
		统计		

(2)与其他领域或机构间交互的业务模型:妇幼保健领域在登记儿童健康体检结果和出具健康体检报告时,将儿童健康体检信息提交给区域卫生信息平台。儿童体检信息包括问询记录、体格检查记录、实验室检查记录、医学指导信息等。

区域卫生信息平台根据各机构分别对儿童健康体检相关主题的订阅情况,分别向订阅机构推送相关信息。包括将符合体弱因素的保健对象及健康体检信息推送给社区卫生服务中心或乡镇卫生院进行体弱儿专案管理;将查出异常的儿童保健对象及健康体检信息推送给医院进行确诊治疗;将儿童健康体检统计信息推送给卫生行政管理部门,见图 4-14。

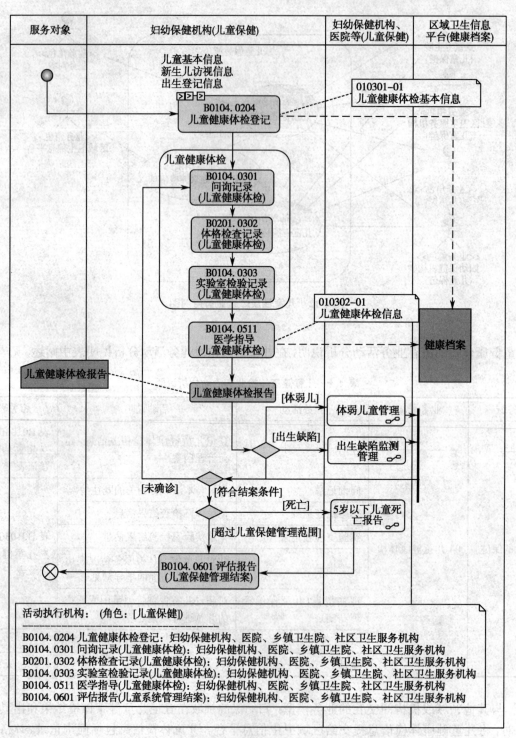

图 4-13　儿童健康体检业务活动图

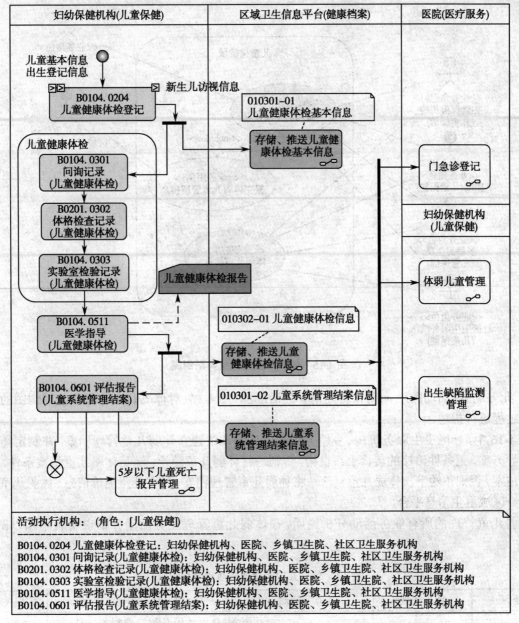

图 4-14　儿童健康体检信息交互业务活动图

4.2.1.5　体弱儿童管理

（1）领域内业务模型

1）业务描述：体弱儿童管理是将存在体弱因素的儿童纳入体弱儿童专案管理。

体弱儿童管理首先需要建立专案管理卡，并根据体弱儿的体弱因素的不同分别制定相应的干预治疗方案，定期复查跟踪其体征、症状、治疗措施、治疗结果等内容，填写治疗落实情况。通过记录每一次专案体检数据，对体弱儿童生长发育进行跟踪，直到结案为止。

在体弱儿童管理业务用例图（图 4-15）中，描述了业务参与者包括服务提供机构、服务对象、区域卫生信息平台从妇幼保健业务领域中可获取的服务。

妇幼保健机构、医院、乡镇卫生院、社区卫生服务机构：以儿童保健角色提供体弱儿童管理服务。

服务对象：接受体弱儿童专案管理。

区域卫生信息平台：妇幼保健业务领域将体弱儿童管理信息推送给区域卫生信息平台。

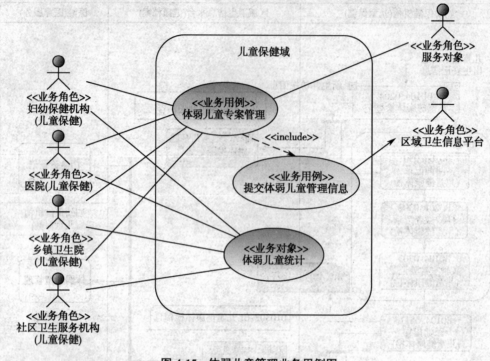

图4-15 体弱儿童管理业务用例图

2）业务场景（活动图）：应用体弱儿童管理活动图（图4-16）对体弱儿童管理业务用例图的主要业务活动过程进行描述。

图4-16中，社区卫生服务机构、乡镇卫生院为体弱儿童建立体弱儿童管理档案，并制定体弱儿童管理指导方案，无条件治疗的转诊上级机构，否则进行体弱儿童随诊；满足体弱儿童结案条件，进行体弱儿童结案，否则预约下次体弱儿童复诊。将体弱儿童管理档案、体弱儿童随诊信息、体弱儿童结案信息推送给区域卫生信息平台。

体弱儿童管理的所有业务活动分析说明，在体弱儿童管理业务活动分析说明表中加以阐述，见表4-5。

表4-5 体弱儿童管理业务活动分析说明

业务域	业务子域	业务活动	活动说明	相关表单
B01 儿童保健	05 体弱儿童管理	登记	登记体弱儿童管理相关信息，建立管理档案	表 B010401 体弱儿童管理记录表
		问询记录	记录与本次服务相关的既往情况	
		体格检查记录	记录体格检查结果信息	
		影像检查记录	记录影像检验结果信息	
		实验室检验记录	记录实验室检验结果信息	
		医学指导	针对体弱儿童管理情况提出的有关医学方面的指导意见	
		评估报告（体弱儿童管理结案）	对体弱因素消失，超过管理范围或死亡的儿童进行结案	
		预警预报	对体弱儿发生相对集中的人群及地区进行预警	
		查询		
		统计		

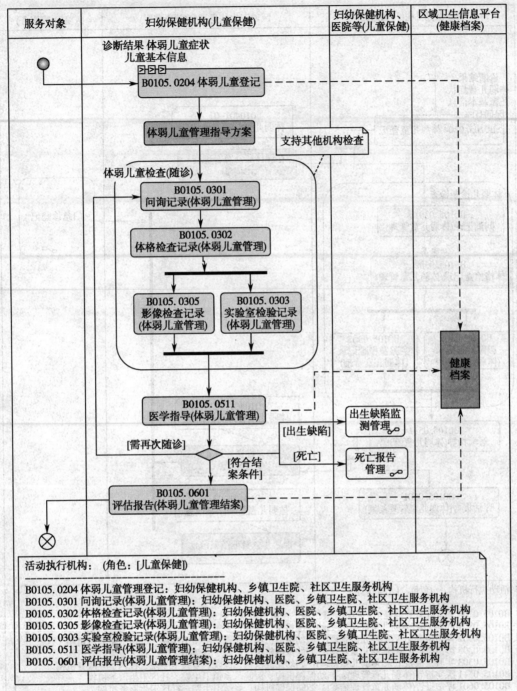

图 4-16 体弱儿童管理业务活动图

（2）与其他领域或机构间交互的业务模型：妇幼保健机构在体弱儿因素评判、制定体弱儿干预方案、体弱儿跟踪管理时将体弱儿信息提交给区域卫生信息平台。

区域卫生信息平台根据各机构对体弱儿相关主题的订阅情况，分别向订阅机构推送相关信息。包括将需要进行治疗的体弱儿童管理信息推送给医院进行确诊治疗；将体弱儿童管理统计信息推送给卫生行政管理部门。

4.2.1.6 5岁以下儿童死亡报告

（1）领域内业务模型

1）业务描述：5岁以下儿童死亡报告是对妊娠满28周（或出生体重在1000克及以上）的活产儿

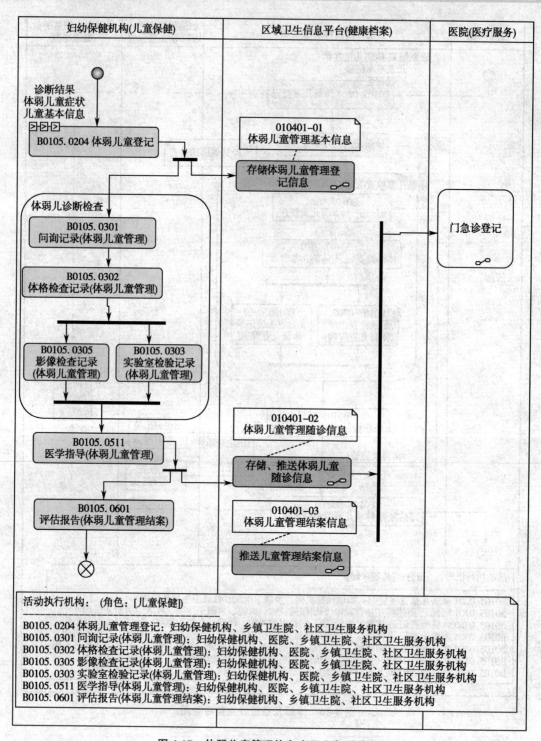

图 4-17　体弱儿童管理信息交互业务活动图

全未满 5 周岁的儿童死亡情况进行报告管理。通过定期组织开展 5 岁以下儿童死亡评审、信息监测质控，查找存在的问题，制定和落实干预措施。

5 岁以下儿童死亡报告主要包括儿童死亡报告卡登记、上报、审核、死亡季报表上报等内容。5 岁以下儿童死亡采用逐级上报审核制度。

通过 5 岁以下儿童死亡报告业务用例图（图 4-18）描述业务参与者包括服务提供机构、区域卫生信息平台从妇幼保健业务领域中可获取的服务。

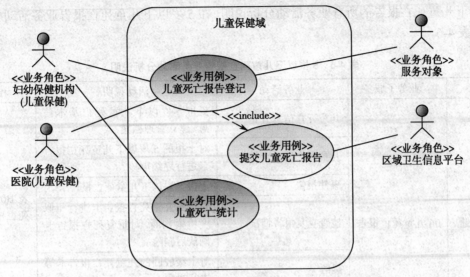

图 4-18　5 岁以下儿童死亡报告业务用例图

　　妇幼保健机构、医院、乡镇卫生院、社区卫生服务机构：以儿童保健角色提供儿童死亡报告服务，并记录死亡相关信息。

　　区域卫生信息平台：妇幼保健业务领域将儿童死亡报告登记卡信息推送给区域卫生信息平台。

　　2）业务场景（活动图）：应用 5 岁以下儿童死亡报告业务活动图（图 4-19）对 5 岁以下儿童死亡报告业务用例图的主要业务活动过程进行描述。

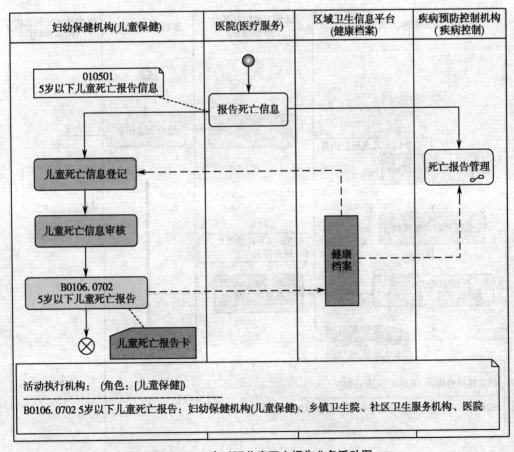

图 4-19　5 岁以下儿童死亡报告业务活动图

5 岁以下儿童死亡报告的所有业务活动分析说明,在 5 岁以下儿童死亡报告业务活动分析说明表中阐述,见表 4-6。

表 4-6　5 岁以下儿童死亡报告业务活动分析说明

业务域	业务子域	业务活动	活动说明	相关表单
B01 儿童保健	06 儿童死亡报告	儿童死亡信息登记	提取 5 岁以下儿童死亡基本信息,建立管理档案	表 B010501 儿童死亡报告卡
		儿童死亡信息审核	对上报的 5 岁以下儿童死亡报告卡进行逐级审核	
		事件报告	上报 5 岁以下儿童死亡报告卡	
		检查重复报告情况	对在案儿童死亡报告卡进行相似度检索判断,对重复死亡报告卡确认后删除	
		提醒	对上级驳回的儿童死亡报告卡等进行提醒	
		预警预报	对死亡率高的地区进行预警报告	
		查询		
		统计		

(2) 与其他领域或机构间交互的业务模型:妇幼保健机构在儿童死亡报告卡登记、报告、审核时,将 5 岁以下儿童死亡信息推送给区域卫生信息平台。区域卫生信息平台根据卫生行政管理部门订阅主题,实时将 5 岁以下儿童死亡统计信息推送给卫生行政管理部门,见图 4-20。

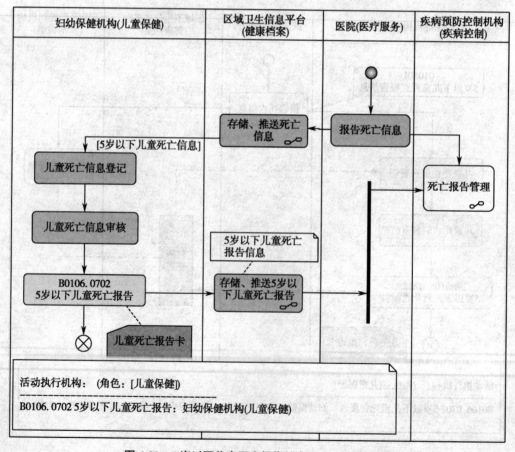

图 4-20　5 岁以下儿童死亡报告信息交互业务活动图

4.2.2 妇女保健服务

4.2.2.1 婚前保健服务

（1）领域内业务模型

1）业务描述：婚前保健服务是对准备结婚的男女双方，在结婚前所进行的婚前医学检查、婚前卫生指导和婚前卫生咨询服务。

婚前医学检查是针对可能影响结婚和生育的严重疾病，对准备结婚的男女双方进行医学检查。检查项目包括询问病史、体格检查、常规辅助检查和其他特殊检查等。

婚前卫生指导是对准备结婚的男女双方进行的以生殖健康为核心，与结婚和生育有关的保健知识的宣传教育。指导内容有：有关性保健和性教育、新婚避孕知识及计划生育指导、孕前准备、环境和疾病对后代影响等孕前保健知识、遗传病的基本知识等。

婚前卫生咨询是对医学检查结果发现的异常情况以及服务对象提出的具体问题进行解答、交换意见、提供信息，帮助受检对象在知情基础上作出适宜决定。

通过婚前保健服务业务用例图（图 4-21）描述业务参与者包括服务提供机构、服务对象、区域卫生信息平台从妇幼保健业务领域中可获取的服务。

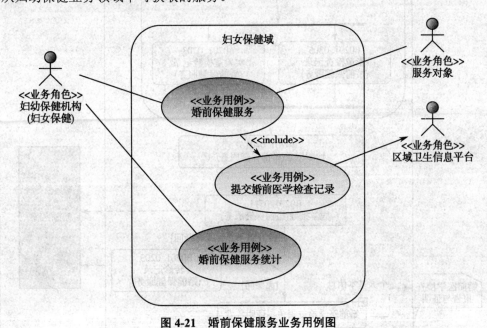

图 4-21　婚前保健服务业务用例图

妇幼保健机构：以妇女保健的角色提供婚前保健服务，并提交婚前医学检查记录。

服务对象：在妇幼保健业务领域的婚前保健服务中，接受婚前保健服务。

区域卫生信息平台：妇幼保健业务领域将婚前医学检查信息推送给区域卫生信息平台。

2）业务场景（活动图）：应用婚前医学检查业务活动图（图 4-22）对婚前保健服务业务用例图的主要业务活动过程进行描述。

婚前保健服务的所有业务活动分析说明，在婚前保健服务业务活动分析说明表中阐述，见表 4-7。

（2）与其他领域或机构间交互的业务模型

妇幼保健机构在婚检结果登记和出具《婚前医学检查证明》时，将婚前检查信息提交给区域卫生信息平台。

区域卫生信息平台根据各机构对婚前医学检查相关主题的订阅情况，分别向订阅机构推送相关信息。包括将婚前医学检查异常的对象推送给医院进行确诊治疗；将婚前医学检查统计信息推送给卫生行政管理部门，见图 4-23。

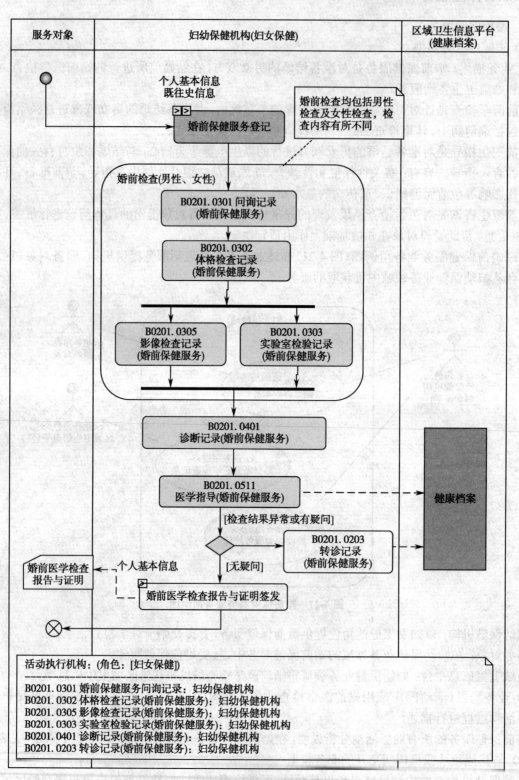

图 4-22　婚前医学检查业务活动图

表 4-7 婚前保健服务业务活动分析说明

业务域	业务子域	业务活动	活动说明	相关表单
B02 妇女保健	01 婚前保健服务	婚前保健服务登记	登记婚前保健服务相关信息,建立管理档案	表 B020101 女性婚前医学检查表 表 B020102 男性婚前医学检查表
		问询记录	记录与本次服务相关的既往情况	
		体格检查记录	记录体格检查结果信息	
		影像检查记录	记录影像检查结果信息	
		实验室检验记录	记录实验室检验结果信息	
		诊断记录	记录疾病诊断信息	
		婚前医学检查证明签发	婚前医学检查结果报告与婚检证明发放	
		婚前卫生咨询	对婚检对象进行婚前卫生咨询	
		婚前卫生指导	对婚检对象进行婚前卫生保健指导、性健康教育	
		转诊记录	对婚前医学检查结果异常或有疑问的转到上级婚检机构	

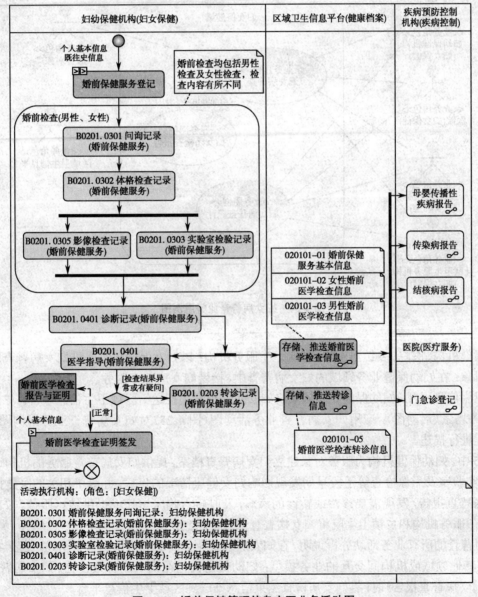

图 4-23 婚前保健管理信息交互业务活动图

4.2.2.2 妇女病普查

（1）领域内业务模型

1）业务描述：妇女病普查是指医疗保健机构定期对适龄妇女提供妇女病检查服务，通过妇女病普查，达到早期发现、早期诊断、早期治疗宫颈癌、乳腺癌，以及防治其他妇女常见病的目的。普查内容基本包括：常规妇科检查、阴道分泌物检查、宫颈脱落细胞检查、乳腺检查。必要时进行盆腔超声、乳腺超声检查、乳腺X线钼靶检查、阴道镜检查、病理检查等。

服务对象到医疗保健机构进行体检，首先到建档处建立妇女病普查群体管理档案，到妇科门诊进行常规妇科检查及宫颈脱落细胞取材，之后由妇科门诊将宫颈脱落细胞标本统一送交病理室进行病理诊断，必要时进行B超及乳腺检查，检查结果输出后，由总检医师负责普查报告的审核。检查发现异常，需进行跟踪随访管理。

通过妇女病普查业务用例图（图4-24）描述业务参与者包括服务提供机构、服务对象、区域卫生信息平台从妇幼保健业务领域中可获取的服务。

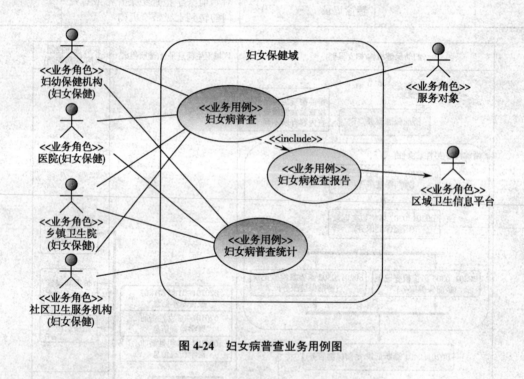

图4-24 妇女病普查业务用例图

妇幼保健机构、医院、乡镇卫生院、社区卫生服务机构：以妇女保健角色提供妇女病普查服务。

服务对象：在妇幼保健业务领域的妇女病普查中，接受妇女病普查服务。

区域卫生信息平台：妇幼保健业务领域将妇女病普查结果推送给区域卫生信息平台。

2）业务场景（活动图）：应用妇女病普查业务活动图（图4-25）对妇女病普查业务用例图的主要业务活动过程进行描述。

图4-25中，妇幼保健机构为服务对象建立妇女病普查档案，提供妇女病普查服务的机构通过问询、体格检查、实验室及影像检查等手段早期发现影响妇女健康情况的疾病，并给予相关的医学指导意见，出具妇女病普查报告，发现需要诊治或转诊的疾病，及时转入临床治疗或提供转诊服务。妇幼保健机构、社区卫生服务机构和乡镇卫生院将妇女病普查信息推送到区域卫生信息平台。

妇女病普查的所有业务活动分析说明，在妇女病普查业务活动分析说明表中阐述，见表4-8。

（2）与其他领域或机构间交互的业务模型：妇幼保健机构在妇女病普查建档、妇女病普查结果登记、出具《妇女病普查报告》时，将妇女病检查结果信息推送到区域卫生信息平台。

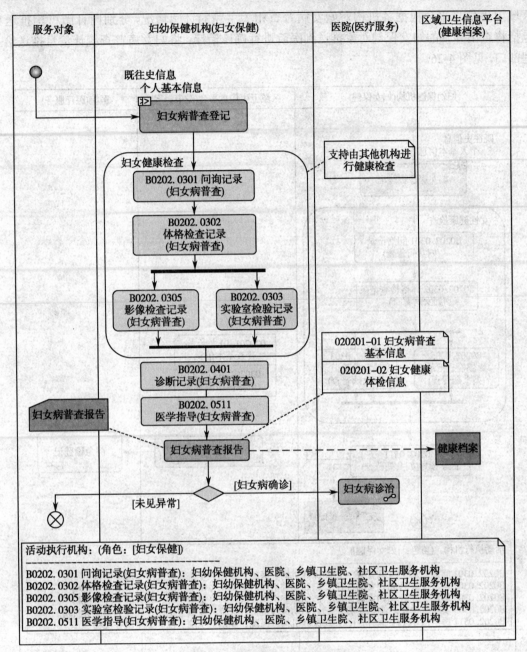

图 4-25　妇女病普查业务活动图

表 4-8　妇女病普查业务活动分析说明

业务域	业务子域	业务活动	活动说明	相关表单
B02 妇女保健	02 妇女病普查	妇女病普查登记	登记妇女普查相关信息,建立管理档案	B020201 妇女健康检查表
		问询记录	记录与本次服务相关的既往情况	
		体格检查记录	记录体格检查结果信息	
		影像检查记录	记录影像检查结果信息	
		实验室检验记录	记录实验室检验结果信息	
		诊断记录	记录疾病诊断信息	
		医学指导	针对妇女病普查情况提出的有关医学方面的指导意见	

区域卫生信息平台根据各机构对妇女病普查相关主题的订阅情况,分别向订阅机构推送相关信息。包括将查出异常的妇女保健对象推送到医院进行确诊治疗;将妇女病普查统计信息推送给卫生行政管理部门,见图 4-26。

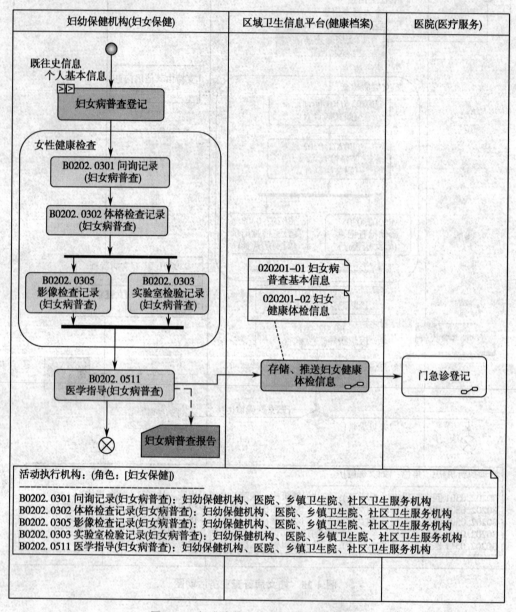

图 4-26 妇女病普查信息交互业务活动图

4.2.2.3 计划生育技术服务

(1)领域内业务模型

1)业务描述:计划生育技术服务包括计划生育技术指导、咨询以及与计划生育有关的临床医疗服务。计划生育技术指导、咨询包括下列内容:生殖健康科普宣传、教育、咨询;提供避孕药具及相关的指导、咨询、随访;计划生育手术包括宫内节育器放取术、皮下埋植剂放取术、输卵管结扎、输精管结扎、负压吸引术、钳刮术、药物流产等,提供术后的医学指导、咨询以及随诊等服务。

通过计划生育技术服务业务用例图(图 4-27)描述业务参与者包括服务提供机构、服务对象、区域卫生信息平台从妇幼保健业务领域中可获取的服务。

妇幼保健机构、医院、乡镇卫生院、社区卫生服务机构:以妇女保健角色提供计划生育技术服务。

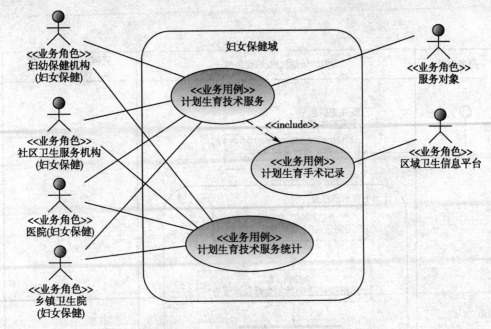

图 4-27 计划生育技术服务业务用例图

服务对象：在妇幼保健业务领域的计划生育技术服务中，接受计划生育技术服务。

区域卫生信息平台：妇幼保健业务领域将计划生育技术服务信息推送给区域卫生信息平台。

2）业务场景（活动图）：应用计划生育技术服务活动图（图 4-28）对计划生育技术服务业务用例图的主要业务活动过程进行描述。

图 4-28 中，提供计划生育技术服务的各级医疗保健机构为服务对象建立计划生育技术服务档案，进行计划生育手术，记录手术信息，给予术后咨询指导和术后随诊。将计划生育手术诊断记录及医学指导意见推送到区域卫生信息平台。

计划生育技术服务的所有业务活动分析说明，在计划生育技术服务业务活动分析说明表中阐述，见表 4-9。

表 4-9 计划生育技术服务业务活动分析说明

业务域	业务子域	业务活动	活动说明	相关表单
B02 妇女保健	03 计划生育技术服务	计划生育技术服务登记	登记计划生育技术服务相关信息，建立管理档案	表 B020301 女性计划生育技术服务记录表 表 B020302 男性计划生育技术服务记录表
		问询记录	记录与本次服务相关的既往情况	
		体格检查记录	记录体格检查结果信息	
		影像检查记录	记录影像检查结果信息	
		实验室检验记录	记录实验室检验结果信息	
		诊断记录	记录疾病诊断信息	
		手术记录	记录计划生育手术信息	
		医学指导	针对计划生育技术服务情况提出的有关医学方面的指导意见	

（2）与其他领域或机构间交互的业务模型（图 4-29）：医疗保健机构在计划生育手术服务、计划生育咨询指导、发放药具时，将计划生育技术服务信息推送到区域卫生信息平台。计划生育服务信息包括计划生育术前检查信息（问询记录、体格检查记录、影像检查记录、实验室检查记录等）、计划生育技术服务诊断记录、计划生育手术服务、医学指导等。

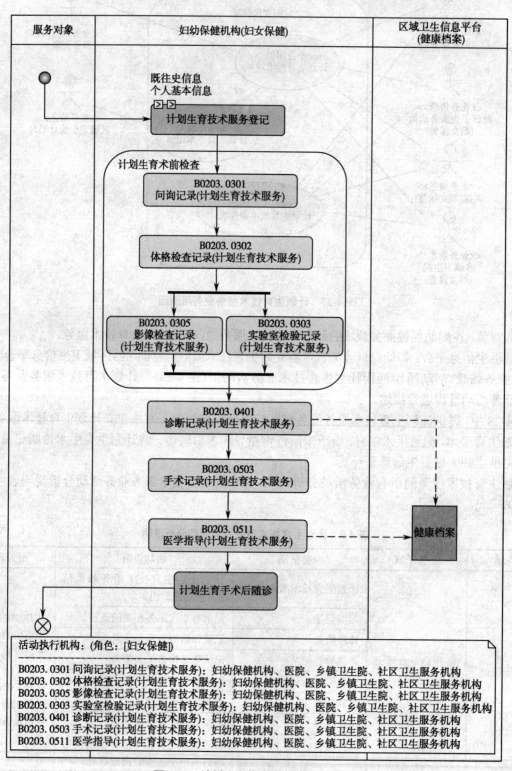

图 4-28 计划生育技术服务业务活动图

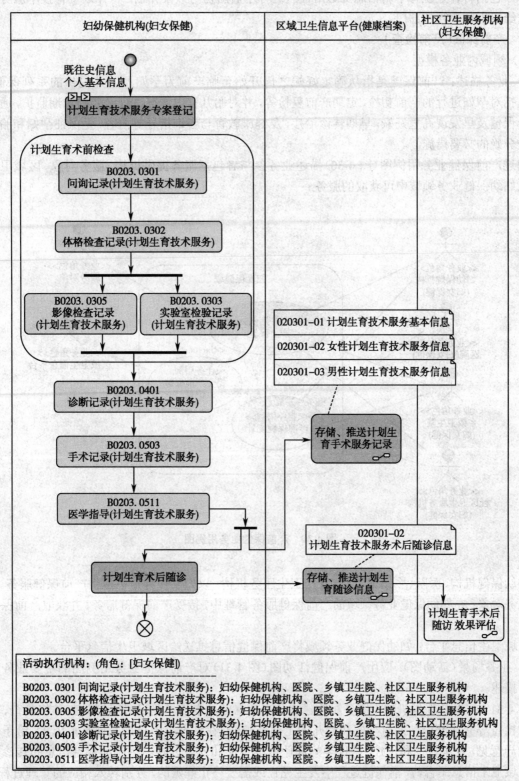

图 4-29　计划生育技术服务信息交互业务活动图

区域卫生信息平台根据各机构对计划生育技术服务相关主题的订阅情况,分别向订阅机构推送相关信息。包括将计划生育手术信息推送给社区进行术后随访与效果评估;将计划生育技术服务统计信息推送给卫生行政管理部门。

4.2.2.4 产前保健(产前检查)

(1)领域内业务模型

1)业务描述:产前保健是指从确定妊娠之日开始至临产前为孕妇及胎儿提供的系列保健服务,主要包括对孕妇进行的产前初检、定期产前复检等,并对胎儿宫内情况进行必要的定期监护,通过系统的产前保健及早发现高危妊娠,早期转诊治疗,及健康教育与咨询指导等内容,是保证孕妇和胎儿健康和安全分娩的必要措施。

通过产前保健业务用例图(图 4-30)描述业务参与者包括服务提供机构、服务对象、区域卫生信息平台从妇幼保健业务领域中可获取的服务。

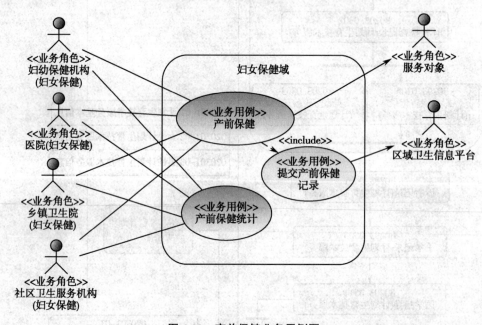

图 4-30 产前保健业务用例图

妇幼保健机构、医院、乡镇卫生院、社区卫生服务机构:以妇女保健角色提供产前保健服务。

服务对象:在妇幼保健业务领域的产前保健服务管理中,接受产前保健服务,并获取产前保健相关报告。

区域卫生信息平台:妇幼保健业务领域将产前保健信息推送给区域卫生信息平台。

2)业务场景(活动图):应用产前保健活动图(图 4-31)对产前保健业务用例图的主要业务活动过程进行描述。

图 4-31 中,医疗保健机构为服务对象建立孕产期保健基本信息登记,通过问询、体格检查、实验室及影像检查等完成整个孕期对孕妇和胎儿的定期监护,并在这过程中早期发现高危因素,给予相应的医学指导意见,及早转诊和治疗,确保孕妇和胎儿的健康和安全分娩。将产前保健信息和转诊信息推送到区域卫生信息平台,产前保健过程中发生死亡或需要终止妊娠的,分别转入相应的管理过程。

产前保健的所有业务活动分析说明,在产期保健业务活动分析说明表中阐述,见表 4-10。

(2)与其他领域或机构间交互的业务模型:妇幼保健机构在产前保健登记、产前检查时,将产前保健信息推送到区域卫生信息平台。产前保健信息包括产前保健登记、问询记录、体格检查记录、影像检查记录、实验室检验记录。

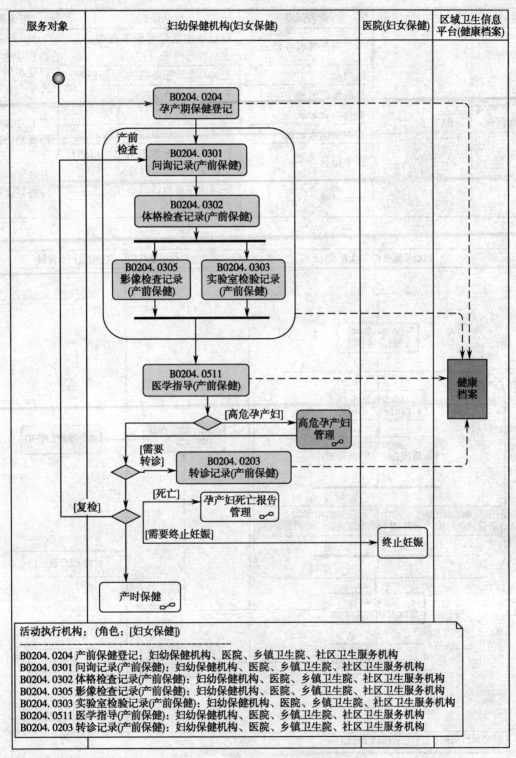

图 4-31　产前保健服务业务活动图

　　区域卫生信息平台根据各机构对产前保健相关主题的订阅情况，分别向订阅机构推送相关信息。包括将符合孕产妇高危因素的孕妇档案推送给社区卫生服务机构或乡镇卫生院进行专案管理，同时推送给上级医院进行确认治疗；将产前保健统计信息推送给卫生行政管理部门。见图 4-32。

表 4-10 产前保健服务业务活动分析说明

业务域	业务子域	业务活动	活动说明	相关表单
B02 妇女保健	04 产前保健	孕产期保健服务登记	登记孕产期保健服务相关信息，建立管理档案	表 B020401 孕产妇基本情况登记表
		问询记录	记录与本次服务相关的既往情况	
		体格检查记录	记录体格检查结果信息	
		影像检查记录	记录影像检查结果信息	表 B020402 产前检查初诊记录表
		实验室检验记录	记录实验室检验结果信息	
		医学指导	针对产期保健服务情况提出的有关医学方面的指导意见	表 B020403 产前检查复诊记录表
		转诊记录	记录由于高危或其他疾病因素等的转诊情况	

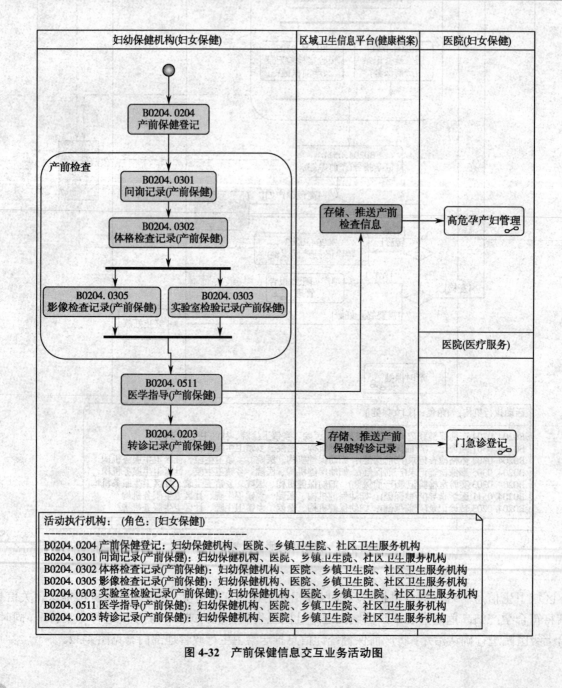

图 4-32 产前保健信息交互业务活动图

4.2.2.5 产时保健

（1）领域内业务模型

1）业务描述：产时保健是指在整个分娩过程中，一方面要监护产妇的各项生命体征及产程进展情况，另一方面要监护胎儿情况，及时发现异常并及时处理的医疗保健服务。产时保健是预防滞产、出血、感染、窒息、产伤等的发生，确保产妇和胎儿安康的必要服务。

通过产时保健业务用例图（图 4-33）描述业务参与者包括服务提供机构、服务对象、区域卫生信息平台从妇幼保健业务领域中可获取的服务。

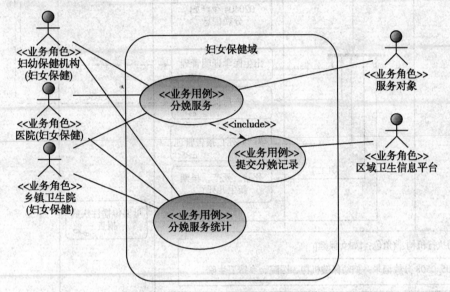

图 4-33　产时保健业务用例图

具有助产资质的妇幼保健机构、医院、乡镇卫生院：以妇女保健角色提供分娩服务。

服务对象：在妇幼保健业务领域的产时保健服务管理中，接受分娩服务，并获取分娩记录的相关报告。

区域卫生信息平台：妇幼保健业务领域将产时保健信息推送给区域卫生信息平台。

2）业务场景（活动图）：应用产时保健活动图（图 4-34）对产时保健业务用例图的主要业务活动过程进行描述。

图 4-34 中，描述了产时保健的业务过程。医疗机构对服务对象进行分娩服务时将分娩信息推送到区域卫生信息平台，同时将分娩信息递送给《出生医学证明》签发、产后保健，若发生孕产妇死亡的及时将信息递送给孕产妇死亡报告。

产时保健的所有业务活动分析说明，在产时保健业务活动分析说明表中阐述，见表 4-11。

表 4-11　产时保健业务活动分析说明

业务域	业务子域	业务活动	活动说明	相关表单
B02 妇女保健	05 产时保健	分娩记录	记录分娩过程的详细信息	表 B020404 分娩记录表

（2）与其他领域或机构间交互的业务模型：医疗保健机构在孕产妇分娩并提供分娩服务时，将产时保健信息推送到区域卫生信息平台。产时保健的信息主要包括分娩记录。

区域卫生信息平台将分娩信息推送给订阅该主题的《出生医学证明》签发机构，填写出生医学报告、签发《出生医学证明》；将符合孕产妇高危因素的孕妇档案推送给社区卫生服务机构或乡镇卫生院进行专案管理，同时推送给上级医院进行确认治疗；将产时保健统计信息推送给卫生行政管理部门，见图 4-35。

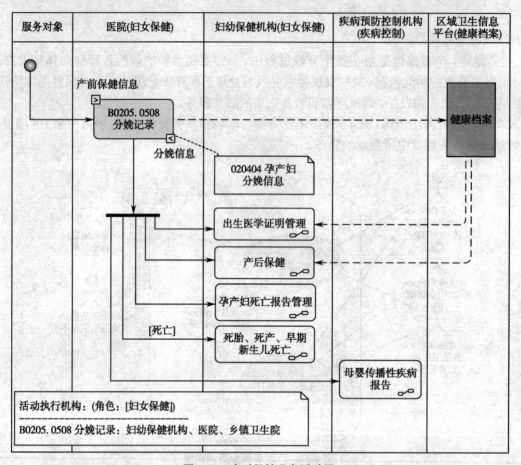

图 4-34　产时保健业务活动图

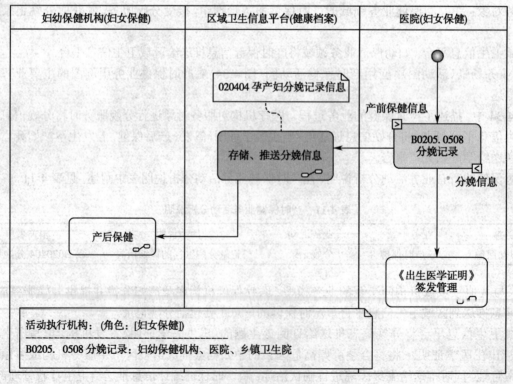

图 4-35　产时保健信息交互业务活动图

4.2.2.6 产妇访视

（1）领域内业务模型

1）业务描述：产妇访视是产后保健服务中的一种，是围生期保健或妇产科医务人员（简称访视人员）在产后访视中，对辖区内分娩的产妇了解全身健康状况，进行规定项目的体格检查、卫生保健和避孕指导工作。产后访视包括产妇访视和新生儿访视，产后访视是孕产妇系统管理的主要内容之一，做好产后访视是保证母婴健康的重要环节。

通过产妇访视业务用例图（图 4-36）描述业务参与者：服务提供机构、服务对象、区域卫生信息平台从妇幼保健业务领域中可获取的服务。

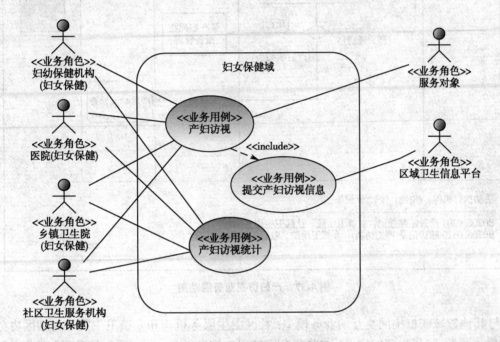

图 4-36 产妇访视业务用例图

妇幼保健机构、医院、乡镇卫生院、社区卫生服务机构：以妇女保健角色提供产妇访视服务。

服务对象：在妇幼保健业务领域的产妇保健服务管理中，接受产妇访视服务，并获取产妇访视相关报告。

区域卫生信息平台：妇幼保健业务领域将产妇访视信息推送给区域卫生信息平台。

2）业务场景（活动图）：应用产妇访视活动图（图 4-37）对产妇访视业务用例图的主要业务活动过程进行描述。

图 4-37 中，描述了服务对象接受产后保健中产妇访视的业务过程。社区卫生服务机构和乡镇卫生院为服务对象建立产妇访视档案，提供产后访视服务，并将每次的产妇访视信息推送到区域卫生信息平台；访视过程中若发生产妇死亡即转入孕产妇死亡监测管理中。满足访视结案条件的，进行访视小结。

产妇访视的所有业务活动分析说明，在产妇访视业务活动分析说明表中阐述，见表 4-12。

表 4-12 产妇访视服务业务活动分析说明

业务域	业务了域	业务活动	活动说明	相关表单
B02 妇女保健	06 产妇访视	登记	登记产后保健服务相关信息，建立管理档案	表 B020405 产妇访视记录表
		随访记录	记录产后访视的相关信息	

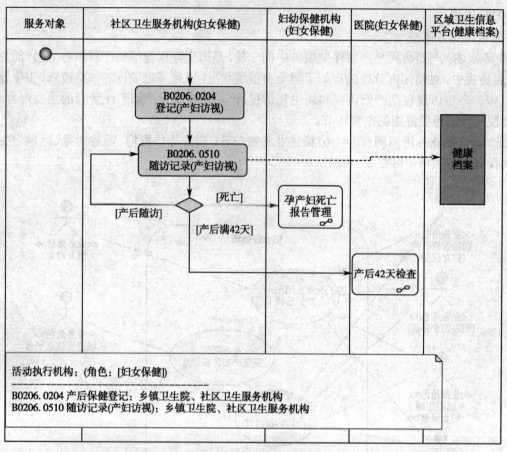

图 4-37 产妇访视业务活动图

（2）与其他领域或机构间交互的业务模型：社区卫生服务机构和乡镇卫生院在对辖区内分娩的产妇进行产后访视后，将每次产妇访视信息推送到区域卫生信息平台。区域卫生信息平台根据各机构对产妇访视相关主题的订阅，分别向订阅机构推送此信息。包括将访视信息推送给妇幼保健机构进行专案管理，同时推送给卫生行政管理部门，卫生行政管理部门可获取产妇访视信息进行统计分析。见图 4-38。

4.2.2.7 产后 42 天检查

（1）领域内业务模型

1）业务描述：产后 42 天检查是产后保健服务中的一种，是指在产后 42 天内进行产后检查的保健服务，是对产妇从产后全身健康状况、哺乳情况等方面进行的保健措施，通过妇科检查、相关辅助检查如血、尿常规、白带常规、肝功等，及早发现疾病，及时处理。并提供产妇的营养、哺乳、计划生育及避孕的咨询与指导。

通过产后 42 天检查业务用例图（图 4-39）描述业务参与者：服务提供机构、服务对象、区域卫生信息平台从妇幼保健业务领域中可获取的服务。

妇幼保健机构、医院、乡镇卫生院、社区卫生服务机构：以妇女保健角色提供产后保健服务。

服务对象：在妇幼保健业务领域的产后 42 天检查服务管理中，接受产后 42 天检查保健服务，并获取产后 42 天检查相关报告。

区域卫生信息平台：妇幼保健业务领域将产后 42 天检查信息推送给区域卫生信息平台。

2）业务场景（活动图）：应用产后 42 天检查活动图（图 4-40）对产后 42 天业务用例图的主要业务活动过程进行描述。

图 4-40 中，描述了服务对象接受产后 42 天检查的业务过程。医院为服务对象提供产后 42 天检查服务，并针对产后 42 天检查情况提出医学指导意见，在产后 42 天检查结束后，满足孕产妇保健管理结

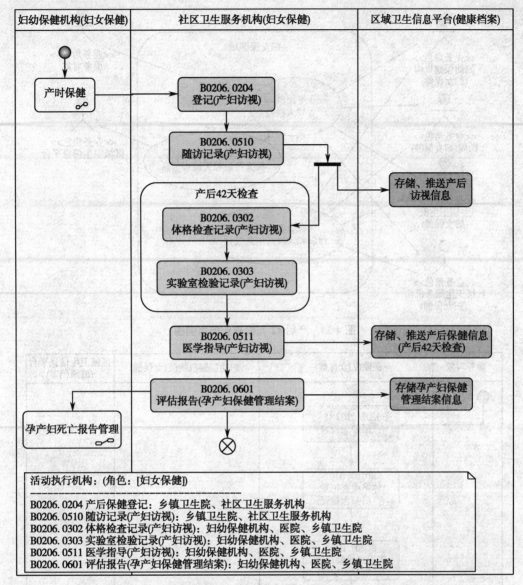

图 4-38　产妇访视及产后 42 天检查信息交互业务活动图

案条件的,完成孕产妇保健管理评估报告。在产后 42 天内若发生孕产妇死亡的即进入孕产妇死亡报告,将产后 42 天检查信息、医学指导意见以及结案信息推送到区域卫生信息平台。

产后 42 天检查的所有业务活动分析说明,在产后保健业务活动分析说明表(表 4-13)中阐述。

表 4-13　产后 42 天检查业务活动分析说明

业务域	业务子域	业务活动	活动说明	相关表单
B02 妇女保健	07 产后 42 天检查	登记	登记产后保健服务相关信息,建立管理档案	表 B020407 产后 42 天检查记录表
		体格检查记录	记录体格检查结果信息	
		实验室检验记录	记录实验室检验结果信息	
		医学指导	针对产后 42 天检查结果情况提出的有关医学方面的指导意见	
		评估报告(孕产妇保健管理结案)	对已完成产后 42 天检查的孕产妇进行保健管理结案处理	

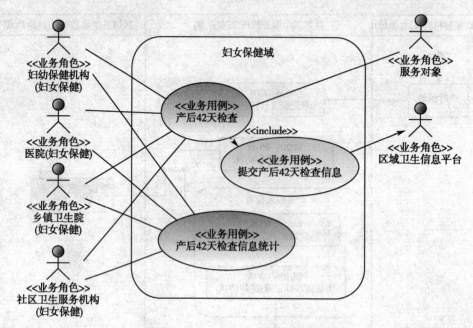

图 4-39　产后 42 天检查业务用例图

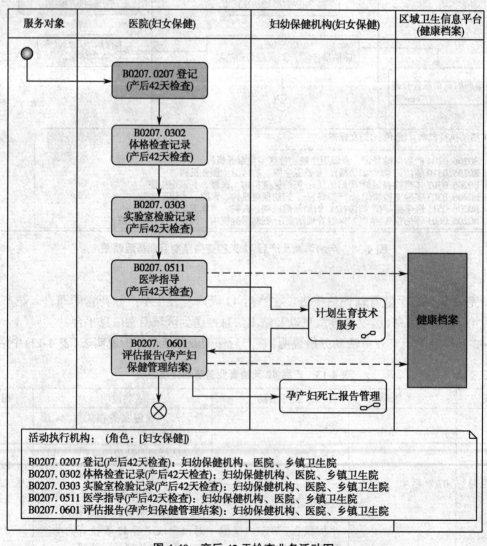

图 4-40　产后 42 天检查业务活动图

（2）与其他领域或机构间交互的业务模型：医院在对产妇进行产后 42 天检查后，将产后 42 天检查信息推送到区域卫生信息平台。产后 42 天检查信息包括产后 42 天检查（体格检查记录、实验室检查记录）、医学指导及孕产妇系统管理结案信息等。

区域卫生信息平台根据各机构对产后 42 天检查相关主题的订阅情况，分别向订阅机构推送相关信息。包括将孕产妇系统管理结案信息推送给妇幼保健机构进行专案管理，将产后 42 天检查统计信息推送给卫生行政管理部门（图 4-35）。

4.2.2.8 高危孕产妇管理

（1）领域内业务模型

1）业务描述：产前检查过程中发现有高危因素的孕产妇，将被纳入高危孕产妇专案管理，并按管理程序进行高危孕产妇的评估、登记、预约、追踪和转归工作。对符合转诊条件的高危孕产妇，转诊至上级机构。

通过高危孕产妇管理业务用例图（图 4-41）描述业务参与者包括服务对象、区域卫生信息平台从妇幼保健业务领域中可获取的服务。

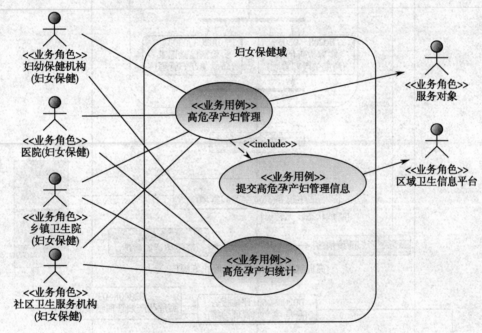

图 4-41 高危孕产妇管理业务用例图

妇幼保健机构、医院、乡镇卫生院、社区卫生服务机构：以妇女保健角色提供高危孕产妇保健服务。

服务对象：在妇幼保健业务领域的高危孕产妇管理中，接受高危孕产妇管理。

区域卫生信息平台：妇幼保健业务领域将高危孕产妇管理信息推送给区域卫生信息平台。

2）业务场景（活动图）：应用高危孕产妇管理业务活动图（图 4-42）对高危孕产妇管理业务用例图的主要业务活动过程进行描述。

图 4-42 中，描述了高危孕产妇管理的业务活动过程。医疗保健机构通过高危因素评估确定高危孕产妇，并进行高危孕产妇的管理登记，通过定期对高危孕产妇的随诊，根据每次随诊的结果提出医学指导意见，并进行高危因素的评估，预约下一次的随诊。随诊过程中发生死亡或终止妊娠的则分别转入相应管理过程，若正常分娩则进入产时保健过程。将针对高危孕产妇提出的医学指导意见及高危孕产妇管理结案信息推送到区域卫生信息平台。

高危孕产妇管理的所有业务活动分析说明，在高危孕产妇管理业务活动分析说明表中阐述，见表 4-14。

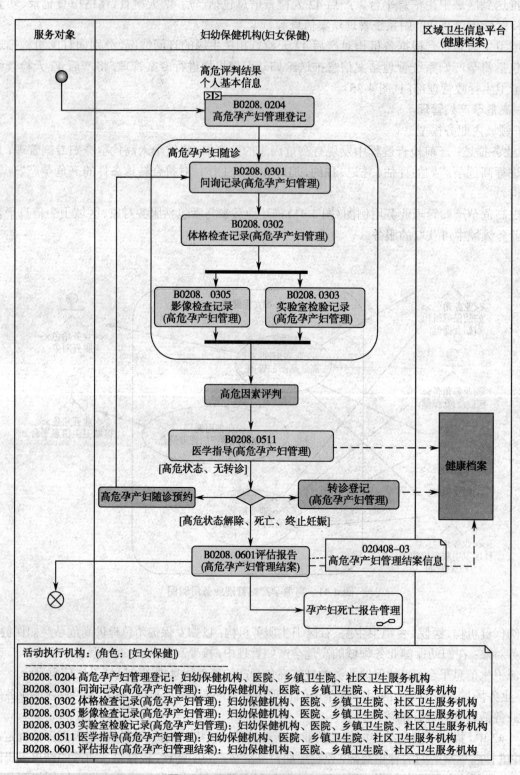

图 4-42 高危孕产妇管理业务活动图

表 4-14 高危孕产妇管理业务活动分析说明

业务域	业务子域	业务活动	活动说明	相关表单
B02 妇女保健	08 高危孕产妇管理	登记	登记高危孕产妇管理服务相关信息，建立管理档案	表 B020408 孕产妇高危管理记录表
		问询记录	记录与本次服务相关的既往情况	
		体格检查记录	记录体格检查结果信息	
		影像检查记录	记录影像检验结果信息	
		实验室检验记录	记录实验室检验结果信息	
		医学指导	针对产后保健服务情况提出的有关医学方面的指导意见	
		评估报告（高危孕产妇管理结案）	对高危因素消失、已分娩或死亡的孕产妇进行结案处理	

（2）与其他领域或机构间交互的业务模型：妇幼保健机构在高危孕产妇管理登记、高危孕产妇随诊（孕产妇高危因素评判）、高危孕产妇转诊、高危孕产妇管理结案时，将孕产妇高危信息推送给区域卫生信息平台。高危孕产妇管理信息包括高危孕产妇管理登记、高危孕产妇随诊记录（问询记录、体格检查记录、影像检查记录、实验室检查记录）、高危孕产妇医学指导、高危孕产妇管理结案。

区域卫生信息平台根据各机构分别对高危孕产妇管理相关主题的订阅情况，分别向订阅机构推送指定信息。包括将高危孕产妇随诊记录、转诊记录推送给医院进行疾病治疗；将高危孕产妇管理统计信息推送给卫生行政管理部门等。见图 4-43。

4.2.2.9 产前筛查

（1）领域内业务模型

1）业务描述：产前筛查是指通过生化检测方法，查找出患有严重遗传障碍的个体，即从孕妇群体中发现某些怀疑有先天性缺陷和遗传性疾病胎儿的高危孕妇，以便进一步明确诊断。从而可采取相应措施最大限度地减少异常新生儿的发生。

目前产前筛查主要针对以下遗传缺陷：21- 三体综合征［又称先天愚型，唐氏综合征（Down syndrome，）］、神经管缺损（neural tube defects，简称 NTD）和 13/18- 三体综合征（Edward syndrome）。

产前筛查主要包括产前筛查信息登记、筛查结果登记、高风险孕妇管理，其中高风险孕妇管理包括高风险通知、产前咨询、产前诊断、筛查追访等管理。

通过产前筛查与诊断管理业务用例图（图 4-44）描述业务参与者：服务对象、区域卫生信息平台从妇幼保健业务领域中可获取的服务。

妇幼保健机构、医院、乡镇卫生院、社区卫生服务机构：以妇女保健角色提供产前筛查服务。

服务对象：在妇幼保健业务领域的产前筛查中，接受产前筛查服务。

区域卫生信息平台：妇幼保健业务领域将产前筛查结果信息推送给区域卫生信息平台。

2）业务场景（活动图）：应用产前筛查业务活动图（图 4-45）对产前筛查业务用例图的主要业务活动过程进行描述。

图 4-45 中，描述了服务对象接受产前筛查的业务过程。医疗机构为服务对象建立产前筛查登记，完成相应的产前筛查项目，将产前筛查登记信息及产前筛查结果信息推送到区域卫生信息平台。产前筛查结果发现高风险因素，即将信息递送到产前诊断。

产前筛查的所有业务活动分析说明，在产前筛查业务活动分析说明表中阐述，见表 4-15。

（2）与其他领域或机构间交互的业务模型：医疗保健机构在产前筛查登记、产前筛查检查时，将产前筛查结果信息推送到区域卫生信息平台。产前筛查检查记录包括问询记录、体格检查记录、实验室检查记录、影像检查记录等。

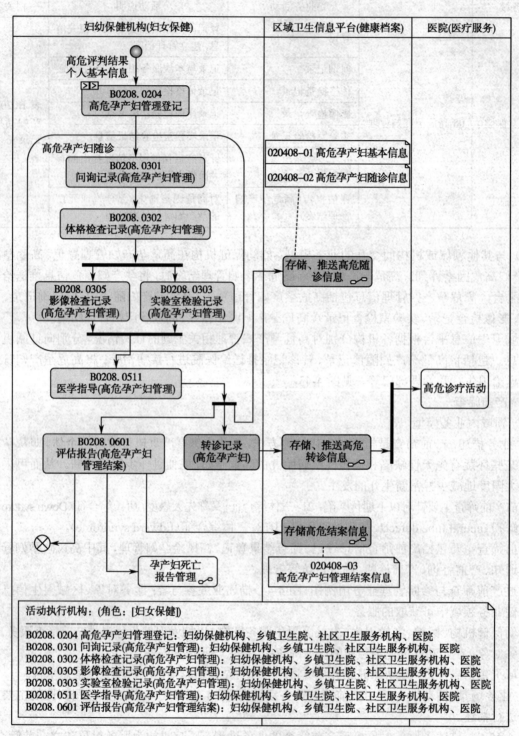

图 4-43　高危孕产妇管理信息交互业务活动图

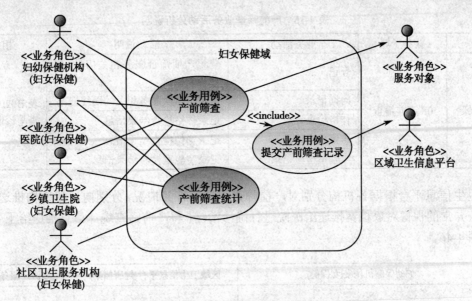

图 4-44 产前筛查业务用例图

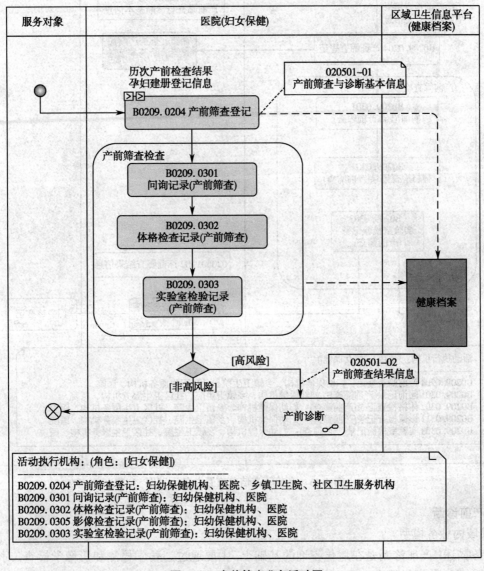

图 4-45 产前筛查业务活动图

表 4-15　产前筛查业务活动分析说明

业务域	业务子域	业务活动	活动说明	相关表单
B02 妇女保健	08 产前筛查	登记	登记产期筛查服务相关信息，建立管理档案	表 B020501 产前筛查与诊断记录表
		问询记录	记录与本次服务相关的既往情况	
		体格检查记录	记录体格检查结果信息	
		影像检查记录	记录影像检查结果信息	
		实验室检验记录	记录实验室检验结果信息	

　　区域卫生信息平台根据各机构分别对产前筛查主题的订阅情况，分别向订阅机构推送指定信息。包括将筛查异常的保健对象档案推送给医院进行确诊治疗；将产前筛查统计信息推送给卫生行政管理部门。见图 4-46。

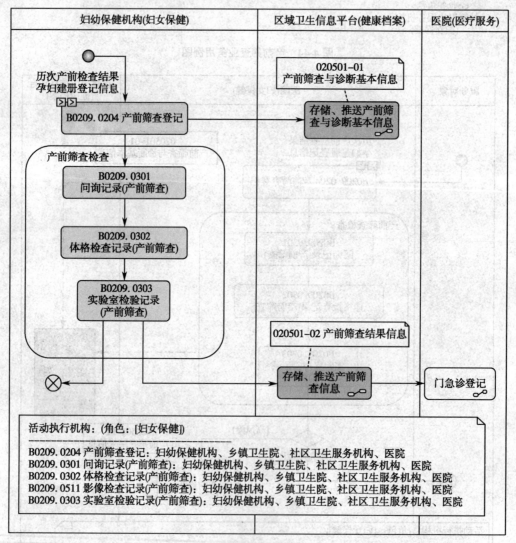

图 4-46　产前筛查信息交互业务活动图

4.2.2.10　产前诊断

（1）领域内业务模型

1）业务描述：产前诊断是在遗传咨询的基础上，主要通过遗传学检测和影像学检查，对高风险胎儿进行明确诊断，从而降低出生缺陷率，提高优生质量和出生人口素质。

目前产前诊断主要针对以下遗传缺陷：21- 三体综合征〔又称，先天愚型，唐氏综合征（Down's syndrome）〕、神经管缺损（neural tube defects，简称 NTD）和 13/18- 三体综合征（Edward's syndrome）。

产前诊断主要包括产前诊断信息登记、高风险孕妇管理，其中高风险孕妇管理包括高风险通知、产前咨询、产前诊断等管理。

通过产前诊断业务用例图（图 4-47）描述业务参与者：服务提供机构、服务对象、区域卫生信息平台从妇幼保健业务领域中可获取的服务。

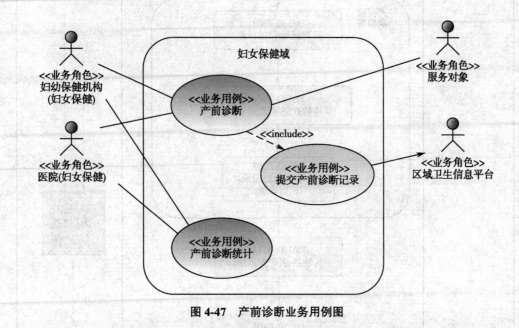

图 4-47　产前诊断业务用例图

妇幼保健机构、医院：以妇女保健角色提供产前诊断服务。

服务对象：在妇幼保健业务领域的产前诊断中，接受产前诊断服务。

区域卫生信息平台：妇幼保健业务领域将产前诊断结果信息推送给区域卫生信息平台。

2）业务场景（活动图）：应用产前诊断业务活动图（图 4-48）对产前诊断业务用例图的主要业务活动过程进行描述。

图 4-48 中，描述了服务对象接受产前诊断的业务过程。妇幼保健机构为服务对象建立产前诊断信息登记，完成相应的产前诊断项目，提出医学指导意见，完成产前诊断报告。将产前诊断登记、检查及诊断信息推送到区域卫生信息平台。

产前诊断的所有业务活动分析说明，在产前诊断业务活动分析说明表中阐述，见表 4-16。

表 4-16　产前诊断业务活动分析说明

业务域	业务子域	业务活动	活动说明	相关表单
B02 妇女保健	09 产前诊断	登记	登记产期筛查服务相关信息，建立管理档案	表 B020501 产前筛查与诊断记录表
		问询记录	记录与本次服务相关的既往情况	
		体格检查记录	记录体格检查结果信息	
		影像检查记录	记录影像检查结果信息	
		实验室检验记录	记录实验室检验结果信息	
		医学指导	针对产前诊断结果提出的有关医学方面的指导意见	
		诊断记录	记录疾病诊断信息	

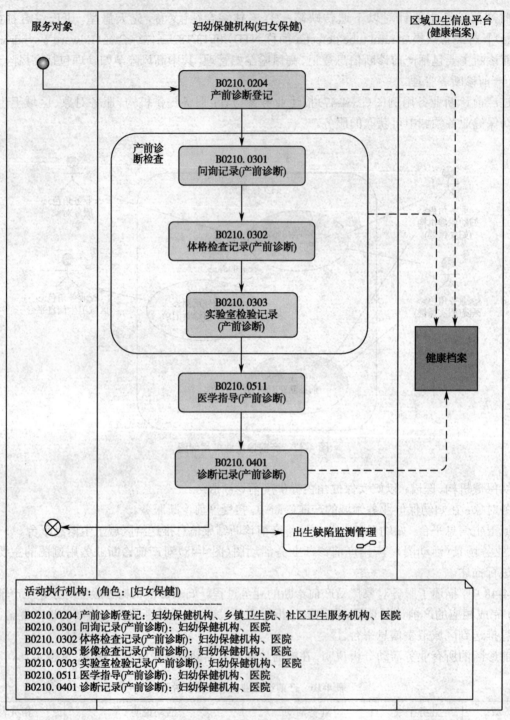

图 4-48 产前诊断业务活动图

　　(2) 其他领域或机构间交互的业务模型：妇幼保健机构在产前疾病诊断时，将产前诊断信息推送到区域卫生信息平台。产前诊断信息包括产前诊断登记、产前诊断检查(问询记录、体格检查记录、实验室检查记录、影像检查记录)、医学指导、产前诊断诊断记录等。

　　区域卫生信息平台根据各机构分别对产前诊断主题的订阅情况，分别向订阅机构推送指定信息。包括将诊断异常的保健对象档案推送给医院进行确诊治疗；将确诊为出生缺陷的诊断信息推送给出生缺陷管理；将产前诊断的统计信息推送给卫生行政管理部门，见图 4-49。

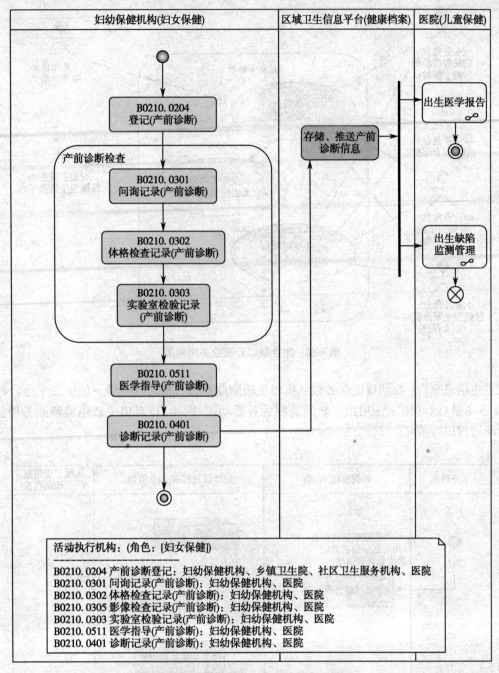

图 4-49　产前诊断信息交互业务活动图

4.2.2.11　出生缺陷监测

（1）领域内业务模型

1）业务描述：医疗保健机构对妊娠满 28 周（如孕周不清楚，可参考出生体重达 1000 克及其以上）至生后 42 天，在此期间首次确诊的主要出生缺陷进行报告。监测机构对每一例出生的婴儿进行检查，发现出生缺陷儿填写出生缺陷儿登记卡，并审核、上报，对出生缺陷儿登记卡进行质量控制。

在出生缺陷监测业务用例图（图 4-50）中，描述了业务参与者包括服务提供机构、区域卫生信息平台从妇幼保健业务领域中可获取的服务。

妇幼保健机构、医院、乡镇卫生院、社区卫生服务机构：以妇女保健角色提供出生缺陷监测服务。

报告人员：在妇幼保健业务领域的出生缺陷监测中，报告出生缺陷情况。

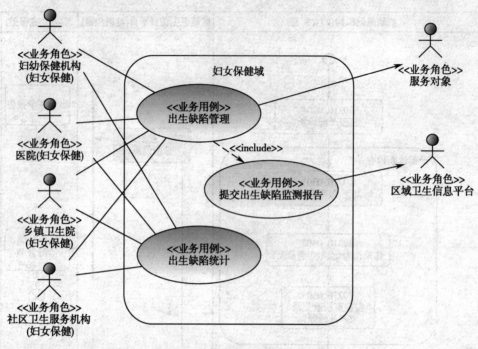

图 4-50　出生缺陷监测业务用例图

区域卫生信息平台：妇幼保健业务领域将出生缺陷监测报告推送给区域卫生信息平台。

2）业务场景（活动图）：应用出生缺陷监测业务活动图（图 4-51）对出生缺陷监测业务用例图的主要业务活动过程进行描述。

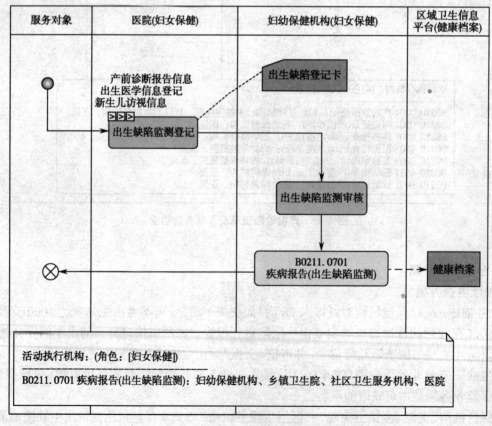

图 4-51　出生缺陷监测业务活动图

　　相关机构登记儿童出生缺陷报告给妇幼保健机构,妇幼保健机构审核出生缺陷登记卡,驳回有问题的登记卡,下级机构核实、改正后重新上报。

　　出生缺陷监测的所有业务活动分析说明,在出生缺陷监测业务活动分析说明表中阐述,见表4-17。

表 4-17　出生缺陷监测业务活动分析说明

业务域	业务子域	业务活动	活动说明	相关表单
B02 妇女保健	011 出生缺陷监测	出生缺陷监测登记	提取出生缺陷儿基本信息,建立管理档案	表 B020601 医疗机构出生缺陷儿登记卡
		出生缺陷监测信息审核	对上报的医疗机构出生缺陷登记卡进行逐级审核	
		疾病报告	上报医疗机构出生缺陷登记卡	
		提醒	对上级驳回的出生缺陷登记表等进行提醒	
		预警预报	对高发和罕见出生缺陷的人群及地区进行预警	
		查询		
		统计		

　　(2) 其他领域或机构间交互的业务模型:医疗保健机构在出生缺陷确诊登记、出生缺陷报卡、出生缺陷审核时,将出生缺陷信息推送到区域卫生信息平台。

　　区域卫生信息平台根据各机构对出生缺陷监测主题的订阅情况,分别向订阅机构推送指定信息。包括将出生缺陷儿推送到医院进行确诊治疗;将出生缺陷统计信息推送给卫生行政管理部门。见图 4-52。

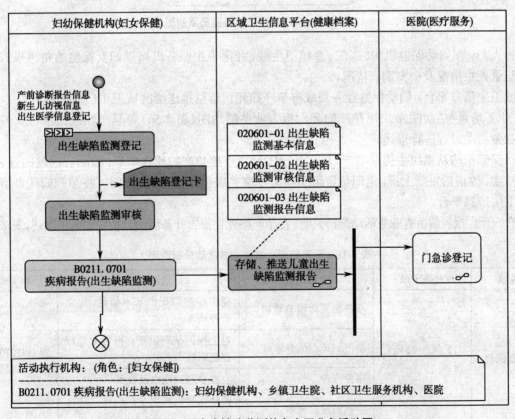

图 4-52　出生缺陷监测信息交互业务活动图

4.2.2.12 孕产妇死亡报告

（1）领域内业务模型

1）业务描述：孕产妇死亡报告是对从妊娠开始至产后 42 天内死亡的妇女，不论妊娠时间和部位，包括宫外孕、葡萄胎、计划生育和内、外科疾病死亡的孕产期妇女等死亡情况进行报告管理。以便及时了解和掌握孕产妇死亡动态及孕产妇死亡相关因素，制定有效干预措施，控制并降低孕产妇死亡率。

孕产妇死亡报告包括孕产妇死亡报告、孕产妇死亡报告卡上报、孕产妇死亡报告卡审核、孕产妇死亡评审、孕产妇死亡调查报告等内容，孕产妇死亡采用逐级上报审核制度。

通过孕产妇死亡报告业务用例图（图 4-53）描述服务提供机构、区域卫生信息平台从妇幼保健业务领域中可获取的服务。

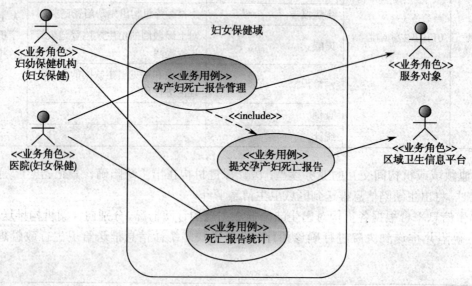

图 4-53　孕产妇死亡报告业务用例图

报告人员：在妇幼保健机构、医院、乡镇卫生院、社区卫生服务机构以妇女保健的角色报告孕产妇死亡并记录死亡情况及个案调查情况。

区域卫生信息平台：妇幼保健业务领域将孕产妇死亡信息推送给区域卫生信息平台。

2）业务场景（活动图）：应用孕产妇死亡报告业务活动图（图 4-54）对孕产妇死亡报告业务用例图的主要业务活动过程进行描述。

妇幼保健机构从系统中提取孕产妇死亡信息，负责审核孕产妇死亡信息，驳回有问题的登记卡，下级机构核实、改正后重新上报，定期负责组织相关专家完成孕产妇死亡的评审，将孕产妇死亡信息推送到区域卫生信息平台。

孕产妇死亡报告的所有业务活动分析说明，在孕产妇死亡报告业务活动分析说明表中阐述，见表 4-18。

表 4-18　孕产妇死亡报告业务活动分析说明

业务域	业务子域	业务活动	活动说明	相关表单
B02 妇女保健	012 孕产妇死亡报告	孕产妇死亡信息登记	提取孕产妇死亡基本信息，建立管理档案	表 B020701 孕产妇死亡报告卡
		孕产妇死亡信息审核	对上报的孕产妇死亡报告卡进行逐级审核	
		事件报告	上报孕产妇死亡报告卡	
		孕产妇死亡评审	医疗保健机构对孕产妇死亡进行评审	

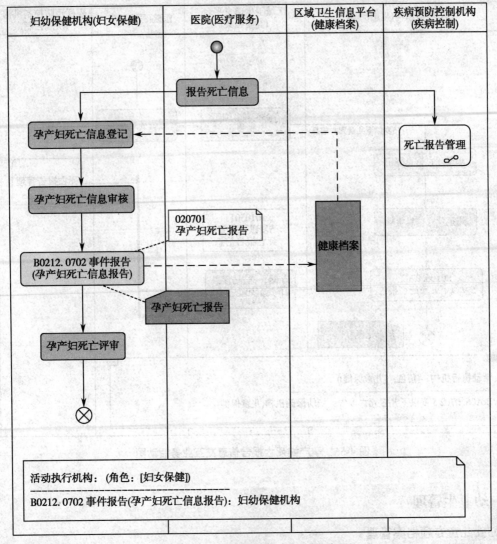

图 4-54 孕产妇死亡报告业务活动图

(2) 与其他领域或机构间交互的业务模型：医疗保健机构在孕产妇死亡报告卡登记、上报、审核时，将孕产妇死亡信息推送给区域卫生信息平台。区域卫生信息平台根据卫生行政管理部门订阅主题，实时将孕产妇死亡统计信息推送给卫生行政管理部门。见图 4-55。

4.2.2.13 青春期保健服务

由于青春期保健服务在《健康档案基本架构与数据标准(试行)》尚未包含，还没有确定其标准化的数据标准与服务表单，故目前仅在第三章对基本业务和功能进行描述，而对其业务模型暂不展开描述，待今后与数据标准同步修订补充。

4.2.2.14 孕前保健服务

由于孕前保健服务在《健康档案基本架构与数据标准(试行)》尚未包含，还没有确定其标准化的数据标准与服务表单，故目前仅在第三章对基本业务和功能进行描述，而对其业务模型暂不展开描述，待今后与数据标准同步修订补充。

4.2.2.15 更老年期保健服务

由于更、老年期保健服务管理在《健康档案基本架构与数据标准(试行)》尚未包含，还没有确定其标准化的数据标准与服务表单，故目前仅在第三章对基本业务和功能进行描述，而对其业务模型暂不展开描述，待今后与数据标准同步修订补充。

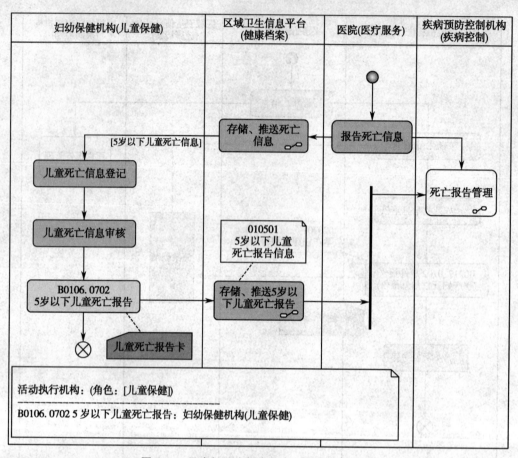

图 4-55　孕产妇死亡报告信息交互业务活动图

4.2.3　妇幼卫生管理

4.2.3.1　妇女儿童专项档案管理

妇女儿童专项档案管理是将健康档案中妇女儿童的个人基本信息、各项妇幼保健服务标识信息、重要健康与疾病信息进行集中管理的妇幼保健管理业务,能为妇幼保健服务监管及其他的管理业务提供公共数据维护和索引,是妇幼卫生管理的基础性业务内容。

4.2.3.2　妇幼保健服务监管

妇幼保健服务监管指基于妇女儿童保健档案,针对妇幼保健服务、服务提供机构与人员开展的区域妇幼保健服务与管理。主要通过对数据的二次开发与利用,支持完成对妇幼卫生重点指标的监测、业务服务活动开展的质量、服务提供者的绩效评估及其他相关业务,以有效支持妇幼保健机构履行群体保健工作管理职能。主要包括:妇女儿童保健档案管理、出生医学登记、出生缺陷监测与干预、儿童健康管理与服务评估、孕产妇健康管理与服务评估、重大妇女病监测、妇幼保健综合决策支持等。

4.2.3.2.1　出生医学登记

出生医学登记信息系统,是以出生医学登记为主要内容的信息系统。该系统包含出生医学登记功能,以《中华人民共和国母婴保健法》为指导,同时与公安、人口与计生、使馆、教育等领域进行业务协同与信息共享,提供国家人口管理基础数据。

4.2.3.2.2　出生缺陷监测与干预

出生缺陷监测与干预业务是依托妇幼保健业务数据中心,围绕出生缺陷监测、新生儿疾病筛查、产前筛查与产前诊断、叶酸增补等降低出生缺陷发生、提高出生人口素质的重要措施,集监测和干预为一体的妇幼保健业务管理工作。是以出生缺陷危险因素监测与预防、出生缺陷干预与效益评估为重点，对出生缺陷监测、预防和干预工作的业务服务、业务管理等信息进行管理，协同民政、社会保障以及卫生领域内疾病控制等业务，建立出生缺陷儿童信息数据库、出生缺陷危险因素和出生缺陷干预策略数据库，实现对出生缺陷的动态监测，以及对预警、预防措施实施和干预效果的准确评价，为行政部门组织实施出生缺陷三级预防、选用低成本高效率的预防策略提供技术支撑和数据支持。

4.2.3.2.3　儿童健康管理与服务评估

儿童健康管理与服务评估业务是以提高儿童生存水平、保障儿童生命质量为目的，以对 0～36 个月儿童健康评估与危险因素监测等为手段，依托儿童保健服务信息系统，以国家基本公共卫生服务项目中 0～36 个月儿童健康管理为主要内容，以儿童健康危险因素监测与风险评估为重点的管理信息系统。该业务协同出生登记、孕产妇健康管理与服务评估、重大妇女病监测等管理系统，共享使用人口调查、死因监测、环境和健康行为调查数据，形成儿童健康管理与服务评估的综合信息系统，实现对儿童保健服务实施的监管和评价、儿童健康状况评估、儿童死亡发生率趋势变化及死因监测、儿童常见疾病发生趋势和干预效果监测、儿童伤害及伤残发生趋势及预测预警。

4.2.3.2.4　孕产妇健康管理与服务评估

孕产妇健康管理与服务评估业务是以保护、促进孕产妇与胎婴儿的生命安全与身体健康为目的，对孕产妇健康状况、危险因素筛查、孕产妇重大疾病及死亡进行连续监测、过程监督、动态管理，同时对孕产期内的服务内容、服务环节、服务要求、服务质量等进行绩效评估。依托孕产期保健服务系统（个案数据采集系统），以国家重大公共卫生服务项目和基本公共卫生服务中孕产妇健康管理服务、住院分娩补助为主体、以孕产妇健康危险因素监测与干预、预防母婴传播性疾病、孕产妇死亡监测与干预为重点的管理业务。该业务协同妇女儿童保健档案管理、农村合作医疗、社会保障、民政等监管信息系统，共享使用人口信息、死因监测、住院费用、卫生监督等信息，形成孕产妇健康管理与服务评估的妇幼卫生管理信息系统，实现对孕产妇健康服务实施的动态监管和效果评价、住院分娩的病种与费用监管，孕产妇艾滋病、梅毒、乙肝等母婴传播性疾病的预防、检测、感染控制，孕产妇高危因素动态管理与追踪服务，剖宫产率，孕产妇死亡发生率变化趋势、死因监测管理与预测预警。

4.2.3.2.5　重大妇女病监测

重大妇女病监测业务以提高妇女生殖健康水平、早期发现危害妇女健康的恶性肿瘤、防治妇女常见病与多发病为重点，对妇女病普查及治疗工作中产生的业务、管理数据进行综合管理。该业务依托妇女病普查服务信息系统，共享妇女基本情况信息，对妇女病的发生、普查与治疗进行监测管理。实现对非孕期妇女健康状况的准确评价，为宫颈癌、乳腺癌（"两癌"）检查等项目提供数据支持，对存在危险因素或对妇女健康危害较大的疾病人群和地区进行预警，并对高危疾病的妇女和地区进行预报等功能，为各级卫生行政部门对妇女健康保护及促进策略的确定及选择提供科学依据。

4.2.3.3　妇幼保健监督执法

4.2.3.3.1　妇幼保健执业资质管理

（1）业务描述：依照国家对母婴保健技术服务执业许可管理条例，对辖区内各医疗保健机构和人员的相关执业资质进行管理。执业资质由国家统一制定，按机构和个人分为：

1）机构：《医疗机构执业许可证》（先决条件）、《中华人民共和国母婴保健技术服务执业许可证》（以下简称保健许可证）。

2）乡级以上人员：《医师执业证书》、《助理医师执业证书》或《护士执业证书》（先决条件）、《母婴保健技术考核合格证》。

3）村级人员：对于村级妇幼保健人员，应有《村级妇幼保健员技术合格证》、《家庭接生员技术合格证》。

对机构和个人的执业资质建立管理档案，依照管理办法，对执业资质的范围、有效期、复检、个人复训与考核、验证、不良记录等进行记录和管理。此管理档案与妇幼保健三级网络建设相关联。

通过妇幼保健执业资质管理用例图（图4-56）描述业务参与者：各级卫生行政管理机构、妇幼保健机构、乡镇卫生院等参与妇幼卫生管理领域中的执业资质管理。

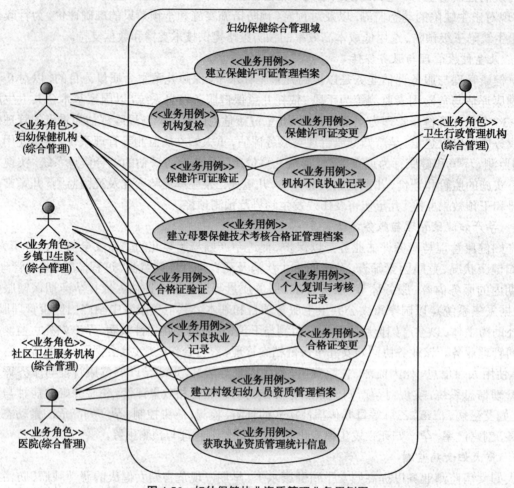

图4-56 妇幼保健执业资质管理业务用例图

卫生行政管理部门：在妇幼卫生管理领域的妇幼保健执业资质管理中，承担机构执业许可证和个人执业合格证的发放、建档和相应的复检、验证、变更等管理事务，并可委托妇幼保健机构进行管理；可以获取辖区内的妇幼保健执业资质管理的统计信息。

妇幼保健机构：在妇幼卫生管理领域的妇幼保健执业资质管理中，受委托承担机构执业许可证和个人执业合格证的复检、验证、个人复训与考核、机构与个人不良执业记录等管理事务，并可委托乡镇卫生院对村级妇幼保健人员执业资质进行管理；可以获取辖区内的妇幼保健执业资质管理的统计信息。

乡镇卫生院、社区卫生服务机构：在妇幼卫生管理领域的妇幼保健执业资质管理中，受委托承担村级妇幼保健人员合格证的管理，包括复训、考核、验证和不良执业记录等；可以获取辖区内的基层妇幼保健人员执业资质管理的统计信息。

（2）业务场景（活动图）：应用妇幼保健执业资质管理业务活动图（图4-57）对妇幼保健执业资质管理业务用例图的主要业务活动过程进行描述。

妇幼保健执业资质管理的所有业务活动分析说明，在妇幼保健执业资质管理业务活动分析说明表（表4-19）中阐述。

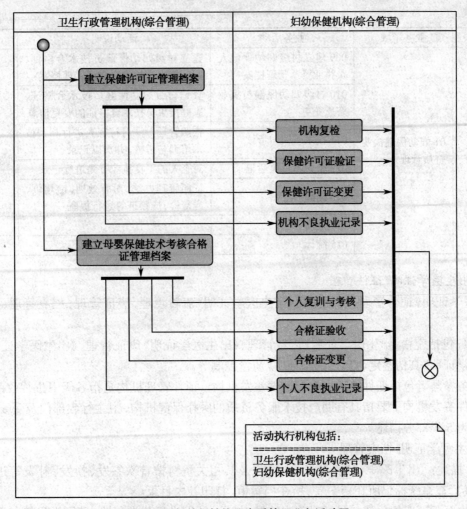

图 4-57　妇幼保健执业资质管理业务活动图

表 4-19　妇幼保健执业资质管理业务活动分析说明

业务域	业务子域	业务活动	活动说明	相关表单
其他管理	01 妇幼保健执业资质管理	001 建立保健许可证管理档案	建立辖区内机构的执业许可证管理档案	
		002 机构复检	依据执业资质管理办法对机构进行常规的检查,并记录	
		003 保健许可证验证	依据执业资质管理办法对机构的保健许可证年度验证,并加以记录	
		004 保健许可证变更	登记保健许可证的变更,包括许可范围变更、证件变更等	
		005 机构不良执业记录	登记机构的不良执业记录	
		006 建立母婴保健技术考核合格证管理档案	建立乡镇级以上的妇幼保健人员母婴保健技术考核合格证管理档案,对有效期、技术培训、复检、验证等进行管理	
		007 母婴保健技术考核合格证复检	依照管理办法进行复检,并加以记录	
		008 母婴保健技术考核合格证变更	登记母婴保健技术考核合格证的变更信息	

续表

业务域	业务子域	业务活动	活动说明	相关表单
其他管理	01 妇幼保健执业资质管理	009 建立村级妇幼保健人员执业资质管理档案	建立村级妇幼保健技术合格证、家庭接生员技术合格证管理档案	
		010 村级妇幼保健员执业资质变更	登记村级妇幼保健员技术合格证、家庭接生员技术合格证的变更信息	
		011 技术培训与考核	依照管理办法对持证人进行相关技术培训与考核,并加以记录	
		012 个人不良执业记录	对个人的不良执业行为进行记录	
		013 提醒	依照管理办法,对有效期、应培训、应复检、应换证等进行提醒	
		014 查询		
		015 统计		

4.2.3.3.2 《出生医学证明》证件管理

《出生医学证明》证件管理,包括空白《出生医学证明》流转管理、废证管理、档案管理、真伪鉴定、质量控制等。

主要业务包括空白《出生医学证明》流转管理、《出生医学证明》废证管理、《出生医学证明》档案管理、《出生医学证明》真伪鉴定、《出生医学证明》质量控制等。

主要业务参与者包括证件管理机构及证件签发机构。证件管理机构是指各级卫生行政部门及受委托机构。证件签发机构主要指具有助产技术服务资质的医疗保健机构、卫生行政部门及受委托机构。

以下分为 5 个部分描述。

(1)《出生医学证明》档案管理

1) 业务描述:《出生医学证明》签发后,存根及其相关资料按首次签发、换发、补发等进行分类归档,整理组卷后在系统标记所在档案盒、所在档案柜,打印卷内目录。

归档出生医学证明相关资料包括对首次签发、换发、补发进行分类归档,填写卷号等归档信息等。

通过《出生医学证明》档案管理用例图(图 4-58)描述业务参与者:证件签发机构(助产机构)管理人员参与妇幼卫生管理领域中的业务管理。

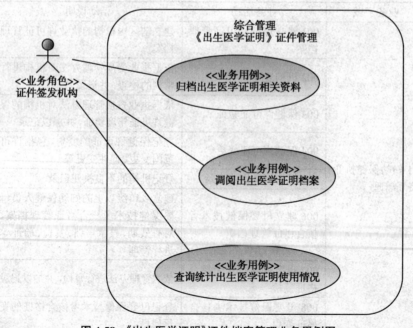

图 4-58 《出生医学证明》证件档案管理业务用例图

证件签发机构：归档出生医学证明相关资料、调阅出生医学证明档案、查询出生医学证明。《出生医学证明》档案要永久保存，不能销毁。

2）业务场景（活动图）：《出生医学证明》证件档案管理业务归档出生医学证明存根及相关资料、调阅出生医学证明档案、查询统计出生医学证明使用情况等项业务。

归档《出生医学证明》证件相关资料包括资料的整理组卷、打印卷内目录、存储档案几个业务活动。

调阅《出生医学证明》证件档案包括登记调阅、登记归还活动。

应用《出生医学证明》证件档案管理业务活动图（图4-59）对证件档案管理业务用例图的主要业务活动过程进行描述。

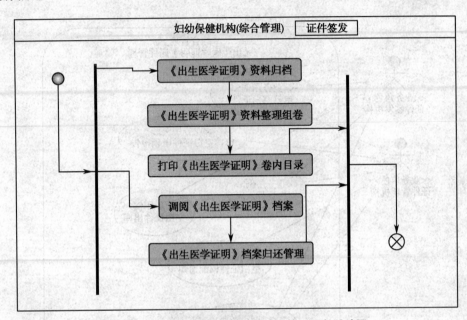

图4-59 《出生医学证明》证件档案管理业务活动图

《出生医学证明》证件档案管理的所有业务活动分析说明，在《出生医学证明》证件管理业务活动分析说明表中阐述，见表4-20。

表4-20 《出生医学证明》证件管理业务活动分析说明

业务域	业务子域	业务活动	活动说明	相关表单
其他管理	0201《出生医学证明》证件管理—档案管理	《出生医学证明》资料归档	对首次签发、换发、补发进行分类归档	
		《出生医学证明》资料整理组卷	整理《出生医学证明》资料，并填写案卷号	
		调阅《出生医学证明》档案	调阅《出生医学证明》档案	
		《出生医学证明》档案归还管理	归还《出生医学证明》档案	

（2）空白《出生医学证明》流转管理

1）业务描述：空白《出生医学证明》流转管理包括空白证申领、审核、入库、出库、调配、证件查询统计等。

《出生医学证明》申领是本级机构向上一级管理机构申领《出生医学证明》，管理机构对下一级机构的申领具备审核通过和驳回功能。

《出生医学证明》申领需经上一级管理机构审核。国家级根据各省上一年度活产数和上一年度《出生医学证明》使用数审核省级年度申领；根据省级年度申领中总申领数和各季度申领数审核省级季度申领。省级根据各地（市）上一年度同期活产数和上一年度同期《出生医学证明》使用数审核各地（市）申领。地（市）级根据各县（区）上一年度同期活产数和上一年度同期《出生医学证明》使用数审核各县（区）申领。县（区）级根据各签发机构上一年度同期机构内活产数审核各签发机构申领。

《出生医学证明》调配管理是管理机构对下级机构空白《出生医学证明》进行重新分配。《出生医学证明》以省、自治区、直辖市为单位统一编号，因此调配管理只限于省级及以下管理机构。上级机构向下级机构发出调配通知，由下级拨入及拨出机构间执行调配通知，实现调配出库及调配入库。

通过空白《出生医学证明》流转管理用例图（图4-60）描述业务参与者：证件签发机构、证件管理机构（各级卫生行政部门及受委托机构）管理人员参与妇幼卫生管理领域中的业务管理。

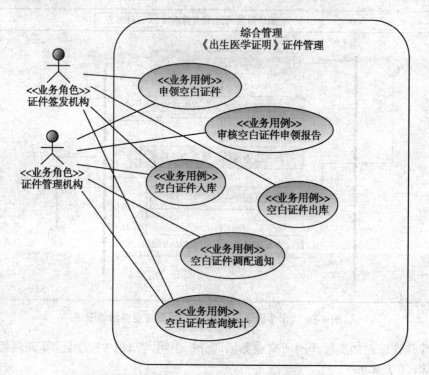

图4-60　空白《出生医学证明》流转管理业务用例图

证件签发机构：向上级证件管理机构申领空白证件；实际领用时可将空白证入库；签发、调配拨出时可将空白证出库；可查询统计空白证库存情况。申领空白证件指向上一级管理机构申领空白《出生医学证明》。空白证件入库是指空白证件的领用入库、调配入库等。空白证件出库是指空白证件的签发出库、调配出库等。

证件管理机构：包括县级、地市级、省级、国家级证件管理机构。审核、汇总下一级的申领单，对不符合要求的申请单予以驳回。进而向上一级的证件管理机构提出本辖区的出生医学证明申领。实际领用及向下级机构发放时，对空白证件进行入库、出库，对于下级机构提出的临时性的空白证需求，可通过发出调配通知的方式调配空白证，调配执行时通过出入库进行管理。

2）业务场景（活动图）：申领空白证件包括年度申领、季度申领以及特殊申领。年度申领是指制定年度申领计划，季度申领是指每季度按计划申领空白《出生医学证明》。特殊申领主要指在年度申领不够时，临时性的追加申领。省级及以下证件管理机构可在机构间调配空白《出生医学证明》。

应用空白《出生医学证明》流转管理业务活动图（图4-61）对空白证件管理业务用例图的主要业务活动过程进行描述。

空白《出生医学证明》流转管理的所有业务活动分析说明，在空白《出生医学证明》流转管理业务活动分析说明表中阐述，见表4-21。

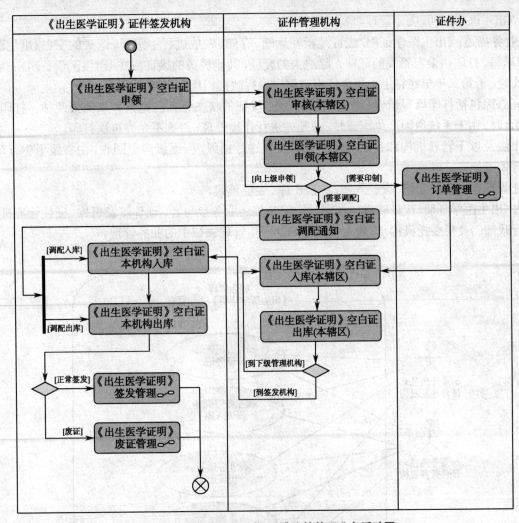

图 4-61　空白《出生医学证明》流转管理业务活动图

表 4-21　空白《出生医学证明》流转管理业务活动分析说明

业务域	业务子域	业务活动	活动说明	相关表单
其他管理	0202《出生医学证明》证件管理—空白证件管理	空白《出生医学证明》申领	向上一级机构申领空白《出生医学证明》	
		空白《出生医学证明》本机构入库	包括空白证件的领用入库、调配入库等	
		审核空白《出生医学证明》申领表(本辖区)	对下一级机构提出的空白证件申领表进行审核	
		空白《出生医学证明》申领(本辖区)	向上级机构申请领用本辖区内所需的空白证明	
		空白《出生医学证明》调配管理	对下级机构的空白证件进行调配。并发出调配通知,调配执行时通过出入库进行管理	
		空白《出生医学证明》入库(本辖区)	对本辖区空白证件的领用入库、调配入库等的记录	
		空白《出生医学证明》出库(本辖区)	对本辖区空白证件的下拨出库、领用出库等的记录	
		《出生医学证明》订单管理	卫生部、证件办与印制厂家间的订单管理	

（3）《出生医学证明》废证管理

1）业务描述：《出生医学证明》废证是指在运输、存储、发放过程中毁损、遗失的空白《出生医学证明》或因填写、打印错误未签发的证件。除遗失的废证，其他种类的废证应在《出生医学证明》三联上分别标识作废，于第二年年底将上一年废证报省级卫生行政部门集中销毁。

废证原因包括打印填写错误、遗失、其他三类；废证的状态包括已销毁和未销毁两种。打印《出生医学证明》时，由于系统原因产生废证时，必须先进行作废管理，否则不允许再次打印。

地市级及以下管理机构和签发机构不能对废证进行销毁，应逐级向上回收，由省级卫生行政部门统一进行销毁处理。

废证管理包括废证登记、废证入库、废证出库、废证销毁。

通过《出生医学证明》废证管理用例图（图4-62）描述业务参与者：证件签发机构、证件管理机构（各级卫生行政部门及受委托机构）管理人员参与妇幼卫生管理领域中的业务管理。

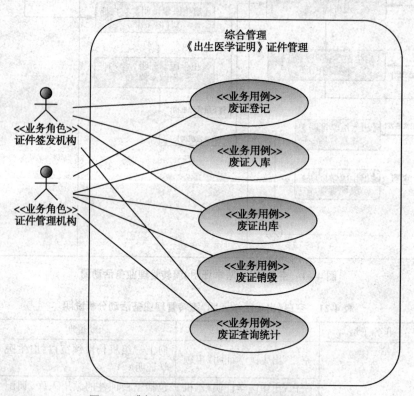

图4-62 《出生医学证明》废证管理业务用例图

证件签发机构和证件管理机构：可进行废证登记，登记废证编号和作废原因，同时也可将废证出库至上一级管理机构。废证入库包括是指上一级管理机构对下一级管理机构或签发机构的废证进行入库。具有废证销毁权限的省级证件管理机构可对废证进行集中销毁处理。

2）业务场景（活动图）：应用《出生医学证明》废证管理业务活动图（图4-63）对废证管理业务用例图的主要业务活动过程进行描述。

《出生医学证明》废证管理的所有业务活动分析说明，在《出生医学证明》废证管理业务活动分析说明表中阐述，见表4-22。

（4）《出生医学证明》质量管理

1）业务描述：县（区）级管理机构随机抽取或查询签发机构，确认要进行质控，生成质控记录，质控结束后，录入质控结果。

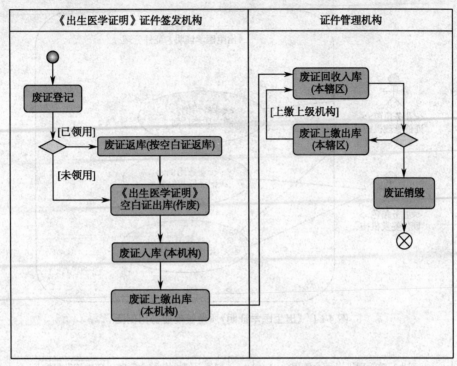

图 4-63 《出生医学证明》废证管理业务活动图

表 4-22 《出生医学证明》废证管理业务活动分析说明

业务域	业务子域	业务活动	活动说明	相关表单
其他管理	0203《出生医学证明》证件管理—空白证件管理	废证登记	将在运输、存储、发放过程中毁损、遗失的空白《出生医学证明》或因填写、打印错误未签发的证件登记为废证	
		废证返库(按空白证返库)	将废证回收到本机构的库房,做好登记	
		《出生医学证明》空白证出库(作废)	废证上缴出库、废证遗失出库、废证销毁出库	
		废证入库(本机构)	包括空白证作废入库、废证回收入库	
		废证上缴出库(本机构)	将本机构的废证上缴出库	
		废证回收入库(本辖区)	将本机构的废证回收入库	
		废证上缴出库(本辖区)	将本辖区的废证上缴出库	
		废证销毁	对废证作销毁处理	

通过《出生医学证明》质量管理用例图(图4-64)描述业务参与者:证件签发机构、证件管理机构(各级卫生行政部门或受委托机构)管理人员参与妇幼卫生管理领域中的业务管理。

证件管理机构:制定质控计划,包括质控点选择确定、质控内容与指标、质控人员与时间安排等,依据质控计划进行质控检查、质控分析、记录质控结果、向签发机构反馈质控结果、评判计划完成情况。

证件签发机构:依据质控计划,提供需要质控的相关资料;根据质控结果改进。

2) 业务场景(活动图):应用《出生医学证明》质量管理业务活动图(图4-65)对证件的签发、管理质量管理业务用例图的主要业务活动过程进行描述。

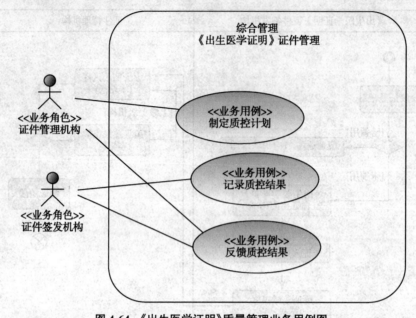

图 4-64 《出生医学证明》质量管理业务用例图

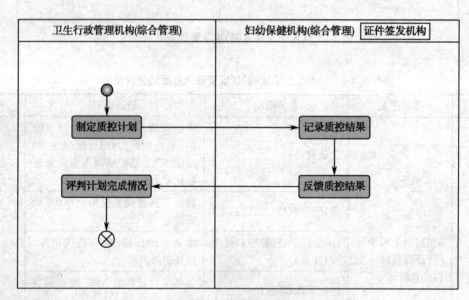

图 4-65 《出生医学证明》废证管理业务活动图

《出生医学证明》质量管理的所有业务活动分析说明,在《出生医学证明》质量管理业务活动分析说明表中阐述,见表 4-23。

表 4-23 《出生医学证明》质量管理业务活动分析说明

业务域	业务子域	业务活动	活动说明	相关表单
其他管理	0204《出生医学证明》证件管理—质量管理	制定质控计划	确定质控目标,明确质控范围,设定质控点	
		记录质控结果	记录各个质控点的质控结果信息	
		提交质控结果	将质控结果提交	
		评判计划完成情况	依据质控结果,综合辖区内各机构的质控情况,对质控计划的完成情况进行评判	

（5）《出生医学证明》真伪鉴定

1）业务描述：签发地县（区）级卫生行政部门负责《出生医学证明》的真伪鉴定，将鉴定结论确定后反馈给相关机构或个人。

如果可疑证件为外县，则逐级上报、转交鉴定申请，本省的可疑证件通过信息系统反馈真伪鉴定结论，外省的可疑证件通过省级卫生行政管理机构进行反馈。

通过《出生医学证明》真伪鉴定管理用例图（图 4-66）描述业务参与者：证件签发机构、证件管理机构（各级卫生行政部门及受委托机构）管理人员参与妇幼卫生管理领域中的业务管理。

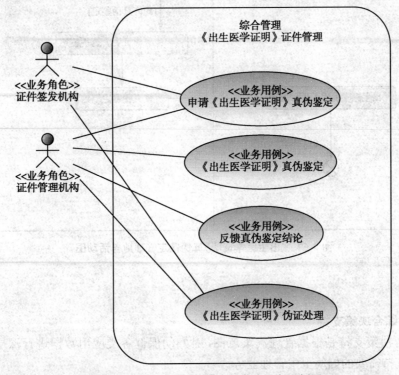

图 4-66　《出生医学证明》真伪鉴定业务用例图

证件签发机构：对需要真伪鉴定的《出生医学证明》上的内容等信息进行核实，确认信息真伪。

证件管理机构：接受《出生医学证明》真伪鉴定申请，对本辖区签发的《出生医学证明》进行真伪鉴定，反馈鉴定结果；对非本辖区签发的《出生医学证明》向上一级机构提交《出生医学证明》真伪鉴定申请，协助进行真伪鉴定。

2）业务场景（活动图）：应用《出生医学证明》真伪鉴定管理业务活动图（图 4-67）对证件的真伪鉴定管理业务用例图的主要业务活动过程进行描述。

《出生医学证明》真伪鉴定管理的所有业务活动分析说明，在《出生医学证明》真伪鉴定管理业务活动分析说明表中阐述，见表 4-24。

表 4-24　《出生医学证明》真伪鉴定管理业务活动分析说明

业务域	业务子域	业务活动	活动说明	相关表单
其他管理	0205《出生医学证明》证件管理—真伪鉴定	申请《出生医学证明》真伪鉴定	发现疑似伪假《出生医学证明》，向签发机构所属的区县级卫生行政机构提出真伪鉴定申请	
		转交真伪鉴定申请	签发机构所属的区县级卫生行政机构负责组织进行真伪鉴定	
		《出生医学证明》真伪鉴定	对真伪做出鉴定	
		反馈真伪鉴定结论	将真伪鉴定结果反馈申请机构	

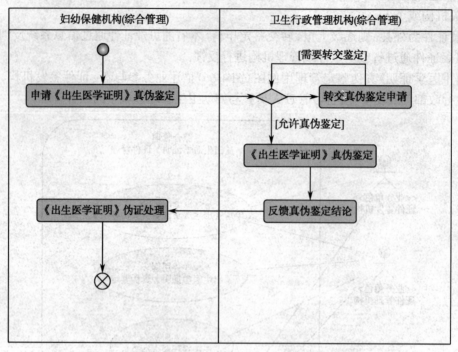

图 4-67 《出生医学证明》真伪鉴定管理业务活动图

4.2.3.4 妇幼保健综合决策支持

妇幼保健综合决策支持是根据管理决策意图,对妇幼保健各类应用数据进行深层次地综合分析,以满足综合决策支持需要的妇幼卫生管理业务。

4.3 业务对象模型

业务对象模型(也叫领域模型)是描述业务用例实现的对象模型。它是对业务角色和业务实体之间应该如何联系和协作以执行业务的一种抽象。信息系统整体的领域模型,是对业务活动中主要对象和对象之间关系的设计和描述,领域模型可以说是一体化数据模型的基础和核心,因为数据库设计和应用程序划分,都依赖于领域模型所表达出来的思想。

依据对妇幼保健领域与其他领域交互业务领域的分析,建立以本地化妇幼保健对象的妇女儿童基础档案为核心的业务对象,通过与包括平台在内的其他系统的交互,实现信息的合理规划、有效利用。

4.3.1 儿童保健服务

儿童保健业务包括《出生医学证明》签发、新生儿访视、新生儿疾病筛查、儿童健康体检、体弱儿童管理、5岁以下儿童死亡报告,见图4-68。而这些业务主要由多个基本活动组合而成。这些基本活动包括登记、问询记录、体格检查记录、实验室检验记录、影像检查记录、随访记录、诊断记录、医学指导、事件报告、评估报告等。但在不同的业务中,基本活动体现出不同业务的特点,如"实验室检查记录"基本活动在新生儿疾病筛查业务中表现为特定几种新生儿疾病的实验室检查结果,而在儿童健康体检业务中表现为与儿童健康体检相关的所有实验室检查结果。

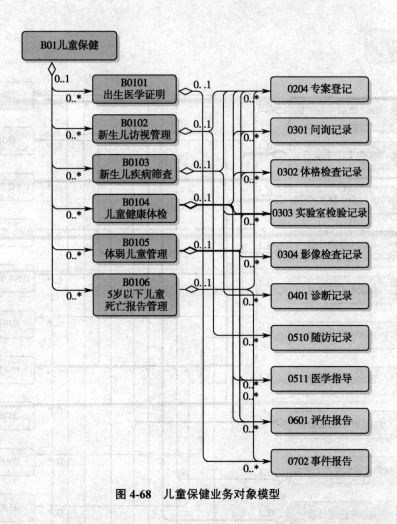

图 4-68 儿童保健业务对象模型

4.3.2 妇女保健服务

妇女保健业务包括婚前保健服务、妇女病普查、计划生育技术服务、产前保健、分娩保健、产妇访视、产后 42 天检查、高危孕产妇管理、产前筛查、产前诊断、出生缺陷监测、孕产妇死亡报告、青春期保健、孕前保健、更老年期保健。而这些业务主要由多个基本活动组合而成。这些基本活动包括登记、问询记录、体格检查记录、实验室检验记录、影像检查记录、随访记录、诊断记录、医学指导、手术记录、分娩记录、转诊记录、事件报告、评估报告、疾病报告等。见图 4-69。

在不同的业务中，基本活动体现出不同业务的特点，如"医学指导"基本活动在计划生育技术服务业务中表现为对计划生育相关的医学指导，而在高危孕产妇管理业务中表现为对高危孕产妇的医学指导；又如"评估报告"在产后保健业务中表现为孕产期保健的结案报告、在高危孕产妇管理中表现为高危孕产妇的管理结案报告。

4.3.3 妇幼卫生管理

依前 3.1.2.3 所述，本处只阐述妇幼保健监督执法的部分内容。

4.3.3.1 妇幼保健执业资质管理业务对象模型

执业资质管理主要包括对妇幼保健服务提供机构执业资质的管理、对个人执业资质的管理两部分。

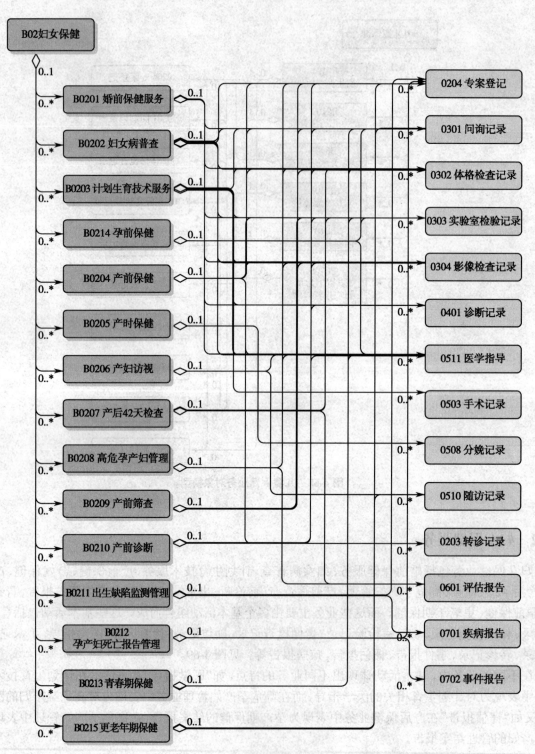

图 4-69　妇女保健业务对象模型

机构执业资质管理主要针对保健许可证的管理,主要管理业务包括机构复检、许可证变更、许可证验证、机构不良执业记录。相关的机构执业资质还包括医疗机构执业许可证。

个人执业资质管理主要针对母婴保健技术考核合格证管理及村级妇幼保健人员资质管理。主要管理业务包括合格证验证、个人复训与考核记录、个人不良执业记录、合格证变更。

图 4-70 给出妇幼保健执业资质管理的业务对象关系。

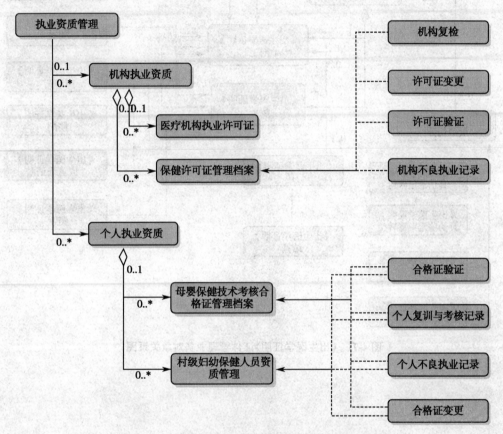

图 4-70　妇幼保健执业资质管理业务对象关系图

4.3.3.2 《出生医学证明》证件管理业务对象模型

《出生医学证明》证件管理主要针对《出生医学证明》相关档案、空白《出生医学证明》及废证管理、《出生医学证明》真伪鉴定进行管理,重点是空白《出生医学证明》和废证的管理。《出生医学证明》的签发见儿童保健业务。但《出生医学证明》的签发对《出生医学证明》档案、空白《出生医学证明》均产生影响。《出生医学证明》证件管理过程还包括《出生医学证明》的质量控制。

针对空白《出生医学证明》的管理业务有申领、入库、出库、调配、废证登记(作废转为废证);同时还包括空白证的订单与结算管理。

针对《出生医学证明》废证的管理业务有废证登记、入库、出库、销毁。

针对《出生医学证明》真伪鉴定管理业务的有真伪鉴定申请、真伪鉴定申请转交、真伪鉴定、反馈鉴定结果等。

图 4-71 给出了《出生医学证明》证件管理的业务对象关系。

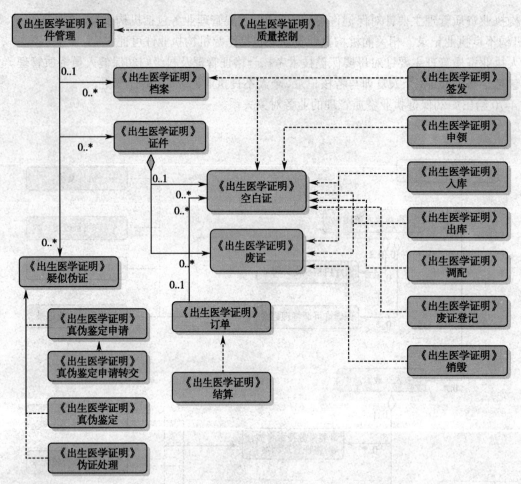

图 4-71　《出生医学证明》证件管理业务对象关系图

第5章
功 能 模 型

妇幼保健信息系统功能模型的建立使用用例分析方法,从包含外部系统在内的系统用户的角度,分析和考察用户与系统的交互行为,进而由系统的行为,细化为系统内部对象的交互行为。这样就可以从系统的功能交互平滑地过渡到系统的信息与设计。用例分析通过业务参与者与系统之间的交互关系描述了妇幼保健信息系统对外提供的功能特性,它通过参与者、用例以及用例之间的关系来描绘系统外在可见的需求情况,用例表示系统所提供的功能块,定义了系统如何被参与者使用;同时,系统在执行这些动作时会传递信息给参与者。参与者是指存在于系统外部并与该系统发生交互的人或其他系统,代表的是系统的使用者或使用环境。用例之间的关系是参与者与用例之间的对应关系,表示参与者使用了系统中的哪些服务(用例),或者说系统所提供的服务(用例)是被哪些参与者所使用的。

5.1 功能模型总体设计

在信息资源规划的方法学中,采用对业务域、业务活动的逐层分析,进而得到信息系统的功能模型。但这样的功能模型主要重心在于对系统功能边界的疏理和划分,对系统功能应用场景的描述仍有所欠缺。而采用面向对象的用例分析方法,加入了参与者以及参与者与系统的交互信息,实现了对系统精确的描述,并通过参与者的描述以及用例规格的说明,对系统的功能规约有了更明确的约束。用例通过引用、包含、扩展实现更加灵活的功能重用。本文在前面章节的需求分析和业务模型分析已经应用了信息资源规划的方法,对系统功能边界作较为清晰的定义,在建立信息系统的功能模型时则以面向对象的方法为主,采用 UML 进行模型的描述。

5.1.1 功能模型的表示方法

对每一个子系统,采用用例图来描述该系统的主要功能。为了使用户对该功能有更加清楚的了解,对于每一个用例,都需要有一个用例规约文档与之相对应,该文档描述用例的细节内容。每一个用例的用例规约都基本包含以下内容:简要说明、事件流、用例场景、特殊需求、前置条件和后置条件。

因此,功能建模的步骤是先找出系统参与者,再根据参与者确定每个参与者相关的用例,最后再细化每一个用例的用例规约。

系统用例图例如图 5-1 所示。

在用例图中,会使用到如下元素:

(1)参与者:系统的用例可以描述成一个参与者,例如医生、护士、检验人员、妇幼保健对象或与系统相连接的其他系统、卫生信息平台等。参与者是用户在使用妇幼保健信息系统的角色,而非实际

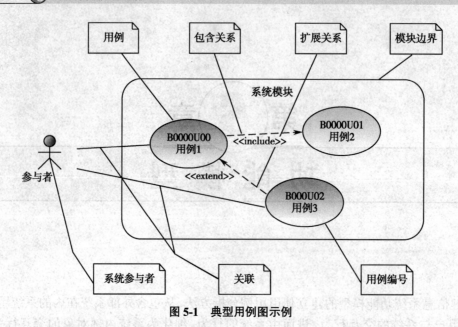

图 5-1　典型用例图示例

的工作岗位。参与者在登录系统时,被赋予特定的角色,不同的角色将授权访问不同的功能。参与者不是信息系统的一部分,但作为妇幼机构的成员,则是业务系统的一部分。

(2) 用例:系统用例描述的是在参与者与系统之间在业务过程执行时可能产生的交互,一个用例是信息系统的功能的一部分,是允许用户(建模为参与者)访问的功能。用户想通过信息系统完成的任务,都应建模为用例或者用例的一部分。系统中包含的功能,如果没有通过用例的方法提供出来,那么用户就无法使用。

(3) 关联:关联是参与者和用例之间的连接线。关联表示这个参与者将执行该用例。如果有多个参与者与一个用例关联,则表示这个参与者都能够独自执行该用例,而不是指这些用例必须共同执行。

根据 UML 的定义,关联仅表示该参与者与该用例是相关的。我们将以一种受限的方式来使用关联。

(4) 包含关系与扩展关系:包含关系与扩展关系都被描述为两个用例之间的关系。

包含关系表示箭头发起端的用例包含箭头指向的用例,即在执行某用例时,如果该用例包含另一用例,那么这个用例必须被执行。

扩展关系则表示箭头发起端的用例可以从箭头指向用例扩展执行,即在执业某用例时,如果有扩展用例指向该用例,可以从该用例导向到扩展用例。

实例上,包含用例与扩展用例都是依赖关系,起始用例依据被包含用例,扩展用例依赖起始用例。

(5) 用例编号:用以标识用例。妇幼保健信息系统用例编号由两部分组成,即以 B 引导的系统业务域编号及以 U 引导的该域内的用例顺序号。B01 表示儿童保健域、B02 表示妇女保健域。

5.1.2　参与者图例

妇幼保健信息系统参与者主要由服务提供者、保健服务对象、管理人员和外部系统构成,这些参与者将在以下各分系统功能模型中引用,是参与到系统中执行用例的人或机构。见图 5-2至图 5-6。

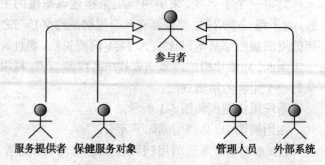

图 5-2　妇幼保健信息系统参与者

120

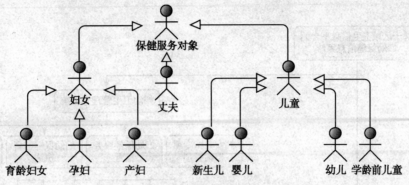

图 5-3　保健服务对象

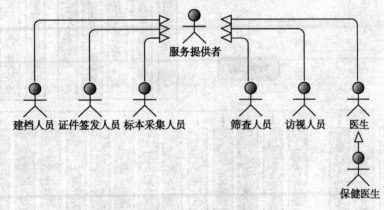

图 5-4　服务提供者

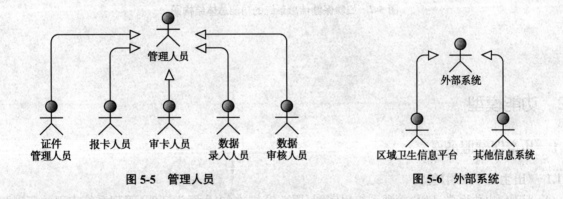

图 5-5　管理人员　　　　　　　图 5-6　外部系统

5.1.3　总体功能结构

　　功能模型的建立为后面的信息模型提供了基础条件,而把握系统的功能总体结构,将使整个妇幼保健业务需求和功能需求更加明确、清晰和完整,使信息系统的结构更加清晰,分析描述更加条理化。

　　基于区域卫生信息平台的妇幼保健信息系统功能模型的总体结构如图 5-7 所示,通过这个图,有助于我们对妇幼保健信息系统的功能模型的正确解读。

　　基于妇幼保健信息系统功能模型的建立,妇幼保健业务领域可以通过功能模型中的信息提交、获取、提醒及预警等用例,和其他卫生机构间在区域卫生信息平台中实现信息的互联互通及信息共享,最终达到消除“信息孤岛”“信息烟囱”的目的。

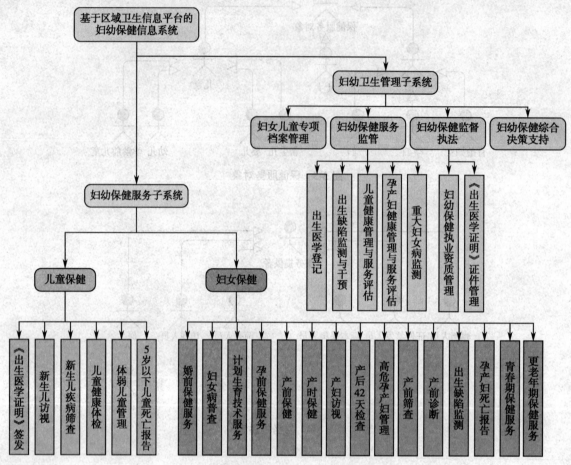

图 5-7　妇幼保健信息系统的功能总体结构图

5.2　功能模型

5.2.1　儿童保健服务

5.2.1.1　《出生医学证明》签发

（1）应用《出生医学证明》管理系统用例图（图 5-8）描述《出生医学证明》管理系统实现的范围及系统参与者与系统用例间的关系。

证件签发人员：负责登记出生医学信息，并将《出生医学证明》首次签发给新生儿。负责《出生医学证明》的换发、补发、机构外出生的签发工作。换发、补发或机构外出生的签发时，需进行补充证明材料的登记（如亲子关系声明、亲子关系旁证材料、补发书面申请、出生证遗失声明、户口簿、身份证及复印件、原签发单位提供的新生儿医学记录、原出生医学证明编号证明等）。

管理人员：负责查询、统计出生医学证明信息。

区域卫生信息平台：提供健康档案给《出生医学证明》管理系统，并通过系统更新健康档案。

新生儿：获取《出生医学证明》。

（2）表 5-1 至表 5-4 对《出生医学证明》管理系统用例图中的每个用例进行了分析说明。

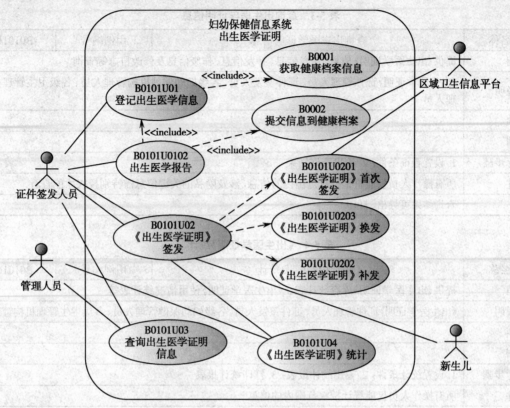

图 5-8 《出生医学证明》管理系统用例图

表 5-1 登记出生医学信息

用例名称	登记出生医学信息	用例编号	B0101U01
功能说明	输入《出生医学证明》所需的出生医学信息		
参与者说明	《出生医学证明》证件签发人员、区域卫生信息平台		
前置用例	获取健康档案信息		
后置用例	推送健康档案信息		
用例执行步骤	1. 获取健康档案信息；2. 输入出生医学信息；3. 更新妇女儿童基础档案；4. 更新健康档案信息		
约束条件	儿童与父母亲关联； 儿童出生信息取自母亲分娩信息； 出生医学信息的修改按规定的权限和程序申请、审批		
备注			

表 5-2 《出生医学证明》签发

用例名称	《出生医学证明》签发	用例编号	B0101U02
功能说明	签发《出生医学证明》，包括《出生医学证明》首次签发、换发、补发、机构外出生的签发		
参与者说明	《出生医学证明》证件签发人员、《出生医学证明》管理机构、区域卫生信息平台		
前置用例	登记出生医学信息		
后置用例	推送健康档案信息		
用例执行步骤	1. 获取出生医学信息；2. 选择签发类型；3. 对换发、补发类型进行审批和原《出生医学证明》作废；4. 审核出生医学信息的完整性；5. 更新出生医学信息；6. 打印《出生医学证明》；7. 更新妇女儿童基础档案；8. 更新健康档案信息		
约束条件	《出生医学证明》签发后对相关档案信息锁定，不允许修改		
备注			

表5-3 查询出生医学证明信息

用例名称	查询出生医学证明信息	用例编号	B0101U03
功能说明	提供《出生医学证明》信息、签发信息、补发信息、作废信息及修改日志等查询		
参与者说明	《出生医学证明》证件管理人员、证件签发人员、各级妇幼保健机构管理人员、各级卫生管理机构管理人员		
前置用例			
后置用例			
用例执行步骤	1. 设置查询条件；2. 输出查询结果		
约束条件	所有操作人员仅能查询授权范围内的信息，涉及隐私的关键信息需特别授权才能查看		
备注	查询结果可导出、打印		

表5-4 《出生医学证明》统计

用例名称	《出生医学证明》统计	用例编号	B0101U04
功能说明	提供《出生医学证明》库存统计表、《出生医学证明》使用情况统计表等		
参与者说明	《出生医学证明》证件管理人员、证件签发人员、各级妇幼保健管理人员、各级卫生管理机构管理人员		
前置用例			
后置用例			
用例执行步骤	1. 设置统计条件；2. 输出统计报表；3. 打印统计报表		
约束条件	所有操作人员仅能统计授权范围内的信息		
备注			

5.2.1.2 新生儿访视

（1）应用新生儿访视系统用例图（图5-9）描述新生儿访视系统实现的范围及系统参与者与系统用例间的关系。

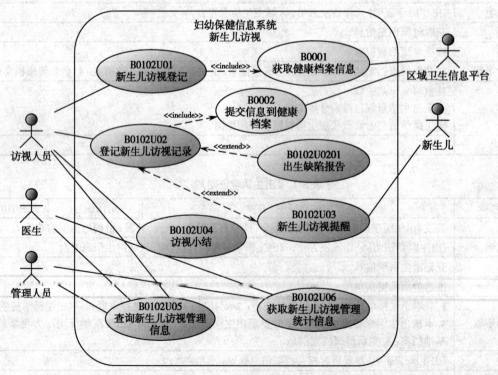

图5-9 新生儿访视系统用例图

医生：负责建立新生儿访视档案，在建立档案时需向区域卫生信息平台获取健康档案信息。负责新生儿首次体检，首次体检信息提交时，向区域卫生信息平台推送健康档案信息。当在首次体检过程中检出出生缺陷，则需标识为出生缺陷儿，以便转入出生缺陷儿专案管理。

访视人员：负责入户访视新生儿，在访视过程中，发现出生缺陷，则需标识为出生缺陷儿，以便转入出生缺陷儿专案管理。并将访视信息推送给区域卫生信息平台。到期未访视的，系统将提醒访视人员进行访视。访视人员还负责对新生儿进行访视小结。系统提供查询新生儿访视相关信息。

管理人员：在新生儿访视系统中可以获取新生儿访视统计信息及查询新生儿访视信息。

区域卫生信息平台：提供健康档案给新生儿访视系统，并通过系统更新健康档案。

（2）表 5-5 至表 5-10 对新生儿访视系统用例图中的每个用例进行分析说明。

表 5-5　新生儿访视登记

用例名称	新生儿访视登记	用例编号	B0102U01
功能说明	输入新生儿访视所需的档案信息		
参与者说明	新生儿访视建档人员、区域卫生信息平台		
前置用例	获取健康档案信息		
后置用例	推送健康档案信息		
用例执行步骤	1. 获取健康档案信息；2. 输入新生儿访视档案；3. 生成新生儿访视底册；4. 更新妇女儿童基础档案；5. 更新健康档案信息		
约束条件			
备注			

表 5-6　登记新生儿访视记录

用例名称	登记新生儿访视记录	用例编号	B0102U02
功能说明	对新生儿进行访视，登记访视信息		
参与者说明	医疗保健机构访视人员、区域卫生信息平台		
前置用例	建立新生儿访视档案		
后置用例	推送健康档案信息		
用例执行步骤	1. 获取新生儿访视档案；2. 访视新生儿；3. 登记访视信息；4. 妇女儿童基础档案；5. 更新健康档案信息		
约束条件			
备注			

表 5-7　新生儿访视提醒

用例名称	新生儿访视提醒	用例编号	B0102U03
功能说明	对新生儿访视业务进行提醒		
参与者说明	医疗保健机构访视人员		
前置用例			
后置用例			
用例执行步骤	1. 设置提醒项目；2. 输出提醒信息		
约束条件			
备注			

表5-8 访视小结

用例名称	访视小结	用例编号	B0102U04
功能说明	对访视管理过程进行小结,向服务对象提交访视小结		
参与者说明	医疗保健机构访视人员、服务对象		
前置用例			
后置用例			
用例执行步骤	1.获取新生儿访视档案;2.对访视管理过程小结;3.输出访视小结;4.向服务对象提交访视小结		
约束条件			
备注			

表5-9 查询新生儿访视信息

用例名称	查询新生儿访视信息	用例编号	B0102U05
功能说明	提供新生儿访视档案、访视管理、访视小结等相关信息查询		
参与者说明	医疗保健机构建档人员、访视人员、各级妇幼保健机构管理人员、各级卫生管理机构管理人员		
前置用例			
后置用例			
用例执行步骤	1.设置查询条件;2.输出查询结果		
约束条件	所有操作人员仅能查询授权范围内的信息,涉私的关键信息需特别授权才能查看		
备注	查询结果可导出、打印		

表5-10 获取新生儿访视统计信息

用例名称	获取新生儿访视统计信息	用例编号	B0102U06
功能说明	提供新生儿访视档案、访视管理等统计报表		
参与者说明	医疗保健机构建档人员、访视人员、各级妇幼保健机构管理人员、各级卫生管理机构管理人员		
前置用例			
后置用例			
用例执行步骤	1.设置统计条件 2.输出统计报表 3.打印统计报表		
约束条件	所有操作人员仅能统计授权范围内的信息		
备注			

5.2.1.3 新生儿疾病筛查

(1) 应用新生儿疾病筛查系统用例图(图5-10)描述新生儿疾病筛查系统实现的范围及系统参与者与系统用例间的关系。

标本采集人员:负责采集标本,并且可以从系统中查询新生儿疾病筛查信息。

筛查人员:负责建立新生儿疾病筛查档案。建立档案前需从区域卫生信息平台中获取健康档案信息。建立档案提交时,需向区域卫生信息平台推送筛查信息。负责验收标本、新生儿疾病筛查、登记筛查结果、召回可疑阳性、复检可疑阳性、输出新生儿疾病筛查报告给新生儿、新生儿疾病筛查诊断信息;系统提供查询新生儿疾病筛查信息功能给筛查人员。

管理人员:在新生儿疾病筛查系统中可以获取新生儿疾病筛查统计信息、查询新生儿疾病筛查信息。

区域卫生信息平台:提供健康档案给新生儿疾病筛查系统,并通过系统更新健康档案。

新生儿:获取新生儿疾病筛查报告。

(2) 表5-11至表5-21对新生儿疾病筛查系统用例图中的每个用例进行分析说明。

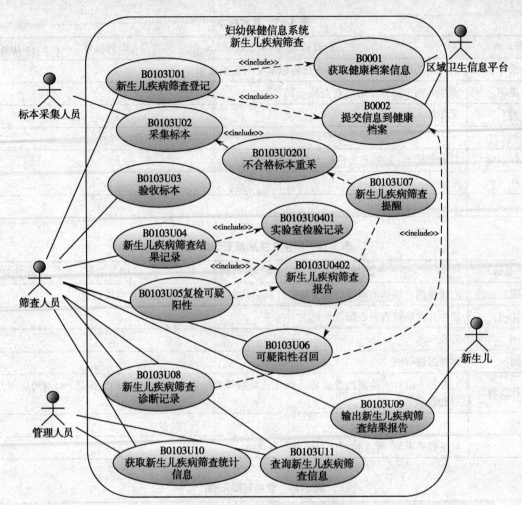

图 5-10 新生儿疾病筛查系统用例图

表 5-11 新生儿疾病筛查登记

用例名称	新生儿疾病筛查登记	用例编号	B0103U01
功能说明	输入新生儿疾病筛查所需的档案信息		
参与者说明	各接产单位新生儿疾病筛查人员、区域卫生信息平台		
前置用例	获取健康档案信息		
后置用例	推送健康档案信息		
用例执行步骤	1. 获取健康档案信息; 2. 输入新生儿疾病筛查档案; 3.更新妇女儿童基础档案; 4.更新健康档案信息		
约束条件			
备注			

表 5-12 采集标本

用例名称	采集标本	用例编号	B0103U02
功能说明	采集新生儿疾病筛查标本,对标本与档案进行捆绑		
参与者说明	各接产单位新生儿疾病筛查标本采集人员		
前置用例	建立新生儿疾病筛查档案		
后置用例	验收标本		
用例执行步骤	1.采集新生儿疾病筛查标本; 2.标本与档案捆绑; 3.向新生儿疾病筛查中心发送标本		
约束条件			
备注			

表 5-13 验收标本

用例名称	验收标本	用例编号	B0103U03
功能说明	对采集的标本进行验收，对不合格标本发出重采通知		
参与者说明	新生儿疾病筛查中心筛查人员		
前置用例	采集标本		
后置用例			
用例执行步骤	1. 验收标本；2. 对不合格标本发出重采通知		
约束条件			
备注			

表 5-14 新生儿疾病筛查结果记录

用例名称	新生儿疾病筛查结果记录	用例编号	B0103U04
功能说明	对采集的合格标本通过检测仪器进行新生儿疾病筛查，并登记筛查结果信息		
参与者说明	新生儿疾病筛查中心筛查人员		
前置用例	验收标本		
后置用例	可疑阳性召回		
用例执行步骤	1. 对标本进行实验室检查2. 输入新生儿疾病筛查结果；3. 更新健康档案信息；4. 对可疑阳性发出召回通知书		
约束条件			
备注	具备自动采集、导入检测仪器结果数据功能		

表 5-15 复检可疑阳性

用例名称	复检可疑阳性	用例编号	B0103U05
功能说明	对可疑阳性的召回标本进行复检		
参与者说明	新生儿疾病筛查中心筛查人员		
前置用例	召回可疑阳性		
后置用例	登记新生儿疾病筛查结果		
用例执行步骤	对可疑阳性的召回标本进行实验室检查		
约束条件			
备注			

表 5-16 可疑阳性召回

用例名称	可疑阳性召回	用例编号	B0103U06
功能说明	对新生儿疾病筛查结果为可疑阳性者进行召回		
参与者说明	新生儿疾病筛查中心筛查人员		
前置用例	登记新生儿疾病筛查结果		
后置用例	复检可疑阳性		
用例执行步骤	1. 获取可疑阳性信息；2. 召回可疑阳性标本		
约束条件			
备注			

表 5-17 新生儿疾病筛查提醒

用例名称	新生儿疾病筛查提醒	用例编号	B0103U07
功能说明	对标本质量、可疑阳性召回复查、检查结果阳性、确诊随访等环节发出提醒		
参与者说明	各接产单位新生儿疾病筛查标本采集人员、筛查人员		
前置用例			
后置用例			
用例执行步骤	1. 设置提醒项目；2. 输出提醒信息		
约束条件			
备注			

表 5-18 新生儿疾病筛查诊断记录

用例名称	新生儿疾病筛查诊断记录	用例编号	B0103U08
功能说明	确诊筛查结果为阳性的新生儿疾病		
参与者说明	新生儿疾病筛查中心筛查人员		
前置用例	复检可疑阳性		
后置用例	输出新生儿疾病筛查诊断结果		
用例执行步骤	1. 获取筛查结果阳性信息；2. 确诊新生儿疾病		
约束条件			
备注			

表 5-19 输出新生儿疾病筛查结果报告

用例名称	输出新生儿疾病筛查结果报告	用例编号	B0103U09
功能说明	输出新生儿疾病筛查结果报告，办理新生儿疾病筛查报告签收手续		
参与者说明	新生儿疾病筛查中心筛查人员、服务对象		
前置用例	登记新生儿疾病筛查结果		
后置用例			
用例执行步骤	1. 获取新生儿疾病筛查结果；2. 审核筛查结果；3. 输出筛查结果；4. 生成筛查报告；5. 向服务对象提交新生儿疾病筛查报告		
约束条件			
备注			

表 5-20 获取新生儿疾病筛查统计信息

用例名称	获取新生儿疾病筛查统计信息	用例编号	B0103U10
功能说明	提供新生儿疾病筛查档案信息、筛查结果、召回管理、治疗信息等统计报表		
参与者说明	新生儿疾病筛查建档人员、筛查人员、各级妇幼保健机构管理人员、各级卫生管理机构管理人员		
前置用例			
后置用例			
用例执行步骤	1. 设置统计条件；2. 输出统计报表；3. 打印统计报表		
约束条件	所有操作人员仅能统计授权范围内的信息		
备注			

表 5-21　查询新生儿疾病筛查信息

用例名称	查询新生儿疾病筛查信息	用例编号	B0103U11
功能说明	提供新生儿疾病筛查档案信息、筛查结果、召回管理、治疗信息等查询		
参与者说明	新生儿疾病筛查建档人员、筛查人员、各级妇幼保健机构管理人员、各级卫生管理机构管理人员		
前置用例			
后置用例			
用例执行步骤	1. 设置查询条件　2. 输出查询结果		
约束条件	所有操作人员仅能查询授权范围内的信息，涉私的关键信息需特别授权才能查看		
备注	查询结果可导出、打印		

5.2.1.4　儿童健康体检

（1）应用儿童健康体检系统用例图（图 5-11）描述儿童健康体检系统实现的范围及系统参与者与系统用例间的关系。

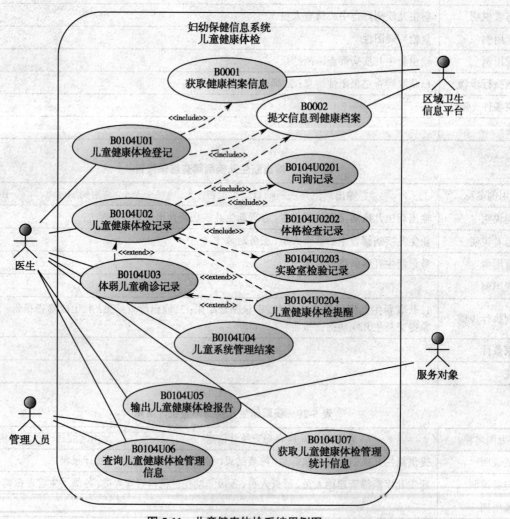

图 5-11　儿童健康体检系统用例图

医生：负责建立儿童健康体检档案，建立档案前需从区域卫生信息平台中获取健康档案信息。建立档案提交时，需向区域卫生信息平台推送信息。负责儿童健康体检、输出儿童健康体检报告、儿童系统结案；检查过程中发现体弱儿童进行标识，转入体弱儿童专案管理中，系统为保健医生提供到期未体检提醒、体弱儿未管理提醒等,并提供查询儿童健康体检信息功能。

管理人员:在儿童健康体检系统中可以获取儿童健康体检统计信息、查询儿童健康体检信息。

区域卫生信息平台:提供健康档案给儿童健康体检系统,并通过系统更新健康档案。

服务对象:获取儿童健康体检报告。

(2) 表 5-22 至表 5-28 对儿童健康体检系统用例图中的每个用例进行分析说明。

表 5-22　儿童健康体检登记

用例名称	儿童健康体检登记	用例编号	B0104U01
功能说明	输入儿童健康体检所需的档案信息,生成儿童保健管理底册,发放儿童保健手册,定制儿童健康体检程序		
参与者说明	医生、区域卫生信息平台		
前置用例	获取健康档案信息		
后置用例	推送健康档案信息		
用例执行步骤	1. 获取健康档案信息;2. 输入儿童健康体检档案;3. 生成儿童健康体检底册;4. 定制儿童健康体检程序;5. 发放儿童保健手册;6. 更新妇女儿童基础档案;7. 更新健康档案信息		
约束条件			
备注			

表 5-23　儿童健康体检记录

用例名称	儿童健康体检记录	用例编号	B0104U02
功能说明	根据儿童健康体检程序检查儿童健康情况,包括问询、体格检查、实验室检验检查等,记录检查信息。对儿童健康体检、确诊体弱儿童等信息进行提醒		
参与者说明	医生、区域卫生信息平台		
前置用例	建立儿童健康体检档案		
后置用例	推送健康档案信息		
用例执行步骤	1. 获取儿童健康体检档案;2. 根据体检程序检查儿童健康情况;3. 登记检查信息;4. 根据体检信息生成生长发育评价;5. 绘制生长发育评价图;6. 更新妇女儿童基础档案;7. 更新健康档案信息		
约束条件			
备注			

表 5-24　体弱儿童确诊记录

用例名称	体弱儿童确诊记录	用例编号	B0104U03
功能说明	对儿童健康体检过程中发现存在体弱因素的儿童进行确诊,建立体弱儿童管理档案		
参与者说明	医疗保健机构保健医生		
前置用例	检查儿童健康情况		
后置用例	体弱儿童管理分系统		
用例执行步骤	1. 登记体弱因素;2. 确诊体弱儿童;3. 建立体弱儿童管理档案		
约束条件			
备注			

表 5-25　儿童系统管理结案

用例名称	儿童系统管理结案	用例编号	B0104U04
功能说明	对满足儿童系统管理结案条件的儿童作结案处理		
参与者说明	医疗保健机构保健医生		
前置用例			
后置用例			
用例执行步骤	1. 判断儿童系统管理结案条件；2. 儿童系统管理结案		
约束条件			
备注			

表 5-26　输出儿童健康体检报告

用例名称	输出儿童健康体检报告	用例编号	B0104U05
功能说明	输出儿童健康体检结果，办理儿童健康体检报告签收手续		
参与者说明	医疗保健机构保健医生、服务对象		
前置用例	检查儿童健康情况		
后置用例			
用例执行步骤	1. 获取儿童健康体检检查信息；2. 审核体检结果；3. 输出体检结果；4. 生成体检报告；5. 向服务对象提交体检报告		
约束条件			
备注			

表 5-27　查询儿童健康体检信息

用例名称	查询儿童健康体检信息	用例编号	B0104U06
功能说明	提供儿童基本情况、健康体检、评价信息、体检预约等查询		
参与者说明	儿童健康体检建档人员、医疗保健机构保健医生、各级妇幼保健机构管理人员、各级卫生管理机构管理人员		
前置用例			
后置用例			
用例执行步骤	1. 设置查询条件；2. 输出查询结果		
约束条件	所有操作人员仅能查询授权范围内的信息，涉私的关键信息需特别授权才能查看		
备注	查询结果可导出、打印		

表 5-28　获取儿童健康体检统计信息

用例名称	获取儿童健康体检统计信息	用例编号	B0104U07
功能说明	提供《七岁以下儿童保健工作情况调查表》等统计报表		
参与者说明	儿童健康体检建档人员、医疗保健机构保健医生、各级妇幼保健机构管理人员、各级卫生管理机构管理人员		
前置用例			
后置用例			
用例执行步骤	1. 设置统计条件；2. 输出统计报表；3. 打印统计报表		
约束条件	所有操作人员仅能统计授权范围内的信息		
备注			

5.2.1.5 体弱儿童管理

（1）应用体弱儿童管理系统用例图（图 5-12）描述体弱儿童管理系统实现的范围及系统参与者与系统用例间的关系。

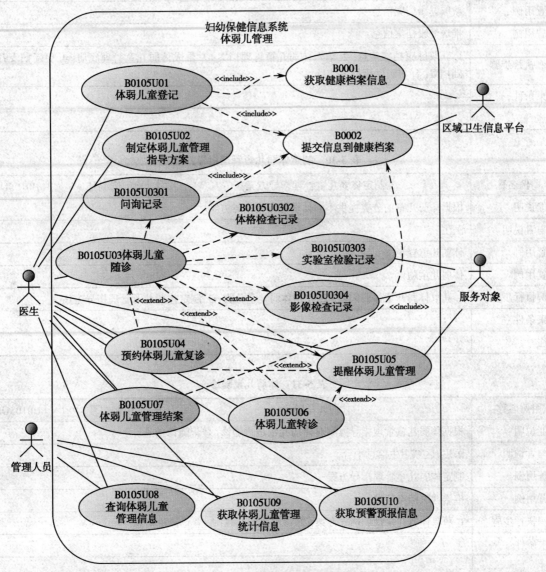

图 5-12 体弱儿童管理系统用例图

医生：负责建立体弱儿童管理档案及制定体弱儿童管理指导方案。负责体弱儿童随诊、预约下次复诊时间、体弱儿童转诊、体弱儿童结案；系统为保健医生提供到预约未来就诊提醒、体弱儿童转诊未接诊提醒等，并提供查询体弱儿童管理信息功能。

管理人员：在体弱儿童管理系统中可以获取体弱儿童管理统计信息、查询体弱儿童管理信息以及获取预警预报信息。

区域卫生信息平台：提供健康档案给体弱儿童管理系统，并通过系统更新健康档案。

（2）表 5-29 至表 5-38 对体弱儿童管理系统用例图中的每个用例进行分析说明。

表 5-29 体弱儿童登记

用例名称	体弱儿童登记	用例编号	B0105U01
功能说明	输入体弱儿童管理档案所需的信息,生成体弱儿童底册		
参与者说明	医生、区域卫生信息平台		
前置用例	获取健康档案信息		
后置用例	推送健康档案信息		
用例执行步骤	1. 获取健康档案信息; 2. 输入体弱儿童管理档案; 3. 生成体弱儿童管理底册; 4. 更新妇女儿童基础档案; 5. 更新健康档案信息		
约束条件			
备注			

表 5-30 制定体弱儿童管理指导方案

用例名称	制定体弱儿童管理指导方案	用例编号	B0105U02
功能说明	根据体弱儿童的分类提供不同体弱儿专案指导方案		
参与者说明	医生		
前置用例	体弱儿童登记		
后置用例	体弱儿童随诊		
用例执行步骤	1. 获取体弱儿童体弱因素; 2. 评判体弱儿童分类; 3. 制定体弱儿童管理指导方案		
约束条件			
备注			

表 5-31 体弱儿童随诊

用例名称	体弱儿童随诊	用例编号	B0105U03
功能说明	根据体弱儿童管理指导方案对体弱儿童进行随诊,登记随诊信息		
参与者说明	医生、区域卫生信息平台		
前置用例	制定体弱儿童管理指导方案		
后置用例	推送健康档案信息		
用例执行步骤	1. 获取体弱儿童管理指导方案; 2. 诊治体弱儿童; 3. 登记诊治信息		
约束条件			
备注			

表 5-32 预约体弱儿童复诊

用例名称	预约体弱儿童复诊	用例编号	B0105U04
功能说明	对体弱儿童随诊过程提供预约服务		
参与者说明	医生		
前置用例	体弱儿童随诊		
后置用例	体弱儿童随诊		
用例执行步骤	1. 体弱儿童管理指导方案; 2. 预约复诊		
约束条件			
备注			

表 5-33　提醒体弱儿童管理

用例名称	提醒体弱儿童管理	用例编号	B0105U05
功能说明	对发出预约通知单后，超过规定时间未来随诊者、未管理的体弱儿等业务提供提醒信息		
参与者说明	医生		
前置用例			
后置用例			
用例执行步骤	1. 设置提醒项目和条件；2. 输出提醒信息		
约束条件			
备注			

表 5-34　体弱儿童转诊

用例名称	体弱儿童转诊	用例编号	B0105U06
功能说明	根据体弱儿童管理指导方案，对原医疗保健机构不具备诊治的情况提供转诊管理，登记转诊信息		
参与者说明	医生		
前置用例			
后置用例			
用例执行步骤	1. 输入去向机构；2. 发出转诊请求；3. 接收机构接受转诊		
约束条件			
备注			

表 5-35　体弱儿童管理结案

用例名称	体弱儿童管理结案	用例编号	B0105U07
功能说明	对体弱因素消失、超过儿童保健管理年龄、体弱儿童死亡等符合体弱儿童结案条件的体弱儿童自动结案；支持多次进出系统管理的情况		
参与者说明	医生、区域卫生信息平台		
前置用例	体弱儿童随诊		
后置用例	推送健康档案信息		
用例执行步骤	1. 获取随诊结果；2. 评判体弱儿童结案条件；3. 体弱儿童结案；4. 更新妇女儿童基础档案；5. 更新健康档案信息		
约束条件			
备注			

表 5-36　查询体弱儿童管理信息

用例名称	查询体弱儿童管理信息	用例编号	B0105U08
功能说明	提供体弱儿基本情况、追踪情况、预约情况、结案信息等信息查询		
参与者说明	医生、各级妇幼保健机构管理人员、各级卫生行政管理机构管理人员		
前置用例			
后置用例			
用例执行步骤	1. 设置查询条件；2. 输出查询结果		
约束条件	所有操作人员仅能查询授权范围内的信息，涉私的关键信息需特别授权才能查看		
备注	查询结果可导出、打印		

表 5-37　获取体弱儿童管理统计信息

用例名称	获取体弱儿童管理统计信息		用例编号	B0105U09
功能说明	提供体弱儿基本情况、追踪情况、预约情况、结案信息等统计报表			
参与者说明	医生、各级妇幼保健机构管理人员、各级卫生行政管理机构管理人员			
前置用例				
后置用例				
用例执行步骤	1. 设置统计条件；2. 输出统计报表；3. 打印统计报表			
约束条件	所有操作人员仅能统计授权范围内的信息			
备注				

表 5-38　获取预警预报信息

用例名称	获取预警预报信息		用例编号	B0105U10
功能说明	对体弱儿发生率相对较高的人群及地区进行预警			
参与者说明	各级妇幼保健机构管理人员、各级卫生行政管理机构管理人员			
前置用例				
后置用例				
用例执行步骤	1. 设置预警项目和条件；2. 输出预警预报信息			
约束条件				
备注				

5.2.1.6　5 岁以下儿童死亡报告

（1）应用 5 岁以下儿童死亡报告系统用例图（图 5-13）来描述 5 岁以下儿童死亡报告系统实现的范围及系统参与者与系统用例间的关系。

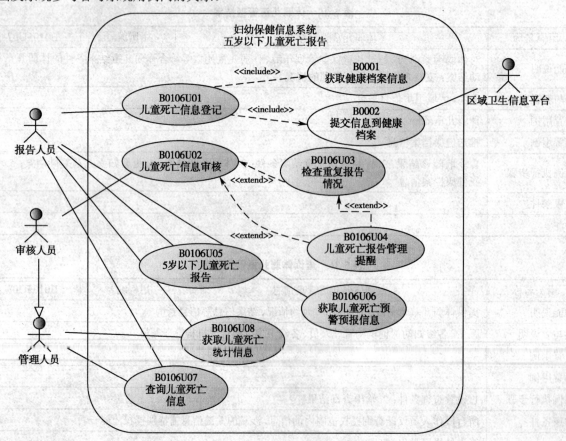

图 5-13　5 岁以下儿童死亡报告系统用例图

报告人员：负责登记儿童死亡报告卡、上报儿童死亡报告卡，报告人员可以查询儿童死亡报告卡信息，并对超期未上报的儿童死亡报告卡，以及被上级驳回的儿童死亡报告卡进行提醒。

审核人员：负责审核儿童死亡报告卡、检查重复报告情况，并提供查询儿童死亡报告卡信息功能。

管理人员：在 5 岁以下儿童死亡报告系统中可以获取儿童死亡统计信息、查询儿童死亡报告信息以及获取儿童死亡预警预报信息。

区域卫生信息平台：提供健康档案给 5 岁以下儿童死亡报告系统，并通过系统更新健康档案。

（2）表 5-39 至表 5-46 对 5 岁以下儿童死亡报告系统用例图中的每个用例进行分析说明。

表 5-39　儿童死亡信息登记

用例名称	儿童死亡信息登记		用例编号	B0106U01
功能说明	完成 5 岁以下儿童死亡报告信息登记，包括儿童基本信息、家庭信息、死亡情况（治疗情况、死亡原因、死亡诊断）等			
参与者说明	报告人员、区域卫生信息平台			
前置用例	获取健康档案信息			
后置用例	推送健康档案信息			
用例执行步骤	1. 获取健康档案信息；2. 登记儿童死亡报告卡；3. 更新健康档案信息			
约束条件				
备注				

表 5-40　儿童死亡信息审核

用例名称	儿童死亡信息审核		用例编号	B0106U02
功能说明	上级机构对下级机构上报的儿童死亡报告信息进行审核，由系统自动对在案儿童死亡报告卡进行相似度检索判断，显示可疑重复报告列表。对重复儿童死亡报告卡确认后删除			
参与者说明	审核人员			
前置用例	上报儿童死亡报告卡			
后置用例				
用例执行步骤	1. 获取儿童死亡报告信息；2. 审核儿童死亡报告信息；3. 登记审核结果；4. 对未通过的报告卡予以驳回			
约束条件				
备注				

表 5-41　检查重复报告情况

用例名称	检查重复报告情况		用例编号	B0106U03
功能说明	由系统自动对在案儿童死亡报告卡进行相似度检索判断，显示可疑重复报告列表。对重复儿童死亡报告卡确认后删除			
参与者说明	各级卫生管理机构审核人员			
前置用例				
后置用例				
用例执行步骤	1. 设置检查重复报告规则；2. 检查重复报告；3. 确认重复报告；4. 删除重复报告			
约束条件				
备注				

表 5-42　儿童死亡报告管理提醒

用例名称	儿童死亡报告管理提醒	用例编号	B0106U04
功能说明	对审核儿童死亡报告信息、检查重复报告情况等业务提供提醒		
参与者说明	审核人员		
前置用例			
后置用例			
用例执行步骤	1. 设置提醒项目和条件；2. 输出提醒信息		
约束条件			
备注			

表 5-43　5 岁以下儿童死亡报告

用例名称	5 岁以下儿童死亡报告	用例编号	B0106U05
功能说明	逐级上报儿童死亡报告卡		
参与者说明	报告人员		
前置用例	登记儿童死亡报告卡		
后置用例	审核儿童死亡报告卡		
用例执行步骤	1. 填报儿童死亡报告卡；2. 向上级机构上报儿童死亡报告卡		
约束条件			
备注			

表 5-44　获取儿童死亡预警预报信息

用例名称	获取儿童死亡预警预报信息	用例编号	B0106U06
功能说明	对儿童死亡高发死因、高发地区等进行预警预报		
参与者说明	各级妇幼保健机构管理人员、各级卫生管理机构管理人员		
前置用例			
后置用例			
用例执行步骤	1. 设置预警项目和条件；2. 输出预警预报信息		
约束条件			
备注			

表 5-45　查询儿童死亡信息

用例名称	查询儿童死亡信息	用例编号	B0106U07
功能说明	提供儿童死亡信息、驳回信息、审核信息、围生儿死亡评审信息、修改日志等查询		
参与者说明	报告人员、审核人员、管理人员		
前置用例			
后置用例			
用例执行步骤	1. 设置查询条件；2. 输出查询结果		
约束条件	所有操作人员仅能查询授权范围内的信息,涉私的关键信息需特别授权才能查看		
备注	查询结果可导出、打印		

表 5-46　获取儿童死亡统计信息

用例名称	获取儿童死亡统计信息		用例编号	B0106U08
功能说明	提供儿童死亡政区域分布的汇总分析、不同时间分布的汇总分析、不同人群分布(包括流动人口和非流动人口分布等)的汇总分析等统计报表			
参与者说明	报告人员、审核人员、管理人员			
前置用例				
后置用例				
用例执行步骤	1. 设置统计条件；2. 输出统计报表；3. 打印统计报表			
约束条件	所有操作人员仅能统计授权范围内的信息			
备注				

5.2.2　妇女保健服务

5.2.2.1　婚前保健服务

　　(1) 应用婚前保健服务系统用例图(图 5-14)来描述婚前保健服务系统实现的范围及系统参与者与系统用例间的关系。

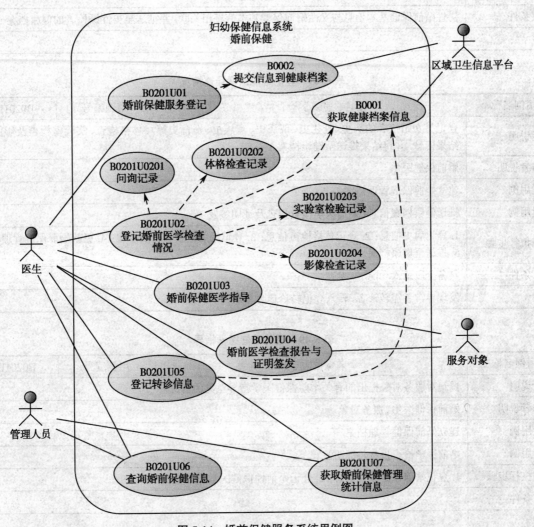

图 5-14　婚前保健服务系统用例图

医生：负责建立婚前保健服务档案，建立档案前需从区域卫生信息平台中获取健康档案信息。建立档案提交时，需向区域卫生信息平台推送信息。负责登记婚前医学检查情况、签发婚前医学检查报告、婚前保健医学指导、登记转诊信息；并将婚前医学检查情况、医学指导信息及转诊信息推送到区域卫生信息平台。系统为保健医生提供查询婚前保健信息功能。

管理人员：在婚前保健服务系统中可以获取婚前保健管理统计信息、查询婚前保健信息。

区域卫生信息平台：提供健康档案给婚前保健服务系统，并通过系统更新健康档案。

服务对象：获取婚前医学检查报告，获取保健医生的相关医学指导意见。

（2）表 5-47 至表 5-53 对婚前保健服务系统用例图中的每个用例进行分析说明。

表 5-47　婚前保健服务登记

用例名称	婚前保健服务登记	用例编号	B0201U01
功能说明	输入男女婚前医学检查所需的基本信息		
参与者说明	县级以上妇幼机构婚检保健医生；区域卫生信息平台		
前置用例	获取健康档案		
后置用例	推送健康档案信息		
用例执行步骤	1. 获取健康档案；2. 获取妇女基础档案；3. 输入服务对象基本信息；4. 更新妇女基础档案；5. 更新男女婚检管理档案；6. 推送有关信息至健康档案		
约束条件	男性婚前保健基本信息与女性婚前保健基本信息相关联，并推送至男性婚检者的健康档案		
备注			

表 5-48　登记婚前医学检查情况

用例名称	登记婚前医学检查情况	用例编号	B0201U02
功能说明	登记男女婚检者的病史（既往史、现病史、家族史、婚育史等）、体格检查、实验室检查及影像检查结果信息，并将结果推送至健康档案		
参与者说明	婚前保健医生		
前置用例	建立婚前保健管理档案		
后置用例	推送健康档案信息，婚前医学检查报告及证明签发		
用例执行步骤	1. 登记病史信息；2. 登记体格检查信息；3. 登记辅助检查项目及结果；4. 更新婚前保健管理档案；5. 推送至健康档案		
约束条件	具备分段录入功能		
备注	发现异常者需转诊者，转入登记转诊信息模块		

表 5-49　婚前保健医学指导

用例名称	婚前保健医学指导	用例编号	B0201U03
功能说明	登记对服务对象提出的有关婚前保健医学指导意见的情况		
参与者说明	婚前保健医生、服务对象		
前置用例	建立婚前保健管理档案		
后置用例	婚前医学检查报告与证明签发		
用例执行步骤	1. 登记婚前保健教育信息；2. 登记婚前性保健医学指导情况		
约束条件			
备注			

表 5-50　婚前医学检查报告与证明签发

用例名称	婚前医学检查报告与证明签发	用例编号	B0201U04
功能说明	生成和打印男女婚前医学检查报告，签发婚前医学检查证明		
参与者说明	婚前保健医生		
前置用例	登记婚前医学检查情况，婚前保健教育与指导		
后置用例	推送健康档案信息		
用例执行步骤	1. 输入医学意见信息；2. 登记签发信息；3. 生成、打印男女婚前医学检查报告单；4. 签发婚前医学检查证明；5. 推送健康档案信息		
约束条件			
备注			

表 5-51　登记转诊信息

用例名称	登记转诊信息	用例编号	B0201U05
功能说明	对于婚前医学检查过程中检出疾病者，作转诊信息的登记（包括转诊日期、转诊医院、转诊原因、转出人员等）		
参与者说明	婚前保健医生		
前置用例	登记婚前医学检查情况		
后置用例			
用例执行步骤	登记转诊信息		
约束条件	提供按转诊登记时间、转诊原因等条件生成的转诊一览表功能		
备注			

表 5-52　查询婚前保健信息

用例名称	查询婚前保健信息	用例编号	B0201U06
功能说明	查询婚前保健个案信息，包括基本信息、医学检查信息、预约复查信息、转诊信息等		
参与者说明	婚前保健医生、管理人员，卫生行政部门管理人员		
前置用例			
后置用例			
用例执行步骤	1. 输入查询条件；2. 显示查询结果；3. 打印或导出查询结果		
约束条件	个案涉及私密的关键信息需授权才能正常显示		
备注			

表 5-53　获取婚前保健管理统计信息

用例名称	获取婚前保健管理统计信息	用例编号	B0201U07
功能说明	按建档日期、婚检机构等方式统计婚前保健信息，产生相关的统计报表		
参与者说明	婚前保健医生、管理人员，卫生行政部门管理人员		
前置用例			
后置用例			
用例执行步骤	1. 输入统计条件；2. 处理统计数据；3. 打印或导出统计结果		
约束条件	按分级管理要求设定统计权限		
备注			

5.2.2.2 妇女病普查

（1）应用妇女病普查系统用例图（图5-15）描述妇女病普查系统实现的范围及系统参与者与系统用例间的关系。

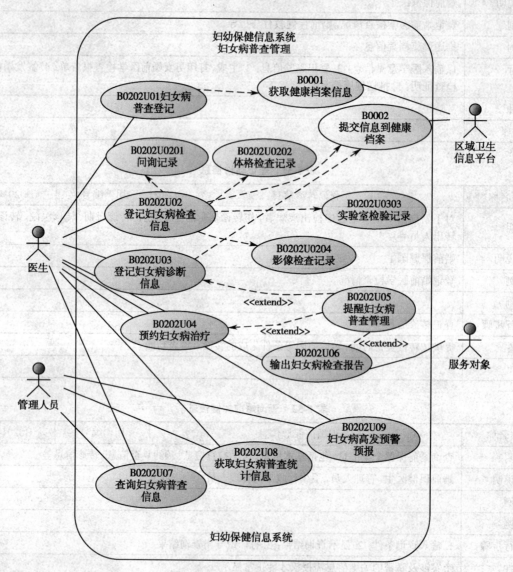

图5-15 妇女病普查系统用例图

医生：负责建立妇女病普查基本信息档案，建立档案前需从区域卫生信息平台中获取健康档案信息。提交档案时，需向区域卫生信息平台推送信息。负责登记妇女病检查、诊断信息、获取妇女病历次检查信息、预约妇女病治疗、登记妇女病治疗信息、输出妇女病检查结果。系统为保健医生提供建档未查提醒、检查缺项提醒、预约未治疗等提醒。

管理人员：在妇女病普查系统中可以获取妇女病普查统计信息以及妇女病高发预警预报信息。

区域卫生信息平台：给妇女病普查系统提供健康档案，通过系统更新健康档案。

服务对象：获取妇女病检查报告。

（2）表5-54至表5-62对婚前保健服务系统用例图中的每个用例进行分析说明。

表 5-54　妇女病普查登记

用例名称	妇女病普查登记	用例编号	B0202U01
功能说明	登记妇女病普查所需的档案信息，建立妇女病普查档案		
参与者说明	妇幼机构保健医生		
前置用例	获取健康档案		
后置用例	推送健康档案信息		
用例执行步骤	1.获取健康档案；2.获取妇女基础档案；3.输入基本信息；4.更新妇女基础档案；5.更新妇女病普查档案；6.推送相关信息至健康档案		
约束条件	具备按工作单位批量管理的处理功能		
备注			

表 5-55　登记妇女病检查信息

用例名称	登记妇女病检查信息	用例编号	B0202U02
功能说明	登记妇女病检查结果，包括妇女一般情况、婚育史、既往史、体格检查、实验室检验结果、影像检查结果等		
参与者说明	妇幼机构保健医生		
前置用例	建立妇女病普查档案		
后置用例	推送健康档案信息，登记妇女病检查诊断信息		
用例执行步骤	1.获取妇女病普查档案；2.登记妇女病检查项目及检查结果；3.更新妇女病普查档案；4.推送相关信息至健康档案		
约束条件	具备检查项目标本与管理档案绑定的机制，以免出现差错		
备注			

表 5-56　登记妇女病诊断信息

用例名称	登记妇女病诊断信息	用例编号	B0202U03
功能说明	对妇女病检查项目结果异常者，按 ICD-10 标准作出疾病诊断		
参与者说明	妇幼机构保健医生		
前置用例	登记妇女病检查信息		
后置用例	推送健康档案信息		
用例执行步骤	1.获取妇女病普查档案；2.对检查异常结果作出疾病诊断；3.更新妇女病普查档案；4.推送相关信息至健康档案		
约束条件	具备诊断信息审核功能		
备注			

表 5-57　预约妇女病治疗

用例名称	预约妇女病治疗	用例编号	B0202U04
功能说明	对检出妇女病的服务对象预约治疗，登记预约信息，包括预约时间、治疗项目和医疗保健机构等，并能够对治疗人群进行预约管理		
参与者说明	妇幼机构保健医生		
前置用例	登记妇女病诊断信息		
后置用例	登记妇女病治疗信息		
用例执行步骤	1.获取妇女病普查档案；2.登记预约信息；3.更新妇女病普查档案；4.打印预约治疗单		
约束条件	提供按预约时间、项目等条件生成的预约治疗一览表功能		
备注			

表 5-58　提醒妇女病普查

用例名称	提醒妇女病普查	用例编号	B0202U05
功能说明	为妇女病普查工作过程中相关环节提供提醒功能,包括建档未查、检查缺项、检查结果异常未诊断、预约未治疗、治疗未随访等情形		
参与者说明	妇幼机构建档人员、保健医生,医疗机构医生		
前置用例			
后置用例			
用例执行步骤	1.选择提醒分类和提醒条件;2.提交符合条件的提醒一览表;3.对于选中对象提交该对象的详细档案信息		
约束条件	在相关模块实现自动插入显示提醒信息		
备注			

表 5-59　输出妇女病检查报告

用例名称	输出妇女病检查报告	用例编号	B0202U06
功能说明	打印或导出妇女病检查报告,包括个人报告和单位报告		
参与者说明	妇幼机构保健医生		
前置用例			
后置用例			
用例执行步骤	1.获取妇女病普查档案;2.根据检查结果和诊断生成指导意见,并加以修订;3.选择打印或导出妇女病检查报告;4.根据工作单位的妇女病普查结果生成妇女病普查综合报告;5.选择打印或导出妇女病普查综合报告		
约束条件	检查报告单生成后,必须经过审核通过后才能打印或导出		
备注			

表 5-60　查询妇女病普查信息

用例名称	查询妇女病普查信息	用例编号	B0202U07
功能说明	查询妇女病普查个案信息,包括基本信息、检查结果、疾病诊断、治疗情况、随访情况等		
参与者说明	妇幼机构、卫生主管部门管理人员		
前置用例			
后置用例			
用例执行步骤	1.选择查询条件;2.提交查询结果;3.打印或导出查询结果		
约束条件	按分级管理要求设定查询权限;个案涉及私密的关键信息需授权才能正常显示		
备注			

表 5-61　获取妇女病普查统计信息

用例名称	获取妇女病普查统计信息	用例编号	B0202U08
功能说明	按建档日期、工作单位、普查机构、治疗机构、妇女病种等方式统计妇女病普查信息,产生相关的统计报表		
参与者说明	妇幼机构保健医生、管理人员,卫生主管部门管理人员		
前置用例			
后置用例			
用例执行步骤	1.输入统计条件;2.处理统计数据并显示;3.打印或导出统计结果		
约束条件	按分级管理要求设定统计权限		
备注			

表 5-62 妇女病高发预警预报

用例名称	妇女病高发预警预报		用例编号	B0202U09
功能说明	对妇女病普查呈现的妇女病高发地区和人群给予识别，并以图表形式加以报告			
参与者说明	医疗保健机构、卫生主管部门管理人员			
前置用例				
后置用例				
用例执行步骤	1. 选择预警预报分类；2. 提交预警预报信息			
约束条件	按分级管理要求设定查看权限			
备注				

5.2.2.3 计划生育技术服务

（1）应用计划生育技术服务系统用例图（图 5-16）来描述计划生育技术服务系统实现的范围及系统参与者与系统用例间的关系。

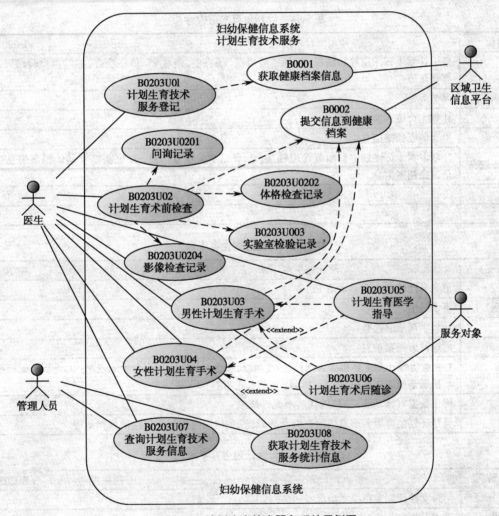

图 5-16 计划生育技术服务系统用例图

医生：负责登记计划生育技术服务病历，创建病历时从区域卫生信息平台中获取健康档案信息。负责登记男性计划生育手术、女性计划生育手术以及计划生育术后随诊，并将计划生育手术信息推送到区域卫生信息平台中。

管理人员：在计划生育技术服务系统中可以获取计划生育技术服务统计统计信息以及查询计划生育技术服务信息。

区域卫生信息平台：提供健康档案给计划生育技术服务系统，并通过系统更新健康档案。

（2）表 5-63 至表 5-70 对计划生育技术服务系统用例图中的每个用例进行分析说明。

表 5-63　计划生育技术服务登记

用例名称	计划生育技术服务登记	用例编号	B0203U01
功能说明	登记男女计划生育技术服务所需的档案信息，建立管理档案		
参与者说明	保健医生		
前置用例	获取健康档案信息		
后置用例	推送健康档案信息、计划生育术前检查		
用例执行步骤	1. 获取健康档案信息；2. 获取妇女基础档案信息；3. 录入基本信息；4. 更新妇女基础档案信息；5. 推送至健康档案信息		
约束条件	男性计划生育服务病历信息依附在妇女基础档案中，同时推送至男性健康档案中		
备注			

表 5-64　计划生育术前检查

用例名称	计划生育术前检查	用例编号	B0203U02
功能说明	登记计划生育术前检查情况，包括一般情况、婚育史、既往史、体格检查、实验室检验结果、影像检查结果等		
参与者说明	保健医生		
前置用例	计划生育技术服务等级		
后置用例	推送健康档案信息		
用例执行步骤	1. 获取男／女计划生育服务管理档案；2. 登记术前检查信息；3. 更新妇女基础档案信息；4. 推送至健康档案信息		
约束条件			
备注			

表 5-65　男性计划生育手术

用例名称	男性计划生育手术	用例编号	B0203U03
功能说明	记录男性计划生育手术情况		
参与者说明	手术医生		
前置用例	计划生育术前检查		
后置用例	推送健康档案信息		
用例执行步骤	1. 获取男性计划生育服务管理档案；2. 录入或导入男性计划生育手术表单；3. 更新基础档案信息；4. 推送至健康档案信息；5. 打印计划手术证明书		
约束条件	提供数据审核功能，审核确认后不允许修改		
备注	男性计划生育服务信息依附在妇女基础档案中，同时推送至男性健康档案中		

表 5-66　女性计划生育手术

用例名称	女性计划生育手术	用例编号	B0203U04
功能说明	记录女性计划生育手术情况		
参与者说明	手术医生		
前置用例	计划生育术前检查		
后置用例	推送健康档案信息		
用例执行步骤	1. 获取女性计划生育服务管理档案；2. 录入或导入女性计划生育手术表单；3. 更新妇女基础档案信息；4. 推送健康信息；5. 打印计划手术证明书		
约束条件	提供数据审核功能，审核确认后不允许修改		
备注			

表 5-67 计划生育医学指导

用例名称	计划生育医学指导	用例编号	B0203U05
功能说明	登记对服务对象提出的有关计划生育服务的医学指导意见		
参与者说明	保健医生、服务对象		
前置用例	建立计划生育技术服务档案		
后置用例	计划生育术后随诊		
用例执行步骤	1. 登记计划生育手术信息；2. 登记计划生育技术服务医学指导意见		
约束条件			
备注			

表 5-68 计划生育术后随诊

用例名称	计划生育术后随诊	用例编号	B0203U06
功能说明	登记男 / 女计划生育手术后的随诊情况		
参与者说明	保健医生		
前置用例	男性计划生育手术 / 女性计划生育手术		
后置用例	推送健康档案信息		
用例执行步骤	1. 获取计划生育技术服务档案；2. 登记随诊信息；3. 更新妇女基础档案信息；4. 推送至健康档案信息		
约束条件			
备注			

表 5-69 查询计划生育技术服务信息

用例名称	查询计划生育技术服务信息	用例编号	B0203U07
功能说明	查询计划生育技术服务个案信息，包括基本信息、手术记录、手术并发症、随诊记录		
参与者说明	医生、管理人员，卫生行政主管部门管理人员		
前置用例			
后置用例			
用例执行步骤	1. 输入查询条件；2. 显示查询结果；3. 打印或导出查询结果		
约束条件	个案涉及私密的关键信息需授权才能正常显示		
备注			

表 5-70 获取计划生育技术服务统计信息

用例名称	获取计划生育技术服务统计信息	用例编号	B0203U08
功能说明	按建档日期、手术日期、服务机构等方式统计计划生育计划技术服务信息，产生相关的统计报表		
参与者说明	医生、管理人员，卫生行政主管部门管理人员		
前置用例			
后置用例			
用例执行步骤	1. 输入统计条件；2. 处理统计数据并显示；3. 打印或导出统计结果		
约束条件	按分级管理要求设定统计权限		
备注			

5.2.2.4　产前保健

（1）应用产期保健管理系统用例图（图5-17）描述产前保健系统实现的范围及系统参与者与系统用例间的关系。

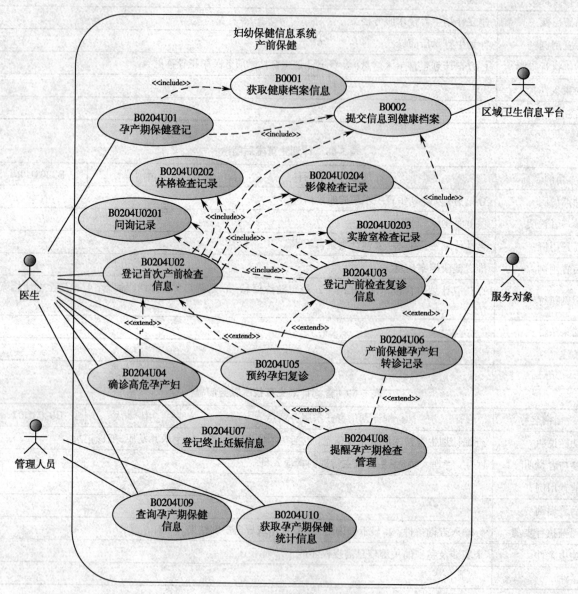

图5-17　产前保健系统用例图

医生：负责建立孕产妇保健管理档案，建立档案前需从区域卫生信息平台中获取健康档案信息。建立档案提交时，需向区域卫生信息平台推送信息。负责登记首次产前检查信息、登记产前检查复检信息、预约孕妇复诊、登记孕妇转诊信息、确诊高危孕产妇、登记终止妊娠信息。系统为保健医生提供孕产期检查信息的提醒功能。

管理人员：在产前保健系统中可以获取孕期检查管理统计信息以及查询孕期检查信息。

区域卫生信息平台：提供健康档案给产前保健系统，并通过系统更新健康档案。

（2）表5-71至表5-80对孕产期保健服务管理系统用例图中的每个用例进行分析说明。

表 5-71　孕产期保健登记

用例名称	孕产期保健登记	用例编号	B0204U01
功能说明	登记孕产妇基本信息，建立孕产妇保健管理档案		
参与者说明	社区、乡镇卫生院妇幼保健人员；区域卫生信息平台		
前置用例	获取健康档案信息		
后置用例	推送健康档案信息		
用例执行步骤	1. 获取健康档案信息；2. 获取妇女基础档案；3. 输入孕产妇基本信息；4. 更新妇女基础档案；5. 更新孕产妇保健管理档案；6. 推送有关信息至健康档案		
约束条件	从妇女基础档案获得唯一的 ID 识别码		
备注			

表 5-72　登记首次产前检查信息

用例名称	登记首次产前检查信息	用例编号	B0204U02
功能说明	登记首次产前检查信息，包括基础体格检查、妇科检查、实验室检查、影像检查及产前疾病诊断等		
参与者说明	医疗保健机构保健医生；区域卫生信息平台		
前置用例	孕产期保健登记		
后置用例	推送健康档案信息		
用例执行步骤	1. 获取健康档案信息；2. 获取妇女基础档案信息；3. 获取孕产妇保健管理档案；4. 输入孕产妇首次产前检查信息；5. 更新孕产妇保健管理档案；6. 推送相关信息至健康档案		
约束条件	具备分段输入机制；对具备高危因素转高危孕产妇管理登记		
备注			

表 5-73　登记产前检查复诊信息

用例名称	登记产前检查复诊信息	用例编号	B0204U03
功能说明	登记孕产妇历次产前检查信息，包括产科检查、实验室检查、影像检查及产前疾病诊断等		
参与者说明	医疗保健机构保健医生；区域卫生信息平台		
前置用例			
后置用例	推送健康档案信息		
用例执行步骤	1. 获取健康档案信息；2. 获取妇女基础档案信息；3. 获取孕产妇保健管理档案；4. 输入孕产妇历次产前检查信息；5. 更新孕产妇保健管理档案；6. 推送相关信息至健康档案；7. 生成妊娠图		
约束条件	具备分段输入机制；对检出有高危因素的转高危孕产妇管理登记		
备注			

表 5-74　确诊高危孕产妇

用例名称	确诊高危孕产妇	用例编号	B0204U04
功能说明	对于孕产期保健过程中检出高危因素的加以确诊，以此转入高危孕产妇管理		
参与者说明	医疗保健机构保健医生		
前置用例			
后置用例	推送健康档案信息；建立高危孕产妇管理档案		
用例执行步骤	1. 获取孕产妇保健管理档案；2. 登记高危孕产妇确诊信息；3. 建立高危孕产妇管理专案；4. 更新孕产妇保健管理档案；5. 推送相关信息至健康档案		
约束条件			
备注			

表 5-75　预约孕妇复诊

用例名称	预约孕妇复诊	用例编号	B0204U05
功能说明	根据业务常规对孕妇的复诊进行预约,登记预约信息,打印预约复诊单;并实现对孕妇人群进行预约管理		
参与者说明	医疗保健机构保健人员		
前置用例			
后置用例			
用例执行步骤	1. 获取孕产妇保健管理档案;2. 登记预约信息;3. 更新孕产妇保健管理档案;4. 打印预约复诊单		
约束条件	提供按预约时间、预约人员等条件生成的预约复诊一览表功能		
备注			

表 5-76　产前保健孕产妇转诊记录

用例名称	产前保健孕产妇转诊记录	用例编号	B0204U06
功能说明	对于孕产期保健过程检出疾病,符合转诊条件者作转诊处理,并记录转诊信息		
参与者说明	医疗保健机构保健人员		
前置用例			
后置用例	推送健康档案信息		
用例执行步骤	1. 获取孕产妇保健管理档案;2. 登记转诊信息;3. 更新孕产妇保健管理档案;4. 推送相关信息至健康档案		
约束条件			
备注			

表 5-77　登记终止妊娠信息

用例名称	登记终止妊娠信息	用例编号	B0204U07
功能说明	登记孕期出现异常而采取终止妊娠措施的信息,包括实施时间、终止妊娠方式、过程记录、胎儿情况、产后情况等		
参与者说明	医疗保健机构医生		
前置用例	登记首次产前检查信息;登记产前检查复诊信息		
后置用例	推送健康档案信息;登记产后访视信息;孕产妇系统管理结案		
用例执行步骤	1. 获取孕产妇保健管理档案;2. 登记终止妊娠信息;3. 更新孕产妇保健管理档案;4. 推送相关信息至健康档案		
约束条件	终止妊娠登记信息归并入分娩信息		
备注			

表 5-78　提醒孕产期检查管理

用例名称	提醒孕产期检查管理	用例编号	B0204U08
功能说明	根据业务常规对孕产期保健管理各环节进行提醒,包括建档未检查、未按期复诊、应访视等,实现对个案和人群的提醒管理		
参与者说明	医疗保健机构人员、服务对象		
前置用例			
后置用例			
用例执行步骤	1. 选择提醒分类和提醒条件;2. 提交符合条件的提醒一览表;3. 对于选中对象提交该对象的详细档案信息		
约束条件	在相关模块实现自动插入显示提醒信息		
备注			

表 5-79 查询孕产期保健信息

用例名称	查询孕产期保健信息		用例编号	B0204U09
功能说明	查询孕产期保健信息，包括基本信息、首次检查、复诊、分娩、产后访视等信息			
参与者说明	医疗保健机构人员；卫生主管部门管理人员			
前置用例				
后置用例				
用例执行步骤	1. 选择查询条件；2. 提交查询结果；3. 打印或导出查询结果			
约束条件	按分级管理要求设定查询权限			
备注				

表 5-80 获取孕产期保健统计信息

用例名称	获取孕产期保健统计信息		用例编号	B0204U10
功能说明	按管理机构、管理辖区、建档日期等方式统计孕产期保健信息，产生相关的统计报表			
参与者说明	医疗保健机构人员；卫生主管部门管理人员			
前置用例				
后置用例				
用例执行步骤	1. 输入统计条件；2. 处理统计数据并显示；3. 打印或导出统计结果			
约束条件	按分级管理要求设定统计权限			
备注				

5.2.2.5 产时保健

（1）应用产时保健系统用例图（图 5-18）描述产时保健系统实现的范围及系统参与者与系统用例间的关系。

医生：负责登记登记分娩信息，将分娩信息提交到健康档案。

管理人员：在产期保健管理系统中可以获取分娩服务统计信息以及查询分娩信息。

区域卫生信息平台：提供健康档案给产时保健系统，并通过系统更新健康档案。

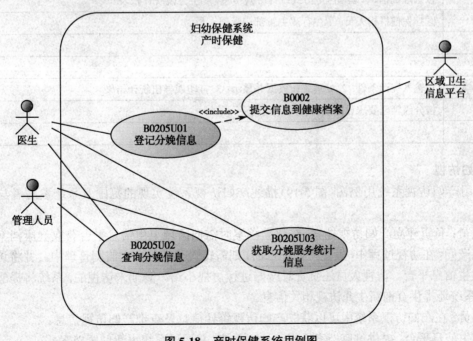

图 5-18 产时保健系统用例图

（2）表5-81至表5-83对孕产期保健服务管理系统用例图中的每个用例进行分析说明。

表5-81　登记分娩信息

用例名称	登记分娩信息	用例编号	B0205U01
功能说明	登记产妇分娩信息,包括产程记录、分娩方式、新生儿情况、分娩机构等		
参与者说明	分娩机构医护人员		
前置用例			
后置用例	推送健康档案信息		
用例执行步骤	1. 获取孕产妇保健管理档案;2. 登记分娩信息;3. 更新孕产妇保健管理档案;4. 推送相关信息至健康档案		
约束条件	具备多胎记录功能		
备注			

表5-82　查询分娩信息

用例名称	查询分娩信息	用例编号	B0205U02
功能说明	查询产妇分娩信息,包括分娩方式、产妇和新生儿情况等信息		
参与者说明	医疗保健机构人员;卫生行政主管部门管理人员		
前置用例			
后置用例			
用例执行步骤	1. 选择查询条件;2. 提交查询结果;3. 打印或导出查询结果		
约束条件	按分级管理要求设定查询权限		
备注			

表5-83　获取分娩服务统计信息

用例名称	获取分娩服务统计信息	用例编号	B0205U03
功能说明	按管理机构、管理辖区等方式统计分娩信息,产生分娩统计报表		
参与者说明	医疗保健机构人员;卫生行政主管部门管理人员		
前置用例			
后置用例			
用例执行步骤	1. 输入统计条件;2. 处理统计数据并显示;3. 打印或导出统计结果		
约束条件	按分级管理要求设定统计权限		
备注			

5.2.2.6　产妇访视

（1）应用产妇访视系统用例图(图5-19)描述产妇访视系统实现的范围及系统参与者与系统用例间的关系。

访视人员:负责建立产妇访视档案,在建立档案时需向区域卫生信息平台获取健康档案信息。负责入户访视产妇,在访视过程中,发生产妇死亡的,则需转入孕产妇死亡监测管理中。并将访视信息推送给区域卫生信息平台。访视人员还负责对产妇进行访视小结。到期未访视的,系统将提醒访视人员进行访视,系统还提供查询新生儿访视相关信息。

管理人员:在产妇访视系统中可以获取产妇访视统计信息及查询产妇访视信息。

区域卫生信息平台:提供健康档案给产妇访视系统,并通过系统更新健康档案。

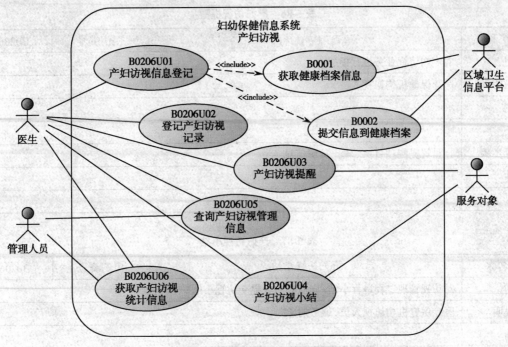

图 5-19　产妇访视系统用例图

（2）表 5-84 至表 5-89 对产妇访视系统用例图中的每个用例进行分析说明：

表 5-84　产妇访视登记

用例名称	产妇访视登记	用例编号	B0206U01
功能说明	输入产妇访视所需的档案信息		
参与者说明	产妇访视建档人员、区域卫生信息平台		
前置用例	获取健康档案信息		
后置用例	推送健康档案信息		
用例执行步骤	1. 获取健康档案信息；2. 输入产妇访视档案；3. 生成产妇访视底册；4. 更新妇女儿童基础档案；5. 更新健康档案信息；6. 打印产妇访视单		
约束条件			
备注			

表 5-85　登记产妇访视记录

用例名称	登记产妇访视记录	用例编号	B0206U02
功能说明	对产妇进行访视，登记访视信息		
参与者说明	医疗保健机构访视人员、区域卫生信息平台		
前置用例	建立产妇访视档案		
后置用例	推送健康档案信息		
用例执行步骤	1. 获取产妇访视档案；2. 访视产妇；3. 登记访视信息；4. 妇女儿童基础档案；5. 更新健康档案信息		
约束条件			
备注			

表 5-86　产妇访视提醒

用例名称	产妇访视提醒	用例编号	B0206U03
功能说明	对产妇访视业务进行提醒		
参与者说明	医疗保健机构访视人员		
前置用例			
后置用例			
用例执行步骤	1. 设置提醒项目；2. 输出提醒信息		
约束条件			
备注			

表 5-87　产妇访视小结

用例名称	产妇访视小结	用例编号	B0206U04
功能说明	对访视管理过程进行小结,向服务对象提交访视小结		
参与者说明	医疗保健机构访视人员、服务对象		
前置用例			
后置用例			
用例执行步骤	1. 获取产妇访视档案；2. 对访视管理过程小结；3. 输出访视小结；4. 向服务对象提交访视小结		
约束条件			
备注			

表 5-88　查询产妇访视信息

用例名称	查询产妇访视信息	用例编号	B0206U05
功能说明	提供产妇访视档案、访视管理、访视小结等相关信息查询		
参与者说明	医疗保健机构建档人员、访视人员、各级妇幼保健机构管理人员、各级卫生管理机构管理人员		
前置用例			
后置用例			
用例执行步骤	1. 设置查询条件；2. 输出查询结果		
约束条件	所有操作人员仅能查询授权范围内的信息,涉及隐私的关键信息需特别授权才能查看		
备注	查询结果可导出、打印		

表 5-89　获取产妇访视统计信息

用例名称	获取产妇访视统计信息	用例编号	B0206U06
功能说明	提供产妇访视档案、访视管理等统计报表		
参与者说明	医疗保健机构建档人员、访视人员、各级妇幼保健机构管理人员、各级卫生管理机构管理人员		
前置用例			
后置用例			
用例执行步骤	1. 设置统计条件；2. 输出统计报表；3. 打印统计报表		
约束条件	所有操作人员仅能统计授权范围内的信息		
备注			

5.2.2.7 产后 42 天检查

（1）应用产后 42 天检查系统用例图（图 5-20）描述产后 42 天检查系统实现的范围及系统参与者与系统用例间的关系。

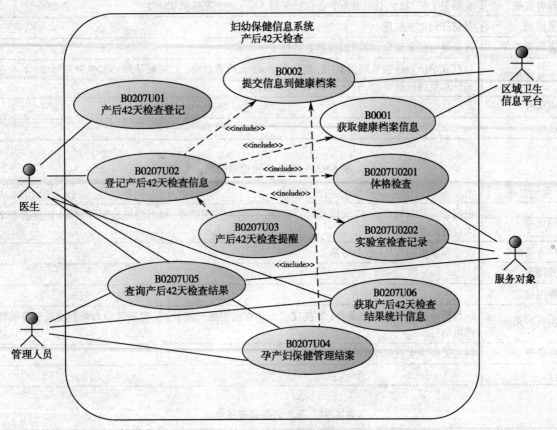

图 5-20 产后 42 天检查系统用例图

医生：负责登记产后 42 天检查信息并进行孕产妇系统管理结案。系统为保健医生提供一系列的产后保健提醒功能。

管理人员：在产后 42 天检查系统中可以获取产后 42 天检查结果统计信息以及查询产后 42 天检查结果信息。

区域卫生信息平台：给产后 42 天检查系统提供健康档案，并通过系统更新健康档案。

（2）表 5-90 至表 5-95 对产后 42 天检查系统用例图中的每个用例进行分析说明。

表 5-90 产后 42 天检查登记

用例名称	产后 42 天检查登记	用例编号	B0207U01
功能说明	输入产后 42 天检查所需的档案信息		
参与者说明	医生、区域卫生信息平台		
前置用例	登记分娩信息		
后置用例	推送健康档案信息		
用例执行步骤	1. 获取孕产妇保健管理档案；2. 登记产后 42 天检查产妇档案信息；3. 更新孕产妇保健管理档案；4. 推送相关信息至健康档案		
约束条件			
备注			

表 5-91 登记产后 42 天检查信息

用例名称	登记产后 42 天检查信息	用例编号	B0207U02
功能说明	登记产妇产后 42 天检查情况，包括妇科检查、处理及指导意见等		
参与者说明	乡镇卫生院、社区卫生服务中心(站)保健人员、妇幼保健机构医生		
前置用例	登记产妇访视信息		
后置用例	推送健康档案信息；孕产妇保健管理结案		
用例执行步骤	1. 获取孕产妇保健管理档案；2. 登记产后 42 天检查信息；3. 更新孕产妇保健管理档案；4. 推送相关信息至健康档案；5. 打印产后 42 天检查报告		
约束条件			
备注			

表 5-92 产后 42 天检查提醒

用例名称	产后 42 天检查提醒	用例编号	B0207U03
功能说明	根据业务常规对产后 42 天检查进行提醒，包括未按期检查、检查结果发现异常等，实现对个案和人群的提醒管理		
参与者说明	医疗保健机构人员、服务对象		
前置用例			
后置用例			
用例执行步骤	1. 选择提醒分类和提醒条件；2. 提交符合条件的提醒一览表；3. 对于选中对象提交该对象的详细档案信息		
约束条件	在相关模块实现自动插入显示提醒信息		
备注			

表 5-93 孕产妇保健管理结案

用例名称	孕产妇保健管理结案	用例编号	B0207U04
功能说明	在孕产妇终止妊娠或产后 42 天检查完成时做孕产妇保健管理结案，并记录相关信息		
参与者说明	乡镇卫生院、社区卫生服务中心(站)保健人员、妇幼保健机构医生		
前置用例	登记终止妊娠信息；登记产后 42 天检查信息		
后置用例	推送健康档案信息		
用例执行步骤	1. 获取孕产妇保健管理档案；2. 登记结案信息；3. 更新孕产妇保健管理档案；4. 推送相关信息至健康档案		
约束条件	标记本次妊娠周期结束，孕产期保健信息不允许修改		
备注			

表 5-94 查询产后 42 天检查结果

用例名称	查询产后 42 天检查结果	用例编号	B0207U05
功能说明	查询产后 42 天检查结果信息，包括检查情况、孕产妇保健管理结案情况等信息		
参与者说明	医疗保健机构人员；卫生行政主管部门管理人员		
前置用例			
后置用例			
用例执行步骤	1. 选择查询条件；2. 提交查询结果；3. 打印或导出查询结果		
约束条件	按分级管理要求设定查询权限		
备注			

表 5-95　获取产后 42 天检查结果统计信息

用例名称	获取产后 42 天检查结果统计信息	用例编号	B0207U06
功能说明	按管理机构、管理辖区等方式统计产后 42 天检查信息,产生相关的统计报表		
参与者说明	医疗保健机构人员;卫生行政主管部门管理人员		
前置用例			
后置用例			
用例执行步骤	1. 输入统计条件; 2. 处理统计数据并显示; 3. 打印或导出统计结果		
约束条件	按分级管理要求设定统计权限		
备注			

5.2.2.8　高危孕产妇管理

(1) 应用高危孕产妇管理系统用例图(图 5-21)描述高危孕产妇管理系统实现的范围及系统参与者与系统用例间的关系。

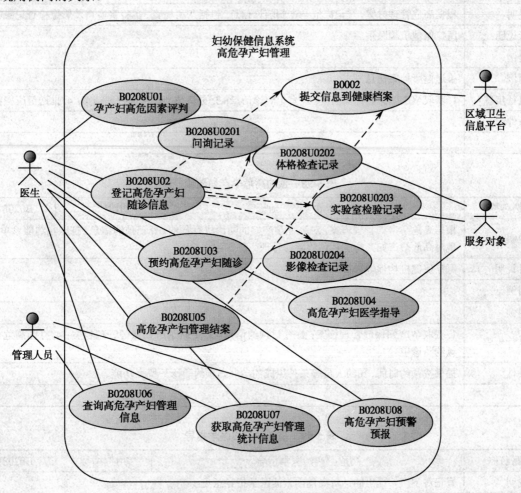

图 5-21　高危孕产妇管理系统用例图

医生:负责评判孕产妇高危因素、登记高危孕产妇随诊信息、预约高危孕产妇随诊、登记转诊信息、高危孕产妇管理结案,并将高危因素、随诊信息及结案信息向区域卫生信息平台推送。

管理人员:在高危孕产妇管理系统中可以获取高危孕产妇预警信息、高危孕产妇管理统计信息以及查询孕产妇高危管理信息。

(2) 表 5-96 至表 5-103 对高危孕产妇管理系统用例图中的每个用例进行分析说明。

表 5-96 孕产妇高危因素评判

用例名称	孕产妇高危因素评判	用例编号	B0208U01
功能说明	在高危孕产妇管理周期内,动态评判孕产妇高危因素,以此确定下一阶段高危管理方案或结案		
参与者说明	医疗保健机构医生		
前置用例			
后置用例	推送健康档案信息		
用例执行步骤	1. 获取孕产妇保健管理档案;2. 提取孕产妇高危因素并自动评判;3. 医生修订并确认评判结果;4. 更新孕产妇保健管理档案;5. 打印高危孕产妇评判报告		
约束条件	根据高危因素评判结果生成高危管理方案		
备注			

表 5-97 登记高危孕产妇随诊信息

用例名称	登记高危孕产妇随诊信息	用例编号	B0208U02
功能说明	根据高危管理方案,登记高危孕产妇随诊信息,包括产科检查、实验室检查及影像检查记录等		
参与者说明	医疗保健机构医生		
前置用例			
后置用例	推送健康档案信息		
用例执行步骤	1. 获取孕产妇保健管理档案;2. 登记随诊信息;3. 更新孕产妇保健管理档案;4. 推送健康档案信息		
约束条件			
备注			

表 5-98 预约高危孕产妇随诊

用例名称	预约高危孕产妇随诊	用例编号	B0208U03
功能说明	根据高危孕产妇管理方案,对高危孕产妇的随诊进行预约,登记预约信息,打印预约随诊单;并实现对高危孕产妇人群进行预约随诊管理		
参与者说明	医疗保健机构保健人员		
前置用例			
后置用例			
用例执行步骤	1. 获取孕产妇保健管理档案;2. 登记预约信息;3. 更新孕产妇保健管理档案;4. 打印高危孕产妇预约随诊单		
约束条件	提供按预约时间、预约人员等条件生成的孕产妇预约随诊一览表功能		
备注			

表 5-99 高危孕产妇医学指导

用例名称	高危孕产妇医学指导	用例编号	B0208U04
功能说明	登记对孕产妇提出的针对高危因素的医学指导意见		
参与者说明	保健医生、服务对象		
前置用例	登记高危孕产妇随诊信息		
后置用例	高危孕产妇管理结案		
用例执行步骤	1. 登记高危孕产妇随诊信息;2. 登记高危孕产妇医学指导意见		
约束条件			
备注			

表 5-100　高危孕产妇管理结案

用例名称	高危孕产妇管理结案	用例编号	B0208U05
功能说明	在孕产妇高危因素消失、孕产妇保健管理结案的同时实现对高危孕产妇管理结案,记录相关信息		
参与者说明	医疗保健机构医生		
前置用例	评判孕产妇高危因素;孕产妇保健管理结案		
后置用例	推送健康档案信息		
用例执行步骤	1.获取孕产妇保健管理档案;2.登记高危孕产妇管理结案信息;3.更新孕产妇保健管理档案;4.推送相关信息至健康档案		
约束条件	具备高危孕产妇管理结案后重入功能,构成多阶段高危孕产妇管理专案		
备注			

表 5-101　查询高危孕产妇管理信息

用例名称	查询高危孕产妇管理信息	用例编号	B0208U06
功能说明	根据业务需求,以各种组合条件查询孕产妇高危管理个案信息		
参与者说明	医疗保健机构医护人员、管理人员;卫生主管部门管理人员		
前置用例			
后置用例			
用例执行步骤	1.选择查询条件;2.提交查询结果;3.打印或导出查询结果		
约束条件	按分级管理要求设定查询权限		
备注			

表 5-102　获取高危孕产妇管理统计信息

用例名称	获取高危孕产妇管理统计信息	用例编号	B0208U07
功能说明	按高危因素、进入管理时间等方式统计高危孕产妇管理信息,产生相关的统计报表		
参与者说明	医疗保健机构医护人员、管理人员;卫生行政主管部门管理人员		
前置用例			
后置用例			
用例执行步骤	1.输入统计条件;2.统计数据并显示;3.打印或导出统计结果		
约束条件	按分级管理要求设定统计权限		
备注			

表 5-103　高危孕产妇预警预报

用例名称	高危孕产妇预警预报	用例编号	B0208U08
功能说明	对孕产妇高危因素高发的种类、地区进行预警,并以图表形式加以报告		
参与者说明	医疗保健机构医护人员、管理人员;卫生行政主管部门管理人员		
前置用例			
后置用例			
用例执行步骤	1.选择预警预报分类;2.提交预警预报信息		
约束条件	按分级管理要求设定查看权限		
备注			

5.2.2.9 产前筛查

（1）应用产前筛查系统用例图（图 5-22）描述产前筛查系统实现的范围及系统参与者与系统用例间的关系。

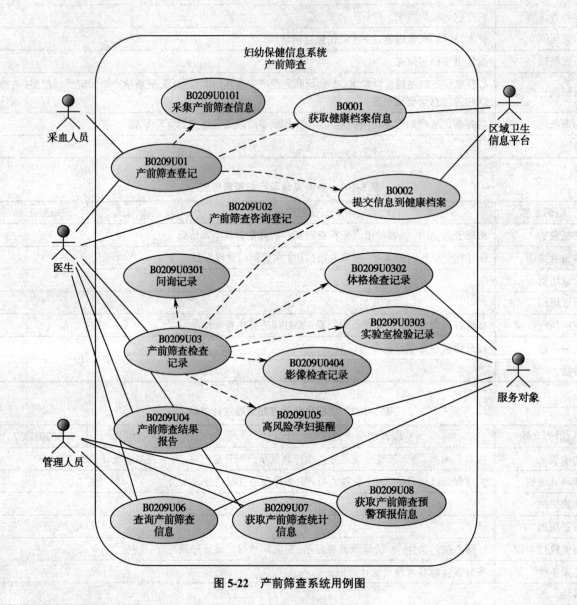

图 5-22　产前筛查系统用例图

采血人员：负责采集产前筛查信息，建立产前筛查信息前，从区域卫生信息平台中获取健康档案信息。采集产前筛查信息提交时，需向区域卫生信息平台推送信息。采血人员也负责筛查追访，可以查询产前筛查信息。

医生：负责产前筛查实验室结果输出，以及对高风险孕妇的管理，包括通知高风险孕妇、产前咨询登记、产前筛查结果的报告，并负责对高风险孕妇的追访。

管理人员：在产前筛查与管理系统中可以获取产前筛查统计信息、产前筛查预警预报信息以及查询产前筛查信息。

区域卫生信息平台：给产前筛查系统提供健康档案，并通过系统更新健康档案。

服务对象：获取产前筛查结果报告，若为高风险孕妇，将被通知做进一步诊断。

（2）表 5-104 至表 5-111 对产前筛查与诊断管理系统用例图中的每个用例进行分析说明。

表 5-104　产前筛查登记

用例名称	产前筛查登记	用例编号	B0209U01
功能说明	采集产前筛查对象的基本信息，包括服务对象的基本信息、采血情况、采血机构等，建立产前筛查档案		
参与者说明	医疗保健机构采血人员、保健医生		
前置用例			
后置用例	推送健康档案信息；产前筛查检查记录		
用例执行步骤	1. 获取健康档案；2. 获取孕产期保健管理档案；3. 登记产前筛查信息；4. 创建产前筛查档案；5. 更新孕产期保健管理档案；6. 推送相关信息至健康档案		
约束条件	从孕产期保健管理档案获取唯一的 ID 码，实现产前筛查档案与孕产期保健管理档案的连接		
备注			

表 5-105　产前筛查咨询登记

用例名称	产前筛查咨询登记	用例编号	B0209U02
功能说明	对将进行产前筛查的孕妇提供相关方面的咨询，登记产前筛查咨询的相关信息		
参与者说明	产前筛查人员；医疗保健机构人员		
前置用例	产前筛查登记		
后置用例	产前筛查检查记录		
用例执行步骤	1. 获取孕产妇保健管理档案 2. 获取产前筛查档案；3. 登记产前筛查咨询信息；4. 更新产前筛查档案；5. 更新孕产妇保健管理档案		
约束条件			
备注			

表 5-106　产前筛查检查记录

用例名称	产前筛查检查记录	用例编号	B0209U03
功能说明	登记产前筛查检查结果信息，包括产科检查、实验室检查及影响检查结果信息		
参与者说明	产前筛查人员		
前置用例	产前筛查登记		
后置用例	推送健康档案信息；打印产前筛查结果报告		
用例执行步骤	1. 获取孕产妇保健管理档案；2. 获取产前筛查档案；3. 登记产前筛查结果信息；4. 更新产前筛查档案；5. 更新孕产妇保健管理档案；6. 推送相关信息至健康档案		
约束条件			
备注			

表 5-107　产前筛查结果报告

用例名称	产前筛查结果报告	用例编号	B0209U04
功能说明	打印或导出产前筛查结果报告		
参与者说明	产前筛查人员		
前置用例	产前筛查检查记录		
后置用例			
用例执行步骤	1. 获取产前筛查档案；2. 根据检查结果与诊断生成指导意见，并加以修订；3. 选择打印或导出产前筛查与诊断检查报告		
约束条件	检查报告单生成后，必须经过审核通过后才能打印或导出		
备注			

表 5-108　高风险孕妇提醒

用例名称	高风险孕妇提醒	用例编号	B0209U05
功能说明	提醒筛查结果阳性的高风险孕妇,并记录相关信息		
参与者说明	产前筛查人员;医疗保健机构人员		
前置用例	产前筛查结果报告;		
后置用例			
用例执行步骤	1. 获取孕产妇保健管理档案 2. 获取产前筛查档案;3. 确认提醒信息;4. 更新产前筛查档案;5. 更新孕产妇保健管理档案		
约束条件	具备批量通知处理机制		
备注			

表 5-109　查询产前筛查信息

用例名称	查询产前筛查信息	用例编号	B0209U06
功能说明	查询孕产妇产前筛查个案信息,包括基本信息、检查结果、疾病诊断、如召回、追访情况等		
参与者说明	医疗保健机构、产前筛查与诊断中心、卫生主管部门管理人员		
前置用例			
后置用例			
用例执行步骤	1. 选择查询条件;2. 提交查询结果;3. 打印或导出查询结果		
约束条件	按分级管理要求设定查询权限		
备注			

表 5-110　获取产前筛查统计信息

用例名称	获取产前筛查统计信息	用例编号	B0209U07
功能说明	按登记日期、检查项目、诊断结果等方式统计产前筛查与诊断统计信息,产生相关的统计报表		
参与者说明	妇幼机构保健医生、管理人员,卫生主管部门管理人员		
前置用例			
后置用例			
用例执行步骤	1. 输入统计条件;2. 处理统计数据并显示;3. 打印或导出统计结果		
约束条件	按分级管理要求设定统计权限		
备注			

表 5-111　获取产前筛查预警预报信息

用例名称	获取产前筛查预警预报信息	用例编号	B0209U08
功能说明	对孕产妇高风险因素高发地区和人群给予识别,并以图表形式加以报告		
参与者说明	医疗保健机构、产前筛查与诊断中心、卫生主管部门管理人员		
前置用例			
后置用例			
用例执行步骤	1. 选择预警预报分类;2. 提交预警预报信息		
约束条件	按分级管理要求设定查看权限		
备注			

5.2.2.10 产前诊断

（1）应用产前诊断系统用例图（图 5-23）描述产前诊断系统实现的范围及系统参与者与系统用例间的关系。

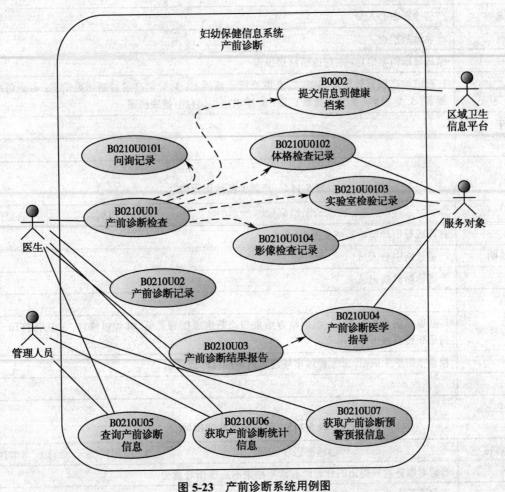

图 5-23 产前诊断系统用例图

医生：负责产前诊断信息的登记、根据产前诊断结果给予相关医学指导意见以及产前诊断结果的输出和报告。

管理人员：在产前诊断系统中可以获取产前诊断统计信息、产前诊断预警预报信息以及查询产前诊断信息。

区域卫生信息平台：给产前诊断系统提供健康档案，并通过系统更新健康档案。

（2）表 5-112 至表 5-118 对产前诊断系统用例图中的每个用例进行分析说明。

表 5-112 产前诊断检查

用例名称	产前诊断检查	用例编号	B0210U01
功能说明	登记产前诊断检查信息，包括产科检查、实验室检查及影响检查等结果信息		
参与者说明	产前诊断中心人员		
前置用例			
后置用例	推送健康档案信息；产前诊断诊断记录		
用例执行步骤	1. 获取健康档案；2. 获取孕产期保健管理档案；3. 登记产前诊断基本信息；4. 建立产前诊断档案；5. 更新孕产期保健管理档案；6. 推送相关信息至健康档案		
约束条件	从孕产期保健管理档案获取唯一的 ID 码，实现产前诊断档案与孕产期保健管理档案的连接		
备注			

表 5-113　产前诊断记录

用例名称	产前诊断记录	用例编号	B0210U02
功能说明	登记产前诊断结果信息		
参与者说明	产前诊断中心人员		
前置用例	产前诊断检查		
后置用例	推送健康档案信息；产前诊断结果报告		
用例执行步骤	1. 获取孕产妇保健管理档案；2. 获取产前诊断档案；3. 登记产前诊断结果信息；4. 更新产前诊断档案；5. 更新孕产妇保健管理档案；6. 推送相关信息至健康档案		
约束条件			
备注			

表 5-114　产前诊断结果报告

用例名称	产前诊断结果报告	用例编号	B0210U03
功能说明	打印或导出产前诊断结果报告		
参与者说明	产前诊断中心人员		
前置用例	产前诊断诊断记录		
后置用例			
用例执行步骤	1. 获取产前诊断档案；2. 根据检查结果与诊断生成指导意见，并加以修订；3. 选择打印或导出产前诊断检查报告		
约束条件	检查报告单生成后，必须经过审核通过后才能打印或导出		
备注			

表 5-115　产前诊断医学指导

用例名称	产前诊断医学指导	用例编号	B0210U04
功能说明	登记对服务对象提出的针对产前诊断结果的医学指导意见		
参与者说明	产前诊断中心医生、服务对象		
前置用例	产前诊断诊断记录		
后置用例			
用例执行步骤	1. 登记产前诊断信息；2. 登记产前诊断医学指导意见		
约束条件			
备注			

表 5-116　查询产前诊断信息

用例名称	查询产前诊断信息	用例编号	B0210U05
功能说明	查询孕产妇产前诊断个案信息，包括基本信息、检查结果、疾病诊断等		
参与者说明	医疗保健机构、产前诊断中心、卫生行政主管部门管理人员		
前置用例			
后置用例			
用例执行步骤	1. 选择查询条件；2. 提交查询结果；3. 打印或导出查询结果		
约束条件	按分级管理要求设定查询权限		
备注			

表 5-117 获取产前诊断统计信息

用例名称	获取产前诊断统计信息		用例编号	B0210U06
功能说明	按登记日期、检查项目、诊断结果等方式统计产前诊断统计信息，产生相关的统计报表			
参与者说明	妇幼机构保健医生、管理人员，卫生行政主管部门管理人员			
前置用例				
后置用例				
用例执行步骤	1. 输入统计条件；2. 处理统计数据并显示；3. 打印或导出统计结果			
约束条件	按分级管理要求设定统计权限			
备注				

表 5-118 获取产前诊断预警预报信息

用例名称	获取产前诊断预警预报信息		用例编号	B0210U07
功能说明	对产前诊断结果异常的高发地区和人群给予识别和提醒			
参与者说明	医疗保健机构、产前诊断中心、卫生行政主管部门管理人员			
前置用例				
后置用例				
用例执行步骤	1. 选择预警预报分类；2. 提交预警预报信息			
约束条件	按分级管理要求设定查看权限			
备注				

5.2.2.11 出生缺陷监测

（1）应用出生缺陷监测系统用例图（图 5-24）描述出生缺陷监测系统实现的范围及系统参与者与系统用例间的关系。

报告人员：负责登记出生缺陷儿基本情况、上报出生缺陷儿登记卡，出生缺陷监测系统提供报告人员查询出生缺陷监测信息，并对超期未上报的出生缺陷登记卡，以及被上级驳回的出生缺陷登记卡进行提醒。

审核人员：负责审核出生缺陷儿登记卡、检查重复报告情况，并提供查询出生缺陷儿信息功能。

管理人员：在出生缺陷监测系统中可以获取出生缺陷监测统计信息、查询出生缺陷儿信息以及获取预警预报信息。

（2）表 5-119 至表 5-126 对出生缺陷监测系统用例图中的每个用例进行分析说明。

表 5-119 登记出生缺陷儿基本情况

用例名称	登记出生缺陷儿基本情况		用例编号	B0211U01
功能说明	登记出生缺陷儿基本情况，生成出生缺陷儿底册			
参与者说明	各级妇幼保健机构保健医生、接产单位医生、新生儿访视人员、区域卫生信息平台			
前置用例	获取健康档案信息			
后置用例	推送健康档案信息			
用例执行步骤	1. 获取健康档案信息；2. 登记出生缺陷儿；3. 生成出生缺陷儿底册；4. 更新妇女儿童；5. 更新健康档案信息			
约束条件				
备注				

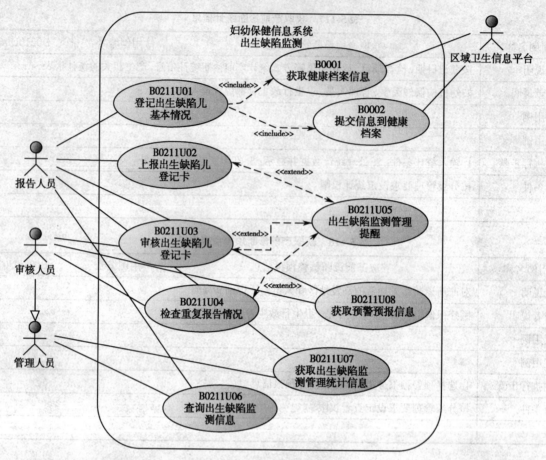

图 5-24　出生缺陷监测系统用例图

表 5-120　上报出生缺陷儿登记卡

用例名称	上报出生缺陷儿登记卡		用例编号	B0211U02
功能说明	逐级上报出生缺陷儿登记卡			
参与者说明	各级妇幼保健机构保健医生、接产单位医生、新生儿访视人员			
前置用例	登记出生缺陷儿基本情况			
后置用例	审核出生缺陷儿登记卡			
用例执行步骤	1. 填报出生缺陷儿登记卡；2. 向上级机构上报出生缺陷儿登记卡			
约束条件				
备注				

表 5-121　审核出生缺陷儿登记卡

用例名称	审核出生缺陷儿登记卡		用例编号	B0211U03
功能说明	上级机构对下级机构上报的出生缺陷儿登记卡进行审核			
参与者说明	各级妇幼保健机构审核人员			
前置用例	上报出生缺陷儿登记卡			
后置用例				
用例执行步骤	1. 获取出生缺陷儿登记卡；2. 审核出生缺陷儿登记卡；3. 登记审核结果；4. 对审核未通过的登记卡予以驳回			
约束条件				
备注				

表 5-122 检查重复报告情况

用例名称	检查重复报告情况	用例编号	B0211U04
功能说明	由系统自动对在案出生缺陷登记卡进行相似度检索判断，显示可疑重复报告列表。对重复出生缺陷登记卡确认后删除		
参与者说明	各级妇幼保健机构审核人员		
前置用例			
后置用例			
用例执行步骤	1. 设置检查重复报告规则；2. 检查重复报告；3. 确认重复报告；4. 删除重复报告		
约束条件			
备注			

表 5-123 出生缺陷监测提醒

用例名称	出生缺陷监测提醒	用例编号	B0211U05
功能说明	对上报出生缺陷儿登记卡、审核出生缺陷儿登记卡、检查重复报告情况等业务进行提醒		
参与者说明	各级妇幼保健机构保健医生、接产单位医生、新生儿访视人员、各级妇幼保健机构审核人员		
前置用例			
后置用例			
用例执行步骤	1. 设置提醒项目和条件；2. 输出提醒信息		
约束条件			
备注			

表 5-124 查询出生缺陷监测信息

用例名称	查询出生缺陷监测信息	用例编号	B0211U06
功能说明	提供出生缺陷登记表、驳回信息、审核信息、修改日志等信息查询		
参与者说明	各级妇幼保健机构保健医生、接产单位医生、新生儿访视人员、各级妇幼保健机构审核人员、各级妇幼保健机构管理人员、各级卫生管理机构管理人员		
前置用例			
后置用例			
用例执行步骤	1. 设置查询条件；2. 输出查询结果		
约束条件	所有操作人员仅能查询授权范围内的信息，涉私的关键信息需特别授权才能查看		
备注	查询结果可导出、打印		

表 5-125 获取出生缺陷监测统计信息

用例名称	获取出生缺陷监测统计信息	用例编号	B0211U07
功能说明	提供出生缺陷不同行政区域或者助产机构分布的汇总分析、不同时间分布的汇总分析、不同人群分布（包括流动人口和非流动人口分布等）的汇总分析等统计报表		
参与者说明	各级妇幼保健机构管理人员、各级卫生管理机构管理人员		
前置用例			
后置用例			
用例执行步骤	1. 设置统计条件；2. 输出统计报表；3. 打印统计报表		
约束条件	所有操作人员仅能统计授权范围内的信息		
备注			

表 5-126　获取预警预报信息

用例名称	获取预警预报信息		用例编号	B0211U08
功能说明	对高发出生缺陷和高发地区进行预警预报			
参与者说明	各级妇幼保健机构管理人员、各级卫生管理机构管理人员			
前置用例				
后置用例				
用例执行步骤	1. 设置预警项目和条件；2. 输出预警预报信息			
约束条件				
备注				

5.2.2.12　孕产妇死亡报告

（1）应用孕产妇死亡报告系统用例图（图 5-25）来描述孕产妇死亡报告系统实现的范围及系统参与者与系统用例间的关系。

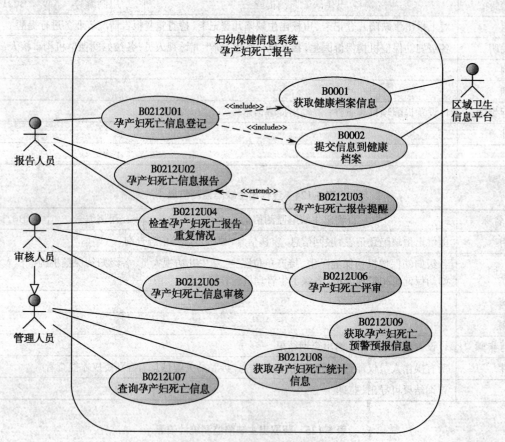

图 5-25　孕产妇死亡报告系统用例图

报告人员：负责登记孕产妇死亡报告卡、上报孕产妇死亡报告卡，报告人员可以查询孕产妇死亡报告卡信息，并对超期未上报的孕产妇死亡报告卡，以及被上级驳回的孕产妇死亡报告卡进行提醒。

审核人员：负责审核孕产妇死亡报告卡，检查重复报告情况，并提供查询孕产妇死亡报告卡信息功能。

管理人员：在孕产妇死亡报告系统中可以获取孕产妇死亡统计信息、查询孕产妇死亡报告卡信息以及获取孕产妇死亡预警预报信息。

区域卫生信息平台：提供健康档案给孕产妇死亡报告系统，并通过系统更新健康档案。

（2）表 5-127 至表 5-135 对孕产妇死亡报告系统用例图中的每个用例进行分析说明。

表 5-127　孕产妇死亡信息登记

用例名称	孕产妇死亡信息登记		用例编号	B0212U01
功能说明	发现孕产妇死亡时，记录孕产妇死亡信息，包括孕产妇基本情况、孕产史、本次妊娠的医疗保健服务情况、死亡原因等			
参与者说明	报告人员			
前置用例	获取健康档案信息			
后置用例	推送健康档案信息；孕产妇死亡信息报告			
用例执行步骤	1.提取健康档案信息；2.提取孕产妇保健管理档案信息；3.登记孕产妇死亡信息；4.更新孕产妇保健管理档案信息；5.推送健康档案信息			
约束条件	从健康档案中获取孕产妇死亡相关信息			
备注				

表 5-128　孕产妇死亡信息报告

用例名称	孕产妇死亡信息报告		用例编号	B0212U02
功能说明	逐级上报孕产妇死亡报告卡			
参与者说明	各级妇幼保健机构保健医生、接产单位医生			
前置用例	孕产妇死亡信息登记			
后置用例	孕产妇死亡信息审核			
用例执行步骤	1.填报孕产妇死亡报告卡；2.向上级机构上报孕产妇死亡报告卡			
约束条件				
备注				

表 5-129　孕产妇死亡报告提醒

用例名称	孕产妇死亡报告提醒		用例编号	B0212U03
功能说明	对孕产妇死亡报告各环节进行提醒，包括未作个案调查、报告卡驳回、待审核等			
参与者说明	医疗保健机构管理人员；卫生行政主管部门管理人员			
前置用例				
后置用例				
用例执行步骤	1.选择提醒分类和提醒条件；2.提交符合条件的提醒一览表；3.对于选中对象提交该对象的详细档案信息			
约束条件	在相关模块实现自动插入显示提醒信息			
备注				

表 5-130　检查孕产妇死亡报告重复情况

用例名称	检查孕产妇死亡报告重复情况		用例编号	B0212U04
功能说明	检查孕产妇死亡报告重复情况			
参与者说明	妇幼机构管理人员；卫生行政主管部门管理人员			
前置用例				
后置用例				
用例执行步骤	1.设置查重条件和范围；2.执行查重；3.提交查重结果，列出可疑对象			
约束条件				
备注				

表 5-131 孕产妇死亡信息审核

用例名称	孕产妇死亡信息审核	用例编号	B0212U05
功能说明	对上报的孕产妇死亡信息进行审核		
参与者说明	各级妇幼机构管理人员；各级卫生行政主管部门管理人员		
前置用例	上报孕产妇死亡报告卡		
后置用例	推送健康档案信息		
用例执行步骤	1. 提取健康档案信息；2. 提取孕产妇保健管理档案信息；3. 提取孕产妇死亡报告卡；4. 登记审核信息；5. 更新孕产妇保健管理档案信息；6. 推送相关信息至健康档案		
约束条件	具备逐级审核与驳回处理机制		
备注			

表 5-132 孕产妇死亡评审

用例名称	孕产妇死亡评审	用例编号	B0212U06
功能说明	登记各级医疗保健机构对孕产妇死亡的评审信息		
参与者说明	医疗保健机构管理人员；卫生行政主管部门管理人员		
前置用例			
后置用例			
用例执行步骤	1. 提取孕产妇死亡报告卡；2. 报取孕产妇死亡个案调查报告；3. 登记评审意见和结论		
约束条件			
备注			

表 5-133 查询孕产妇死亡信息

用例名称	查询孕产妇死亡信息	用例编号	B0212U07
功能说明	以各种组合条件查询孕产妇死亡报告卡		
参与者说明	医疗保健机构管理人员；卫生主管部门管理人员		
前置用例			
后置用例			
用例执行步骤	1. 选择查询条件；2. 提交查询结果；3. 打印或导出查询结果		
约束条件	按分级管理要求设定查询权限		
备注			

表 5-134 获取孕产妇死亡统计信息

用例名称	获取孕产妇死亡统计信息	用例编号	B0212U08
功能说明	按登记日期、死亡因素、死亡区域等方式统计孕产妇死亡统计信息,产生相关的统计报表		
参与者说明	医疗保健机构管理人员；卫生主管部门管理人员		
前置用例			
后置用例			
用例执行步骤	1. 输入统计条件；2. 处理统计数据并显示；3. 打印或导出统计结果		
约束条件	按分级管理要求设定统计权限		
备注			

表 5-135　获取孕产妇死亡预警预报信息

用例名称	获取孕产妇死亡预警预报信息	用例编号	B0212U09
功能说明	对孕产妇死亡高发地区、人群、因素给予识别,并以图表形式加以报告		
参与者说明	医疗保健机构管理人员;卫生行政主管部门管理人员		
前置用例			
后置用例			
用例执行步骤	1.选择预警预报分类; 2.提交预警预报信息		
约束条件	按分级管理要求设定查看权限		
备注			

5.2.2.13　青春期保健服务

由于青春期保健服务在《健康档案基本架构与数据标准(试行)》尚未包含,还没有确定其标准化的数据标准与服务表单,故目前仅在第三章对基本业务和功能进行描述,而对其功能模型暂不展开描述,待今后与数据标准同步修订补充。

5.2.2.14　孕前保健服务

由于孕前保健服务在《健康档案基本架构与数据标准(试行)》尚未包含,还没有确定其标准化的数据标准与服务表单,故目前仅在第三章对基本业务和功能进行描述,而对其功能模型暂不展开描述,待今后与数据标准同步修订补充。

5.2.2.15　更老年期保健服务

由于更、老年期保健服务管理在《健康档案基本架构与数据标准(试行)》尚未包含,还没有确定其标准化的数据标准与服务表单,故目前仅在第三章对基本业务和功能进行描述,而对其功能模型暂不展开描述,待今后与数据标准同步修订补充。

5.2.3　妇幼卫生管理

依前 3.1.2.3 所述,本处只阐述妇幼保健监督执法的部分内容。

5.2.3.1　妇幼保健执业资质管理

(1) 应用妇幼保健执业资质管理系统用例图(图 5-26)来描述妇幼保健执业资质管理系统实现的范围及系统参与者与系统用例间的关系。

妇幼保健机构执业资质管理人员:负责保健许可证档案管理、母婴保健技术考核合格证档案管理、村级妇幼人员资质档案管理、个人复训与考核记录、个人不良职业记录等管理,并获取执业资质管理统计信息。

乡镇卫生院执业资质管理人员:负责村级妇幼人员资质档案管理、个人复训与考核记录、个人不良职业记录等管理,并获取执业资质管理统计信息。

卫生行政管理机构执业资质管理人员:负责保健许可证档案管理、母婴保健技术考核合格证档案管理、村级妇幼人员资质档案管理、个人复训与考核记录、个人不良职业记录等管理,并获取执业资质管理统计信息。

(2) 表 5-136 至表 5-141 对妇幼保健执业资质管理系统用例图中的每个用例进行分析说明。

5.2.3.2　《出生医学证明》证件管理

《出生医学证明》证件管理主要包括《出生医学证明》档案管理、空白《出生医学证明》管理、《出生医学证明》废证管理、《出生医学证明》质量管理、《出生医学证明》真伪鉴定、《出生医学证明》订单管理、《出生医学证明》综合查询统计。以下分别给出用例分析。

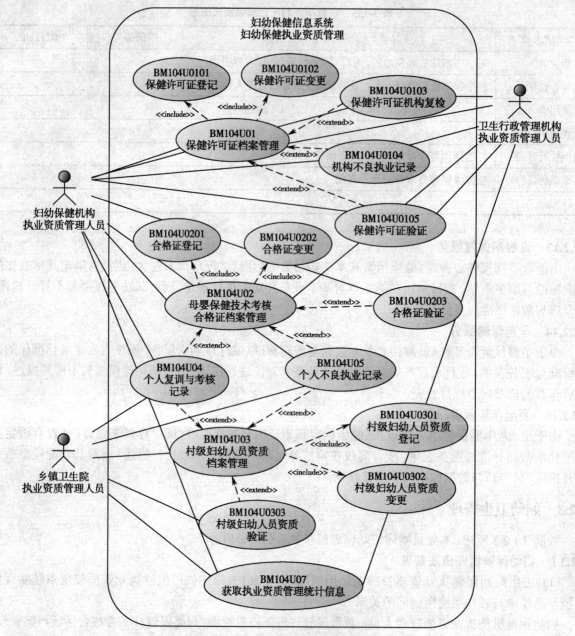

图 5-26 妇幼保健执业资质管理用例图

表 5-136 保健许可证档案管理

用例名称	保健许可证档案管理		用例编号	BM104U01
功能说明	对本区域内的保健许可证档案进行管理			
参与者说明	妇幼保健机构执业资质管理人员、卫生行政管理机构执业资质管理人员			
前置用例				
后置用例				
用例执行步骤	1. 保健许可证登记；2. 保健许可证变更；3. 保健许可证机构复检；4. 机构不良执业记录；5. 保健许可证验证			
约束条件				
备注				

表 5-137 母婴保健技术考核合格证档案管理

用例名称	母婴保健技术考核合格证档案管理	用例编号	BM104U02
功能说明	对本区域内的母婴保健技术考核合格证档案进行管理		
参与者说明	妇幼保健机构执业资质管理人员、卫生行政管理机构执业资质管理人员		
前置用例			
后置用例			
用例执行步骤	1. 合格证登记；2. 合格证变更；3. 合格证验证		
约束条件			
备注			

表 5-138 村级妇幼人员资质档案管理

用例名称	村级妇幼人员资质档案管理	用例编号	BM104U03
功能说明	对本区域内的村级妇幼人员资质档案进行管理		
参与者说明	妇幼保健机构执业资质管理人员、卫生行政管理机构执业资质管理人员、乡镇卫生院执业资质管理人员		
前置用例			
后置用例			
用例执行步骤	1. 村级妇幼人员资质登记；2. 村级妇幼人员资质变更；3. 村级妇幼人员资质验证		
约束条件			
备注			

表 5-139 个人复训与考核记录

用例名称	个人复训与考核记录	用例编号	BM104U04
功能说明	对本区域内的个人复训与考核情况进行登记管理		
参与者说明	妇幼保健机构执业资质管理人员、卫生行政管理机构执业资质管理人员、乡镇卫生院执业资质管理人员		
前置用例			
后置用例			
用例执行步骤	个人复训与考核记录管理		
约束条件			
备注			

表 5-140 个人不良执业记录

用例名称	个人不良执业记录	用例编号	BM104U05
功能说明	对本区域内的个人不良执业记录进行登记管理		
参与者说明	妇幼保健机构执业资质管理人员、卫生行政管理机构执业资质管理人员、乡镇卫生院执业资质管理人员		
前置用例			
后置用例			
用例执行步骤	个人不良执业记录管理		
约束条件			
备注			

表 5-141 获取执业资质管理统计信息

用例名称	获取执业资质管理统计信息		用例编号	BM104U07
功能说明	获取执业资质管理统计信息			
参与者说明	妇幼保健机构执业资质管理人员、卫生行政管理机构执业资质管理人员、乡镇卫生院执业资质管理人员			
前置用例				
后置用例				
用例执行步骤	获取执业资质管理统计信息			
约束条件				
备注				

（1）《出生医学证明》档案管理：应用《出生医学证明》空白证管理系统用例图（图 5-27）来描述《出生医学证明》空白证管理系统实现的范围及系统参与者与系统用例间的关系。

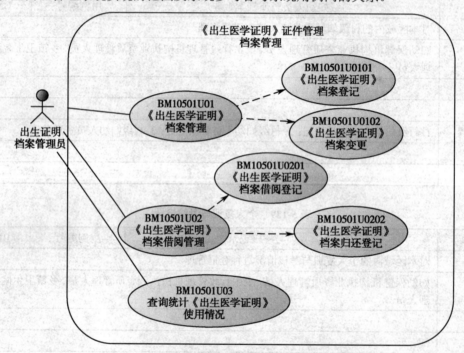

图 5-27 《出生医学证明》档案管理用例图

《出生医学证明》档案管理员：负责《出生医学证明》档案管理、档案借阅管理，并查询统计《出生医学证明》使用情况。

《出生医学证明》管理人员：负责《出生医学证明》档案销毁的审批。

表 5-142 至表 5-144 对《出生医学证明》档案管理系统用例图中的每个用例进行分析说明。

表 5-142 《出生医学证明》档案管理

用例名称	《出生医学证明》档案管理		用例编号	BM10501U01
功能说明	对《出生医学证明》的档案进行管理			
参与者说明	《出生医学证明》档案管理员			
前置用例				
后置用例				
用例执行步骤	1. 档案登记；2. 档案变更			
约束条件				
备注				

表 5-143 《出生医学证明》档案借阅管理

用例名称	《出生医学证明》档案借阅管理	用例编号	BM10501U02
功能说明	对《出生医学证明》的档案借阅进行管理		
参与者说明	《出生医学证明》档案管理员		
前置用例			
后置用例			
用例执行步骤	1. 档案借阅登记；2. 档案归还登记		
约束条件			
备注			

表 5-144 查询统计《出生医学证明》使用情况

用例名称	查询统计《出生医学证明》使用情况	用例编号	BM10501U03
功能说明	查询统计《出生医学证明》使用情况		
参与者说明	《出生医学证明》档案管理员		
前置用例			
后置用例			
用例执行步骤	查询统计《出生医学证明》使用情况		
约束条件			
备注			

（2）《出生医学证明》空白证管理

1）应用《出生医学证明》证件管理系统用例图（图 5-28）来描述《出生医学证明》证件管理系统实现的范围及系统参与者与系统用例间的关系。

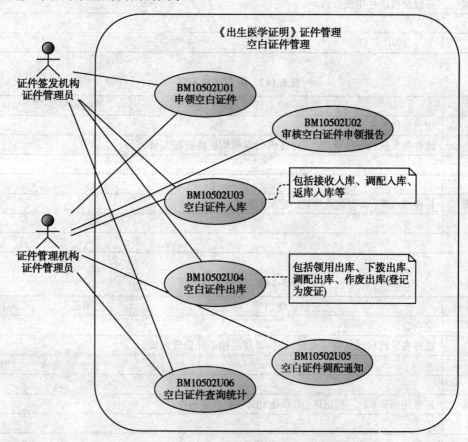

图 5-28 《出生医学证明》空白证管理用例图

175

证件签发机构证件管理人员：负责申领空白证件、空白证件入库、空白证件出库、空白证件查询统计等管理。

证件管理机构证件管理人员：负责申领空白证件、审核空白证件申领报告、空白证件入库、空白证件出库、空白证件调配通知、空白证件查询统计等管理。

2）表5-145至表5-150对《出生医学证明》空白证件管理系统用例图中的每个用例进行分析说明：

表5-145　申领空白证件

用例名称	申领空白证件	用例编号	BM10502U01
功能说明	申领空白证件		
参与者说明	证件签发机构证件管理人员、证件管理机构证件管理人员		
前置用例			
后置用例			
用例执行步骤	申领空白证件		
约束条件			
备注			

表5-146　审核空白证件申领报告

用例名称	审核空白证件申领报告	用例编号	BM10502U02
功能说明	审核空白证件申领报告		
参与者说明	证件管理机构证件管理人员		
前置用例			
后置用例			
用例执行步骤	审核空白证件申领报告		
约束条件			
备注			

表5-147　空白证件入库

用例名称	空白证件入库	用例编号	BM10502U03
功能说明	空白证件入库管理		
参与者说明	证件签发机构证件管理人员、证件管理机构证件管理人员		
前置用例			
后置用例			
用例执行步骤	1. 接收入库；2. 调配入库；3. 返库入库等		
约束条件			
备注			

表5-148　空白证件出库

用例名称	空白证件出库	用例编号	BM10502U04
功能说明	空白证件出库管理		
参与者说明	证件签发机构证件管理人员、证件管理机构证件管理人员		
前置用例			
后置用例			
用例执行步骤	1. 领用出库；2. 下拨出库；3. 调配出库；4. 作废出库		
约束条件			
备注			

表 5-149 空白证件调配通知

用例名称	空白证件调配通知	用例编号	BM10502U05
功能说明	空白证件调配通知		
参与者说明	证件管理机构证件管理人员		
前置用例			
后置用例			
用例执行步骤	空白证件调配通知		
约束条件			
备注			

表 5-150 空白证件查询统计

用例名称	空白证件查询统计	用例编号	BM10502U06
功能说明	空白证件查询统计		
参与者说明	证件签发机构证件管理人员、证件管理机构证件管理人员		
前置用例			
后置用例			
用例执行步骤	空白证件查询统计		
约束条件			
备注			

（3）《出生医学证明》废证管理

1）应用《出生医学证明》废证管理系统用例图（图 5-29）来描述《出生医学证明》废证管理系统实现的范围及系统参与者与系统用例间的关系。

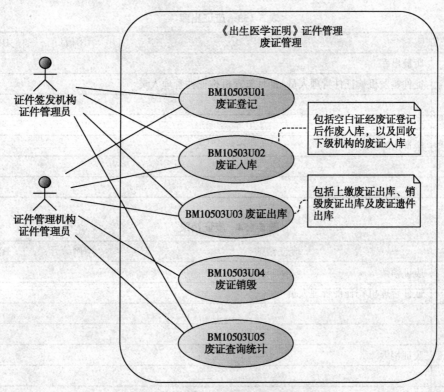

图 5-29 《出生医学证明》废证管理用例图

证件签发机构证件管理人员：负责废证登记、废证入库、废证出库、废证查询统计。

证件管理机构证件管理人员：负责废证登记、废证入库、废证出库、废证销毁、废证查询统计等。

2）表 5-151 至表 5-155 对《出生医学证明》废证管理系统用例图中的每个用例进行分析说明。

表 5-151 废证登记

用例名称	废证登记	用例编号	BM10503U01
功能说明	废证登记		
参与者说明	证件签发机构证件管理人员、证件管理机构证件管理人员		
前置用例			
后置用例			
用例执行步骤	废证登记		
约束条件			
备注			

表 5-152 废证入库

用例名称	废证入库	用例编号	BM10503U02
功能说明	废证入库		
参与者说明	证件签发机构证件管理人员、证件管理机构证件管理人员		
前置用例			
后置用例			
用例执行步骤	废证入库		
约束条件			
备注			

表 5-153 废证出库

用例名称	废证出库	用例编号	BM10503U03
功能说明	废证出库		
参与者说明	证件签发机构证件管理人员、证件管理机构证件管理人员		
前置用例			
后置用例			
用例执行步骤	废证出库		
约束条件			
备注			

表 5-154 废证销毁

用例名称	废证销毁	用例编号	BM10503U04
功能说明	废证销毁		
参与者说明	证件管理机构证件管理人员		
前置用例			
后置用例			
用例执行步骤	废证销毁		
约束条件			
备注			

表 5-155　废证查询统计

用例名称	废证查询统计	用例编号	BM10503U05
功能说明	废证查询统计		
参与者说明	证件签发机构证件管理人员、证件管理机构证件管理人员		
前置用例			
后置用例			
用例执行步骤	废证查询统计		
约束条件			
备注			

（4）《出生医学证明》质量管理

1）应用《出生医学证明》质量管理系统用例图（图 5-30）来描述《出生医学证明》质量管理系统实现的范围及系统参与者与系统用例间的关系。

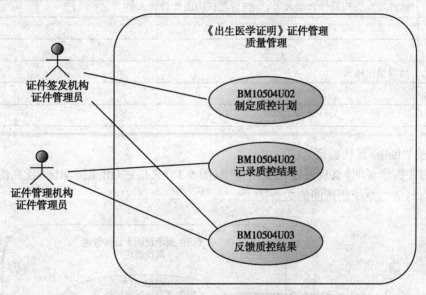

图 5-30　《出生医学证明》质量管理用例图

证件签发机构证件管理人员：负责制定质控计划、反馈质控结果。

证件管理机构证件管理人员：负责记录质控结果、反馈质控结果。

2）表 5-156 至表 5-158 对《出生医学证明》质量管理系统用例图中的每个用例进行分析说明。

表 5-156　制定质控计划

用例名称	制定质控计划	用例编号	BM10504U01
功能说明	制定质控计划		
参与者说明	证件签发机构证件管理人员		
前置用例			
后置用例			
用例执行步骤	制定质控计划		
约束条件			
备注			

表 5-157 记录质控结果

用例名称	记录质控结果	用例编号	BM10504U02
功能说明	记录质控结果		
参与者说明	证件管理机构证件管理人员		
前置用例			
后置用例			
用例执行步骤	记录质控结果		
约束条件			
备注			

表 5-158 反馈质控结果

用例名称	反馈质控结果	用例编号	BM10504U03
功能说明	反馈质控结果		
参与者说明	证件签发机构证件管理人员、证件管理机构证件管理人员		
前置用例			
后置用例			
用例执行步骤	反馈质控结果		
约束条件			
备注			

(5)《出生医学证明》真伪鉴定

1)应用《出生医学证明》真伪鉴定系统用例图(图 5-31)来描述《出生医学证明》真伪鉴定系统实现的范围及系统参与者与系统用例间的关系。

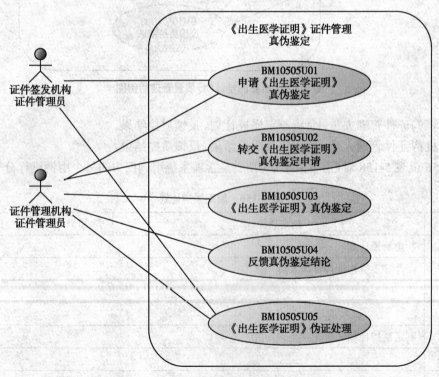

图 5-31 《出生医学证明》真伪鉴定用例图

证件签发机构证件管理人员：负责申请《出生医学证明》真伪鉴定。

证件管理机构证件管理人员：负责申请《出生医学证明》真伪鉴定、转交真伪鉴定申请、真伪鉴定、反馈真伪鉴定结论。

2) 表5-159 至表5-163 对《出生医学证明》真伪鉴定管理系统用例图中的每个用例进行分析说明。

表 5-159　申请《出生医学证明》真伪鉴定

用例名称	申请《出生医学证明》真伪鉴定	用例编号	BM10505U01
功能说明	申请《出生医学证明》真伪鉴定		
参与者说明	证件签发机构证件管理人员、证件管理机构证件管理人员		
前置用例			
后置用例			
用例执行步骤	申请《出生医学证明》真伪鉴定		
约束条件			
备注			

表 5-160　转交《出生医学证明》真伪鉴定申请

用例名称	转交《出生医学证明》真伪鉴定申请	用例编号	BM10505U02
功能说明	转交《出生医学证明》真伪鉴定申请		
参与者说明	证件管理机构证件管理人员		
前置用例			
后置用例			
用例执行步骤	转交《出生医学证明》真伪鉴定申请		
约束条件			
备注			

表 5-161　《出生医学证明》真伪鉴定

用例名称	《出生医学证明》真伪鉴定	用例编号	BM10505U03
功能说明	《出生医学证明》真伪鉴定		
参与者说明	证件管理机构证件管理人员		
前置用例			
后置用例			
用例执行步骤	《出生医学证明》真伪鉴定		
约束条件			
备注			

表 5-162　反馈真伪鉴定结论

用例名称	反馈真伪鉴定结论	用例编号	BM10505U04
功能说明	反馈真伪鉴定结论		
参与者说明	证件管理机构证件管理人员		
前置用例			
后置用例			
用例执行步骤	反馈真伪鉴定结论		
约束条件			
备注			

表 5-163　《出生医学证明》伪证处理

用例名称	《出生医学证明》伪证处理		用例编号	BM10505U05
功能说明	《出生医学证明》伪证处理			
参与者说明	证件管理机构证件管理人员			
前置用例				
后置用例				
用例执行步骤	《出生医学证明》伪证处理			
约束条件				
备注				

（6）《出生医学证明》综合查询统计

1）应用《出生医学证明》综合查询统计系统用例图（图 5-32）来描述《出生医学证明》综合查询统计系统实现的范围及系统参与者与系统用例间的关系。

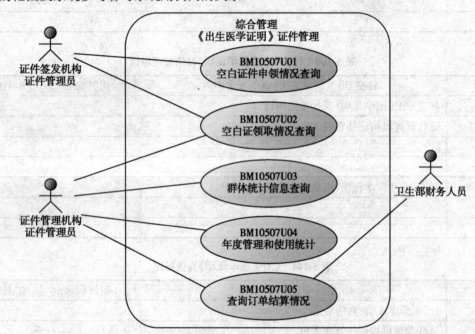

图 5-32　《出生医学证明》综合查询统计例图

证件签发机构证件管理人员：负责空白证件申领情况查询、空白证件领取情况查询。

证件管理机构证件管理人员：负责空白证件领取情况查询、群体统计信息查询、年度管理和使用统计、查询订单结算情况。

卫生部财务管理人员：查询订单结算情况。

2）表 5-164 至表 5-168 对《出生医学证明》综合查询统计系统用例图中的每个用例进行分析说明。

表 5-164　空白证件申领情况查询

用例名称	空白证件申领情况查询		用例编号	BM10507U01
功能说明	空白证件申领情况查询			
参与者说明	证件签发机构证件管理人员			
前置用例				
后置用例				
用例执行步骤	空白证件申领情况查询			
约束条件				
备注				

表 5-165　空白证件领取情况查询

用例名称	空白证件领取情况查询	用例编号	BM10507U02
功能说明	空白证件领取情况查询		
参与者说明	证件签发机构证件管理人员、证件管理机构证件管理人员		
前置用例			
后置用例			
用例执行步骤	空白证件领取情况查询		
约束条件			
备注			

表 5-166　群体统计信息查询

用例名称	群体统计信息查询	用例编号	BM10507U03
功能说明	群体统计信息查询		
参与者说明	证件管理机构证件管理人员		
前置用例			
后置用例			
用例执行步骤	群体统计信息查询		
约束条件			
备注			

表 5-167　年度管理和使用统计

用例名称	年度管理和使用统计	用例编号	BM10507U04
功能说明	年度管理和使用统计		
参与者说明	证件管理机构证件管理人员		
前置用例			
后置用例			
用例执行步骤	年度管理和使用统计		
约束条件			
备注			

表 5-168　查询订单结算情况

用例名称	查询订单结算情况	用例编号	BM10507U05
功能说明	查询订单结算情况		
参与者说明	证件管理机构证件管理人员		
前置用例			
后置用例			
用例执行步骤	查询订单结算情况		
约束条件			
备注			

第6章

信 息 模 型

6.1 信息模型总体设计

6.1.1 信息模型的意义

妇幼保健信息系统,首先是一个以信息技术为主导、以妇幼保健业务为目标的辅助管理系统。信息系统基本建设任务之一是建立统一的信息环境,服务于妇幼保健领域及其与其他卫生领域相关联的各级数据中心和信息资源库的数据存储、交换与同步。这一基本任务的重要实施途径是建立一致的交换标准,提供给信息系统开发商、妇幼保健机构、卫生行政管理机构以及各级医院等机构。这些标准将规范各种信息系统之间的数据交换形式,使得数据在妇幼保健信息系统内部以及与其他机构的卫生信息系统中共享与互通时保持有效,并为诸如电子病历、社区卫生服务、疾病控制、决策支持系统等高级应用提供基础支持。

信息模型是对信息交换内容、格式、交互顺序、交互参与角色的抽象描述。使开发者与业务人员对信息的交互过程与交互形式有共同的理解,在这基础上构建无歧义的信息系统。

在妇幼保健信息系统内部,一般本着统一规划与设计以及开发简单与高效的原则采用统一技术与平台的构建方式,信息的交换通过内部对象进行传递,无须进行协议的转换。在这种具有同构的环境内部,采用 UML 的方法可以对其作完全描述。

而在妇幼保健信息系统与其他信息系统的应用之间,需要通过基于健康档案的互联互通。这种互联互通机制是建立在统一的交换标准的基础上的。妇幼保健信息系统通过符合 HL7 的信息标准与健康档案进行通信,进而与接入健康档案的其他信息系统实现语义上的互联互通。

通过应用面向对象、面向服务的信息开发方法论,采用 UML 的建模工具,应用 HL7 的医学信息学指导思想,采用 HL7 的开发框架指导信息开发,建立信息模型,其目的在于无论在妇幼信息系统内部,还是妇幼信息系统与健康档案之间的交互信息,都建立在统一的指导思想下,规范信息格式、信息内容与交互方式、交互行为,真正实现语义上的互联互通,同时又经济实效。

6.1.2 信息模型的表示方法

信息在表现形式上包括信息的结构与内容、信息的交互顺序与步骤。前者表现为信息的静态结构,后者则表现为信息的动态行为。

在具有相同技术环境的内部应用中,信息通过对象包装相互交换。其信息的结构模型(静态)及行为模型(动态)行为分别通过 UML 的类图及顺序图来表示:

6.1.2.1 类图

类是对象的抽象形式。一个类包括类名、属性与方法(操作)。属性包括属性名称、属性的数据类型、可见性定义；方法包括方法名称、传输参数、返回参数、参数的数据类型、方法的可见性等定义。图6-1 是类的示例。

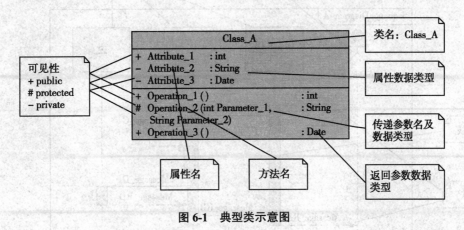

图 6-1 典型类示意图

类与类之间通过各种关联表示相互间的关系，见图 6-2。

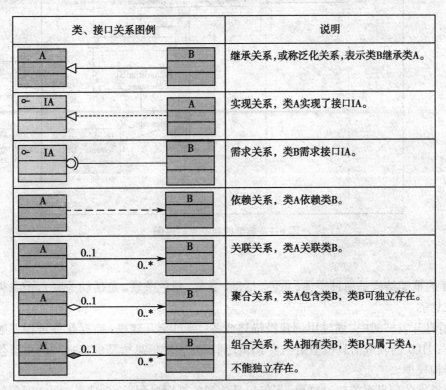

类、接口关系图例	说明
A ◁─── B	继承关系，或称泛化关系，表示类B继承类A。
IA ◁┈┈ A	实现关系，类A实现了接口IA。
IA ──○ B	需求关系，类B需求接口IA。
A ┈┈> B	依赖关系，类A依赖类B。
A 0..1 ──── B 0..*	关联关系，类A关联类B。
A 0..1 ◇──── B 0..*	聚合关系，类A包含类B，类B可独立存在。
A 0..1 ◆──── B 0..*	组合关系，类A拥有类B，类B只属于类A，不能独立存在。

图 6-2 类间的关联关系图例

6.1.2.2 时序图

在表现信息的动态行为时序图中：通过角色、对象参与信息的交互。消息在角色及对象的延长线上传递。下图表示典型的角色 Actor_A 与 Object_UI、A、B 对象之间的消息交互顺序。图中应用了条件交互片段及交互引用。当条件 IsConditionA 为真时、或当条件 IsConditionB 为真时分别执行相对应的交互片段，见图 6-3。

6.1.2.3 HL7 在交互信息模型的应用

基于区域卫生信息平台的妇幼保健信息系统与平台中健康档案间交互的信息模型采用 HL7 RIM 以及 HL7 开发框架（HDF）来建立。

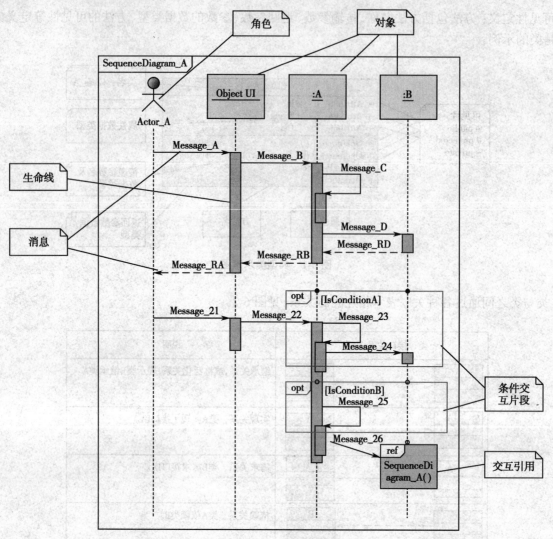

图 6-3　典型信息交互时序图

HL7 RIM 的框架结构是通过实体、角色、活动、参与、角色关联、及活动关联六个主类以及它们之间的关系来表达的。

在 HL7 消息开发框架中，通过用例建模描述业务；通过交互建模，捕捉业务过程在触发事件下的动态信息过程；HL7 的领域信息模型衍生自 RIM，通过对领域信息模型的选择与约束产生精化的信息模型及层次结构模型。

基于健康档案的信息系统建设过程，不仅仅是信息的开发过程，面向服务、面向对象的开发过程与信息的开发过程是一致的。HDF 的信息开发框架所指明的开发过程，很大一部分与整个信息系统开发过程相重叠。在整个信息系统的开发过程中，我们已阐述了用例分析、业务活动的交互的开发，及妇幼保健信息系统与健康档案的交互信息的开发。

HL7 V3.0 通用域，已经给出了一系列通用的 R-MIM 模型，以适应具有相同或类似场景的信息交互。通过与妇幼保健业务活动及其所产生数据项数据元、数据集的比照，选择具体的 R-MIM 模型。

图 6-4 是典型的 R-MIM 模型示意图：

信息由 EntryPoint1 点所指的 Act1 触发。Act1 是 Act1 的活动记录，Act1 通过 component 实现递归包含；Act1 包含组件 Act2；Act1 的参与者有 Role1；Role1 是由 Entity1 扮演的；Entity2 规定了 Role1 的范围；Role1 与 Role2 之间通过 REPL 相关。

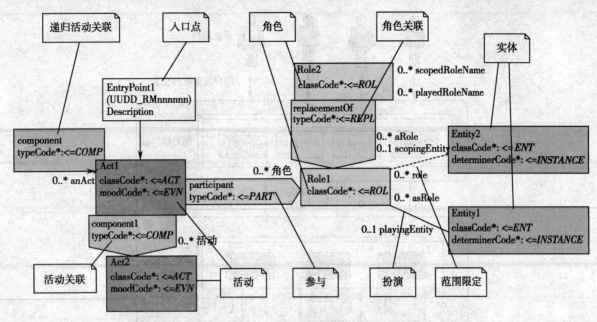

图 6-4 典型 R-MIM 示意图

6.2 信息模型

对于妇幼保健信息系统，最高层的信息交互发生在参与者与信息系统之间，并通过信息系统的用户接口 UI 与之交互。在基于三层结构模型或基于 MVC 模型建立的信息系统中，UI（或视图组件）进一步与业务逻辑组件（或控制组件及模型组件）进行交互。通过用户与系统用户接口的交互、用户接口与业务逻辑组件的交互，规范妇幼保健信息系统内部信息交互行为，建立规范的信息单元（对象或服务），并一致化地构建信息的交互行为。

本方案推荐采用 MVC 模式开发基于区域卫生信息平台的信息系统，但为了满足其他架构的需求，并不刻意针对 MVC 模式给出信息模式。图 6-5 给出三层结构模型的信息传输示意。

6.2.1 儿童保健服务

6.2.1.1 《出生医学证明》签发

静态模型

使用图 6-6 类图为《出生医学证明》管理系统的静态视图建模，给出《出生医学证明》管理系统中涉及的实体类、业务类以及之间的协作关系。其中实体类包括出生医学证明登记、出生医学证明首次签发、补发和换发和机构外出生的签发记录；业务类包括登记出生医学信息业务、首次签发、补发、换发、机构外出生的签发出生医学证明业务、出生医学证明提醒业务、《出生医学证明》签发查询业务、《出生医学证明》签发统计业务、《出生医学证明》签发公共业务。

其中签发《出生医学证明》业务、登记出生医学信息业务以及《出生医学证明》签发接口都继承了《出生医学证明》签发公共业务。业务类《出生医学证明》管理系统接口中的方法是对与区域卫生信息平台或其他系统的交互活动。

《出生医学证明》管理业务类依赖于相应的实体类，如签发《出生医学证明》业务类，依赖于空白《出生医学证明》、《出生医学证明》签发记录、出生医学信息记录实体类，表示签发出生医学证明业务类中的方法是对这三个实体类进行操作的。

动态模型

通过交互模型，展示信息在登记出生医学信息业务、签发出生医学证明业务、出生医学证明提醒业

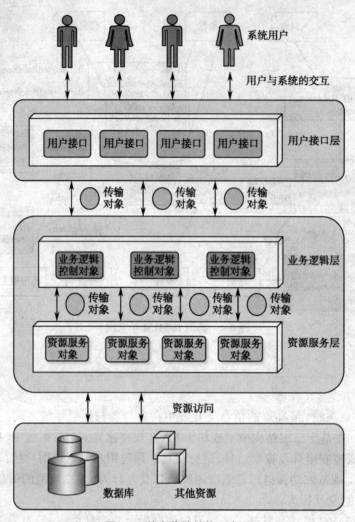

图 6-5　信息传输结构示意图

务、《出生医学证明》签发查询业务、《出生医学证明》签发统计业务对象之间的传递。

我们以动态时序图（图 6-7）来表示《出生医学证明》管理的动态模型：

图 6-7 登记出生医学信息时序图，描述了证件签发人员在登记出生医学信息时与出生医学信息登记界面对象、登记出生医学信息业务对象以及《出生医学证明》签发接口对象间的交互活动及行为顺序。

图 6-7 中，证件签发人员打开出生医学证明信息登记界面，界面类向登记出生医学信息业务类获取出生医学信息，若已建立出生医学信息，证件签收人员选择修改活动，并通过界面类获取业务类的更新出生医学信息方法，业务类负责调用接口类的方法更新出生医学信息到区域卫生信息平台。若未建立出生医学信息，业务类向《出生医学证明》签发接口类获取健康档案，并返回到界面，进行界面初始化，证件签发人员填写并提交出生医学信息，界面层向业务类获取新增出生医学信息的方法，并更新出生医学信息到区域卫生信息平台。

图 6-8《出生医学证明》签发时序图，展现了证件签发人员在签发（换发或补发）过程中与签发出生医学证明界面对象、签发出生医学证明业务对象以及《出生医学证明》签发接口对象间的交互协作。其中证件签发人员可以选择签发、换发或补发行为，并将签发、换发、补发信息更新到区域卫生信息平台。

6.2.1.2　新生儿访视

静态模型

新生儿访视系统中涉及的实体类、业务类以及二者之间的协作关系，通过图 6-9 新生儿访视类图来表现。

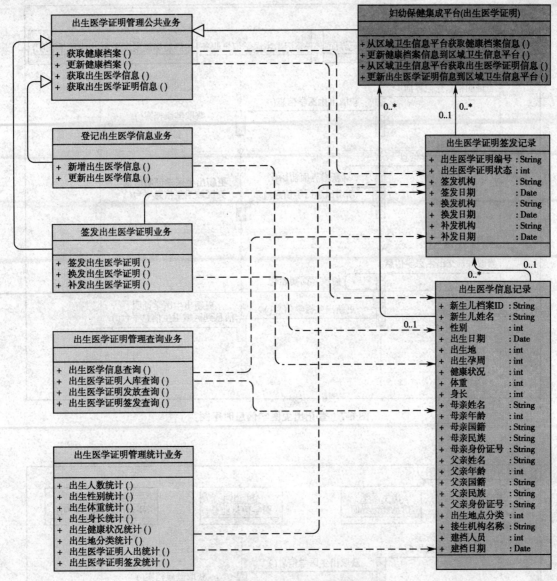

图 6-6 《出生医学证明》管理类图

图 6-9 中实体类包括：新生儿访视档案、新生儿访视记录以及新生儿访视小结；业务类包括：建立新生儿访视业务、新生儿访视公共业务、新生儿首次体检业务、新生儿访视业务、新生儿访视小结业务、新生儿访视提醒业务、新生儿访视查询业务、新生儿访视统计业务和新生儿访视接口。

其中建立新生儿访视业务、新生儿首次体检业务、新生儿访视业务、新生儿访视小结业务以及新生儿访视接口类都继承了新生儿访视公共业务类。

动态模型

为了展示信息在建立新生儿访视业务、新生儿首次体检业务、建立新生儿访视业务、新生儿访视小结业务、新生儿访视提醒业务、新生儿访视查询业务、新生儿访视统计业务以及新生儿访视接口对象间的传递，我们以动态时序图 6-10 来表示。

图 6-10 新生儿访视建档时序图，描绘了为完成建立新生儿访视档案活动，建档人员与新生儿访视建档界面、建档业务类以及新生儿访视接口类间消息传递的顺序及方式。建档人员填写并提交新生儿访视档案信息到界面类，由界面类向建立新生儿访视业务类获取新增或修改新生儿访视档案方法，建立新生儿访视业务类向新生儿访视接口类获取推送到区域卫生信息平台的方法。

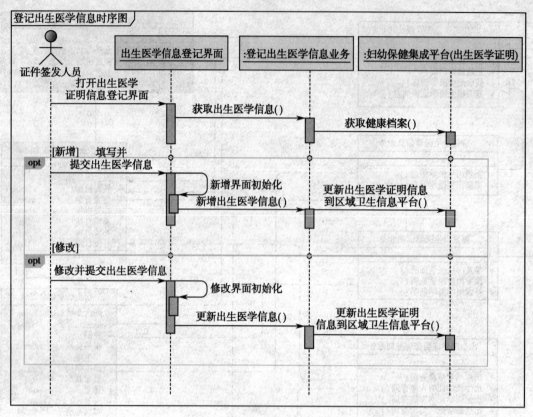

图 6-7 登记出生医学信息时序图

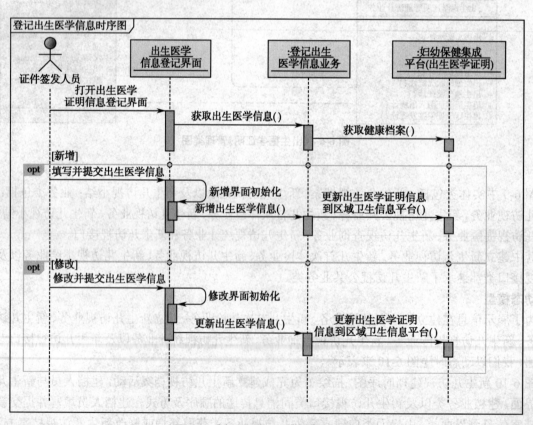

图 6-8 《出生医学证明》签发时序图

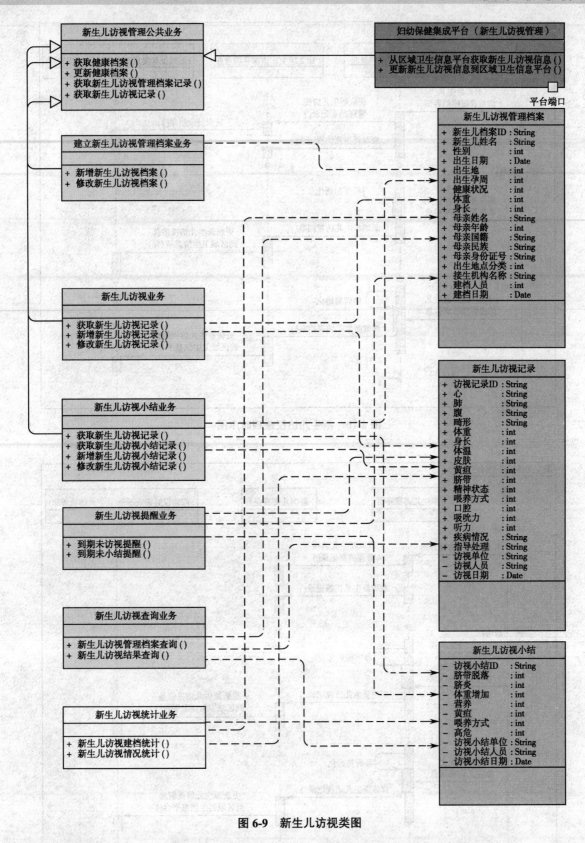

图 6-9　新生儿访视类图

图 6-11 新生儿访视登记时序图,展现了访视人员在登记新生儿访视记录时与新生儿访视界面对象、新生儿访视业务对象以及新生儿访视接口对象间的交互活动及行为顺序。

图 6-11 中,访视人员打开新生儿访视登记界面,界面类向新生儿访视业务类获取新生儿访视档案

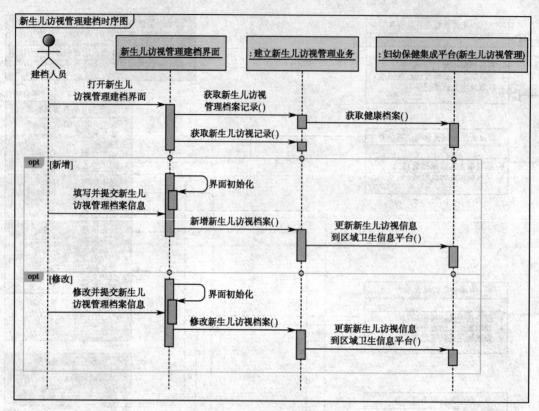

图 6-10　新生儿访视建档时序图

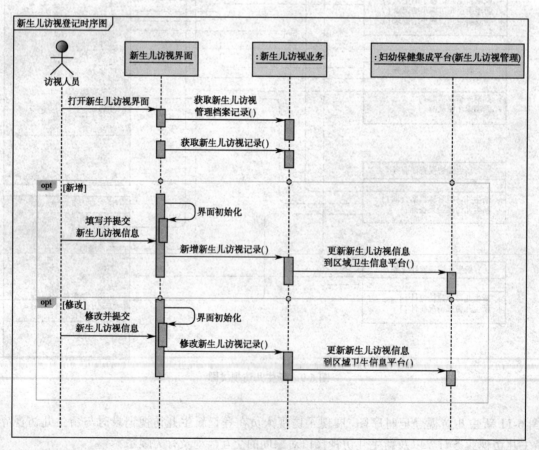

图 6-11　新生儿访视登记时序图

及新生儿访视记录,访视人员可以选择新增或修改新生儿访视信息,提交到界面,通过界面层向新生儿访视业务获取新增或修改新生儿访视记录的方法,并向新生儿访视接口类获取更新新生儿访视信息到区域卫生信息平台方法。

图 6-12 新生儿访视小结时序图,说明了访视人员在登记新生儿访视小结时与新生儿访视小结界面、访视小结业务以及访视管理接口对象间消息传递的视图。

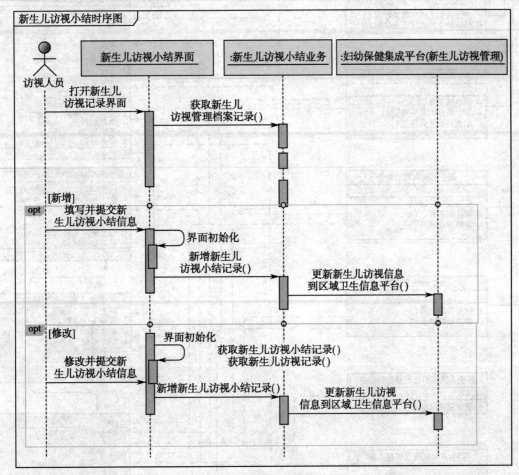

图 6-12　新生儿访视小结时序图

访视人员根据获取的新生儿访视档案、新生儿访视记录情况,向新生儿访视登记界面提交访视小结信息,界面对象向新生儿访视小结业务类获取新增或修改访视小结信息的方法,新生儿访视小结业务向新生儿访视接口类获取更新新生儿访视信息到区域卫生信息平台及获取健康档案的方法。

6.2.1.3　新生儿疾病筛查

静态模型

使用图 6-13 类图为新生儿疾病筛查系统的静态视图建模,给出新生儿疾病筛查系统中涉及的实体类、业务类以及之间的协作关系。其中实体类包括:新生儿疾病筛查档案、新生儿疾病筛查标本管理记录、新生儿疾病筛查标本、新生儿疾病筛查实验结果、新生儿疾病筛查诊断以及新生儿疾病筛查阳性随访;业务类包括:新生儿疾病查询管理公共业务、新生儿疾病筛查建档业务、新生儿疾病筛查标本采集业务、新生儿疾病筛查业务、新生儿疾病筛查诊断业务、新生儿疾病筛查阳性随访业务、新生儿疾病筛查提醒业务、新生儿疾病筛查查询业务、新生儿疾病筛查统计业务以及新生儿疾病筛查接口。

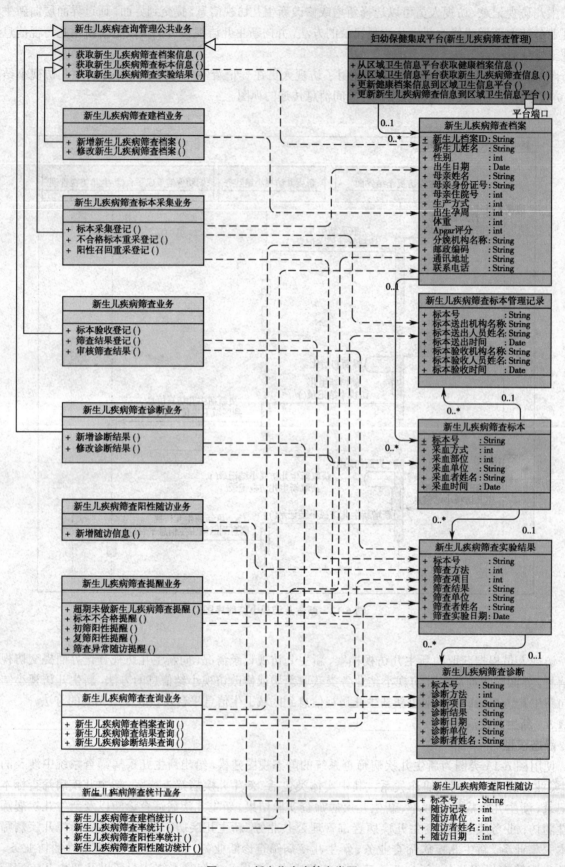

图 6-13 新生儿疾病筛查类图

　　其中新生儿疾病筛查档案业务、新生儿疾病筛查标本采集业务、新生儿疾病筛查业务、新生儿疾病筛查诊断业务以及新生儿疾病筛查接口类都继承了新生儿疾病查询管理公共业务类。新生儿疾病筛查系统业务类依赖于相应的实体类，如新生儿疾病筛查业务类，依赖于新生儿疾病筛查标本、新生儿疾病筛查实验结果实体类，表示新生儿疾病筛查业务类的方法是对这两个实体类进行操作的。

动态模型

　　通过交互模型，展示信息在新生儿疾病筛查建档业务、新生儿疾病筛查标本采集业务、新生儿疾病筛查业务、新生儿疾病筛查诊断业务、新生儿疾病筛查阳性随访业务、新生儿疾病筛查提醒业务、新生儿疾病筛查查询业务、新生儿疾病筛查统计业务和新生儿疾病筛查接口对象间的传递。

　　我们以动态时序图（图6-14）来表示新生儿疾病筛查的动态模型。

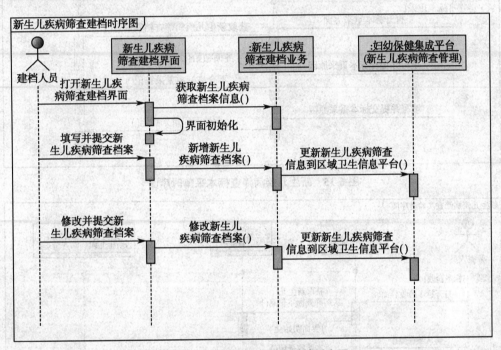

图 6-14　新生儿疾病筛查建档时序图

　　图6-14新生儿疾病筛查建档时序图，描绘了建档人员在建立新生儿疾病筛查档案时与新生儿疾病筛查建档界面、新生儿疾病筛查建档业务以及新生儿疾病筛查接口类间交互协作关系。

　　建档人员填写并提交新生儿疾病筛查档案信息到界面类，由界面类向新生儿疾病筛查建档业务类获取新增或修改新生儿疾病筛查档案方法，新生儿疾病筛查建档业务类向新生儿疾病筛查接口类获取推送到区域卫生信息平台的方法。

　　图6-15新生儿疾病筛查标本采集时序图，描述了标本采集人员在记录采集标本信息时与新生儿疾病筛查标本采集界面对象以及新生儿疾病筛查标本采集业务对象间的动态行为。

　　在图6-15中，标本人员填写并提交标本采集信息到界面类，由界面类向新生儿疾病筛查标本采集业务类获取标本采集登记方法，若是被退回的不合格标本，则由标本采集人员进行标本重新采集，并填写重新采集的原因提交到界面类，由界面类向新生儿疾病筛查标本采集业务类获取不合格标本重新采集登记方法。

　　图6-16新生儿疾病筛查实验时序图，说明筛查人员在验收标本以及处理筛查结果时与新生儿疾病筛查实验室界面、新生儿疾病筛查业务以及新生儿疾病筛查接口对象间协作关系。

　　筛查人员打开标本验收界面，界面类向新生儿疾病筛查业务类获取标本信息，初始化验收标本界面，筛查人员确认验收标本，提交验收登记操作。

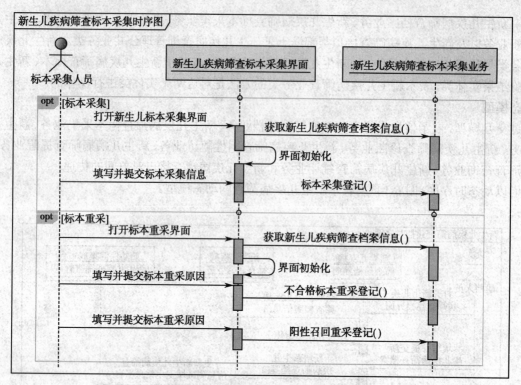

图6-15 新生儿疾病筛查标本采集时序图

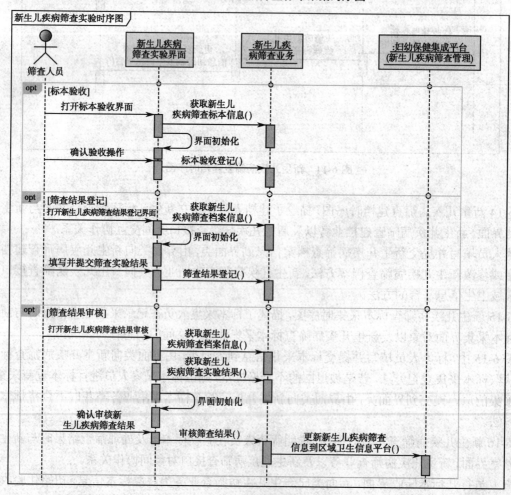

图6-16 新生儿疾病筛查实验时序图

登记结果时,筛查人员填写并提交筛查结果,由界面类向新生儿疾病筛查业务类获取筛查结果登记方法。

筛查结果审核时,界面类向新生儿疾病筛查业务类获取新生儿疾病筛查档案及筛查结果等信息,界面类负责初始化信息,并将筛查人员提交的审核信息发往业务类进行提交。

图 6-17 新生儿疾病筛查诊断时序图,描述筛查人员在进行新生儿疾病筛查诊断时与新生儿疾病筛查诊断界面、新生儿疾病筛查诊断业务以及新生儿疾病筛查接口对象间交互活动。

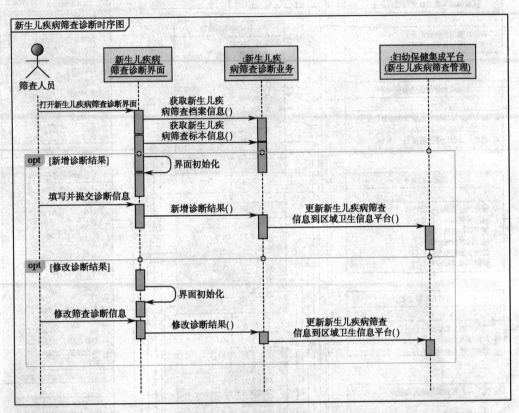

图 6-17　新生儿疾病筛查诊断时序图

筛查人员填写并提交诊断信息到界面类,由界面类向新生儿疾病筛查诊断业务类获取新增或修改诊断信息的方法,新生儿疾病筛查诊断业务类同时获取新生儿疾病筛查接口类将诊断信息更新到区域卫生信息平台中。

6.2.1.4　儿童健康体检

静态模型

使用图 6-18 为儿童健康体检系统的静态视图建模,描述儿童健康体检系统中涉及的实体类、业务类以及之间的协作关系。

其中实体类包括儿童健康体检结案信息、儿童健康体检档案、儿童体检测量与评价、儿童健康体检记录、儿童体检体格检查、儿童转诊信息、体弱儿确诊信息、儿童体检实验室检查、复诊预约信息;业务类包括儿童健康体检档案业务、儿童健康体检结案业务、儿童健康检查业务、体弱儿确诊业务、儿童健康体检提醒业务、儿童健康体检查询业务、儿童健康体检统计业务以及儿童健康体检接口。

图中儿童健康体检建档业务、儿童健康体检结案业务、儿童健康检查业务、体弱儿确诊业务、儿童转诊业务以及儿童体检复诊预约业务都继承了儿童健康体检公共业务。

动态模型

通过动态时序图,展示信息在儿童健康体检档案业务、儿童健康体检结案业务、儿童健康检查业

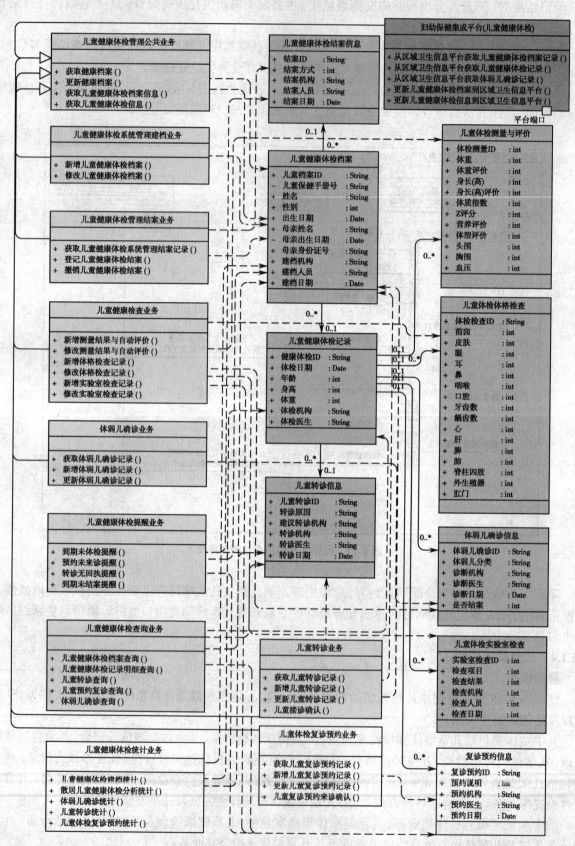

图 6-18 儿童健康体检类图

务、体弱儿确诊业务、儿童健康体检提醒业务、儿童健康体检查询业务、儿童健康体检统计业务以及儿童健康体检接口对象间的传递。

图 6-19 儿童健康体检建档时序图，说明了建档人员在建立儿童健康体检档案时与儿童健康体检建档界面、建档业务对象以及儿童健康体检接口对象间的交互活动。建档人员填写并提交儿童健康体检档案信息到界面类，由界面类向儿童健康体检建档业务类获取新增或修改儿童健康体检档案方法，儿童健康体检建档业务类向儿童健康体检接口类获取推送到区域卫生信息平台的方法。

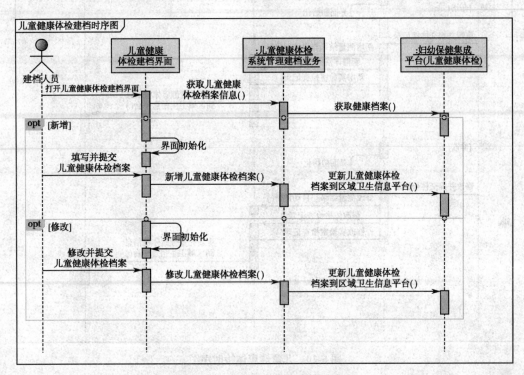

图 6-19　儿童健康体检建档时序图

图 6-20 儿童健康体检时序图，展现了保健医生在登记儿童健康体检信息时与体检界面、检查业务对象以及儿童健康体检接口对象间的交互顺序及行为。

保健医生填写并提交儿童健康体检信息到界面类，由界面类向儿童健康体检业务类获取新增或修改体格检查记录、实验室检查、测量结果与自动评价方法，儿童健康体检业务类向儿童健康体检接口类获取推送到区域卫生信息平台的方法。

图 6-21 儿童预约复诊时序图，描绘了保健医生在登记儿童预约复诊记录时与预约界面、预约业务对象间的交互活动。

图 6-22 儿童转诊时序图，展现了保健医生在登记儿童转诊信息时与转诊界面及转诊业务对象间的交互及消息传递顺序。保健医生进入儿童转诊界面时，界面类向儿童转诊业务获取儿童健康体检档案信息和转诊信息来初始化界面，保健医生根据有无转诊信息来选择进行转诊登记还是接诊确认。

图 6-23 体弱儿确诊时序图，展现了保健医生在确诊体弱儿时与确诊界面层、确诊业务对象以及儿童健康体检接口对象间的交互活动。

保健医生填写并提交体弱儿确诊信息到界面类，由界面类向体弱儿确诊业务类获取新增或修改体弱儿确诊记录方法，体弱儿确诊业务类向儿童健康体检接口类获取将确诊体弱儿信息推送到区域卫生信息平台的方法。

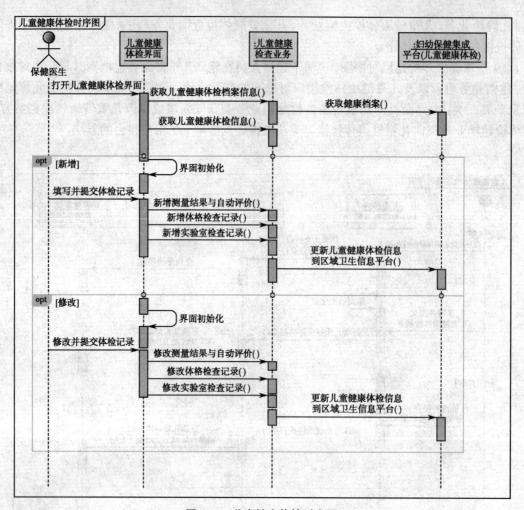

图 6-20　儿童健康体检时序图

图 6-24 儿童健康体检结案时序图，展现了建档人员在登记儿童健康体检结案信息时与结案登记界面、结案业务对象间的交互活动。建档人员可以选择结案或撤销结案动作，由界面层向结案业务类获取儿童保健结案或撤销结案方法。

6.2.1.5　体弱儿童管理

静态模型

使用图 6-25 为新生儿疾病筛查系统的静态视图建模，描述体弱儿童管理系统中涉及的实体类、业务类以及之间的协作关系。其中实体类包括：体弱儿档案记录、体弱儿随诊记录、体弱儿治疗方案记录、体弱儿转诊记录、体弱儿预约复诊记录以及体弱儿结案记录；业务类包括：体弱儿档案业务、体弱儿随诊业务、体弱儿预约复诊业务、体弱儿转诊业务、体弱儿结案业务、体弱儿提醒业务、体弱儿查询业务、体弱儿统计业务和体弱儿查询接口。

其中建立体弱儿童管理档案业务、体弱儿随诊业务、体弱儿预约复诊业务、体弱儿转诊业务、体弱儿结案业务以及体弱儿童管理接口都继承了体弱儿童管理公共业务。

动态模型

通过交互模型，展示信息在体弱儿档案业务、体弱儿随诊业务、体弱儿预约复诊业务、体弱儿转诊业务、体弱儿结案业务、体弱儿提醒业务、体弱儿查询业务、体弱儿统计业务和体弱儿查询接口对象间的传递。

我们以动态时序图来表示体弱儿童管理的动态模型。

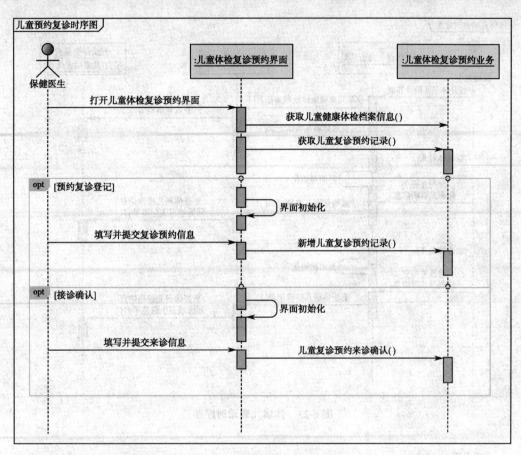

图 6-21　儿童预约复诊时序图

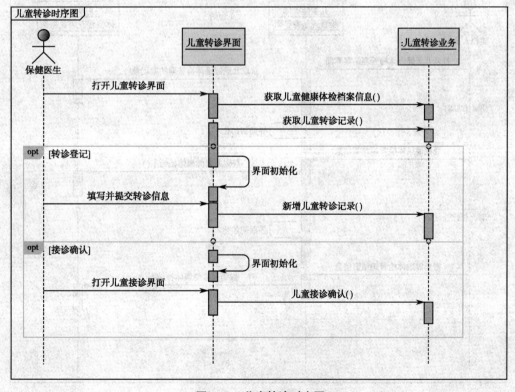

图 6-22　儿童转诊时序图

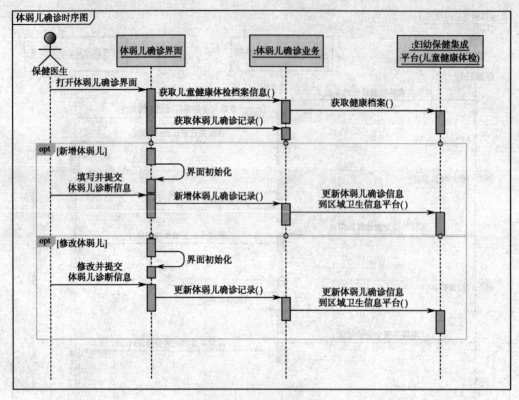

图 6-23　体弱儿确诊时序图

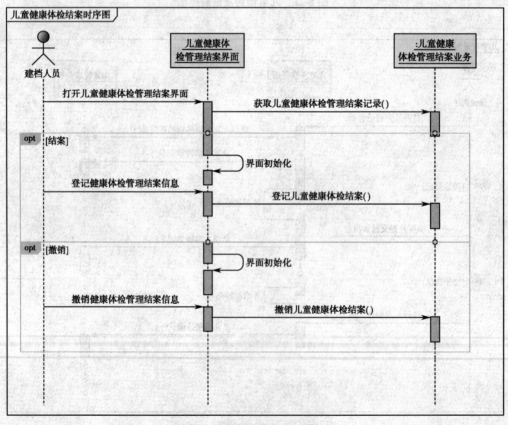

图 6-24　儿童健康体检结案时序图

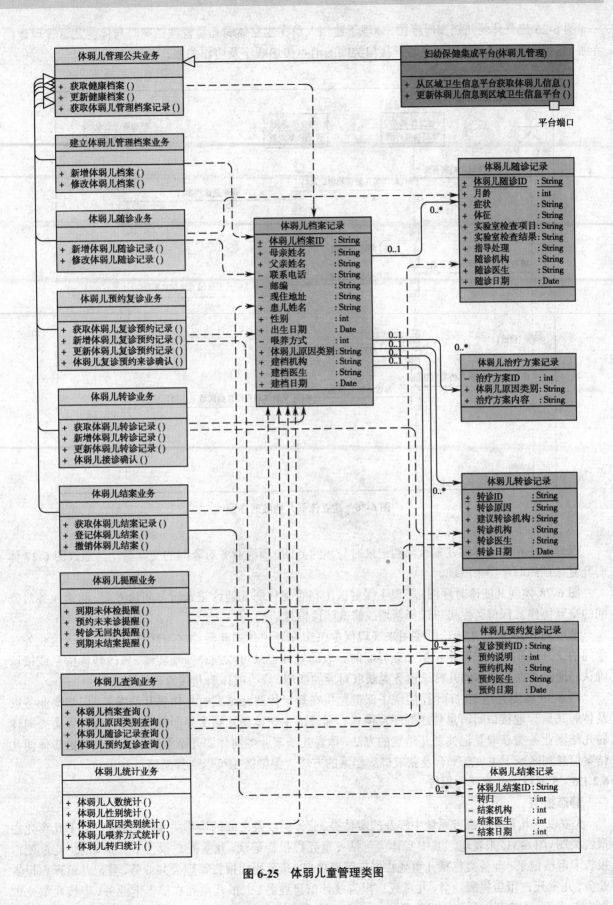

图 6-25 体弱儿童管理类图

　　图6-26 建立体弱儿档案时序图,体现了建档人员在建立体弱儿童管理档案时与体弱儿童管理建档界面、建档业务类以及体弱儿童管理接口类间的消息传递顺序及协作关系。

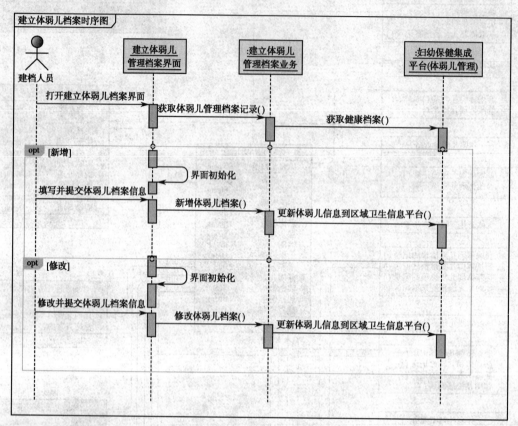

图6-26　建立体弱儿档案时序图

　　保健医生在登记体弱儿复诊预约记录时与预约界面、预约业务对象间的交互活动。通过图6-27 体弱儿复诊预约时序图来展现。

　　图6-28 体弱儿随诊时序图,展现了保健医生在登记体弱儿随诊记录时与随诊界面、随诊业务对象间的交互协作。保健医生可以选择新增或修改随诊信息活动。

　　通过图6-29 体弱儿转诊时序图来展现保健医生在登记体弱儿转诊时与转诊界面以及转诊业务对象间的交互活动。保健医生根据加载界面时获取的转诊记录可以选择新增转诊、修改转诊信息或接诊确认。通过界面层向体弱儿转诊业务类获取对应的新增、修改或体弱儿接诊确认方法。

　　图6-30 体弱儿结案时序图,展现了保健医生在登记体弱儿结案时与体弱儿结案界面、结案业务以及体弱儿童管理接口间消息传递顺序及模式。保健医生向体弱儿结案界面提交结案信息,界面类向体弱儿结案业务类获取登记体弱儿结案的方法,体弱儿结案业务向体弱儿童管理接口类获取更新体弱儿结案信息到区域卫生信息平台及获取健康档案的方法。保健医生可以选择撤销结案活动。

6.2.1.6　5岁以下儿童死亡报告

静态模型

　　5岁以下儿童死亡报告系统中涉及的实体类、业务类以及之间的协作关系,通过5岁以下儿童死亡报告类图(图6-31)来表现。其中实体类包括儿童死亡报告记录、儿童死亡报告卡上报记录、儿童死亡报告卡审核记录;业务类包括儿童死亡报告管理接口、儿童死亡报告管理公共业务、登记儿童死亡报告业务、儿童死亡报告提醒业务、儿童死亡报告统计信息业务、上报儿童死亡报告卡业务、审核儿童死亡报告卡业务、儿童死亡预警预报业务。

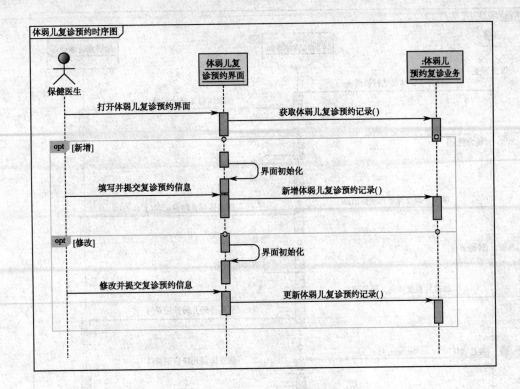

图 6-27 体弱儿复诊预约时序图

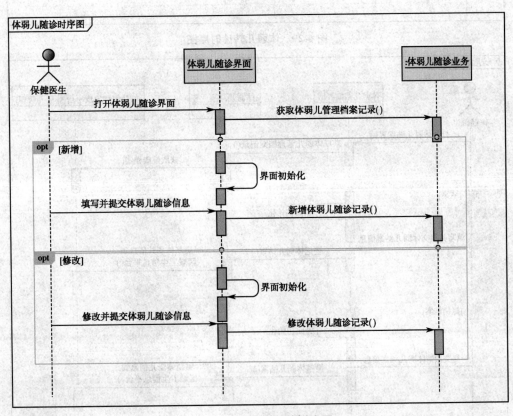

图 6-28 体弱儿随诊时序图

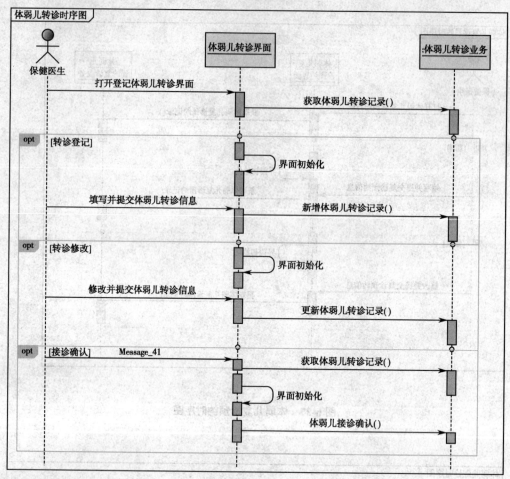

图 6-29　体弱儿转诊时序图

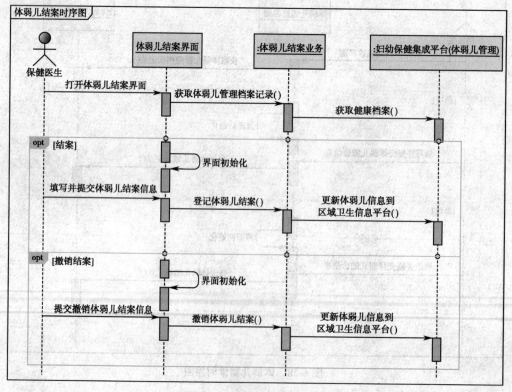

图 6-30　体弱儿结案时序图

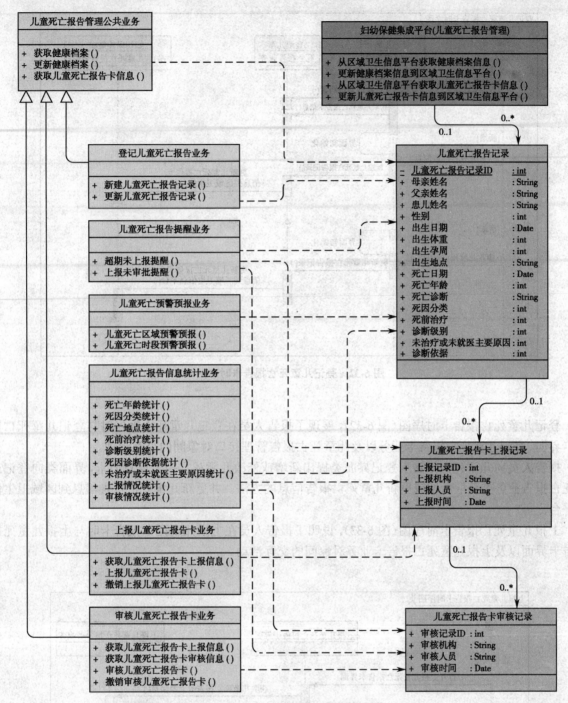

图 6-31 5 岁以下儿童死亡报告类图

图 6-31 中登记儿童死亡报告业务、上报儿童死亡报告卡业务、审核儿童死亡报告卡业务继承了儿童死亡报告管理公共业务。

动态模型

通过交互模型，展示信息在登记儿童死亡报告业务、上报儿童死亡报告卡业务、审核儿童死亡报告卡业务以及儿童死亡报告管理接口等对象间的传递。

我们以动态时序图 6-32 来表示 5 岁以下儿童死亡报告的动态模型。

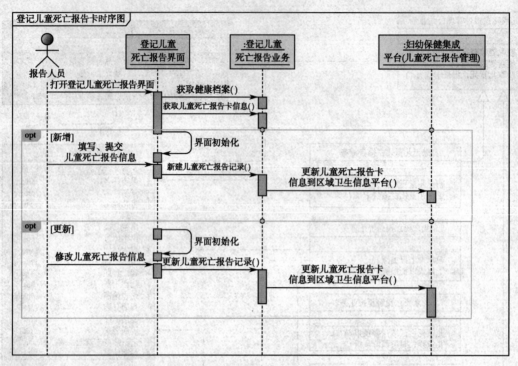

图 6-32　登记儿童死亡报告卡时序图

登记儿童死亡报告卡时序图（图 6-32），展现了报告人员在登记儿童死亡报告时与登记儿童死亡报告卡界面、登记儿童死亡报告卡业务以及儿童死亡报告管理接口对象间的交互活动。

报告人员向儿童死亡报告卡登记界面类提出新增或修改儿童死亡报告信息要求，界面类向登记儿童死亡报告业务类获取新增或更新儿童死亡报告信息的方法。并更新儿童死亡报告信息到区域卫生信息平台。

上报儿童死亡报告卡时序图（图 6-33），说明了报告人员在上报儿童死亡报告卡时与上报儿童死亡报告卡界面以及上报儿童死亡报告卡业务对象间的交互活动。

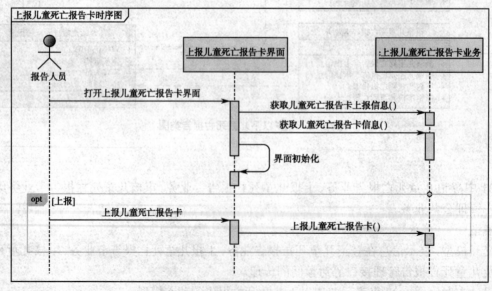

图 6-33　上报儿童死亡报告卡时序图

报告人员向儿童死亡报告卡上报界面类提出上报儿童死亡报告卡要求,界面类向上报儿童死亡报告业务类获取上报儿童死亡报告卡方法;若要撤销上报,则报告人员提交撤销上报要求,调用撤销上报儿童死亡报告卡方法,实现撤销上报。

审核儿童死亡报告卡时序图(图6-34),展现了审核人员在审核儿童死亡报告时与审核儿童死亡报告卡界面以及审核儿童死亡报告卡业务对象间的交互活动。

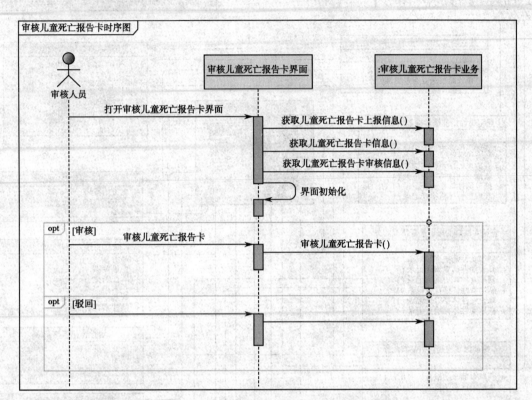

图 6-34 审核儿童死亡报告卡时序图

加载审核页面时,需获取儿童死亡报告卡信息、上报信息以及下级审核信息,审核人员根据获取的信息对上报的儿童死亡报告卡进行审核。若本级已经审核,可以撤销审核。

6.2.2 妇女保健服务

6.2.2.1 婚前保健服务

静态模型

婚前保健服务类图(图6-35)描述婚前保健服务系统的实体类、业务类以及之间的协作关系。

其中实体类包括婚前保健服务档案、婚前医学检查证明记录、男女婚检对应记录、男性询问既往史、男性体格检查记录、实验室及特殊检查记录、女性询问既往史记录、女性体格检查记录、婚前卫生咨询及指导记录以及转诊信息记录。

业务类包括婚前保健公共业务、建立婚前保健服务档案业务、登记男性婚前医学检查情况业务、登记女性婚前医学检查情况业务、婚前医学检查证明签发业务、婚前卫生咨询与指导业务、婚前保健服务查询业务、获取婚前保健服务统计信息业务、婚前保健转诊登记业务、婚前保健服务接口。

图6-35中建立婚前保健服务档案业务、登记男性婚前医学检查情况业务、登记女性婚前医学检查情况业务、婚前医学检查证明签发业务以及婚前保健转诊登记业务都继承了婚前保健公共业务。

动态模型

通过交互模型,展示信息在建立婚前保健服务档案业务、登记男性婚前医学检查情况业务、登记女

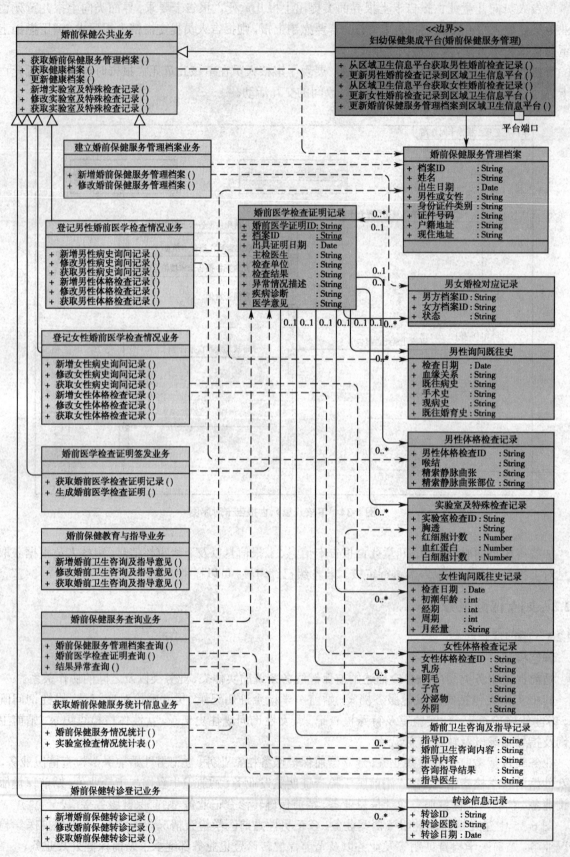

图 6-35 婚前保健服务类图

性婚前医学检查情况业务、婚前医学检查证明签发业务、婚前保健教育与指导业务、婚前保健服务查询业务、获取婚前保健服务统计信息业务、婚前保健转诊登记业务以及婚前保健服务接口对象间的传递。

我们以动态时序图来表示婚前保健服务的动态模型。

图 6-36 建立婚前保健服务档案时序图，展现了建档人员在建立婚前保健服务档案时与建立婚前保健服务档案界面、建立婚前保健服务档案业务对象以及婚前保健服务对象间的交互活动。

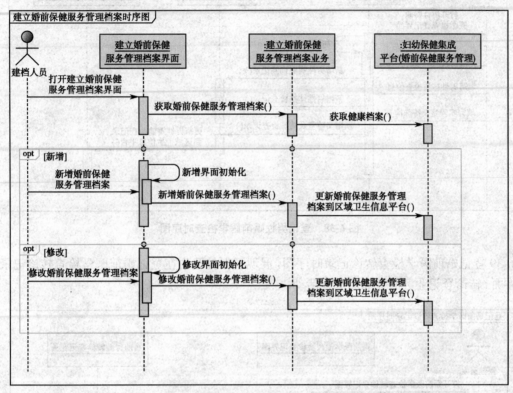

图 6-36　建立婚前保健服务档案时序图

图 6-37 登记女性婚前医学检查时序图，展现了保健医生在登记女性婚前医学检查时与女性婚前医学检查登记界面、女性婚前医学检查登记业务对象、婚前保健服务接口对象间的交互活动。

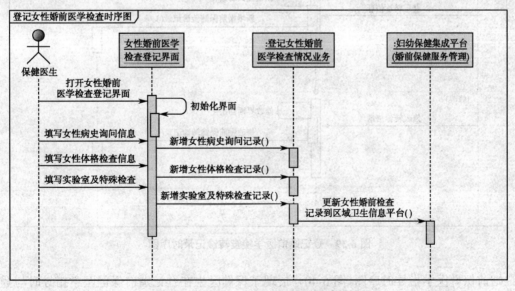

图 6-37　登记女性婚前医学检查时序图

图 6-38 登记男性婚前医学检查时序图，展现了保健医生在登记男性婚前医学检查时与男性婚前医学检查登记界面、男性婚前医学检查登记业务对象、婚前保健服务接口对象间的交互活动。

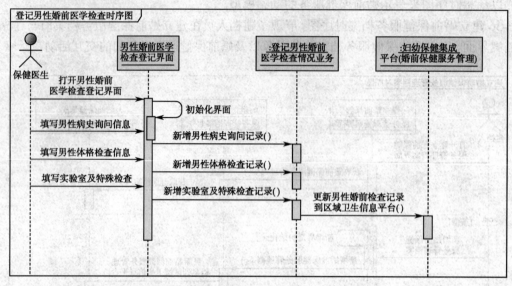

图 6-38　登记男性婚前医学检查时序图

图 6-39 登记婚前医学检查转诊记录时序图，展现了保健医生在登记婚前医学检查转诊记录时与转诊登记界面、转诊登记业务对象间的交互活动。

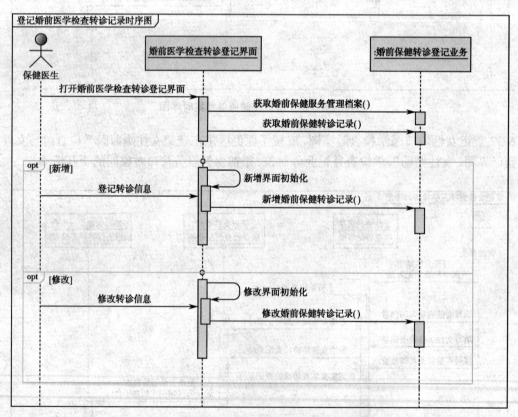

图 6-39　登记婚前医学检查转诊记录时序图

登记婚前保健医学指导时序图（图 6-40），展现了保健医生在登记婚前保健医学指导时与登记界面对象、婚前保健医学指导业务对象间的交互活动。

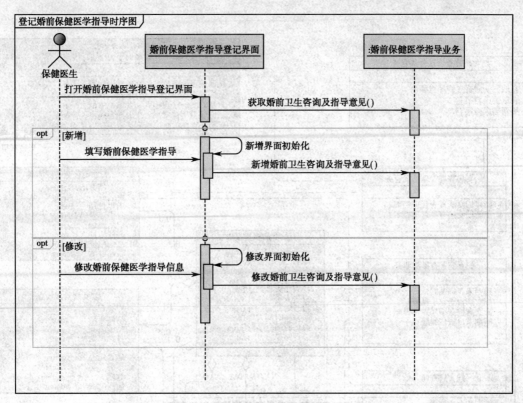

图 6-40　登记婚前保健医学指导时序图

保健医生打开婚前保健医学指导登记界面，界面层向婚前保健医学指导业务对象调用获取婚前保健医学指导信息的方法，若已登记医学指导信息，将信息返回到界面层，保健医生可以选择修改活动，通过界面向业务对象获取修改婚前保健医学指导信息的方法。未登记则新增婚前保健医学指导信息。

6.2.2.2　妇女病普查

静态模型

妇女病普查类图（图 6-41）描述妇女病普查系统的实体类、业务类以及之间的协作关系。

其中实体类包括妇女病检查报告、妇女病检查项目记录、妇女病普查档案、妇女病常规检查、预约记录、随访记录、妇女病检查建议信息以及检查结果数据。

业务类包括妇女病普查接口、妇女病普查公共业务、妇女病普查档案业务、妇女病普查提醒业务、妇女病查询业务、妇女病随访业务、妇女病普查登记业务、妇女病统计业务、妇女病预警预报业务。

图中妇女病普查档案业务、妇女病随访业务、妇女病普查登记业务继承了妇女病普查公共业务。

实体类中妇女病检查报告对象由妇女病常规检查对象、妇女病检查建议信息对象、妇女病检查项目记录对象、检查结果对象组成，因此采用聚合关系。

动态模型

通过动态时序图，展示信息在妇女病普查档案业务、妇女病普查提醒业务、妇女病查询业务、妇女病随访业务、妇女病普查登记业务、妇女病统计业务、妇女病预警预报业务和妇女病普查接口对象间的传递。

图 6-42 建立妇女病普查档案时序图，展现了建档人员在建立妇女病普查档案时与妇女病普查档案建立界面、妇女病普查的交互活动。

登记妇女病检查情况时序图（图 6-43），展现了保健医生在进行妇女病检查登记时与妇女病普查登记界面、妇女病普查登记业务以及妇女病普查接口对象间的交互活动。

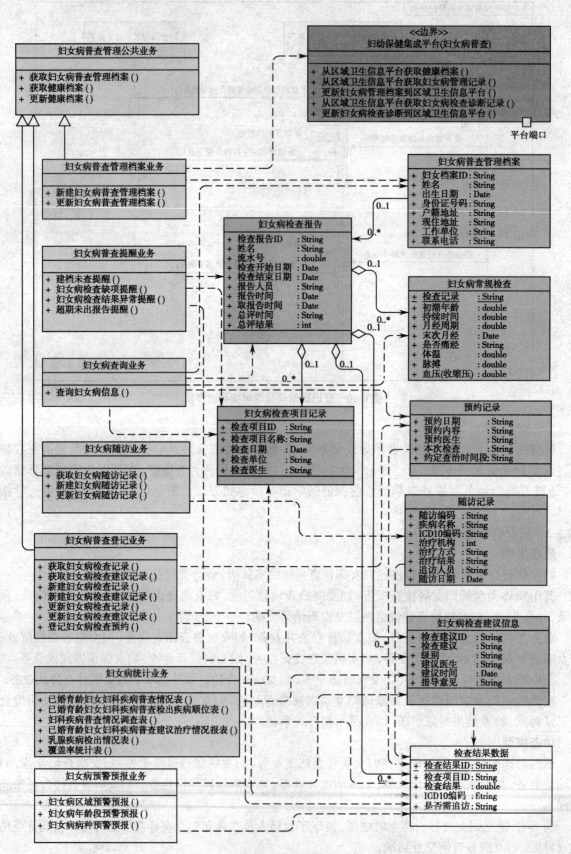

图 6-41 妇女病普查

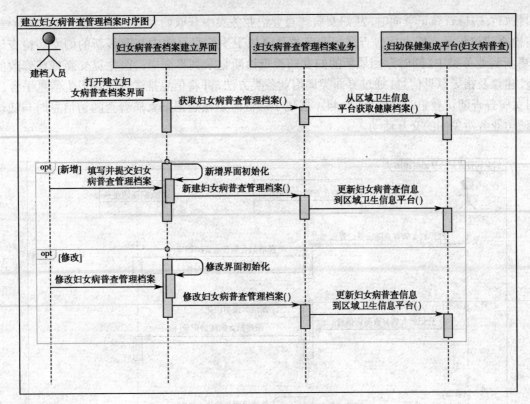

图 6-42　建立妇女病普查档案时序图

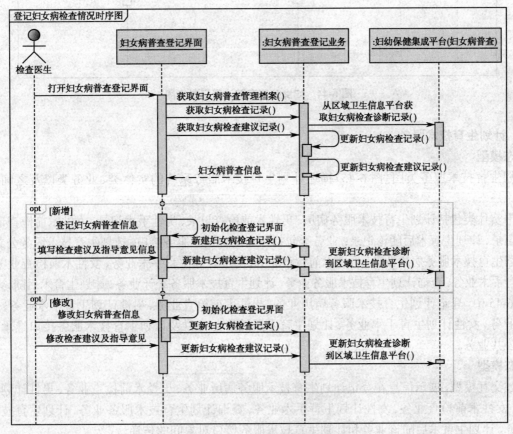

图 6-43　登记妇女病检查情况时序图

加载妇女病检查登记页面时，从妇女病普查登记业务类中获取妇女病普查档案、妇女病检查记录、妇女病检查建议记录。妇女病普查登记业务类从区域卫生信息平台中获取最新的妇女病检查诊断记录，并更新到业务类中，同时返回最新的妇女病检查诊断记录到界面层。医生提交新增或修改的妇女病普查、建议及指导意见信息，通过界面类调用业务类方法，并将信息推送到区域卫生信息平台。

妇女病普查随访登记时序图（图6-44），展现了保健医生在登记妇女病普查随访信息时与随访登记界面、随访业务对象间的交互活动。

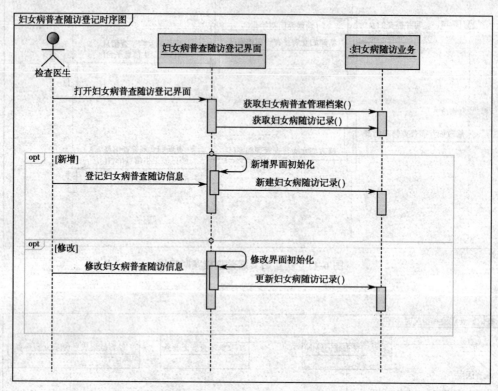

图6-44　妇女病普查随访登记时序图

6.2.2.3　计划生育技术服务

静态模型

计划生育技术服务类图（图6-45）描述计划生育技术服务系统的实体类、业务类以及之间的相关关系。

其中实体类包括计划生育技术服务病历、男性术前检查记录、男性手术记录、女性术前检查记录、女性手术记录、计划生育术后随诊记录；业务类包括计划生育技术服务接口、计划生育技术服务公共业务、登记计划生育技术服务病历业务、男性术前检查业务、男性计划生育手术业务、女性术前检查业务、女性计划生育手术业务、查询计划生育技术服务业务、计划生育技术服务统计业务、计划生育术后随诊业务。

图6-45中，登记计划生育技术服务病历业务、男性术前检查业务、男性计划生育手术业务、女性术前检查业务、女性计划生育手术业务、计划生育术后随诊业务以及计划生育技术服务接口继承了妇女病普查公共业务。

动态模型

通过交互模型，展示信息在登记计划生育技术服务病历业务、男性术前检查业务、男性计划生育手术业务、女性术前检查业务、女性计划生育手术业务、查询计划生育技术服务业务、计划生育技术服务统计业务、计划生育术后随诊业务和计划生育技术服务接口对象间的传递。

我们以动态时序图来表示计划生育技术服务的动态模型。

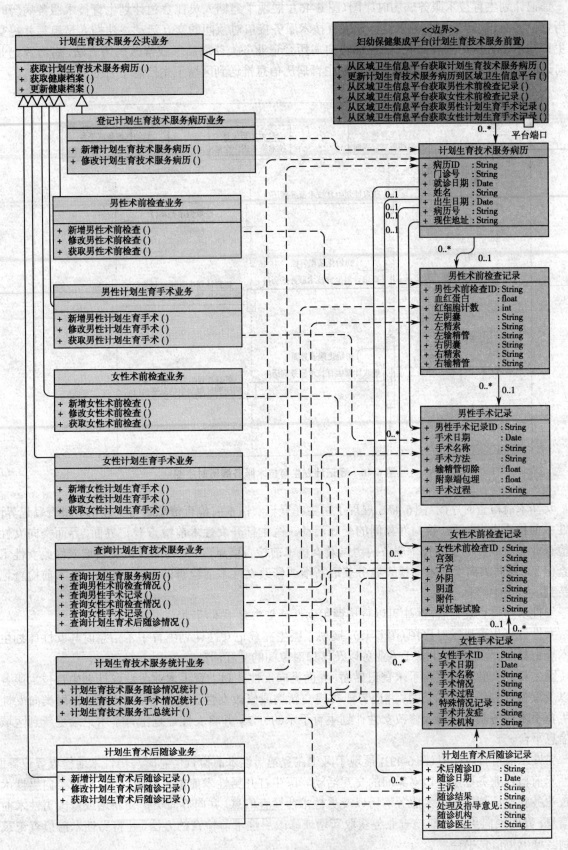

图 6-45 计划生育技术服务类图

登记计划生育技术服务病历时序图(图6-46),展现了建档人员在登记计划生育技术服务病历时与病历登记界面、病历登记业务以及计划生育技术服务接口对象间的交互活动。建档人员填写并提交计划生育技术服务病历到界面类,由界面类向病历登记业务类获取新增或修改病历方法,病历登记业务类向计划生育技术服务接口类获取将计划生育病历信息推送到区域卫生信息平台的方法。

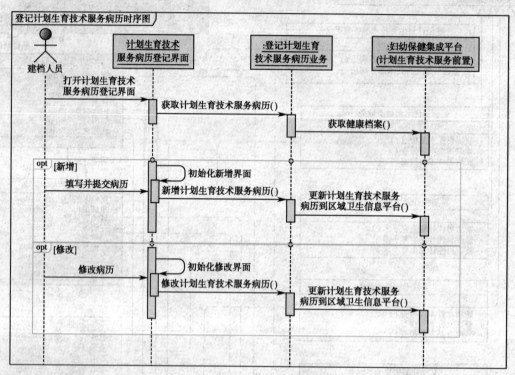

图6-46 登记计划生育技术服务病历时序图

女性术前检查时序图(图6-47),展现了医生在登记女性术前检查信息时与女性术前检查登记界面、女性术前检查业务对象、接口对象间的交互活动。医生打开女性术前检查登记界面,界面类向女性术前检查业务获取计划生育技术服务病历以及女性术前检查信息,并向界面类提交新增或修改女性术前检查信息,界面类向女性术前检查业务获取新增或修改女性术前检查的方法,并将女性术前检查记录更新到区域卫生信息平台。

女性术前检查登记后,医生可以直接调用女性计划生育手术活动。

女性计划生育手术时序图(图6-48),展现了医生在登记女性计划生育手术信息时与女性计划生育手术登记界面、女性计划生育手术业务以及接口对象间的交互活动。

医生打开女性计划生育手术登记界面,界面类向女性计划生育手术业务获取计划生育技术服务病历以及女性计划生育手术信息,并向界面类提交新增或修改女性计划生育手术信息,界面类向女性计划生育手术业务获取新增或修改女性计划生育手术的方法,并将女性计划生育手术记录更新到区域卫生信息平台。

男性术前检查时序图(图6-49),展现了医生在登记男性术前检查信息时与男性术前检查登记界面、男性术前检查业务以及接口对象间的交互活动。医生打开男性术前检查登记界面,界面类向男性术前检查业务获取计划生育技术服务病历以及男性术前检查信息,并向界面类提交新增或修改男性术前检查信息,界面类向男性术前检查业务获取新增或修改男性术前检查的方法,并将男性术前检查记录更新到区域卫生信息平台。

男性术前检查登记后,医生可以直接调用男性计划生育手术活动。

男性计划生育手术时序图(图6-50),展现了医生在登记男性计划生育手术信息时与男性计划生育

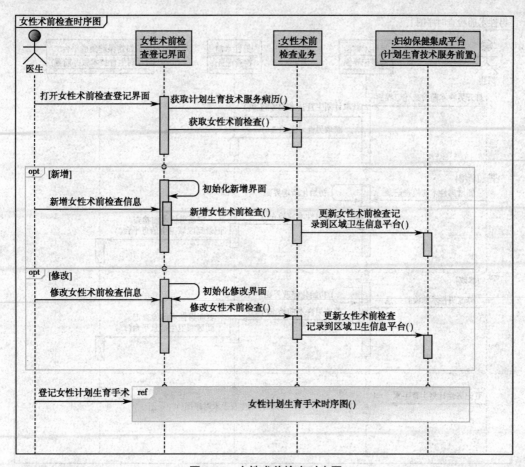

图 6-47 女性术前检查时序图

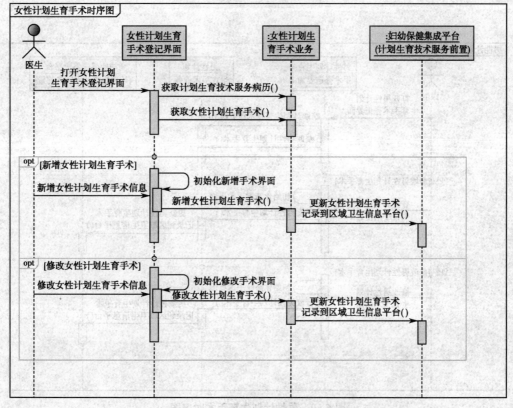

图 6-48 女性计划生育手术时序图

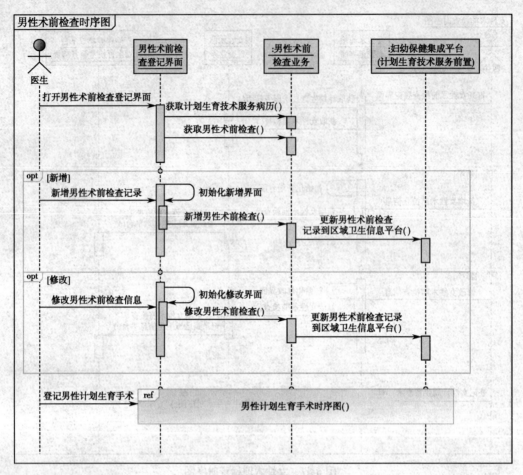

图6-49 男性术前检查时序图

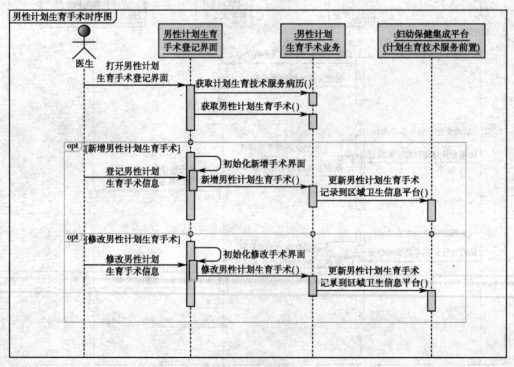

图6-50 男性计划生育手术时序图

手术登记界面、男性计划生育手术业务对象以及接口对象间的交互活动。

计划生育术后随诊时序图(图6-51),展现了医生在登记计划生育术后随诊信息时与计划生育术后随诊界面、计划生育术后随诊业务对象以及接口对象间的交互活动。

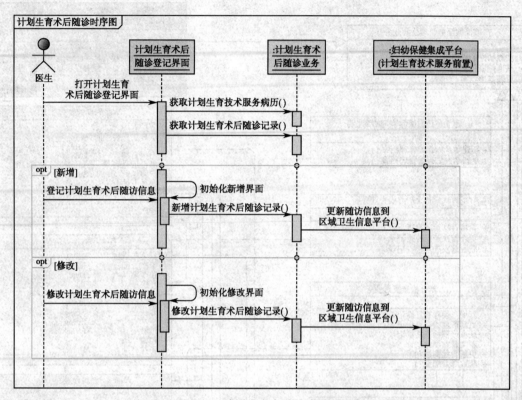

图6-51 计划生育术后随诊时序图

医生打开计划生育术后随诊登记界面,界面类向计划生育术后随诊业务获取计划生育技术服务病历以及计划生育术后随诊信息,并向界面类提交新增或修改计划生育术后随诊信息,界面类向计划生育术后随诊业务获取新增或修改计划生育术后随诊的方法,并将计划生育术后随诊记录更新到区域卫生信息平台。

6.2.2.4 产前保健服务管理

静态模型

产前保健服务管理类图(图6-52、图6-53)描述孕产期保健服务管理系统的实体类、业务类以及之间的协作关系。

其中实体类包括孕产妇保健管理档案、首次产前检查信息、妇科检查、全身检查、骨盆测量、历次产前检查信息、实验室检查记录、复诊预约记录、高危孕产妇确诊信息、孕产妇转诊记录、终止妊娠记录等信息。

业务类包括产前保健服务管理接口、产前保健服务管理公共业务、建立孕产妇保健管理档案业务、首次产前检查业务、产前检查复诊业务、全身检查业务、妇科检查业务、实验室检查业务、获取产前保健服务管理统计信息业务、查询产前保健服务管理信息业务、提醒产前保健服务管理业务、预约复诊业务、高危孕产妇确诊业务、孕产妇转诊业务、终止妊娠登记业务。

图中建立孕产妇保健管理档案业务、首次产前检查业务、产前检查复诊业务、全身检查业务、妇科检查业务、实验室检查业务等对象继承了孕产期保健服务管理公共业务。

动态模型

通过交互模型,展示信息在建立孕产妇保健管理档案业务、首次产前检查业务、产前检查复诊业

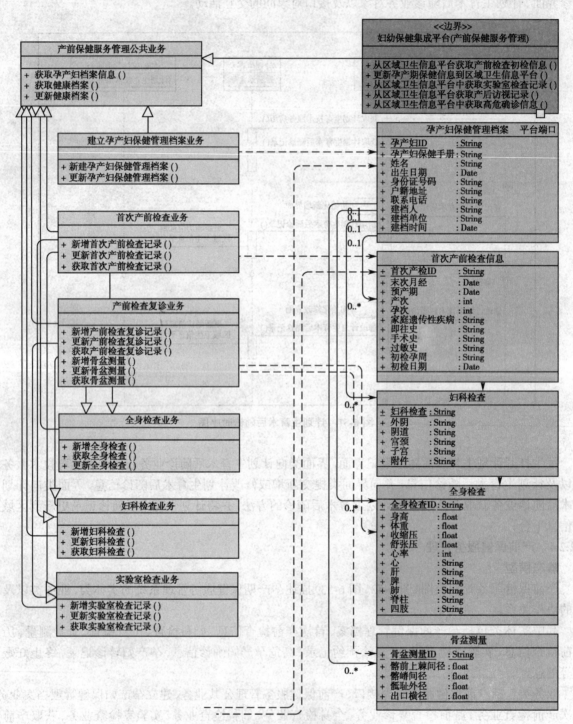

图 6-52　产前保健服务管理类图(1)

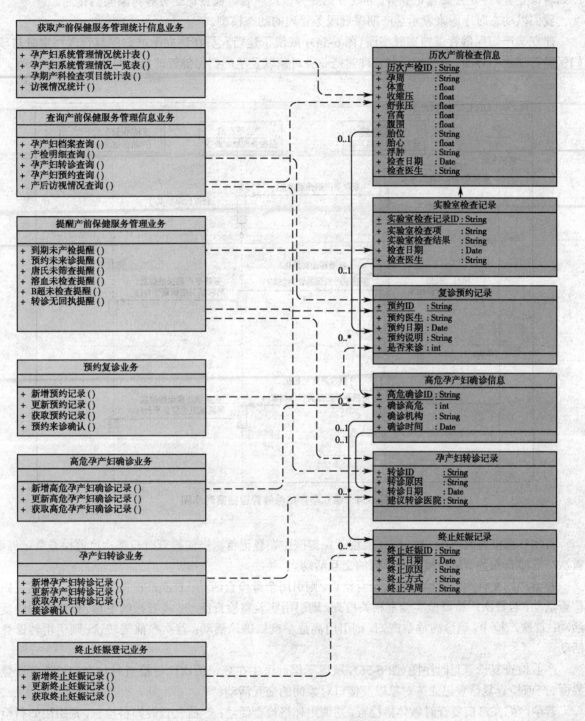

图 6-53 产前保健服务管理类图(2)

务、全身检查业务、妇科检查业务、实验室检查业务、获取孕产期保健服务管理统计信息业务、查询孕产期保健服务管理信息业务、提醒孕产期保健服务管理业务、预约复诊业务、高危孕产妇确诊业务、孕产妇转诊业务、终止妊娠登记业务、分娩登记业务以及产后访视登记业务等对象间的传递。

我们以动态时序图来表示孕产期保健服务管理的动态模型。

建立孕产妇保健管理档案时序图（图6-54），展现了建档人员在建立孕产妇保健管理档案时与孕产妇保健管理建档界面、孕产妇保健管理建档业务对象以及孕产妇保健管理接口对象间的交互活动。

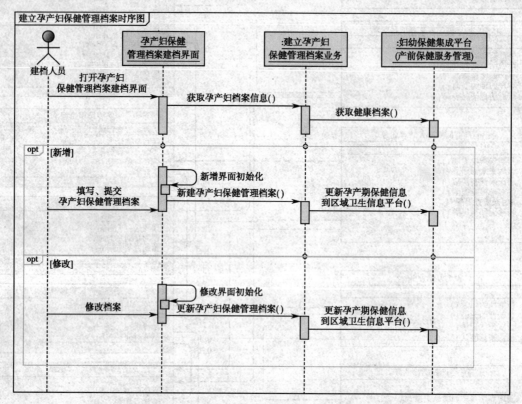

图 6-54　建立孕产妇保健管理档案时序图

首次产前检查时序图（图6-55），展现了保健医生在登记首次产前检查时与首次产前检查登记界面、首次产前检查业务类以及接口对象间的交互活动。

若孕产妇在首次产前检查时做全身检查，则引用全身检查活动；首次产检做妇科检查，则引用妇科检查活动，若首次产检要做实验室相关检查，则引用实验室检查活动；需要预约复诊，则引用预约复诊活动；首次产检中，确诊高危孕产妇，则引用高危孕产妇确诊活动；首次产前需转诊，则引用转诊登记活动。

产前检查复诊登记时序图（图6-56），展现了保健医生在登记历次产前检查时与产前检查复诊登记界面、产前检查复诊登记业务对象以及接口对象间的交互活动。

若孕产妇在产前复查时做体格检查，则调用体格检查活动；产前复查做妇科检查，则引用妇科检查活动，产前复查做实验室相关检查，则引用实验室检查活动；需要预约复诊，则引用预约复诊活动；产前复查中，确诊高危孕产妇，则引用高危孕产妇确诊活动；产前复查需转诊则引用转诊登记活动。

当孕产妇孕周到32周左右时，需要进行骨盆测量，保健医生进入骨盆测量界面，填写骨盆测量信息，界面类获取产前检查复诊业务类的新增骨盆测量方法。

体格检查时序图（图6-57），展现了保健医生在登记体格检查信息时与体格检查登记界面、体格检查业务对象以及接口对象间的交互活动。

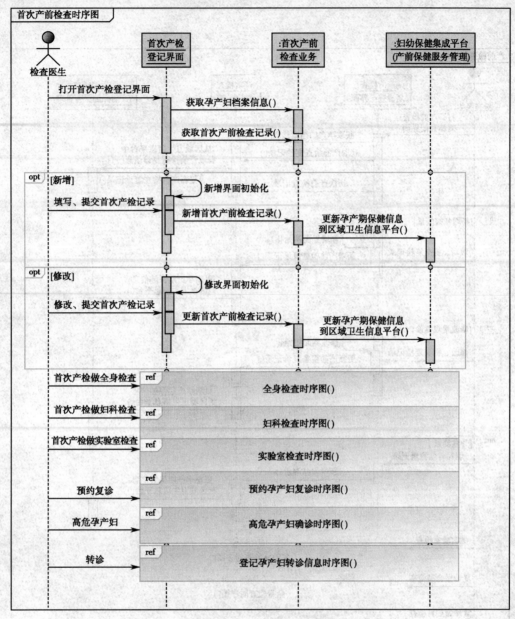

图 6-55 首次产前检查时序图

妇科检查时序图(图 6-58),展现了保健医生在登记妇科检查信息时与妇科检查登记界面、妇科检查业务对象以及接口对象间的交互活动。

实验室检查时序图(图 6-59),展现了保健医生在登记实验室检查信息时与实验室检查登记界面、实验室检查业务对象以及接口对象间的交互活动。

保健医生打开实验室检查界面时,界面层向实验室检查业务类获取孕产妇保健档案及历次实验室检查信息,有些实验室检查可能是其他机构做的,需向区域卫生信息平台获取最新实验室检查信息,并返回给界面层。

预约孕产妇复诊时序图(图 6-60),展现了保健医生在登记预约复诊信息时与预约孕产妇复诊界面、预约复诊业务对象间的交互活动。

保健医生打开预约孕产妇复诊界面,界面层需向预约复诊业务获取孕产妇档案信息,并返回给界面进行初始化,保健医生登记预约信息,通过界面层提交,获取新增预约记录的方法。若有预约病人,保健医生可以选择预约来诊活动,获取预约记录,根据预约记录向预约复诊业务提交来诊确认要求。

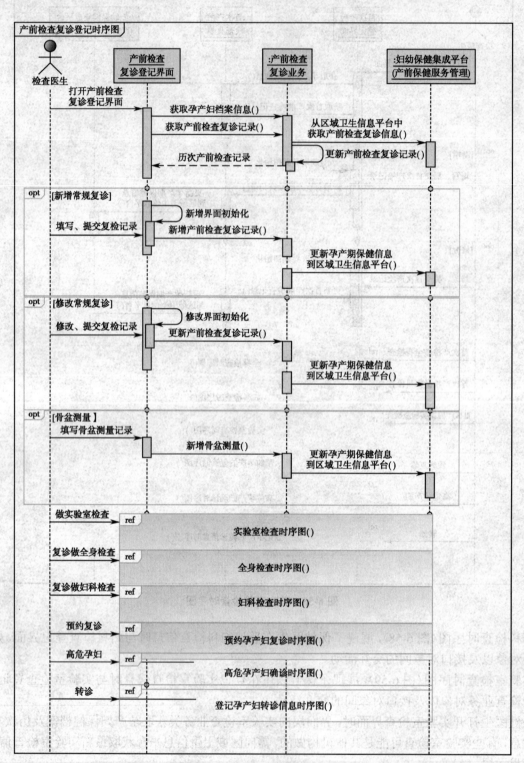

图 6-36　产前检查复诊登记时序图

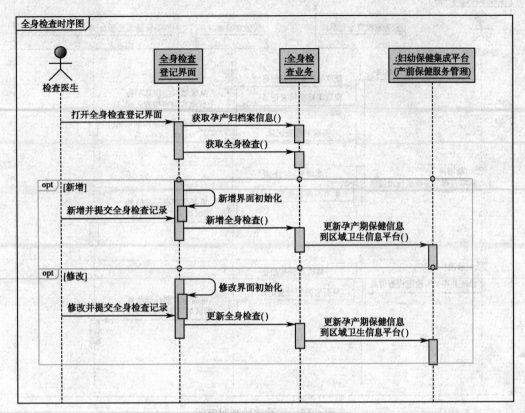

图 6-57 体格检查时序图

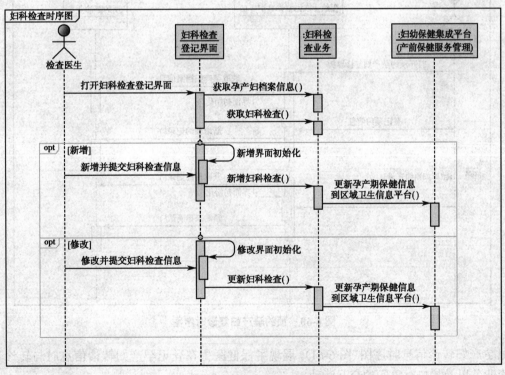

图 6-58 妇科检查时序图

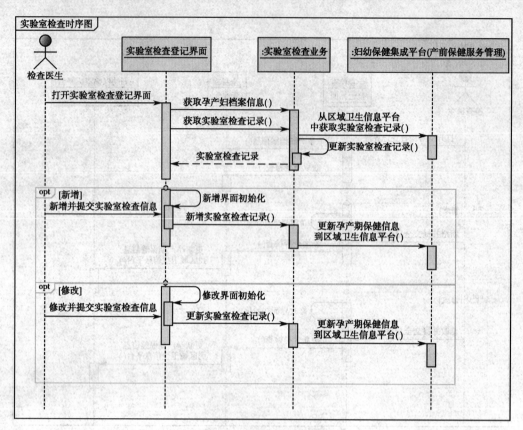

图 6-59　实验室检查时序图

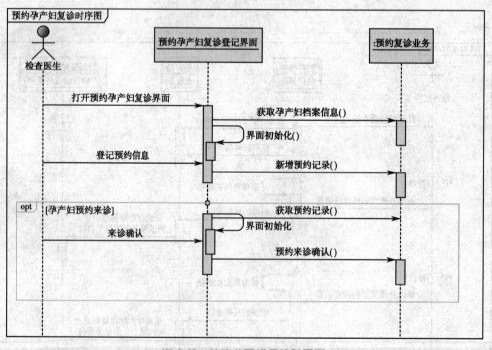

图 6-60　预约孕产妇复诊时序图

　　登记孕产妇转诊信息时序图（图 6-61），展现了保健医生在登记孕产妇转诊信息时与转诊界面、孕产妇转诊业务以及接口对象间的交互活动。

　　高危孕产妇确诊时序图（图 6-62），展现了保健医生在登记高危孕产妇确诊信息时与高危孕产妇确诊界面、高危孕产妇确诊业务及接口对象间的交互活动。

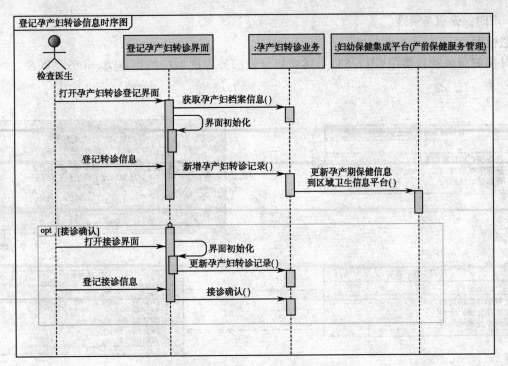

图 6-61　登记孕产妇转诊信息时序图

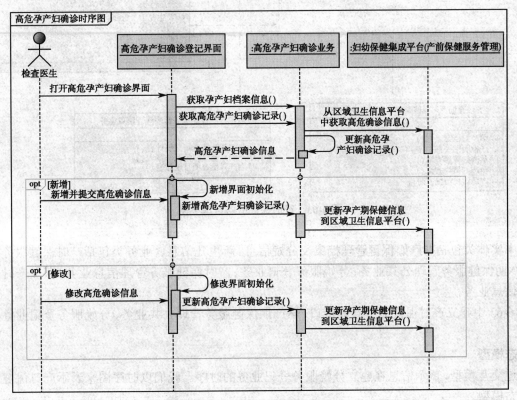

图 6-62　高危孕产妇确诊时序图

　　保健医生打开高危孕产妇确诊界面，界面层向高危孕产妇确诊业务类获取孕产妇档案信息、历史高危确诊信息，有些高危确诊记录可能是其他机构做的，需向区域卫生信息平台获取该孕妇最新高危确诊信息，并返回给界面层。

6.2.2.5 产时保健服务管理

静态模型

产时保健服务管理类图（图6-63）描述产妇分娩服务管理系统的实体类、业务类以及之间的协作关系。

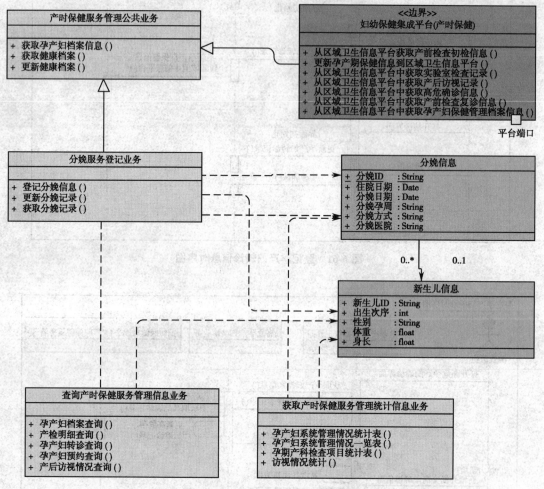

图 6-63 产时保健服务管理类图

其中实体类包括孕产妇保健管理档案及分娩信息、新生儿信息。业务类包括产时保健服务管理接口、孕产期保健服务管理公共业务、分娩服务登记业务、产时保健服务管理信息业务、获取产时保健服务管理信息业务。

图6-63中建立产时保健服务管理接口、孕产期保健服务管理公共业务、分娩服务登记业务间的静态关系。

动态模型

通过交互模型，展示信息在建立分娩服务登记业务的时序。我们以时序图来表示产时保健服务管理的动态模型。

分娩信息登记时序图（图6-64），展现了保健医生在登记分娩信息时与分娩信息登记界面、分娩登记业务对象及孕产期保健服务管理接口对象间的交互活动。

保健医生打开分娩信息登记界面，界面层向分娩登记业务类获取孕产妇档案信息及分娩记录方法。保健医生填写并提交分娩信息，通过界面层向分娩登记业务获取新增或修改分娩信息的方法，并将分娩信息更新到区域卫生信息平台。

230

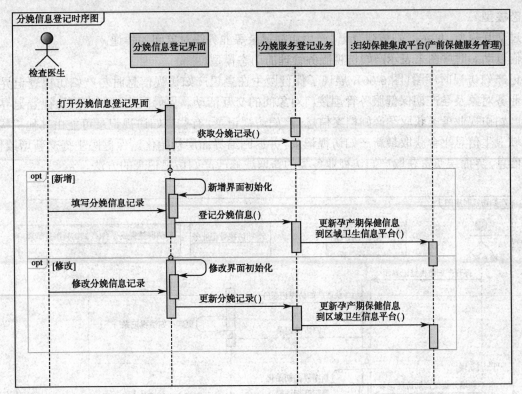

图 6-64　分娩信息登记时序图

6.2.2.6　产妇访视服务管理

静态模型

产妇访视服务管理类图(图 6-65)描述产妇访视服务管理系统的实体类、业务类以及之间的协作关系。其中实体类包括孕产妇保健管理档案、产妇访视记录。业务类包括产妇访视服务管理接口、孕产期保健服务管理公共业务、查询产后保健服务管理信息业务、获取产后保健服务管理统计信息业务。

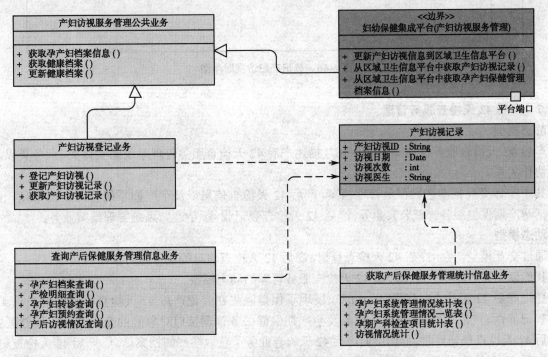

图 6-65　产妇访视服务管理类图

动态模型

通过交互模型,展示产妇访视登记、产后访视记录等业务等对象间的传递。

我们以动态时序图来表示产妇访视服务管理的动态模型。

登记产妇访视时序图(图 6-66),展现了保健医生在登记产妇访视信息时与产妇访视登记界面、产妇访视业务对象及孕产期保健服务管理接口对象间的交互活动。保健医生进入产妇访视登记界面,界面层向产妇访视业务类获取孕产妇档案信息、产妇访视记录,有些产妇访视记录可能由其他机构登记,需向区域卫生信息平台获取最新产妇访视记录,并返回给界面层初始化。保健医生提交新增或修改产妇访视信息,界面层负责获取产妇访视业务类的新增或修改产妇访视记录的方法。

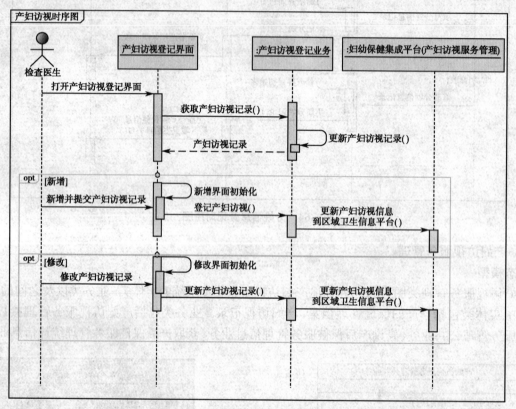

图 6-66　登记产妇访视时序图

6.2.2.7　产后 42 天检查服务管理

静态模型

产后 42 天检查服务管理类图(图 6-67)描述产后 42 天检查服务管理系统的实体类、业务类以及之间的协作关系。

其中实体类包括孕产妇保健管理档案、产后 42 天检查信息以及孕产妇系统管理结案信息。业务类包括孕产期保健服务管理公共业务、产后 42 天检查登记业务、孕产妇系统管理结案业务。

动态模型

通过交互模型,展示产后 42 天检查登记、产后 42 天检查信息等业务等对象间的传递。

我们以动态时序图来表示产后 42 天检查服务管理的动态模型。

登记产后 42 天检查时序图(图 6-68),展现了保健医生在登记产后 42 天检查信息时与产后 42 天检查登记界面、产后 42 天检查业务对象及孕产期保健服务管理接口对象间的交互活动。保健医生进入产后 42 天检查登记界面,界面层向产后 42 天检查业务类获取孕产妇档案信息、产后 42 天检查记录,有些产后 42 天检查记录可能由其他机构登记,需向区域卫生信息平台获取最新产后 42 天检查记录,

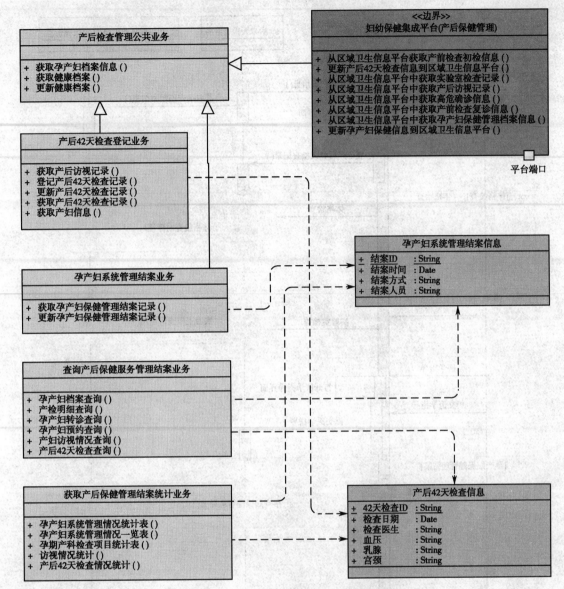

图 6-67　产后 42 天检查服务管理类图

并返回给界面层初始化。保健医生提交新增或修改产后 42 天检查信息,界面层负责获取产后 42 天检查业务类的新增或修改产后 42 天检查记录的方法。

6.2.2.8　高危孕产妇管理

静态模型

高危孕产妇管理类图(图 6-69)描述高危孕产妇管理系统的实体类、业务类以及之间的相关关系。

其中实体类包括高危孕产妇管理档案、高危孕产妇评判记录、预约随诊记录、高危孕产妇随诊记录、高危孕产妇转诊记录、高危孕产妇管理结案记录;业务类包括评判孕产妇高危因素业务、孕产妇高危管理公共业务、高危孕产妇管理接口、高危孕产妇随诊登记业务、高危孕产妇管理查询业务、高危孕产妇预警提醒业务、高危孕产妇管理统计业务、高危孕产妇管理结案业务。

图 6-69 中评判孕产妇高危因素业务、高危孕产妇随诊登记业务、高危孕产妇管理结案业务以及孕产妇高危管理接口对象继承了孕产妇高危管理公共业务。

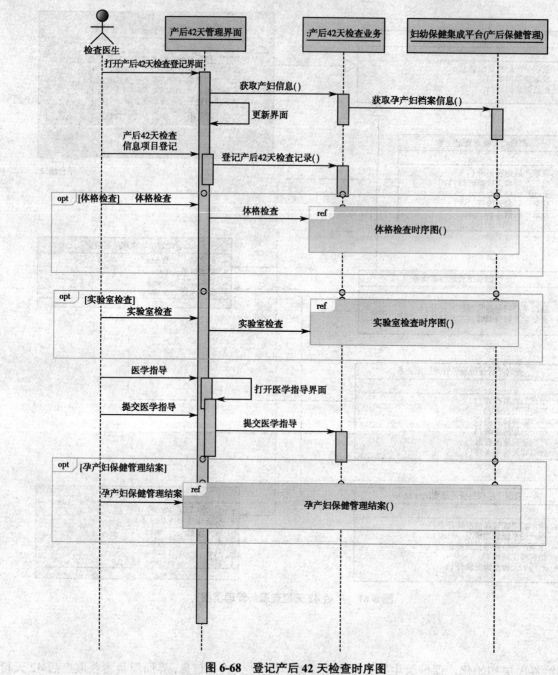

图 6-68　登记产后 42 天检查时序图

动态模型

通过交互模型,展示信息在评判孕产妇高危因素业务、高危孕产妇随诊登记业务、高危孕产妇管理查询业务、高危孕产妇预警提醒业务、高危孕产妇管理统计业务、高危孕产妇管理结案业务以及孕产妇高危管理接口对象间的传递。

我们以动态时序图来表示高危孕产妇管理的动态模型。

孕产妇高危因素评判时序图(图 6-70),展现了医生在评判孕产妇高危因素时与孕产妇高危因素评判登记界面、孕产妇高危因素评判业务及接口对象间的交互活动。

高危孕产妇随诊登记时序图(图 6-71),展现了医生在登记高危孕产妇随诊信息时与高危孕产妇随诊登记界面、高危孕产妇随诊业务对象及接口对象间的交互活动。

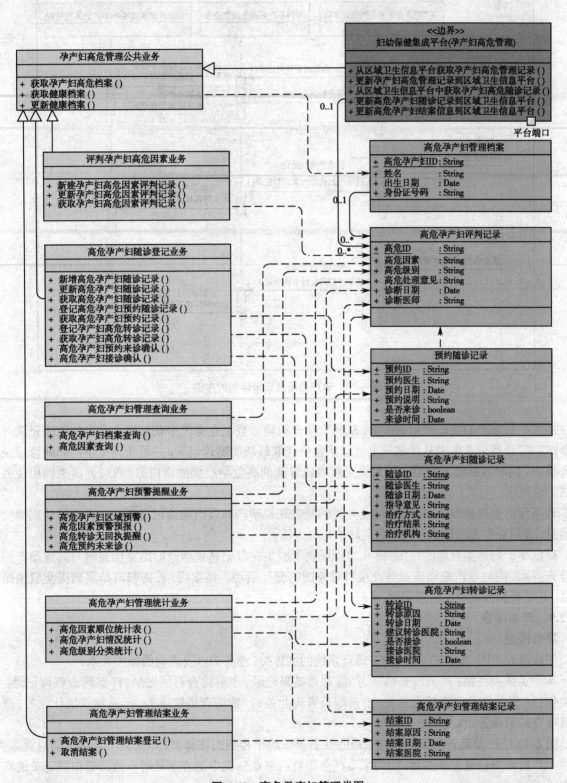

图 6-69 高危孕产妇管理类图

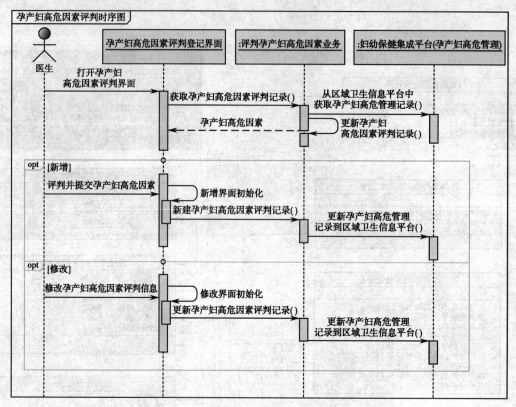

图 6-70　孕产妇高危因素评判时序图

　　加载高危孕产妇随诊登记页面时,从高危孕产妇随诊登记业务类中获取高危孕产妇随诊记录。高危孕产妇随诊登记业务类从区域卫生信息平台中获取最新的随诊记录,并更新高危孕产妇随诊记录到业务类中,同时返回给界面层。医生提交新增或修改的高危孕产妇随诊信息,通过界面类调用业务类方法。

　　若需预约则提交预约信息,调用业务类的登记高危孕产妇预约随诊记录方法。若需转诊则提交转诊信息,调用业务类的登记孕产妇高危转诊记录方法。

　　高危孕产妇结案管理时序图(图 6-72),展现了医生在登记高危孕产妇结案信息时与高危孕产妇结案登记界面、高危孕产妇结案业务及接口对象间的交互活动。结案后,若需取消结案则提交取消结案信息,并更新到区域卫生信息平台。

6.2.2.9　产前筛查

静态模型

　　产前筛查类图(图 6-73)描述产前筛查系统的实体类、业务类以及之间的相关关系。

　　其中实体类包括:产前筛查信息、产前筛查结果记录、产前筛查召回记录、产前筛查咨询记录;业务类包括:采集产前筛查信息业务、产前筛查查询业务、产前筛查提醒业务、产前筛查统计业务、登记产前筛查结果业务,以及产前筛查接口。

　　图 6-73 中产前筛查与诊断管理系统的业务类依赖于相应的实体类,如采集产前筛查信息业务类,依赖于产前筛查信息记录实体,因为采集产前筛查信息业务类中的方法是对产前筛查信息记录的实体操作。

动态模型

　　通过交互模型,展示信息在产前高风险孕妇管理业务、采集产前筛查信息业务、产前筛查与诊断管理查询业务、产前筛查与诊断管理提醒业务、产前筛查与诊断管理统计业务、登记产前筛查结果业务、产前筛查追访业务以及产前筛查与诊断管理接口对象间的传递。

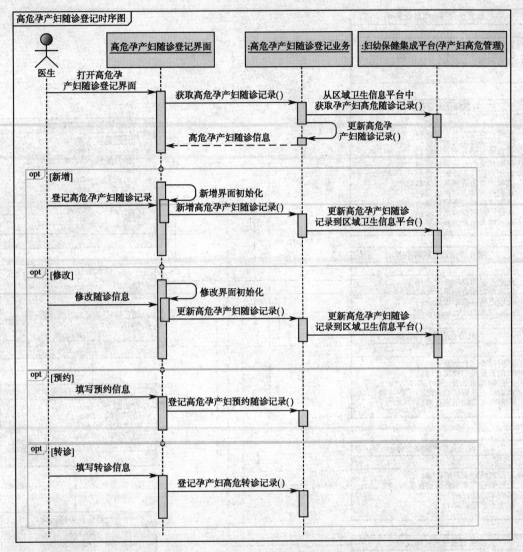

图 6-71 高危孕产妇随诊登记时序图

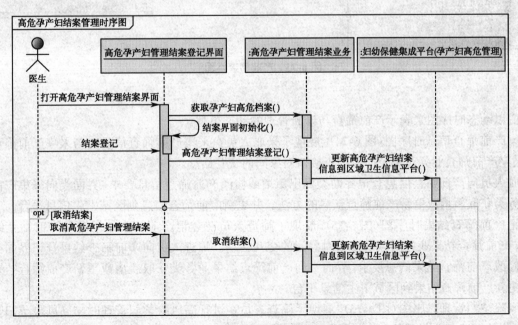

图 6-72 高危孕产妇结案管理时序图

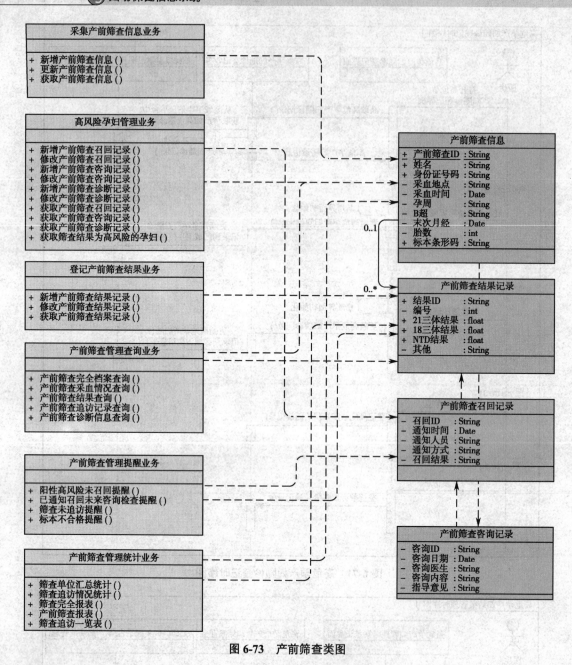

图 6-73　产前筛查类图

我们以动态时序图来表示产前筛查与诊断管理的动态模型。

采集产前筛查信息时序图(图 6-74),展现了采血人员在采集产前筛查信息时与采集产前筛查登记界面、采集产前筛查业务对象及产前筛查接口对象间的交互活动。

采血人员向产前筛查信息登记界面类提出新增或修改产前筛查信息要求,界面类向采集产前筛查信息业务类获取新增或更新产前筛查信息的方法。并更新产前筛查信息到区域卫生信息平台。

登记产前筛查结果时序图(图 6-75),展现了筛查人员在登记产前筛查结果时与产前筛查结果登记界面、产前筛查结果业务对象及接口对象间的交互活动。筛查人员向产前筛查结果登记界面类提出新增或修改产前筛查结果信息要求,界面类向产前筛查结果业务类获取新增或更新产前筛查结果的方法。并更新产前筛查结果到区域卫生信息平台。

高风险孕妇管理时序图(图 6-76),展现了筛查人员在进行高风险孕妇管理时与高风险孕妇管理界面、高风险孕妇管理业务对象及接口对象间的交互活动。

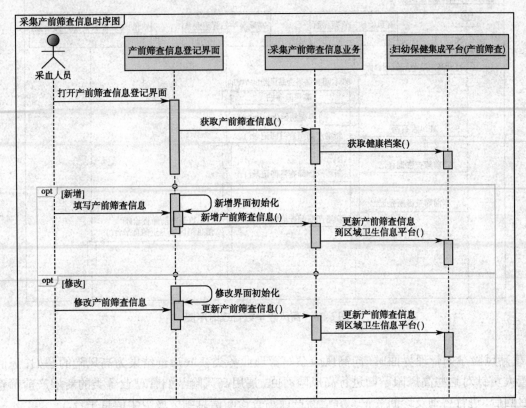

图 6-74 采集产前筛查信息时序图

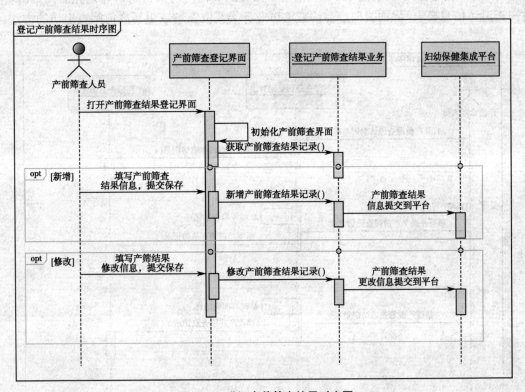

图 6-75 登记产前筛查结果时序图

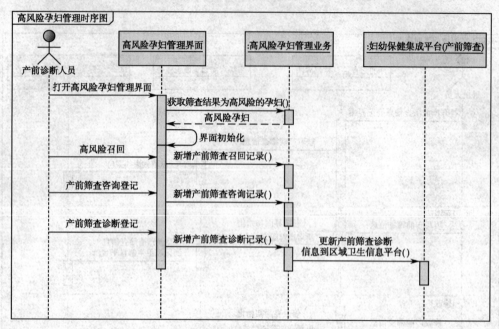

图 6-76 高风险孕妇管理时序图

　　加载高风险孕妇管理界面时,向高风险孕妇管理业务类获取筛查结果为高风险的孕妇,返回给界面,筛查人员针对这些高风险孕妇进行高风险召回,调用高风险孕妇管理业务类的新增产前筛查召回记录,召回后,进行咨询及诊断登记。并更新产前筛查诊断信息到区域卫生信息平台。

　　产前筛查追访登记时序图(图 6-77),展现了筛查人员在登记产前筛查追访信息时与产前筛查追访登记界面、产前筛查追访业务对象间的交互活动。筛查人员向产前筛查追访登记界面类提出新增或修改产前筛查追访信息要求,界面类向产前筛查追访业务类获取新增或更新产前筛查追访的方法。

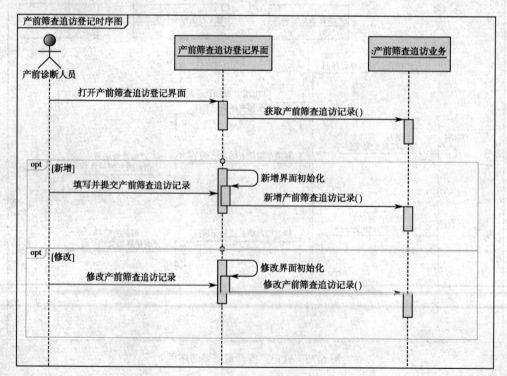

图 6-77 产前筛查追访登记时序图

6.2.2.10 产前诊断

静态模型

产前筛查与诊断管理类图(图 6-78)描述产前筛查与诊断管理系统的实体类、业务类以及之间的相关关系。

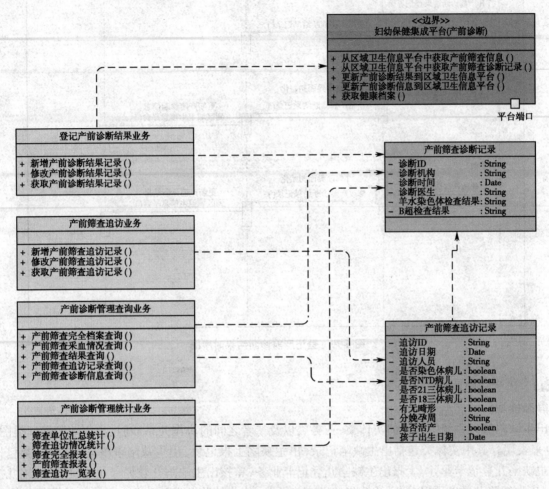

图 6-78 产前诊断类图

其中实体类包括产前筛查信息、产前筛查结果记录、产前筛查召回记录、产前筛查咨询记录、产前筛查诊断记录、产前筛查追访记录;业务类包括高风险孕妇管理业务、采集产前筛查信息业务、产前筛查与诊断管理查询业务、产前筛查与诊断管理提醒业务、产前筛查与诊断管理统计业务、登记产前筛查结果业务、产前筛查追访业务以及产前筛查与诊断管理接口。

图 6-78 中产前筛查与诊断管理系统的业务类依赖于相应的实体类,如采集产前筛查信息业务类,依赖于产前筛查信息记录实体,因为采集产前筛查信息业务类中的方法是对产前筛查信息记录的实体操作。

动态模型

通过交互模型,展示信产前诊断业务、产前诊断追访业务以及产前诊断接口对象间的传递。

我们以动态时序图来表示产前筛查与诊断管理的动态模型。

登记产前诊断结果时序图(图 6-79),展现了筛查人员在登记产前诊断结果时与产前诊断结果登记界面、产前筛查结果业务对象及接口对象间的交互活动。筛查人员向产前筛查结果登记界面类提出新增或修改产前诊断结果信息要求,界面类向产前诊断结果业务类获取新增或更新产前诊断结果的方法。并更新产前诊断结果到区域卫生信息平台。

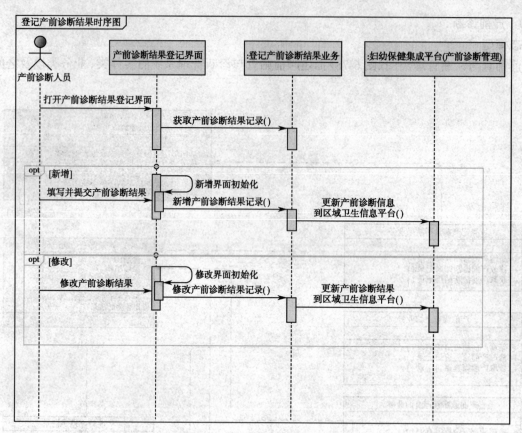

图 6-79　登记产前诊断结果时序图

6.2.2.11　出生缺陷监测

静态模型

出生缺陷管理系统中涉及的实体类、业务类以及二者之间的协作关系,通过出生缺陷管理类图(图6-80)来表现。其中实体类包括出生缺陷记录、出生缺陷上报记录、出生缺陷审核记录;业务类包括登记出生缺陷儿登记卡业务、上报出生缺陷儿登记卡业务、审核出生缺陷儿登记卡业务、出生缺陷儿提醒业务、出生缺陷儿预警预报业务、出生缺陷儿查询业务、出生缺陷儿统计业务以及出生缺陷管理接口。

图 6-80 中登记出生缺陷儿登记卡业务、上报出生缺陷儿登记卡业务、审核出生缺陷儿登记卡业务以及出生缺陷管理接口都继承了出生缺陷儿管理公共业务。业务类出生缺陷管理接口中的方法是对出生缺陷管理系统与区域卫生信息平台或其他系统的交互活动。

动态模型

以动态时序图表示出生缺陷管理信息在登记出生缺陷儿登记卡业务、上报出生缺陷儿登记卡业务、审核出生缺陷儿登记卡业务、出生缺陷儿提醒业务、出生缺陷儿预警预报业务、出生缺陷儿查询业务、出生缺陷儿统计业务和出生缺陷接口对象间的传递和流动顺序。

图 6-81 出生缺陷登记时序图,展现了报告人员在登记出生缺陷信息时与登记出生缺陷儿登记卡界面、登记业务以及出生缺陷管理接口对象间的交互活动。

报告人员选择新增或修改出生缺陷儿信息,提交到界面层,通过界面层获取登记出生缺陷儿登记卡业务类的新增或修改出生缺陷儿记录方法。并将出生缺陷信息推送到区域卫生信息平台(图6-82)。

图 6-83 出生缺陷审核时序图,展现了审核人员在审核出生缺陷儿登记卡时与审核界面、审核业务对象间的交互活动。审核人员打开出生缺陷儿登记卡审核界面时,界面层向审核业务获取出生缺陷儿登记卡信息、上报信息以及下级机构审核信息并初始化界面,审核人员提交审核信息到界面类,界面类向审核界面获取审核或撤销审核出生缺陷儿登记卡的方法。

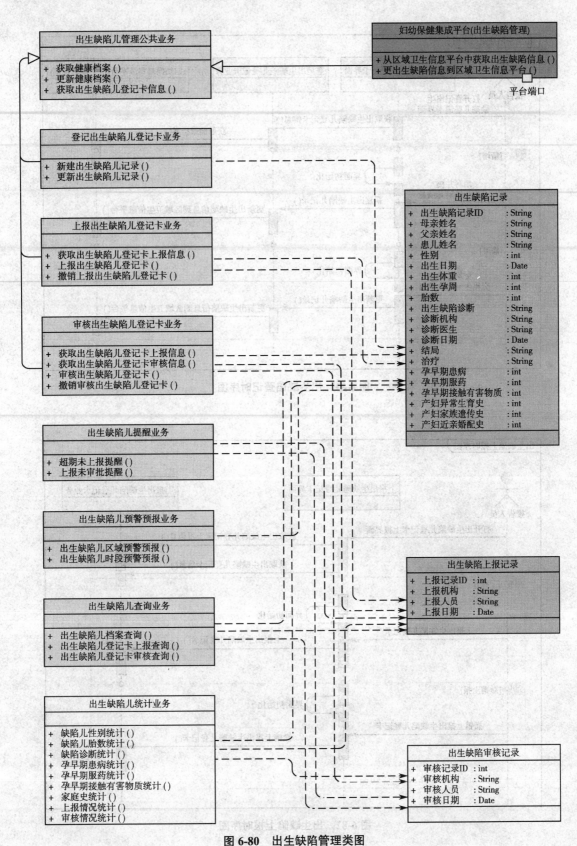

图 6-80 出生缺陷管理类图

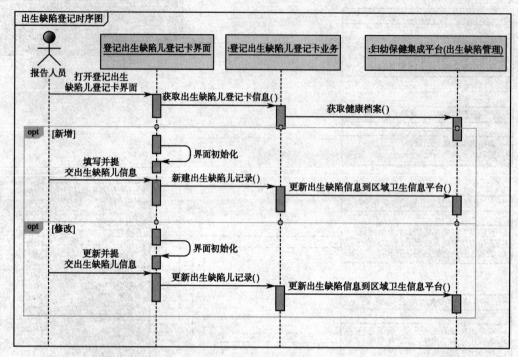

图6-81　出生缺陷登记时序图

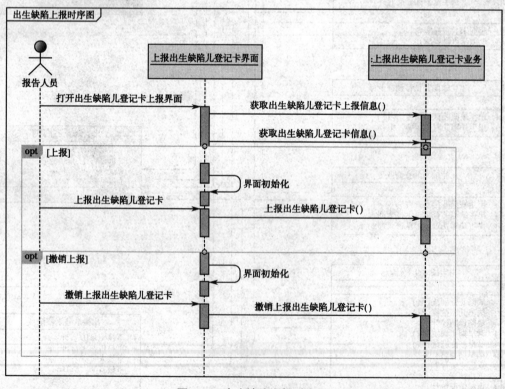

图6-82　出生缺陷上报时序图

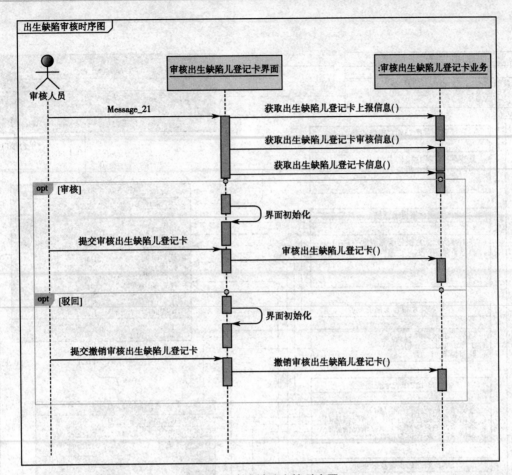

图 6-83　出生缺陷审核时序图

6.2.2.12　孕产妇死亡报告

静态模型

孕产妇死亡报告类图（图 6-84）描述孕产妇死亡报告系统的实体类、业务类以及之间的相关关系。

其中实体类包括：孕产妇死亡报告记录、孕产妇死亡报告卡上报、孕产妇死亡报告卡审核、孕产妇死亡评审；业务类包括：登记孕产妇死亡报告业务、检查孕产妇死亡报告卡重复上报情况业务、孕产妇死亡报告卡提醒业务、孕产妇死亡报告卡查询业务、孕产妇死亡预警预报业务、孕产妇死亡报告卡统计业务、上报孕产妇死亡报告卡业务、审核孕产妇死亡报告卡业务、评审孕产妇死亡业务以及孕产妇死亡报告卡接口。

图中登记孕产妇死亡报告业务、上报孕产妇死亡报告卡业务、审核孕产妇死亡报告卡业务、评审孕产妇死亡业务继承了孕产妇死亡报告卡公共业务。

动态模型

通过交互模型，展示信息在登记孕产妇死亡报告业务、检查孕产妇死亡报告卡重复上报情况业务、孕产妇死亡报告卡提醒业务、孕产妇死亡报告卡查询业务、孕产妇死亡预警预报业务、孕产妇死亡报告卡统计业务、上报孕产妇死亡报告卡业务、审核孕产妇死亡报告卡业务、评审孕产妇死亡业务以及孕产妇死亡报告卡接口对象间的传递。

我们以动态时序图来表示孕产妇死亡报告的动态模型。

登记孕产妇死亡报告卡时序图（图 6-85）中展现了报告人员在登记孕产妇死亡报告时与登记界面类、登记孕产妇死亡报告业务对象以及孕产妇死亡报告卡接口对象间的交互活动。

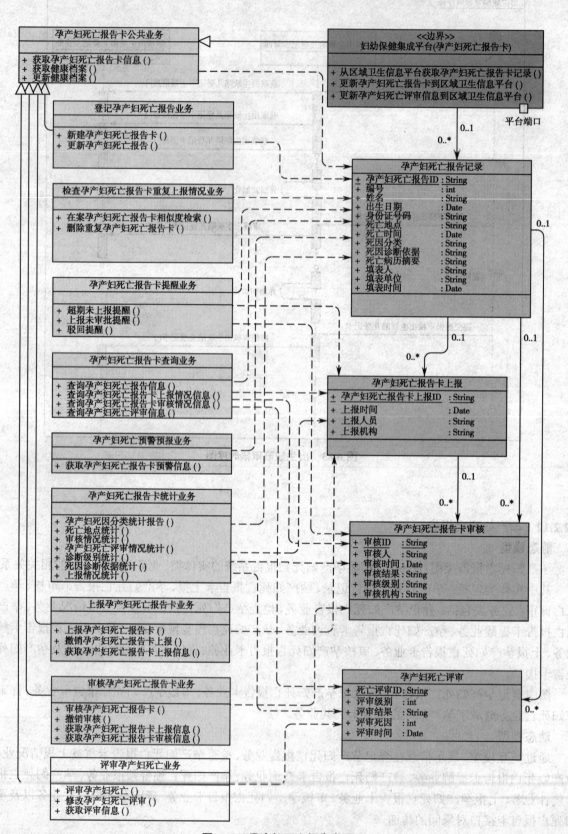

图 6-84 孕产妇死亡报告类图

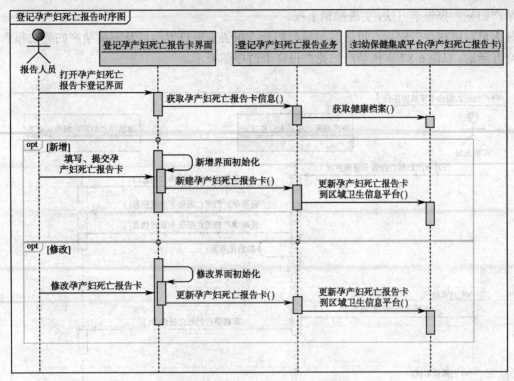

图 6-85　登记孕产妇死亡报告时序图

报告人员向孕产妇死亡报告卡登记界面类提出新增或修改孕产妇死亡报告卡要求,界面类向登记孕产妇死亡报告业务类获取新增或更新孕产妇死亡报告信息的方法。并更新孕产妇死亡报告信息到区域卫生信息平台。

上报孕产妇死亡报告卡时序图(图 6-86),说明了报告人员在上报孕产妇死亡报告卡时与上报界面和上报业务对象间的交互活动。

报告人员向孕产妇死亡报告卡上报界面类提出上报要求,界面类向上报孕产妇死亡报告业务类获取上报孕产妇死亡报告卡方法;若要撤销上报,则获取上报信息,报告人员提交撤销上报要求,调用撤

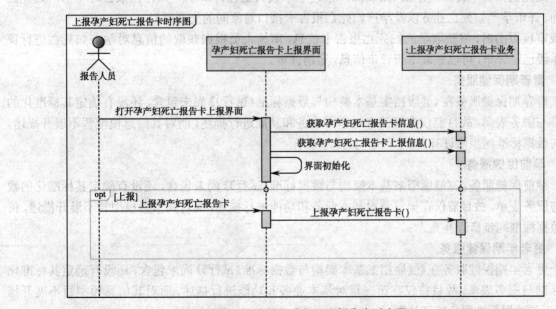

图 6-86　上报孕产妇死亡报告卡时序图

销上报孕产妇死亡报告卡方法,实现撤销上报。

审核人员在审核孕产妇死亡报告时与孕产妇死亡报告卡审核界面以及审核孕产妇死亡报告卡业务对象的交互活动,以图 6-87 审核孕产妇死亡报告卡时序图表示。

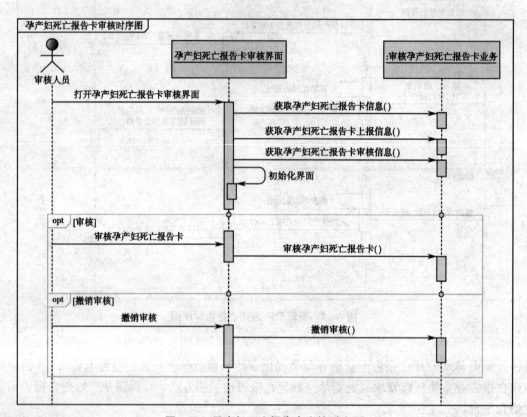

图 6-87　孕产妇死亡报告卡审核时序图

加载审核页面时,需获取孕产妇死亡报告卡信息、上报信息以及下级审核信息,审核人员根据获取的信息对上报的孕产妇死亡报告卡进行审核。若本级已经审核,可以撤销本级审核。

孕产妇死亡报告卡评审时序图(图 6-88),描述了审核人员在评审孕产妇死亡报告时与孕产妇死亡评审界面、评审孕产妇死亡业务以及孕产妇死亡报告卡接口对象间的交互活动。

加载审核页面时,需获取孕产妇死亡报告卡信息,审核人员根据获取的信息对孕产妇死亡进行评审。若本级已经评审,可以获取本级评审信息,撤销评审。

6.2.2.13　青春期保健服务

由于青春期保健服务在《健康档案基本架构与数据标准(试行)》尚未包含,还没有确定其标准化的数据标准与服务表单,故目前仅在第三章对基本业务和功能进行描述,而对其信息模型暂不展开描述,待今后与数据标准同步修订补充。

6.2.2.14　孕前保健服务

由于孕前保健服务在《健康档案基本架构与数据标准(试行)》尚未包含,还没有确定其标准化的数据标准与服务表单,故目前仅在第三章对基本业务和功能进行描述,而对其信息模型暂不展开描述,待今后与数据标准同步修订补充。

6.2.2.15　更老年期保健服务

由于更老年期保健服务在《健康档案基本架构与数据标准(试行)》尚未包含,还没有确定其标准化的数据标准与服务表单,故目前仅在第三章对基本业务和功能进行描述,而对其信息模型暂不展开描述,待今后与数据标准同步修订补充。

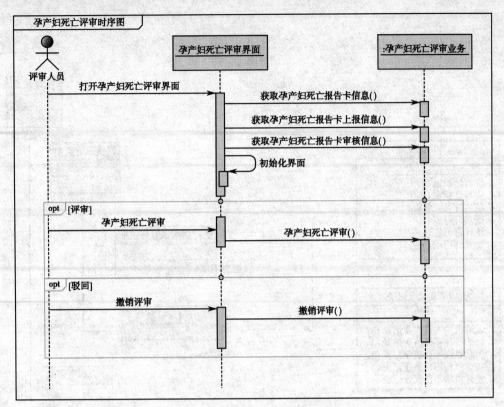

图 6-88 孕产妇死亡评审时序图

6.2.3 妇幼卫生管理

依第 3 章 3.1.2.3 所述,本处只阐述妇幼保健监督执法的部分内容。

6.2.3.1 妇幼保健执业资质管理

静态模型

妇幼保健执业资质管理类图(图 6-89)描述了妇幼保健执业资质管理系统中对象间的相关性以及对象的行为以及相互之间关系。

其中包括机构许可证管理、机构不良执业记录、合格证管理(含母婴保健技术考核合格证及村级妇幼保健人员资质管理合格证)、个人复训与考核记录、个人不良记录业务类,包含了行为及方法。用于信息交换的实体类包括:继承于执业资质的机构执业资质及个人执业资质;继承于机构执业资质的医疗机构执业许可证、保健许可证;继承于个人执业资质的母婴保健技术考核合格证管理档案、村级妇幼保健人员资质管理档案。

妇幼保健执业资质管理业务类依赖于相应的实体类,业务类是对实体类的逻辑操作。

动态模型

通过交互模型,展示信息在执业资质管理、许可证 / 合格证管理、复训与审核、不良执业记录等业务对象间的传递。

我们以动态时序图来表示妇幼保健执业资质管理的动态模型。

图 6-90 展示了执业资质管理员与系统的交互。以及系统内部执业管理界面与合格证管理业务对象、个人复训与考核业务对象、个人不良记录业务对象间的交互。

图 6-91 展示了执业资质管理员与系统的交互。以及系统内部执业管理界面与机构许可证管理业务对象、机构不良记录业务对象间的交互。

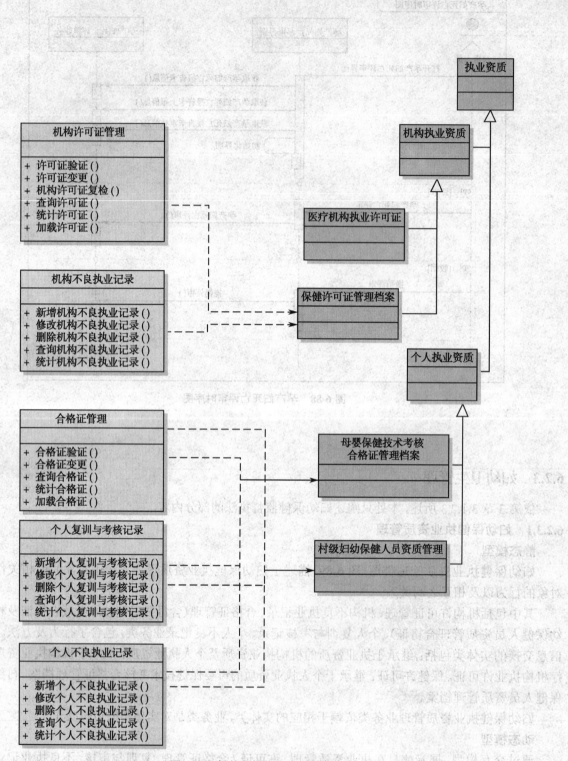

图 6-89 妇幼保健执业资质管理类图

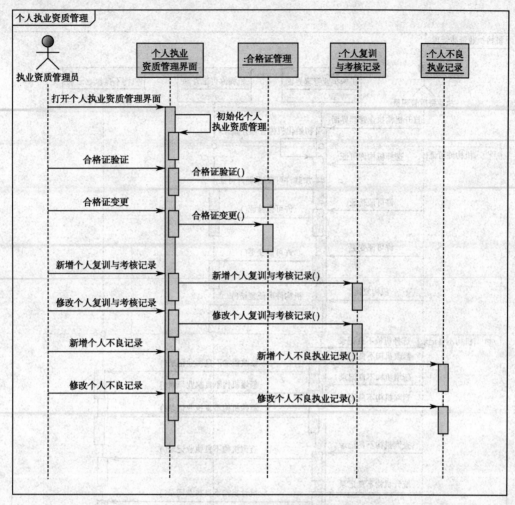

图 6-90 个人执业资质管理类图

6.2.3.2 《出生医学证明》证件管理

静态模型

《出生医学证明》证件管理主要包括以下内容：

1)《出生医学证明》档案管理；

2)《出生医学证明》空白证管理；

3)《出生医学证明》废证管理；

4)《出生医学证明》质量管理；

5)《出生医学证明》综合查询统计。

《出生医学证明》档案管理类图（图 6-92）描述了《出生医学证明》证件管理系统中对象间的相关性以及对象的行为以及之间相互关系。

《出生医学证明》档案管理的业务对象有：《出生医学证明》档案管理。信息交互对象有《出生医学证明》档案、《出生医学证明》档案借阅记录。

《出生医学证明》空白证管理、废证管理的业务对象有《出生医学证明》空白证管理、《出生医学证明》废证管理，它们可能包含申领、入库、出库、调配、废证登记、销毁等业务对象。信息交互实体对象有《出生医学证明》空白证、《出生医学证明》废证，以及其泛化对象《出生医学证明》证件。见图 6-93。

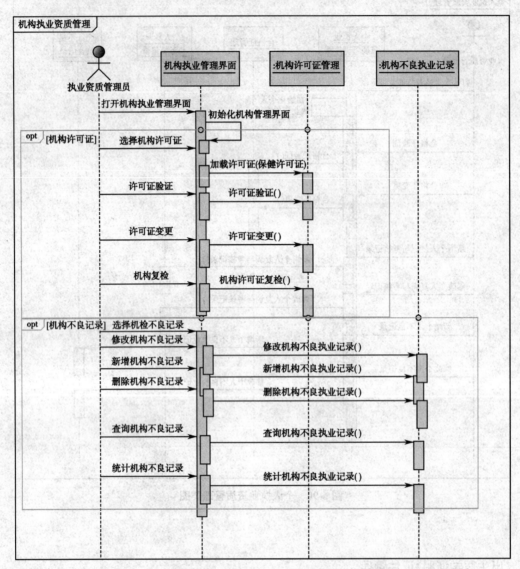

图 6-91　机构执业资质管理类图

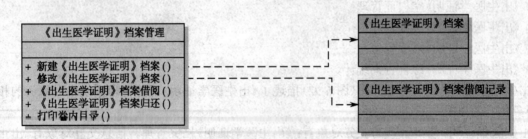

图 6-92　《出生医学证明》档案管理类图

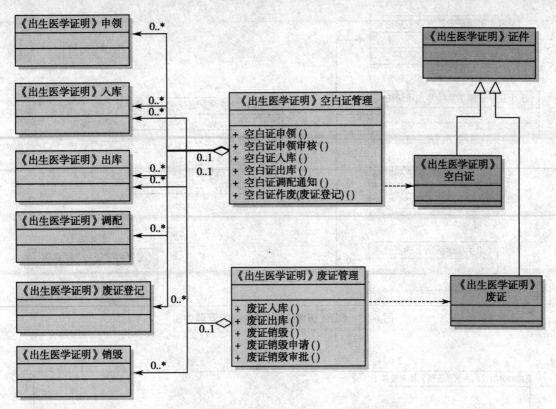

图 6-93　《出生医学证明》空白证、废证管理类图

《出生医学证明》质量管理的业务对象有《出生医学证明》质量控制,信息交互实体对象《出生医学证明》有质量记录。见图 6-94。

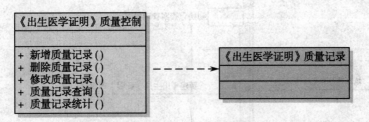

图 6-94　《出生医学证明》质量管理类图

《出生医学证明》真伪鉴定业务对象有《出生医学证明》真伪鉴定管理,包括真伪鉴定申请、真伪鉴定申请转交、真伪鉴定等。实体对象包括《出生医学证明》疑似伪证。见图 6-95。

《出生医学证明》综合查询统计业务类,可对《出生医学证明》业务范围内的实体进行统计。

动态模型

通过交互模型,展示信息档案管理、空白证管理、废证管理、质量管理、真伪鉴定、订单结算管理、综合查询统计业务对象间的传递。

我们以时序图来表示《出生医学证明》证件管理间的动态模型。

图 6-96 展示了《出生医学证明》档案管理员与系统的交互。以及系统内部档案管理界面与《出生医学证明》档案管理业务对象的交互。

图 6-97 展示了《出生医学证明》证件管理人员与系统的交互。以及系统内部《出生医学证明》证件管理界面与证件管理业务对象及废证管理业务对象间的交互。

图 6-98 展示了《出生医学证明》证件管理人员与系统的交互。以及系统内部《出生医学证明》证件管理界面与废证管理业务对象间的交互。

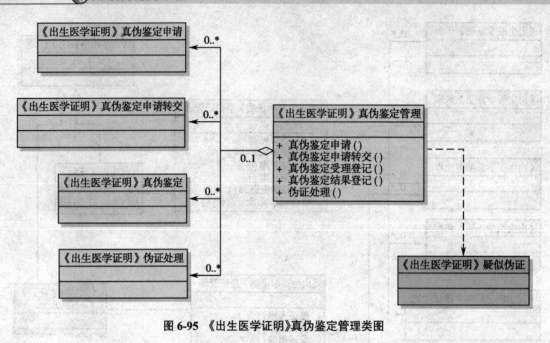

图 6-95 《出生医学证明》真伪鉴定管理类图

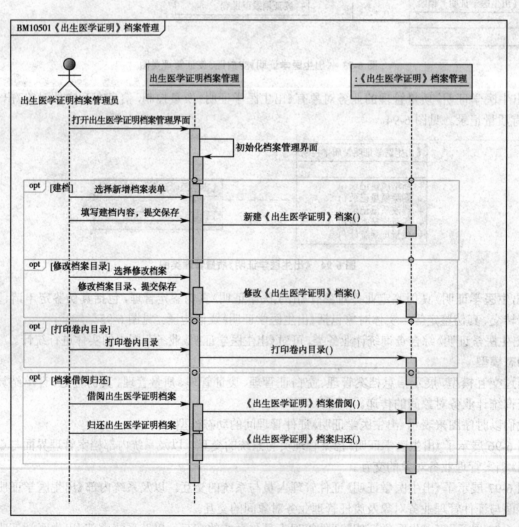

图 6-96 《出生医学证明》档案管理时序图

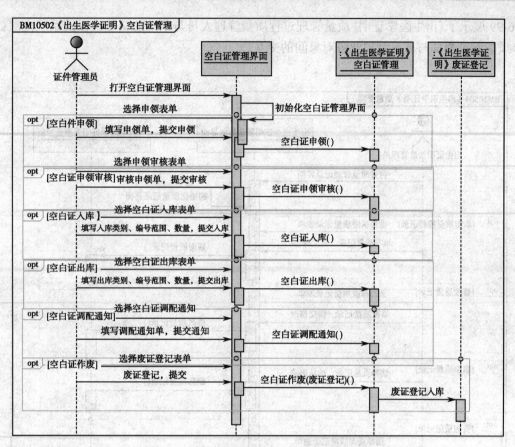

图 6-97 《出生医学证明》空白证管理时序图

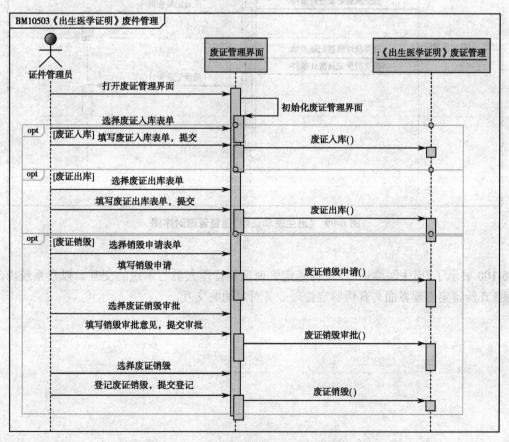

图 6-98 《出生医学证明》废证管理时序图

图 6-99 展示了《出生医学证明》质量管理过程质量管理人员与系统的交互。以及系统内部《出生医学证明》质量管理界面与质量管理业务对象间的交互。

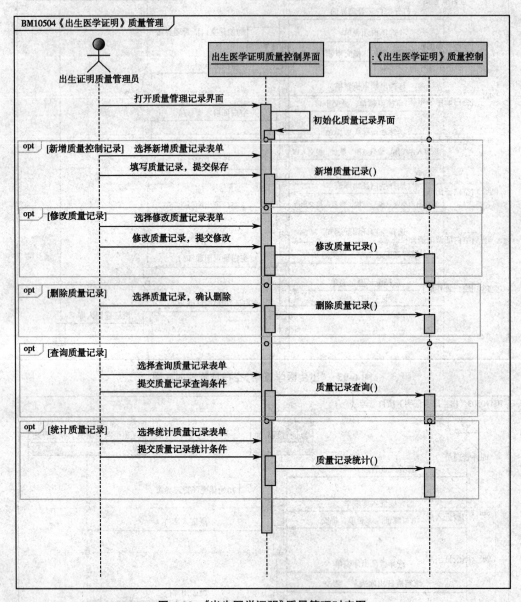

图 6-99 《出生医学证明》质量管理时序图

图 6-100 展示了《出生医学证明》真伪鉴定管理证件管理人员与系统的交互。以及系统内部《出生医学证明》真伪鉴定管理界面与真伪鉴定管理业务对象间的交互。

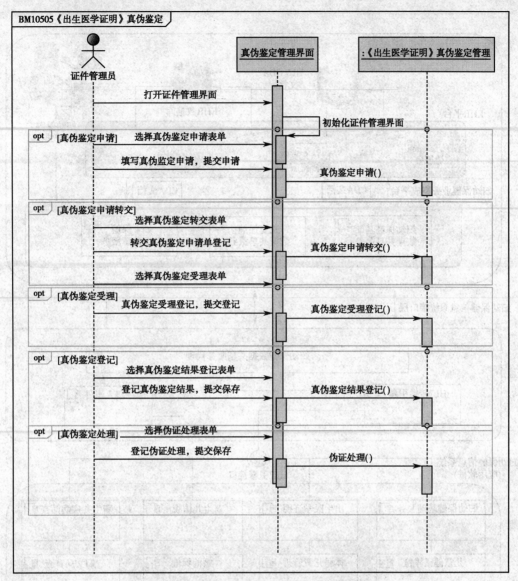

图 6-100　《出生医学证明》真伪鉴定管理时序图

6.3　与区域卫生信息平台的信息交互

妇幼保健信息系统通过区域卫生信息平台与其他领域或机构产生信息交互。妇幼保健系统应建立与区域卫生信息平台交互的接口模块，负责处理与区域卫生信息平台的信息通信。

妇幼保健信息系统各个领域均通过接口服务组件与区域服务平台进行信息交互。妇幼保建信息系统接口模块包括 HL7 引擎负责 HL7 的消息转换，一是将妇幼保健信息系统的消息转换成符合 HL7 消息标准的格式，二是将平台中符合 HL7 格式的消息转换成妇幼保健信息系统所需的系统消息，并解释执行消息内容。

妇幼保健信息系统与平台间的交互需求参见功能模型的用例分析。本章将依据功能模型中与平台间的交互需求通过活动图进行集中描述。并从妇幼保健信息系统的活动图所指明的与系统接口间的交互建立与区域卫生信息平台间通信的信息交互模型。

妇幼保健信息系统与区域卫生信息平台信息交互逻辑关系示意见图 6-101。

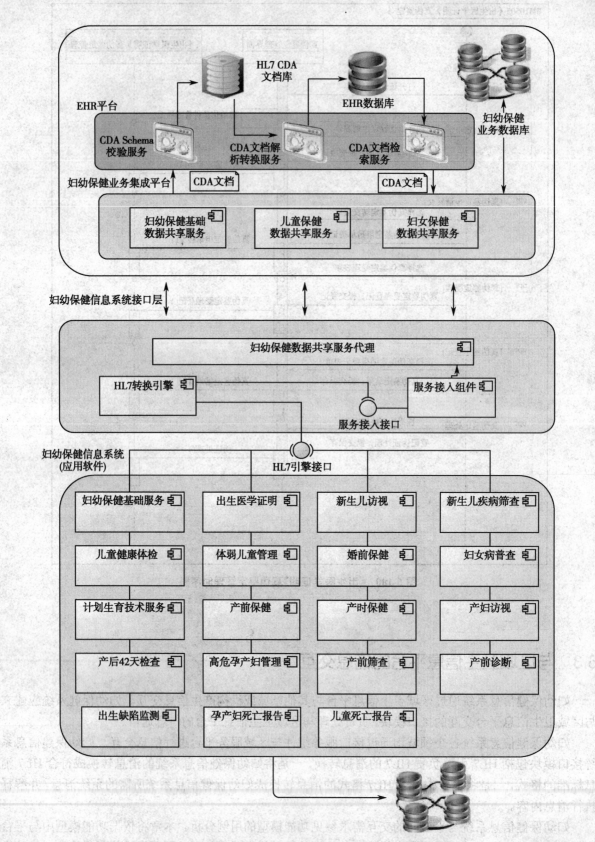

图 6-101 妇幼保健信息系统通过接口与区域卫生信息平台交互

6.3.1　与区域卫生信息平台间的信息交互行为

妇幼保健领域与区域卫生信息平台间存在诸多的交互业务活动,这些活动所产生的信息就是需要通过区域卫生信息平台储存到健康档案中,或与其他领域或机构共享的信息。主要包括如表 6-1 所示的几类信息。

表 6-1　交互信息类别列表

序号	信息类别	序号	信息类别
1	出生医学信息	10	产时保健信息
2	新生儿访视信息	11	产妇访视信息
3	新生儿疾病筛查信息	12	产后 42 天检查信息
4	儿童健康体检信息	13	高危孕产妇管理信息
5	体弱儿童管理信息	14	产前筛查信息
6	婚前保健管理信息	15	产前诊断信息
7	妇女病普查信息	16	出生缺陷监测信息
8	计划生育技术服务信息	17	孕产妇死亡报告信息
9	产前保健信息	18	5 岁以下儿童死亡报告信息

6.3.2　与区域卫生信息平台间的交互模式

妇幼保健信息系统与区域卫生信息平台间的交互,通过妇幼保健接口层与区域卫生信息平台的卫生信息接入层进行。

通过订阅 / 发布模式,妇幼保健信息系统可从区域卫生信息平台中获取由其他机构更新的信息,也可以通过主动获取模式从区域卫生信息平台中获取所需信息。

应用订阅 / 发布模式进行妇幼保健系统与区域卫生信息平台间信息交互时,要求平台具备依据应用系统所订阅的消息或服务进行发布或推送的能力。并通过分析,向所有被认定有权限的订阅者发布他们所订阅的消息。

如妇幼保健信息系统向平台订阅了本妇幼保健机构辖区内妇女儿童基础档案的基本信息更新服务。当平台中的妇女儿童相关的健康档案被其他应用系统创建或更新时,就会向有权限的订阅者发送被创建或更新的妇女儿童基础档案基本信息。妇幼保健信息系统则通过接入机制将妇幼儿童健康档案的基本信息更新到系统中。见图 6-102。

而通过主动获取的模式,则是妇幼保健信息系统在与参与者交互过程中,需要向平台获取业务相关的妇幼保健最新信息。此时则通过平台提供的检索或查询服务,获取所需信息。见图 6-103。

6.3.2.1　订阅 / 发布模式获取区域卫生信息平台最新信息

1) 妇幼保健信息系统订阅区域卫生信息平台最新信息:通过对妇幼保健业务活动图及用例的分析,妇幼保健信息系统,需求向平台订阅如下信息更新。妇幼保健信息系统通过区域卫生信息平台进行订阅。见图 6-104。

2) 区域卫生信息平台向订阅机构发布妇幼保健信息系统最新信息,见图 6-105。

6.3.2.2　主动模式获取区域卫生信息平台最新信息

在妇幼保健系统与参与者的交互过程中,按照需要,通过比较与平台的信息版本主动获取所需的信息。并更新到妇幼保健信息系统中。这种方式,无须注册本地服务,通过对平台服务的调用,即可获得与区域卫生服务平台的交互。见图 6-106。

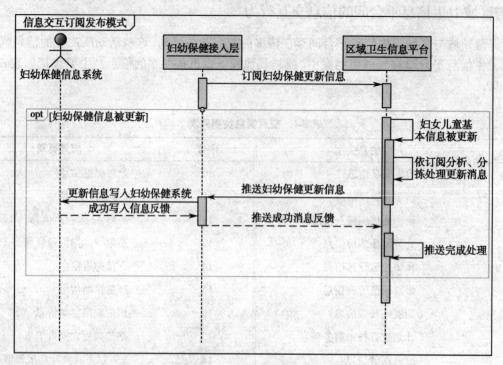

图 6-102 信息交互订阅发布模式

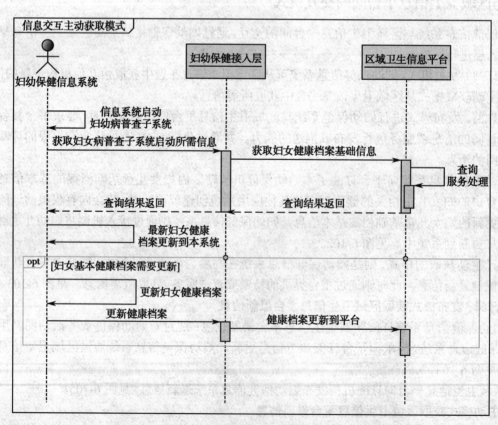

图 6-103 信息交互主动获取模式

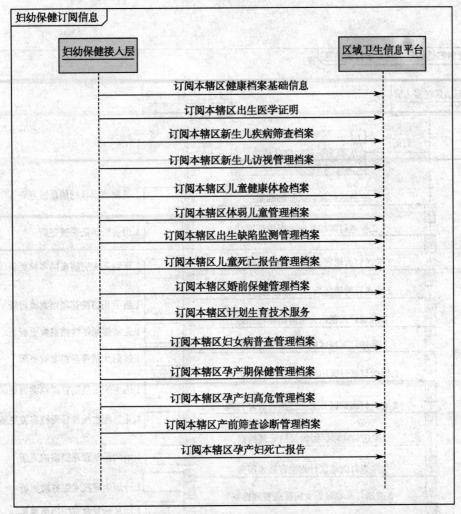

图 6-104　订阅 / 发布模式订阅区域卫生信息平台最新信息

6.3.2.3　妇幼保健信息最新信息更新到 RHIN 平台

　　妇幼保健信息系统在执行某项信息任务后,如新生儿筛查,需要将筛查结果更新到区域卫生信息平台,通过调用平台的新增新生儿筛查服务即可将新生儿筛查的相关信息更新到区域卫生信息平台,供其他应用系统调用。见图 6-107。

　　妇幼保健信息系统应通过事件驱动的方式调用平台的服务,这样可以保证妇幼保健信息系统在与区域卫生信息平台间产生通信故障时保持信息系统的正常运行,而不因此产生等待状态。

6.3.3　与区域卫生信息平台交互的 R-MIM 模型

　　对儿童保健、妇女保健的业务应用基础活动进行分析归类,并通过各个活动的数据项与 HL7 V3.0 通用域的活动交互进行比照,直接引用 HL7 通用域的 R-MIM 模型,将来可通过进一步的限定与精化。表 6-2 和表 6-3 分别列出儿童保健域及妇女保健域各项业务活动与 HL7 通用域 R-MIM 模型的对照。

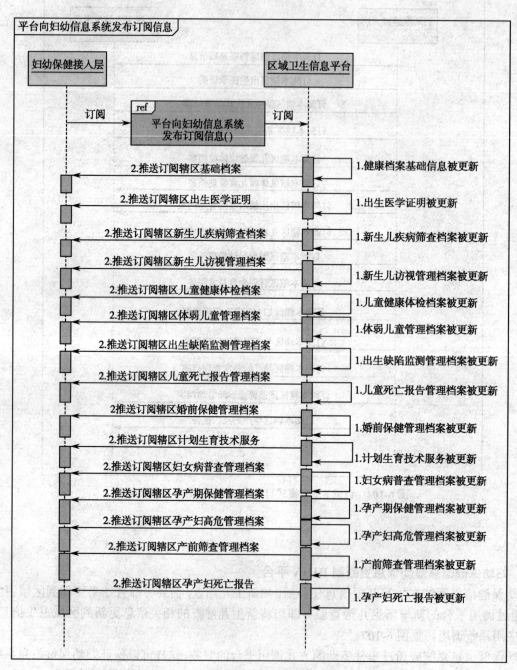

图 6-105　RHIN 向订阅机构发布妇幼保健信息系统最新信息

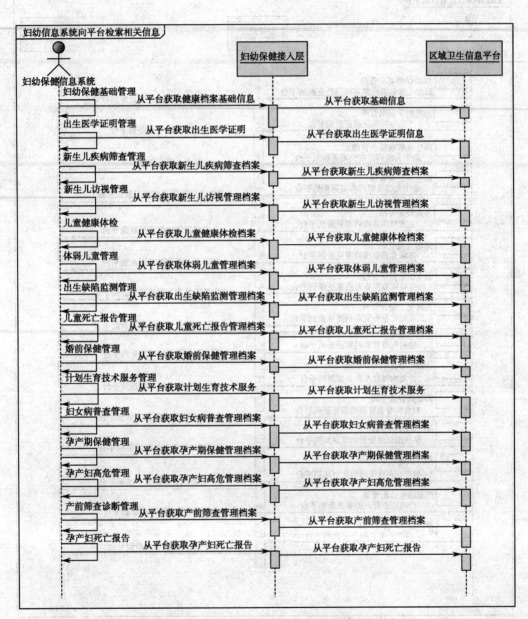

图 6-106 妇幼保健信息系统向 RHIN 检索相关信息

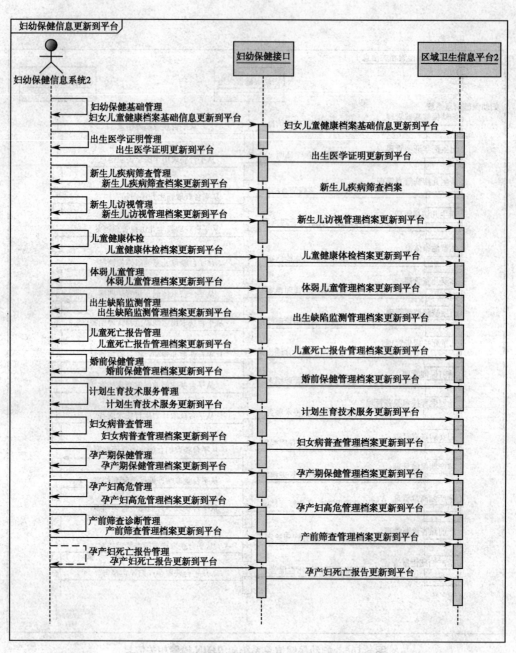

图 6-107　妇幼保健信息最新信息更新到 RHIN 平台

表 6-2　儿童保健域的活动对照表

业务活动名称	编码	对应的 HL7 通用域	对应的 HL7 模型
出生医学报告	B0101.0702	Patient Administration	Person Activate（PRPA_RM101301UV02）
新生儿访视专案登记	B0102.0204	Patient Administration	Patient Activate（PRPA_RM201301UV02）
新生儿访视随访记录	B0102.0510	Observations	Common Observation（POOB_RM410000UV）
新生儿疾病筛查专案登记	B0103.0204	Patient Administration	Patient Activate（PRPA_RM201301UV02）
新生儿疾病筛查实验室检验记录	B0103.0303	Laboratory	Lab Result Event（POLB_RM004000UV01）
新生儿疾病筛查诊断记录	B0103.0401	Observations	Common Observation（POOB_RM410000UV）
儿童健康体检专案登记	B0104.0204	Patient Administration	Patient Activate（PRPA_RM201301UV02）
儿童健康体检问询记录	B0104.0301	Observations	Common Observation（POOB_RM410000UV）
儿童健康体检体格检查记录	B0104.0302	Observations	Common Observation（POOB_RM410000UV）
儿童健康体检实验室检验记录	B0104.0303	Laboratory	Lab Result Event（POLB_RM004000UV01）
儿童健康体检医学指导	B0104.0511	Care Provision	A_CarePlan（REPC_RM000200UV01）
儿童健康体检评估报告	B0104.0601	Care Provision	Care Composition Record（REPC_RM500001UV）
体弱儿童管理专案登记	B0105.0204	Patient Administration	Patient Activate（PRPA_RM201301UV02）
体弱儿童管理问询记录	B0105.0301	Observations	Common Observation（POOB_RM410000UV）
体弱儿童管理体格检查记录	B0105.0302	Observations	Common Observation（POOB_RM410000UV）
体弱儿童管理实验室检验记录	B0105.0303	Laboratory	Lab Result Event（POLB_RM004000UV01）
体弱儿童管理影像检查记录	B0105.0305		
体弱儿童管理医学指导	B0105.0511	Care Provision	A_CarePlan（REPC_RM000200UV01）
体弱儿童管理评估报告	B0105.0601	Observations	Common Observation（POOB_RM410000UV）

表 6-3　妇女保健域的活动对照表

业务活动名称	编码	对应的 HL7 通用域	对应的 HL7 模型
婚前保健服务转诊记录	B0201.0203	Care Provision	Care Transfer Promise（REPC_RM003000UV01）
婚前保健服务问询记录	B0201.0301	Observations	Common Observation（POOB_RM410000UV）
婚前保健服务体格检查记录	B0201.0302	Observations	Common Observation（POOB_RM410000UV）
婚前保健服务实验室检验记录	B0201.0303	Laboratory	Lab Result Event（POLB_RM004000UV01）
婚前保健服务影像检查记录	B0201.0305		
婚前保健服务诊断记录	B0201.0401	Observations	Common Observation（POOB_RM410000UV）
婚前保健服务医学指导	B0201.0511	Care Provision	A_CarePlan（REPC_RM000200UV01）
妇女病普查问询记录	B0202.0301	Observations	Common Observation（POOB_RM410000UV）
妇女病普查体格检查记录	B0202.0302	Observations	Common Observation（POOB_RM410000UV）
妇女病普查实验室检验记录	B0202.0303	Laboratory	Lab Result Event（POLB_RM004000UV01）
妇女病普查影像检查记录	B0202.0305		
妇女病普查医学指导	B0202.0511	Care Provision	A_CarePlan（REPC_RM000200UV01）
计划生育技术服务问询记录	B0203.0301	Observations	Common Observation（POOB_RM410000UV）
计划生育技术服务体格检查记录	B0203.0302	Observations	Common Observation（POOB_RM410000UV）
计划生育技术服务实验室检验记录	B0203.0303	Laboratory	Lab Result Event（POLB_RM004000UV01）
计划生育技术服务影像检查记录	B0203.0305		
计划生育技术服务诊断记录	B0203.0401	Observations	Common Observation（POOB_RM410000UV）
计划生育技术服务手术记录	B0203.0503		
计划生育技术服务医学指导	B0203.0511	Care Provision	A_CarePlan（REPC_RM000200UV01）

续表

业务活动名称	编码	对应的 HL7 通用域	对应的 HL7 模型
产前保健转诊记录	B0204.0203	Care Provision	Care Transfer Promise (REPC_RM003000UV01)
产前保健专案登记	B0204.0204	Patient Administration	Patient Activate (PRPA_RM201301UV02)
产前保健问询记录	B0204.0301	Observations	Common Observation (POOB_RM410000UV)
产前保健体格检查记录	B0204.0302	Observations	Common Observation (POOB_RM410000UV)
产前保健实验室检验记录	B0204.0303	Laboratory	Lab Result Event (POLB_RM004000UV01)
产前保健影像检查记录	B0204.0305		
产前保健医学指导	B0204.0511	Care Provision	A_CarePlan (REPC_RM000200UV01)
产时保健分娩记录	B0205.0508	Clinical Document Architecture，Release 2	CDA R-MIM (POCD_RM000040)
产妇访视专案登记	B0206.0204	Patient Administration	Patient Activate (PRPA_RM201301UV02)
产妇访视随访记	B0206.0510	Observations	Common Observation (POOB_RM410000UV)
产后 42 天检查专案登记	B0207.0204	Patient Administration	Patient Activate (PRPA_RM201301UV02)
产后 42 天检查体格检查记录	B0207.0302	Observations	Common Observation (POOB_RM410000UV)
产后 42 天检查实验室检验记录	B0207.0303	Laboratory	Lab Result Event (POLB_RM004000UV01)
产后 42 天检查医学指导	B0207.0511	Care Provision	A_CarePlan (REPC_RM000200UV01)
孕产妇保健管理结案	B0207.0601	Observations	Common Observation (POOB_RM410000UV)
高危孕产妇管理专案登记	B0208.0204	Patient Administration	Patient Activate (PRPA_RM201301UV02)
高危孕产妇管理问询记录	B0208.0301	Observations	Common Observation (POOB_RM410000UV)
高危孕产妇管理体格检查记录	B0208.0302	Observations	Common Observation (POOB_RM410000UV)
高危孕产妇管理实验室检验记录	B0208.0303	Laboratory	Lab Result Event (POLB_RM004000UV01)
高危孕产妇管理影像检查记录	B0208.0305		
高危孕产妇管理医学指导	B0208.0511	Care Provision	A_CarePlan (REPC_RM000200UV01)
高危孕产妇管理评估报告	B0208.0601	Observations	Common Observation (POOB_RM410000UV)
产前筛查专案登记	B0209.0204	Patient Administration	Patient Activate (PRPA_RM201301UV02)
产前筛查问询记录	B0209.0301	Observations	Common Observation (POOB_RM410000UV)
产前筛查体格检查记录	B0209.0302	Observations	Common Observation (POOB_RM410000UV)
产前筛查实验室检验记录	B0209.0303	Laboratory	Lab Result Event (POLB_RM004000UV01)
产前筛查影像检查记录	B0209.0511		
产前诊断专案登记	B0210.0204	Patient Administration	Patient Activate (PRPA_RM201301UV02)
产前诊断问询记录	B0210.0301	Observations	Common Observation (POOB_RM410000UV)
产前诊断体格检查记录	B0210.0302	Observations	Common Observation (POOB_RM410000UV)
产前诊断实验室检验记录	B0210.0303	Laboratory	Lab Result Event (POLB_RM004000UV01)
产前诊断影像检查记录	B0210.0305		
产前诊断记录	B0210.0401	Observations	Common Observation (POOB_RM410000UV)
产前诊断医学指导	B0210.0511	Care Provision	A_CarePlan (REPC_RM000200UV01)
出生缺陷监测疾病报告	B0211.0701	Regulated Reporting	Notifiable Condition Report RMIM (PORR_RM100001UV01)

表 6-2 和表 6-3 中的业务活动主要有以下几个类型：

6.3.3.1 事件报告

主要包括出生医学报告。

选择 HL7V3.0 通用域 Patient Administration 的 Person Activate (PRPA_RM101301UV02) 模型，见图 6-108。

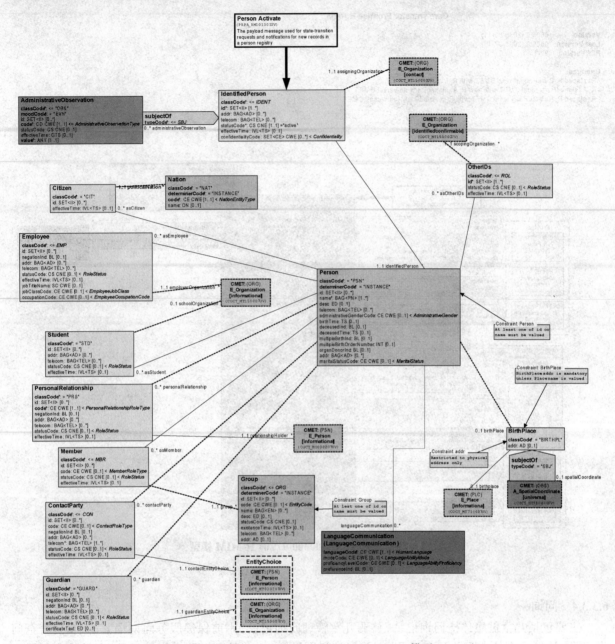

图 6-108　PRPA_RM101301UV02 R-MIM 模型

6.3.3.2　转诊记录

主要包括婚前保健服务转诊记录、产前保健转诊记录。

选择 HL7 通用域 Care Provision 的 Care Transfer Promise（REPC_RM003000UV01）模型，见图 6-109。

6.3.3.3　登记

主要包括新生儿访视专案登记、新生儿疾病筛查专案登记、儿童健康体检专案登记、体弱儿童管理专案登记、产前保健专案登记、产后保健专案登记、高危孕产妇管理专案登记、产前筛查专案登记、产前诊断专案登记。

选择 HL7V3.0 通用域 Patient Administration 的 Patient Activate（PRPA_RM 201301UV02）模型，见图 6-110。

Care Transfer Promise R -MIM

Version: 0605.2 (2006-03-11)
Last Version: 0509.2 (2005-07-10)
RIM Version: 2.13

Changes
- Replaced R_CarePatient local CMET with R_Patient
- R_AssignedParty local CMET with new R_AssignedParty universal CMET
- Replaced R_RelatedParty local CMET with R_RelatedParty [universal] CMET

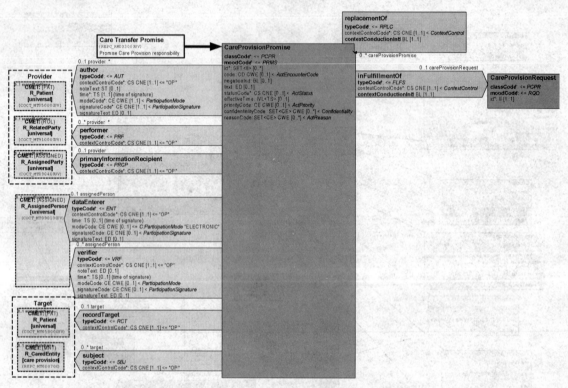

图 6-109   REPC_RM003000UV01 R-MIM 模型

6.3.3.4 问询

主要包括儿童健康体检问询记录、体弱儿童管理问询记录、婚前保健服务问询记录、妇女病普查问询记录、计划生育技术服务问询记录、产前保健问询记录、高危孕产妇管理问询记录、产前筛查问询记录、产前诊断问询记录。

选择 HL7V3.0 通用域 Observations 的 Common Observation（POOB_RM410000UV）模型，见图 6-111。

6.3.3.5 体格检查

主要包括儿童健康体检体格检查记录、体弱儿童管理体格检查记录、婚前保健服务体格检查记录、妇女病普查体格检查记录、计划生育技术服务体格检查记录、产前保健体格检查记录、产后保健体格检查记录、高危孕产妇管理体格检查记录、产前筛查体格检查记录、产前诊断体格检查记录。

选择 HL7V3.0 通用域 Observations 的 Common Observation（POOB_RM410000UV）模型，见图 6-112。

6.3.3.6 实验室检验记录

主要包括新生儿疾病筛查实验室检验记录、儿童健康体检实验室检验记录、体弱儿童管理实验室检验记录、婚前保健服务实验室检验记录、妇女病普查实验室检验记录、计划生育技术服务实验室检验记录、产前保健实验室检验记录、产后保健实验室检验记录、高危孕产妇管理实验室检验记录、产前筛查实验室检验记录、产前诊断实验室检验记录。

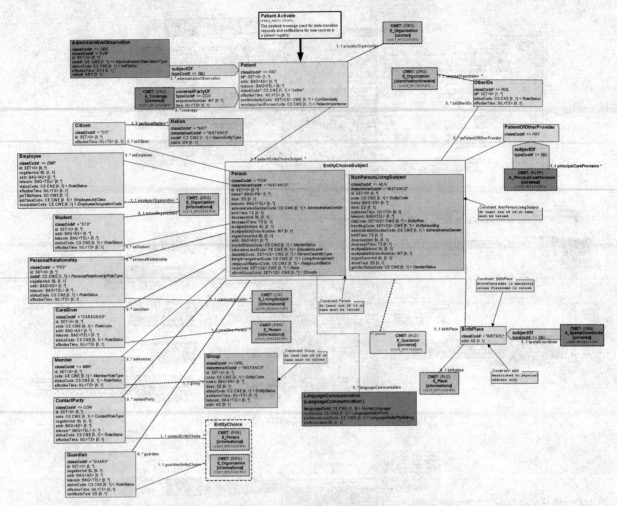

图 6-110 PRPA_RM201301UV02 R-MIM 模型

选择 HL7V3.0 通用域 Laboratory 的 Lab Result Event（POLB_RM004000UV01）模型，见图 6-113。

6.3.3.7 医学影像检查记录

主要包括体弱儿童管理影像检查记录、婚前保健服务影像检查记录、妇女病普查影像检查记录、计划生育技术服务影像检查记录、产前保健影像检查记录、高危孕产妇管理影像检查记录、产前筛查影像检查记录、产前诊断影像检查记录。

6.3.3.8 疾病诊断

主要包括新生儿疾病筛查诊断记录、婚前保健服务诊断记录、计划生育技术服务诊断记录、产前诊断记录。

选择 HL7V3.0 通用域 Observations 的 Common Observation（POOB_RM410000UV）模型，见图 6-114。

6.3.3.9 手术记录

主要包括计划生育技术服务手术记录。

（略）

6.3.3.10 分娩记录

主要包括产时保健的分娩记录。

（略）

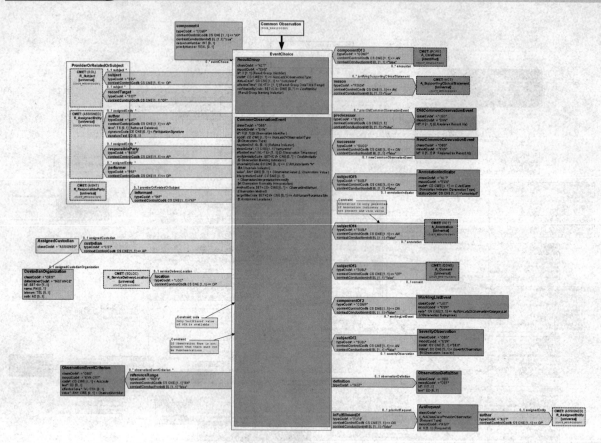

图 6-111　POOB_RM410000UV R-MIM 模型

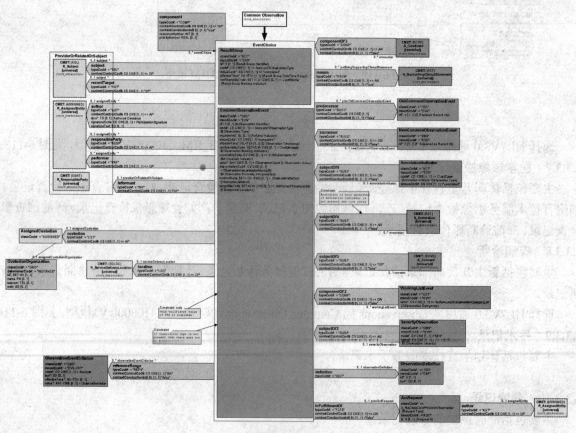

图 6-112　POOB_RM410000UV R-MIM 模型

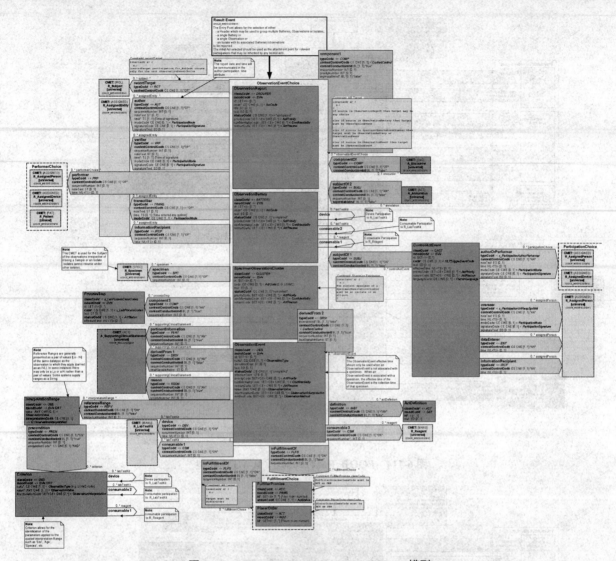

图 6-113　POLB_RM004000UV01 R-MIM 模型

6.3.3.11　随访记录

主要包括新生儿访视随访记录、产后保健随访记录。

选择 HL7V3.0 通用域 Observations 的 Common Observation（POOB_RM410000UV）模型，见图 6-115。

6.3.3.12　医学指导

主要包括儿童健康体检医学指导、体弱儿童管理医学指导、婚前保健服务医学指导、妇女病普查医学指导、计划生育技术服务医学指导、产前保健医学指导、产后保健医学指导、高危孕产妇管理医学指导、产前诊断医学指导记录。

选择 HL7V3.0 通用域 Care Provision 的 A_CarePlan（REPC_RM000200UV01）模型，见图 6-116。

6.3.3.13　评估报告

主要包括儿童健康体检评估报告、体弱儿童管理评估报告、产后保健评估报告、高危孕产妇管理评估报告。

儿童健康体检评估报告选择 HL7 通用域 Care Provision 的 Care Composition Record（REPC_RM500001UV）模型；

体弱儿童管理评估报告、产后保健评估报告、高危孕产妇管理评估报告选择 HL7 通用域 Observations 的 Common Observation（POOB_RM410000UV）模型，见图 6-117。

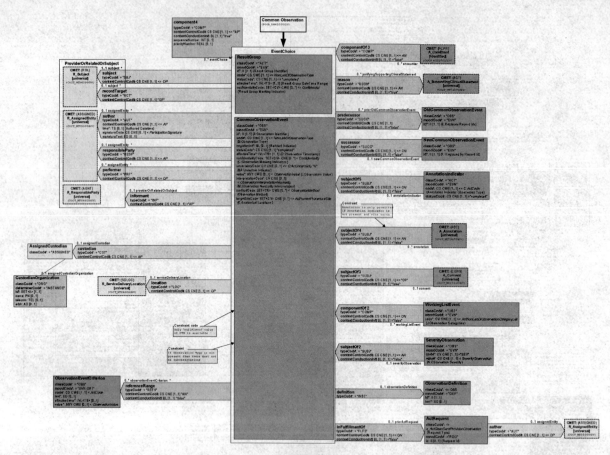

图 6-114　POOB_RM410000UV R-MIM 模型

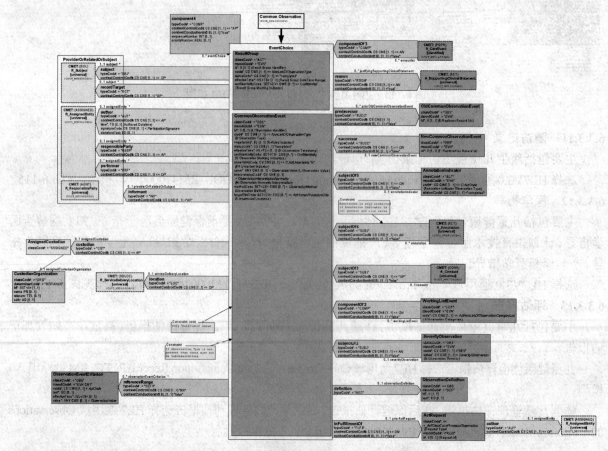

图 6-115　POOB_RM410000UV R-MIM 模型

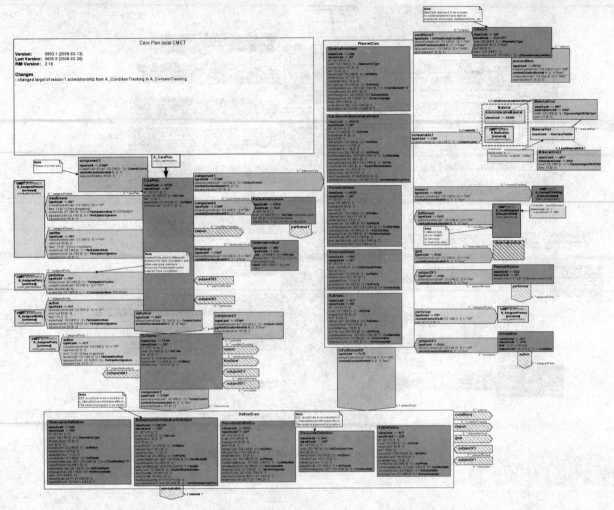

图 6-116　REPC_RM000200UV01 模型

6.3.3.14　疾病报告

主要包括出生缺陷监测疾病报告。

选择 HL7V3.0 通用域 Regulated Reporting 的 Notifiable Condition Report RMIM（PORR_RM100001UV01）模型，见图 6-118。

6.3.4　信息模型应用实例

基于区域卫生信息平台的妇幼保健信息系统与区域卫生信息平台间的交互，采用 HL7 的标准信息架构。前述 R-MIM 模型规范了这种信息架构。本节以"出生医学报告"为例，应用 R-MIM 模型构建符合标准的信息产出物实例。

对于应用 HL7 CDA R-MIM 建立基于 CDA R-MIM 的消息的过程与"出生医学报告"的消息过程相类似，但所采用的消息模型为 CDA R-MIM，同时应建立数据元与 CDA R-MIM 属性间的对应关系。

6.3.4.1　出生医学报告信息模型产出物

建立出生医学报告信息模型的过程中，要形成如下的产出物：

（1）出生医学报告对应的 HL7 域和模型。

（2）R-MIM 模型中的对象与出生医学报告的概念对应关系。

（3）R-MIM 模型对象属性与数据元的对应描述。

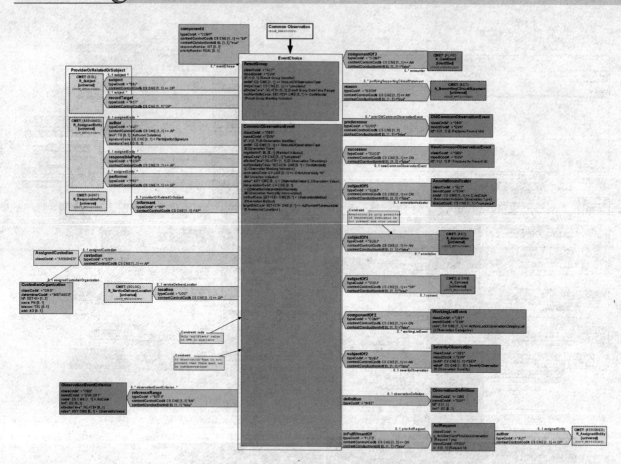

图 6-117　POOB_RM410000UV R-MIM 模型

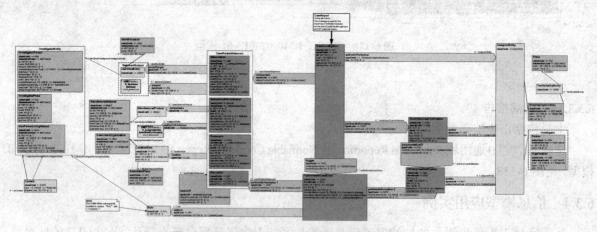

图 6-118　PORR_RM100001UV01 R-MIM 模型

（4）出生医学报告的层次信息描述。

（5）出生医学报告的信息 Schema。

（6）出生医学报告的交互信息实例。

6.3.4.2　出生医学报告对应的 HL7 通用域和模型

出生医学报告所对应的 HL7 通用域为 Patient Administration 对应的 HL7 信息模型为 Person Activate R-MIM（PRPA_RM101301UV02）模型，为了更加简明地表示出生医学报告示例，将 PRPA_ RM101301UV02 中出生医学报告中未用到的 HL7 组件作一些精简，精简后的 R-MIM 模型如图 6-119 所示。

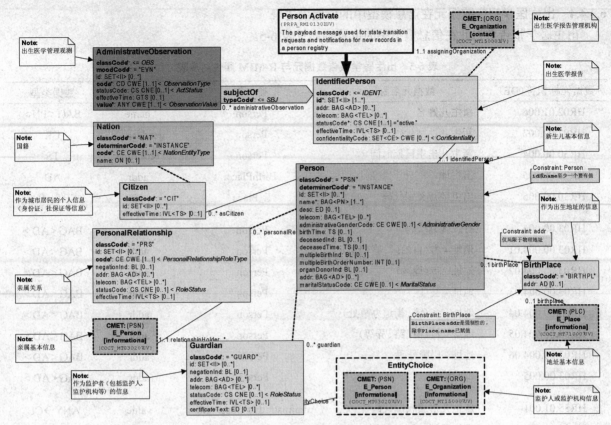

图 6-119　出生医学证明 R-MIM 模型

6.3.4.3　R-MIM 模型中的对象与出生医学证明的概念对应关系

R-MIM 模型中的对象与出生医学证明的概念对应关系见表 6-4。

表 6-4　出生医学报告对象与 R-MIM 对象对应表

R-MIM 对象	出生医学报告的概念对应	备注
Indentified Person	出生医学报告	唯一标识新生儿的档案即出生医学报告，与出生医学报告的场景相关
Person	新生儿基本信息	指新生儿的基本信息，与出生医学报告的场景无关。ID 或 name 至少一个要有值
E_Organization	发证机构	与出生医学报告相关的发证机构
Administrative Observation	出生医学相关的管理观察	出生时的医学体格检查、实验室检查结果
Personal Relationship	新生儿父亲、母亲、同胞等关系	与新生儿相关的亲属信息新生儿亲属自身的基本信息
E_Person	亲属基本信息	亲属个人的基本信息
Guardian	作为监护者的信息	包括监护人、监护机构等
E_Person	监护者基本信息	监护者个人的基本信息
E_Organization	监护机构的基本信息	临护机构的基本信息
Birth Place	出生地址	地址信息作为出生地使用时的信息，当地址 Place.name 未赋值时，addr 必须被赋值
E_Place	地址信息	用于结构化地址信息

6.3.4.4 出生医学报告数据元在信息模型中的位置描述表

出生医学报告数据元在信息模型中的位置描述见表6-5。

表6-5 出生医学报告数据元与R-MIM属性对应表

数据元标识符(DE)	数据元名称	类名称	属性名称	数据类型
HR02.01.006	新生儿姓名	Person	name	BAG<PN>
HR02.02.002	新生儿性别代码	Person	gendercode	CE
HR30.00.004	新生儿出生日期时间	Person	birthtime	TS
HR30.00.005	出生地	BirthPlace	addr	AD
HR30.00.006	出生地点类别代码	E_Place	id	SET<II>
HR03.00.006	行政区划代码	Person	addr	BAG<AD>
HR03.00.004.01	地址 - 省(自治区、直辖市)	Person	addr	BAG<AD>
HR03.00.004.02	地址 - 市(地区)	Person	addr	BAG<AD>
HR03.00.004.03	地址 - 县(区)	Person	addr	BAG<AD>
HR03.00.004.04	地址 - 乡(镇、街道办事处)	Person	addr	BAG<AD>
HR03.00.004.05	地址 - 村(街、路、弄等)	Person	addr	BAG<AD>
HR03.00.004.06	地址 - 门牌号码	Person	addr	BAG<AD>
HR03.00.005	邮政编码	Person	addr	BAG<AD>
HR55.01.001	新生儿健康状况代码	Administrative Observation	value	ANY→CE
HR30.00.007	出生孕周	Administrative Observation	value	ANY→CE
HR30.00.009	出生身长(cm)	Administrative Observation	value	ANY→CE
HR30.00.010	出生体重(g)	Administrative Observation	value	ANY→CE
HR02.01.003	母亲姓名	E_person	name	PN
HR02.04.002	母亲国籍代码	E_person		
HR02.05.002	母亲民族代码	E_person		
HR01.00.003.01	母亲身份证件 - 类别代码	E_Person	id	SET<II>
HR01.00.003.02	母亲身份证件 - 号码	E_Person	id	SET<II>
HR02.01.004	父亲姓名	E_Person	name	PN
HR02.04.003	父亲国籍代码	E_Person		
HR02.05.003	父亲民族代码	E_Person		
HR01.00.004.01	父亲身份证件 - 类别代码	E_Person	id	SET<II>
HR01.00.004.02	父亲身份证件 - 号码	E_person	id	SET<II>
HR22.01.001	助产人员姓名	E_Person	name	PN
HR21.01.003	助产机构名称	E_Organization	name	ON
HR30.00.002	出生医学证明编号	Person	id	SET<II>
HR42.02.007	签发日期	IdentifiedPerson	effectiveTime	GTS
HR21.01.004	签证机构名称	E_Organization	name	ON
	签发人员姓名	E_Person	name	BAG<EN>
	胎数	Administrative Observation	value	ANY→CE
	出生次序	Person	MultipleBirth OrderNumber	INT

6.3.4.5 出生医学报告的层次消息描述(HMD)

对模型中属性的行进一步的约束,生成层次消息描述(HMD),见表6-6。

表6-6 出生医学报告层次消息表

元素名称	约束	强制	引用	RMIM 源	消息数据类型
Person Activate	..			Role	IdentifiedPerson
classCode	1..1	M	R	Role	CS
id	1..*	M	R	Role	SET<II>
addr	0..*			Role	BAG<AD>
telecom	0..*			Role	BAG<TEL>
statusCode	1..1		R	Role	CS
effectiveTime	0..1			Role	IVL<TS>
confidentialityCode	0..*			Role	SET<CE>
identifiedPerson	1..1		R	Person	Person
classCode	1..1	M	R	Person	CS
determinerCode	1..1	M	R	Person	CS
id	0..*			Person	SET<II>
name	1..*		R	Person	BAG<PN>
desc	0..1			Person	ED
telecom	0..*			Person	BAG<TEL>
administrativeGenderCode	0..1			Person	CE
birthTime	0..1			Person	TS
deceasedInd	0..1			Person	BL
deceasedTime	0..1			Person	TS
multipleBirthInd	0..1			Person	BL
multipleBirthOrderNumber	0..1			Person	INT
organDonorInd	0..1			Person	BL
addr	0..*			Person	BAG<AD>
maritalStatusCode	0..1			Person	CE
E_OrganizationInformational	1..1		R	Organization	COCT MT150007UV
asCitizen	0..*			Role	SET<Citizen>
classCode	1..1	M	R	Role	CS
id	0..*			Role	SET<II>
effectiveTime	0..1			Role	IVL<TS>
politicalNation	1..1	M	R	Organization	Nation
classCode	1..1	M	R	Organization	CS
determinerCode	1..1	M	R	Organization	CS
code	1..1	M	R	Organization	CE
name	0..1			Organization	ON

元素名称	约束	强制	引用	RMIM 源	消息数据类型
guardian	0..*			Role	SET＜Guardian＞
classCode	1..1	M	R	Role	CS
id	0..*			Role	SET＜II＞
negationInd	0..1			Role	BL
addr	0..*			Role	BAG＜AD＞
telecom	0..*			Role	BAG＜TEL＞
statusCode	0..1			Role	CS
effectiveTime	0..1			Role	IVL＜TS＞
certificateText	0..1			Role	ED
EntityChoice	1..1		R	Role	EntityChoice
personalRelationship	0..*			Role	SET＜Personal Relationship＞
classCode	1..1	M	R	Role	CS
id	0..*			Role	SET＜II＞
code	1..1	M	R	Role	CE
negationInd	0..1			Role	BL
addr	0..*			Role	BAG＜AD＞
telecom	0..*			Role	BAG＜TEL＞
statusCode	0..1			Role	CS
effectiveTime	0..1			Role	IVL＜TS＞
E_PersonInformational	1..1		R		COCT MT030207UV07
birthPlace	0..1			Role	BirthPlace
classCode	1..1	M	R	Role	CS
addr	0..1			Role	AD
E_PlaceInformational	0..1			Place	COCT MT710007UV07
E_OrganizationContact	1..1		R	Organization	COCT MT150003UV03
subjectOf	0..*			Participation	SET＜Subject4＞
typeCode	1..1	M	R	Participation	CS
administrativeObservation	1..1			Observation	Administrative Observation
classCode	1..1	M	R	Observation	CS
moodCode	1..1	M	R	Observation	CS
id	0..*			Observation	SET＜II＞
code	1..1	M	R	Observation	CD
statusCode	0..1			Observation	CS
effectiveTime	0..1			Observation	GTS
value	1..1	M	R	Observation	ANY

6.3.4.6 出生医学报告 HL7 Schema

出生医学报告及个人基本信息见图 6-120 至图 6-125。

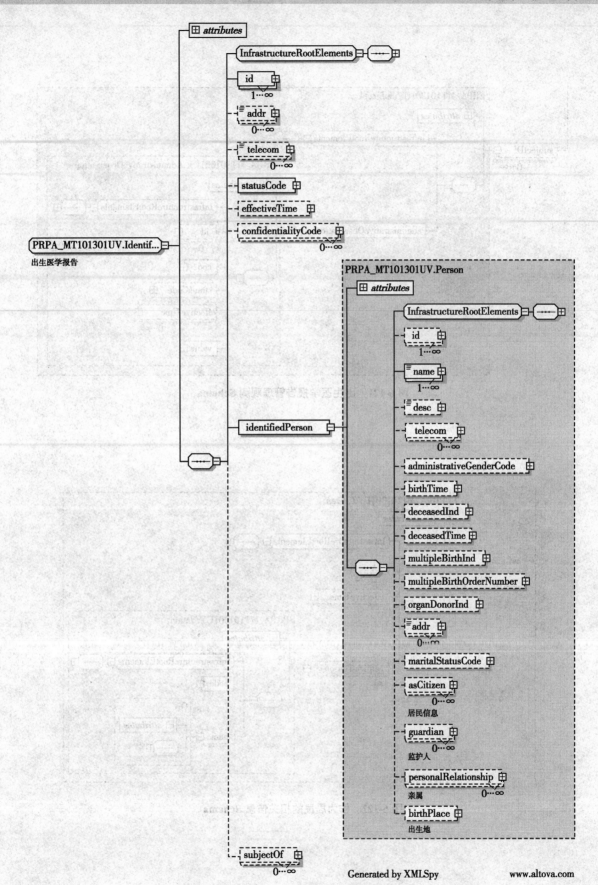

图 6-120　出生医学报告 Schema

Generated by XMLSpy　　　　www.altova.com

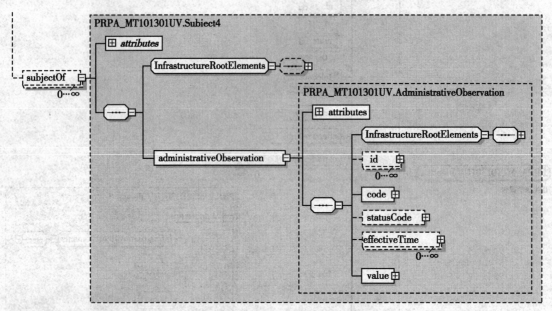

图 6-121　出生医学报告管理观测 Schema

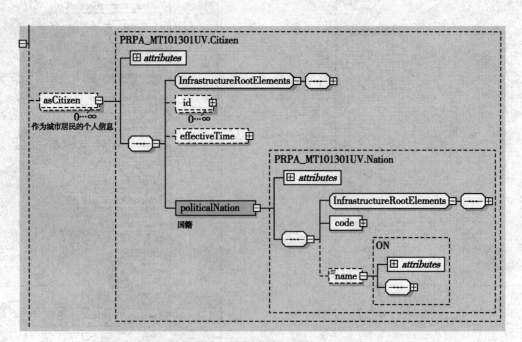

图 6-122　作为居民的相关信息 Schema

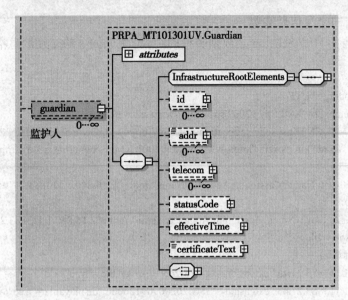

图 6-123　监护人 Schema

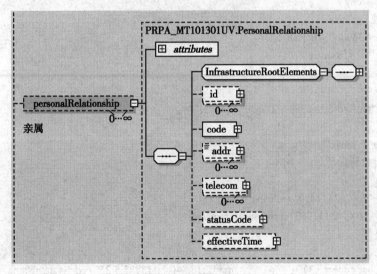

图 6-124　亲属关系 Schema

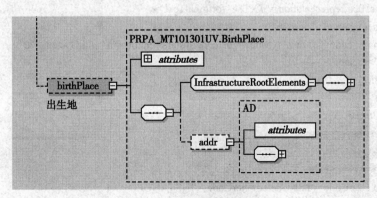

图 6-125　出生地 Schema

6.3.4.7 出生医学报告的交互信息实例

按照出生医学报告的 HL7 Schema 及数据类型的约束，生成如下的交互消息格式。

出生医学报告消息

```xml
<?xml version ="1.0" encoding ="UTF-8"?>
<!--Sample XML file generated by XMLSpy v2009 sp1 (http://www.altova.com) -->
< PersonActive classCode ="IDENT" xsi:schemaLocation ="urn:hl7-org:v3 D:\DejunStudio\RHIN\2009SEP_Schemas\
TEST\PRPA_HD101301UV.xsd" xmlns:xsi ="http://www.w3.org/2001/XMLSchema-instance" xmlns ="urn:hl7-org:v3">
    <realmCode code ="!"/>
    < typeId assigningAuthorityName ="assigningAuthorityName" root ="2.16.840.1.113883.21" extension =" extension
Code" displayable ="true"/>
    < templateId assigningAuthorityName ="assigningAuthorityName" root ="2.16.840.1.113883.21"
extension ="extension" displayable ="true"/>
    <!-- 出生医学报告标识码 -->
    < id root ="2.16.840.1.113883.21.43" extension ="1-976-245" displayable ="true"/>
    < id root ="2.16.840.1.113883.21.43" extension ="3504262009120066" displayable ="true"/>
    <!-- 地址 -->
    < addr use ="HP">
        < streetAddressLine > 工业路 233 号 </streetAddressLine >
        < city > 福州 </city >
        < state > 福建 </state >
        < postalCode >350000</postalCode >
        < country > 中国 </country >
    </addr >
    <!-- 通讯地址 -->
    < telecom value ="tel:+ 86-591-83897721-830" use ="H"/>
    <!-- 状态码 -->
    < statusCode code ="Active"/>
    <!-- 签发日期(有效期)-->
    < effectiveTime >
        < low value ="200202111400" inclusive ="true"/>
        < high value ="200202111700" inclusive ="false"/>
    </effectiveTime >
<!-- 密写代码 -->
    < confidentialityCode code ="CODE" codeSystem ="2.16.840.1.113883.5.25" codeSystemName ="Confidentiality"
displayName ="Display name">
        < originalText representation ="TXT"></originalText >
        < translation code ="!" displayName ="a" codeSystemVersion ="a" codeSystem ="0" codeSystemName ="a">
            < originalText representation ="TXT"></originalText >
            < qualifier inverted ="false">
                < name code ="!" displayName ="a" codeSystemVersion ="a" codeSystem ="0"
codeSystemName ="a"></name >
            </qualifier >
        </translation >
    </confidentialityCode >
    <!--*********************
    * 新生儿基本信息
    ***********************-->
    < identifiedPerson classCode ="PSN" determinerCode ="INSTANCE">
        < realmCode code ="!"/>
```

```xml
<typeId assigningAuthorityName ="a" root ="0" extension ="a" displayable ="true"/>
<templateId assigningAuthorityName ="a" root ="0" extension ="a" displayable ="true"/>
<!-- 新生儿基本信息识别码 -->
<id root ="2.16.840.1.113883.21.44" extension ="1-976-245" displayable ="true"/>
<!-- 新生儿出生证号 -->
<id root ="2.16.840.1.113883.21.43" extension ="350426200909120066" displayable ="true"/>
<name use ="L">
    <given> 韦宝宝 </given>
</name>
<desc mediaType ="text/plain">This is a brief note.</desc>
<telecom value ="tel:83897721-830" use ="H"/>
<administrativeGenderCode code ="CODE" codeSystem ="2.16.840.1.113883.5.1" codeSystemName ="AdministrativeGender" displayName =" 性别 "/>
<!-- 出生时间 -->
<birthTime value ="20090912143035.1600-06"/>
<!-- 死亡标识 -->
<deceasedInd value ="false"   />
<!-- 死亡时间 -->
<deceasedTime/>
<!-- 多胎标识 -->
<multipleBirthInd value ="true"/>
<!-- 出生顺序 -->
<multipleBirthOrderNumber value ="2"/>
<organDonorInd value ="true"/>
<!-- 住址 -->
<addr use ="HP">
    <streetAddressLine> 工业路 133 号 </streetAddressLine>
    <city> 福州 </city>
    <state> 福建 </state>
    <postalCode> 350007 </postalCode>
    <country> 中国 </country>
    <censusTract> 福祥社区 </censusTract>
    <postalCode> 350007 </postalCode>

</addr>
<!-- 婚姻状况 -->
    <maritalStatusCode code ="CODE" codeSystem ="2.16.840.1.113883.5.2" codeSystemName ="MaritalStatus" displayName =" 婚姻状况 "/>

<!--**********************
*作为居民信息
***********************-->
<asCitizen>
<!-- 新生儿身份证号 -->
<id root ="2.16.840.1.113883.21.43" extension ="350426200909120066" displayable ="true"/>
<!-- 有效期 -->
    <effectiveTime>
        < low value ="200909111400" inclusive ="true"/>
        < high value ="200909111700" inclusive ="false"/>
    </effectiveTime>
```

```
        <!-- 民族 -->
        <politicalNation>
            <code code="CODE" codeSystem="2.16.840.1.113883.19.1.16040" codeSystemName="EntityCode">
                <originalText>汉民族</originalText>
                <translation code="CODE" codeSystem="2.16.840.1.113883.5" codeSystemName="CodeSysName" codeSystemVersion="CodeSysVersion" displayName="民族"/>
            </code>
            <name use="L">
                汉
            </name>
        </politicalNation>
    </asCitizen>
    <!-- 监护人 -->
    <guardian xsi:nil="true" negationInd="false" classCode="GUARD" xsi:type="PRPA_HD101301UV.Guardian"/>


    <!--************************
    * 亲属关系
    ***************************-->
    <personalRelationship>
        <!-- 母亲身份证号 -->
        <id root="2.16.840.1.113883.21.43" extension="350426197709120066" displayable="true"/>
        <!-- 关系代码 -->
        <code code="CODE" codeSystem="2.16.840.1.113883.5.111" codeSystemName="RoleCode" displayName="母亲"/>
        <!-- 母亲住址 -->
        <addr use="HP">
            <streetAddressLine>2222 Home Street</streetAddressLine>
            <city>福州</city>
            <state>福建</state>
            <postalCode>350007</postalCode>
            <country>中国</country>
            <streetNameBase></streetNameBase>
            <streetName>新华路</streetName>
            <censusTract>福祥社区</censusTract>
            <postalCode>350004</postalCode>
            <houseNumber>37 号</houseNumber>
            <buildingNumberSuffix>新华小苑</buildingNumberSuffix>
        </addr>
        <!-- 联系电话 -->
        <telecom value="tel:83897721" use="H"/>
        <!-- 状态码 -->
        <statusCode code="Active"/>
        <effectiveTime>
            <low value="200909111400" inclusive="true"/>
        </effectiveTime>

        <!-- CMET 'COCT_MT030207UV' reference suppressed:<relationshipHolder/> -->
    </personalRelationship>
```

```xml
<personalRelationship>
<!-- 父亲身份证号 -->
<id root="2.16.840.1.113883.21.43" extension="350426197503120077" displayable="true"/>
<!-- 关系代码 -->
<code code="CODE" codeSystem="2.16.840.1.113883.5.111" codeSystemName="RoleCode"
displayName=" 母亲 "/>
<!-- 父亲住址 -->
<addr use="HP">
    <streetAddressLine>2222 Home Street</streetAddressLine>
    <city> 福州 </city>
    <state> 福建 </state>
    <postalCode>350007</postalCode>
    <country> 中国 </country>
    <streetNameBase></streetNameBase>
    <streetName> 新华路 </streetName>
    <censusTract> 福祥社区 </censusTract>
    <postalCode>350004</postalCode>
    <houseNumber>37 号 </houseNumber>
    <buildingNumberSuffix> 新华小苑 </buildingNumberSuffix>
</addr>
<!-- 联系电话 -->
<telecom value="tel:83897721" use="H"/>
<!-- 状态码 -->
<statusCode code="Active"/>
<effectiveTime>
    <low value="200909111400" inclusive="true"/>
</effectiveTime>
<!-- CMET 'COCT_MT030207UV' reference suppressed:<relationshipHolder/> -->


</personalRelationship>
<personalRelationship xsi:nil="true" xsi:type="PRPA_HD101301UV.PersonalRelationship" classCode="PRS"/>


<!--**********************
 * 出生地
 ***********************-->
<birthPlace>
    <addr use="HP">
    <houseNumber>25 号 </houseNumber>
    <buildingNumberSuffix> 第一大院 </buildingNumberSuffix>
        <city> 福州 </city>
        <state> 福建 </state>
        <postalCode>350007</postalCode>
        <country> 中国 </country>
    </addr>


    <!-- CMET 'COCT_MT710007UV' reference suppressed:<birthplace/> -->
</birthPlace>


</identifiedPerson>
<!-- 管理观察的参与 -->
```

```xml
<subjectOf typeCode ="SBJ">
    <realmCode code ="!"/>
    <typeId assigningAuthorityName ="a" root ="0" extension ="a" displayable ="true"/>
    <templateId assigningAuthorityName ="a" root ="0" extension ="a" displayable ="true"/>

    <!--**********************
    * 管理观测
    **************************-->
    <administrativeObservation classCode ="OBS" moodCode ="EVN">
        <!-- 管理观测编号 -->
        <id root ="2.16.840.1.113883.19.3.2409" extension ="1-976-245" displayable ="true"/>
        <code code ="CODE" codeSystem ="2.16.840.1.113883.5.4" codeSystemName ="ActCode"></code>
        <statusCode code ="Active"/>
        <effectiveTime value ="0" operator ="I"/>
        <value    code ="CODE" codeSystem ="2.16.840.1.113883.5" codeSystemName ="CodeSysName" codeSystemVersion ="CodeSysVersion" displayName ="Display name">
            <originalText>
<thumbnail > adfasdf </thumbnail>
            </originalText>
                <translation code ="!" displayName ="a" codeSystemVersion ="a" codeSystem ="0" codeSystemName ="a">
                    <qualifier inverted ="false">
                        <name displayName =" 出生孕周 "/>
                        <value displayName ="39"/>
                    </qualifier>

                    <qualifier inverted ="false">
                        <name displayName =" 出生身长 "/>
                        <value displayName ="54"/>
                    </qualifier>

                    <qualifier inverted ="false">
                        <name displayName =" 出生体重 "/>
                        <value displayName ="3600"/>
                    </qualifier>
                    <qualifier inverted ="false">
                        <name displayName =" 胎数 "/>
                        <value displayName ="2"/>
                    </qualifier>
                </translation>

        </value>

    </administrativeObservation>

</subjectOf>
</PersonActive>
```

第7章

系 统 架 构

　　系统架构，是对已确定的需求所要采用的技术实现作好规划。系统指的是一群互为关联的机器、应用程序和网络资源的集合。系统架构在系统之上施加结构来统筹这个集合，此结构可根据业务目标来安排系统的功能。系统架构设计与具体技术实现方式和手段无关，因而更简洁和便于理解。采用系统架构思想对妇幼保健信息系统进行总体描述，有助于我们对如何设计和建立妇幼保健信息系统及其相应的业务信息平台有更加清晰的认识。系统架构设计对后续技术架构设计提出要求。

　　基于区域卫生信息平台的妇幼保健信息系统架构，是根据妇幼保健相关业务的信息需求和数据资源情况，以及软硬件技术和网络技术的发展特点提出的逻辑设计，是从业务需求出发，按照信息处理过程维度提出的系统功能组成与逻辑结构关系。系统架构设计分为概念架构设计和细化架构设计，本章主要对概念架构设计进行阐述。

7.1　系统架构概述

　　在以国家、省、地市（区域）为总体框架的三级卫生信息平台建设环境中，地市（区域）卫生信息平台作为最低一级平台，是支撑区域范围内妇幼保健、疾病控制、医疗服务、疾病管理以及综合卫生管理等各项卫生业务活动信息交互和业务协作的中心枢纽，并承担着向上级信息平台以及外部领域相关业务应用系统（或平台）传递和交换信息的重要功能。妇幼保健信息系统是一个跨机构的事务处理系统，其建设和运行关系到区域卫生信息化体系的整体性和协同性。区域卫生信息平台可为妇幼保健信息系统的构建提供必要的基础支撑环境，从信息平台的高度认识妇幼保健信息系统的系统架构，对于妇幼保健信息系统的合理设计与高效实现具有十分重要的意义。

　　需要说明的是，基于区域卫生信息平台的各项基础服务来支撑妇幼保健信息系统业务功能实现，是本书所要体现的中心思想。同时，妇幼保健信息系统的构建也支持先于区域卫生信息平台的建设。如果在区域卫生信息化建设中需要先行构建相对独立运行的妇幼保健信息系统，必须同时设计构建用于支撑妇幼保健信息系统运行的基础服务支撑环境。实际上，此基础服务支撑环境的基本功能和技术架构很大程度上类同于区域卫生信息平台（或称为区域卫生信息平台的基础版），并且在统一的信息标准体系支持下具有良好的系统成长性，能够伴随着所承载业务的发展而不断扩展。

　　在基于区域卫生信息平台的妇幼保健信息系统架构中，包含从属于区域卫生信息平台的妇幼保健业务信息平台（称之为业务子平台），并基于区域卫生信息平台连接下属相关医疗卫生机构（称之为医疗卫生服务点，POS）中运行的妇幼保健服务系统（统称为服务点系统）。区域卫生信息平台提供的基础支撑服务、妇幼保健业务子平台以及平台下连接的妇幼保健服务系统共同构成了基于区域卫生信息平台的妇幼保健信息系统核心框架。如图7-1所示。

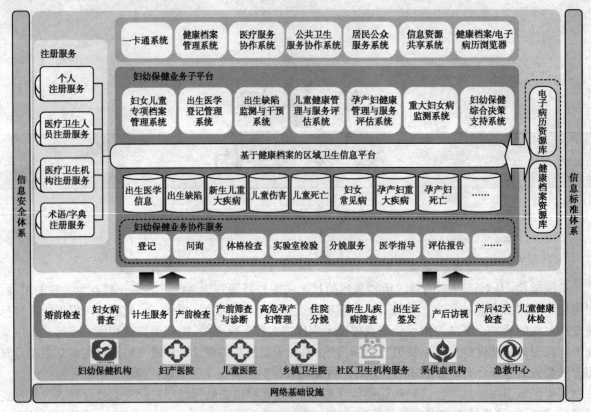

图 7-1 基于区域卫生信息平台的妇幼保健信息系统总体架构

本章主要介绍基于区域卫生信息平台的妇幼保健信息系统基本架构,关于区域卫生信息平台更为详细的技术内容请参见《电子健康档案与区域卫生信息平台》中系统架构和系统平台有关章节。

7.2 区域卫生信息平台的基础支撑服务

区域卫生信息平台与平台下的妇幼保健服务系统连接,是区域范围互联互通网络运行体系中的重要环节。在区域卫生信息化环境中,妇幼保健信息系统通过共享使用区域卫生信息平台提供的基础支撑服务,实现与健康档案数据中心及区域内相关医疗卫生机构之间实时、动态的信息交互与业务协作。

区域卫生信息平台提供的基础支撑服务主要包括各种基础服务和公共应用服务,这些服务为妇幼保健信息系统提供了必要的基础性服务支撑,并成为妇幼保健信息系统必要的有机组成部分。区域卫生信息平台系统架构如图 7-2 所示。

7.2.1 基础服务

基础服务主要包括实现基础数据和元数据管理的注册服务、健康档案和电子病历存储服务、健康档案索引和数据访问的全程健康档案服务(LRS),以及由区域卫生信息交换层(HIAL)提供的信息接口服务,主要包括通信总线服务和平台公共服务。妇幼保健信息系统可以共享使用这些基础服务,以实现与相关医疗卫生服务点系统间的信息交互。

7.2.1.1 注册服务

注册服务主要指服务对象个人、医疗卫生人员、医疗卫生机构、医疗卫生术语及字典等信息实体的注册管理服务,系统对这些实体提供唯一的标识,并形成各类注册库(如服务对象个人注册库、医疗卫生机构注册库等),每个注册库都有一个内部的非公布的标识符,并具有管理和解决单个实体具有多个标识符问题的能力。妇幼保健信息系统共用了区域卫生信息平台提供的注册服务功能,为妇幼保健领

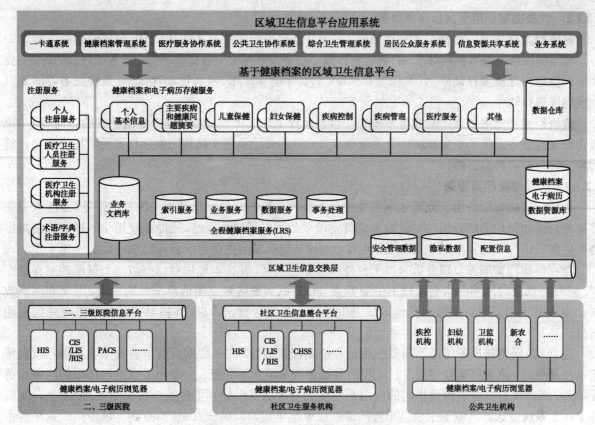

图7-2 区域卫生信息平台系统架构

域内以及与其他卫生领域间的互联互通提供了对信息实体的统一识别。

（1）服务对象个人注册服务：服务对象个人注册服务是指在一定区域管辖范围内，形成服务对象个人注册库。服务对象个人的健康标识号和基本信息被安全地保存和维护着，提供给区域卫生信息平台所使用，并为医疗服务及公共卫生相关业务系统提供服务对象个人身份识别功能。

服务对象个人注册库主要扮演着两大角色。其一，它是唯一的权威信息来源，并尽可能地成为唯一的个人基本信息来源，在妇幼保健信息系统中用于对妇幼保健服务对象的唯一性标识；其二，该注册服务由各妇幼保健机构以及医院、社区和公共卫生机构使用，完成妇幼保健服务对象的注册功能。

（2）医疗卫生人员注册服务：医疗卫生人员注册库，是一个单一的目录服务，为本区域内所有医疗卫生机构的医疗服务人员提供注册服务，其中包括：妇幼保健人员、全科医生、专科医生、护士、实验室医师、医学影像专业人员、疾病预防控制专业人员及其他从事与居民健康服务相关的从业人员。系统为每一位医疗服务人员分配一个唯一的标识，并提供给平台以及与平台交互的系统和用户使用。

（3）医疗卫生机构注册服务：通过建立医疗卫生机构注册库，提供本区域内所有医疗卫生机构的综合目录，相关机构包括二三级医院、社区卫生服务机构、乡镇卫生院、疾病预防控制机构、卫生监督机构、妇幼保健机构等。系统为每个机构分配唯一的标识，以解决医疗卫生服务场所唯一性识别问题，从而保证居民健康信息在不同系统中使用统一的规范化的标识符，同时也满足区域卫生信息平台层与下属医疗卫生服务点互联互通的要求。

（4）医疗卫生术语及字典注册服务：建立医疗卫生专业术语和字典注册库，用来规范医疗卫生事件中所产生的信息含义的一致性问题。术语可由平台管理者进行注册、更新维护；字典既可由平台管理者又可由机构来提供注册、更新维护。术语与字典中包括了妇幼保健相关的术语，并符合卫生部颁布的相关标准与规范，以保证妇幼保健机构内部之间以及妇幼保健机构与其他医疗卫生机构间的信息共享。

7.2.1.2　健康档案和电子病历存储服务

健康档案存储服务包括一系列存储库,用于存储健康档案和电子病历信息,形成健康档案数据中心。根据健康档案基本架构标准,健康档案数据中心至少分为七个存储库:个人基本信息存储库、主要疾病和健康问题摘要存储库、儿童保健存储库、妇女保健存储库、疾病控制存储库、医疗服务存储库以及疾病管理存储库。

健康档案存储服务除了对业务系统子平台和医疗卫生服务点(POS)提供健康档案的访问服务,也负责对来自业务系统子平台和医疗卫生服务点(POS)的原始业务文档按照健康档案的数据模型进行解析和封装为健康档案文档。

7.2.1.3　全程健康档案服务

全程健康档案服务用于处理区域卫生信息平台内与数据定位和管理相关的复杂任务,是区域卫生信息平台系统架构的核心组件。该服务负责实现平台互联互通性规范,还能够使用由区域卫生信息平台内提供的组件和服务与医疗卫生服务点(POS)或其他区域卫生信息平台互动来完成某一项事务。

全程健康档案服务负责分析来自平台外部资源的数据,并在本地保存这些数据到健康档案存储库中,同时可以反向地响应来自医疗卫生服务点(POS)或其他区域卫生信息平台的检索、汇聚和返回数据。全程健康档案服务能够向其他区域卫生信息平台发送数据请求,并将对方返回数据合并到本地信息。

通常,数据更新事务可能不需要使用全程健康档案服务,许多数据更新事务希望能直接分派到特定的注册目录、健康档案存储服务。这样的数据更新事务例子包括:处方药品域系统传来的新药品调配事件,或者来自实验室检验机构的应用系统发送给区域卫生信息平台的新检验结果,或者来自医院的 PACS 系统发送给区域卫生信息平台的诊断成像结果集。但另一方面,所有到区域卫生信息平台中访问数据的事务希望由全程健康档案服务进行处理。全程健康档案服务是区域卫生信息平台中唯一知晓所有的事务和业务逻辑以及数据访问规则的组件,所以它可以围绕任何数据主题汇集出真正的全程和综合的健康档案视图。

全程健康档案服务主要包括索引服务、业务服务、数据服务、事务处理等组件。

(1)索引服务:索引服务组件可以将不同健康档案存储服务所保存的数据链接到一个特定的服务对象个人、医疗卫生人员或者可以实时获取这些数据的医疗卫生服务点(POS)。索引服务全面掌握区域卫生信息平台所有关于居民的健康信息事件,包括居民何时、何地、接受过何种医疗卫生服务,并产生了哪些文档。索引服务主要记录两大类的信息,一是医疗卫生事件信息,二是文档目录信息。

区域卫生信息平台用户在被授权的情况下,可以利用全程健康档案服务提供的索引服务通过医疗卫生服务点系统查看某居民的个人健康事件信息,以及事件信息所涉及的文档目录及摘要信息。再结合健康档案存储服务可以实现文档信息的即时展示,使用户更多地了解服务对象既往的健康情况,为本次医疗保健服务提供辅助参考。

(2)业务服务:业务服务组件由处理健康档案数据访问事务的服务组成,这些服务被组合在一起,建立一个处理和管理这些健康档案访问事务的场景。这是区域卫生信息平台内协调和执行事务的唯一地点,其中需要涉及区域卫生信息平台里的多个服务和系统,或需要访问其他区域卫生信息平台的事件。这一组件中的服务管理着区域卫生信息平台中事务的全局性表示、编排流、响应组装、业务规则应用以及与区域卫生信息平台的各类其他系统或服务的数据访问。业务联动的众多需求则需要本组件来配合实现。

(3)数据服务:数据服务组件为健康档案业务服务提供功能性的支持,以执行正确的数据访问过程和与不同的注册服务、存储服务、业务管理或辅助决策服务交互所需的转换。通常,数据服务可以与平台内部组件相互作用。它依赖于基于标准的通信机制,并使用交换层来执行这种相互作用,或者使用更为直接或私有化的接口机制来访问或更新数据到任何一种注册服务、存储服务。数据服务用在两个场景里:记录和获取健康档案数据的在线业务场景;加载和管理健康档案存储库和注册信息的管理功能场景。

（4）事务处理：根据对事物的调用和处理,全程健康档案服务将配置成协调处理所有的"列表"和"获取"事务。对于任何这些事务,将建立管理这些事务的语境,将知晓如何调用一个特定的编排流,并指导编排流的执行,允许在实现这些事务时调用适当的服务。

典型的调用包括：调用服务对象个人、医疗卫生人员和医疗卫生机构注册服务来鉴别每个实体,并且在它们的使用过程中获得区域卫生信息平台内部标识符;通过交换层服务去调用许可、加密、数字签名、访问控制、匿名访问或其他任何服务,这些服务用于对事务的实现施加适当的控制;调用平台定位服务,以确定特定服务对象的特定事务在不同区域存储服务可能有数据的情况下,需要查询哪些其他区域卫生信息平台;调用存储服务来执行特定平台互联互通规范时访问或获取数据;通过交换层服务将子事务代理调用到存有客户相关数据的其他区域卫生信息平台中;通过交换层服务为正在执行的平台互联互通规范传递一个组合响应等。

为了承担处理健康档案数据访问事务的核心任务,全程健康档案服务必须有能力建立健康档案的完整视图。全程健康档案服务中的索引服务提供这一能力。当全程健康档案服务处理事务时必须依赖索引服务,索引服务可以了解在健康档案里有哪些数据,并知道这些数据在参与到区域卫生信息平台中的众多系统里的位置。当全程健康档案服务是索引服务所有者时,在索引服务里全程健康档案服务也会提供一套特定的事务来管理、维护和使用索引数据。

集中处理复杂的复合事务时,全程健康档案服务是一个事务处理层,侧重于处理复杂的混合事务,这些事务需要得到一个多域或多平台的信息视图。区域卫生信息平台数据访问事务应该获得这类能力,因为来自于注册服务、访问和统一管理服务,并且常常属于一个或多个存储服务的数据必须结合在一起才能实现一个请求。

7.2.1.4 区域卫生信息交换层与信息接口服务

区域卫生信息交换层（health information access layer, HIAL）相当于是一个将本系统平台基础架构与所有应用系统平台（包括区域卫生信息平台在内）和远程用户访问（公共领域用户或区域卫生信息平台的POS用户）隔离的层。它为要访问本系统平台的任何授权应用或服务提供了一个统一网关。信息接口服务为HIAL提供了基本的服务支持,主要包括支持系统平台上服务与其他应用系统平台之间低级别通信的通信总线服务和提供可在整个系统平台中重复使用的通用软件功能的平台公共服务两大类服务,如图7-3所示。

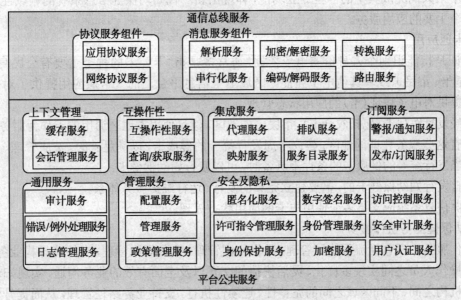

图 7-3 区域卫生信息平台信息接口服务概览

（1）通信总线服务：通信总线服务支持数据存储服务、业务管理以及与医疗卫生服务点系统和健康档案／电子病历浏览器之间的底层通信。主要服务组件包括消息服务和协议服务。

消息服务组件：由处理消息内容的服务所组成，该消息的应用和网络协议的封装已经被协议服务组件所分离。这个组件中的服务包括解析、串行化、加密和解密、编码和解码、转换和路由功能。

协议服务组件：用来处理网络层、传输层和应用层协议。这些服务支持热部署模块，以支持各种应用级协议，如 Web Services（WS-I）、ebXML、SOAP 和远程调用协议，如 RMI（Remote Method Invocation）、DCOM（Distribut Comonent Object Model）、.NET 等。

（2）平台公共服务：平台公共服务主要是指应用软件系统管理所包含的上下文管理、通用服务、互联互通性、管理服务、集成服务、订阅服务、安全与隐私保护服务等。

上下文管理：是实现医疗卫生服务点（POS）与区域卫生信息平台之间交互时上下文的语境管理，主要提供缓存和会话服务。

通用服务：提供审计服务、日志管理、通用错误和异常处理服务。

互联互通性：主要用来处理那些与各种存储库、注册服务交互的搜索／解析功能。该组件还包括提供区域卫生信息平台之间的互联互通性服务，诸如处理与远程区域卫生信息平台相关事务的业务。交换层将使用互联互通性服务触发和管理这些信息平台之间的事务。

管理服务：该组件提供区域卫生信息平台与交换层的配置管理功能。

集成服务：主要基于消息代理、映射服务、排队服务和服务目录提供管理集成功能。

订阅服务：提供预订事件和管理警报及通知的功能。

安全与隐私保护服务：提供了保护患者隐私和各区域卫生管理机构实施安全与隐私政策所需的功能。

7.2.2 公共应用服务

区域卫生信息平台在基础服务的基础上提供了一系列基于平台的公共应用服务，包括一卡通、健康档案管理、医疗服务协作、公共卫生协作、居民公众服务、综合卫生管理、信息资源共享服务以及健康档案／电子病历浏览器等，这些应用服务也是妇幼保健信息系统所必需的基础功能。妇幼保健信息系统的主要使用者是医疗保健机构及医疗保健人员，最终受益者是服务对象和社会公众。依托平台提供的公共应用服务，妇幼保健信息系统可以高效地实现跨机构、跨系统的业务协作，为服务对象提供可靠的、可及的、连续的妇幼保健服务，让医院信息系统及其他相关服务点系统能够有机地参与到妇幼保健业务运作中来共同完成其中的一些专业功能，体现出新一代妇幼保健信息系统的领域性特点。以下简要介绍三个主要的应用服务。

7.2.2.1 一卡通应用

电子凭证是指能识别个人身份的电子依据，通常多是指"卡"，卡的种类主要有公民身份证、医保卡、妇幼保健卡、市民卡或者其他电子凭证。区域卫生信息平台上的一卡通应用提供了对个人身份的多重识别及提供对电子凭证（卡）的应用状态管理。

对于已经发行医保卡（包括农合卡）、市民卡的地区，建议使用本地区通用的卡作为服务凭证。

对于没有这些服务凭证的地区，建议考虑发行统一的健康卡，以满足就医、健康管理、公共卫生服务的需求。当发行统一的健康卡的条件不具备时，可以发行妇幼保健卡。

对于独自发行妇幼保健卡的，需要建立完整的发行、运行维护服务体系。

妇幼保健信息系统应支持多卡使用与卡的应用状态管理。

7.2.2.2 妇幼保健业务协作服务

业务协作服务主要包括流程协同管理、数据协同管理、业务规则管理，支持跨异构业务系统之间、跨不同业务操作人员之间实现多样化、灵活快捷的交互以及全面有效的业务沟通，实现妇幼保健业务流程在不同机构之间、不同区域之间的完整性、连续性执行，支持业务路径管理，从而提升业务运转效率，提高服务质量和服务水平。

业务协作服务可以借助于平台提供的业务流程管理工具予以实现。通过在业务流程的定义和执行环节引入工业标准,可以更好地实现业务流程与外部业务系统的互联互通,以及与底层技术平台的无关性。

妇幼保健业务协作服务基于健康档案存储服务实现跨机构的信息共享与业务协作:

(1)个人基本信息域:个人基本信息域对外提供个人基本信息共享服务,其提供的主要服务组件如表7-1。

表 7-1 个人基本信息域主要服务组件

个人基本信息域服务操作	描述
查询个人基本信息服务	根据个人 ID 查找并返回对应的基本信息

(2)主要疾病和健康问题摘要域:主要疾病和健康问题摘要域是健康档案存储服务中的一个核心部件,它将所有与个人健康相关基础摘要信息进行汇集、存储并对外提供服务。主要疾病和健康问题摘要域中主要包含以下内容:血型、过敏史、慢性病信息等,这些摘要信息不是从某个业务系统中单独获取,而是从众多的业务系统中抽取汇集而成。主要疾病和健康问题摘要域的服务方式是为医疗卫生人员提供一种通用、及时、可信的调阅服务,为医疗卫生人员在进行医疗卫生服务时能够及时、快捷地了解患者基础健康信息提供一种技术支撑。见表7-2。

表 7-2 主要疾病和健康问题摘要域提供的服务组件

主要疾病和健康问题服务操作	描述
查询主要疾病和健康问题服务	根据个人 ID 查找对应的主要疾病和健康问题信息

(3)儿童保健域:儿童保健域用于维护及管理区域范围儿童保健服务数据。信息内容主要包括出生医学登记、新生儿疾病筛查、出生缺陷监测、体弱儿童管理、儿童健康体检、儿童死亡报告等。见表7-3。

表 7-3 儿童保健域提供的服务组件

儿童保健服务操作	描述
单个儿童保健信息查询服务	根据个人 ID 查找对应的儿童保健信息
更新儿童保健服务	根据提交的儿童保健数据更新儿童保健档案
儿童保健查询服务	支持多条件查询,例如年龄段、疾病名称、缺陷名称等,返回批量信息
订阅儿童保健信息	POS 可以订阅自己感兴趣的儿童保健信息
发布儿童保健信息	POS 可以发布自己产生的儿童保健信息

儿童保健域可以支撑儿童保健领域的业务协同,以及儿童保健域与其他业务领域的业务协同。例如根据出生医学登记可以触发新生儿访视和儿童预防接种服务。

(4)妇女保健域:妇女保健域用于维护及管理区域范围妇女保健服务数据。信息内容主要包括婚前保健、计划生育、妇女病普查、孕产期保健服务与高危管理、产前筛查与诊断、孕产妇死亡报告等。见表7-4。

表 7-4 妇女保健域提供的服务组件

妇女保健服务操作	描述
单个妇女保健信息查询服务	根据个人 ID 查找对应的妇女保健信息
更新妇女保健服务	根据提交的妇女保健数据更新妇女保健档案
妇女保健查询服务	支持多条件查询,例如年龄段、产前诊断、孕妇死亡等,返回批量信息
订阅妇女保健信息	POS 可以订阅自己感兴趣的妇女保健信息
发布妇女保健信息	POS 可以发布自己产生的妇女保健信息

妇女保健数据体现了数据间的联动性,例如妇女在三级医院发现自己怀孕后,需要三级医院将怀孕数据及时传送到所在的社区卫生服务机构及区妇幼保健机构,由社区卫生服务机构的医生提供产前保健服务,社区卫生服务机构也需将产前保健数据传送给助产机构,助产机构将孕妇产前检查、分娩数据传送回社区卫生服务机构,社区卫生服务机构可获知产妇分娩并及时上门进行产后访视服务。

7.2.2.3 妇幼保健公众服务

妇幼保健信息系统应设计妇幼保健公众服务功能,其目的是充分利用现有的通信手段和设备与妇幼保健服务工作者、妇幼保健管理者和服务对象个人进行实时的、有目的的交流与互动。妇幼保健公众服务应能提供公众服务平台管理、信息发布和在线(离线)交互服务三大功能。

(1) 公众服务平台管理:主要包括:权限管理、注册管理和登录管理。权限管理将数据发布与交互服务功能进行细分,形成不同的角色或和用户组。系统可以按照角色和用户组对用户进行授权,也可以以独立细分功能进行授权。注册管理功能实现不同类型用户的注册及权限分配、用户基本信息的维护、用户信息与区域平台健康档案信息的关联。登录管理实现身份验证及授权的数据发布。

(2) 信息发布:通过网络对妇幼保健服务的相关信息进行实时发布。能按照妇幼保健信息分类要求组织栏目,并实现内容结构、信息内容、信息表现风格的设定来发布信息。

妇幼保健公众服务能够支持妇幼保健业务数据的发布能力,系统可预定某些需发布的业务个案信息或统计信息进行发布。如图 7-4 所示。

信息发布服务组件为妇幼保健公众服务平台提供了信息的管理与发布功能,并能通过对 ODS 数据库的主题订阅,发布业务主题相关的信息:

1) 信息结构管理服务:对信息内容进行分类分级管理,实现信息内容的结构化。

2) 信息内容管理服务:提供对信息内容的新增、修改与删除服务。

3) 信息展现管理服务:对信息的发布展现框架进行管理,包括设定主页、索引页、摘要页、内容页、对话页、公告页等不同页面的框架展示格式进行设定。

4) 信息风格管理服务:对信息的表示风格包括表现色彩系列、表现样式进行设定。

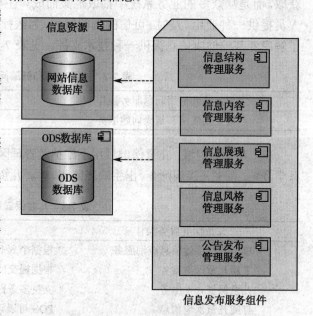

图 7-4 信息发布服务

5) 公告发布管理服务:对公告发布的内容与期限、发布对象进行管理,并实现公告的发布。

(3) 交互服务

1) 妇幼保健信息公众查询:在平台上集中发布妇幼保健相关信息,使妇幼保健服务对象能够及时了解有关的法规政策,及时获取所关心的保健知识与信息。

可查询内容包括:妇幼保健新闻动态、国家各级部门有关妇幼保健的法规政策、妇幼保健机构业务指南、妇幼保健指导、妇幼健康教育、对常见病多发病的专题保健诊疗信息、专家论坛等。

2) 自助式信息查询服务:提供妇幼保健活动过程中的各种自助式服务功能。例如各类业务查询,各种检查检验结果的自助查询,新生儿疾病筛查结果自助查询,儿童健康体检结果自助查询,妇女病普查结果自助查询,孕期产检结果自助查询;提供儿童生长发育评价,提供儿童膳食营养评价等。网上就诊预约和挂号:进入联网的医院和自己将要就诊的科室或医生,进行网上挂号和预约。

3) 妇幼健康咨询服务:通过 BBS、电子邮件等方式将自己的症状和问题,以及相关的医疗和保健信息,包括病历资料,化验及各种检查结果发布给妇幼保健医生,获取医生的咨询结果和帮助,根据用户个人健康状况提供健康教育和客户化的信息,提供相关的保健建议。

4）健康论坛：通过 BBS 发布信息，建立妇幼保健服务机构、服务人员和公众有关某一健康保健或疾病医疗主题的讨论，以获取更多的有价值参考信息，便于患者的治疗与康复。

5）妇幼健康热线：通过固定电话、手机等大众化通信工具，同妇幼保健机构组织的妇幼保健专家团的专家进行直接沟通，及时解决个人妇幼健康问题。妇幼健康热线的开通，将有利于提高妇幼保健机构对妇幼保健事件反应和处理能力；有利于加强妇幼保健系统与妇幼人群及社会各界的沟通。

妇幼健康热线承担两大功能，一是为社会公众提供妇幼保健卫生法律、法规、政策以及疾病预防控制的政策咨询；二是提供有关妇幼健康服务、医疗卫生服务信息，开展健康保健、寻医问药咨询等服务。随着业务的发展，还将进一步拓展服务范围。

6）在线监测与诊断：在线监测与诊断是妇幼健康服务的一个重要手段，使妇幼服务对象足不出户便可以享受在妇幼保健医疗机构同样的诊疗服务。对于一些孕期和哺乳期的突发病和慢性病的治疗与防治意义重大。通过在线监测设备（购买或租用）监测服务对象的血压、心跳等指标，将数据通过无线或有线通信方式上传至妇幼健康公众服务平台，经过长时间或定时监测，发现偶发的、具有内在规律性的一些问题，从而为临床制订治疗方案提供诊断依据。

通过整理上传到妇幼保健公众服务平台的血压、心跳等生理指标数据，与区域平台健康档案数据结合进行综合分析，生成检测结果报告反馈给妇幼保健对象，并将检测结果报告上传到区域平台数据中心作为妇幼保健对象健康档案的一部分。例如高血压是妇女孕期发生的常见的症状之一，为了保证孕期母子安全，可以通过在线血压检测设备经常性地检测孕期妇女的血压，检测结果数据会由检测设备自动上传到妇幼保健公众服务平台，专业妇幼保健服务人员可以实时获取上传数据并对孕期妇女的健康状况进行诊断、评价，将诊断与评价结果、处理建议进行反馈、保存。

7.3　妇幼保健业务子平台

妇幼保健业务子平台是围绕妇幼保健领域的业务需求在区域卫生信息平台基础上构建的，有其特殊的业务逻辑处理、数据检索、数据分发等专业功能，是妇幼保健信息系统的核心部分。妇幼保健业务子平台由妇幼保健业务协作服务组件、妇幼保健业务数据资源库、妇幼卫生管理系统等关键构件组成。

7.3.1　妇幼保健业务协作服务组件

妇幼保健业务协作服务组件是平台上支撑妇幼保健服务系统运行与业务协作的核心功能层，提供了一系列从具体业务域中抽象出来的与妇幼保健相关的基础业务服务，主要包括登记、问询、体格检查、实验室检验、影像检查、疾病诊断、手术、分娩、医学指导、转诊、随访、评估报告、事件报告、疾病报告等服务。这些基础业务服务在区域卫生信息平台提供的基础服务支持下实现不同业务活动间的信息交互与联动协同，支持全程妇幼保健业务流程控制。

7.3.1.1　登记服务

提供基础性的登记业务，为以下的服务提供支持：

- 儿童健康体检登记服务：对登记服务按照儿童健康体检的服务要求进行扩展，提供儿童健康
- 体检登记的业务功能。
- 体弱儿童管理登记服务：对登记服务按照体弱儿童管理的服务要求进行扩展，提供体弱儿童管理登记的业务功能。
- 孕产妇保健管理登记服务：对登记服务按照孕产妇保健管理的服务要求进行扩展，提供孕产妇保健管理登记的业务功能。
- 妇女病普查登记服务：对登记服务按照妇女病普查的服务要求进行扩展，提供妇女病普查登记的业务功能。

● 计划生育技术服务登记服务：对登记服务按照计划生育技术服务的服务要求进行扩展，提供计划生育技术服务登记的业务功能。

● 高危孕产妇管理登记服务：对登记服务按照高危孕产妇管理登记的服务要求进行扩展，提供高危孕产妇管理登记的业务功能。

● 产前筛查与诊断登记服务：对登记服务按照产前筛查与诊断登记的服务要求进行扩展，提供产前筛查与诊断登记的业务功能。

7.3.1.2 问询记录服务

提供对保健对象问询的基础记录服务。为以下的服务提供支持：

● 儿童健康体检问询记录服务：对问询服务按照儿童健康体检的服务要求进行扩展，提供儿童健康体检问询的业务功能。

● 体弱儿童管理问询记录服务：对问询服务按照体弱儿童管理的服务要求进行扩展，提供体弱儿童管理问询的业务功能。

● 婚前保健服务问询记录服务：对问询服务按照婚前保健服务的服务要求进行扩展，提供婚前保健服务问询的业务功能。

● 妇女病普查问询记录服务：对问询服务按照妇女病普查的服务要求进行扩展，提供妇女病普查问询的业务功能。

● 计划生育技术服务问询记录服务：对问询服务按照计划生育技术服务的服务要求进行扩展，提供计划生育技术服务问询的业务功能。

● 产前保健问询记录服务：对问询服务按照产前保健的服务要求进行扩展，提供产前保健问询的业务功能。

● 产后保健问询记录服务：对问询服务按照产后保健的服务要求进行扩展，提供产后保健问询的业务功能。

● 高危孕产妇管理问询记录服务：对问询服务按照高危孕产妇管理的服务要求进行扩展，提供高危孕产妇管理问询的业务功能。

● 产前筛查问询记录服务：对问询服务按照产前筛查的服务要求进行扩展，提供产前筛查问询的业务功能。

● 产前诊断问询记录服务：对问询服务按照产前诊断的服务要求进行扩展，提供产前诊断问询的业务功能。

7.3.1.3 体格检查记录服务

提供体格检查基础记录服务，为以下服务提供支持：

● 儿童健康体检体格检查记录服务：对体格检查服务按照儿童健康体检的服务要求进行扩展，提供儿童健康体检体格检查的业务功能。

● 体弱儿童管理体格检查记录服务：对体格检查服务按照体弱儿童管理的服务要求进行扩展，提供体弱儿童管理的业务功能。

● 婚前保健服务体格检查记录服务：对体格检查服务按照婚前保健服务的服务要求进行扩展，提供婚前保健服务体格检查的业务功能。

● 孕前保健服务体格检查记录服务：对体格检查服务按照孕前保健服务的服务要求进行扩展，提供孕前保健服务体格检查的业务功能。

● 妇女病普查体格检查记录服务：对体格检查服务按照妇女病普查的服务要求进行扩展，提供妇女病普查体格检查的业务功能。

● 计划生育技术服务体格检查记录服务：对体格检查服务按照计划生育技术服务的服务要求进行扩展，提供计划生育技术服务体格检查的业务功能。

● 产前保健体格检查记录服务：对体格检查服务按照产前保健的服务要求进行扩展，提供产前保健体格检查的业务功能。

● 产后保健体格检查记录服务：对体格检查服务按照产后保健的服务要求进行扩展，提供产后保健体格检查的业务功能。

● 高危孕产妇管理体格检查记录服务：对体格检查服务按照高危孕产妇管理的服务要求进行扩展，提供高危孕产妇体格检查的业务功能。

● 产前筛查体格检查记录服务：对体格检查服务按照产前筛查的服务要求进行扩展，提供产前筛查体格检查的业务功能。

● 产前诊断体格检查记录服务：对体格检查服务按照产前诊断的服务要求进行扩展，提供产前诊断体格检查的业务功能。

7.3.1.4 实验室检验记录服务

提供实验室检验基础记录服务，为以下服务提供支持：

● 新生儿疾病筛查实验室检验记录服务：对实验室检验记录按照新生儿疾病筛查的服务要求进行扩展，提供新生儿疾病筛查实验室检验记录的业务功能。

● 儿童健康体检实验室检验记录服务：对实验室检验记录按照儿童健康体检的服务要求进行扩展，提供儿童健康体检实验室检验记录的业务功能。

● 体弱儿童管理实验室检验记录服务：对实验室检验记录按照体弱儿童管理的服务要求进行扩展，提供体弱儿童管理实验室检验记录的业务功能。

● 婚前保健服务实验室检验记录服务：对实验室检验记录按照婚前保健服务的服务要求进行扩展，提供婚前保健服务实验室检验记录的业务功能。

● 孕前保健服务实验室检验记录服务：对实验室检验记录按照孕前保健服务的服务要求进行扩展，提供孕前保健服务实验室检验记录的业务功能。

● 妇女病普查实验室检验记录服务：对实验室检验记录按照妇女病普查的服务要求进行扩展，提供妇女病普查实验室检验记录的业务功能。

● 计划生育技术服务实验室检验记录服务：对实验室检验记录按照计划生育技术服务的服务要求进行扩展，提供计划生育技术服务实验室检验记录的业务功能。

● 产前保健实验室检验记录服务：对实验室检验记录按照产前保健的服务要求进行扩展，提供产前保健实验室检验记录的业务功能。

● 产后保健实验室检验记录服务：对实验室检验记录按照产后保健的服务要求进行扩展，提供产后保健实验室检验记录的业务功能。

● 高危孕产妇管理实验室检验记录服务：对实验室检验记录按照高危孕产妇管理的服务要求进行扩展，提供高危孕产妇管理实验室检验记录的业务功能。

● 产前筛查实验室检验记录服务：对实验室检验记录按照产前筛查的服务要求进行扩展，提供产前筛查实验室检验记录的业务功能。

● 产前诊断实验室检验记录服务：对实验室检验记录按照产前诊断的服务要求进行扩展，提供产前诊断实验室检验记录的业务功能。

7.3.1.5 影像检查记录服务

提供医学影像检查结果的记录服务。为下列业务服务提供支持：

● 体弱儿童管理影像检查记录服务：对影像检查记录按照体弱儿童管理的服务要求进行扩展，提供体弱儿童管理影像检查记录的业务功能。

● 婚前保健服务影像检查记录服务：对影像检查记录按照婚前保健服务的服务要求进行扩展，提供婚前保健服务影像检查记录的业务功能。

● 妇女病普查影像检查记录服务：对影像检查记录按照妇女病普查的服务要求进行扩展，提供妇女病普查影像检查记录的业务功能。

● 计划生育技术服务影像检查记录服务：对影像检查记录按照计划生育技术服务的服务要求进行扩展，提供计划生育技术服务管理影像检查记录的业务功能。

● 产前保健影像检查记录服务：对影像检查记录按照产前保健的服务要求进行扩展，提供产前保健影像检查记录的业务功能。

● 高危孕产妇管理影像检查记录服务：对影像检查记录按照高危孕产妇管理的服务要求进行扩展，提供高危孕产妇管理影像检查记录的业务功能。

● 产前筛查影像检查记录服务：对影像检查记录按照产前筛查的服务要求进行扩展，提产前筛查影像检查记录的业务功能。

● 产前诊断影像检查记录：对影像检查记录按照产前诊断的服务要求进行扩展，提供产前诊断影像检查记录的业务功能。

7.3.1.6　疾病诊断记录服务

对疾病诊断结果记录提供基础服务，为以下业务服务提供支持：

● 新生儿疾病筛查诊断记录服务：对疾病诊断记录按照新生儿疾病筛查的服务要求进行扩展，提供新生儿疾病筛查疾病诊断记录的业务功能。

● 婚前保健服务诊断记录服务：对疾病诊断记录按照婚前保健服务筛查的服务要求进行扩展，提供婚前保健服务疾病诊断记录的业务功能。

● 计划生育技术服务诊断记录服务：对疾病诊断记录按照计划生育技术服务的服务要求进行扩展，提供计划生育技术服务疾病诊断记录的业务功能。

● 产前诊断记录：对疾病诊断记录按照产前诊断的服务要求进行扩展，提供产前疾病诊断记录的业务功能。

7.3.1.7　手术记录服务

对手术记录提供基础服务，为以下业务服务提供支持：

● 计划生育技术服务手术记录：对手术记录按照计划生育技术服务的服务要求进行扩展，提供计划生育技术服务手术记录的业务功能。

7.3.1.8　分娩记录服务

提供分娩记录服务：对基础分娩记录按照实际分娩记录服务的服务要求进行扩展，提供分娩记录服务的业务功能。

7.3.1.9　医学指导服务

提供医学指导基础服务，为下列业务服务提供支持：

● 儿童健康体检医学指导服务：对医学指导服务按照儿童健康体检的服务要求进行扩展，提供儿童健康体检医学指导的业务功能。

● 体弱儿童管理医学指导服务：对医学指导服务按照体弱儿童管理的服务要求进行扩展，提供体弱儿童管理医学指导的业务功能。

● 婚前保健服务医学指导服务：对医学指导服务按照婚前保健服务的服务要求进行扩展，提供婚前保健服务医学指导的业务功能。

● 妇女病普查医学指导服务：对医学指导服务按照妇女病普查的服务要求进行扩展，提供妇女病普查医学指导的业务功能。

● 计划生育技术服务医学指导服务：对医学指导服务按照计划生育技术服务的服务要求进行扩展，提供计划生育技术服务医学指导的业务功能。

● 产前保健医学指导服务：对医学指导服务按照产前保健的服务要求进行扩展，提供产前保健医学指导的业务功能。

● 产后保健医学指导服务：对医学指导服务按照产后保健的服务要求进行扩展，提供产后保健医学指导的业务功能。

● 高危孕产妇管理医学指导服务：对医学指导服务按照高危孕产妇管理的服务要求进行扩展，提供高危孕产妇管理医学指导的业务功能。

● 产前诊断医学指导记录：对医学指导服务按照产前诊断的服务要求进行扩展，提供产前诊断医学指导的业务功能。

7.3.1.10 转诊记录服务

为各种类型的转诊记录服务提供基础性服务支持，各类型的转诊服务对象均可继承转诊记录，以提供具有共同转诊基础操作的服务。

7.3.1.11 随访记录服务

提供随访记录基础服务，为以下随访服务提供支持：

● 新生儿访视随访记录服务：对随访记录服务按照新生儿访视的服务要求进行扩展，以提供新生儿访视随访记录服务的业务功能。

● 产妇访视随访记录：对随访记录服务按照产妇访视的服务要求进行扩展，以提供产妇访视随访记录服务的业务功能。

7.3.1.12 评估报告服务

提供评估报告基础服务，为以下业务服务提供支持：

● 儿童健康体检评估报告服务：对评估报告服务按照儿童健康体检评估报告的要求进行扩展，以提供儿童健康体检评估报告服务的业务功能。

● 体弱儿童管理评估报告服务：对评估报告服务按照体弱儿童管理评估报告的要求进行扩展，以提供体弱儿童管理评估报告服务的业务功能。

● 产后保健评估报告服务：对评估报告服务按照产后保健评估报告的要求进行扩展，以提供产后保健评估报告服务的业务功能。

● 高危孕产妇管理评估报告：对评估报告服务按照高危孕产妇管理评估报告的要求进行扩展，以提供高危孕产妇管理评估报告服务的业务功能。

7.3.1.13 事件报告服务

提供事件报告基础服务，为以下业务服务提供支持：

● 出生医学报告服务：对事件报告服务按照出生医学报告的要求进行扩展，以提供出生医学报告的业务功能。

● 5 岁以下儿童死亡报告服务：对事件报告服务按照 5 岁以下儿童死亡报告的要求进行扩展，以提供 5 岁以下儿童死亡报告的业务功能。

● 孕产妇死亡报告：对事件报告服务按照孕产妇死亡报告的要求进行扩展，以提供孕产妇死亡报告的业务功能。

7.3.1.14 疾病报告服务

提供疾病报告基础服务，为以下业务服务提供支持：

● 出生缺陷监测报告：对疾病报告服务按照出生缺陷监测报告的要求进行扩展，以提供出生缺陷监测报告的业务功能。

7.3.2 妇幼保健业务数据资源库

区域卫生信息平台承担着区域卫生数据中心重要角色。其中除了健康档案基础数据资源库之外，还包括各业务领域专业数据资源库，使区域卫生信息平台能够支持业务交互处理。妇幼保健业务数据资源库不单指服务过程中所产生的个案数据和业务协作数据，它应该是一组数据库的集合，是区域卫生信息平台上的专业数据资源体系中一个重要组成部分，也是妇幼保健业务子平台的必要构件，为妇幼保健服务与管理业务的动态运行提供数据存储、数据访问、数据共享、数据仓库等业务数据中心服务。

妇幼保健业务数据资源库主要包括：出生医学信息、出生缺陷监测信息、新生儿重大疾病信息、儿童伤害信息、儿童死亡信息、重大妇女病信息、孕产妇健康危险因素信息、孕产妇死亡信息等专业数据库。

妇幼保健业务数据资源库中的数据主要来源于妇幼保健相关的各医疗卫生服务点系统在实现儿童保健和妇女保健服务过程中生成和根据需要报送的服务对象个案数据。根据卫生部发布的健康档案标准及业务系统功能规范要求，主要涉及 12 个妇幼保健服务系统业务数据集：

(1) 儿童保健服务数据集
- 出生医学证明数据集
- 新生儿疾病筛查数据集
- 儿童健康体检数据集
- 体弱儿童管理数据集
- 五岁以下儿童死亡报告数据集

(2) 妇女保健服务数据集
- 婚前保健服务数据集
- 妇女病普查数据集
- 计划生育技术服务数据集
- 孕产期保健服务与高危管理数据集
- 产前筛查与诊断数据集
- 出生缺陷监测数据集
- 孕产妇死亡报告数据集

7.3.3 妇幼卫生管理系统

妇幼卫生管理系统是指基于妇幼保健业务子平台构建，针对妇幼保健服务提供者，实现对辖区妇幼保健服务工作进行全面动态监管以及预警预测和综合决策的各项妇幼保健服务监管与综合决策支持信息系统。主要包括：妇女儿童专项档案管理、妇幼保健服务监管、妇幼保健综合决策支持以及妇幼保健监督执法等系统功能。

7.3.3.1 妇女儿童专项档案管理

相对于区域卫生信息平台的健康档案而言，妇幼保健服务是专门为妇女、儿童这样的特定年龄段特定人群开展的，属于专案管理范畴。建立妇女儿童专项保健档案，无论从妇幼保健具体工作开展，还是从信息系统技术实现上都是必要的。

妇女儿童专项档案管理功能应包括：

(1) 唯一性的个人识别码，同时满足服务对象多态化的需求。

(2) 母子关系的关联识别，通过电子凭证，应能在母子档案之间相互导航。母子关系识别服务提供子 → 母、母 → 子之间的档案关联与识别。

7.3.3.2 妇幼保健服务监管

妇幼保健服务监管是妇幼保健机构及卫生行政管理部门的主要职能，是对辖区妇幼保健服务提供活动进行过程管理的关键手段。妇幼保健服务监管系统功能主要包括：

(1) 出生医学登记管理：出生医学登记管理以出生医学登记功能为主，并通过公共卫生协作系统实现与公安、人口与计生、教育等外部领域信息共享。

(2) 出生缺陷监测与干预：出生缺陷监测与干预是控制出生缺陷、提高出生人口素质的重要措施，包括出生缺陷监测、新生儿疾病筛查、产前筛查与产前诊断、叶酸增补等内容，管理系统包括监测方案、监测实施、风险控制、干预评估和预警预报等部分。

(3) 儿童健康管理与服务评估：儿童健康管理与服务评估是通过对 0～36 个月儿童健康管理，以儿童健康危险因素监测与风险评估为重点，对儿童保健服务实施进行监督评价，包含儿童保健状况评估、儿童死亡发生率趋势变化及死因监测、儿童常见疾病发生趋势和干预效果监测、儿童伤害及伤残发生趋势及预测预警等部分。

（4）孕产妇健康管理与服务评估：通过对孕产妇的健康管理，对孕产妇健康状况、危险因素筛查、孕产妇重大疾病及死亡进行监测，包括过程监督和动态管理；对服务机构的服务内容、服务环节、服务要求、服务质量进行评估。系统功能包括服务数据的提取与分析、服务机构管理评估、服务效果评价等部分。

（5）重大妇女病监测：重大妇女病监测是对严重危害妇女健康的重大疾病实现早发现、早治疗的重要手段。系统功能包括妇女病普查信息的提取与分析、风险评估、预警预报等部分，并通过公共卫生协作系统与医疗机构、疾病控制机构进行共享数据和业务协同。

7.3.3.3　妇幼保健综合决策支持

根据专业领域管理决策意图，对妇幼保健各类应用数据的综合分析和数据展示服务是妇幼保健综合决策支持系统的主要功能。它包括如下几个方面：

（1）ETL 与数据仓库

（2）决策分析（DSS）

（3）在线联机分析（OLAP）

（4）商业智能（BI）

而数据挖掘方法是对数据的二次利用，在妇幼卫生管理过程中应充分重视和应用。

7.3.3.4　妇幼保健监督执法

妇幼保健监督执法是依据我国《母婴保健法》由卫生行政管理部门行使的主要管理职能，主要包括对提供妇幼保健服务的相关医疗机构和医务人员的执业资质管理、执业执照管理以及《出生医学证明》证件管理等监督执法工作。

7.4　妇幼保健服务系统

妇幼保健服务系统指在平台之下部署于各个妇幼保健服务点（即直接面向服务对象具体提供各项妇幼保健服务项目的有关医疗卫生机构，POS），用于支撑儿童保健和妇女保健各项业务服务功能的业务子系统。主要包括：出生医学证明签发管理、新生儿访视、新生儿疾病筛查、儿童健康体检、体弱儿童管理、五岁以下儿童死亡报告、青春期保健、婚前保健服务、妇女病普查、计划生育技术服务、孕前保健、孕产期保健服务、高危孕产妇管理、产前筛查与诊断、出生缺陷监测、孕产妇死亡报告、更老年期保健等系统功能。

妇幼保健服务系统中的各业务子系统均应符合 SOA 架构，并通过专门的接入服务器透过区域卫生信息交换层（HIAL）与区域卫生信息平台内的妇幼保健业务协作服务组件对接，以完成相关信息采集与信息上报。接入服务器由服务组件客户端代理、HL7 解析引擎、服务接口组件组成。

妇幼保健服务系统的具体设计参见本书第 3～6 章有关内容。

7.5　网络基础设施与信息安全体系

网络基础设施为各业务应用系统及区域卫生信息平台提供网络运行的基础环境，主要包括服务器、存储、网络、操作系统和数据库系统以及计算机房等，它是保证整个妇幼保健信息系统安全、稳定、正常运行的基础支撑平台。

妇幼保健信息系统是由计算机及相关的设备、设施（含网络）构成的，并按照一定的应用目标和规则对各种信息进行采集、加工、存储、传输、检索等处理的人机系统。因此，它潜在的威胁可能来自于各类人员（包括系统内、外人员），人员对系统的攻击动机各异、形式多样，可能出现在可以访问妇幼保健信息系统的任何地方，表现为有意或无意的破坏行为。也可能来自于各种灾害、设备和设施的故障，灾害或设备的威胁主要表现为物理安全威胁。信息安全体系为系统运行依赖的基础设施以及应用系统平台提供安全保障,通过系统的技术防护措施和非技术防护措施来保障整个妇幼保健信息系统的安全。安全保障体系包括物理安全、环境安全、网络安全、系统安全、应用安全、数据安全、管理安全等。

网络基础设施与安全保障体系的具体技术设计参见本书第10~11章有关内容。

7.6 信息化标准体系

国家标准《标准化基本术语》(GB 3935)对标准所下的定义是"对重复性事物或概念所做的统一规定,它以科学、技术和实践经验的综合成果为基础,经有关方面协商一致,由主管机构批准,以特定的形式发布,作为共同遵守的准则和依据"。标准化与规范化原理是从实践过程中总结出来的,是对标准化规律的认识与总结。区域卫生信息平台及各业务应用系统实现互联互通、信息共享需要统一的卫生信息化标准体系支持。

7.6.1 标准化原则

(1) 有国家(行业)标准的,优先遵循国家(行业)标准。

(2) 即将形成国家(行业)标准的,争取在标准基本成熟时将该标准率先引入试用。

(3) 无国家(行业)标准,等效采用或约束使用国际标准。

(4) 无参照标准,按标准制定规范,自行进行研制。

7.6.2 标准体系建设与管理

卫生信息化建设的出发点和落脚点都是实现互联互通和信息共享。没有标准化,就不可能实现信息共享,更建立不起来能够在区域范围内协同运作的业务应用系统。

信息化标准体系包含数据标准、技术标准、管理标准和业务规范四个部分。

(1) 数据标准:数据元标准、代码标准、数据存取规范、数据交换规范。

(2) 技术标准:通过技术标准支持妇幼保健信息系统与临床医疗、疾病控制等领域,及与区域卫生信息平台之间的数据级和应用级整合,并提高妇幼保健信息系统的应用集成、互联互通的能力。

(3) 管理标准:标准管理、安全管理、数据管理、项目管理,用于指导信息系统日常运行、数据维护管理。

(4) 业务规范:由业务主管部门制定的各类业务标准、工作规范,用于指导业务正常有序开展。

数据标准化是实现信息集成和共享的前提,在此基础上才谈得上信息的准确、完整和及时。没有数据标准化,信息共享就无从谈起,而数据标准化离不开业务模型的标准化、信息模型的标准化、基础数据的标准化和文档的标准化,只有解决了这些方面的标准化,并实现信息资源的规范管理,才能从根本上消除"信息孤岛"。

7.6.2.1 数据标准化

要实现卫生信息化,首先要实现的是基础信息的标准化。卫生信息化的最大效益来自信息的最广泛共享、最快捷的流通和对信息进行深层次的挖掘,对于妇幼保健信息化亦然。因此,如何将分散、孤立的各类信息变成网络化的信息资源,将众多"孤岛式"的信息系统进行整合,实现信息的快捷流通和共享,是卫生信息化过程中亟待解决的问题。在妇幼保健信息化建设过程中,建设高质量的妇幼保健数据标准化体系,是开发妇幼保健信息资源、建立全面支持妇幼保健信息化运行的 IT 资源平台的基本工作。数据标准化体系的设计目标是规范、标准、可控、支持高效数据处理和深层数据分析的数据结构以及稳定、统一的数据应用体系及管理架构。

必须要对妇幼保健信息化交换与共享的所有管理对象进行编码,并且要做到每一个管理对象的编码都是唯一的。计算机系统是严格按代码管理的,各种代码始终贯穿于所有信息中,如服务对象有服务对象的代码,药品有药品的代码,疾病有疾病的代码,医疗保健服务机构有机构的代码,科室、部门、病区以及卫生事件、病历、处方都有各自的代码,而且这些代码同代码之间有很大的关联,因此在建立数据编码标准时要充分考虑这些因素,使代码同代码之间进行协调统一,在以后信息系统的数据准备中,必须严格依据所制定代码按照标准化、规范化进行管理和执行。

编码的分类与取值是否科学和合理直接关系到信息处理、检索和传输的自动化水平与效率,信息编码是否规范和标准影响和决定了信息的交流与共享等性能。因此,编码必须遵循科学性、系统性、可扩展性、兼容性和综合性等基本原则,从系统工程的角度出发,把局部问题放在系统整体中考虑,达到全局优化效果。遵循国际标准—国家标准—行业标准的原则,建立适合和满足妇幼保健服务与管理需要的信息编码体系和标准。只有信息分类编码标准、统一,各信息系统才能够有效地集成和共享。在编码过程中,要遵循以下三个原则:首先要树立与国家卫生信息化全面接轨的思想;其次,编码既要考虑到现有的需求,也要满足发展的需求;第三,编码要规范化。

卫生部 2009 年以来推出的关于健康档案及相关部分的数据标准,已经覆盖了妇幼保健应用领域的信息标准化需求,为妇幼保健标准体系建设创造了先决条件。

7.6.2.2 信息模型标准化

(1) 信息模型包括两个层面

1) 逻辑模型:它是按照用户的观点对数据和信息进行建模,通常用一些实体和关系来表示,是不依赖于某一个数据库系统支持的信息模型。

2) 物理模型:它是面向实际的数据库实现的,表现为数据结构(用于描述系统的静态特性,研究与数据类型、内容、性质有关的对象,例如关系模型中的域、属性、关系等)、数据操作(主要有检索和更新两大类操作,数据模型必须定义这些操作的确切含义、操作符号、操作规则以及实现操作的语言)以及数据的约束条件(是一组完整性规则的集合。完整性规则是给定的数据模型中数据及其联系所具有的制约和存储规则,用以限定符合数据模型的数据库状态以及状态的变化,以保证数据的正确、有效、相容。此外,数据模型还应该提供定义完整性约束条件的机制)。

(2) 规划后的信息模型主要特性

1) 先进性:规划后的数据模型应该符合当前的技术标准,适应卫生信息化的建设 5~10 年的发展需要,就是说在 5~10 年之内具有先进性。

2) 可扩展性:数据模型必须具有可扩展性,根据信息化的需要对模型进行扩展,支持卫生信息化进程的可持续发展。

3) 可靠性:设计的数学模型必须准确可靠,能够保证基于这些数据模型的信息系统的安全可靠运行。

4) 一致性:设计的数学模型在整个业务领域内是完全一致的,不能存在二义性。

7.6.2.3 信息系统集成标准化

标准化也是信息系统集成项目中非常重要的一点,信息系统集成是一项具有知识密集、资料密集、工作量大等特点的系统工程,主要进行以下几方面标准化工作:

(1) 信息指标体系标准化:信息指标体系标准化指一定范围内所有的信息标准,按其内在联系所组成的、科学的有机整体,它应具有目标性、集合性、可分解性、相关性、适应性和整体性等特征。在管理层级和管理部门众多的情况下,只有统一和规范指标体系,才能使各系统和各个层次开发和实施的信息系统能够实现数据和信息的兼容与共享。

(2) 信息系统开发标准化:信息系统开发标准化指在信息系统开发过程中必须遵守统一的系统设计规范、程序开发规范和项目管理规范。系统设计规范制定字段、数据库、程序和文档的命名规则和编制方法,应用程序界面的标准和风格等。程序开发规范对应用程序进行模块划分、标准程序流程的编写、对象或变量命名、数据校验及出错处理等过程和方法作出规定。项目管理规范规定项目开发过程中各类问题(如设计问题、程序问题等)的处理规范和修改规则,文档的编写与维护规范。

(3) 信息交换接口标准化:许多应用系统是在不同的操作系统、数据库、程序设计语言、硬件平台和网络环境下开发与运行的,这些应用系统在开发时并没有考虑到企业数据的集成,造成企业内部数据比较散乱,容易出现数据不一致的现象。可以说信息系统的质量与接口的标准化密切相关,接口标准化已成为数据标准化的重要一环。信息交换接口标准化对信息系统内部和信息系统之间各种软件和硬件的接口方式,以及信息系统输入和输出的格式制定规范和标准,包括网络的互联标准和通信协议、数据库数据交换格式、共享文档规范等。

7.7 三级妇幼保健信息网络体系

基于区域卫生信息平台的妇幼保健信息系统是以地市级为主要区域层面的业务应用系统(业务信息平台),在其之上还分别部署有省级和国家级妇幼保健业务管理平台(同样基于省级和国家级卫生信息平台构建),共同构成国家、省、地市三级妇幼保健信息网络体系。此外,根据个别特殊业务及卫生应急等需要,跨平台的信息直报系统建设可能是并存的。如图 7-5 所示。

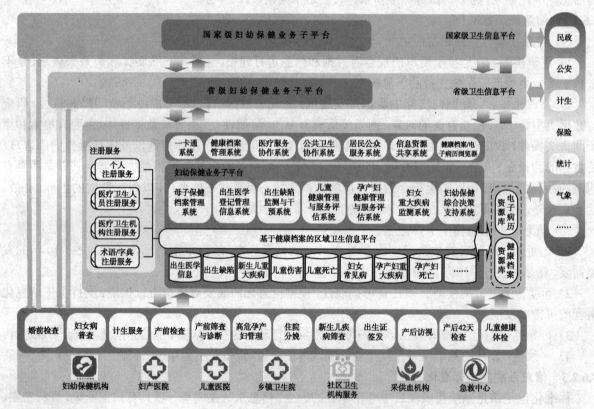

图 7-5 三级妇幼保健信息网络体系架构

三级平台建设各有不同的应用重点。区域卫生信息平台以健康档案的管理和应用为主,辅以相关的业务子平台如妇幼保健业务子平台,构成完整的区域卫生信息化解决方案。区域卫生信息平台及其业务子平台面向具体服务对象,面向实时、动态的业务流程。而省级和国家级卫生信息平台及其业务子平台则以数据资源综合分析利用为主,通过从下级平台提取所需要的数据,从更高层面开展区域卫生管理、流行病学分析、预警预测与应急指挥等综合管理应用,同时支持跨地市、跨省的信息共享和业务协同。

依托国家、省、地市(区域)三级卫生信息平台构建三级妇幼保健信息网络体系,决不是条线业务传统意义上的"烟囱系统",因为每一层业务管理平台都有同级的共享信息平台作为互联互通基础支撑,可以实现横向和纵向的信息共享。各级平台之间的互联互通性是至关重要的,每级平台的核心部分——HIAL(区域卫生信息交换层)作为平台的信息交换枢纽,承担着平台与平台之间信息交互的主要任务。

第 8 章

技 术 架 构

8.1 技术架构概述

妇幼保健信息系统的技术架构以满足妇幼保健的业务架构、应用架构、数据架构及安全架构的需求为目标，应用一系列主流、先进的技术方法和手段，以面向服务的 SOA 架构为核心模式，实现系统中各服务组件间的通信与协作，是系统架构技术实现手段、方法、过程的总和，是妇幼保健信息系统技术实现的指导性框架。

技术架构应满足以下要求：

（1）总体规划，分层架构。架构的层次清楚，每一层都有明确的作用和规定。

（2）具有很好的稳定性。技术架构的每一层都相对稳定，每一层的改变都不影响其他层。

（3）具有很强的适应能力。既能满足快速反应的业务需求，又能满足大数据量、复杂的、异步的业务需求。

（4）具有很好的开放性。以主流的软硬件平台为支撑，但又不依赖于特定厂商的操作系统、中间件平台和数据库系统。

（5）具有良好的可扩展性。系统很容易在纵向和横向两个方向扩展，以适应业务需求的变化以及应用规模的改变，保证系统能够平滑升级。

妇幼保健信息系统技术架构包括基础环境、数据架构、业务逻辑、数据交换、表示层等多个设计层面，各层面由相关技术元素组成，这些技术元素为妇幼保健信息系统的信息采集、交换、处理、存储、利用以及业务流程整合等功能提供技术支撑，见图 8-1。

本章着重阐述业务逻辑层、数据架构层和表示层的设计模式。数据交换层可以参考本书第 7 章的 7.2.1.4 部分，《电子健康档案与区域卫生信息平台》有关章节对此有更详细的描述。基础环境部分在本书第 9 章描述。

8.2 业务逻辑层设计模式

采用面向服务的架构（SOA）作为技术架构的核心架构模式。

面向服务的架构（SOA）对于面向同步和异步应用的、基于请求/响应模式的分布式计算来说是一场革命。

面向服务的架构（SOA）是一种架构模式，而 Web 服务是利用一组标准实现的服务。Web 服务是实现 SOA 的方式之一，但 Web 服务具有平台独立的自我描述 XML 文档，Web 服务描述语言（Web services description language，WSDL）是用于描述服务的标准语言。Web 服务用消息进行通信，该消息

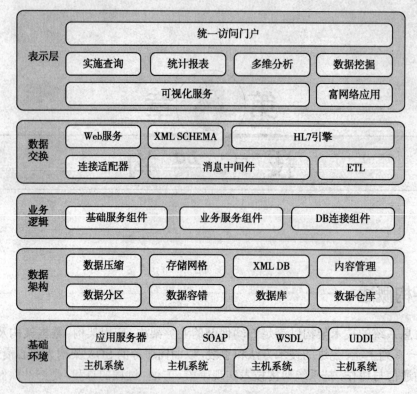

图 8-1　妇幼保健信息系统技术架构示意图

通常使用 XML Schema 来定义,服务使用者并不需要知道服务提供者的环境。

　　面向服务的架构(SOA)凭借其松耦合的特性,使得平台能够按照模块化的方式来添加新服务或更新现有服务,以满足新的业务需要,并可以把已有的应用作为服务,从而有效地降低和保护平台的建设投资。

8.2.1　服务组件应用模式

　　妇幼保健信息系统平台通过平台的应用服务器部署服务组件的应用模式,完成平台的业务应用功能。

　　平台应用服务器在企业级内核上构建,支持面向服务的架构,支持跨平台应用。平台应用服务器遵循最新的开放标准,支持多元编程模型开发,具有高级部署和管理能力。

　　平台应用服务器为准备部署到 SOA 的所有服务提供必需的事务、会话和上下文控制。通过平台应用服务器构建和部署服务化应用,并将它们插入服务基础环境,从而与其他应用系统融为一体。

　　平台应用服务器提供可插入的安全架构,具备可即装即用的插件,能与业内所有主要的安全框架结合在一起。

　　平台应用服务器能通过 LAN、MAN 和 WAN 集群进行线性扩展,包含多个审计接入点和一个插入式诊断框架,不但能监控应用,还能在系统出现故障时触发完整的服务器迁移。

8.2.2　业务服务组件设计思想

8.2.2.1　业务服务集成框架

　　妇幼保健业务领域范围涵盖包括:妇幼保健机构的儿童保健、妇女保健及妇幼卫生管理业务;各医院、乡镇卫生院、社区卫生服务机构关于儿童保健、妇女保健的业务;以及行政管理机构关于儿童保健、妇女保健的服务监管业务。为了实现妇幼保健领域内的业务协同,必须要求妇幼保健信息系统具备业务的集成与整合能力。以消除领域内的"信息孤岛"、"信息烟囱"。

系统提供统一的业务服务集成框架,实现业务服务的集成。包括统一的登录机制、统一的系统管理、统一的表现风格、统一的信息组织形式。

8.2.2.2 统一资源共享服务

实现妇幼保健的信息资源共享,是实现妇幼保健业务集成的基础。应用信息资源规划(IRP)理论,对妇幼保健信息资源进行统一的规划,并提供统一的基础管理功能,在此基础上,构建妇幼保健不同的业务应用。

妇幼保健业务平台提供的并不是相互独立的业务服务,而是建立在经整体规划、相互联系的妇幼保健信息资源基础之上的相关业务集成,每项业务活动的开展,可能对其他业务产生影响。如妇女病普查体格检查业务,是建立在妇女病登记业务的基础上,与妇女病登记业务相关,这种相关与其信息资源的相关性是一致的。

妇幼保健信息系统的资源共享能力,表现在基于妇幼保健信息资源统一规划的基础上的信息共享(如图 8-2 所示),而不仅仅是业务层面的数据交换,虽然业务层面的数据交换必不可少。其实现的目标是资源一方采集、多方利用、数出一门、消除差异。

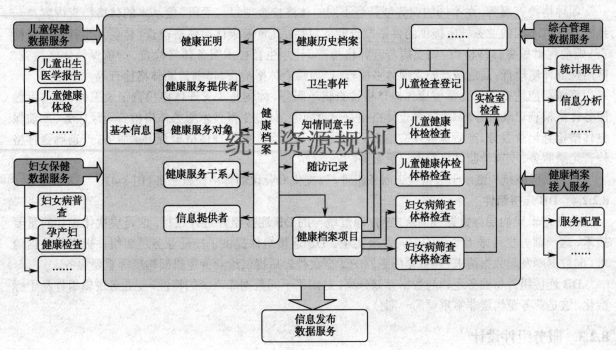

图 8-2 基于统一资源规划的数据服务提供

针对相同的信息资源,系统提供统一的访问服务,以保证资源信息采集的一致性与资源利用的安全性验证,从信息架构上保证资源的写入与获取访问控制。

访问服务包括创建、更新、获取、删除四种类型。为了保证数据的可追溯性,应依据资源的不同情况,对数据的更新与删除服务进行限定,对数据的创建、更新、获取与删除赋予不同的操作权限。

8.2.2.3 一致化业务服务

数据资源的统一,仅仅是信息系统基础的统一。而由统一平台提供的统一业务服务,则实现了业务服务逻辑的统一建设。

基于基础业务活动的业务逻辑,为各业务领域的业务逻辑提供了基础。各领域具体业务逻辑在基础业务逻辑基础上特化(继承)或实例化,并为相应的业务领域提供一致性的服务,这是基于妇幼保健业务平台提供的业务服务能力。

一致化的信息提供由统一的基础业务服务组件实现,妇幼保健所有领域的具体的专业业务,是相应基础业务的特化,业务服务组件继承于基础业务服务组件,以保证一致化的业务服务提供(图 8-3)。

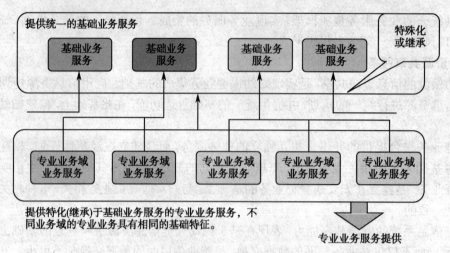

图 8-3 继承于基础业务服务的一致化的业务提供能力

如体格检查服务,在不同的业务域具有不同的体格检查项目与手段,但基本的体格检查内容是一致的。这些不同的业务域所提供的体格检查业务包括:儿童健康体检体格检查、体弱儿童管理体格检查、婚前保健服务体格检查、妇女病普查体格检查、计划生育技术服务体格检查、产前保健体格检查、产后保健体格检查、高危孕产妇管理体格检查、产前筛查体格检查、产前诊断体格检查等。

系统相应地提供了儿童健康体检体格检查记录服务、体弱儿童管理体格检查记录服务、婚前保健服务体格检查记录服务、妇女病普查体格检查记录服务、计划生育技术服务体格检查记录服务、产前保健体格检查记录服务、产后保健体格检查记录服务、高危孕产妇管理体格检查记录服务、产前筛查体格检查记录服务、产前诊断体格检查记录服务。

上述服务域统一继承于体格检查服务组件,以提供专业化的体格检查服务(图 8-4)。

8.2.2.4 DB 连接组件

业务逻辑架构层与数据存储层之间,通过统一的 DB 连接组件进行连接,这是层次化设计的重要技术,这一部分也可采用专业的中间件来实现。DB 连接组件提供了接受业务逻辑组件提出的数据请求、向数据库发起数据请求、将数据库返回的数据集处理后提供给业务逻辑架构层等重要服务。

DB 连接组件将业务逻辑与数据存储分离,封闭了不同数据库系统的特性,使业务逻辑组件易于标准化,这是业务逻辑层非常重要的一部分。

8.2.3 服务组件设计

8.2.3.1 服务组件结构模式

妇幼保健业务平台由业务平台所涉及的数据中心、所提供的公共服务、基础业务服务、妇幼保健业务服务组成。业务层是由业务组件和相应的容器组成的,明确业务组件的范围是业务层设计的关键步骤。通过对妇幼保健业务活动、系统功能和信息模型的分析,业务层的组件有如下三类:

(1)妇幼保健业务组件:妇幼保健业务组件用于完成各子系统业务环节所提交的数据处理任务,响应来自表示层的数据请求,是业务层的主要组成部分。

(2)妇幼保健业务协作服务组件:根据业务模型分析的结果,妇幼保健的大部分业务活动是由基础业务活动在具体业务域的实例化,这些基础业务活动是具体业务活动的基本的活动元。业务数据共享服务的核心包括由各项具体的业务经泛化、抽象的基础业务服务构成。包括专案登记服务、体检登记服务、问询记录服务、体格检查记录服务、影像检查记录服务、实验室检验记录服务、诊断记录服务、手术记录服务、分娩记录服务、医学指导服务、转诊记录服务、分娩记录服务、随访记录服务、评估报告服务、事件报告服务、疾病报告服务等。

妇幼保健业务协作中的组件是最基本的业务组件,可以为妇幼保健业务组件所引用,从而提高业

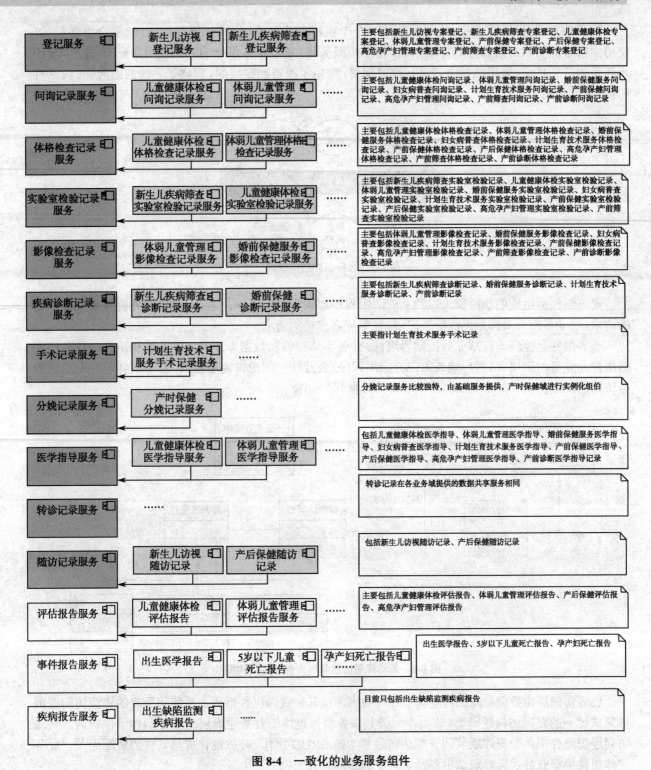

图 8-4 一致化的业务服务组件

务层的高可靠性和可用性,并提供一致化的业务服务。这些基础业务服务为具体的业务服务提供了资源整合的基础。

(3)公共服务组件:妇幼保健信息系统基础平台所涉及的功能,以及妇幼保健信息系统与区域卫生信息平台的接口层功能,都需要一组公共服务组件的支持,这些公共服务组件还可包括数据库连接层组件,用于执行数据库最基本的数据操作。

基于 SOA 的应用模式,将系统抽象成一个个粗粒度的服务,标准化服务接口,松耦合服务架构。使用面向服务的软总线的方式集成系统,将系统服务化,通过服务组合的方式复用企业 IT 资产,对于新开发的信息系统,采用插接方式进行快速部署,缩短了投资回报周期,提高了系统的适应性、灵活性和扩展性,见图 8-5。

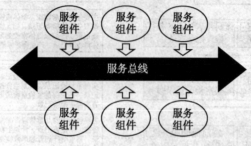

图 8-5 服务组件结构模式

业务组件所组成的功能模块以独立的应用程序加载为服务进程并运行,通过服务协议接受客户端的请求,经业务组件处理后返回给客户端,以响应客户端的请求。

业务组件至少应该包括业务控制器组件、业务实体组件和数据库逻辑组件及连接组件。业务控制器组件向业务的调用者(客户端或第三方应用程序)公开统一的逻辑调用接口,业务实体组件则通过数据访问逻辑组件从数据库相应的视图中访问数据(图 8-6)。

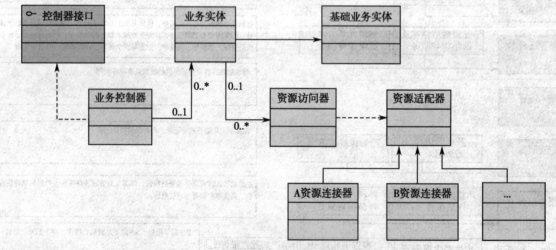

图 8-6 妇幼保健信息系统业务组件结构图

资源访问层由数据资源访问逻辑组件和数据库或其他资源组件组成。系统将所有的资源访问逻辑抽象成统一的资源访问逻辑类,该类作为公共服务组件提供给业务逻辑层由业务实体组件访问。资源访问逻辑组件提供数据库或其他资源访问最基本的 CRUD 操作,并被设计成与具体的资源无关。业务实体组件根据业务逻辑要求调用资源访问逻辑组件。

资源访问组件通过资源适配器,统一了不同数据库系统及其他资源的访问。

8.2.3.2 服务组件通信模式

基于 SOA 的服务组件通信模式,解耦了组件之间的联系,并基于标准的消息交互定义了组件之间的交互语义。妇幼保健信息系统业务服务组件,向健康档案数据中心转输符合 HL7 标准及其 CDA 文档通信标准的消息,或从健康档案中获取符合 HL7 CDA 标准的消息。对于应用 Web Serveices 使能 SOA 的技术中,这些消息基于 SOAP 等 Web 服务通信协议进行传输,并在各自的客户端被解包。

基于 SOA 的其他机构的服务点应用程序,往往被包含在其他应用程序中,如 HIS、社区卫生服务应用程序等,这些程序包括了对妇幼保健服务的消费。妇幼保健业务服务组件同样向这些应用程序转输符合 HL7 标准及其 CDA 文档通信标准的消息,并在服务点应用程序中被解包,进而解析应用(图 8-7)。

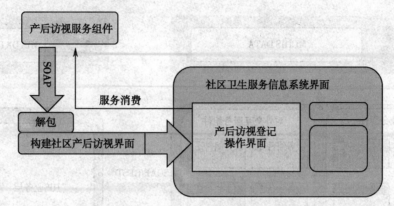

图 8-7 妇幼保健服务组件嵌入服务点应用通信图

在同构的妇幼保健信息系统体系内,可直接采用系统内部的 API 进行业务组件的通信,这样可实现高效、无障碍的内部通信。

8.2.3.3 服务组件分布模式

基于 SOA 的信息系统是一个开发式的结构体系,服务组件可灵活地分布与部署,并实现技术与地点的透明分布。使协同 SOA 平台能够最大限度地适应今后业务发展变化需求(见图 8-7)。

8.3 数据架构层设计模式

数据架构层提供妇幼保健信息系统的数据存储和基础处理服务,并通过各种机制来保证数据本身的安全,是系统的核心组成部分之一。数据架构层技术架构包括数据库技术、文档存储技术、数据仓库技术,以及有关数据安全备份、容灾的技术方案。

8.3.1 资源访问模式

妇幼保健信息系统是一个跨机构的领域信息系统,其资源访问或数据采集是由妇幼保健业务所涉及的医疗保健机构完成的。而医疗保健机构承担着医疗、保健、预防等多种角色,应该完成多领域的信息采集、传递等管理任务,并且在一些业务环节上要完成多种角色的信息采集任务,比如医院在处理产妇分娩时,在医院的临床信息方面,应该采集产妇分娩的相关数据,而这些分娩数据也是妇幼保健业务管理所需要的。

妇幼保健信息系统应该是一个开放系统,其数据采集来源有三个:

(1)通过妇幼保健信息系统的客户端采集:医疗保健机构直接应用妇幼保健信息系统提供的客户端实现数据的采集。

(2)通过健康档案＋区域卫生信息平台的推送信息:在其他信息系统领域完成数据采集,推送信息至区域卫生信息平台的健康档案,通过健康档案将相关的信息推送至妇幼保健相应的领域。

这是妇幼保健与其他卫生领域进行信息的互联互通主要形式,但我们应该看到,由于健康档案所存储的数据是活动的结果,并没有活动的中间过程信息。因此,如果业务活动本身是复杂的,通过健康档案的信息推送对于驱动和管理业务活动过程是有局限性的。

(3)开放数据采集和控制服务:采用 SOA 设计思想,将部分业务服务组件"暴露",以 Webservice 或其他服务形式提供给其他信息系统调用,使妇幼保健信息系统的一部分业务功能能够"集成"在其他信息系统(如医院信息系统、社区卫生服务信息系统等)中,可以实现更加灵活的系统部署,也使POS点的信息系统能够实现一点输入、多点应用的管理效果。这是区域卫生信息化环境下主要的应用模式(图 8-8)。

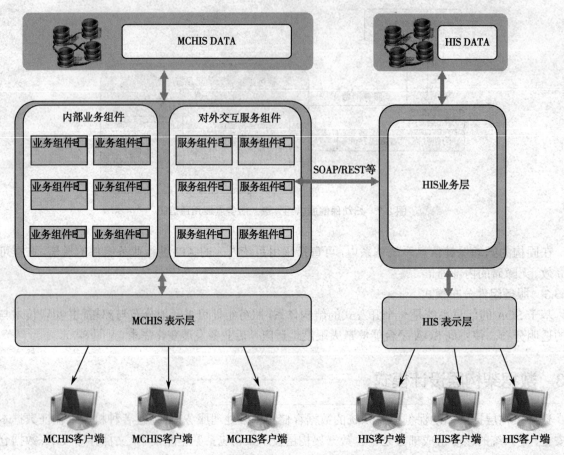

图 8-8　妇幼保健信息系统开放式资源访问

8.3.2　资源规划模式

妇幼保健信息系统的数据可以分为如下几类:

(1)业务数据:支撑儿童保健、妇女保健和妇幼卫生管理等二十余个子系统业务活动的应用数据,以关系型数据库或文档的方式进行存储,在存储架构设计中应重点考虑健康档案数据中不同数据存储方式下的存储、归档、检索的效率,以及所涉及的数据备份和数据恢复。

(2)文档数据:文档数据,一种是指妇幼保健业务活动产生的与 EHR 相关的文档,这些文档通过区域信息交换层(HIAL)传送到区域卫生信息平台,或者从区域卫生信息平台获取数据。它需要有专门服务进行生成和解析;另一种是指在业务活动过程中产生的文档型数据,如医学影像、图文卡片等。

(3)标准数据:标准数据是妇幼保健信息系统运行的基础。考虑到区域卫生信息系统下的各种信息系统互联互通的要求,标准数据应该包括区域卫生信息平台业务数据的所有数据标准规范,通过这个库和数据校验机制对数据中心的数据进行标准化保障,主要的数据标准包括整个定义电子健康档案的标准数据集和数据元,还有各种代码标准。由于数据标准存在着时效性,因此针对有时效性的数据进行版本控制,不同的版本有各自的生命周期,不同生命周期中的业务数据对应不同版本的数据。

在系统实现中,标准数据以 XML template 的形式或关系型数据的形式进行存储。

(4)注册数据:注册数据是满足注册服务所需的数据及存储。包括个人、医疗卫生人员、医疗卫生机构、医疗卫生术语的注册管理数据。

（5）决策数据：主要是业务管理和辅助决策所需的支撑数据。这些数据是通过数据仓库工具进行抽取、转化和整理后存储在数据仓库中的。数据仓库数据以主题方式组织，是经过二次加工的历史数据。

（6）临时数据：妇幼保健信息系统与区域卫生信息平台存在着数据／文档的交换，这些数据／文档在处理前将临时存放在数据交换（HIAL）应用服务器或其他服务器。这部分数据的存储要求有较高的 I/O 速度。

数据库有以下几类：

（1）在线数据库

1）基础数据表空间：存储数据字典、系统基础参数、数据标准等；

2）索引表空间：存储业务数据表的关键索引，提高数据操作效率；

3）业务个案数据表空间：存储妇幼保健对象个案记录的数据表；

4）妇幼卫生管理数据表空间：存储妇幼卫生管理为主的应用数据表。

（2）数据仓库

1）基础数据表空间：存储数据字典、系统基础参数、元数据等；

2）索引表空间：存储主题数据表的关键索引，提高数据操作效率；

3）主题数据表空间：存储以主题为组织形式的数据表。

（3）文件管理：主流数据库支持对文件系统中的文件进行管理。在数据库中可以创建目录映射关系，并存储文件的目录信息。这样通过数据库连接，可以直接获取以文件形式存储的 XML 文档。这种管理形式在一定程度上可以更为有效地对文件存储位置进行维护和管理。但是由于 XML 文件并不存储在数据库中，在 XML 文件存储和备份中仍然需要单独进行考虑。

8.3.3 数据存储规模分析

（1）妇幼保健主业务活动的数据容量估算：对于每 100 万人口，按 8‰ 的出生率、育龄妇女占人口的 28% 计算，可以得出测算结果。见表 8-1。

表 8-1 妇幼保健信息系统主业务活动的数据容量估算表

分类	人数	服务项目	每年接受服务次数	每次服务产生的数据量	每年产生的数据量
0～1 岁儿童	8000	出生医学信息、访视、体检、筛查	10	3kb	234.38Mb
1～3 岁儿童	24 000	体检	2	2kb	93.75Mb
4～6 岁儿童	24 000	体检	1	2kb	46.88Mb
孕产妇	26 000	产前筛查、产前检查、分娩、产后访视、产后 42 天检查	10	3kb	761.72Mb
育龄妇女	280 000	妇女病普查	1	2kb	546.88Mb
婚检人群	16 000	婚检	1	2kb	31.25Mb
合计					1.675Gb

（2）其他业务活动的数据容量估算：妇幼保健的其他业务活动包括三网监测、妇幼卫生年报表以及妇幼卫生管理所涉及的若干个子系统，这一部分虽然与所管理的人口数有关，但不敏感，数据容量估算不超过 100Mb。

以上两个部分合计，每年每 100 万人口所产生的业务数据容量约为 1.8Gb。

（3）文档数据的容量估算：这一部分数据的容量估算比较困难，其中医学影像数据的容量需求很大，应该在设计上另加处理。

（4）决策数据的数据容量估算：决策数据以二次加工的历史数据为主，对于同一个数据源的数据，可以从各种视角构造各种主题，因而可以构造出数倍于数据源的决策数据。

8.3.4 数据存储模式设计

8.3.4.1 数据类型对应的存储模式

对于不同类型的数据进行分析，我们推荐的存储模式见表 8-2。

表 8-2 数据类型的存储模式

数据类型	存储模式
MPI	关系数据库 Table，索引数据库
EHR 索引	关系数据库 Table，索引数据库
健康档案摘要	关系数据库 Table
健康档案地址	XML
健康档案实体	XML，文件，文档（包括 XML，HTML，DICOM，PDF，DOC……）
标准数据	关系数据库 Table，XML
注册数据	关系数据库 Table
业务文档数据	XML
ODS 数据	关系型数据库
数据仓库	专用数据仓库或关系型数据库

表 8-2 主要目的是区分 XML 文档和结构化数据，其他类型数据库（如面向对象数据库等）也可以满足系统建设的需求。下面章节的讨论，主要基于关系型数据库和 XML 文档存储来进行。

总的来说，结构化的数据类型（除 XML 文档之外），均采取关系型数据库进行存储；对于 XML 文档，考虑其存储的特殊性以及存在的多种存储模式可能，我们将在下一节对 XML 文档的存储设计进行详细阐述；其他类型的数据，如 WORD 文档、PDF 文档、DICOM 文档等，更多的采用文件方式进行存储。

8.3.4.2 XML 文档存储设计

在区域卫生信息平台建设中，系统与平台间，系统与系统间（如果有的话）的信息交换，凡是遵从 CDA 标准的，一定是文档格式。这些文档均遵循 XML 规范以 XML 文档的形式进行传输和存储。所以，妇幼保健信息系统平台必须涉及 XML 文档的存储设计。对于 XML 文档的存储设计，不仅要考虑存储和备份，也需要考虑 XML 文档的检索、查询需求。

目前 XML 文档广泛应用以下几种方式进行存储：

（1）文件形式存储：原始 XML 文档或按照平台要求经过转换后的标准化的 XML 文档，以文件形式保存。

（2）数据库形式存储：

● Native XML 数据库：在 Native XML 数据库中可以定义 XML schema 模型，支持 DOM 或（和）SAX，支持 XML Path 语言（XPath）和 XQuery 语言。Native XML 数据库的物理存储实现，可以基于关系型、层级型或者面向对象的数据库结构。

● 大字段存储：以大字段的形式将 XML 文件存储到关系型数据库。关系型数据库中提供的 XML 支持功能可以用 DOM 或（和）SAX 的方式进行解析。

● 平面表存储：原始 XML 文档或按照平台要求经过转换后的标准化的 XML 文档，经过 XML 解析器解析分解后，以约定的格式将 XML 文档中的内容存储在数据库的表、字段中。

（3）各种 XML 存储方式的比较见表 8-3。

表 8-3 XML 存储方式比较

存储方式	优点	缺点
文件存储	针对读写直接操作,节省多余开销,能够针对文件结构做专门优化,获得更高的读写性能效果	维护复杂,开发成本高,不利于统计和查询
Native XML 数据库存储	较为理想的存储方式,主流数据库都已经支持。统计查询方便,维护成本低,技术成熟稳定	需要更多的额外开销处理实体的读写
大字段存储	主流数据库都支持,可基于 XML 文档的摘要信息进行检索,适用于不需要对 XML 文档内部文档进行检索的应用场景	SQL 查询不能深入到保存该文档的字段并翻译它——检查文档的各部分的唯一方法就是把整个部分返回到结果集中去
平面表存储	主流数据库都支持,最为灵活的实现方式,可以有效地针对性能需求进行数据表结构和存储设计	需要花费额外的时间去寻找和组装 XML 文档;XML Schema 的变更将导致数据表的结构变更,需要有完整的开发维护管理作为支持
混合存储	对每种 XML 文档进行分析,针对专门的读写进行优化,既保留文件存储的高性能,又能保留数据库存储的方便查询	开发成本高,业务分析复杂,存储成本增加

8.3.4.3 文件管理与存储设计

EHR 数据库中的文档、业务档案归档库中的文档以及其他结构化或非结构化文档(如 PDF、WORD、扫描文件等),均有可能以文件的形式进行存储。

文件形式存储又可以分为两种管理方式:

(1) 信息平台系统自行管理的方式:由信息平台系统来注册和管理文件存储位置信息,通过 URI 或者其他寻址方式来获取以文件形式存储的 XML 文档。需要信息平台系统具有较为完整的文件注册和管理机制,需要单独考虑 XML 文件的存储和备份机制。

(2) 数据库管理的方式:主流数据库支持对文件系统中的文件进行管理。在数据库中可以创建目录映射关系,并存储文件的目录信息。这样通过数据库链接,可以直接获取以文件形式存储的 XML 文档。这种管理形式在一定程度上可以更为有效地对文件存储位置进行维护和管理。但是由于 XML 文件并不存储在数据库中,在 XML 文件存储和备份机制仍然需要单独进行考虑。

所有的文件均需遵循信息生命周期管理(ILM)的理念,建立统一的管理及归档机制。

8.3.5 数据库存储设计

妇幼保健信息系统平台可以大型的关系型数据库为主,存放大量的业务数据及相关的辅助数据,包括:妇幼保健业务应用数据、索引目录、基础参数、数据字典、注册数据等。实际上,XML 文档也可能存储在关系型数据库或者基于关系型数据库的 Native XML 数据库。在这些数据中,索引目录等数据是平台中数据交换、检索和统计的基础,平台系统对这部分数据的访问量是最大的,在数据库的存储设计中应该重点考虑。

8.3.5.1 数据库存储设计原则

数据库存储设计应遵循以下几个基本原则:

- 可预知的 I/O 和系统性能;
- 均衡可用的 I/O 带宽和能力,避免出现"热点";
- 方便可行的动态管理能力;
- 便于判断和定位问题;
- 通过冗余实现高可用性;
- 健全的备份和恢复机制。

8.3.5.2 数据库存储物理设计

（1）合理分配存储资源，降低 I/O 竞争：从数据库的角度来看，存储管理提供像 LUNs 这样的存储单元，即服务器上的一个存储设备。然而一个 LUN 是一个完全虚拟的实体，由一个存储管理器提供，并可以映射到任何磁盘组合。一个单独的 LUN 可能是一个 RAID（Redundant Array of Independent Disk）阵列、一个 RAID 阵列的一部分、单块磁盘、一块磁盘的一部分或者多个 RAID 阵列的"中继"。

数据库服务器是一种 I/O 密集型的系统，妇幼保健信息系统平台的数据库有较多的写、更新和检索操作。因此我们不仅要考虑存储空间，而且要考虑物理存储的 IOPS（IO per Second）和吞吐量的要求。

从物理存储设计的角度来说，直接涉及每块物理磁盘的转速以及对应 CPU 数量的磁盘数量，以及采用的 RAID 级别等具体技术指标和存储组织方式。

（2）文件系统和裸设备的选择：数据库表空间可以存放在文件系统中，也可以直接存放在裸设备上。关于这两种方式的选择，业界有不同的看法：

● 文件系统：直接 I/O 和并行 I/O 已经几乎完全消除了为了性能需要使用裸设备的需求。文件系统提供了比裸设备更好的管理能力，一个文件系统可以作为一个容器被多个表空间使用。

● 裸设备：使用裸设备避免了再经过操作系统这一层，数据直接从设备到数据库进行传输，所以使用裸设备对于读写频繁的数据库应用来说，可以极大地提高数据库系统的性能。当然，这是以磁盘的 I/O 非常大，磁盘 I/O 已经称为系统瓶颈的情况下才成立。

而判断是否使用裸设备要从以下两个方面进行考虑：

首先，数据库系统本身需要经过比较好的优化。在未经过优化的数据库系统上体现出来的 I/O 问题，并不能确定存储系统本身是否存在瓶颈；

其次，是否确实存在由于采用文件系统导致的磁盘读写瓶颈，事实上绝大多数情况下，文件系统已经完全可以满足系统对于 I/O 的要求。

在妇幼保健信息系统平台的数据库存储设计中，我们应根据实际的系统需求，来选择文件系统或裸设备作为数据库表空间的存储。

（3）优化数据库存储设计

1）事务日志和数据表空间存储分离：为了拥有最好的性能，需要把事务日志和数据表空间分开，分别存放在不同的磁盘或者在不同的 LUNs 上。应该为每个数据库分区上的事务日志提供专门的磁盘，并且一般情况下一个表空间应该对应有多个 LUNs 存储。

日志磁盘数目对数据磁盘数目的比例完全取决于工作负载，一个比较好的调整标准是 15%～25% 的磁盘给日志，75%～85% 的磁盘给数据。日志磁盘可以采用读写性能更高的固态硬盘（solid state drive）方案，以获取更高的性能。

2）索引和数据表空间存储分离：为了避免 I/O 争用带来的性能影响，数据库存储物理设计中应该将数据所用的表空间和索引所用的表空间的物理存储进行分离。

在实际设计中，索引和数据表空间物理存储的分离扩展到更多的表空间，以达到存储的均衡或者消除存储热点。

3）RAID 条带大小和数据库数据块大小之间的配合：数据库是以数据块大小的整数倍进行读写。为提高读写效率，在 RAID 条带大小的设定时，需要把条带大小设定为数据库数据块大小的整数倍。

（4）数据库自动存储管理：目前主流的数据库系统都具有自动存储管理的功能，它为数据库管理员提供了一个简单的存储管理界面。一些自动存储管理服务还提供了异步 I/O 的性能以及文件系统的易管理性。自动存储管理提高了管理动态数据库环境的灵活性，并且提高了效率。在存储系统的设计中应考虑与数据库自动存储管理功能之间的衔接和配合。

（5）数据库高可用性：妇幼保健信息系统平台对于数据库的高可用性有较高的要求，通过数据冗余 / 镜像、主 / 备份数据库服务器或者数据库集群技术等方式，来满足区域卫生信息平台对于数据库高可用性的需求。这些技术的实现都需要存储系统的支持,在存储系统的设计中应重点考虑与不同实现方式和技术之间的衔接和配合(图 8-9,图 8-10)。

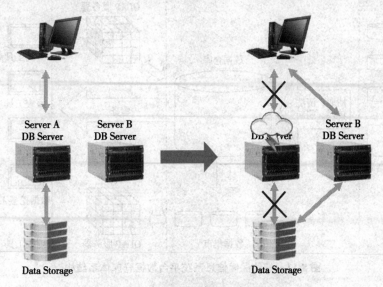

图 8-9　主 / 备份数据库(双机热备)

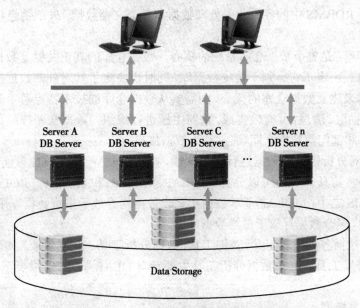

图 8-10　基于数据引擎的数据库集群技术

(6)数据库的备份和恢复:主流数据库系统都已经具有备份和恢复机制。在存储系统的设计中,需要考虑如何与数据库系统自身的备份和恢复机制进行配合,以满足妇幼信息系统平台对于数据备份和恢复的需求。

8.3.6　数据仓库存储设计

8.3.6.1　数据仓库体系结构

妇幼保健信息系统平台数据仓库的建设,是以业务应用系统和大量业务数据的积累为基础。数据仓库不是静态的概念,只有把信息及时交给需要这些信息的使用者,供他们作出决策,信息才能发挥作用,信息才有意义。而把信息加以整理归纳和重组,并及时提供给相应的管理决策人员,是数据仓库的根本任务。因此,从产业界的角度看,数据仓库建设是一个工程,是一个过程。

整个数据仓库系统是一个包含四个层次的体系结构,具体如图8-11所示。

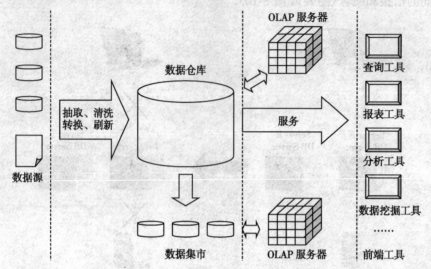

图8-11 妇幼保健信息系统平台数据仓库体系结构

数据源:是数据仓库系统的基础,是整个系统的数据源泉。通常包括企业内部信息和外部信息。内部信息包括存放于 RDBMS 中的各种业务处理数据和各类文档数据;外部信息包括有关法律、法规、规范和标准的信息等。

数据的存储与管理:是整个数据仓库系统的核心。数据仓库的真正关键是数据的存储和管理。数据仓库的组织管理方式决定了它有别于传统数据库,同时也决定了其对外部数据的表现形式。要决定采用什么产品和技术来建立数据仓库的核心,则需要从数据仓库的技术特点着手分析。针对现有各业务系统的数据,进行抽取、清理,并有效集成,按照主题进行组织。数据仓库按照数据的覆盖范围可以分为企业级数据仓库和部门级数据仓库(通常称为数据集市)。

OLAP 服务器:对分析需要的数据进行有效集成,按多维模型予以组织,以便进行多角度、多层次的分析,并发现趋势。其具体实现可以分为:ROLAP、MOLAP 和 HOLAP。ROLAP 基本数据和聚合数据均存放在 RDBMS 之中;MOLAP 基本数据和聚合数据均存放于多维数据库中;HOLAP 基本数据存放于 RDBMS 之中,聚合数据存放于多维数据库中。

前端工具:主要包括各种报表工具、查询工具、数据分析工具、数据挖掘工具及各种基于数据仓库或数据集市的应用开发工具。其中数据分析工具主要针对 OLAP 服务器,报表工具、数据挖掘工具主要针对数据仓库。

8.3.6.2 数据仓库开发模型

数据仓库的设计也是在概念模型、逻辑模型和物理模型的依次转换过程中实现的。作为数据仓库的灵魂——元数据模型则自始至终伴随着数据仓库的开发、实施与使用。元数据模型的构建、实施与使用是不可能脱离数据仓库的概念模型、逻辑模型和物理模型的设计实施的。粒度模型和聚集模型也在数据仓库的创建中发挥着指导的作用,指导着数据仓库的具体实现(图8-12)。

8.3.6.3 数据仓库概念模型

数据仓库概念模型的设计是给出一个数据仓库的粗略蓝本,以此为设计图纸来确认数据仓库的设计者

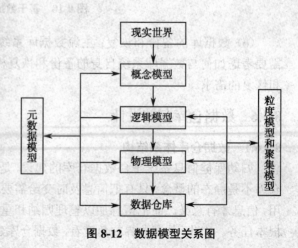

图8-12 数据模型关系图

是否已经正确地了解数据仓库最终用户的信息需求。在概念模型的设计中，必须将注意力集中在对商务的理解上，要保证管理者的所有决策信息需要都被归纳入概念模型。

（1）概念数据模型：在构建数据仓库的概念模型时，可以采用在业务数据处理系统中经常应用的实体 - 关系模型 E-R 图（ERD），这是一种描述组织数据概况的蓝图，在这个蓝图中应该包括整个组织系统中各个部门的业务处理数据及相互关系。蓝图的设计涉及各个部门所需要的元数据，并提供本部门所拥有系统的元数据。数据仓库的设计者通过这个蓝图可以了解哪些部门需要哪些共同的数据，而这些数据在目前的各个部门的系统中存在哪些差异，这些差异主要是指数据的定义、属性、业务处理规则等方面的不同点。

数据仓库与操作型业务数据库一样，也可以用三个层次数据模型：高层模型（ERD，实体关系层）、中层模型（DIS，逻辑层）和低层模型（物理层）来描述。

尽管在数据仓库的设计过程中可以采用为业务数据处理系统设计所用的数据模型作为设计框架，但是在实际设计中用于数据仓库设计的数据模型与业务数据处理系统的三级数据模型仍有一定的差距。

（2）规范的数据模型：用于业务数据处理系统的数据库设计目标与数据仓库的设计目标是有明显差异的。传统数据库设计是基于某个范式的，具有规范化的特点，系统所需要的是快速响应和高效的数据存储。数据仓库为了高效地检索数据信息，通常是非规范化的。通过对数据仓库中包含的结构进行非规范化，可以提高信息的检索性能和可利用性。

数据的规范化是将数据结构分解成较小的合适的组成过程。规范化主要强调实现存储的灵活性和高效性，可使规范化的结构占用最小的存储空间，增强数据库的存储效率。从关系数据库开始，这种数据驱动系统使用的是数据的改变，而不是通过数据结构和程序的改变来增强的。人们一直将数据的规范化作为构建数据库系统的唯一目标。而数据仓库设计的最终目标乃是要实现对大量数据的快速访问。虽然，数据仓库也要努力实现灵活性和高效性，但是在数据仓库设计中为了提高快速访问的效率，通常要牺牲灵活性和存储的高效性。数据仓库的特点就是结构越简单，性能就越好。

（3）星型模型：数据仓库设计从数据模型的设计角度来看，所有实体之间的关系是对等的。仅仅从数据模型的角度来设计数据仓库会产生一种"平等"效应。实际上，由于管理决策的原因，数据仓库中的实体绝不会是相互对等的。每个实体，都有它们自己的特别处理。因此，在数据仓库中建立实体时，需要根据载入数据实体的数据量来考虑数据仓库中数据的结构设计。例如，在实际工作中，代表服务者、服务对象、卫生资源、费用的实体数据只是一些说明某一医疗保健业务活动的实体，而业务活动实体则是管理者所真正关心的分析对象。

星型模型是最常用的数据仓库设计结构的实现模式，它使数据仓库形成了一个集成系统，为最终用户提供报表服务，为用户提供分析服务对象。星型模式通过使用一个包含主题的事实表和多个包含事实的非正规化描述的维度表来支持各种决策查询。星型模型可以采用关系型数据库结构，模型的核心是事实表，围绕事实表的是维度表。通过事实表将各种不同的维度表连接起来，各个维度表都连接到中央事实表。维度表中的对象通过事实表与另一维度表中的对象相关。通过事实表将多个维度表进行关联，就能建立各个维度表对象之间的联系。

（4）雪花模型：雪花模型是对星型模型的扩展，每一个维度都可以向外连接到多个详细类别表。在这种模式中，维度表除了具有星型模型中维度表的功能外，还连接上对事实表进行详细描述的详细类别表，详细类别表通过对事实表在有关维度表上的详细描述达到了缩小事实表。提高查询效率的目的。

8.3.6.4　数据仓库逻辑模型

中间层数据模型亦可以称为逻辑模型，它是对高层概念模型的细分，在高层模型中所标识的每个主题域或指标实体都需要与一个逻辑模型相对应。高层概念模型与中层逻辑模型的对应关系如图 8-13 所示。

图 8-13 中的中间部分是高层数据模型，它有四个实体或主题域，每个主题域都扩展成中间逻辑模型。

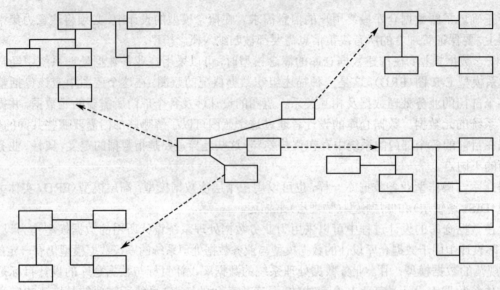

图 8-13　高层概念模型与中层逻辑模型的对应关系

通过中层逻辑模型的设计,可以向用户提供一个比概念模型更详细的设计结果,使用户了解到数据仓库能够给他们提供一些什么信息。逻辑模型也就成为数据仓库开发者与使用者之间进行数据仓库开发的交流与讨论的工具。

在中层逻辑模型设计中,数据仓库开发者还需要进一步设计:

(1)事实表模型设计:事实表是星型模型结构的核心。事实表中一般要包含两部分:一是由主键和外键所组成的键部分,另一是用户希望在数据仓库中所了解的数值指标,这些指标是为每个派生出来的键而定义和计算的,称为事实或指标。事实表是数据仓库中的最大表,因为它包含了大量的基本业务详细信息。

(2)维度表模型:维度表模型也需要依据逻辑模型来设计。在设计过程中考虑到维度表模型是用户分析数据的窗口,因此维度表应该含有商业项目的文字描述。维度的设计提供了维度属性的定义,这些属性是丰富的。一个对象的维度包含有大量的属性,这些属性应具有这样一些特征:可以用文字描述、离散值、有规定的限制、在分析过程中可以作为信息的行标题。

8.3.6.5　数据仓库的物理模型

在确定了中间层逻辑数据模型的事实表和维表以后,就需要利用物理模型确定这些表模型的存储模式以及为方便这些表的操作而确定的各种索引模式。有时还需要对这些表进行调整。

(1)数据仓库物理模型的存储结构:在数据仓库的物理模型设计中首先要确定数据的存储结构,对大量数据存储可以采用并行存储结构——RAID 模式。

在数据仓库的物理模型设计中,确定数据的存储结构时可以根据数据存储的要求和 RAID 不同级别的特点,选择合适的存储结构。

(2)数据仓库物理模型的索引构建:在数据仓库中主键必须要建立索引。虽然不要求必须对外键设置连接索引,但是如果表较大,数据较多,外键也应该设置连接索引。

(3)数据仓库物理模型的优化问题:数据仓库物理数据模型设计的一个主要目标是确定和提高数据仓库系统的性能。在数据仓库的设计中,确定操作性能的第一步意味着决定数据的粒度和分割。同时,因为数据仓库的数据量很大,分析处理中涉及的数据范围较广,涉及大规模数据查询,这就要求提高数据仓库系统的 I/O。因此,物理数据模型设计的另一主要内容是物理的 I/O 设计问题,即如何能够更快地将数据从外存储器调入内存,或者将数据快速地从内存送至外存储器。

在进行数据仓库的物理数据模型设计时,考虑到数据仓库数据量大但是操作单一的特点,可以采取以下一些技术提高数据仓库 I/O 性能:

1) 合并表；

2) 建立数据序列；

3) 引入冗余；

4) 表的物理分割；

5) 生成导出数据。

8.3.7 信息生命周期管理

数据信息从产生的那一刻起就进入到了一个循环，经过收集、复制、访问、迁移、退出等多个步骤，最终完成一个生命周期，信息数据是有生命周期的，ILM 通过存储、保护、管理、集成四个组成部分实现信息管理费用与业务需求之间的平衡，从而达到降低妇幼保健信息系统建设的风险和费用的目的。

数据的信息生命周期管理（ILM）的基础是采用数据的分级存储来实现的。数据分级存储，是指数据客体存放在不同级别的存储设备（磁盘、磁盘阵列、光盘库、磁带库）中，通过分级存储管理软件实现数据客体在存储设备之间的自动迁移。数据分级存储的工作原理是基于数据访问的局部性。通过将不经常访问的数据自动移到存储层次中较低的层次，释放出较高成本的存储空间给更频繁访问的数据，可以获得更好的总体性价比。数据迁移的规则是可以人为控制的，通常是根据数据的访问频率、保留时间、容量、性能要求等因素确定的最佳存储策略。在分级数据存储结构中，磁带库等成本较低的存储资源用来存放访问频率较低的信息，而磁盘或磁盘阵列等成本高、速度快的设备，用来存储经常访问的重要信息。

目前广泛采用的分级存储方式如下：

● 在线存储，将数据存放在磁盘系统上；

● 近线存储，存取速度和价格介于高速磁盘与磁带之间的低端磁盘设备；

● 离线存储，将数据备份到磁带库、光盘库或者虚拟磁带库上。

（1）妇幼保健信息系统的关键应用数据以基础数据、索引目录、数据字典和妇幼保健业务的个案数据为主。这些数据需要被频繁访问、更新和插入，要求响应时间快，对性能要求较高，因此，这部分数据应该存放在高端存储设备上。

（2）从信息生命周期的角度分析，妇幼保健业务个案数据的数据量巨大，具有一定的时效性访问特征。可以通过定义规则来规划这部分数据的存储设计，例如儿童保健服务以 7 年为周期，孕产期保健服务以 1 年为周期，妇女病普查服务则需要更长的周期，这些可以分类分别加以设计。

在保健服务周期内产生的数据，可以考虑存放在高端存储设备上，以满足较高的响应时间和性能的要求；

对于超过保健服务周期的数据，由于这部分信息数据访问频率不太高、要求响应时间一般，对性能要求较一般。因此，这部分数据存放较快的、成本相对较低存储设备上，例如选用 SATA 磁盘阵列；

对于更长时间的历史数据或者不经常访问的信息数据备份到磁带库、光盘库或虚拟磁带库上，出现故障时及时进行数据恢复。

（3）数据仓库的数据存储，同样应该依照信息生命周期管理的方式进行规划，以实现成本效益最大化。

8.4 表示层设计模式

妇幼保健信息系统的表示层用于响应来自客户端以及其他信息系统的请求。在 Client/Sever 的软件架构下，表示层往往在客户端软件中设计，在 Browser/Sever 的软件架构下，表示层是服务器多层结构之一，客户端则应用标准的浏览器。

8.4.1 表示层概述

表示层主要围绕着客户端的应用而设计,可按功能分为用户登录导航、公共框架和业务界面(数据展示)。其中,业务界面是按业务定制的,以插件方式由公共框架调用。公共框架是客户端的主程序框架,负责业务界面的激活和调度,并集成客户端的公共操作功能。登录导航则以合适的方式引导用户到正确的业务模块。

公共框架定义客户端的基本外观风格,提供客户端的公共操作功能和具体业务的基本支撑框架。

公共框架结构由菜单条、工具条、状态栏以及业务框架和业务界面区组成。菜单条和工具条定义系统的公共操作 UI 接口,状态栏则提示当前操作信息。菜单条中设置"业务"菜单,将当前功能集业务框架的"栏目 / 功能"动态加入该菜单,便于当业务框架隐藏时从菜单激活业务。

业务框架的"栏目 / 功能"信息由系统根据当前用户的选择推送给客户端,以 XML 文档格式描述。业务框架的设计支持客户端业务模块的即插即用。

为提高屏幕可视区的利用率,业务框架的"栏目 / 功能"能够隐藏,隐藏后用户可以通过菜单进行业务导航。

业务界面是根据具体业务需要定制的,位于屏幕的业务界面区。业务界面根据屏幕对应的区域大小进行调整。为实现即插即用,业务界面应实现公共的接口由业务框架调用。

为实现业务扩展,客户端框架应具有足够的开放性,使各业务模块能以插件方式即插即用。为此目的,需要定义客户端的业务扩展配置文件和业务扩展公共接口。

8.4.2 MVC(MVP、MⅡ)模式

妇幼保健信息系统是一个人机交互十分重要的管理系统,基于 MVC 模式把模式、视图、控制器进行分离,业务活动事件通过控制器改变模型或视图,或者同时改变两者。只要控制器改变了模型的数据或者属性,所有依赖的视图都会自动更新。类似的,只要控制器改变了视图,视图会从潜在的模型中获取数据来刷新自己。

MVC 模式是一种架构模式,通过 MVC 把一个应用的输入、处理、输出流程按照模型、视图、控制器的方式进行分离,这样一个应用被分成三个层——模型层、视图层、控制层。MVC 模式需要其他模式协作完成。在妇幼保健信息系统中,可采用 Service toWorker 模式实现,而 Service toWorker 模式可由集中控制器模式,派遣器模式和 Page Helper 模式组成。

MVC 与妇幼保健信息系统的三层架构的对应关系是:视图处于表现层。控制器也处于表现层,通常通过控制器调用业务逻辑并管理表现逻辑;而模型处于中间层,即业务逻辑部分的实现。

基于 Web 的 MVC 模型(M2 模型),如图 8-14 所示,用户通过浏览器向控制器传递信息,控制器触发模型的变更,并获取模型变更信息。同时将变更结果通知视图变更显示。

模型(model):就是业务流程 / 状态的处理以及业务规则的制定。业务流程的处理过程对其他层来说是

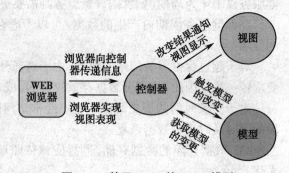

图 8-14 基于 WEB 的 MVC 模型

黑箱操作,模型接受视图请求的数据,并返回最终的处理结果。业务模型的设计可以说是 MVC 最主要的核心。

控制器(controller)可以理解为从用户接收请求,将模型与视图匹配在一起,共同完成用户的请求。划分控制层的作用也很明显,它清楚地告诉你,它就是一个分发器,选择什么样的模型,选择什么样的视图,可以完成什么样的用户请求。控制层并不做任何的数据处理。例如,用户点击一个链接,控制层

接受请求后,并不处理业务信息,它只把用户的信息传递给模型,告诉模型做什么,选择符合要求的视图返回给用户。因此,一个模型可能对应多个视图,一个视图可能对应多个模型。

模型、视图与控制器的分离,使得一个模型可以具有多个显示视图。如果用户通过某个视图的控制器改变了模型的数据,所有其他依赖于这些数据的视图都应反映到这些变化。因此,无论何时发生了何种数据变化,控制器都会将变化通知所有的视图,导致显示的更新。这实际上是一种模型的变化——传播机制。模型、视图、控制器三者之间的关系和各自的主要功能。

MVP 及 M2 模式都是 MVC 模式在基于 Web 应用的变体。与 MVC 模型具有相类似的特性。

8.4.3 客户端技术

客户端是人机交互的媒介,是妇幼保健信息系统表示层的重要组成部分。客户端并非特指客户机物理实体,更多的是指软件技术本身。尽管本书推荐的系统技术架构是基于 Web 技术,客户端一般采用浏览器作业模式,但不可否认的是,客户端还会有其他的设计和实现模式。所以,本节对客户端从技术架构上给予一定的约定,而不特定指明它是浏览器还是其他类型的应用软件。

8.4.3.1 客户端的设备载体

客户端的设备载体种类很多,统称为系统平台的客户机。实际上,任何种类的计算机主机系统只有能够满足客户端软件运行的要求和应用环境的要求,都可以作为平台的客户机。因此,可以根据用户的角色和访问的需要,部署各种不同的客户机。

客户机的种类如下:

- 台式电脑;
- 笔记本电脑;
- 手持式电脑;
- 嵌入式设备;
- 专用工作站。

表 8-4 是常见客户机的技术要求。

表 8-4 客户端的技术要求

技术资源	专用工作站	台式机	笔记本电脑	手持设备	嵌入式设备
连接方式	LAN	LAN	LAN/WAN	LAN/WAN	LAN
访问	本地	本地	本地 /VPN	本地 /VPN	本地
处理能力	高	中	中	基本(浏览器)	基本
脱机数据存储	无	无	授权数据子集	无	无

8.4.3.2 客户端通信连接

所有客户端都通过本地局域网(LAN)或访问受控的广域网(WAN)连接到区域卫生信息平台。对于广域网用户,所有客户端都通过 VPN 网关接入。有些应用程序还需要支持脱机访问功能,以便在客户端未连接到网络时也可以访问所需要的数据。例如,妇幼保健工作人员的家庭随访就要求在不能保证持续网络连接的情况下访问服务对象的某些数据。这些数据是通过 HIAL 从妇幼保健信息系统预先获取的,只在一定的时间期内在移动设备上保持活动状态。在到达指定失效日期以后,将从客户端设备删除数据,以最大限度地降低数据面临的风险,如图 8-15 所示。

8.4.3.3 客户端可管理性

对于所有客户端,妇幼保健信息系统平台必须保持对这些客户端的资产管理和管理控制,以确保它们符合平台基础架构的要求。IT 管理人员能够通过方便的管理工具从妇幼保健信息系统平台中的任何地方进行管理,而不必考虑客户端的物理位置。

(1)有效资产库存:需要管理维护所有资产的准确库存,包括硬件和软件(系统和应用程序)。准

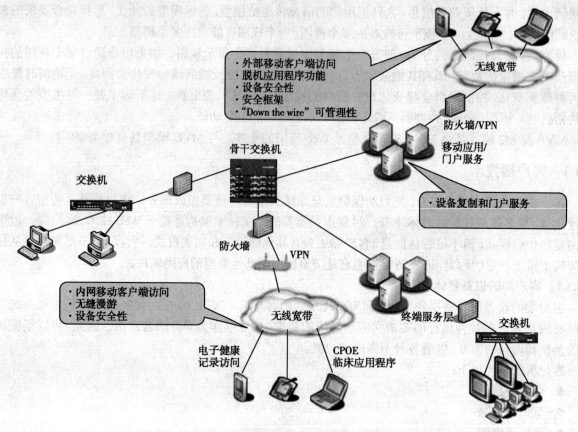

图 8-15 妇幼保健信息系统平台中的客户端连接机制

确的资产和库存对客户管理客户端工具至关重要,尤其是移动平台更是如此。该库存形成持续管理客户端设备集(例如,补丁管理)的基础。

(2) 远程可管理性:具有本地系统和应用程序映像和联机 / 脱机数据的所有客户端的远程管理能力,可以确保及时修补系统和应用程序映像,并支持对客户端问题进行远程诊断。这样可以节省昂贵的磁盘端支持费用,并避免中断医疗服务供应。问题的解决方法包括:

● 远程 / 重定向式启动:可以安全地远程启动 PC 使其处于干净状态,或者将 PC 的启动重定向到其他设备(如本地存储上的某个干净映像、服务台上的 CD 或者其他远程驱动器上的某个映像)。

● 控制台重定向:可保证控制台重定向的安全,以便在没有用户参与的情况下远程控制 PC。

● 警报:随时安全地接收来自于公司防火墙内外的基于策略的警报,即使操作系统无响应、缺少管理代理或硬件(如硬盘)发生故障时也能接收。

● 持久事件日志:将事件日志存储在永久性专用内存(而不是硬盘)中,随时可供使用。

● 访问 BIOS 设置:允许随时访问 BIOS 设置。

● 访问关键系统信息:允许随时访问重要硬件资产信息(如制造商和型号),即使硬件已发生故障时也能访问。

● 防火墙外移动终端的远程可访问性:可帮助维护客户端设备和实现最高级别的安全性(包括及时安装补丁、数据清除、基于客户端安全生成加密密钥等)

(3) 有效通信:客户端管理架构必须允许 IT 控制台几乎在任何时间都能与笔记本电脑或台式机通信。它还应允许笔记本电脑或台式机通过传输层安全隧道启动与远程管理控制台的安全通信,以便进行更新、诊断、维修、警报报告和其他任务。

8.4.3.4 客户端安全性

(1) Agent 存在检查:第三方应用程序使用基于硬件的计时器在 IT 人员定义的间隔签到。检测到

Agent"缺失"将触发一个事件，并可以向 IT 控制台发送一个警报以指示潜在的问题。这将可以对丢失或禁用 Agent 事件提供自动带外通知（与基于策略的带外警报结合）。

（2）系统隔离和恢复：在操作系统和应用程序加载之前以及它们关闭以后，可编程过滤器检查入站和出站网络通信，以查看其中是否存在威胁。这可以实现监视入站 / 出站网络通信中的威胁，确认可疑的数据包标头和可疑的数据包行为，其中包括快速移动和慢速移动的蠕虫病毒。

（3）PC 禁用：在笔记本电脑丢失或被盗时，允许 IT 管理员选择禁用 PC 并 / 或保护加密数据免遭非法访问。

（4）访问关键系统信息：允许 IT 管理员随时访问关键系统信息（如软件版本信息、DAT 文件信息和机器标识码等），以确定需要更新或安装补丁的 PC，即使对没有安装代理的 PC 也能这样做。

（5）客户端数据保护：如前所述，一些从 EHRS 下载的患者数据会在规定的时间期后失效。这些数据也应加密，并只能通过指定的客户端应用程序访问。

8.4.3.5　客户端系统备份和恢复

（1）基于角色的客户端映像：对使用每个客户端平台的该映像进行客户端供应和恢复。这些映像将集中存储在 EHRS 中。从客户端系统故障中恢复时，还需要定义角色对应用程序的访问权限的目录服务。

（2）集中业务数据存储：所有医疗数据都将在完成处理和（或）分析时集中存储。所有结果都存储在数据中心上或存储在报告中。任何原始数据都不应持久驻留在移动客户端设备上，以确保移动客户端设备的可移植性、可恢复性。唯一的例外是提供在规定时间内脱机参考所必需的临时数据。

第 9 章

网络与基础设施

9.1 网络与基础设施概述

网络与基础设施分为物理体系结构和非物理体系结构两大部分。物理体系结构是指基础硬件设施，一般包括：交换机、路由器、防火墙、VPN、服务器与存储设备等；而非物理体系结构主要指支持软件系统，包括操作系统、数据库系统、安全软件系统及 IT 服务管理系统等。本章仅重点介绍物理体系结构部分。

基于区域卫生信息平台的妇幼保健信息系统在网络与基础设施部署上包括三个方面：区域卫生信息平台层的网络设施、服务器与存储，医疗卫生服务点层的业务应用系统客户端相关设备，以及完整的安全保障体系。如图 9-1 所示。本章主要描述网络设施和服务器与存储两个部分，不涉及医疗卫生服务点的客户端设施内容，有关安全保障体系的介绍参见本书第 10 章。

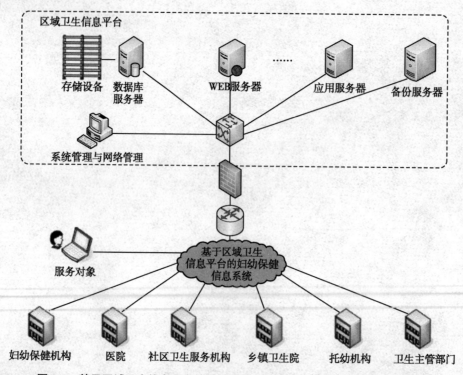

图 9-1 基于区域卫生信息平台的妇幼保健信息系统网络与基础设施拓扑结构

9.2　网络设施

网络设施主要包括骨干网络、接入网络、网络管理以及与外部网络的连接四个部分。

9.2.1　骨干网络

骨干网络部分是整个网络体系的骨干层，由核心交换机组成，主要完成数据的高速、安全交换，数据交换能力是其最主要的技术指标之一。骨干网络设计时需要重点考虑两个方面：一是数据转发性能，二是交换系统的可靠性。

（1）数据转发性能：骨干层设备是连接网络各个组成部分的枢纽，实现整个平台的数据转发，不恰当的设计可能会导致骨干层成为整个网络运行效率的瓶颈。因此，需要充分考虑分析整个系统平台的数据转发性能需求。

对于 1000 万人口以下规模的区域来说，千兆接入速率能够满足妇幼保健业务日常的开展（不考虑医学影像传输的影响），当今主流的核心交换机产品都能达到这个要求。而对于 1000 万人口以上的超大规模区域，建议采用 2 台或以上万兆级别的核心交换机，在提供冗余设备和链路的同时，能够对数据进行有效分流转发，避免单台核心设备承受巨大的转发压力，从而保障业务数据的高速转发。

（2）可靠性：骨干层作为整个网络平台的核心部分，如果设备出现故障不能正常工作，将可能导致整个网络平台业务中断，因此骨干层设计时需充分考虑设备、链路的高可靠性，保障业务的稳定运行。

高可靠性设计主要涉及两个方面：

1）设备本身具备高可靠性：选择核心设备时重点需要考虑设备的高可靠性设计，确保核心设备自身的稳定、可靠。主要包括引擎冗余、风扇、电源冗余、引擎自动切换、设备恶劣环境承受能力等。

2）采用冗余设计：汇聚设备、服务器区接入交换机、安全管理区通过两条或以上链路与核心设备相关，核心设备采用两台或以上进行冗余，支持硬件虚拟化技术，确保核心设备故障或某条链路故障不会导致某区域的业务中断。不同规模的区域可选择不同程度的冗余性设计。

9.2.2　接入网络

9.2.2.1　接入模式分析

妇幼保健信息系统覆盖了区域范围多个医疗卫生服务点，这些服务点物理位置相对分散，由于地理位置的原因或者规模的要求，对于传输网络的要求都不相同。区域卫生信息平台如何能够兼容各种不同的服务点远程接入方式，并且保证数据的传输安全，这是一个很现实的问题。从接入方式的种类上来看，主要分为以下两类：

（1）专线接入方式：其基本方式是进行每个层次之间的专线方式连接，通过这种方式可以实现星形结构的全局网络连接，基本满足医疗保健机构与信息平台、医疗保健机构之间的数据传输需求，这种方式的优点是带宽固定可保障，而且接入单位严格受限。但是同时这种方式存在两个缺点：第一是不灵活，必须使用专用网络覆盖，无法利用 IP 网络资源；第二是费用高，专线方式的网络连接需要支付高昂的专线租用费用。

（2）VPN 接入方式：利用公共网络来构建的私人专用网络称为虚拟私有网络（Virtual Private Network，VPN），用于构建 VPN 的公共网络目前主要指 Internet。VPN 方案的一大特点是可以将远程接入费用减少 60%～80%。而且 VPN 大大降低了网络复杂度，VPN 用户的网络地址可以由用户内部进行统一分配，VPN 组网的灵活方便等特性简化了企业的网络管理。另外在 VPN 应用中，通过远端用户验证以及隧道数据加密等技术保证了通过公用网络传输的私有数据的安全性。主流的 VPN 技术分为三种：IPSec VPN、SSL VPN 和 MPLS VPN 技术。

9.2.2.2 专线接入方式

考虑到单独建设专用网络投资较高,而且电子政务外网已经基本覆盖县级区域。因此对于专线的接入方式可以考虑利用已经建好的电子政务外网。对于经济条件允许的区域或者电子政务外网尚未建设的区域,也可以考虑租用运营商的 SDH 专线或者 MPLS VPN 专线构建广域网。

由于各地电子政务外网覆盖范围差异较大,且电子政务外网采用光纤专网接入方式,布设成本和时间代价较高,因此本区域内已有专网光纤覆盖的地区可以优先选择电子政务外网接入,需要新增光纤铺设的医疗保健机构需要考虑成本,也可采用基于公共网络(Internet)的 VPN 加密传输方式(IPSec VPN 或 SSL VPN)。

由于电子政务外网已经构成了完善的广域网系统,也同时解决了广域网路由问题。在此主要考虑医疗保健机构和区域卫生信息平台两端分别需要部署 OSPF、RIP 等路由协议即可实现数据的转发功能。为了避免重复 IP 地址造成的冲突问题,还需要对部分医疗保健机构的 IP 地址进行转换,也就是需要医疗保健机构的专线接入设备支持 NAT(网络地址转换)技术。建议医疗保健机构采用企业级路由器作为基本的专线接入设备,如果考虑到传输数据的安全问题,可以增加独立的硬件防火墙等安全设备过滤病毒、攻击等恶意行为。

9.2.2.3 虚拟专用网(VPN)接入

(1) IPSec VPN 技术和 SSL VPN 技术:IPSec(Internet Protocol Security)即 Internet 安全协议,是 IETF(The Internet Engineering Task Force,互联网工程任务组)提供 Internet 安全通信的一系列规范,它提供私有信息通过公用网的安全保障。IPSec 规范相当复杂,规范中包含大量的文档。由于 IPSec 在 TCP/IP 协议的核心层——IP 层实现,因此可以有效地保护各种上层协议,并为各种安全服务提供一个统一的平台。IPSec 也是被下一代 Internet 所采用的网络安全协议。IPSec 协议是现在 VPN 开发中使用得最广泛的一种协议,它有可能在将来成为 IP VPN 的标准。

SSL VPN 即指采用 SSL(Security Socket Layer)协议来实现远程接入的一种新型 VPN 技术。SSL 协议是基于 Web 应用的安全协议,它包括:服务器认证、客户认证(可选)、SSL 链路上的数据完整性和 SSL 链路上的数据保密性。对于内、外部应用来说,使用 SSL 可保证信息的真实性、完整性和保密性。目前 SSL 协议被广泛应用于各种浏览器应用,也可以应用于 Outlook 等使用 TCP 协议传输数据的 C/S 应用。正因为 SSL 协议内置于 IE 等浏览器中,使用 SSL 协议进行认证和数据加密的 SSL VPN 就可以免于安装客户端。

(2) 大中型医疗保健机构 VPN 接入:结合 IPSec VPN 技术的特点,推荐大中型医疗保健机构部署 IPSec VPN 硬件网关,与妇幼保健信息系统平台的 IPSec VPN 网关对应部署。构建与妇幼保健信息系统平台的数据安全传输通道。这是因为:

● 大中型医疗卫生机构需要保持 7×24 小时的稳定数据连接,IPSec VPN 由于采用硬件加解密的方式,其运行稳定性较高。

● 大中型医疗保健机构的数据流量较大(主要为医学影像调阅),IPSec VPN 技术成熟且成本较低(相对 SSL VPN 技术)。

● 由于是硬件网关间的传输过程进行数据加解密处理,对于业务平台的服务器是完全透明的,部署更简单。

● IP 地址级的权限控制粒度可以满足平台与大中型医疗保健机构的数据管理要求。

(3) 小型医疗保健机构 VPN 接入:结合 SSL VPN 技术的特点,推荐小型医疗保健机构直接通过计算机远程登录 SSL VPN 网关,进行相关的业务操作。这是因为:

● 小型医疗保健机构计算机数量较少,采用硬件 IPSec VPN 方式成本较高,浪费资源。

● SSL VPN 可以保证接入数据的安全性,且对于 B/S 架构无须安装客户端,对于 C/S 架构可以免于维护客户端。非常适合小型医疗保健机构少量计算机的远程安全登录要求。

● 可以支持本地认证、Radius 认证、Ldap 等多种认证方式,可以与应用认证系统相结合。

● 更细粒度的管理，SSL VPN 可以支持对 URL、TCP 服务、IP 网段等不同粒度的访问控制。还可以实现基于角色或用户组的管理，从而方便了管理员对用户实施精确的权限管理。

9.2.3　网络管理

区域卫生信息平台及其业务子平台的建设一般由市 / 区卫生管理机构负责组建，而对于各医疗保健机构、服务对象来说只是平台的使用者。因此平台内所有的 IT 资源（包括三层交换机、二层交换机、VPN 网关、路由器、防火墙、IDS/IPS、Windows/Unix 服务器、数据库、中间件等）建议采用集中式的管理模式，由统一的管理人员负责维护。同时网络系统平台又是一个广域网环境，因此在 IT 资源的统一管理方面需要进行高效整合与部署。

网络 IT 资源的管理主要包括：网络规划管理、网络监控、故障管理、报表管理以及网络设备配置与更新。

9.2.3.1　网络规划管理

网络规划管理主要是指平台及各 POS 接入所需的网络 IT 资源（非 POS 内部的原网络 IT 资源）能够实现在统一的界面进行直观的查看、管理，简化网管人员的管理难度。

（1）网络 IT 资源发现：网络管理软件能够管理所有支持标准 SNMP 网管协议的网络设备，为多厂商设备共存的网络提供了统一的管理方式。

拓扑图自动发现多厂商设备：利用网络管理软件能够自动发现平台中的 IT 资源，并自动生成相关联的拓扑图。并且网管人员能够在此基础上进行手工的添加、删除、修改，并标记资源的描述。

自动识别不同类型的设备：针对网络中的 IT 资源能够进行准确的识别和添加。主要包括：三层交换机、二层交换机、VPN 网关、路由器、防火墙、IDS/IPS、Windows/Unix 服务器、数据库、中间件等 IT 资源。

可以对设备进行性能监视：包括接口的流量监视、利用率监视等。能够根据不同类型的设备，定义其监控的主要参数。表 9-1 列出重点资源的监控参数描述，实际管理过程中可进行必要性选择。

表 9-1　重点资源的监控参数

资源类型	部件	指标中文描述
网络设备	接口	包含错误的输出包数
		接口丢弃的总包数
		接口包含的错误的总包数
		接口输入错误百分率
		接口输出错误百分率
		接口总流速
		接口流入速率
		接口流出速率
		接口输入丢包率
		接口输出丢包率
		带宽利用率
		该接口带宽
		接口流入量
		接口流出量
		接口总流量
		接收的字节数
		发送的字节数
		输入单播包数

续表

资源类型	部件	指标中文描述
		输出单播包数
		输入的非单播包数
		输出的非单播包数
		丢失的输入包数
		丢失的输出包数
		包含错误的输入包数
		由于定向到未知协议而被丢弃的包数
		输出队列中所有包数
网络设备	CPU	CPU 最近 1 分钟利用率
		CPU 最近 5 分钟利用率
		CPU 最近 5 秒利用率
	内存	内存利用率
主机（服务器）	CPU	CPU 利用率
	存储器	总空间
		利用率
		已用空间
		请求失败次数
	进程	CPU 占用率
		内存占用大小
	硬盘	设备发生的错误数
		磁盘容量
数据库	库信息	数据库日志使用率
		数据库日志缓冲命中率
		数据库数据文件的大小
	服务器信息	缓冲区池保留的页的数目
		发生的网络数据包错误数
		锁的动态内存总量
		当前动态内存总量
		动态内存总量
		SqlServer 数据库活动事务数
		SGA 缓冲池大小
		CPU 使用率
		缓存命中率
		支持的最大连接数
		执行输入和输出操作的时间
		CPU 的工作时间
		每秒的探测扫描数
		每秒索引搜索数
		所有可用列表页总数
		每秒所发出的物理数据库页写入的数目
		每秒发出的物理数据库页读取数
		写到网络上的输出数据包数
		每秒大容量复制的行数

续表

资源类型	部件	指标中文描述
		每秒要求调用者等待的锁请求数
		每秒导致死锁的锁请求数
		当前用户连接数
		读取磁盘的次数
		写入磁盘的次数
		数据库闲置时间
		从网络上读取的输入数据包数目
IIS		当前连接数
		HTTP404 总错误连接数
中间件	服务端口信息	服务的 I/O 带宽
		当前线程数
		请求命中率
	应用程序信息	活动会话数
		平均会话在线时间
	JVM	内存利用率

可以接收设备报警,并进行报警信息显示:在监控设备的同时,根据设备的运行状态进行有效评估,设定合理的报警阈值,当设备故障或某参数达到指定阈值后,能够自动进行报警,使网管人员及时掌握报警信息。报警方式主要有:终端显示报警、日志报警、邮件报警、短信平台报警。

(2) 网络拓扑管理:网络管理软件提供统一拓扑发现功能,实现全网监控,可以实时监控所有网络和安全设备的运行状况,并根据网络运行环境变化提供合适的方式对网络参数进行配置修改,保证网络以最优性能正常运行。

- 全网设备的统一拓扑视图,拓扑自动发现,拓扑结构动态刷新;
- 可视化操作方式:拓扑视图节点直接点击进入设备操作面板;
- 在网络、设备状态改变时,改变节点颜色,提示用户;
- 对网络设备进行定时(轮询间隔时间可配置)的轮循监视和状态刷新并表现在网络视图上;
- 拓扑过滤,让用户关注所关心的网络设备情况;
- 快速查找拓扑对象,并在导航树和拓扑视图中定位该拓扑对象。

9.2.3.2　网络监控

(1) 网络流量与带宽管理:网管系统应提供丰富的性能管理功能,同时以直观的方式显示给用户。通过性能任务的配置,可自动获得网络的各种当前性能数据,并支持设置性能的门限,当性能超过门限时,可以以报警的方式通知网管系统。通过统计不同线路、不同资源的利用情况,为优化或扩充网络提供依据。

(2) 服务器性能监控:服务器是基于健康档案的区域卫生信息平台中的重要组成部分,通过服务器监视管理系统,实现对服务器与设备的统一管理。

- 支持对 CPU、内存资源消耗的监视;
- 支持对硬盘使用情况的监视;
- 支持对运行进程的资源监视;
- 支持对服务的资源监视;

9.2.3.3　故障管理

故障管理主要功能是对全网设备的报警信息和运行信息进行实时监控,查询和统计设备的报警信息。

- 报警实时监视,提供报警声光提示;

- 支持报警转到 E-mail 或手机短信；
- 支持报警过滤，让用户关注重要的报警，查询结果可生成报表；
- 支持报警拓扑定位，将显示的焦点定位到选定报警的拓扑对象；
- 支持报警相关性分析，包括屏蔽重复报警、屏蔽闪断报警等。

9.2.3.4 报表管理

网络管理系统能够针对 IT 资源的监控参数，根据管理人员的要求制定周期性的参数监控并产生相应的报表。从而使网管人员能够根据报表数据进行有效的分析，优化 IT 资源的使用、更新、维护。

报表主要包括两种类型：

- 实时性报表：当前设备的运行状态下，针对特定参数生成相应的报表清单。如当前网络平台所有在线的 IT 资源列表。
- 周期性报表：针对某类型信息、某类特定设备或资源参数，按照一定的时间周期进行参数变化跟踪，从而进行有效分析，以便于排除故障或优化资源。如，将核心交换机 1 天内的 CPU 占用率走势图产生报表进行分析，能够准确判断出每天业务繁忙程度的时间规律。

9.2.3.5 网络设备配置与更新

信息平台规模庞大，设备繁多，网络管理员的配置文件管理工作十分繁重，如果没有好的配置文件维护工具，网络管理员就只能手动备份配置文件。这样会给网络管理员管理、维护网络带来一定的困难。

网络配置中心支持对设备配置文件的集中管理，包括配置文件的备份、恢复以及批量更新等操作，同时还实现了配置文件的基线化管理，可以对配置文件的变化进行比较跟踪。

9.2.4 与外部网络的连接

外联处理部分是妇幼保健信息系统与各医疗保健机构、外部系统互联的接入层，由路由器、交换机和防火墙等相关设施组成，完成信息平台与外部网络连接的任务。在网络架构设计时，专门划分了外联出口区域模块。该区域通过一台路由器和一台防火墙直接与数据中心的核心交换机相连，在确保数据高速传输的基础上，保障数据传输的安全。同时通过模块化的划分确保域内信息平台业务的稳定运行，使其不受外部干扰。

（1）路由器部署：通过配置备份的静态路由和动态路由，可以保证路由的畅通，网络的可达，当由于某种原因导致主路由失效的时候，设备可以根据备份路由继续提供网络服务。也可以使用 VPN 和物理专线互为备份。

（2）防火墙部署

1）状态防火墙：状态防火墙设备将状态检测技术应用在 ACL（access control list，访问控制列表）技术上，通过对连接状态的检测，动态地发现应该打开的端口，保证在通信的过程中动态地决定哪些数据包可以通过防火墙。状态防火墙还采用基于流的状态检测技术可以提供更高的转发性能，可以根据流的信息决定数据包是否可以通过防火墙，这样就可以利用流的状态信息决定对数据包的处理结果，加快了转发性能。

2）虚拟化技术：妇幼保健信息平台的服务器种类较多，而且需要划分不同的安全区域。传统方式是在各区域服务器群前部署一台防火墙，由管理员或用户管理防火墙安全策略，造成了管理难度加大、网络拓扑混乱的问题。采用虚拟防火墙技术，则可以只用一台防火墙就能提供给多个区域独立使用，并分别管理（图 9-2）。

防火墙可以部署在网络内部数据中心的前面，对所有访问数据中心服务器的网络流量进行控制，提供对数据中心服务器的保护。

3）设备部署模式：建议在两台核心交换机与两台汇聚交换机之间配置两台防火墙，两台防火墙与两台核心交换机以及两台汇聚交换机之间采取全冗余连接。或者在汇聚交换机上部署防火墙插卡。

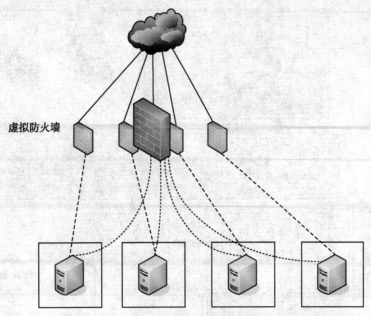

图 9-2　虚拟防火墙示意图

为了保证系统的可靠性,我们建议配置两台防火墙为双机热备方式,在实现安全控制的同时保证线路的可靠性,同时可以与动态路由策略组合,实现流量负载分担。

(3) 入侵防御/检测系统部署:建议在两台核心交换机与两台汇聚交换机之间配置两台入侵防御系统,两台入侵防御系统与两台核心交换机以及两台汇聚交换机之间采取全冗余连接。或在汇聚交换机上部署入侵防御系统插卡。

入侵检测系统详细介绍见第 10 章安全保障体系。

9.3　服务器与存储

9.3.1　服务器应用设计

基于区域卫生信息平台的妇幼保健信息系统需要重点建设三类服务器,见图 9-3。

- Web 服务器;
- 业务应用服务器;
- 数据库服务器。

9.3.1.1　Web 服务器应用设计

Web 服务器在用户面前呈现妇幼保健信息系统统一的通道,提供单一登录、单一界面和相同风格访问该系统的内容或资源,它提供用户到各种信息源的连接,提供本区域内妇幼保健信息的无缝访问。这样可以帮助用户找到与一个指定任务或位置相关的所有信息或所需的各种数据,并允许用户对数据信息进行操作。

因为 Web 服务器主要提供一个对外的公共服务平台,其业务特点是并发访问量大、业务处理实时性要求高、业务种类多,整个系统平台对于业务处理的性能和能力要求很高,因此,Web 服务器设计十分关键。

这里根据不同地市人口的规模,在技术实现上通过采用基于 Web 的负载均衡集群技术(图 9-4)构建一个可应付大并发访问的接入平台,该平台可随接入访问量的增长弹性地增加处理节点以提高性能,整个系统具有极高的可用性,任何单节点或者多节点故障都不会影响系统对外服务的持续性——

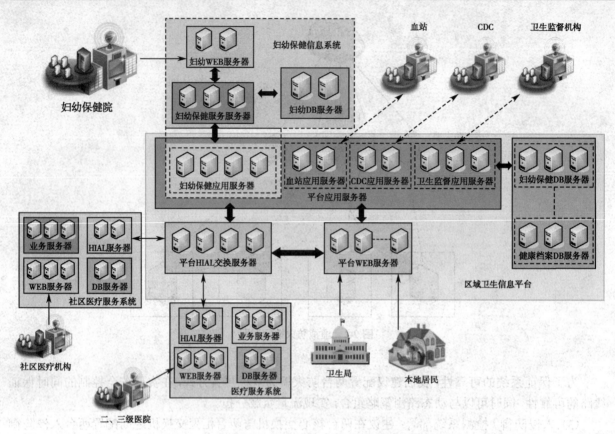

图 9-3　区域卫生信息平台与妇幼保健信息系统服务器部署

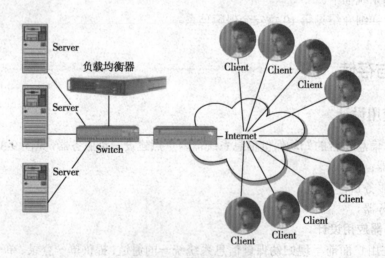

图 9-4　负载均衡示意图

只要整个负载均衡集群还有一个节点正常工作，业务就不会停顿。设备选择上推荐负载均衡器实现硬件的负载均衡，具备七层负载均衡的能力，并且根据规模要求可选使用两台均衡器实现高可用的冗余。

9.3.1.2　业务应用服务器应用设计

对于基于区域卫生信息平台的妇幼保健信息系统来说，考虑系统的扩展性和独立性，每增加一个业务服务组件，就需要构建一套应用服务器环境。对于中小规模城市的部署，我们可以按照传统的方式部署应用服务器。

对于大规模的城市，如果还是按照这样的建设方式，有多少业务就需要配置多少台服务器，如果要实现业务高可用,那么需要的服务器数量至少是原来的 2 倍,对妇幼保健机构来说,硬件成本和软件成本都非常巨大。通过虚拟化技术则能有效解决上述问题。

(1) 虚拟化方案:采用虚拟化技术进行应用部署具备众多优势,如提高服务器资源利用率,提高使用灵活性和可扩展性,降低管理成本等等。通过虚拟化技术可以根据用户需求,提供业务应用所需的资源,节省物理服务器数量。

由图 9-5 可知,传统模式下,每增加一个新的业务服务器组件,就需要配置一台新的独立的服务器环境,而采用虚拟化之后,每当需要增加一套新的应用的时候,在服务器资源足够的前提下,只需要在应用服务器上划分出一个新的资源池,开启一个新的虚拟机即可。大大节省了用户的投资,同时还降低了系统维护的复杂性和运行维护人员的工作强度。

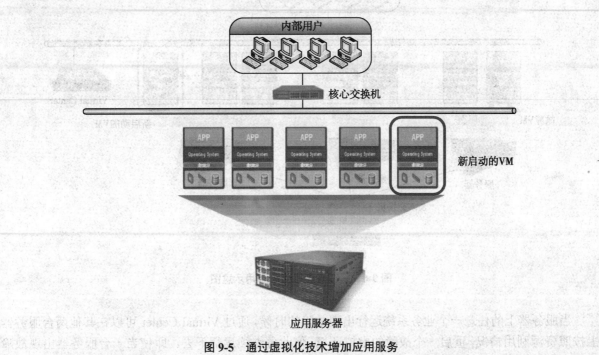

图 9-5　通过虚拟化技术增加应用服务

(2) 虚拟化高可用:而针对一些复杂的环境时,尤其当用户对应用可靠性要求比较高的时候,很多用户会担心,一台物理服务器上跑了那么多应用,一旦这台物理服务器出现故障,那么服务器上所有的业务应用都将终止服务,后果是极为严重的。考虑到这点,应考虑虚拟化高可用(high availability, HA)解决方案。

虚拟化 HA 具有以下功能:

● 当物理服务器发生硬件故障时,将为故障切换容量范围内所有正在运行的虚拟机提供自动故障切换。可以在无需任何人员干预的情况下自动检测服务器故障和重启虚拟机。

● 虚拟化 HA 利用分布式资源调度(distributed resource scheduling, DRS)在故障切换后提供动态的、智能的资源分配和虚拟机优化。主机发生故障并且虚拟机已在其他主机上重启后,DRS 可以提供进一步的迁移建议,或者迁移虚拟机以获得更优化的主机放置和平衡的资源分配。

● 虚拟化 HA 支持易于使用的配置和使用 Virtual Center 进行监控。HA 确保该容量总是可用的(在指定的故障切换容量限制内),以便重启所有受服务器故障影响的虚拟机(基于为虚拟机配置的资源预留)。

● 不间断地监控容量利用率,并"预留"备用容量以便能够重启虚拟机。当未发生故障时,虚拟机可以完全利用备用故障切换容量。

最后,虚拟化 HA 与传统的应用程序级故障切换方法相兼容,因此如果需要,还可以使用两种方法来实施增强的高可用性和故障切换解决方案。

通过图9-6可以看到,采用三台高端服务器,每台服务器运行多个业务系统,后端共同连接一个磁盘阵列。虚拟化HA不间断地监控资源池中的所有服务器并监测服务器故障。放置在每台服务器上的代理会不断向资源池中的其他服务器发送"心跳信号",而心跳信号的中止会导致所有受影响的虚拟机在其他服务器上重新启动。虚拟化HA确保资源池中始终有充足的资源,以便能够在出现服务器故障时在不同的物理服务器上重新启动虚拟机。

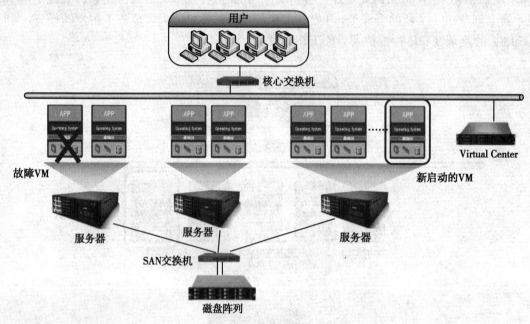

图9-6 三节点虚拟化高可用示意图

当服务器上的任意一个业务系统运行出现故障的时候,通过Virtual Center可以在其他两台服务器上按照资源利用情况,重启一个故障的虚拟环境,使业务继续运行下去。即使当一台服务器出现故障的时候,其他两台服务器仍然能够根据资源利用的情况,通过Virtual Center重启已宕服务器上的所有虚拟环境,这样就使整个系统都处于一种HA状态,进而保证了整个系统业务运行的连续性。同时减少了硬件投入数量和开销。

在选用虚拟化技术的时候,需要重点考虑设备本身可以扩展资源的大小,为了更好地使用虚拟化技术以及能够使整个系统运行得更加高效和稳定,应采用多处理器设备。对于处理器应该采用多核和超线程技术,这样在设备上可以提供更大的资源以部署更多的应用。

9.3.1.3 数据库服务器应用设计

数据库服务器部署数据库管理软件,为妇幼保健信息系统提供数据管理和数据支撑服务,重要性非常高,如果数据库出现故障,整个业务系统都会受到影响,是本次系统建设中的重点。虽然在数据库服务器选型上充分考虑了产品的可靠性和稳定性,但在系统里仍存在着单点故障,有着因宕机而面临的妇幼保健信息系统停滞的危险。为了充分保证基于区域卫生信息平台的妇幼保健信息系统数据库服务器的可靠性和可用性,一般都会采用数据库高可用的方案,下面就介绍一下目前常用的两种数据库高可用方案。

(1)数据库双机高可用方案:目前市场上比较流行的双机高可用方案主要包括:无共享资源双机高可用方案(软双机)、共享磁盘阵列双机高可用方案。

两种方案都有各自的优缺点,然而从用户最为关注的几个重要方面,比如:易用性、整体性能、可靠性等考虑,共享磁盘阵列双机高可用方案有着比较明显的综合优势。

下面对这两种方案进行介绍和对比：

1）无共享资源双机高可用方案（软双机）：无共享资源双机系统一般由两台服务器节点的集群构成，所以一般也称为纯软件的双机高可用系统。系统的一台服务器作为工作机，另外一台作为备份机；当工作机发生故障宕机后，双机软件就会及时地监测到故障的发生，并且自动地控制备份机接管工作。由于没有共享资源，备份机需要对工作机的数据做同步。这样在切换后备份机有着和工作机上一样的数据，不会造成数据的丢失，关键业务可以继续运行。一般支持无共享资源双机的软件都会有磁盘的镜像功能，通过专用的镜像专用网来实现工作机和备份机本地数据的同步。这种双机系统的拓扑如图9-7所示。

2）共享磁盘阵列双机高可用方案：共享磁盘阵列的双机系统由两台服务器节点和一台共享磁盘阵列组成。操作系统，应用服务程序（比如数据库的实例）都装在服务器的本地硬盘里面。共享数据装在磁盘阵列里面。也可以把应用服务程序也装到磁盘阵列里面。与无共享资源双机系统相同，也是一台服务器作为工作机，另外一台作为备份机。双机软件控制工作机和备份机通过专用的心跳线来传递信息，互相监测对方的状态。此时工作机拥有对磁盘阵列的占用权利，可以对磁盘阵列的数据进行读写，而备份机无法对磁盘阵列进行操作，甚至无法发现磁盘阵列，这是通过双机软件的"软件锁"功能来实现的。这个功能避免了两台机器对同一数据操作而造成数据不可用，保证了数据的一致性，从而确保了数据安全，对双机系统十分重要。当工作机出现故障时，备份机的双机软件会监测到故障的发生，然后在备份机上启动应用服务并接管共享磁盘阵列的控制权。拓扑图如图9-8所示。

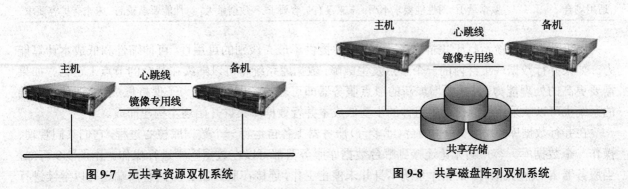

图9-7　无共享资源双机系统　　　　　图9-8　共享磁盘阵列双机系统

3）双机高可用方案的比较：上面介绍了两种典型的双机方案，也是目前市场上最常见的。而其中的共享磁盘阵列双机系统是应用最为广泛的一种，这是因为相对于软双机，这种双机方案有着明显的优势。下面就进行一下具体比较，如表9-2所示。

通过上面的对比可以看出，和软双机相比，共享磁盘阵列的双机系统具有高稳定性等明显的优势。因此对有双机高可用需求的用户，建议采用共享磁盘阵列的双机方案。

虽然双机高可用能够很大程度上保证系统的可靠性和业务的连续性。但也有一定的局限性，就是单台服务器的性能可能会成为系统的瓶颈。因此，对于区域规模小于500万人口的用户可以使用的双机高可用方案来建设数据库服务器，当主服务器发生故障切换时，存储系统能与备份服务器快速建立数据通道，以支持业务的快速切换，保证数据库系统的持续运行。

（2）并行数据库集群方案：以上我们介绍了双机高可用方案，了解了在使用双机高可用的时候，一台服务器工作，另外一台不工作，设备利用率仅为50%。另外在备机接管服务的过程中，业务系统会有短暂的中断（切换时间），同时后期对业务的扩展也有一定的约束，双机高可用只能两个节点，其中只有一台服务器运行，当性能不足的时候只能更换性能更高的服务器设备，无法支持在线扩展。因此，下面再介绍另一种数据库高可用的方式——并行数据库集群。

并行数据库集群能够支持数据库服务器的多节点扩展，使妇幼保健机构能够选择多个节点建立数据库服务器，具有高可用性和可扩展性。

表 9-2　无共享资源双机系统与共享资源双机系统比较

项目	无共享资源双机系统(软双机)	共享磁盘阵列双机系统
工作方式	所有数据存放在服务器的本地硬盘,通过双机软件做实时镜像	共享数据存放在磁盘阵列上,故障发生时,双机软件切换服务器接管磁盘阵列
扩容能力	受限于服务器的存储容量	磁盘阵列提供了优于服务器的存储空间,磁盘阵列可以方便扩容
同步数据量	所有应用数据均需同步	同步数据量小,仅传送检测信息
对主机资源的占用	大量	极少
对系统依赖程度	高	极低
数据安全性	业务繁忙时,数据同步性能无法保证	数据共享,用 RAID 技术保护
数据访问速度	一般	远高于普通硬盘
任务切换可靠性	多次切换安全性差,易发生误切换	可完成多次安全切换多重侦侧,防止误切换
存储空间利用率	为镜像数据,需两倍存储空间	存储空间可共享
总投资	较低	较高
安装及维护	简单	复杂
系统性能	工作服务器的每个写操作都需要在备份机上实时同步,性能受影响	写操作直接发生在磁盘阵列上,不需要数据同步,性能较高
适用场合	数据量小,对性能要求不高;未来没有扩容要求	数据量大,对性能要求较高;未来有扩容要求

　　由于数据库系统运行于集群之上,为数据库提供了最高级别的可用性、可伸缩性和低成本计算能力。如果并行数据库集群内的一个节点发生故障,数据库系统将可以继续在其余的节点上运行。如果需要更高的处理能力,只需要增加新的节点服务器即可轻松扩展性能。为了保持低成本,即使最高端的系统也可以从采用标准化商用组件的小型低成本并行数据库集群开始逐步构建而成。

　　在并行数据库集群方式下,两台(或多台)服务器上各自运行一个数据库核心进程,它们共同管理、操作一个数据库。客户端无论连接到哪台数据库服务器都可以在数据库中进行操作。由图 9-9 可知,当服务器 A 故障失效时,数据库系统本身并未停止工作,连接在服务器 B 上的客户端还可以继续进行正常工作。同时,服务器 B 上也不需要再启动新的数据库服务器进程,因此也没有"切换时间"。

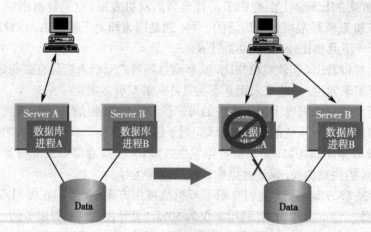

图 9-9　两节点并行数据库集群

　　与双机热备份方式相比,并行数据库集群有以下优点:

● 各服务器共享一个数据库,在正常运行时可以进行负载均衡,无需考虑应用数据的人为分割。

● 并行数据库方式对应用完全透明,在应用程序设计和开发的过程中也不需要进行特殊编程,简化了开发的复杂程度。同时今后系统扩展也无需修改应用程序。

● 可以在线进行性能扩展，当现有性能无法满足业务需求时，只需要添加服务器设备即可，减少因扩展造成的业务中断的时间。

● 不需要重新启动数据库核心进程，实现 0 秒切换，真正保证数据库系统 7×24 小时不间断运行。

9.3.2　存储与管理

9.3.2.1　存储系统架构

存储系统是数据保存的信息载体，是任何信息化建设过程中的核心设备之一，而数据信息是国家、企业和社会赖以生存和发展的基础之一，因此存储系统的选择是整个信息化建设过程中的最重要的环节之一。

（1）存储系统的架构：目前存储系统的设计采用最主要也是最原始的架构有直接连接存储（direct attached storage，DAS）、网络附加存储（network attached storage，NAS）和存储区域网络（storage area network，SAN）三种（图 9-10），三种不同架构的存储系统分别应用在不同的业务环境中，解决了不同的业务需求。

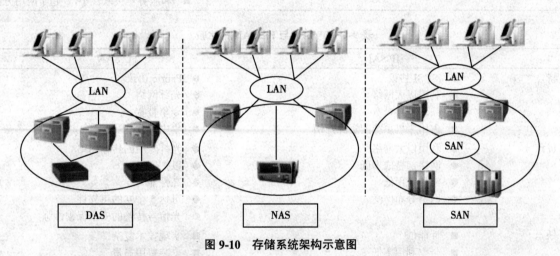

图 9-10　存储系统架构示意图

DAS 即直接连接存储，外部存储设备直接与主机相连，客户端通过服务器直接访问存储信息，服务器与存储之间采用数据块的方式进行通信。这种结构主要满足了服务器扩容问题，重点应用模式为双机高可用模式。这也是最早的一种数据存储模式。

NAS 即网络附加存储，采用网络文件系统（network file system，NFS）或通用互联网文件系统（common internet file system，CIFS）协议提供数据访问接口，以文件为传输的最小单元，通过 TCP/IP 实现网络化存储，支持多个平台间的数据共享。它的最大特点是通过以太网实现了网络化存储。这种结构主要满足了分散在不同区域的用户大量文件共享问题。随着非结构化数据的快速膨胀，这种结构在目前市场上需求逐渐增多。

DAS、NAS、SAN 三种存储架构比较见表 9-3。

SAN 即存储区域网络，最早 SAN 的概念是专门指的光纤存储网路，2003 年 ISCSI（Internet Small Computer System Interface）协议的发展，使得 SAN 的概念外延，产生了 IP SAN。无论是 FC SAN 还是 IP SAN 其传输的都是数据块，相对于前两种存储结构，SAN 存储具有最强的扩展能力、连接速度以及事务处理能力。目前整个存储市场，SAN 存储大约占 80% 以上的销售额。下面重点介绍 SAN。当前 SAN 有两种形态 IP SAN 和 FC SAN。

从存储设备、网络设备、拓扑结构、性能、易操作性以及成本方面看，FC SAN 和 IP SAN 各有优缺点。具体比较如表 9-4 所示。

表 9-3 DAS、NAS 和 SAN 三种结构的比较

	DAS	NAS	SAN
特点	● 本地数据块访问 ● SCSI 协议传输读写 ● 共享服务器资源 ● 发布式管理	● 远程文件级访问 ● 利用网络传输协议 ● 共享网络带宽 ● 分布式管理	● 远程存储级访问 ● 存储传输协议 ● 存储专用网络 ● 集中管理
优点	◆ 较低的价格扩展服务的存储容量 ◆ 较好的性能 ◆ 和服务器密切结合 ◆ 满足中小应用的存储需求	◆ 利用现有网络 ◆ 较低的管理费用 ◆ 跨平台的文件共享 ◆ 直接连在 LAN 上 ◆ 安装简单	◆ 高性能专用的传输网络 ◆ 可达到 5 个 9 的数据高可用性 ◆ 易扩展 ◆ 独立的服务器和存储平台管理 ◆ 减少 LAN 负载 ◆ 独立于服务器的备份和恢复
缺点	■ 磁盘空间利用率低 ■ 配置维护较复杂 ■ 传输距离、带宽和扩展性	■ 扩展性不强 ■ 共享网络带宽 ■ 受限于网络带宽 ■ 应用受限	■ 复杂 ■ 安装费用昂贵 ■ 互操作性差 ■ 专用的软件和硬件 ■ 和服务器关联性小，趋于应用方案

表 9-4 IP SAN 与 FC SAN 的比较

	IP SAN	FC SAN
特点	● iSCSI 协议 ● 利用以太网络 ● 共享网络带宽 ● 占用主机系统的资源开销	● Fabric 协议 ● 光纤网络 ● 专享带宽 ● 集中管理
优点	◆ 利用以太网络 ◆ 网络部署成本低 ◆ 维护费用低 ◆ 网络分布广泛	◆ 光纤专用的传输网络 ◆ 以扩展 ◆ 高性能 ◆ 可达 5 个 9 的可靠性 ◆ 光信号传输的安全保密性强
缺点	■ 性能低 ■ 带宽利用率低 ■ 网络安全性低 ■ 可靠性低	■ 实现技术复杂 ■ 安装费用昂贵 ■ 互操作性差 ■ 专用的软件和硬件

（2）新兴的存储架构：随着数据量的增大，数据类型的变化，存储架构融合逐渐成为一种趋势。在一个存储系统中既有 NAS 又有 SAN 的架构，同时满足了文件和数据块的访问，这样的存储系统一般称为统一架构存储。统一架构的存储系统满足了不同类型用户、不同业务应用模式的数据存储，大大节省了用户的投资。

另外虚拟化存储，可以将与存储资源中大量的物理特性隔绝开来，对于用户来说，虚拟化的存储资源就像是一个巨大的"存储池"，"存储池"的好处是可以把许多零散的存储资源整合起来，从而提高整体利用率，同时降低系统管理成本。

伴随着云计算产生的云存储，云存储系统中的所有设备对使用者来讲都是完全透明的，任何地方的任何一个经过授权的使用者都可以通过网络与云存储连接，对云存储进行数据访问。云存储的核心是应用软件与存储设备相结合，通过应用软件来实现存储设备向存储服务的转变。

这种统一架构的存储系统、虚拟化存储以及云存储，因为他们都有一种大容量、高带宽、高性能等特性，所以我们暂且统一归为海量存储系统。

（3）存储系统的 IO 通道：存储系统的 IO 通道用于存储系统与主机的传输技术，大致有如下五种：SCSI、SAS、以太网、光纤通道以及 Infiniband。

SCSI 连接主要用在 DAS 环境中，目前市场上基本淘汰掉了，取代它的是 SAS 连接，由于 SCSI 和 SAS 协议不支持远距离传输，因此只能被局部使用，不能应用于网络存储。以太网应用在 NAS 和 SAN 环境中。光纤连接和 Infiniband 连接主要在 SAN 环境中应用，光纤目前主流采用 8Gb FC 的传输协议，单条链路带宽可达 800MB/s，值得一提的是 Infiniband 连接（20、40Gb/s 带宽）的存储系统，由于其低延迟、高带宽，这种以往主要在高性能科研应用的技术已经转移到存储系统中，并为高性能、海量存储提供了技术条件。

（4）存储系统的存储介质：存储系统目前主要的存储介质为磁盘和磁带，磁盘主要分为 FC 硬盘、SAS 硬盘、SATA 硬盘和 SCSI 硬盘。从性能和可靠性来看首先是 FC 硬盘，目前容量最大的 FC 硬盘可达 600GB，从容量来看，单片 SATA 硬盘容量最大可达 2TB，但是其性能和可靠性相对于 FC 硬盘来说差别较大。SCSI 硬盘已经淘汰，取代它的就是 SAS 硬盘，SAS 硬盘是介于 FC 硬盘和 SATA 硬盘之间的一种存储介质。

目前 FC SAN 存储系统一般会兼具两种存储介质，同时兼顾性能和容量。良好的存储系统会支持高性能高可靠的 FC 硬盘，同时也会支持大容量的 SATA 硬盘，这样的存储系统在用户处还可以做数据的分层存储，将经常访问的数据存放在 FC 硬盘上，将不经常访问的数据放在大容量的 SATA 硬盘上，很好地利用了存储系统的性能的同时，总体上降低了用户的投资。

9.3.2.2 存储管理

（1）数据管理：众所周知，企业的应用系统在线处理大量的数据，随着数据量的不断加大，如果都采用传统的在线存储方式，就需要大容量本地一级硬盘。这样一来一方面投资会相当大，而且管理起来也相对较复杂；另一方面由于磁盘中存储的大部分数据访问率并不高，但仍然占据硬盘空间，会导致存取速度下降。在这种情况下，分级存储可以在性能和价格间作出最好的平衡。

所谓分级存储，就是根据数据不同的重要性、访问频次等指标分别存储在不同性能的存储设备上，采取不同的存储方式。这样一方面可大大减少非重要性数据在一级本地磁盘所占用的空间，还可加快整个系统的存储性能。在这里就涉及几种不同性能的存储设备和不同的存储形式了。

目前常用于数据存储的存储设备主要有磁盘（包括磁盘阵列）、磁带（包括磁带机和磁带库）和光盘（包括一切 CD-R、CD-RW、DVD-R、DVD-RW 等光盘塔和光盘库设备）。从性能上来说，磁盘当然是最好的，光盘次之，最差的是磁带。而从价格上来说，单位容量成本上升磁盘最贵、光盘次之，磁带最低。这就为我们不同的应用追求最佳性价比提供了条件，因为这些不同的存储媒介可应用于不同的存储方式中。这些不同的存储形式包括在线存储（OnStore）、近线存储（NearStore）和离线存储（OffStore）。

在线存储：在线存储又称工作级的存储，存储设备和所存储的数据时刻保持"在线"状态，是可随意读取的，可满足计算平台对数据访问的速度要求。如我们 PC 机中常用的磁盘基本上都是采用这种存储形式的。一般在线存储设备为光纤存储设备，价格相对昂贵，但性能最好。

离线存储：离线存储主要是用于对在线存储的数据进行备份，以防范可能发生的数据灾难，因此又称备份级的存储。离线海量存储的典型产品就是磁带或磁带库，价格相对低廉。离线存储介质上的数据在读写时是顺序进行的。当需要读取数据时，需要把带子卷到头，再进行定位。当需要对已写入的数据进行修改时，所有的数据都需要全部进行改写。因此，离线海量存储的访问是慢速度、低效率的。

近线存储：所谓近线存储，就是指将那些并不是经常用到，或者说数据的访问量并不大的数据存放在性能较低的存储设备上。这种存储设备一种采用低成本的 IP SAN 存储，另一种可以与在线存储结合，作为在线存储时采用高性能的成本高的光纤硬盘，作为近线存储时采用大容量低成本的 SATA 硬盘。因此，近线存储对性能要求相对不高，但由于不常用的数据要占总数据量的大多数，这也就意味着近线存储设备首先要保证的是容量。

在分级数据存储结构中，磁带库等成本较低的存储资源用来存放访问频率较低的信息，而磁盘或磁盘阵列等成本高、速度快的设备，用来存储经常访问的重要信息。在分级存储中，光纤存储系统的不同类型的硬盘混合使用显得优势明显，同一套存储系统完成了不同的事情。数据分级存储的工作原理是基于数据访问的局部性,通过将不经常访问的数据自动移到存储层次中较低的层次,释放出较高成本的存储空间给更频繁访问的数据,可以获得更好的总体性价比。

（2）存储虚拟化:IT管理人员经常需要尝试整合来自多个厂商的不同存储资产,供多个系统和应用使用,他们面临的第一个挑战就是使服务器和应用程序管理员远离物理配置、重新配置和管理存储资源的复杂性。相应的存储解决方案必须在一个阵列的物理端口、特定磁盘组的数据块和服务器及应用程序需要访问的卷或文件之间引入逻辑提取层,通常称为存储虚拟化。

存储虚拟化是对存储硬件资源进行抽象化表示。这种虚拟化使用户可以与存储资源中大量的物理特性隔绝开来,对于用户来说,虚拟化的存储资源就像一个巨大的"存储池",用户不会看到具体的磁盘、磁带,也不必关心自己的数据经过哪一条路径通往哪一个具体的存储设备。

从管理的角度来看,虚拟存储池是采取集中化的管理,并根据具体的需求把存储资源动态地分配给各个应用。例如,利用虚拟化技术,可以用磁盘阵列模拟磁带库,为应用提供速度像磁盘一样快、容量却像磁带库一样大的存储资源,这就是当今应用越来越广泛的虚拟磁带库(virtual tape library,VTL),在当今企业存储系统中扮演着越来越重要的角色。将存储资源虚拟成一个"存储池"的好处是可以把许多零散的存储资源整合起来,从而提高整体利用率,同时降低系统管理成本。与存储虚拟化配套的资源分配功能具有资源分割和分配能力,可以依据"服务水平协议(service level agreement,SLA)"的要求对整合起来的存储池进行划分,以最高的效率、最低的成本来满足各类不同应用在性能和容量等方面的需求。特别是虚拟磁带库,对于提升备份、恢复和归档等应用服务水平起到了非常显著的作用,极大地节省了应用单位的时间和成本。除此之外,存储虚拟化还可以提升存储环境的整体性能和可用性水平,这主要是得益于"在单一的控制界面动态地管理和分配存储资源"。

9.3.3 备份容灾

备份与容灾是存储领域两个极其重要的组成部分,其目的都是数据保护。一般情况下,备份多会采用磁带方式,性能和成本都比较低,容灾除了早期的一种磁带的离线方式外,现在大多数采用磁盘方式,数据随时在线,性能和成本都比较高。

9.3.3.1 备份

从备份策略角度来看,备份主要分为全备份(FullBackup)、增量备份(IncrementalBackup)和差分备份(DifferentialBackup)。

目前主要应用的备份类型是 LAN(Local Area Ntework)备份和 LAN-Free(Local Area Ntework Free)备份。LAN 备份数据通过以太网,占用网络及系统资源,效率较低,适用于无光纤网络的存储环境,如图 9-11 所示。LAN-Free 备份是数据直接从 SAN 网络备份到存储设备上,不占用主机资源和以太网资源,备份效率较高,如图 9-12 所示。

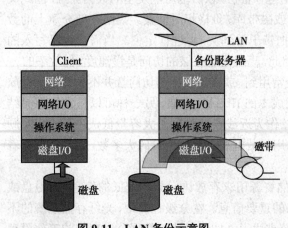

图 9-11　LAN 备份示意图

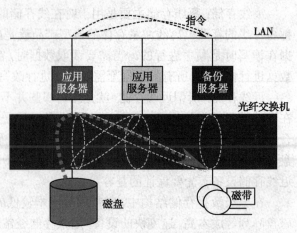

图 9-12　LAN-Free 备份示意图

　　数据备份技术不仅是数据的保护，其最终目的是为了在系统遇到人为或自然灾难时，能够通过备份内容对系统进行有效的灾难恢复。

9.3.3.2　容灾

　　容灾就是通过特定的容灾机制，在各种灾难损害突然发生后仍能最大限度地为用户提供正常应用服务的信息系统。通常情况下，容灾可分为数据级容灾和应用级容灾。数据级容灾是容灾系统的基础，它保证用户数据的完整性、可靠性和一致性；应用级容灾则是容灾系统的目标，它建立在业务连续性的基础上，保证信息系统提供的服务完整、可靠和一致。

　　（1）数据级容灾

　　1）快照技术：快照是指定数据集合的一个完全可用拷贝，该拷贝包括相应数据在某个时间点（拷贝开始的时间点）的映像。快照可以是其所表示的数据的一个副本，也可以是数据的一个复制品。如图 9-13 所示。

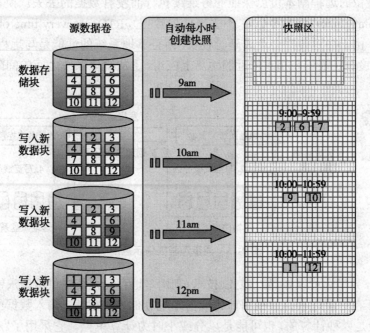

图 9-13　快照技术示意图

　　存储快照有两种，一种叫做即写即拷（copy-on-write）快照（图 9-14），另一种叫做分割镜像快照。即写即拷快照可以在每次输入新数据或已有数据被更新时生成对存储数据改动的快照。分割镜像快照引用镜像硬盘组上所有数据。每次应用运行时，都生成整个卷的快照，而不只是新数据或更新的数据。分割镜像快照也叫做原样复制，由于它是某一逻辑单元号（logical unit number，LUN）或文件系统上的数据的物理拷贝，有的管理员称之为克隆、映像等。

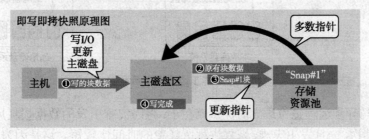

图 9-14　即写即拷快照原理图

2）镜像：镜像是在两个或多个磁盘或磁盘子系统上生成同一个数据的镜像视图的信息存储过程，一个叫主镜像系统，另一个叫从镜像系统。按主从镜像存储系统所处的位置可分为本地镜像和远程镜像。本地镜像的主从镜像存储系统处于同一个 RAID 阵列内，而远程镜像的主从镜像存储系统通常是分布在跨城域网或广域网的不同节点上。

远程镜像又叫远程复制，是容灾备份的核心技术，同时也是保持远程数据同步和实现灾难恢复的基础。它利用物理位置上分离的存储设备所具备的远程数据连接功能，在远程维护一套数据镜像，一旦灾难发生时，分布在异地存储器上的数据备份并不会受到波及。远程镜像按请求镜像的主机是否需要远程镜像站点的确认信息，又可分为同步远程镜像和异步远程镜像。

如图 9-15 所示，同步远程镜像（同步复制技术）是指通过远程镜像软件，将本地数据以完全同步的方式复制到异地，每一个本地的 I/O 事务均需等待远程复制的完成确认信息，方予以释放。同步镜像使远程拷贝总能与本地机要求复制的内容相匹配。当主站点出现故障时，用户的应用程序切换到备份的替代站点后，被镜像的远程副本可以保证业务继续执行而没有数据的丢失。换言之，同步远程镜像的 RPO（recovery point object）值为零（即：不丢失任何数据），RTO（recovery time object）也是以秒或分为计算单位。不过，由于往返传播会造成延时较长，而且本地系统的性能是与远程备份设备直接挂钩的，所以，同步远程镜像仅限于在相对较近的距离上应用，主从镜像系统之间的间隔一般不能超过 160千米。

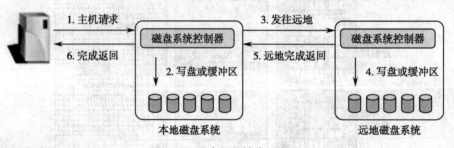

图 9-15　同步远程镜像示意图

如图 9-16 所示，异步远程镜像（异步复制技术）则由本地存储系统提供给请求镜像主机的 I/O 操作完成确认信息，保证在更新远程存储视图前完成向本地存储系统输出／输入数据的基本操作，也就是说它的 RPO 值可能是以秒计算的，也可能是以分或小时为计算单位。它采用了"存储转化（store-and-forward）"技术，所有的 I/O 操作是在后台同步进行的，这使得本地系统性能受到的影响很小，大大缩短了数据处理时的等待时间。异步远程镜像具有"对网络带宽要求小，传输距离长（可达到 1000 千米以上）"的优点。不过，由于许多远程的从镜像系统"写"操作是没有得到确认的，当由于某种原因导致数据传输失败时，极有可能会破坏主从系统的数据一致性。

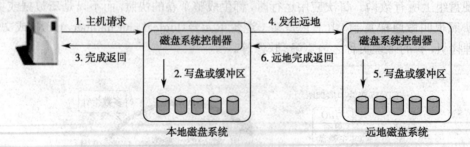

图 9-16　异步远程镜像示意图

同步远程镜像与异步远程镜像最大的优点就在于，将因灾难引发的数据损耗风险降到最低（异步）甚至为零（同步）；其次，一旦发生灾难，恢复进程所耗费的时间比较短。这是因为建立远程数据镜像，是不需要经由代理服务器的，它可以支持异构服务器和应用程序。

（2）应用级容灾：应用级容灾不仅仅是保证灾难发生时，数据完好无损，更重要的是系统迅速启动，业务不停顿。

应用级容灾在主要采用高可用技术、镜像技术，在异地主要采用镜像和持续数据保护技术。

（3）高可用技术：高可用技术目前主要分为双机热备、双机互备以及多节点备份方式。高可用技术是在容灾备份中采用的最普通最有效最简单的一种本地或者异地的容灾方式。双机热备是系统运行时，只有主服务器与存储系统进行数据交换。当发生主机故障切换时，要求存储系统能与备份服务器快速建立数据通道，以支持业务的快速切换。双机互备方式：系统运行时，两台主机需要同时对磁盘阵列进行读写操作，这要求存储系统具备良好的并发读取操作和一定的负载均衡功能。多节点备份顾名思义就是多节点的高可用，或者说是集群高可用性。如图 9-17 所示。

（4）持续数据保护技术：对企业用户而言，保证业务的连续运行才是进行数据容灾备份的真正目的，数据不仅应该能够得到保护，还需要在灾难发生时能够快速恢复数据和业务。在这方面，持续数据保护技术是今后发展的一个主要方向。

与传统的灾难恢复技术相比，持续数据保护技术具有明显的优点：首先，提高了数据信息系统的恢复时间，传统备份技术保护数据的时间间隔从几天到几周不等，

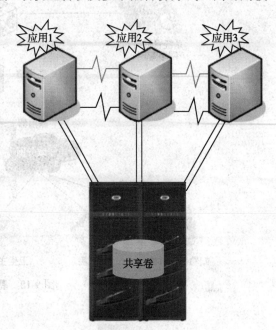

图 9-17　三节点共享磁盘的高可用示意图

当发生灾难时用户面临着几天到几周内数据的损失，快照技术可将数据的损失量降低到几个小时以内，持续数据保护技术则可将数据的损失量降低到几分钟到几秒，甚至完全避免数据的损失。其次，可以避免由于人为的逻辑错误或病毒攻击所造成的数据损失，在用户的数据遭到破坏时，传统的备份和复制技术将使用错误的数据覆盖以前的备份数据，造成用户数据的永久丢失，而持续数据保护技术则可以将数据恢复到数据被破坏前的任意一个时间点避免了数据损失的风险。

9.4　部署示例

根据系统覆盖人口规模大小，分为三种部署模式：基础规模、中级规模、高级规模。其中：基础规模指 500 万人口以下的城市，中级规模指 500 万～1000 万人口的城市，高级规模指 1000 万人口以上的城市。

9.4.1　基础规模部署

（1）网络部署：对于人口 500 万以下规模城市，骨干网络核心建议采用基于万兆平台的机架式三层交换机（图 9-18），各级机构通过电子政务专网或公网 VPN 方式接入。为保证系统安全，在路由器和核心交换机之间采用千兆防火墙进行隔离，同时通过路由器接入区域卫生信息大平台。

为保证服务器的访问安全，可以在核心交换机上部署防火墙插卡，通过虚拟防火墙技术实现各访问域的安全隔离。

（2）服务器部署

1）Web 服务器部署：对于人口在 500 万以下规模的城市，可以采用 2 台部门级 PC 服务器（图 9-19），通过 1 台负载均衡器做 Web 服务器负载均衡集群，根据权威机构 Web 测试数据表明，1 台部门级 PC 服务器对 Web 响应值可达到 75 023，这说明 1 台部门级 PC 服务器每秒钟可处理器 75 023 个

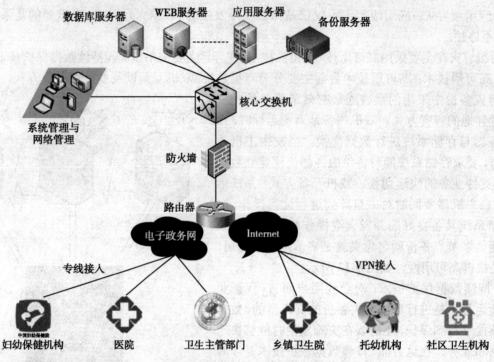

图 9-18　基础规模网络部署拓扑图

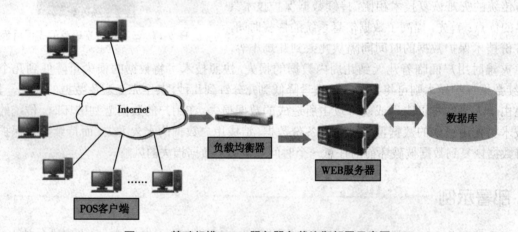

图 9-19　基础规模 WEB 服务器负载均衡部署示意图

Web 请求。2 台部门级服务器每秒可响应 140 000 个 Web 请求，这样不仅满足了用户的访问，同时还保证了 Web 服务器的可靠性，也便于城市未来的扩展，如果业务需要扩展，只需要增加 Web 服务器数量即可将新设备直接融入原有的系统中来，扩展方便，简单，同时保护了用户前期的设备投入。

2）业务应用服务器部署：在部署应用服务器之前，首先需要了解在区域卫生信息平台上有多少资源可以利用，从而节省妇幼保健机构的投入和花销。对于 500 万人口以下规模的城市采用 2～4 台 4 颗或 8 颗处理器的 PC 服务器（图 9-20），根据权威机构 JAVA 应用测试，1 台 4 颗处理器的 PC 服务器的计算性能可以达到 2 007 627bops，即 1 台 4 颗处理器的服务器每秒可处理 2 007 627 个基于 JAVA 的应用服务。可根据本地实际规模，选择适当服务器数量，从性能、存储、I/O 上保证足够的资源，采用虚拟化技术，整合资源，并且设置虚拟机 HA 模式，保证整个业务运行连续性的同时，减少硬件投入和开销。也便于系统后期在线灵活扩展，保护了用户的前期投资。在这里还需要采用 1 台部门级 PC 服务器做 Virtual Center，用来管理和维护虚拟机。

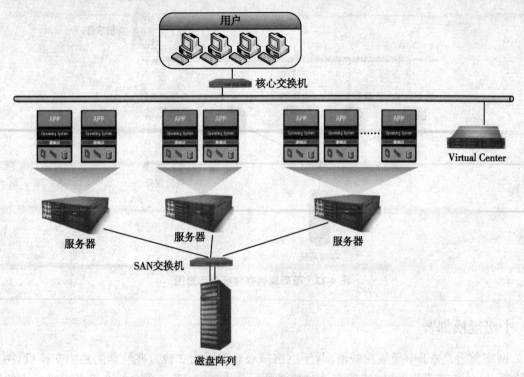

图 9-20 基础规模业务应用服务器虚拟化部署示意图

3）数据库服务器部署：对于 500 万人口以下规模的城市，采用 2 台企业级 PC 服务器（4 颗或 8 颗处理器）（图 9-21）采用双机高可用的模式，根据权威数据库应用测试，1 台 4 颗处理器的企业级 PC 服务器数据可测试值可达 2024.64tpse，即数据库服务器每秒可处理 2024.64 个复杂数据处理。在满足当前规模数据库应用的同时保证了整个数据库业务的连续性和可靠性。

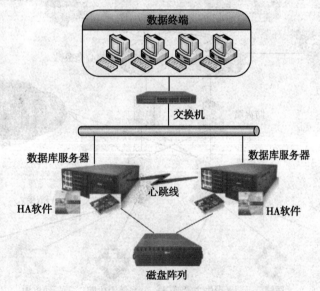

图 9-21 基础规模数据库双机 HA 部署示意图

（3）存储部署：对于人口在 500 万以下规模的城市，其服务器部署如图 9-21 所示，为保证数据的安全性和数据的管理、维护，选择集中存储架构，即将分散在各应用服务器上的数据集中存放在存储设备上。由于城市中，妇女、儿童的比重占到全市人口 2/3 以上，对于 500 万人口以下规模的城市，存储系统带宽至少为 4Gb/s，保证本地妇幼保健数据快速地存放和提取。在本地通过备份设备做数据的 LAN 备份，充分保证数据的可靠性和安全性。如图 9-22 所示。

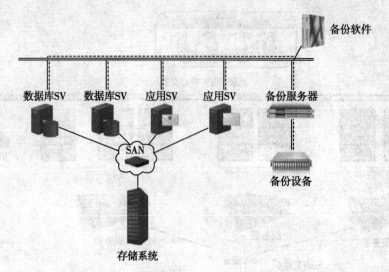

图 9-22　基础规模存储部署示意图

9.4.2　中级规模部署

（1）网络部署：对于中级规模城市，骨干网络核心建议采用 2 台万兆性能的路由交换机（图 9-23），在提供冗余设备和链路的同时，能够有效对数据进行分流转发，避免单台核心设备承受巨大的转发压力，从而保障业务数据的高速转发。千兆防火墙和边界路由器都采用双台双冗余的方式互联，最大程度保证了网络的可靠性。

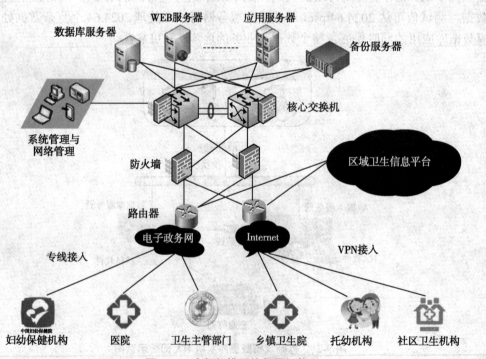

图 9-23　中级规模网络部署拓扑图

各级机构通过电子政务专网或公网的 VPN 方式接入，同时通过边界路由器接入区域卫生信息大平台。

为保证服务器的访问安全，可以在核心交换机上部署万兆性能的防火墙插卡，通过虚拟防火墙技术实现各访问域的安全隔离。

（2）服务器部署

1）Web服务器部署：对于人口在500万～1000万人口规模的城市，可以采用3台部门级PC服务器（图9-24），通过1台负载均衡器做Web服务器负载均衡集群，根据权威机构Web测试数据表明，1台部门级PC服务器对Web响应值可达到75 023，这说明1台部门级PC服务器每秒钟可处理器75 023个Web请求。3台部门级服务器每秒可响应220 000个Web请求，这样不仅满足了用户的访问，同时还保证了Web服务器的可靠性，也便于城市未来的扩展，如果业务需要扩展，只需要增加Web服务器数量即可将新设备直接融入到原有的系统中来，扩展方便、简单，同时保护了用户前期的设备投入。与此同时，对于负载均衡设备也采用1+1冗余的模式（图9-24），更加提高了整个妇幼保健信息系统信息发布平台的可靠性、安全性。

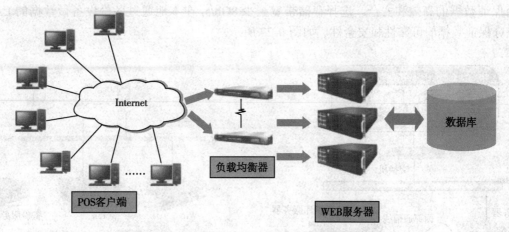

图9-24　中级规模WEB服务器负载均衡部署示意图

2）应用服务器部署：在部署应用服务器之前，首先需要了解在区域卫生信息平台上有多少资源可以利用，从而节省妇幼保健机构的投入和花销。对于500万～1000万人口规模的城市，采用4～6台4颗或8颗处理器的PC服务器（图9-25），根据权威机构JAVA应用测试，1台4颗处理器的PC服

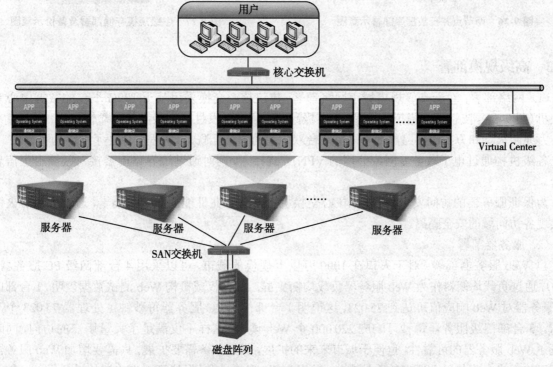

图9-25　中级规模业务应用服务器虚拟化部署示意图

务器的计算性能可以达到 2 007 627bps，即 1 台 4 颗处理器的服务器每秒可处理 2 007 627 个基于 JAVA 的应用服务。可根据本地实际规模，选择适当服务器数量，从性能、存储、I/O 上保证足够的资源，采用虚拟化技术，整合资源，并且设置虚拟机 HA 模式，保证整个业务运行连续性的同时，减少硬件投入和开销。也便于系统后期在线灵活扩展，保护了用户的前期投资。在这里还需要采用 1 台部门级 PC 服务器做 Virtual Center，用来管理和维护虚拟机。

3) 数据库服务器部署见图 9-26。

（3）存储部署：对于人口在 500 万～1000 万之间规模的城市，其服务器部署如图 9-26 所示，在存储部署的时候，仍然采用集中存储架构。由于中级规模的城市，人口数量较大，用户访问量和数据产生量与 500 万人口规模相比，都有一个较大的提升。所以在设计集中存储架构的同时还需要考虑数据备份，进而保证数据的高效和安全。选择存储带宽至少 8Gb/s，在本地通过备份设备做数据的 LAN-Free 备份，充分保证数据的可靠性和安全性。如图 9-27 所示。

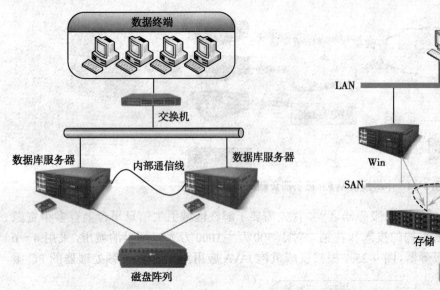

图 9-26 两节点并行数据库部署示意图

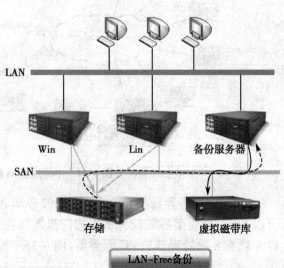

图 9-27 中级规模存储部署及备份示意图

9.4.3 高级规模部署

（1）网络部署：对于高级规模城市网络部署，建议核心交换采用基于 100G 平台的数据中心专用交换机（图 9-28），支持硬件虚拟化技术，具有极高的无阻塞转发性能和极高的可靠性。

万兆防火墙和万兆边界路由器都采用双台双冗余的方式互联，最大程度保证了网络的可靠性。

各级机构通过电子政务专网或公网的 VPN 方式接入，同时通过边界路由器接入区域卫生信息大平台。

为保证服务器的访问安全，可以在核心交换机上部署万兆性能的防火墙插卡，通过虚拟防火墙技术实现各访问域的安全隔离。

（2）服务器部署

1) Web 服务器部署：对于人口在 1000 万以上规模的城市，可以采用 4 台部门级 PC 服务器（图 9-29），通过负载均衡器作为 Web 服务器负载均衡集群。根据权威机构 Web 测试数据表明，1 台部门级 PC 服务器对 Web 响应值可达到 75 023，这说明 1 台部门级 PC 服务器每秒钟可处理器 75 023 个 Web 请求。3 台部门级服务器每秒可响应 220 000 个 Web 请求，这样不仅满足了大量用户的访问，同时还保证了 Web 服务器的可靠性，也便于城市未来的扩展，如果业务需要扩展，只需要增加 Web 服务器数量即可将新设备直接融入原有的系统中来，扩展方便、简单，同时保护了用户前期的设备投入。与此同时,对于负载均衡设备也采用1+1冗余的模式(图9-29),更加提高了整个妇幼保健信息系统信息发布平台的可靠性、安全性。

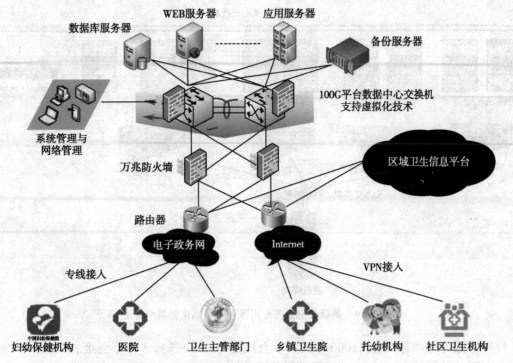

图9-28 高级规模网络部署拓扑图

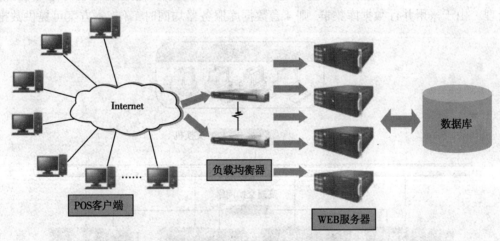

图9-29 高级规模 WEB 服务器负载均衡部署示意图

2)业务应用服务器部署:在部署应用服务器之前,首先需要了解在区域卫生信息平台上有多少资源可以利用,从而节省妇幼保健机构的投入和花销。对于1000万人口以上规模的城市,选择6～8台4颗或8颗处理器的 PC 服务器(图9-30),根据权威机构 JAVA 应用测试,1台4颗处理器的 PC 服务器的计算性能可以达到2 007 627bops,即1台4颗处理器的服务器每秒可处理2 007 627个基于 JAVA 的应用服务。可根据本地实际规模,选择适当服务器数量,从性能、存储、I/O 上保证足够的资源,采用虚拟化技术,整合资源,并且设置虚拟机 HA 模式,保证整个业务运行连续性的同时,减少硬件投入和开销。也便于系统后期在线灵活扩展,保护了用户的前期投资。在这里还需要采用1台部门级 PC 服务器做 Virtual Center,用来管理和维护虚拟机。

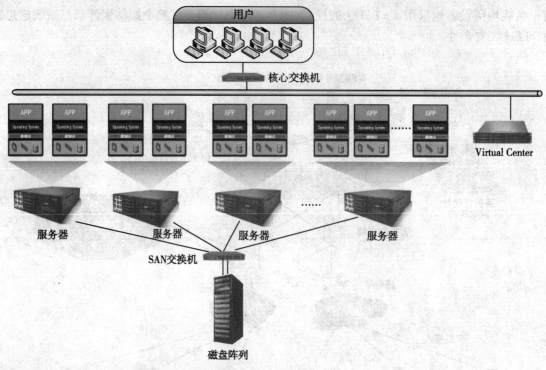

图 9-30 高级规模业务应用服务器虚拟化部署示意图

3）数据库服务器部署：对于 1000 万人口以上规模的城市，选择 4 台企业级 PC 服务器（单台服务器最大可支持 64 计算核心）（图 9-31）采用并行数据库集群的方式，根据权威数据库应用测试，1 台 4 颗处理器的企业级 PC 服务器数据可测试值可达 2024.64tpse，即数据库服务器每秒可处理 2024.64 个复杂数据处理。由于采用并行数据库集群，则 4 台数据库服务器均同时工作，本方案可提供数据库性能

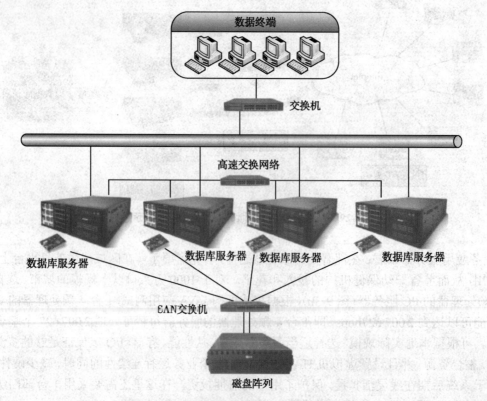

图 9-31 高级规模四节点是并行数据库部署示意图

为 8000tpse，每秒可处理器 8000 个复杂数据处理。在提供强大数据处理性能的同时，实现业务 0 秒切换，同时支持在线数据库服务器扩容。保护了用户前期的投入，也便于后期系统的扩展。

（3）存储部署：对于人口在 1000 万人以上规模的城市，由于人口较多，数据量较大，并且随着人口的不断增加，信息化建设水平的不断完善，信息量会变得非常大，在部署存储的时候，有两个宗旨，一是数据的安全可用问题，二是构建成本。安全可用除了要求存储系统具有弹性扩展，不仅容量可扩展，而且带宽可扩展，性能可扩展，建议并发访问的带宽在 8Gb/s 以上，以保证系统使用流畅，还要考虑备份和容灾。因此除了在本地做在线备份外，还需要在异地构建一个容灾中心，容灾中心的建设考虑到存储平台的异构性，采用虚拟化技术整合不同的存储平台数据。为了减少设备的投入费用，对大量的备份数据通过重复数据删除技术，减少重复数据占用的存储空间，并采取分级的方式，将访问较频繁的数据存放在光纤硬盘上，不经常访问的数据放在 SATA 硬盘，将很少访问的数据直接存放在虚拟磁带库上，提高现有设备的存储利用率。重复数据删除和虚拟化都很好地满足了绿色环保的要求，从技术层面解决了节能降耗的问题。如图 9-32 所示。

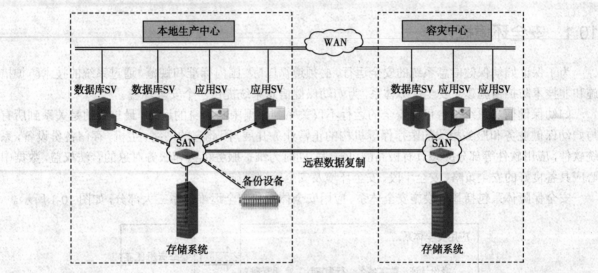

图 9-32　高级规模存储部署及数据灾备示意图

第  章

安全保障体系

10.1 安全环境概述

为了保证妇幼保健信息系统的安全运行，必须遵循国际、国内标准和规范，通过系统的技术防护措施和非技术防护措施建立安全保障体系，为妇幼保健信息系统提供一个安全环境。

妇幼保健信息系统平台可靠安全的运行不仅关系到数据中心本身的运行，最重要的是关系到所有与妇幼保健业务和服务相关的医疗保健机构的正常业务开展，因此它的网络，主机，存储备份设备，系统软件，应用软件等部分应该具有极高的可靠性；同时为维护服务机构和服务对象的合法权益，数据中心应具备良好的安全策略、安全手段、安全环境及安全管理措施。

安全保障体系包括基础设施安全体系、应用安全体系和安全运维体系三大部分，如图 10-1 所示。

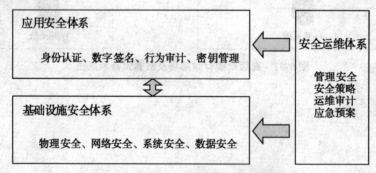

图 10-1　妇幼保健信息系统安全保障体系

三个组成部分之间是密切相关的，在实际应用过程中互相交错和引用，不一定能够严格区分，特别是安全设备产品发展很快，一件设备可能聚集着多种安全技术和应用，我们在技术和设备的选择上应注意合适地组合。

（1）基础设施安全体系：基础设施安全构建在网络基础设施上，提供网络边界防护、系统主机防护、入侵检测与审计和完整的防病毒体系，辅之以远程访问接入及终端准入控制，构造一个切合实际、行之有效、相对先进、稳定可靠的网络安全系统平台。

基础设施安全构建提供整体防护，针对关键区域，采用负载均衡系统，提供更高效率的服务，满足业务持续性的要求。避免因某个环节的不安全导致整个体系安全性能的下降。

（2）应用安全体系：应用安全支撑平台以密码服务为核心，以身份认证为基础，提供人员身份认证、数字签名、数据加密等功能，在远程访问、网络接入及应用服务等过程中应用，强制认证措施可以弥补访问控制方面的很多缺陷，数据加密可以为系统提供纵深防御。

应用安全支撑平台通过密钥管理中心、身份认证系统提供针对应用系统的安全服务,整合应用系统的认证、授权、加密操作,建立密钥与应用相隔离机制,既保证密钥使用、管理对应用系统透明,减轻应用系统开发、部署方面的压力,又能进一步提供管理的安全。

(3) 安全运维体系:安全运维体系提供对整个妇幼保健信息系统平台安全运维支持,对安全设备进行集中的事件管理,对人员进行集中的身份管理,对整个系统提供全方面的威胁监控管理。对于关键设备的管理行为进行有效性认证,同时保障管理数据传输的安全。对运维操作内容进行审计。完善统一安全监控、事件管理,建立运维安全体系,保障系统的安全、可靠的运行,提供有效的安全管理。

10.2 基础设施安全体系

10.2.1 物理安全

妇幼保健信息系统平台的安全体系,首先需要考虑到物理安全。

什么是物理安全?物理安全是保护计算机网络设备、设施,以及其他媒体免遭地震、水灾、火灾等环境事故以及人为操作失误或错误及各种计算机犯罪行为导致的破坏过程。保证计算机信息系统各种设备的物理安全是保障整个网络系统安全的前提。显然地震、水灾、操作失误等等都受不可预测因素的影响,所以严格意义上没有绝对的物理安全。以下所描述的是网络中心机房所涉及的若干物理安全问题。

(1) 物理位置的选择:中心机房和办公场地应选择在具有防震、防风和防雨等能力的建筑内;中心机房场地应避免设在建筑物的高层或地下室,以及用水设备的下层或隔壁。

(2) 物理访问控制:中心机房出入口应有身份鉴别机制(人工或电子方式),鉴别进入的人员身份并登记在案;

进入机房的来访人员应有管理方面的授权并由网络中心机房管理人员陪同,限制和监控其活动范围。

(3) 防盗窃和防破坏:应将主要设备放置在机房等物理受限的范围内;应注意对机房、线缆等重要区域做防鼠措施;应对服务器、网络设备等关键设施进行固定,并设置明显的标记;应将通信线缆铺设在隐蔽处,如铺设在地下或管道中等;应对网络中心机房管理部门所使用的介质(诸如:存有信息的光盘、软盘、移动硬盘、纸质文档等)分类标识,存储在介质库或档案室中;应安装必要的防盗报警设施,以防进入机房的盗窃和破坏行为;存有重要信息的设备或存储介质携带出工作环境时,应指定专人负责和内容加密。

(4) 防雷击:机房建筑应设置避雷装置;应设置交流电源地线。

(5) 防火:应设置灭火设备和火灾自动报警系统,并保持灭火设备和火灾自动报警;机房内不应使用或堆放易燃物品或材料;在经济投入允许的情况下,应使用机房专用自动灭火装置。

(6) 防水和防潮:水管安装,不得穿过屋顶和活动地板下;应对穿过墙壁和楼板的水管增加必要的保护措施,如设置套管;应采取措施防止雨水通过屋顶和墙壁渗透应采取措施防止室内水蒸气结露和地下积水的转移与渗透。

(7) 防静电:应采用必要的接地防静电措施;机房地板铺设应采用机房专用防静电活动地板。

(8) 温湿度控制:应设置温、湿度自动调节设施,使机房温、湿度的变化在设备运行所允许的范围之内;温、湿度自动调节设施宜具备断续电自动重启机制;应于关键场所配备温湿度监控设施;应对温、湿度自动调节设施做冗余备份;

(9) 电力供应:计算机系统供电应与其他供电分开;应设置稳压器和过电压防护设备;应提供备用电力供应[如:不间断电源(uninterruptible power supply, UPS)设备、发电机等];应对 UPS 等设备做定期维护并保证此类设备的负载在合理范围内;UPS 设备应能够于特定状态下(如启动、中断、故障等)

向管理人员发出报警(如短信、声音方式);关键设备(如:核心服务器、核心交换机等)应保证电力供应来源的冗余,如:由不同供电途径作为电源输入。

(10)电磁防护:中心机房的电源线和通信线缆应隔离,避免互相干扰;中心机房区域应远离强电磁和辐射源。

10.2.2 网络安全

妇幼保健信息系统平台的可靠、安全运行是区域内医疗保健机构开展正常的业务活动基本保证,也是对区域卫生信息平台正常运行的重要支撑。因此,它的网络、主机、存储备份设备、系统软件、应用软件等部分应该具有极高的可靠性;同时为保守用户秘密,维护用户的合法权益,数据中心应具备良好的安全策略、安全手段、安全环境及安全管理措施。

结合网络的特点分析,信息系统在网络层面临的主要具体威胁见表10-1(N代表威胁发生在网络层)。

表 10-1　网络层面威胁因素一览表

标号	威胁描述
N1	黑客通过 Internet 连接对妇幼保健等信息进行破坏和非授权访问
N2	黑客或内部人员从 POS 点通过网络连接对妇幼保健信息系统平台进行攻击或非授权访问
N3	黑客或内部人员使用与妇幼平台连接的第三方网络通过网络连接对妇幼保健信息系统平台进行攻击或非授权访问
N4	妇幼保健数据中心中的服务器感染蠕虫或者被种植木马、后门程序而导致向外发起的非法网络连接
N5	攻击者利用分布式拒绝服务攻击等拒绝服务攻击工具,恶意地消耗网络、操作系统和应用系统资源,导致拒绝服务
N6	攻击者利用网络协议、操作系统、应用系统漏洞,越权访问文件、数据或其他资源
N7	攻击者利用网络结构设计缺陷,访问未授权访问网络
N8	攻击者和内部人员利用网络扩散病毒
N9	攻击者截获、读取、破解通信线路中的重要信息
N10	蠕虫通过 POS 连接或第三方外部网络连接扩散到信息平台
N11	蠕虫通过内部网络连接扩散到信息平台
N12	利用网络设备、防火墙的漏洞和入侵攻击导致网络基础设施瘫痪
N13	攻击者利用 DDOS 攻击使链路出现瘫痪,导致妇幼保健信息系统瘫痪

妇幼保健信息系统平台所涉及的信息包括:服务对象的基本健康信息、诊疗数据,以及区域内妇幼卫生资源数据等等。这些业务信息一旦遭到非法入侵、修改、增加、删除等不明侵害(形式可以包括丢失、破坏、损坏等),会对服务对象的合法权益和服务机构以及相关部门的正常业务活动造成影响和损害,可以表现为:影响正常工作的开展,导致业务能力下降,造成不良影响,引起法律纠纷等。程度表现为严重损害,即工作职能受到严重影响,业务能力显著下降,出现较严重的法律问题,较大范围的不良影响等。根据以上描述,可以确定基于妇幼保健信息系统平台业务信息安全保护等级为第二级。

网络安全是妇幼保健信息系统平台安全体系的重中之重,关系到整个信息平台的安全,一旦网络被攻破,那么大量的健康档案的相关信息将直接受到威胁。我们在建设网络安全时,应全方位、多角度考虑,打造一个坚如磐石的网络。我们在建设网络安全应从以下几点入手。

10.2.2.1 防火墙访问控制措施

防火墙在边界上针对信息系统的网络数据流入/流出提供过滤和保护,目的是阻止安全域外部连接的非授权进入内部,以及通过网络手段阻断特定的内外连接。在妇幼保健信息系统平台和外部网络的边界处应部署防火墙设备,能够根据会话状态信息、应用层协议、访问发起用户、被访问资源等进行访问控制规则设置,保证通过网络边界的会话得到一定控制。同时,为了保证整体安全性,防火墙设备自身应具备高度的安全性。

另外,在妇幼保健信息系统和各个服务点(point of service,POS)之间,以及存在不同安全等级的系统之间的互联边界处也应该考虑采用防火墙、虚拟局域网(virtual local area network,VLAN)划分等安全访问控制措施。

10.2.2.2 网络入侵检测防御

网络入侵防御设备(intrusion prevention system,IPS)在网络入侵行为进入被保护网络之前通过报警、阻断等措施为信息系统提供防护,目的是对网络入侵行为进行阻止。同时,在某些网段也需要采用网络入侵检测系统(intrusion detection system,IDS),即针对网络入侵进行监测,它可以自动识别各种入侵模式,在对网络数据进行分析时与这些模式进行匹配,一旦发现某些入侵的企图,就会进行报警,目的是通过对网络入侵的检测,弥补防火墙等边界安全产品的不足,及时发现网络中违反安全策略的行为和被攻击的迹象。网络入侵防御设备对蠕虫木马攻击、拒绝服务攻击、入侵行为进行识别,并且进行实时拦截。在妇幼保健信息系统和外部网络、POS 的边界部署网络入侵防御设备能够对进入妇幼保健信息系统的网络请求进行预先阻断,避免进入内部网络。

在妇幼保健信息系统数据中心区域前部署网络入侵防御设备,保证不论攻击源于何方,包括外部网络和内部网络,均能够对核心资源进行有效保护。在妇幼保健信息系统数据中心等高数据并发的区域,为了保障不对关键业务的访问造成影响,网络入侵防御设备应采用专用硬件芯片架构,具有高处理能力。另外,网络入侵防御设备还需要对出入被保护区域的数据都进行检测,达到双向防范的目的。

为了简化部署,节约投资,建议在妇幼保健信息系统平台采用高端口密度的入侵防御设备同时实现入侵防御和入侵检测的功能,即对于关键链路实现串行接入,对入侵实现实时阻断,同时采用同一台设备的其他端口对于其他网络采用端口镜像的方式接入进行实时入侵检测。

10.2.2.3 网关病毒防范

传统的病毒防范措施往往靠计算机终端杀毒软件进行防范,病毒已经感染到终端后方进行查杀,是亡羊补牢的方式。而且在进行病毒查杀时将大量的占用系统资源,另外目前病毒传播主要依靠互联网进行广泛传播,网页挂马、木马下载器等。因此我们需要将病毒防御体系前移,建立网关病毒防御体系。对进出网络数据进行查杀,阻断来自 Web 的文件病毒进入网络内部;阻断来自互联网的病毒或黑客对应用服务器群的病毒入侵或利用漏洞入侵;阻断来通过互联网对终端操作系统的病毒入侵或利用漏洞入侵;阻止病毒的相互传播、阻断非法/恶意 URL,彻底将病毒杜绝与网络之外。

10.2.2.4 远程访问接入

对于妇幼保健信息系统的信息交换,以及与机构远程接入的客户端或应用系统对信息平台进行远程访问,应采用安全认证网关为妇幼保健信息系统平台提供如下安全服务:

- 基于数字证书的高强度身份认证,与用户硬件信息进行绑定;
- 基于应用数据的发布,只需要用户使用简单的浏览器;
- 拒绝任何未授权用户对应用系统的访问尝试;
- 为应用系统提供用户在该应用系统中的身份信息;
- 为不同应用提供基于单一证书的单点登录服务。

安全认证网关应部署方便,具体部署方式要随着信息平台部署方式的不同而配合进行,可采用串联、并联、双机热备和负载均衡等多种部署方式,适用不同的网络环境和应用需求,以有效支持实际的信息平台应用环境。

对于妇幼信息系统平台的远程接入,采用 SSL VPN 的好处是应用连接更稳定,用户通过与因特网连接的任何设备就能获得访问,SSL 更容易满足用户对 POS 连接的需求。用户通过与因特网连接的任务设备实现连接,并借助于 SSL 隧道获得安全访问。在 SSL VPN 在数字证书认证系统的基础上,使用数字证书鉴别用户身份,为信息平台提供安全的用户身份鉴别服务,而且还需要对访问的用户与主机硬件信息的绑定。

10.2.2.5　终端准入控制

将内网的接入客户端分为两个大的类别：LAN 有线接入和 WLAN 无线接入。在数据中心边界部署统一接入控制网关（universal access controllers，UAC）。无论客户端通过哪个方式访问妇幼保健信息系统的关键业务应用，都迫使他通过 UAC 网关提供的 SSL 隧道接入，尤其是对于关键业务的非安全终端访问，UAC 网关还提供桌面直通车的功能以加强安全性，防止数据泄露，如图 10-2 所示。

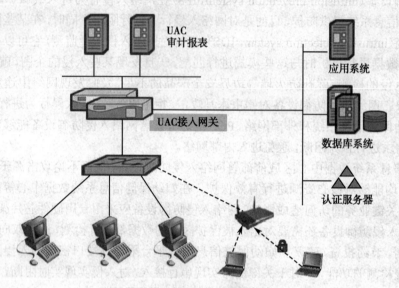

图 10-2　终端准入控制拓扑图

在内部局域网网络接入边缘层部署接入控制网关 UAC 设备，一般配置两台 UAC 网关成为一个集群，达到高可靠性。在网络层接入控制层面，可以通过网络层控制系统完成交换机的端口管理控制工作，达到网络层的接入控制。在应用接入层面，通过 UAC 接入控制系统，能够做到对接入用户的身份验证，接入设备的安全检查，并根据检查状况和用户的身份信息赋予相应的访问权限，通过制定严格的准入控制策略和细粒度的应用层访问控制策略，达到妇幼内部网络访问的统一管理和控制，从而保障内网资源接入更高的安全性。

10.2.2.6　内外网安全切换

在妇幼保健信息系统网络中，用户接入是一个关键环节。针对大中型用户单位，一般情况下都建设局域网，用于开展各种专业系统的应用。如何处理内、外网数据互联互通的问题，这是能否全面铺开卫生信息化各条块信息系统应用的关键问题。

（1）基于物理隔离网闸的安全接入：采取内外网分离的方式，内部专线网络，用于开展各种专业系统的应用，外网主要面向用户提供信息查询。因此在内外网接入上应采取基于物理隔离网闸的安全接入。内部由外网及内网两个部分组成，外网部分为非涉密区，内网部分为涉密区，因特网为公共服务区。外网部分通过防火墙与因特网连接，内外网则通过物理隔离网闸系统分隔。其拓扑图如图10-3 所示。

网闸（GAP）技术创建了这样的环境，内外两个网络物理断开，但逻辑上相连。物理隔离网闸在GAP 技术的基础上，综合了访问控制、内容过滤、病毒查杀等技术，具有全面的安全防护功能。硬件设计采用基于 GAP 技术的体系结构，运行稳定，不会因网络攻击而瘫痪。采用专用安全操作系统作为软件支撑系统，实行强制访问控制，从根本上杜绝可被黑客利用的安全漏洞。采用专用映射协议代替原网络协议实现 SGAP 系统内部的纯数据传输，消除了一般网络协议可被利用的安全漏洞。即使系统的外网处理单元瘫痪，网络攻击也无法触及内网处理单元。

管理配置简易，可结合防火墙、IDS、VPN 等安全设备运行，形成综合网络安全防护平台。

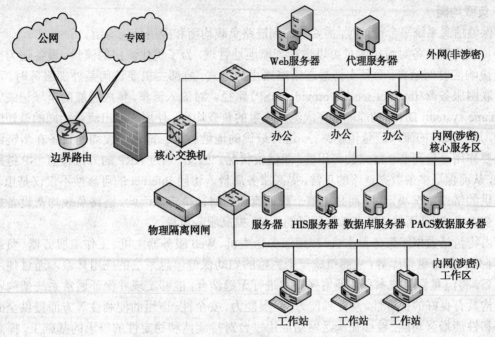

图 10-3　基于物理隔离网闸的安全接入拓扑图

(2) 基于内外防火墙的安全接入：基于内外网防火墙的解决方案，其拓扑结构与基于物理隔离网闸的结构基本一致，只是采用内部防火墙及安全路由代替物理隔离网闸，进行部署。但内外网之间不存在物理隔离。而是通过内网防火墙及安全路由器的严格设置，控制内网的信息流通讯，及内网的安全设置。拓扑图如图 10-4 所示。

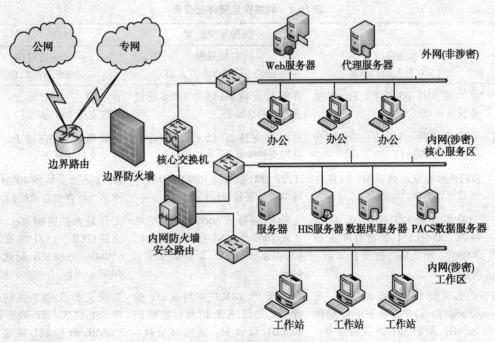

图 10-4　基于内外防火墙的安全接入拓扑图

对于内网部署内网防火墙加强对内网安全的限制，并通过安全路由强制对上网设备的安全设置检查，屏蔽对非安全设备的网络连接，使必要的内网接入公网安全性大为增强。同时防火墙及安全路由的价格适中，适合中小规模介入机构应用的场合。

10.2.2.7 负载均衡

妇幼保健信息系统平台设计时，需要考虑到链路负载均衡和应用负载均衡。

链路负载均衡设备对流出流量可以进行智能地址管理，为了优化流出的流量，设备还为流出的流量实施最快响应时间运算，而且支持静态策略路由的方式，内部主机要访问某外部服务时，可选择更有效的互联网服务商（internet service provider，ISP）路径。对流入流量，集成智能的全域记录域名服务（domain name system，DNS）功能能够完成流入流量的负载均衡；使用与流出流量相同的最短响应时间判断机制，选择最佳的流入流量传输路径，进行最优的地址解析。链路负载均衡设备在多链路网络中的一个主要作用是检测 ISP 链路的可用性，即健康状况。因此，通过 ARP 的方法检查 ISP 链路网关状态的功能，从而保证多条数据链路的正常，提高服务质量。访问 Internet 的可靠性不仅仅是由 ISP 网关路由器提供的链路状况决定的，而是由整个数据流经的路径决定。因此，链路负载均衡设备提供了路径健康检查的功能，从而保证整条数据路径的正常，提高服务质量。

机房内将包括数据库服务器主机、应用服务器主机、Web 服务器主机、工作流服务器、负载均衡设备、存储阵列和备份磁带库等，从而组成一个完整的妇幼保健信息系统的应用体系。通过使用应用负载均衡设备，将流量管理技术和性能增强技术进行无缝结合，能够实现并保证通常系统架构中所采用的三层结构具有良好的扩展性，从处理能力、扩展能力、安全性、应用的便利性等方面提供全面的主流负载管理和性能增强功能，能够在满足网站应用平台对持续性和稳定性的需求的基础上，提高应用系统的处理能力，在同样主机及网络平台下满足更多用户应用的访问需求。

10.2.2.8 网络安全硬件配置部署

妇幼保健信息系统平台网络安全配置根据实际业务需求、网络覆盖范围和规模以及经济条件进行选择。根据国家区域卫生信息化"三级平台、五级网络"的建设思路，基于业务需求和应用规模，本方案提出初级、中级、高级硬件系统配置建议方案，见表 10-2。

表 10-2　网络安全硬件配置表

| 设备 | 硬件系统配置 | | |
	基础规模 （500 万人口以下）	中级规模 （500 万～1000 万人口）	高级规模 （1000 万人口以上）
防火墙	吞吐量支持 1G 以上。Tcp 连接并发支持 200 万	吞吐量支持 2G 以上。Tcp 连接并发支持 200 万	吞吐量支持 5G 以上。Tcp 连接并发支持 400 万
入侵检测防御	吞吐量支持 1G 以上。Tcp 连接并发支持 200 万	吞吐量支持 2G 以上。Tcp 连接并发支持 400 万	吞吐量支持 5G 以上。Tcp 连接并发支持 400 万
网关防毒	HTTP 吞吐量达到 20M。对挂马网站可以有效自动拦截	HTTP 吞吐量达到 100M。对挂马网站可以有效自动拦截	HTTP 吞吐量达到 400M。对挂马网站可以有效自动拦截
远程接入	支持扩展最大 1200 并发，用户并发 200 个，SSL 加密吞吐量在 200MB，每秒 SSL 新建会话数：4400	支持扩展最大 6000 并发，用户并发 1000 个，SSL 加密吞吐量在 400MB，每秒 SSL 新建会话数：4400	支持最大扩展 64 000，用户并发支持 5000 个，SSL 加密吞吐量在 850MB，每秒 SSL 新建会话数：10 000。S1
终端准入控制	要求支持 DHCP 强制认证，支持 SSL 协议，SSL 加密吞吐量在 200MB，每秒 SSL 新建会话数：4400	要求支持 DHCP 强制认证，支持 SSL 协议，SSL 加密吞吐量在 400MB，每秒 SSL 新建会话数：4400	要求支持 DHCP 强制认证，支持 SSL 协议，SSL 加密吞吐量在 850MB，每秒 SSL 新建会话数：10 000
内外网安全切换	系统吞吐量（双向）≥200Mbps、系统最大并发连接数≥4000、硬件开关切换时间≤10ms	系统吞吐量（双向）≥400Mbps、系统最大并发连接数≥8000、硬件开关切换时间≤10ms	系统吞吐量（双向）≥800Mbps、系统最大并发连接数≥12 000、硬件开关切换时间≤10ms

设备	硬件系统配置		
	基础规模 (500 万人口以下)	中级规模 (500 万～1000 万人口)	高级规模 (1000 万人口以上)
服务器负载均衡	吞量支持 1.5G 以上,Tcp 连接并发支持一百万。端口支持 4 个千兆电口与 2 个光口	吞吐支持 4G 以上,Tcp 连接并发支持四百万。端口支持 12 个千兆电口与 4 个光口,冗余电源支持	吞吐支持 8G 以上,Tcp 连接并发支持 800 万。端口支持 8 个千兆电口与 4 个光口,支持扩展 2 个万兆端口,冗余电源支持
链路负载均衡	吞量支持 1.5G 以上,Tcp 连接并发支持 100 万。端口支持 4 个千兆电口与 2 个光口	吞吐支持 4G 以上,Tcp 连接并发支持 400 万。端口支持 12 个千兆电口与 4 个光口,冗余电源支持	吞吐支持 8G 以上,Tcp 连接并发支持 800 万。端口支持 8 个千兆电口与 4 个光口,支持扩展 2 个万兆端口,冗余电源支持

上述安全控制措施在区域妇幼保健信息安全平台网络安全中的部署方式如图 10-5 所示。

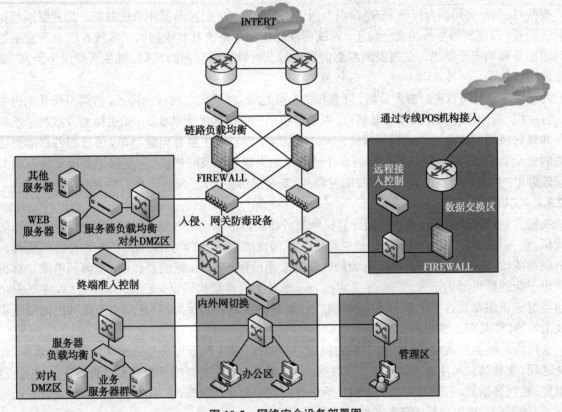

图 10-5　网络安全设备部署图

　　(1) 在 Internet 接入区域,部署链路负载均衡设备。在大规模的数据中心,当有冗余性要求的时候可以部署双机进行主备模式的负载均衡。

　　(2) 在链路负载均衡设备后部署防火墙、网络入侵防御设备、网关防毒设备。在大规模的数据中心,当有冗余性要求的时候可以部署双机进行双活(Active-Active)模式的负载均衡和备份。

　　(3) 在通过专线接入的 POS 和内部网络中间部署 SSL VPN,提供 POS 的远程准入控制。在中型规模的数据中心,当有冗余性要求的时候可以部署双机进行主备模式的负载均衡。

　　(4) 在通过专线接入的 POS 和外部连接区域和内部网络连接中间,部署防火墙,进行访问控制保护。同时,可以根据需要和物理位置条件,采用 Internet 接入区域部署的网络入侵防御设备的额外端口对本区域进行串行的网络入侵防御、网关防毒设备。

（5）在内外网间部署物理隔离网闸，对内外网进行切换。

10.2.3 系统安全

妇幼保健信息系统平台属于为支撑政府提供基本公共卫生服务的信息系统，其服务范围为区域范围内的普通公民、医疗机构等。该系统服务遭到破坏后，所侵害的客体是公民、法人和其他组织的合法权益，同时也侵害社会秩序和公共利益但不损害国家安全。客观方面表现的侵害结果为：①可以对公民、法人和其他组织的合法权益造成侵害（影响正常工作的开展，导致业务能力下降，造成不良影响，引起法律纠纷等）；②可以对社会秩序公共利益造成侵害（造成社会不良影响，引起公共利益的损害等）。根据《定级指南》的要求，出现上述两个侵害客体时，优先考虑社会秩序和公共利益，另外一个不做考虑。上述结果的程度表现为：对社会秩序和公共利益造成一般损害，即会出现一定范围的社会不良影响和公共利益的损害等，业务信息安全保护等级为第二级。

因此，在系统安全建设中，应该考虑如下几个方面的安全保护措施。

10.2.3.1 漏洞管理系统

根据 Gartner 公司调查报告，安全漏洞一般可以分为两类：配置漏洞和系统漏洞。配置漏洞是指由于默认配置、误配置等导致的安全隐患；系统漏洞是指由于系统及其依赖的子系统在产品开发中的代码问题而导致的安全隐患。这两类漏洞都需要进行及时发现和完善的管理，避免系统成为黑客、蠕虫等攻击的目标。

漏洞管理系统可以进行资产分组、分类和优先级划分，模仿黑客的行为模式，协助系统找出网络中每一台主机、网络服务的相关信息与弱点，以了解整个网络架构的变动状况，是否影响或威胁系统的安全。并且它能通过定义工作流模版规则，自动从发现的弱点产生修补问题票单，通过邮件自动发送给相关的安全管理员，并且跟踪管理员的修补过程。如果管理员及时修复，它能够进行确认并自动关闭该问题票单；如果该弱点没有在规定时间内修补，则会发出报警，提醒管理员需要及时修补该弱点。

10.2.3.2 主机安全软件

主机安全软件能够对包括客户端计算机和服务器在内的系统进行安全加固和威胁防范，包括防恶意代码，防入侵等等。防病毒类产品提供对计算机病毒的防治、防护侧重于防护本地计算机资源。计算机病毒防治产品是通过对内容或行为的判断建立系统保护机制，目的是预防、检测和消除计算机病毒。由于新的病毒层出不穷，尤其是在 Windows 平台上的恶意代码更是泛滥肆虐，所以，主机安全软件应当对于新病毒具有一定的主动防御机制，比如对系统目录的保护、防止蠕虫经常利用的溢出类型的攻击等等，即具有主机防入侵功能。

主机防入侵类产品对已经抵达主机的数据进行监测，从主机或服务器上采集包括操作系统日志、系统进程、文件访问和注册表访问等信息数据，并根据事先设定的策略判断数据是否异常，从而决定采取报警、控制等措施，目的是对入侵主机行为进行发现和阻止。此外，主机安全防护应当具有自动更新机制，以便于应对随时出现的新的威胁。

主机安全产品应选择网络版软件，因为网络版软件具备整体的管控能力，统一配置防毒策略、统一监控终端安全状态、统一更新病毒库、集中分析整体病毒日志、强制全网扫描病毒。终端安装的杀毒软件状况及病毒处理情况尽收眼底，实时掌握病毒情况。

10.2.3.3 系统安全加固

目前在一般的信息系统建设方面，普遍使用的是主流服务器操作系统，这些操作系统在美国国防部橙皮书（Trusted Computer System Evaluation Criteria）标准中，都属于 C2 级操作系统，本身不具备完善的安全防护功能。目前网络中病毒和木马的数量以几何级数增长，传统杀毒软件"特征库"的查杀方式，已很难跟上病毒增长的速度，而且随着病毒技术的发展，很多病毒利用现在操作系统底层安全性不足的缺陷，已经深入到系统内核层，这不仅增加了查杀的难度，甚至出现杀毒软件自身被病毒从底层破坏，数据资产被病毒木马任意支配的情况。

操作系统安全加固产品要求支持现在所有主流操作系统，从系统内核层实现对服务器中数据资源的强制访问控制，对操作系统的文件、注册表、服务、进程等资源实现强制访问控制，消除病毒等恶意程序的生存环境，使服务器能够免除针对服务器操作系统的攻击，实现对已知或未知病毒程序、隐身程序级后门威胁（ROOTKIT）的主动防御。避免出现业务系统因新的蠕虫等感染型病毒的出现，而导致的业务网络瘫痪、业务系统服务中断等安全事故。

操作系统安全加固系统应实现服务器中安全管理员、安全审计员、系统操作员的"三权分立"机制，安全管理员通过访问控制策略，实现对信息中心等系统运维人员的"最小授权"，在策略中开放系统升级、应用程序维护等必要权限，对核心监管数据库等敏感文件的访问进行严格的授权控制，最大程度上避免因为内部人员的误操作或盗用管理员权限的恶意行为导致的安全事件。

另外操作系统安全加固系统可以建立完善安全审计制度，监控服务器中所有的操作行为，通过审计日志的查询统计功能，能够对服务器受到的攻击种类、次数做出宏观的认识，并及时发现运维人员对数据库、业务系统相关资源的非授权行为，作为日后追查安全事件起因以及问责的证据。

10.2.3.4 系统信息审计软件

安全审计类产品针对信息系统的活动信息进行审计记录及分析，目的是通过安全审计挖掘安全事件，并加以分析，得到相关信息。

在整个应用的安全体系中，安全信息来自各种系统，对安全信息的收集在整个安全管理的体系中占有重要的作用。各类系统的运行日志和管理日志是安全信息的重要来源。日志不仅可以帮助管理人员对各种安全事件和安全操作进行审计，分析系统存在的薄弱环节，发现潜在的危险，而且大量的入侵行为直接与系统日志相关，如何快速准确地收集日志信息并将这些信息加以分析保存是安全管理工作中重要的一环。

安全审计软件应考虑对系统安全策略配置状况进行审计。系统配置问题是安全问题的重要源头，比如不安全的共享、弱口令等等往往会导致严重的蠕虫病毒传播、信息泄密或入侵行为。通过采用系统安全策略审计软件对系统范围内的主机进行安全策略审计和集中汇总，使管理员能够对安全问题及时发现，并得以及时解决。

10.2.4 数据安全

妇幼保健信息系统平台内的数据安全主要包括隐私管理，如服务对象基本信息、出生医学证明、访视管理和保健服务档案等大量的敏感信息。在儿童保健和妇女保健所涉及的各个业务子系统，均需要对其中特定的数据进行加密处理，涉及关键信息（字段级、记录级、文件级）加密存储。

对关键数据进行加密处理，主要是主观上对数据安全性进行防护。另外在数据安全方面，防止数据的泄露和数据的丢失也是数据安全防范的重要措施。

数据泄露造成的根源来自外部黑客攻击和内部数据泄露，据美国联邦调查局的统计，70%的数据泄露是由于内部人员造成的，而这些内部人员大都是有权限访问这些数据，然后窃取滥用这些数据。

数据丢失往往由于数据存储设备损坏，终端设备遗失造成。对数据丢失应采取数据备份、终端数据加密的方式进行防范。

因此在妇幼保健信息系统平台应采取数据加密、数据防泄露、数据备份等措施，以下分为四个方面进行描述。

10.2.4.1 数据加密

数据加密分为系统数据加密和终端数据加密。

系统端加密设备主要包括各种类型、各种速率加密机，以便于满足各种不同需要的应用系统服务。安全加密设备需要设备驱动程序的支持才能够无缝地与系统集成或融合。通过设备驱动程序能够屏蔽不同操作平台、不同硬件设备之间的差异，以透明方式给应用系统提供统一的安全加密服务。

终端数据加密主要采取对移动终端和笔记本电脑的磁盘进行加密,整盘数据进行整体加密来实现数据保密,目的是在数据整盘存储层面保障数据安全。实现移动数据终端的全面安全,就算笔记本丢失,也不会造成数据泄露。

10.2.4.2 防信息泄露

防信息泄露类产品通过对安全域内部敏感信息输出的各种方式进行控制,防止安全域内部敏感信息被有意或无意外漏。通过部署防信息泄露类产品在所有的客户端实现数据保护,并完成统一管理;通过数据保护客户端对用户的网络行为进行检测,阻断数据泄露行为;通过数据保护客户端对具体应用进行检测,阻断数据泄露行为;通过客户端程序,有效地审计各类数据调用行为,并记录全部用户行为。

10.2.4.3 移动存储设备接入控制

针对移动存储中的数据交换和共享安全性等要求,对接入终端的移动存储设备进行认证、数据加密和共享受控管理,确保只有通过认证的移动存储设备才能够被授权用户使用。另外对移动存储设备接入进行审计并记录;一旦发现非法使用,可以第一时间阻断数据泄露行为。

10.2.4.4 数据备份

为保证信息的数据安全和快速恢复能力,需要建立数据备份机制。项目建设中可以根据具体情况采用以下数据安全备份方案:

(1)本地数据备份:数据主中心采购大型磁带库进行本地数据备份,确保数据的快速恢复能力。主中心分别在对外服务区、数据存储管理区和生产加工区选择重要数据库服务器进行数据备份和简单验证,磁盘阵列和磁带库备份系统结合实现实时在线备份,备份的磁带库统一妥善的保存在专用介质室,确保备份后的数据介质安全。

(2)异地数据备份:异地数据备份提供离线式容灾。将数据通过备份系统备份到离线备份介质上面,然后将介质运送到异地保存管理。这种方式主要由备份软件来实现备份和离线备份介质的管理,除去介质的运送和存放外,其他步骤可实现自动化管理。整个方案的部署和管理比较简单。主要问题是:由于是采用介质存放数据所以数据恢复较慢,而且备份窗口内的数据都会丢失,实时性比较低。

(3)灾备中心:在线容灾要求生产中心和灾备中心同时工作,灾备中心的IT系统与生产系统一致。

生产中心和灾备中心之间采用传输链路连接。数据自生产中心实时复制传送到灾备中心。在此基础上,可以在应用层进行集群管理,当生产中心遭受灾难出现故障时可由灾备中心自动接管并继续提供服务。应用层的管理需要使用专门软件来实现,可以代替管理员实现自动管理。

数据的复制可以通过存储层的数据复制,在生产中心和灾备中心都部署一套存储系统,数据复制功能由存储系统实现。如果距离比较近(40千米之内)之间的链路可由两中心的存储交换机通过光纤直接连接,远距离通过INTERNET实现连接。此方式对应用服务器的性能基本没有影响。

10.2.5 系统及数据安全硬件配置部署

系统安全和数据安全的硬件配置同样按照基础、中级、高级规模进行设计,建议配置情况见表10-3。

表10-3 系统安全与数据安全硬件配置表

设备	硬件配置		
	基础规模 (500万人口以下)	中级规模 (500万～1000万人口)	高级规模 (1000万人口以上)
漏洞扫描系统	支持从操作系统、服务、应用程序和漏洞严重程度等进行分类;支持对漏洞自动修补	支持从操作系统、服务、应用程序和漏洞严重程度等进行分类;支持对漏洞自动修补	支持从操作系统、服务、应用程序和漏洞严重程度等进行分类;支持对漏洞自动修补
主机安全软件	对多级系统中心统一集中管理,客户端集成主动防御,主动拦截病毒、木马于系统之外	对多级系统中心统一集中管理,客户端集成主动防御,主动拦截病毒、木马于系统之外	对多级系统中心统一集中管理,客户端集成主动防御,主动拦截病毒、木马于系统之外

设备	硬件配置		
	基础规模 （500 万人口以下）	中级规模 （500 万～1000 万人口）	高级规模 （1000 万人口以上）
系统安全加固	实现操作系统内核级强制访问控制，达到对业务系统数据资产的保护	实现操作系统内核级强制访问控制，达到对业务系统数据资产的保护	实现操作系统内核级强制访问控制，达到对业务系统数据资产的保护
系统信息审计	系统信息审计要求支持对数据库、网络、主机安全审计	系统信息审计要求支持对数据库、网络、主机安全审计	系统信息审计要求支持对数据库、网络、主机安全审计
加密机	2 台；计算能力（峰值）：1000 笔 / 秒	2～4 台；计算能力（峰值）：4000 笔 / 秒	4～6 台；计算能力（峰值）：16 000 笔 / 秒

　　上述安全控制措施在妇幼保健信息系统平台的部署方式如图 10-6 所示。

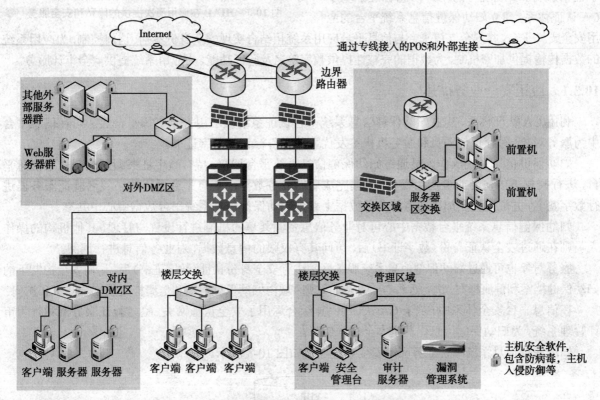

图 10-6　系统安全与数据安全设备部署图

10.3　应用安全体系

　　为了保证妇幼保健信息系统平台的安全运行，需要构建可靠的、安全的、可扩充的软件架构，建设应用安全支撑平台，满足应用安全、数据安全针对业务安全、隐私保护的要求。

　　妇幼保健信息系统平台在应用层面临的主要具体威胁如下：

- 系统平台操作人员和管理人员对平台数据中心的信息进行越权访问；
- 外部机构人员、外部攻击者对平台数据中心的信息进行越权访问；
- 系统平台操作人员和管理人员对平台数据中心的信息进行破坏；
- 外部机构人员、外部攻击者对平台数据中心的信息进行破坏；
- 攻击者通过中间人攻击、假冒等手段对上传到平台数据中心的信息进行篡改和假冒攻击；

● 攻击者或其他越权访问或操作人员对自己的行为抵赖；

● 数据在传输过程中被窃听。

妇幼保健信息系统平台应用级安全要实现身份鉴别、身份管理、访问控制服务、加密服务、数字签名及安全审计等安全服务。身份保护、匿名化、许可指令管理服务需要结合信息平台的应用系统在应用层实现。见图 10-7。

利用公钥基础设施的数字证书 PKI/CA（Public Key Infrastructure/Certificate Authority）技术，为妇幼保健信息系统平台提供全面的数字证书服务，实现统一的用户信息管理。基于 CA 认证体系，建立妇幼保健信息系统平台的应

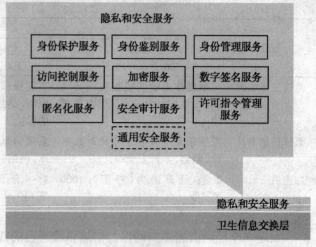

图 10-7　HIAL 在应用层次提供的隐私和安全服务

用安全支撑平台，将安全支撑平台与信息平台应用系统相结合实现安全身份鉴别、访问控制，为应用系统的数据传输提供加密机制，为数据的完整性提供数字签名及验证功能，为应用系统提供安全审计服务。

10.3.1　应用安全业务描述

利用 CA 认证体系，建立妇幼保健信息系统平台认证系统及应用安全支撑平台后。可在信息平台中为服务对象、医疗保健人员和服务机构签发代表其身份标识的数字证书。

妇幼保健信息系统操作人员通过妇幼保健信息系统平台授权，持有数字证书即可安全登录信息平台，进行授权下的病历业务应用操作，处理完成后的业务数据由信息平台采用数字签名验证服务器进行数字签名，并通过安全加密通道将业务数据上载到妇幼保健信息系统平台数据中心中共享。

妇幼保健信息系统平台数据中心可对业务信息资源共享的机制进行设置与管理，其他机构的操作人员则在通过安全认证身份（数字证书）后，访问其有权限的信息数据，对业务信息进行调阅。

服务对象也可通过妇幼保健信息系统服务网站进行安全身份认证（数字证书）后，访问安全控制下的妇幼保健档案和健康档案，进行远程查询，从而实现区域内妇幼保健档案和健康档案的安全共享和访问。

在信息平台安全体系中，基于 CA 认证系统，综合运用了安全认证网关、签名验证服务器和行为审计管理系统，为妇幼保健信息化奠定安全技术保障。

妇幼保健信息系统平台业务应用安全业务逻辑如图 10-8 所示。

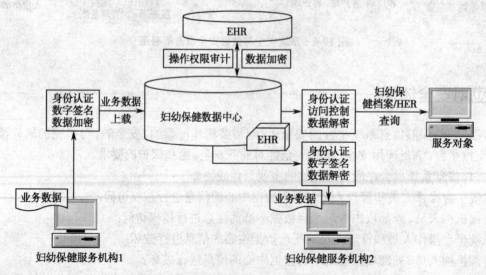

图 10-8　妇幼保健信息系统平台应用级安全运作示意图

10.3.1.1　应用安全架构设计

基于区域妇幼保健信息系统平台应用安全保障体系的架构如图 10-9 所示。

如图 10-9 所示，妇幼保健信息系统平台的应用安全服务保障体系由认证系统和应用安全支撑系统组成。其中，证书注册中心（Registration Authority，RA）系统是妇幼保健信息系统平台应用安全的基础，为妇幼保健业务应用提供统一的用户信息供应及管理，并提供实现安全支撑服务所需的密钥。

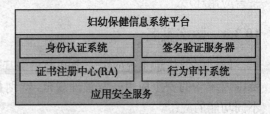

图 10-9　应用安全架构设计图

应用安全支撑平台基于数字证书，由身份认证、签名验证服务器及安全审计系统组成。利用身份认证实现统一的安全身份认证，和统一的权限管理，当用户身份认证通过后，身份认证系统根据用户的身份信息及所要访问的目标资源，进行访问控制判断；签名验证服务器为信息平台应用中的数据提供完整性保障，实现应用操作过程中的抗抵赖功能，确保信息平台应用中关键业务操作的安全性；审计系统对信息平台用户的访问及系统间的交互等过程进行审计，为信息平台应用安全管理提供有效的审计管理服务。

应用安全支撑平台基于数字证书，将医疗卫生安全保障功能以独立服务的方式提供给医院、社区、乡镇卫生院等医疗保健机构的信息系统使用，从而完成统一的妇幼保健信息系统网络安全应用平台的构建。基于数字证书的用户信息管理模式实现对涉及区域内妇幼保健网络安全要素的统一管理，包括统一身份管理、医疗保健角色管理、妇幼卫生信息资源管理、授权管理等。安全支撑平台中的身份认证系统、签名验证服务器等系统可实现包括身份认证服务、数据安全传输服务、行为审计服务。

10.3.1.2　证书注册中心

证书注册中心系统负责为妇幼保健信息系统平台所有用户及服务系统提供数字证书业务服务。

数字证书被广泛应用于各类业务应用系统的安全建设中，作为身份安全认证的标识。数字证书由 CA 认证系统产生、分配及管理，并最终通过 CA 认证系统的信任链追溯到 CA 认证中心。

信息平台中的各个实体都必须拥有合法的身份，即由 CA 中心签发的数字证书，在信息平台的各个环节，进入信息平台的各个实体都需通过检验各自的数字证书，来验证与之交互的人员或服务系统身份的真实性，从而解决信息平台的信任问题。

在妇幼保健信息系统平台安全服务建设中，根据妇幼保健信息系统平台的部署建设情况，在信息平台的业务服务窗口建立相应的 RA 系统，并将证书业务服务功能与相应的信息平台注册功能相结合，为用户、服务人员、服务机构签发代表其身份标识的数字证书，同时提供为服务系统、主机设备等签发数字证书功能。形成集中管理、分布式证书服务模式。

10.3.2　身份认证

身份认证系统在数字证书认证系统的基础上，使用数字证书鉴别用户身份，为信息平台提供安全的用户身份鉴别服务。同时，身份认证系统基于用户的身份提供统一的权限管理及访问控制功能，并通过与信息平台应用相结合实现不同权限粒度权限控制，并将涉及业务的细节权限管理，转交应用系统自身来控制。身份认证系统支持建立加密通道，可以为信息平台提供数据传输安全保障。

身份认证系统部署在应用客户端与应用服务器之间，使用数字证书完成双方的身份认证，在服务器端和用户客户端建立高强度的 SSL 加密连接，实现客户端和服务器之间身份的有效认证和数据传输安全。采用身份认证系统为区域妇幼信息平台提供如下安全服务：

● 基于数字证书的高强度身份认证；

● 拒绝任何未授权用户对应用系统的访问尝试；

● 为应用系统提供用户在该应用系统中的身份信息；

● 为不同应用提供基于单一证书的单点登录服务。

身份认证要求部署方便,具体部署方式要随着信息平台部署方式的不同而配合进行,可采用串联、并联、双机热备和负载均衡等多种部署方式,适用不同的网络环境和应用需求,以有效支持实际的信息平台应用环境。

10.3.3　数字签名

妇幼保健信息系统应用安全开发指引基于安全支撑平台的应用系统开发,建立妇幼保健信息系统范围内统一的安全应用开发管理规范,特别是安全开发标准和上线运行规范,以规范不同业务部门和不同功能的应用。

妇幼保健信息系统平台建设过程中同样会涉及来自区域卫生信息平台的健康档案和电子病历的传输和共享,需要采用数字签名技术来保证健康档案系统的安全性和不可抵赖性。

数字签名验证系统是提供数字签名服务以及对数据验证其数字签名的真实性和有效性的服务平台,系统通过对数据签名的验证保障数据本身的完整性。

数字签名验证服务器主要是为了满足信息平台对数据完整性、抗抵赖的安全要求,通过提供身份认证、数字签名、数字信封、证书解析等安全功能,实现保障信息平台数据完整性、防篡改、抗抵赖的安全目标。

系统多种类型签名数据。支持原文数据签名、文件签名、哈希后签名及 PKCS#7 等格式签名数据;签名时采用的散列算法指标支持国家电子签名要求。

系统多种验证方式支持。支持黑名单验证方式以及在线证书状态协议(Online Certificate Status Protocol, OCSP)验证方式;系统部署快捷,仅需接入网络后进行简单对网络参数配置即可正常工作,并提供丰富的开发示例能够让应用快速接入。

10.3.4　行为审计

行为审计系统通过查询、接收身份安全认证系统、安全认证网关、签名验证系统的日志等数据信息,通过采集、分析、识别,实时动态监测用户证书的签发、使用情况;在用户对应用系统的访问内容、访问行为和访问结果中,发现和捕获各种用户访问应用操作行为、违规行为,全面记录应用系统中的各种用户访问会话和事件,实现对应用系统访问信息进行关联分析,为整体应用系统安全策略的制定提供权威可靠的支持。

系统以多种形式统计用户的访问频率、在线情况等信息,为应用系统管理了解每个用户对应用系统的访问时间、访问内容、访问结果提供统计数据信息,方便管理者进行管理维护。

(1)安全支撑系统状态监测:根据管理员制定的监测策略,安全监管平台可以实现对用户及安全系统的运行状况进行实时监控,监测结果以图表的形式直观反映。状态监测可以对多个设备同时进行,监测结果的集中显示使系统管理员可以方便地了解整个信任体系的运行状况。

行为审计系统负责将安全管理员和安全系统紧密的结合在一起,充分地发挥安全管理的作用。安全监控管理将延伸到整个信任体系中去,确保整个信任体系中有关信息安全系统的数据能够及时的通知安全管理员,来维护安全保障体系的正常运转。状态监测不仅对用户访问应用系统的安全认证网关、签名验证系统的状态进行监控,还包括对身份安全认证系统中用户证书状态信息进行综合监控。

(2)安全信息统计分析:针对搜集到的系统日志,行为审计系统提供种类齐全的统计分析策略,并据此生成多类详尽的安全报告,如日报表、月报表、年报表、阶段报表、比较报表等,便于用户从各个角度了解日志数据。

行为审计系统收集到各个系统的日志信息后并不是简单的堆积数据,而是将各个系统的日志通过用户关联起来,构成多维的网络安全信息模型,进行有效的关联分析。

在多维信任体系系统中,安全认证网关的访问日志信息、签名验证系统的验证结果日志、身份安全认证系统相关日志信息构成了各自的星型模型。所谓星型模型就是在关系型数据库中通过存储度量值的事实表以及各个维度表模拟多维数据的表示和存储,事实表在星型模型的正中央存储了用户需要统计分析的详细数据,而维度表通过外键与事实表相关联,它表示用户观察数据的角度。

10.3.5　密钥管理中心

妇幼保健的业务系统对于隐私保护的需求,导致多种业务系统涉及密钥应用。密钥一般是由业务系统自己维护管理,每个应用系统独立管理自己的专有密钥,管理上的分散,造成对密钥的可控性较弱。同时一些密钥固化在了程序里,对密钥管理维护等工作难度较大。建设密钥管理中心,实现密钥集中管理,提供加密等安全服务,建立集中统一的安全管理机制,是确保整个安全体系得以有效贯彻的重要环节。

● 通过密钥集中管理,可以将各业务系统等关键密钥的产生、分发、处理、存储以及销毁等生命周期的各个环节进行集中安全管理,将密钥、设备、口令的安全管理流程化、制度化,提升整体安全性。

● 密钥管理中心是安全服务的基础平台,密码设备只是密码算法提供者,而应用只是平台的服务对象,密钥管理中心不与任何设备型号或应用类型绑定,具备设备无关性和应用无关性两大特点。

● 通过密钥集中管理与维护,设计、实施、管理操作的标准化等手段,可以有效降低安全管理成本。

● 应用系统中不能出现密钥明文或明文成分(RSA 的公钥除外),密钥应该保存在硬件加密设备内部,在应用系统中出现的密钥需要使用上级密钥加密保护。

● 密钥使用应严格遵循其目的要求。如:签名密钥一般不建议与加密密钥混用;密钥交换密钥与工作密钥不能混用;不同类型的功能密钥之间不建议混用。

● 密钥的传输,需要交换双方使用密钥校验值、奇偶校验位校验等方式对密钥进行校验,确保密钥交换传输的正确性。

● 对密钥的加密、解密操作均是硬件加密设备内部操作,硬件加密设备不应提供对密钥的解密功能。

● 密钥按分级管理;以本地主密钥加密的密文形式保存密钥,本地主密钥以明文形式存放在硬件加密机中;可按应用系统为单位管理。

密钥管理中心部署如图 10-10 所示。

采用开放平台部署,使用 linux 操作系统的 PC 服务器两台构建集群系统。将加密机分组构建加密机服务器集群,为 PKI 系统及业务系统等提供安全服务。

密钥标准及算法:

妇幼保健信息系统中支持多种数据安全标准、算法及加密设备,采用经国家相关部门审批的密码算法对数据进行保护,采用经国家相关部门审批的硬件密码设备,建立以硬件加密为核心的安全体系。

应用系统一般应考虑采用以下或等同于以下安全强度的算法:3DES, AES, RSA-1024, SHA-1, SHA-256。

应用系统对密钥长度选择与密钥使用一般与选定的密码算法相关。密钥长度应符合国家政策、行业规范、组织规章要求。对称算法一般应考虑采用最少 128 位密钥(或 112 位带校验的 3DES 密钥)。RSA 非对称算法一般应考虑采用最少 1024 位密钥。

针对应用系统,参考如下:

● 文件加密采用 3DES 等算法,采用 128 位密钥。密钥定期更新。

● 用户密码存储验证等采用 3DES 等算法进行保护:保护密钥采用 128 位密钥。

● 非对称密钥体系,采用 1024～2048 比特的 RSA 密钥。

● 密码设备是密钥管理的核心,应制定相关策略严格管理,保证密钥在产生、存储、备份、分发、使用、销毁全过程的安全(参见《商用密码管理条例》)。

● 建立密钥同步 / 更新机制,定期更改密钥。

建立密钥与应用相隔离机制,既保证密钥使用、管理对应用透明,减轻应用方面的压力,又能进一步提供管理的安全。

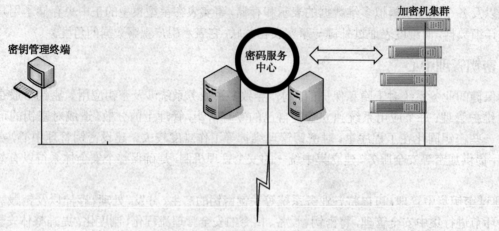

图 10-10 密钥管理中心部署图

10.3.6 应用安全支撑系统配置部署

应用安全支撑系统的配置方案可参考表 10-4。

表 10-4 应用安全支撑系统配置表

设备	系统配置		
	基础规模 （500 万人口以下）	中级规模 （500 万～1000 万人口）	高级规模 （1000 万人口以上）
密钥数量	密钥总量 1 万	密钥总量 5 万	密钥总量 20 万
加密服务接口	需要	需要	需要
数字证书应用	第三方	第三方或自建	第三方或自建
身份认证服务器	根据使用数量确定	根据使用数量确定	根据使用数量确定

10.4 安全运维体系

妇幼保健信息系统平台的项目建设，计算机信息系统安全管理制度是组成内容之一，其目标是：

（1）建立健全相关安全管理责任制度；

（2）集中建设网络支撑平台事件管理中心，进行统一安全监控、事件管理；

（3）建立运维安全体系，保障系统的安全、可靠的运行。

（4）建立灾难恢复的应急预案，一旦发生重大事故时能够迅速建立有序的工作环境和灾难恢复的工作步骤，最大限度地降低信息平台事故期间的影响和造成的损失。

10.4.1 安全开发规范

妇幼保健信息系统应用安全开发指引基于安全支撑平台的应用系统开发，建立妇幼保健信息系统范围内统一的安全应用开发管理规范，特别是安全开发标准和上线运行规范，以规范不同业务部门和不同功能的应用。

（1）现状调查：对现有应用系统的安全管理模式、开发流程和安全设计标准进行调查。

（2）制定应用项目管理规范：制定立项管理、项目委托、项目验收、上线管理、运行管理和应用完善工作过程的规范和标准。

（3）制定应用开发规范：包括应用元素的设计规范，用户界面设计开发规范。

（4）安全设计规范：利用安全支撑平台提供的安全服务组件、安全开发应用程序接口（application

programming interface，API)，保证应用系统的安全。安全支撑平台为不同应用提供统一的基于硬件密码设备的加密服务接口，实现加密服务接口的规范化。提供标准调用模式，指导、支持新业务的安全开发。

（5）应用效率规范：提高应用代码的运行效率，以及在应用系统设计中如何从性能角度考虑应用系统设计。

（6）开发管理：妇幼保健信息系统需要保证有效、授权的安全访问。保证数据的安全性，数据的安全主要包括：

保密性：对于数据中需要保密的信息，采用密码技术进行加解密处理，防止信息的非授权泄露。

完整性：保证数据在存储、处理及传输过程中的一致性，防止信息被非授权修改。

抗抵赖性：某些信息带有敏感性，任何人对这些信息的操作都要负责，这就需要建立不可抵赖(不可否认)服务，有助于责任机制的建立。

对妇幼保健信息系统的安全性保证，为不同应用提供统一的加密服务接口，提供高可用的加密计算服务，实现加密服务接口的规范化。实现对专用密码设备或系统的安全、可靠调用，提供标准调用模式，指导、支持新业务的安全开发。

密钥的使用与应用的开发分离，应用开发与具体加密设备无关，保证业务系统及安全体系的安全。

框架可动态扩展，新的安全需求出现，可直接在框架上实现支持，而无需重建整个安全基础设施。

框架在统一接口的基础上，也支持用户现在使用的应用封装专用接口及加密机接口的直接调用，以保证应用的平滑过渡。

10.4.2 安全管理制度

基于区域卫生信息平台的妇幼保健信息系统建设，将建立完善如下安全管理制度：

（1）网络安全管理制度
- 管理员身份信息认证制度；
- 完善的运维权限管理制度；
- 标准化管理维护规范及制度；
- 管理维护数据集中存储；
- 安全审计制度；
- 管理维护数据安全规范；
- 系统运行管理制度；
- 桌面安全管理制度；
- 系统数据管理、口令管理、安全预警管理制度；
- 应急处理、重大事件处理制度等。

（2）机房安全管理制度

（3）涉密安全管理制度

（4）其他管理制度
- 人员、岗位管理制度；
- 技术文档制度；
- 信息系统建设管理制度；
- 密码产品安全管理制度；
- 密钥安全管理制度；
- 安全专用产品管理制度等。

网络安全管理制度参考如下：
- 禁止将网络实验环境与生产环境连接。如有特殊需求，须向上级部门提出申请，说明原因及测试计划，待上级部门审批后方可进行。

● 禁止从开发网段直接访问业务运行网段。

● 专人负责严格管理所有的拨号端口，采取尽可能强的安全认证／鉴别措施和管理手段，保证拨号端口的安全。

● 生产环境的网络设备具有设置用户和口令功能的，必须严格设置用户和口令并尽可能采用强的安全认证／鉴别措施。禁止通过拨号方式或 INTERNET 进行网络维护工作。

● 内部网使用的通信线路原则上建议采用专线，如果使用共享网络必须使用安全认证和加密措施。

● 如需与外界网络连接，必须经过防火墙或通信协议网关等隔离措施；或者网络从物理连接上隔离开来。不允许以任何途径对外泄露网络配置和路由信息。

● 未经上级部门书面批准，严禁安装网络管理软件、网络监测和其他黑客软件。禁止在办公环境中安装、使用网络管理或监控软件。

● 使用无线通讯技术时禁止明文传输。

10.4.3 安全事件管理

妇幼保健信息系统中使用了大量的主机系统、网络设备、安全设备，涉及防火墙、防病毒、IDS/IDP、VPN、身份认证、安全审计各种安全设备和软件。本次集中监控及事件管理重点关注如下：

● 异常事件管理，包括病毒暴发和重要入侵事件；

● 重要设备管理事件和重要业务系统访问事件采集；

● 互联网访问事件。

（1）事件收集：事件收集器收集和整合所有重复和相似的事件到一个单一的事件，采用统一的格式转换所有事件记录。重新整理收集到的事件格式化到统一的数据格式。这个步骤将未经处理的数据转换到高级的定性数据。

随后通过集中安全管理控制台陈列出所有的信息，由安全运维人员和安全专家审核。

通过事件整合，安全事件可以以统一的格式集中上报，通过事件关联，安全管理系统可以发现与某种特定攻击相关的关键事件甚至可以知道其所产生的实际危害。

（2）安全知识库：安全事件中心提供的安全知识库存储重要的安全事件、分析报告和安全知识等，同时知识库也提供事件处理流程等信息以及所有的事件报告和分析的细节信息。

安全知识的共享是安全水平提高的必要基础，数据和来源包括：

安全漏洞：系统预存了数千种安全漏洞，每一个漏洞都包含名称、描述、风险级别、演变过程、受影响系统、危害、详细的解决办法和操作步骤等内容。该漏洞库还提供漏洞信息在线自动更新的功能。系统能自动下载更新数据，从而在有新的漏洞被发现时，漏洞信息库能得到及时更新。

安全通告：提供不定期的安全通告，承诺至少每 15 天一次，以最快速度向用户提供最新安全问题和病毒信息，这些通告也可导入知识库。

案例：所有事件处理表单和处理结果都进入知识库。

安全知识：一些安全知识可以导入信息库。

使用在线的知识库，可以有效提高安全管理员的处理事件的能力。在线的知识库的来源包括过去和现在安全咨询、来自主要的安全组织、厂家以及研究组织的相关安全信息。可以通过不同的途径利用这些在线信息，包括：Web 页面、邮件列表以及文件服务器等。这些信息整理和综合到安全管理平台的安全知识库中，允许安全分析员通过执行细节搜索，找到他们处理事件的相关资料。

（3）安全趋势分析：安全事件中心可以用来进行在线的趋势分析。分析可以基于事件的以下项目进行：日期、时间、攻击类型，攻击源、攻击目标，最多的和最少的攻击排序、IP 子网攻击、IP 子网攻击目标、已知目标过滤、设备类型、事件警告类型、事件状况类型和事件的严重性。

分析内容支持多种的报告类型。报告的内容可以在分析期间定制，而且允许包括详细的安全信息。报告可以用 PDF 格式生成并且可以选择采用密码保护。报告可通过电子邮件、传真、生成 PDF 文件和打印等方式提交。

10.4.4 安全运维审计

运维安全主要是指对于关键设备的管理行为进行有效性认证，同时保障管理数据传输的安全。对运维操作内容进行审计。对妇幼保健信息系统要求如下：

- 对关键设备的运维支持带外管理及专用运维管理区域方式；
- 远程运维操作采用基于安全访问协议的连接方式；
- 所有运维访问方式采用强身份认证，可进行授权及设置管理角色。访问可被实时监控；
- 所有运维访问均保留日志，日志可以以图形化方式回放。日志需加密保存。

运维操作风险主要是指运维人员在运维操作中引入的风险。这里有由于变更设计不完善、误操作、越权操作、恶意操作及代维等因素。由于运维操作一般是采用特权用户进行操作，所以其操作风险非常大。

目前大多用户采用分权双人、各种管理制度等方式来规避或降低，需要具体解决：

如何解决共享帐号后操作身份不唯一的问题？

如何控制操作人员操作权限？

如何实时跟踪操作者的操作行为？

如何监控和定位非法操作行为？

如何对已经发生的非法操作行为进行举证？

妇幼保健信息系统中运维安全具体目标是提供对远程访问生产主机进行审计的解决方案，完成各生产系统中重要服务器操作的安全审计，对用户远程登录到服务器上所进行的操作进行详细的访问控制和授权，对系统管理员的权限进行基于角色的管理。对访问控制系统产生的历史数据进行收集和保存，并根据数据自动定期生成各种统计分析报表，降低工作中非授权访问服务器上各种关键资源所造成的用户非法访问风险，对用户的行为进行有效控制和审计。

- 基于 TELNET、FTP、SFTP、SSH、RDP、AS400 等协议进行审计，系统不需要在后台服务器、设备和运维客户端安装任何软件；
- 运维操作审计以会话为单位，提供当日和条件查询定位。条件查询支持按运维用户、运维地址、后台资源地址、协议、起始时间、结束时间和操作内容中关键字等组合方式；
- 针对命令交互方式的协议，提供逐条命令及相关操作结果的显示；
- 提供图像形式的回放，真实、直观、可视地重现当时的操作过程；
- 回放提供快放、慢放、拖拉等方式，方便快速定位和查看；
- 针对命令交互方式的协议，提供按命令进行定位回放；
- 针对 RDP 协议，提供按时间进行定位回放；
- 能实时监控相关运维操作用户。能查看用户正在进行的操作。

通过以上方式，提供对远程访问生产主机进行防护的解决方案，完成各生产系统中重要服务器的核心防护，对用户远程登录到服务器上所进行的操作进行详细的访问控制和授权，并对远程用户访问系统资源的所有行为进行审计记录，包括对服务器网络连接、文件、文件系统、关键进程、用户 ID、组 ID 等关键资源的访问控制，特别是对系统管理员的权限进行基于角色的管理。对访问控制系统产生的历史数据进行收集和保存，并根据数据自动定期生成各种统计分析报表，降低工作中非授权访问服务器上各种关键资源所造成的用户非法访问风险，对用户的行为进行有效控制和审计。

安全远程运维部署示意如图 10-11 所示。

妇幼保健信息平台运维保障系统建设的目的是建立高效运维管理网络，确保妇幼保健信息系统的可用性及持续性，各区域运维管理员之间借助运维保障系统实现协同运维提高整体运维效率。透过运

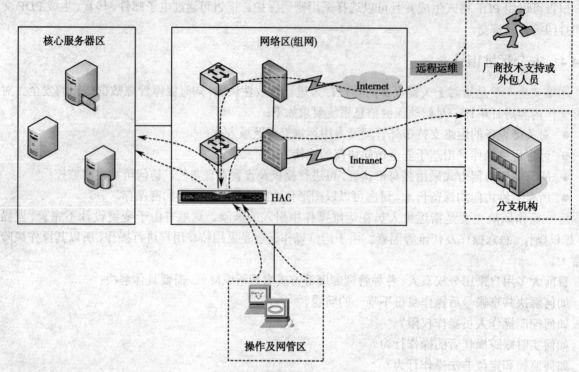

图 10-11 安全远程运维部署图

维保障系统对妇幼保健信息网络系统内关键设备运行状态进行监控,事件预警故障报警,通过先进的带外管理手段大大的提高突发故障的应急处理能力。

(1)协同运维:协同运维的目的是避免各运维管理区域成为信息孤岛,建立联动运维机制各区域运维管理员之间互助管理系统运维,全面提升整体运维效率。

(2)故障报警:妇幼保健信息系统中单一设备出现报错等异常状况或者遇到突发故障时,运维保障系统自动向运维管理人员发送报警信息及错误日志。

报警方式:

- Email;
- Syslog;
- SNMP trap;
- 声光电报警;
- SMS 短信报警。

10.4.5 安全应急预案

应急处理服务是指在处理信息安全事件时提供现场或远程紧急援助的一系列技术和非技术措施和行动。由于信息安全本身具有的专业性和复杂性,同时应急处理服务要求技术人员在不断变化的压力环境中能够快速专业的解决信息安全问题,提出以下安全预案:

应急处置工作原则:统一领导、规范管理;快速反应,协同应对;预防为主,加强监控;依靠科技,资源整合。

网络与信息安全事件发现和处置主要由妇幼保健信息系统数据中心负责,同时聘请信息安全专家作为顾问,协助制定应急处置方案并为应急处置过程和重建工作提供咨询和技术支持。

(1)网络与信息安全事件定义:根据网络与信息安全事件的发生原因、性质和原理,网络与信息安全事件主要分为以下三类:

攻击类事件：指网络与信息系统因计算机病毒感染、非法入侵等造成门户网站主页被恶意篡改、交互式栏目里发表不良信息；应用系统被非法入侵，应用数据被非法拷贝、修改、删除等，由此导致的业务中断、系统宕机、网络瘫痪等情况。

故障类事件：指网络与信息系统因计算机软硬件故障、人为误操作等导致业务中断、系统宕机、网络瘫痪等情况。

灾害类事件：指因洪水、火灾、雷击、地震、台风等外力因素导致网络与信息系统损毁，造成业务中断、系统宕机、网络瘫痪等情况。

（2）预防措施：对卫生信息网络各个信息系统，参照国家有关信息安全等级保护的要求，按照最终确定的保护等级采取相应的安全保障措施。

建设安全事件预警预报体系和卫生信息网络安全工作值班制度，加强对网络和重点信息系统的监测、监控，加强安全管理，对可能引发网络与信息安全事件的有关信息，要认真收集、分析判断，发现有异常情况时，及时处理并逐级报告。

一旦发生网络与信息安全事件，立即启动应急预案，采取应急处置措施，判定事件危害程度，并立即将情况向有关领导报告，在处置过程中，应及时报告处置工作进展情况，直至处置工作结束。属于重大事件或存在非法犯罪行为的，还应向公安机关报告。

特殊时期，可根据妇幼保健主管部门的统一要求和部署，由信息网络中心进行统一安排，组织专业技术人员对网络和信息数据采取加强保护措施，对网络进行不间断的监控。

（3）处置程序

1）预案启动：在发生网络与信息安全事件后，妇幼保健信息数据中心应尽最大可能收集事件相关信息，鉴别事件性质，确定事件来源，以确定事件范围和评估事件带来的影响和损害，确认为网络与信息安全事件后，对事件进行处置和上报。

2）应急处置：初步确定应急处置方式，根据事件引发原因分为灾害类、故障或攻击类两种情况，区别对待。

灾害类：根据实际情况，在保障人身安全的前提下，首先保障数据安全，然后是设备安全。具体方法包括：硬盘的拔出与保存，设备的断电与拆卸、搬迁等。

故障或攻击类：判断故障或攻击的来源与性质，断开影响安全与稳定的信息网络设备，断开信息系统与攻击来源的网络物理连接，跟踪并锁定攻击来源的 IP 或其他网络用户信息，修复被破坏的信息，恢复信息系统。按照事件发生的性质分别采用以下方案：

病毒传播：及时寻找并断开传播源，判断病毒的类型、性质、可能的危害范围；为避免产生更大的损失，保护健康的计算机，必要时可关闭相应的端口，甚至相应楼层的网络，及时请有关技术人员协助，寻找并公布病毒攻击信息，以及杀毒、防御方法。

外部入侵：判断入侵的来源，区分外网与内网，评价入侵可能或已经造成的危害。对入侵不成功、未造成损害的，且评价威胁很小的外网入侵，定位入侵的 IP 地址，及时关闭入侵的端口，限制入侵的 IP 地址的访问。对于已经造成危害的，应立即采用断开网络连接的方法，避免造成更大损失和带来恶劣影响。

内部入侵：查清入侵来源，如 IP 地址、所在办公室等信息，同时断开对应的交换机端口。然后针对入侵方法调整或更新入侵检测设备。对于无法制止的多点入侵和造成损害的，应及时关闭被入侵的服务器或相应设备。

网络故障：判断故障发生点和故障原因，能够迅速解决的尽快排除故障；必要时向计算机网络公司求助技术援助，并优先保证主要应用系统的运转。

其他没有列出的不确定因素造成的事件，可根据总的安全原则，结合具体的情况，做出相应的处理。不能处理的及时咨询信息安全顾问。

（4）应急处置后续处理

1）在进行最初的应急处置以后，应及时采取行动，抑制安全事件影响的进一步扩大，限制潜在的损失与破坏，同时要确保应急处置措施对涉及的相关业务影响最小。

2）在事件被抑制之后，通过对有关事件或行为的分析结果，找出事件根源，明确相应的补救措施并彻底清除。

3）在确保安全事件解决后，要及时清理系统、恢复数据、程序、服务，恢复工作应避免出现误操作导致的数据丢失。

4）记录和上报：网络与信息安全事件发生时，应及时向分管领导汇报，并在事件处置工作中作好完整的过程记录，及时报告处置工作进展情况，保存各相关系统日志，直至处置工作结束。

5）结束响应：系统恢复运行后，卫生信息数据中心对事件造成的损失、事件处理流程和应急预案进行评估，对响应流程、预案提出修改意见，总结事件处理经验和教训，撰写事件处理报告，同时确定是否需要上报该事件及其处理过程，需要上报的应及时准备相关材料，按规定程序上报。

（5）保障措施：网络与信息安全应急处置是一项长期的、持续的、跟踪式的、不断发展变化的工作，是有组织的科学与社会行为，必须做好各项应急保障工作。

1）人员保障：重视信息安全队伍的建设，并不断提高工作人员的信息安全防范意识和技术水平，确保安全事件应急处置过程和重建工作中人员的在岗与战斗力。

2）技术保障：重视网络信息系统的建设和升级换代，重视网络安全整体方案的不断完善，加强技术管理，确保网络信息系统的稳定与安全，聘请信息安全顾问为应急处置过程和重建工作提供咨询和技术支持。

3）资金保障：数据中心应根据网络与信息系统安全预防和应急处置工作的实际需要，提出每年度应急处置工作相关设备和工具软件所需经费，按规定程序上报纳入年度财政预算，给予资金保障。

10.4.6 安全管理及运维设备配置部署

安全管理及运维设备配置方案见表 10-5。

表 10-5 安全管理及运维设备配置表

设备	设备配置		
	基础规模 （500 万人口以下）	中型规模 （500 万～1000 万人口）	大型规模 （1000 万人口以上）
安全运维审计系统	支持 50 用户并发，支持 100 台设备	支持 100 用户并发，支持 200 设备	支持 500 用户并发，支持 500 设备；支持集中管理
集中运维管理平台	不少于 10 个并发管理用户，最大可管理不少于 256 个网元设备，支持统一管理界面，支持 SSLv3、SSHv2 加密方式	不少于 25 个并发管理用户，最大可管理不少于 1024 个网元设备，支持统一管理界面，支持 SSLv3、SSHv2 加密方式	不少于 200 个并发管理用户，最大可管理不少于 12 288 个网元设备，支持统一管理界面，支持 SSLv3、SSHv2 加密方式
应用设备管理系统	支持多进程管理，不少于 2 个数字并发管理用户，支持 SSL 加密方式	支持多进程管理，不少于 3 个数字并发管理用户，支持 SSL 加密方式	支持多进程管理，不少于 4 个数字并发管理用户，支持 SSL 加密方式
网络设备管理系统	支持多进程管理，不少于 5 个数字并发管理用户，支持 SSL 加密方式	支持多进程管理，不少于 10 个数字并发管理用户，支持 SSL 加密方式	支持多进程管理，不少于 20 个数字并发管理用户，支持 SSL 加密方式，采用冗余架构设计

项目管理

11.1 项目概述

基于区域卫生信息平台的妇幼保健信息系统建设，是一项横跨多个医疗卫生机构、纵跨各行政级别，并与临床医疗、疾病控制、疾病管理、社区卫生服务等其他领域有着千丝万缕联系的系统工程。同时本身又是一个信息系统集成开发项目。应用信息开发的项目管理理论指导妇幼保健信息系统建设将有助于项目建设的成功。

项目是为达到特定的目的，使用一定的资源、在确定的期间内、为特定的发起人而提供的独特产品、服务或成果而进行的一次性努力。本书所指的项目就是基于区域卫生信息平台的妇幼保健信息系统建设。在医药卫生体制改革政策推动下，时间性比较紧迫，发起人一般是妇幼卫生主管部门及妇幼保健机构。

项目管理是在项目活动中综合运用知识、技能、工具和技术在一定时间、成本、质量等要求下来实现项目的成果性目标。项目管理是快速开发满足用户需求的新产品的有效手段，是快速改进已设计及已有产品的有效手段。依据基于区域卫生信息平台的妇幼保健信息系统建设技术解决方案，项目的边界及技术路线已经基本确定，项目管理的主要工作在于如何依据基于区域卫生信息平台的妇幼保健信息系统的功能模型、信息模型，建立符合妇幼保健业务需求的项目成果。

同时基于区域卫生信息平台的妇幼保健信息系统建设是在区域卫生信息化大背景下的信息化建设项目，与基于健康档案的区域卫生信息平台的建设相关，建设过程某些环节可能受区域卫生信息平台建设过程的约束。

11.1.1 项目管理目标

妇幼保健信息系统建设项目的管理目标是在一定的时间范围内应用有限的人财物资源，高质量地实现基于区域卫生信息平台的妇幼保健信息系统的规范化建设，并保证建设项目的稳定运行。

11.1.2 项目规划

基于区域卫生信息平台的妇幼保健信息系统建设是整个区域卫生信息化建设的重要组成部分。区域卫生信息化建设不是一蹴而就的，而是需要较长的时间逐步建立。妇幼保健信息系统不一定依赖区域卫生信息平台建设完成后进行，同时妇幼保健信息系统中包含了一系列能够实现松耦合的相关服务子系统，如"出生医学证明子系统"、"儿童健康体检子系统"、"妇女病普查系统"等，在系统总体架构规划指导下，这些子系统可以依据实际情况分别逐步建立。对于系统的接入范围亦可分步骤进行，首先建立试点区域，通过试点探索和总结经验，再逐步展开。

典型情况如第一期先行试点工程,在局部区域试行儿童保健、妇女保健服务系统部分的建设;时机成熟后启动第二期工程向全区域展开;当区域卫生信息平台建立后启动第三期工程,将各个子系统接入区域卫生信息平台;第四期工程为扩展工程,可加入综合业务监管部分,以及需要补充的其他子系统。各个系统可以依据需要进行适当调整,可按照"急用先行、从易到难"的原则划分。

图 11-1 仅仅是一种典型的工程规划示意图,实际上可以根据实际情况,调整或重新进行不同的工程规划,如对于已建立健康档案的区域,接口工程可并入儿童保健、妇幼保健系统工程。试点工程包括了与健康档案的交互。如亟须综合业务监管系统功能亦可提前实施,将儿童保健或妇女保健服务系统的建设延后部署。

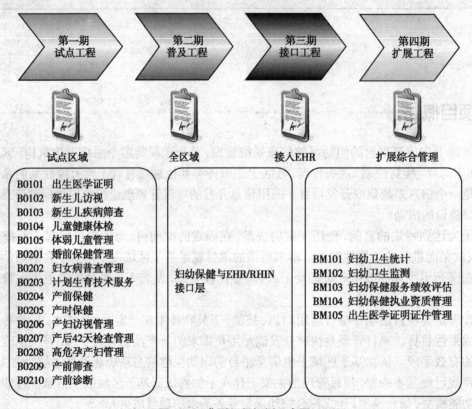

图 11-1　典型工程规划示意图

11.1.3　项目范围

基于区域卫生信息平台的妇幼保健信息系统建设项目的产品范围见第 5 章的功能模型,功能模型通过用例图规范了妇幼保健信息系统的功能范围或称产品范围。项目范围包括对产品范围的实现、部署、调试及培训,并提交相关的运行码及用户手册,同时还包括网络基础支撑环境的建设,但不包括系统的运行与维护,系统的运行与维护是个长期的过程,属于运营管理范畴而不属于项目管理范围。

基于区域卫生信息平台的妇幼保健信息系统建设项目全部完成后,将提交以下几方面项目成果:

● 基于区域卫生信息平台的妇幼保健信息系统的支持运行环境:

◇ 网络及硬件支撑环境

◇ 软件支撑环境

● 基于区域卫生信息平台的妇幼保健信息系统可运行的软件编码:

◇ 出生医学证明子系统

◇ 新生儿访视子系统

✧ 新生儿疾病筛查子系统
✧ 儿童健康体检子系统
✧ 体弱儿童管理子系统
✧ 婚前保健管理子系统
✧ 妇女病普查管理子系统
✧ 计划生育技术服务子系统
✧ 产前保健子系统子系统
✧ 产时保健子系统子系统
✧ 产妇访视子系统
✧ 产后 42 天检查子系统
✧ 高危孕产妇管理子系统
✧ 产前筛查子系统
✧ 产前诊断子系统
✧ 妇幼卫生统计子系统
✧ 妇幼卫生监测子系统
✧ 妇幼保健绩效评估子系统
✧ 妇幼保健执业资质管理子系统
✧《出生医学证明》证件管理子系统
✧ 妇女儿童基础档案管理子系统
✧ ……

● 基于区域卫生信息平台的妇幼保健信息系统部署服务，即提供妇幼保健信息系统集成；
● 《基于区域卫生信息平台的妇幼保健信息系统》使用说明书（含安装手册、接口说明等）；
● 基于区域卫生信息平台的妇幼保健信息系统培训服务。

同时基于区域卫生信息平台的妇幼保健信息系统在项目开展过程将可能产生以下过程文件：

● 建设方（用户方）《基于区域卫生信息平台的妇幼保健信息系统》需求描述；
● 建设方《基于区域卫生信息平台的妇幼保健信息系统》建设项目立项申请（项目建议书）；
● 建设方《基于区域卫生信息平台的妇幼保健信息系统》建设项目可行性研究报告；
● 承建方（开发商）《基于区域卫生信息平台的妇幼保健信息系统》建设项目立项申请；
● 《基于区域卫生信息平台的妇幼保健信息系统》项目章程；
● 《基于区域卫生信息平台的妇幼保健信息系统》项目计划；
● 《基于区域卫生信息平台的妇幼保健信息系统》需求分析；
● 《基于区域卫生信息平台的妇幼保健信息系统》总体设计说明书；
● 《基于区域卫生信息平台的妇幼保健信息系统》详细设计说明书；
● 《基于区域卫生信息平台的妇幼保健信息系统》开发代码；
● 《基于区域卫生信息平台的妇幼保健信息系统》测试计划；
● 《基于区域卫生信息平台的妇幼保健信息系统》测试报告；
● 《基于区域卫生信息平台的妇幼保健信息系统》开发日志；
● 《基于区域卫生信息平台的妇幼保健信息系统》完成情况报告；
● 《基于区域卫生信息平台的妇幼保健信息系统》需求变更申请；
● 《基于区域卫生信息平台的妇幼保健信息系统》需求变更通知；
● 《基于区域卫生信息平台的妇幼保健信息系统》设计变更文档。

图 11-2 是《基于区域卫生信息平台的妇幼保健信息系统》建设项目承建方的工作细分结构（WBS）。

图 11-3 是《基于区域卫生信息平台的妇幼保健信息系统》建设方（用户方）的工作细分结构（WBS）。

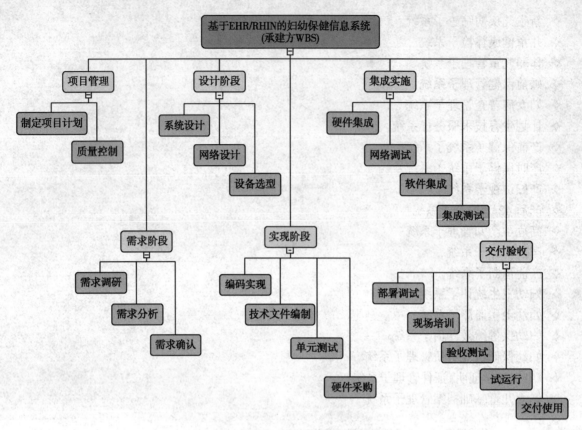

图 11-2　承建方工作细分结构图（WBS）

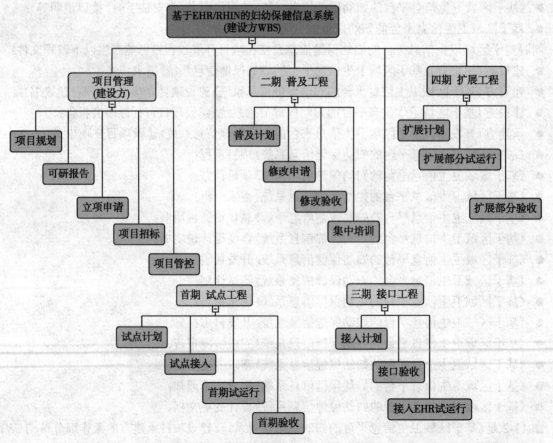

图 11-3　建设方工作细分结构图（WBS）

11.1.4 项目管理组织结构

与基于区域卫生信息平台的妇幼保健信息系统建设密切相关的机构或组织包括系统的建设方(用户方)、承建方(系统开发商)及监理方;这些项目相关方将是对项目产生重要影响的关键因素。

对于建设方,项目的主要任务是项目的政策支持指导、项目启动、项目执行管控、项目验收、项目试运行并提供项目建设方环境。相应的组织包括项目领导小组、项目启动组、项目执行与管控组、项目验收组、项目试运行组,这些组织可以是相同的人参与,也可以由不同的人参与。一般情况下,项目的启动直接由项目领导小组推动,项目组内包括组长一人,其余的人员若干。见图 11-4。

对于承建方(系统开发商)主要的工作任务包括需求、分析、设计、编码实现、测试、质量管理、部署实施、培训、调试运行等任务。相应的组织包括需求团队、设计团队、编码实现团队、测试团队、实施团队。建设方的人员应参与需求团队,以提出确切的需求,并对需求分析进行确认。见图 11-5。

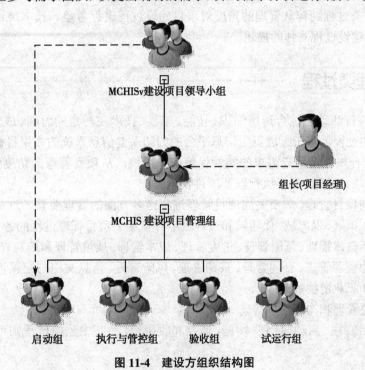

图 11-4 建设方组织结构图

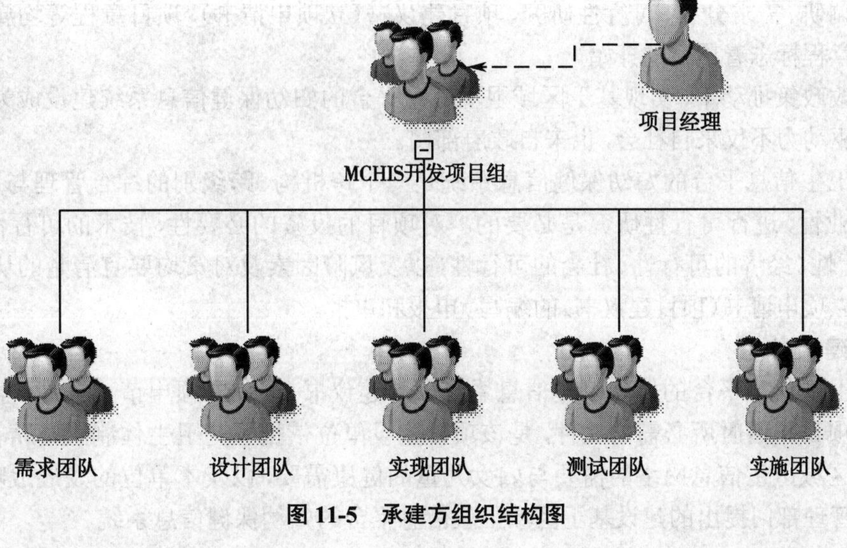

图 11-5 承建方组织结构图

建设方主要提供技术实现并提供项目成果物的完成,主要任务包括需求、分析、设计、实现、测试与实施。

11.1.5 项目管理过程

一般来说,管理一个项目,至少需要四种过程:

● 技术类过程。技术过程要解决"研制特定产品、完成特定成果或提交特定服务的具体技术过程"回答技术上如何实现,包括需求分析、设计与实现、测试、布线、组网等。

● 管理类过程。主要面向管理,分为启动、计划、执行、监控、收尾过程。

● 支持类过程。支持项目管理的过程,如配置管理。

● 改进类过程。如总结经验教训、部署改进等过程。

技术类过程与管理类过程是项目管理过程的不同侧面。技术类过程从技术管理角度对项目建设过程进行考察,而管理类过程纯粹从管理的角度对项目建设过程进行考察。技术类过程与管理类过程相互交织,形成对项目建设过程立体的描述。

11.2 项目管理类过程

项目管理是在项目活动中综合运用知识、技能、工具、技术在一定的时间、成本、质量等要求下实现项目成果性目标的过程。基于区域卫生信息平台的妇幼保健信息系统的成果目标就是实现在建设单位建立运行可靠、符合规范及用户需求的妇幼保健信息系统。从项目管理的角度讲,项目建设过程主要包括项目的启动、项目计划、项目执行以及项目收尾。

要进行全方位的项目管理,需要关注项目管理过程诸多方面的管理要素。这些要素分布在项目管理知识体系的核心知识域、保障域、伴随域和过程域中并贯穿于项目管理过程的各个阶段。

核心知识域包括整体管理、范围管理、进度管理、成本管理、质量管理和信息管理等。

保障域包括人力资源管理、合同管理、采购管理、风险管理、信息文档与配置管理、知识产权管理、法律法规标准规范和职业道德规范等。

伴随域包括变更管理和沟通管理等。

过程域包括项目立项、启动、计划、实施、监控和收尾等,而其中监控过程则可能发生在项目生命周期的任一阶段。

11.2.1 项目启动阶段

项目现状调研、需求分析、可行性研究、项目建议书(立项申请书)、项目章程等均属于项目的启动任务。而项目章程标志着项目的开始。

在新的医改政策推动下,实现基于区域卫生信息平台的妇幼保健信息系统建设成为必然的趋势和选择。需求的驱动力不仅来自社会,也来自政府部门。

基于区域卫生信息平台的妇幼保健信息系统是一个跨机构、跨级别的综合管理与服务信息系统。具有较强的专业性,进行可行性研究是必要的。对项目的投资的必要性、技术的可行性、财务的可行性、组织的可行性、经济的可行性、社会的可行性,以及风险因素及对策均要有清楚的认识。项目启动前还必须进行立项申请书(项目建议书)的编写、申报和审批。

11.2.1.1 项目建议书

基于区域卫生信息平台的妇幼保健信息系统项目建议书(又称立项申请)是项目建设单位向上级主管部门提交项目申请时所必需的文件,是该项目建设单位依据医药卫生体制改革精神,根据构建基于健康档案的区域卫生信息网络的需要与妇女儿童的健康需要,以及本单位的发展战略,由本机构或区域卫生行政管理部门提出的建设基于区域卫生信息平台的妇幼保健信息系统。

项目建议书是项目发展的初始阶段，是上级主管部门选择项目的依据，也是可行性研究的依据。

项目建议书包括的核心内容如下：

- 项目的必要性；
- 项目的社会效益和经济效益；
- 产品方案或服务的市场预测；
- 项目建设的必要条件。

表 11-1 是项目建议书的例子。

11.2.1.2　项目可行性研究报告

项目可行性研究报告是从技术、经济、工程等方面，对项目的主要内容和配套条件，如社会需求、人口结构、建设规模、技术路线、网络基础设施、资金筹措、社会效益、管理需要等内容进行调查研究和分析比较，并对项目建成后可能取得的社会、经济效益进行预测，从而提出该项目是否投资和如何进行建设的咨询意见，为项目决策提供依据的一种综合性分析方法。可行性研究具有预见性、公正性、可靠性、科学性的特点。

可行性研究内容一般包括以下内容：

- 投资必要性；
- 技术可行性；
- 财务可行性；
- 组织可行性；
- 经济可行性；
- 社会可行性；
- 风险及对策；

11.2.1.3　招标与招标文件：

基于区域卫生信息平台的妇幼保健信息系统建设应通过招投标的方式选择系统开发商，即在一定范围内邀请众多的投标人参加投标，并按照规定程序从中选择交易对象的一种市场行为。招标分为公开招标和邀请招标两种方式。

招标一般履行如下程序：

(1) 采购人编制计划，报所在区域人民政府财政部门批准。

(2) 采购办与招标代理机构办理委托手续，确定招标方式。

(3) 建设单位委托相关的咨询机构进行市场调查，与采购人确认采购项目后，编制招标文件。

(4) 发布招标公告或发出招标邀请函。

(5) 根据招标文件，对潜在投标人资质预审。

(6) 接受投标人标书。

(7) 在公告或邀请函中规定的时间、地点公开开标。

(8) 由评标委员会对投标文件评标。

(9) 依据评标原则及程序确定中标人。

(10) 向中标人发送中标通知书。

(11) 组织中标人与采购单位签订合同。

招标文件应包括招标项目的技术要求、对投标人资格审查的标准、投标报价要求和评标标准等所有实质性要求和条件，以及拟签订合同的条款。招标条件应包括：符合卫生部、国家妇幼保健中心的相关数据标准规范；符合《基于区域卫生信息平台的妇幼保健信息系统》的功能规范；采用 HL7 标准与 EHR 进行数据交换等条款的要求；并按照基于区域卫生信息平台的妇幼保健信息系统建设规划分标段、确定工期。招标文件不得要求或者标明特定的开发商或系统集成商，也不得有倾向或者排斥潜在投标人的其他内容。

表 11-1　项目建议书样式

××市基于区域卫生信息平台的妇幼保健信息系统建设项目建议书

项目名称：××市基于区域卫生信息平台的妇幼保健信息系统建设

项目建设的必要性和依据：

在新的医药卫生体制改革及建设基于健康档案的区域卫生信息化背景下，建立跨越本市各妇幼保健机构，并通过健康档案及区域卫生信息平台与各疾病预防控制机构、医院、社区卫生服务中心、乡镇卫生院互联互通的必要性进行阐述；依据包括卫生部、国家妇幼保健中心关于妇幼卫生信息化建设的相关规范与政策、健康档案建设的要求、本市的基础情况等。

项目目的、作用及意义：

项目目的是实现全市的妇幼保健业务的统一管理，数据集中统一实现与健康档案的对接，可以在妇幼保健业务过程中将个人保健信息适时记录到健康档案，还可以从健康档案获取由其他机构写入的个人健康信息，实现双向转诊，提高妇幼保健工作质量，有效利用医疗资源、保障人民健康。

项目的国内外技术发展概况、水平和发展趋势：

我国妇幼保健信息系统建设已走过××年的历史，大都基于机构内部的局部应用，部分的应用采用跨机构，部分的报表系统采用的跨区域应用，但并非由业务驱动，而是采用填报式的应用。在基于健康档案的区域卫生信息化建设尚未完成的情况下，基于区域卫生信息平台的妇幼保健信息系统建设刚刚起步。

研究开发领域，主要关键技术、开发内容，技术方案（关键技术的研究方法和采取的技术路线）和试验地点、规模、进度安排：

妇幼保健领域的信息化建设。主要关键技术包括建立跨域、跨机构的信息系统，并同EHR实现基于HL7标准的对接。

开发内容包括儿童保健、妇女保健、妇幼卫生管理三大部分，并开发与健康档案相关联的基于HL7标准的接口技术；建立以服务为导向（SOA）的信息模式，采用XXX技术构建系统，实现快速业务重构、与区域内各医药卫生机构互联互通，数据集中管理等。

……

项目的研究开发情况，现有工作基础和设备条件：

各级妇幼保健机构已有的妇幼保健信息系统情况、计算机设备、网络设施的配备情况；信息人员的配备情况等。

项目负责人、项目主要技术人员：

（略）

项目的起止时间，最终达到的目标，前景及预期考核的技术经济指标：

按照区域卫生信息化的总体规划要求及项目的开发周期要求制定项目的起止时间，最终达到目标、前景、预期考核技术经济指标等。

项目经费预算、用途和用款计划：

项目主要经费预算、用途、用款计划列表如下：

项目	经费预算	用途	用款计划
项目可行性研究			
项目需求分析			
项目管理经费			
网络基础设施建设			
安全保障体系			
服务器及硬件支撑环境			
操作系统、数据库及软件支撑环境			
软件设计及实现			
软件开发管理			
软件实施与交付			
……			
其他			

其他：

11.2.1.4 投标与标书

投标是与招标相对应的概念,它是指投标人(系统开发商)应招标人的邀请,按照招标的要求和条件,在规定的时间内向招标人提交标书、争取中标的行为。

投标活动流程包括:

(1)编制标书:投标书实质上是一项有效期至开标日期的要约,内容必须十分明确,中标后与招标人签订合同所要包含的重要内容应全部列入,并在有效期内不得撤回标书、变更标书报价,可对标书内容作实质性的修改。

(2)递交标书:投标人必须按照招标文件规定的地点、在规定的时间范围内送达投标文件。

(3)标书签收:招标人收到标书后应当即时签收,签收前不得开启。

11.2.1.5 合同

在确定中标人后,即进入合同谈判阶段。合同谈判的方法一般是先谈技术条款,后谈商务条款。技术谈判的主要内容,包括合同技术附件内容、合同实施技术路线、质量评定标准、采购设备、系统报价以及人员投入开发的比重等。商务谈判的主要内容,即投标函或招标文件中的基本条件,包括:投标价的优惠条件:质量、工期、服务违约处罚;其他需要谈判的内容等。

11.2.2 项目计划阶段

11.2.2.1 项目章程

项目启动后,就要正式批准一个项目的文档。项目章程应当由项目组织以外的项目发起人发布。如系统开发商负责人或研发项目负责人等,发布人在组织内的级别应能批准项目,并有相应的为项目提供所需资金的权力。建立项目章程将使建设项目与执行组织的日常工作联系起来,项目章程的编制过程主要关注建设方的商业需求、立项理由与背景、对客户需求的理解等。对基于区域卫生信息平台的妇幼保健信息系统建设项目,在关注儿童保健、妇幼保健以及妇幼卫生管理部分的功能规范的同时,应着力于实现基于区域卫生信息平台的互联互通;采用卫生部、国家妇幼保健中心的相关数据标准规范、采用符合本书中信息模型所指定的 HL7 V3.0 标准;建立以妇幼保健领域为业务核心跨机构、跨级别的妇幼保健信息系统。系统应提倡基于 SOA 的方式进行研发和部署,实现敏捷业务重构。

项目章程的建立标志着项目的启动,项目经理任选及项目经理的权限级别应在项目章程中明确给出,并在项目章程中给出概要的里程碑及进度计划、对项目进行概要的预算。

11.2.2.2 项目管理计划

基于区域卫生信息平台的妇幼保健信息系统的管理计划指的是包括总体计划在内的需求、设计、开发、实施过程,涵盖了技术、质量、人力资源、财务、风险管理所有过程的分计划。

项目的总体计划主要框架见表 11-2。

除上述的进度计划和项目预算之外,项目管理计划可以是概要的或详细的,并且还可以包含一个或多个分计划。这些分计划包括但不限于:

- 范围管理计划;
- 项目质量计划;
- 过程改进计划;
- 人力资源计划;
- 财务计划;
- 开发风险管理计划。

11.2.3 项目执行阶段

项目的执行,就是按照项目的计划实施的过程,在这个过程中项目经理将起到举足轻重的作用。项目经理必须按照所制定的项目计划安排、指导项目的执行,在执行过程中检查督促执行的情况,适时

表 11-2 项目总体计划框架样式

项目名称：××市基于区域卫生信息平台的妇幼保健信息系统
建设单位：××市妇幼保健院(所,中心)
项目目的：开发
项目组织：

项目主管	张三	
项目经理	李四	
建设方名称	×	
客户方联系人		
项目领导小组		
需求分析		
设计		
编码实现		
测试		
实施		
质量管理		

项目的总体技术解决方案：

(参见本书,要点：设计思想、技术架构、信息模型等)

技术路线：

(对实现技术的选定、数据库的选择、应用程序基础件的选择等)

项目的生命周期和相关的项目阶段：

(依据基于区域卫生信息平台的规划对开发的生命周期进行选定,如增量式迭代模型、螺旋模型等,并依据模型对项目的阶段进行划分,如初始阶段、细化阶段、实现阶段、交付阶段等)

项目的最终目标和阶段目标：

项目的最终目标包括实现儿童保健、妇女保健及妇幼卫生管理三大部分的信息管理,并能通过区域卫生信息平台实现与其他机构的互联互通。并稳定、可靠地运行。

进度计划：

依据建设方基于区域卫生信息平台的妇幼保健信息系统实现规划,将分四期完成,首期主要完成儿童保健、妇幼保健主要的功能,并在试点范围内实施;第二期对试点实施过程可能出现的问题进行修改、并推广应用到整个区域。第三期在基于 EHR 的区域卫生信息平台实现后,进行基于 HL7 的对接,实现互联互通,第四期增加扩展部分功能。相对应的进度计划如下：

儿童保健、妇女保健部分需求分析			

项目预算：

(略)

变更流程和变更控制：

对需求、设计进行的变更流程以及对变更的控制过程进行计划与设定。

沟通管理计划：

项目的沟通包括三个层面：一是开发商与用户方及监方之间的沟通;二是开发商内部各个团队间的沟通;三是项目组成员之间的沟通。

对于建设方、承建方、监理方之间由三方共同讨论建立沟通机制、包括阶段性的会议、成果物的演示、需求或设计的变更纳入沟通计划;

对于开发商内部各个团队或部门间的沟通由企业内部讨论建立,项目组成员间的沟通则通过例会、阶段会议或适时进行,例会、阶段会议则纳入沟通计划。

对于内容、范围和时间的关键管理评审：

地向建设方报告项目的建设情况、沟通和协调各干系人。还要负责项目团队的建设与发展。

项目经理在关注项目执行过程的同时还必须关注项目的进展、预算、质量以及可交物是否符合预定义的需求与设计。管理项目的范围、进度、成本和质量等子目标之间的冲突与协调,以及管理项目各干系人之间的冲突与协调。

11.2.4　项目监控

对项目进行监督与控制,是保证项目按可控轨迹运转的必要措施。所谓项目监控,就是全面地追踪、评审和调节项目的进展,以满足在项目管理计划中确定的绩效目标的过程。监控是贯穿整个项目始终的管理的一个方面。监控过程包括全面地收集、测量和分发绩效信息并通过评估结果和过程以实现过程改进。

对基于区域卫生信息平台的妇幼保健信息系统建设项目的监控过程包括:

- 关注项目是否依据项目计划进行;
- 可交物是否能在规划时间完成;
- 数据库设计是否符合卫生部、国家妇幼保健中心的相关数据标准规范。

11.2.5　项目收尾阶段

项目收尾过程是结束项目某一阶段中的所有活动,正式收尾该项目阶段的过程。当然这一过程也包括关闭整个项目活动,以收尾整个项目。项目收尾还要恰当地移交已完成或已取消的项目和阶段。项目收尾过程也确定了验证和记录项目可交付物的步骤:协调并与建设方互动,以便他们正式接受这些可交物。

项目收尾过程包括对于管理项目或者项目阶段收尾的所有必要活动。项目收尾包括管理收尾和合同收尾。

(1) 管理收尾:管理收尾包括以下的活动:

- 确认项目或者阶段已满足客户的需求;
- 确认已满足项目阶段或者整个项目的完成标准,或者确认项目阶段或整个项目的退出标准;
- 把项目产品或者服务转移到下一个阶段,或全部移交到客户方并完成部署及试运行;
- 收集项目各阶段记录,检查项目成功或者失败的因素、收集失败教训、归档项目信息,以方便组织未来的项目管理。

项目开发过程是企业及项目组织管理过程的重要资产,收集整理总结项目开发过程的经验是收尾阶段的一项重要工作。因此当项目进入收尾阶段应进行项目总结,并将相关的文档进行归档。

(2) 合同收尾:合同收尾办法涉及结算和关闭项目所建立的任何合同、采购或买进协议,也定义了为支持项目的正式管理收尾所需的与合同相关的活动。这一办法包括产品验证和合同管理的收尾。

11.3　项目技术类过程

11.3.1　开发的生命周期选择

应用包括增量迭代模型、RUP、EssUP、螺旋模型、以及来自敏捷阵营的 SCRUM、XP 等迭代式模型开发已成为进行现代软件工程主要选择。迭代开发模型通过允许变更需求、逐步集成元素、及早降低风险、组织学习和能力提升、提高复用性等过程生成性能更强壮的产品。迭代开发模型具有允许产品进行战术改变、迭代流程自身可在进行过程中得到改进和精练的优点,并赢得软件项目开发团队的青睐。

在大多数传统的生命周期中,阶段是以其中的主要活动命名的:需求分析、设计、编码、测试等。传统的软件开发工作大部分强调过程的串行执行,也就是一个活动需要在前一个活动完成后才开始,从而形成一个过程串,该过程串就形成软件项目的周期。而迭代式开发每一个阶段都执行一次业务建模、需求、分析设计、实现、测试、发布、部署、应用、评估的串行过程。但这些过程有可能是局部的,对研发活动的迭代与研发过程的迭代已由迭代的不同模式,演化成了不同的迭代模式。见图 11-6。

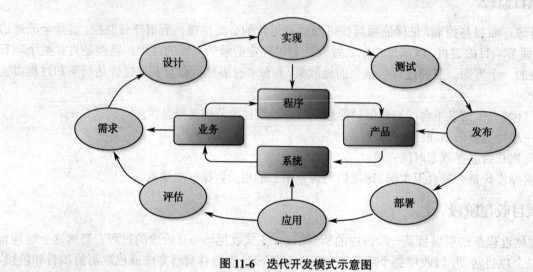

图 11-6 迭代开发模式示意图

一个好的产品特性的建立,需要一个循序渐进,反复迭代的过程,因为需求需要通过交付的成果在现实环境中应用的反馈中不断地挖掘与修订。同时,各个活动没有绝对的约束,需求也并非一定是在设计之前。在设计的时候,或者实现的时候,也可以将需求进行补充与细化。

(1) 增量式迭代模型:增量迭代是开发大型项目常用的方法,是化解项目风险的重要手段,基于增量迭代模式可以按照业务成长性顺序安排迭代过程。对于分阶段开发基于区域卫生信息平台的妇幼保健信息系统,应用增量式迭代开发模式是个自然的选择。对于试点阶段,首先开发儿童保健、妇女保健的基础部分,实现妇幼保健的基本功能,并进行试点区域的部署与应用完成第一次构建;随后对儿童保健、妇女保健部分进行修改与补充完善、并增加核心部分接口原型,同时进行推广应用,实现妇幼保健、儿童保健信息系统的普及,这是第二次构建;依据基于 EHR 的区域卫生信息平台的建立情况,在接口原型的基础上,设计实施基于 HL7 的区域卫生信息平台接入层,实现通过区域卫生信息平台与医院、疾病预防控制中心、社区、乡镇卫生院的互联互通,完成第三次构建。同样妇幼卫生管理部分及个性化的扩展部分也可通过二次迭代完成。每次迭代的过程都包含了业务、需求、分析、设计、编码、集成、测试、部署、交付、实施等过程,并实现功能的增加、设计的优化与性能的改良。

(2) 螺旋模型:螺旋模型将瀑布模型和快速原型模型结合起来,强调了其他模型所忽视的风险分析,特别适合于大型复杂,而需求不太明确的系统。见图 11-7。

螺旋模型沿着螺线进行若干次迭代,图中的四个象限代表了制订计划、风险分析、实施工程、客户评估四个重要活动。但对于 MCHIS 来说,需求已经比较明确,开发风险并不太大的情况下,采用这种模型可能增加时间成本。

(3) 核心统一过程模型(EssUP):核心统一过程,或者我们称之为 EssUP,是建立在现代软件开发实践之上的新一代软件开发过程。EssUP 结合了敏捷、RUP、CMM 三者的长处,从敏捷学来了灵活、从RUP 学来了结构,从 CMM 学来了过程改进。敏捷注重于人,RUP 注重于过程,而 CMM 注重于制品。三者都是软件开发的一个方面。

EssUP 的核心,是一些简单的、经过验证的实践,它们可以应用于各种类型和规模的软件开发过程中。由于这些实践都经过了特别的设计,所以可以分别单独使用,或者按照需要任意进行组合。这使

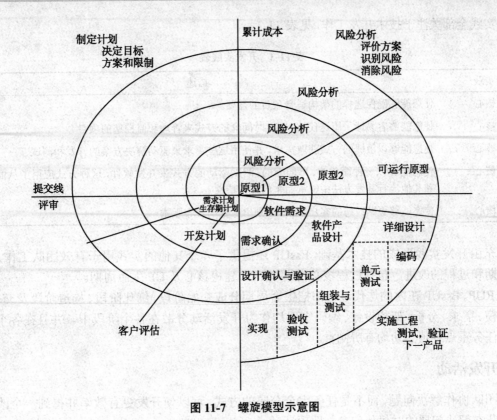

图 11-7 螺旋模型示意图

得该过程比较容易被采用,同时也为创造和组装出一个真正需要的工作方式提供了坚实的基础,而不管这些需要是来自于开发人员或者来自于开发组织。

EssUP 的核心实践包括 5 个基础技术实践和 4 个附加的综合实践,可以轻松地把这个过程引入到基于区域卫生信息平台的妇幼保健信息系统建设的开发项目中。见图 11-8。

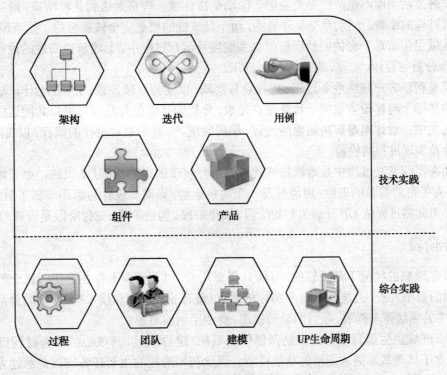

图 11-8 EssUP 开发过程核心实践

基础实践全部关注于技术开发工作,见表 11-3。

表 11-3　开发实践表

核心实践	描述
架构核心	使您能够确保选择的架构适合项目的需要
迭代核心	使您能够容易地采用迭代的、固定时间盒的方式来管理和监控您的项目
用例核心	使您能够以敏捷的方式获取需求,并使用这些需求来驱动解决方案的开发和测试
组件核心	使您能够以一种简单的、可伸缩的、测试驱动的方式来开发软件,这种方式应用了从面向对象和其他流行开发方法中继承而来的各种特性
产品核心	使您能够更贴近您的客户,能够识别出主要的发布版本

为补充由开发实践形成的技术基础,EssUP 还提供了 4 个其他的实践用于有效团队工作、软件开发生命周期和过程的改进。包括过程核心、团队核心、建模核心及 UP 生命周期。

包括 RUP、EssUP 在内的迭代过程都把生命周期分成初始阶段、细化阶段、构造阶段及交付阶段。而业务建模、需求、分析、架构设计、编码实现均作为开发活动分散在各个阶段中。并且在各个阶段依据不同的任务重点各项活动均有所侧重。

11.3.2　开发活动

采用团队协作解决问题,而不是任务完全分隔的方式,可以使开发更有效率并得到一个改良的产品。当团队在解决问题的时候他们参与四项活动:

研究:确保他们完全理解问题;

设计:开发一种方法以解决问题;

实施:执行设计;

验证:确认设计方案是否真正解决预定方案。

把这些理解为活动而不是阶段是重要的。活动是指你做一些事而达到某种结果;阶段是指生命周期中标志项目过程的步骤。活动是交叉开展的,而不是线性的或是完全依赖性的。这点很重要。

在基于区域卫生信息平台的妇幼保健信息系统项目运行过程中,上述解决问题的途径被映射为业务建模、需求、分析与设计、实现、测试、部署、应用。

业务建模是帮助客户理清业务过程、把握业务实质,以支持后续需求、分析、设计。这一过程应在本技术方案的基础上与建设方取得一致意见。需求、分析则是确保开发商与用户共同达成应建立一个怎样的系统的关键。设计则是解决问题的过程、编码实现、部署则是对设计的执行,以实际解决问题;测试是对设计及实现过程的检验。

这些活动在实际开发过程中是难以按部就班地串行实现的,而是相互交织的。如开始阶段主要任务是需求,但为了帮助需求的理解,可能开发一个简单原型,则需要设计与编码。到了后续阶段,需求还可能改变。为此将过程依 UP 分解为初始阶段、细化阶段、构造阶段、交付阶段是合理的。

11.3.3　初始阶段

初始阶段在理想的状况下是短暂的,可能只需要几天,以至于都不存在迭代。这个阶段的工作主要是需求工程的短小片断,去选择 10%~~20% 的需求(最有业务价值和技术价值,风险最高最应该早期解决)的最精要的高级需求列表、项目的最初视图、商业用例的草图。

对于《基于区域卫生信息平台的妇幼保健信息系统》建设项目,其核心的业务过程已经在本书描述,同时也建立了体现基本需求规格的功能模型。因此初始阶段的主要任务应该是承建方与建设方在应用业务模型及功能模型对其业务过程、基本需求达成共识。

开发商针对开发时可能存在的技术难点或关键点,提出解决问题的基本思路。对于不同的开发商其技术关键点可能不同。如应用 HL7 标准的 CDA R2 进行文档交换、基于 SOA 的开发模式等。必要时建立解决方案模型。

初始阶段的可交物仅包括以下几个方面:

(1)《基于区域卫生信息平台的妇幼保健信息系统》愿景。

(2)《基于区域卫生信息平台的妇幼保健信息系统》的业务说明概要。

(3)《基于区域卫生信息平台的妇幼保健信息系统》的需求说明概要。

(4)《基于区域卫生信息平台的妇幼保健信息系统》领域模型及数据库概念模型。

(5) 基于 SOA 的开发与部署办法简要说明。

(6) 基于 HL7 CDA R2 的接口交换机制简要实现说明。

初始阶段的所有文档都是概要与简要的。

11.3.4　细化阶段

细化阶段可能是 UP 中最关键的、最核心的、具有构架意义的元素,将在一系列短小的时间盒下的迭代内被编程和测试。并且这个阶段末期可能会完成一部分可靠的计划和评估。这个阶段的工作包括了需求和设计建模,同时也有编程和测试。在这个阶段需求通过迭代开发被不断地精化,并且最终达到大部分的稳定。同时开发系统的核心——构架,并使之达到稳定,也是这个阶段的目标。这个阶段是创造和发现的阶段,理想状况下需要的是一个小型的、精诚合作的高素质团队进行。

《基于区域卫生信息平台的妇幼保健信息系统建设技术解决方案》应使用业务用例图及活动图来构建业务模型。业务用例图主要反映儿童保健、妇女保健及妇幼卫生管理领域所开展的业务项目,以及与之相关联的服务对象和区域卫生信息平台所获取的业务服务。通过活动图展现业务过程,并通过对业务活动本质的分析,理清了基本活动过程,使业务活动更加标准化与规范化。但在实现业务过程中,有不同的业务组合,因此还需要针对不同的地区进行适当的补充与修改,实现业务过程的本地化。

同样,《基于区域卫生信息平台的妇幼保健信息系统建设技术解决方案》通过系统用例分析,建立了功能模型,表现了规范化的系统需求。但用例模型只是需求的纲要,对于人机交互、界面表现等较细的要求并未建立,因此在细化阶段还必须在"功能模型"的基础上进行更加细致的需求分析。这个过程同样需要开发方与建设方进行密切的合作,以对需求达成共识。

基于区域卫生信息平台,就必须与基于健康档案的区域卫生信息平台进行交互,接口部分可能是技术的难点,可以在初始阶段进行分析与设计提出接口层原型设计方案。

在业务分析与需求分析的基础上,可能首先建立系统领域模型或初步的概念模型,以帮助后续的系统架构及数据库设计。

因此细化阶段的可交物可能包括:

(1)《基于区域卫生信息平台的妇幼保健信息系统》业务规格说明书。

(2)《基于区域卫生信息平台的妇幼保健信息系统》需求规格说明书。

(3)《基于区域卫生信息平台的妇幼保健信息系统》的设计说明书。

(4)《基于区域卫生信息平台的妇幼保健信息系统》的数据库设计。

(5) 主要技术问题实现原型。

按照面向服务的基本原理:服务是可复用的;服务是松散耦合的;服务抽象底层逻辑;服务是可组合的;服务是自治的;服务是可发现的;服务的兼容性是基于策略的;关注点分离是 SOA 的核心原则,基于 SOA 的设计,将提供一系列具有相关独立功能的服务组件,经组合形成系统应用。

11.3.5　构造阶段

构造阶段是构建系统的主要阶段。这时需要在细化阶段已经建立起来的牢固基础上,建造其他未完成部分。在这个阶段需求还可以变化，但是大的风险和意外应该已经在细化阶段被发现了。这个阶段的主要工作是编程，还包括单元测试、集成测试等、文档的建立（比如用户使用文档）、性能优化。当然还会存在一些少量的需求和设计工作。这个阶段一般是由更多，更大的组进行并行的开发。这个阶段的迭代周期由于已经定义了大部分的风险和意外，在基于 SOA 的设计过程中，已经将关注点的分离体现在不同的服务组件，这样，迭代周期往往会比较短（一般在 1～2 周），以实现相对独立的服务组件。

《基于区域卫生信息平台的妇幼保健信息系统》所包含的主要服务组件包括一系列经业务分离的妇幼保健的基础业务服务组件。通过对这些基础业务服务组件的组合来构建儿童保健、妇女保健及妇幼卫生管理不同域的业务应用系统。

构造阶段所实现的里程碑就是完成经过测试的大部分业务服务组件。可交物还包括：

（1）《基于区域卫生信息平台的妇幼保健信息系统》服务组件程序编码。

（2）《基于区域卫生信息平台的妇幼保健信息系统》服务组件集成应用。

（3）《基于区域卫生信息平台的妇幼保健信息系统》用户手册。

（4）《基于区域卫生信息平台的妇幼保健信息系统》集成测试报告。

这个阶段还应与建设方形成有效的沟通，演示《基于区域卫生信息平台的妇幼保健信息系统》服务组件的集成应用，依据建设方的反馈情况进行 1～2 次的迭代，产生稳定有效的发布版本，最终冻结需求的变化。

11.3.6 交付阶段

移交阶段是系统的最终部署阶段。首先需要发布一些版本进行审核和反馈。往往在这个阶段的前期就已经冻结了需求变化，而只进行除错。可能还需要几个迭代周期，最后就是部署上线的工作。这个阶段往往还包括程序的发行、培训、新旧系统的并行运转、数据的转换，往往会由专门的实施团队负责这个阶段的主要工作。

移交阶段也是建设单位与开发商密切合作的阶段，建设方可以委派业务代表及信息科代表参与开发商的集成测试活动，共同审核项目成果物。实际上，在开发过程建设方已经对系统的功能有了共同的认识。审核过程只是对系统的进一步疏理与确认，发现错误及业务盲点，对安全、性能等做进一步的测试。

审核通过后，开发方委派实施团队前往建设方将基于区域卫生信息平台的妇幼保健信息系统部署到实际环境进行试运行，试运行前，一方面应按建设方的具体情况进行必要的配置，如操作人员、操作权限、与 EHR 的接口、科室设置以及其他参数等；另一方面要对建设方的操作人员进行有效的培训，使其掌握操作要领。试运行可按业务模块分步进行，如可先启动系统管理及儿童保健部分的业务模块，而后向妇女保健业务模块扩展，进而向妇幼卫生管理及扩展模型扩展应用。

培训工作是交付阶段另一项重要的任务。实施人员应协同建设方代表认真准备培训教材及实训素材，依据操作人员的不同分类，组织集中的及单独的培训。培训方式包括系统讲座、上机实训等。实际上培训过程也是系统接受实际检验的又一过程，参与培训的人员都是实际业务工作者，对业务过程十分熟悉，系统的运行是否真正符合业务过程，业务人员有一定的发言权。在培训过程，系统仍存在局部的调整与修改。实施团队要及时收集这个过程的用户需求变化，但不能在现场对程序进行适时修改。在双方对试运行及培训过程出现的问题及需求或设计变更要求进一步分析确认后，由项目组按需求变化的不同层级启动变更程序进入变更处理。

试运行是在实际部署环境中对系统应用实际数据进行测试运行的过程。对过程数据要作出标识，实施人员密切跟踪试运行的情况，记录试运行的数据、及性能变化。适时提交试运行报告。

交付时向建设方移交的产品应该是经编译后可运行的应用系统集成，包括集成的各种服务组件即基于区域卫生信息平台的妇幼保健信息系统，以及集成系统的软件、硬件环境。如数据库、应用服务器(软件)或运行平台等。同时还应向建设方移交用户使用手册、安装部署指南等用户文档以及移交清单。其他的开发技术文档原则上归开发商所有,但可视原合同的具体签订情况进行移交。

交付阶段的可交物包括:

(1) 已批准变更,经修改的部署于建设方系统支撑环境的《基于区域卫生信息平台的妇幼保健信息系统》。

(2)《基于区域卫生信息平台的妇幼保健信息系统》测试验收报告。

(3)《基于区域卫生信息平台的妇幼保健信息系统》培训教材。

(4)《基于区域卫生信息平台的妇幼保健信息系统》移交清单。

(5)《基于区域卫生信息平台的妇幼保健信息系统》试运行记录。

(6)《基于区域卫生信息平台的妇幼保健信息系统》用户意见。

项目管理过程与技术过程相关交织,形成项目管理的主要过程。

11.4 项目管理的要素

11.4.1 项目整体管理

项目整体管理过程负责项目的全生命周期管理、全局性管理和综合性管理。全生命周期管理意味着从项目的启动阶段到收尾阶段的整个项目生命周期。全局性管理意味着项目的整体包括项目管理工作、技术工作和商务工作等。综合性管理意味着项目整体管理过程负责管理项目的需求、范围、进度、成本、质量、人力资源、沟通、风险和采购。

基于区域卫生信息平台的妇幼保健信息系统建设项目管理团队进行整体管理的一些活动如下:

(1) 通过对《基于区域卫生信息平台的妇幼保健信息系统建设技术解决方案》业务模型及功能模型的理解,说明建设项目的范围。应当提出的是,系统建设范围不等同于功能模型所定义的功能范围,还应包括软硬件配套及基础设施、服务等相关产品。

(2) 把产品需求(结合功能模型)和特定的标准明确记录在文档里。

(3) 利用计划过程组,结合项目的实际情况,制订系统的项目管理计划。

(4) 把完成项目需要做的工作恰当地分解为可管理的更小部分。

(5) 采取恰当的行动使项目按照整体的项目管理计划来实施。

(6) 对项目状态、过程和产品进行度量和监督。

(7) 分析并监控项目风险。

11.4.2 项目范围管理

项目范围是指产生项目产品所包括的所有工作及所用的所有过程。项目关系人必须在项目要产生什么样的产品方面达成共识,也要在如何生产这些产品方面达成一定的共识。项目范围管理实际上是指对项目包括什么与不包括什么的定义与控制过程。这个过程用于确保项目组和项目关系人对作为项目结果的项目产品以及生产这些产品所用到的过程有一个共同的理解。

(1) 范围定义:本书对项目的业务进行了有效的描述,也通过用例分析建立了功能模型,即对项目产品的功能进行了系统的约束,但基于本地化的需求,应当在建设方与承建方之间重构并确认这些需求。并在这基础上,进行任务分解,形成任务细分结构,这些任务构成了项目范围。

其任务细分结构如图 11-9 所示。

(2) 范围核实:范围核实是指对项目范围的正式认定。项目主要干系人,如项目客户和项目发起人等要在这个过程中正式接受项目可交付成果的定义。

这个过程是范围确定之后,执行实施之前各方相关人员的承诺问题。一旦承诺则表明各方已经接

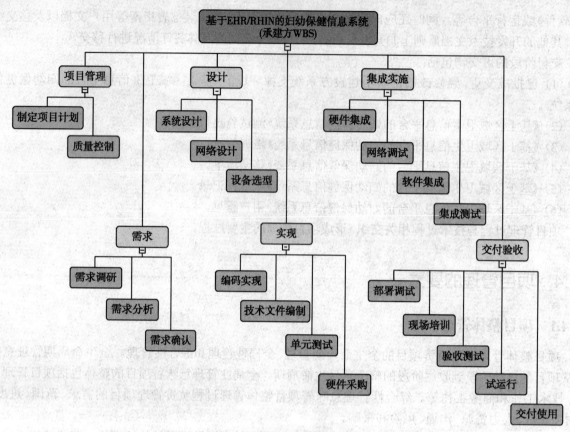

图 11-9 项目范围任务细分结构图

受该事实,那么各方必须根据承诺去加以实现。这也是确保项目范围能得到管理和控制的有效措施。

（3）范围变更控制过程:范围变更控制是指对有关项目范围的变更实施控制。主要的过程输出是范围变更、纠正行动与教训总结。

对于信息系统的需求,变更是不可避免的,关键问题是如何对变更进行有效的控制。发生变更时应按照变更管理的相关规范进行变更管理。对于范围的变更,如果是在项目范围之内,那么就需要评估变更所造成的影响,受影响的各方都应该清楚明了自己所受的影响,并制定应对措施;如果变更是在项目范围之外,那么就需要商务人员与建设方进行谈判,看是否增加费用,还是放弃变更。

11.4.3　项目进度管理

项目进度管理是指在项目实施过程中,对各阶段进展程度和项目最终完成期限所进行的管理。是在规定的时间内,拟定出合理且经济的进度计划(包括多级管理的子计划),在执行该计划的过程中,经常要检查实际进度是否按计划要求进行,若出现偏差,要及时找出原因,采取必要的补救措施,或调整、修改原计划,直至项目完成。其目的是保证项目能在满足其时间约束条件的前提下实现总体目标。

项目进度管理是根据建设项目的进度目标,编制经济合理的进度计划,并据以检查工程项目进度计划的执行情况,若发现实际执行情况与计划进度不一致,就及时分析原因,并采取必要的措施对原工程进度计划进行调整或修正的过程。工程项目进度管理的目的就是为了实现最优工期,保质保量按时完成任务。

范围、进度、成本构成了管理的三角形。项目进度管理是保证项目如期完成或合理安排资源供应,节约工程成本的重要措施。项目进度管理包括两大部分的内容,即项目进度计划的制订和项目进度计划的控制。

（1）项目进度计划的制订：在项目实施之前，必须先制订出一个切实可行的、科学的进度计划，然后再按计划逐步实施。其制定步骤一般包括收集信息资料、依据任务结构分解对项目活动时间进行估算、项目进度计划编制等几个步骤。

为保证项目进度计划的科学性和合理性，在编制进度计划前，必须收集真实、可信的信息资料，以作为编制进度计划的依据。这信息资料包括项目背景、项目实施条件、项目实施单位及人员数量和技术水平、项目实施各个阶段的定额规定等等。

（2）项目进度计划的控制：在项目进度管理中，制订出一个科学、合理的项目进度计划，只是为项目进度的科学管理提供了可靠的前提和依据，但并不等于项目进度的管理就不再存在问题。在项目实施过程中，由于外部环境和条件的变化，往往会造成实际进度与计划进度发生偏差，如不能及时发现这些偏差并加以纠正，项目进度管理目标的实现就一定会受到影响。所以，必须实行项目进度计划控制。

项目进度计划控制的方法是以项目进度计划为依据，在实施过程中对实施情况不断进行跟踪检查，收集有关实际进度的信息，比较和分析实际进度与计划进度的偏差，找出偏差产生的原因和解决办法，确定调整措施，对原进度计划进行修改后再予以实施。随后继续检查、分析、修正；再检查、分析、修正……直至项目最终完成。

在具体项目规划中可以通过甘特图或网络图规划项目进度。

11.4.4 项目成本管理

项目成本管理是指在满足质量、工期等合同要求的前提下，对项目实施过程中所发生的费用，通过计划、组织、控制和协调等活动实现预定的成本目标，并尽可能降低成本费用的一种科学的管理活动。

项目成本管理是指在满足质量、工期等合同要求的前提下，对项目实施过程中所发生的费用，通过计划、组织、控制和协调等活动实现预定的成本目标，并尽可能降低成本费用的一种科学的管理活动。现代项目成本管理的业务范围已经不再局限于计划和进度报表的生成，管理人员在质量、成本、工期满足必需要求的前提下，时刻面对着一系列无法预料的难题，项目管理的主要控制要素是质量、进度和成本。项目管理的目标是在保证质量的情况下，寻找进度和成本的最优解决方案。

成本管理的内容很广泛，贯穿于项目管理活动的全过程和每个方面，从项目可行性研究、项目立项、项目组织管理、项目需求分析、项目设计实现、项目执行监控、项目实施验收，每个环节都离不开成本管理工作。就成本管理的完整工作来说，可以划分为计划管理、预算管理、支出管理协调的统一过程：首先需要为三个相对独立的管理过程建立共同的信息交换机制。其次引入"挣值管理"以正确评价进度成本，实现正确有效的成本控制。

11.4.5 项目质量管理

质量是软件工程的生命线。基于区域卫生信息平台的妇幼保健信息系统建设，既是区域卫生信息化建设的重要组成部分，也是一项重要的民生工程。因此软件质量尤为重要。而优质的项目质量管理则是软件产品质量的重要保证。

软件项目质量管理包括：质量计划编制、质量保证和质量控制三个过程域。质量计划是质量管理的第一过程域，它主要结合各个机构的质量方针、产品描述以及质量标准和规则通过收益 - 成本分析和流程设计等工具制定出来实施方略，其内容全面反映用户的要求，为质量小组成员有效工作提供了指南，为项目小组成员以及项目相关人员了解在项目进行中如何实施质量保证和控制提供依据，为确保项目质量得到保障提供坚实的基础。质量保证则是贯穿整个项目全生命周期的有计划的、有系统的活动，经常性地针对整个项目质量计划的执行情况进行评估、检查与改进等工作，向管理者、顾客或其他方提供信任，确保项目质量与计划保持一致。质量控制是对阶段性的成果进行检测、验证，为质量保证提供参考依据，它是一个 PDCA 循环过程。

（1）质量计划：现代质量管理的基本宗旨是："质量出自计划，而非出自检查。"只有做出精准的质量计划,才能指导项目的实施、做好质量控制。

质量计划包括确定哪种质量标准适合该项目并决定如何达到这些标准。在项目计划中,它是程序推进的主要推动力之一,质量计划应与其他项目计划程序并行。例如,对管理质量的要求可能是成本或进度计划的调节,对开发质量的要求则可能是代码的严谨性与需求的符合度,对产品质量的要求可能是一系列的性能指标。

基于区域卫生信息平台的妇幼保健信息系统建设项目质量计划,除了产品质量计划,同样应该注重过程质量控制。根据侧重点不同,项目可分为质量倾斜型、工期倾斜型及成本倾斜型体系。我们在编制项目计划时,一般而言是时间、成本、质量标准均已确定,在项目实施过程中就需在从客观因素、具体情况出发,根据将要采取的行动和可能导致的后果进行综合分析研究;按切合实际的原则,使项目进展平衡有节奏地进行,以求达到预期目标。避免出现工期紧张或成本减少,导致质量降低的现象,而质量下降又往往造成返工等后果而导致延长工期和增加成本。

(2) 质量控制:质量计划确定后,按照其建立的质量管理体系,各责任单位就必须按照 PDCA 质量环的要求,实施有效的质量控制。质量控制应贯穿于项目的整个过程,它可分为监测和控制两个阶段:监测的目的就是收集、记录和汇报有关项目质量的数据信息;控制就是使用质量监测提供的数据,进行控制,确保项目质量与计划保持一致。

(3) 质量保证:在 ISO 9000:2000 质量管理体系—基础和术语中,"质量保证"的定义是质量管理中致力于对确保产品达到质量要求而提供信任的工作。质量保证应贯穿于项目的始终。软件工程项目管理的主要目标是保证项目在规定时间内高质量地完成。同时要求项目实施者证明项目设计/实施等各个环节的主要质量活动确实做得很好,且能提供合格项目的证据,这就是用户提出的"质量保证"要求。针对用户提出的质量保证要求,项目实施者就应开展外部质量保证活动,就应向用户提供项目设计/实施等全过程中某些环节活动必要证据,使用户放心。

11.4.6 项目人力资源管理

项目的成败,人才是根本。基于区域卫生信息平台的妇幼保健信息系统建设项目,不仅仅是一项普通的信息技术,它综合了最新的信息技术成果、公共卫生与医疗卫生行业的业务成果、医学信息学的最前沿技术成果。要求开发商不单单熟悉信息技术,还必须精通妇幼保健的业务过程,以及卫生部对基于 EHR 的区域卫生信息化的最新发展战略,同时还要掌握医学信息学的前沿技术,包括 HL7 标准、HL7 开发框架、LOINC、SNOMED 等一系列医学词汇与代码系统、卫生部及国家妇幼保健中心发布的一系列数据标准与规范等。这就要求项目组必须是包含信息技术专家、妇幼保健专家、医学信息学专家等的研发队伍。

在项目管理中,人力资源管理最关心的是"人的问题",其核心是认识人性、尊重人性,强调现代人力资源管理"以人为本"。在一个组织中,围绕人,主要关心人本身、人与人的关系、人与工作的关系、人与环境的关系、人与组织的关系等。现代人力资源管理就是一个人力资源的获取、整合、保持激励、控制调整及开发的过程。

11.4.7 项目沟通管理

项目的管理过程,就是项目的沟通过程。一个软件系统工程,如果缺乏有效的沟通是难以想象的。一般而言,在一个比较完整的沟通管理体系中,应该包含以下几方面的内容:沟通计划编制、信息分发、绩效报告和管理收尾。沟通计划决定项目干系人的信息沟通需求:需要什么信息,什么时候需要,怎样获得。信息发布使需要的信息及时发送给项目干系人。绩效报告收集和传播执行信息,包括状况报告、进度报告和预测。项目或项目阶段在达到目标或因故终止后,需要进行收尾,管理收尾包含项目结果文档的形成,包括项目记录收集、对符合最终规范的保证、对项目的效果(成功或教训)进行的分析以及这些信息的存档(以备将来利用)。

项目沟通计划是项目整体计划中的一部分,它的作用非常重要,也常常容易被忽视。很多项目中没有完整的沟通计划,导致沟通非常混乱。有的项目沟通也还有效,但完全依靠客户关系或以前的项目经验,或者说完全靠项目经理个人能力的高低。然而,严格说来,一种高效的体系不应该只在大脑中存在,也不应该仅仅依靠口头传授,落实到规范的计划编制中很有必要。因而,在项目初始阶段也应该包含沟通计划。

项目沟通不仅仅存在于建设方与承建方之间,也存在于项目内部的各个团队之间,项目组内各成员之间的沟通,建立有效的沟通模型是项目实施的重要保证。

沟通模型与团队建设息息相关,团队的沟通是软件开发成功的关键因素。要管理好团队必须了解如何有效地进行沟通:

(1) 使用公共词汇表和公共语言,建立精确沟通机制。

(2) 控制适当规模的沟通。

(3) 建立适当的沟通模型。

项目的沟通模型主要包括以下几种方式:

1) 功能性沟通模型:功能性沟通模型指的是项目的每个功能由一个独立的小组(如设计组、实施组等)完成。在该模型中,一个小组完成其任务后,再把项目交给下一个小组。这种方式具有高度结构化和正规化的特点,每个小组由单独的专家组成。小组间的沟通是通过正式文档和其他一些相关资料(代码或测试报告)交给下一级组来实现。这种方式主要通过文档流来管理团队沟通。见图 11-10。

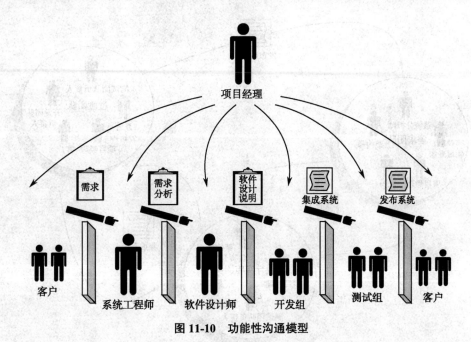

图 11-10 功能性沟通模型

2) 非结构化沟通模型:非结构化沟通在没有定义团队结构时出现。在该模型中,大家仅简单地在一起工作,导致相互间的交流增多。当团队成员增多时,这种沟通变得非常繁杂,沟通失去了控制。非结构化沟通导致生产效率低下、不能预期或实现进度及事先没有设计的产品导致维护和扩展成本很高。见图 11-11。

3) 项目团队沟通模型:项目团队沟通模型由一些重叠的团队组成,每个团队的工作覆盖不同的开发过程,但负责开发过程的一项主要任务。

在一个项目中,有的小组负责系统的整体设计,有的小组负责各子系统的底层设计和实施,还有的小组负责系统测试和项目发布。开发团队需要协调项目中的所有活动,另外在开发中遇到的一些特殊问题可以组织专门的团队来解决。在整个项目过程中,这些小组始终是整个团队的成员。见图 11-12。

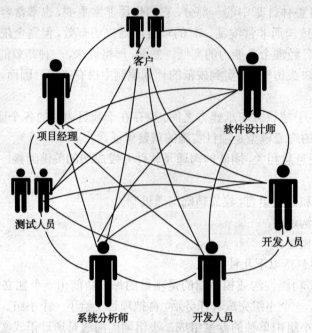

图 11-11　项目非结构化沟通模型

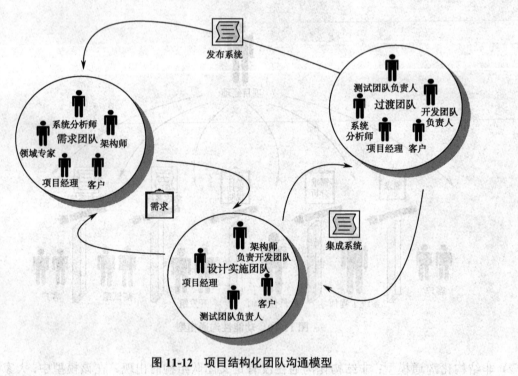

图 11-12　项目结构化团队沟通模型

11.4.8　项目配置管理

　　配置管理是通过技术或行政手段对软件产品及其开发过程和生命周期进行控制、规范的一系列措施。配置管理的目标是记录软件产品的演化过程,确保软件开发者在软件生命周期中各个阶段都能得到精确的产品配置。

　　配置管理过程是对处于不断演化、完善过程中的软件产品的管理过程。其最终目标是实现软件产品的完整性、一致性、可控性,使产品极大程度地与用户需求相吻合。它通过控制、记录、追踪对软件的修改和每个修改生成的软件组成部件来实现对软件产品的管理功能。

配置管理系统应该具备以下主要功能：

（1）并行开发支持：因开发和维护的原因，要求能够实现开发人员同时在同一个软件模块上工作，同时对同一个代码部分作不同的修改，即使是跨地域分布的开发团队也能互不干扰，协同工作，而又不失去控制。

（2）修订版管理：跟踪每一个变更的创造者、时间和原因，从而加快问题和缺陷的确定。

（3）版本控制：能够简单、明确地重现软件系统的任何一个历史版本。

（4）产品发布管理：管理、计划软件的变更，与软件的发布计划、预先制定好的生命周期或相关的质量过程保持一致；项目经理能够随时清晰地了解项目的状态。

（5）建立管理：基于软件存储库的版本控制功能，实现建立过程自动化。

（6）过程控制：贯彻实施开发规范，包括访问权限控制、开发规则的实施等。

（7）变更请求管理：跟踪、管理开发过程中出现的缺陷、功能增强请求或任务，加强沟通和协作，能够随时了解变更的状态。

（8）代码共享：提供良好的存储和访问机制，开发人员可以共享各自的开发资源。

配置管理的主要任务是：

（1）制订配置管理计划：配置管理员制订《配置管理计划》，主要内容包括配置管理软硬件资源、配置项计划、基线计划、交付计划、备份计划等。CCB 审批该计划。

（2）配置库管理：配置管理员为项目创建配置库，并给每个项目成员分配权限。各项目成员根据自己的权限操作配置库。配置管理员定期维护配置库，例如清除垃圾文件、备份配置库等。

（3）版本控制：在项目开发过程中，绝大部分的配置项都要经过多次的修改才能最终确定下来。对配置项的任何修改都将产生新的版本。由于我们不能保证新版本一定比老版本"好"，所以不能抛弃老版本。版本控制的目的是按照一定的规则保存配置项的所有版本，避免发生版本丢失或混淆等现象，并且可以快速准确地查找到配置项的任何版本。配置项的状态有三种："草稿"、"正式发布"和"正在修改"，要制定配置项状态变迁与版本号的规则。

（4）变更控制：在项目开发过程中，配置项发生变更几乎是不可避免的。变更控制的目的就是为了防止配置项被随意修改而导致混乱。修改处于"草稿"状态的配置项不算是"变更"，修改者按照版本控制规则执行即可。当配置项的状态成为"正式发布"，或者被"冻结"后，此时任何人都不能随意修改，必须依据变更管理的规范进行管理。

（5）配置审计：为了保证所有人员（包括项目成员、配置管理员和变更管理人员）都遵守配置管理规范，质量保证人员要定期审计配置管理工作。配置审计是一种"过程质量检查"活动，是质量保证人员的工作职责之一。

11.4.9　项目变更管理

变更控制的目的并不是控制变更的发生，而是对变更进行管理，确保变更有序进行。对于软件开发项目来说，发生变更的环节比较多，因此变更控制显得格外重要。

IT 项目中引起变更的因素有两个：一是来自外部的变更要求，如客户要求修改工作范围和需求等；二是开发过程内部的变更要求，如为解决测试中发现的一些错误而修改源码甚至设计。比较而言，最难处理的是来自外部的需求变更，因为 IT 项目需求变更的概率大，引发的工作量也大（特别是到项目的后期）。

变更控制不能仅在过程中靠流程控制，有效的方法是在事前明确定义。事前控制的一种方法是在项目开始前明确定义，否则"变化"也无从谈起。一种方法是确定工作范围（见 11.4.2）；另一种方法是评审，特别是对需求进行评审，这往往是项目成败的关键。需求评审的目的不仅是"确认"，更重要的是找出不正确的地方并进行修改，使其尽量接近"真实"需求。另外，需求通过正式评审后应作为重要基线，从此之后即开始对需求变更进行控制。

11.4.10 项目风险管理

风险一词包括了两方面的内涵：一是风险意味着出现了损失，或者是未实现预期的目标；二是指这种损失发生与否是一种不确定性的随机现象，可以用概率表示出现的可能程度，但不能对出现与否作确定性判断。风险管理就是要在风险成为影响项目成功的威胁之前，识别、处理并消除风险的源头。项目风险管理就是项目管理班子通过风险识别、风险估计和风险评价，并以此为基础合理地使用多种管理方法、技术和手段对项目活动涉及的风险实行有效的控制，采取主动行动，创造条件，尽量扩大风险事件的有利结果，妥善地处理风险事故造成的不利结果，以最少的成本，保证安全、可靠地实现项目的总目标。

风险管理过程包括以下内容：

（1）风险管理规划：决定如何进行、规划和实施项目风险管理活动。

（2）风险识别：判断哪些风险会影响项目，并以书面形式记录其特点。

（3）定性风险分析：对风险概率和影响进行评估和汇总，进而对风险进行排序，以便于随后的进一步分析或行动。

（4）定量风险分析：定量分析风险对项目总体目标的影响。

（5）应对计划编制：针对项目目标制订提高风险应对能力、降低威胁的方案和行动。

（6）风险监控：在整个项目生命周期中，跟踪已标识风险、监测残余风险、识别新风险、实施风险应对计划，并对其有效性进行评估。

附录 Ⅰ

健康档案妇幼保健服务记录表单参考用表

表 B010101

出生医学证明

出生医学证明存根

出生证编号 E110000000

婴儿姓名：	性别
出生时间：	年 月 日 时 分
出生地点：	
母亲姓名：	年龄 民族
国籍：	
身份证编号：	
父亲姓名：	年龄 民族
国籍：	
身份证编号：	
家庭住址：	
婴儿母亲签章：	
接生人员签字：	
接生单位（盖专用章）	年 月 日

此存根留至发证机构存档

出生医学证明副页

出生证编号 E110000000

婴儿姓名：	性别
出生时间：	年 月 日 时 分
出生地点：	
母亲姓名：	年龄 民族
国籍：	
身份证编号：	
父亲姓名：	年龄 民族
国籍：	
身份证编号：	
家庭住址：	
婴儿母亲签章：	
接生人员签字：	
接生单位（盖专用章）	年 月 日

此副页由户口登记机关保存

出生医学证明 BIRTH CERTIFICATE

《出生医学证明》的根据
《中华人民共和国母婴保健法》制定，是在中华人民共和国境内出生人口的法定医学证明，由新生儿父母或监护人妥善保管，不得出卖、转让出借。和私自涂改，申报出生登记时须凭此证明。

新生儿姓名 Full name of baby	
出生地 Place of birth	男 女 Male Female
	省 Province 市 City 县(区) Country(District) 乡 Township
	出生日期 Date of birth 年 月 日 时 分 周 Year Month Day Hour Minute Week
健康状况 Health status	良好 Well 一般 Normal 出生孕周 Gestation(week) 身高 Height 体重 Weight
母亲姓名 Full name of mother	年龄 Age 国籍 Nationality 民族 Nationality
父亲姓名 Full name of father	年龄 Age 国籍 Nationality 民族 Nationality
身份证号 Identity card NO.	
出生地点分类 Type of place	医院 General hospital 妇幼保健院 MCH hospital 家庭 Home 其他 Other
接生机构名称 Name of locality	
出生证编号 Birth certificate No.	E110000000
	签发日期 Date of Issue 年 月 日 Year Month Day
	签证机构（盖专用章）Issuing organization (seal)

中华人民共和国卫生部
MINISTRY OF HEALTH OF THE
PEOPLE'S REPUBLIC OF CHINA

"The Medical Certificate of Birth" is formulated according to "The law of the people's Republic of China on Maternal and Infant Health Care". It is a legal medical certificate of people born in the People's Republic of China. It is taken care of by the Newborn baby's father and mother or guardian. Cannot be sold,lent or altered in private. And it is referred to upon civil registration.

表 B010201　　　　　　　　　　**新生儿疾病筛查记录表**

编　　号：＿＿＿＿＿＿＿＿＿

新生儿：姓名：＿＿＿＿＿＿　　　　　　　　性别：□男　□女　□不明

出生时间：＿＿＿＿＿年＿＿＿月＿＿＿日＿＿＿时·＿＿分

母　亲：姓名：＿＿＿＿＿＿　　　　　　　　出生日期：＿＿＿＿＿年＿＿＿月＿＿＿日

身份证件类别：＿＿＿＿＿＿＿＿＿＿＿＿＿＿＿＿＿＿＿＿

身份证件号码：□□□□□□□□□□□□□□□□□□

现住地址：＿＿＿＿＿国家＿＿＿＿＿省＿＿＿＿市＿＿＿＿区(县)＿＿＿＿街道(乡)＿＿＿＿＿＿＿

邮　　编：□□□□□□　　　联系电话：＿＿＿＿＿＿＿＿＿

采血情况：

标本编号	采血日期时间 (精确到分钟)	采血方式	采血部位	采血单位	采血者姓名

筛查情况：

标本编号	筛查实验日期	筛查项目	筛查方法	筛查结果	筛查单位	检测人员签名

------------------------- 可 --- 疑 --- 阳 --- 性 --- 召 --- 回 --- 情 --- 况 -------------------------

可疑阳性召回：

通知日期：＿＿＿＿＿年＿＿＿月＿＿＿日　　　通知形式：＿＿＿＿＿＿＿＿＿＿＿＿＿＿

通知到达人姓名：＿＿＿＿＿＿＿＿＿　　　通知到达人与新生儿关系：＿＿＿＿＿＿＿＿＿

召回日期：＿＿＿＿＿年＿＿＿月＿＿＿日　　　未召回原因：＿＿＿＿＿＿＿＿＿＿＿＿＿

通知者签名：＿＿＿＿＿＿＿＿＿

确诊情况：

标本编号	诊断日期	诊断项目	诊断方法	诊断结果	诊断单位	检测人员签名

表 B010301   **0~6 岁儿童基本情况登记表**

编　　号：_____

儿童姓名：_____　　性别：(□男 □女 □不明)　　出生日期：_____年_____月___日

父亲：姓名：_____　　出生日期：_____年_____月_____日

　　　职业：_____　　工作单位：_____

母亲：姓名：_____　　出生日期：_____年_____月_____日

　　　职业：_____　　工作单位：_____

现住地址：_____省_____市_____区(县)_____街道(乡)_____

邮　　编：□□□□□□　　联系电话：_____

\- 以 -- 下 -- 由 -- 医 -- 生 -- 填 -- 写 \-

出生情况：□顺产 □难产 □剖宫产 □双多胎　　　　出生孕周：_____周

　　　　　体重：_____kg　　身长：_____cm　　头围：_____cm　　胸围：_____cm

　　　　　Apgar 评分：1 分钟_____ 5 分钟_____ 10 分钟_____

出生缺陷：□无　□有(详述)_____

新生儿疾病筛查结果：_____

发育记录：抬头____月　　翻身____月　　独坐____月　　会爬____月

ABO 血型：_____　　　　RH 血型：_____

与遗传有关的家族史：□无 □盲 □聋 □哑 □精神病 □先天性智力低下 □先天性心脏病

　　　　　　　　　　□血友病 □糖尿病 □其他_____

　　　　　患者与儿童关系：_____

药物过敏史：_____

建　册　单　位：_____

建册医师签名：_____

建　册　日　期：_____年____月___日

表 B010302　　　　　　　　**0~6 岁儿童健康体检记录表**

编　　号：_____

儿童姓名：_____　　　性别：(□男 □女 □不明)　　出生日期：_____年_____月_____日

母亲姓名：_____　　父亲姓名：_____

现住地址：_____国家_____省_____市_____区(县)_____街道(乡)_____

邮　　编：□□□□□□　　　　联系电话：_____

体检次数		第一次	第二次	第三次	第四次
体检日期					
实足年龄					
喂养方式					
辅食添加	谷类				
	蛋肉类				
	水果蔬菜类				
	油脂类				
	其他				
维生素 D/ 钙剂添加					
疾病情况					
体格检查	身高(cm)				
	体重(kg)				
	坐高(cm)				
	头围(cm)				
	胸围(cm)				
	前囟(cm)				
	心				
	肺				
	肝				
	脾				
	皮肤				
	面色				
	皮下脂肪				
	浅表淋巴结				
	四肢				
	脊柱				
	腹部				
	外生殖器				

体检次数		第一次		第二次		第三次		第四次	
佝偻病	症状								
	体征								
五官	沙眼								
	视力	左:	右:	左:	右:	左:	右:	左:	右:
	耳	左:	右:	左:	右:	左:	右:	左:	右:
	听力	左:	右:	左:	右:	左:	右:	左:	右:
	鼻								
口腔	咽、扁桃体								
	萌牙月龄								
	出牙数								
	龋齿数								
其他									
检验	血红蛋白								
	肝功能								
	乙肝表面抗原								
	骨碱性磷酸酶								
	其他								
发育评价	年龄别体重								
	年龄别身高								
	身高别体重								
	DDST 筛查 / 儿心量表								
结论									
是否体弱儿									
处理及指导									
体检单位									
体检医师签名									

体检次数		第五次	第六次	第七次	第八次
体检日期					
实足年龄					
喂养方式					
辅食添加	谷类				
	蛋肉类				
	水果蔬菜类				
	油脂类				
	其他				
维生素 D/ 钙剂添加					
疾病情况					
体格检查	身高(cm)				
	体重(kg)				
	坐高(cm)				
	头围(cm)				
	胸围(cm)				
	前囟(cm)				
	心				
	肺				
	肝				
	脾				
	皮肤				
	面色				
	皮下脂肪				
	浅表淋巴结				
	四肢				
	脊柱				
	腹部				
	外生殖器				

体检次数		第五次	第六次	第七次	第八次
佝偻病	症状				
	体征				
五官	沙眼				
	视力	左: 右:	左: 右:	左: 右:	左: 右:
	耳	左: 右:	左: 右:	左: 右:	左: 右:
	听力	左: 右:	左: 右:	左: 右:	左: 右:
	鼻				
口腔	咽、扁桃体				
	萌牙月龄				
	出牙数				
	龋齿数				
	其他				
检验	血红蛋白				
	肝功能				
	乙肝表面抗原				
	骨碱性磷酸酶				
	其他				
发育评价	年龄别体重				
	年龄别身高				
	身高别体重				
	DDST筛查/儿心量表				
结论					
是否体弱儿					
处理及指导					
体检单位					
体检医师签名					

体检次数		第九次	第十次	第十一次	第十二次
体检日期					
实足年龄					
喂养方式					
辅食添加	谷类				
	蛋肉类				
	水果蔬菜类				
	油脂类				
	其他				
维生素D/钙剂添加					
疾病情况					
体格检查	身高(cm)				
	体重(kg)				
	坐高(cm)				
	头围(cm)				
	胸围(cm)				
	前囟(cm)				
	心				
	肺				
	肝				
	脾				
	皮肤				
	面色				
	皮下脂肪				
	浅表淋巴结				
	四肢				
	脊柱				
	腹部				
	外生殖器				

体检次数			第九次	第十次	第十一次	第十二次
佝偻病		症状				
		体征				
五官		沙眼				
		视力	左: 右:	左: 右:	左: 右:	左: 右:
		耳	左: 右:	左: 右:	左: 右:	左: 右:
		听力	左: 右:	左: 右:	左: 右:	左: 右:
		鼻				
口腔		咽、扁桃体				
		萌牙月龄				
		出牙数				
		龋齿数				
	其他					
检验		血红蛋白				
		肝功能				
		乙肝表面抗原				
		骨碱性磷酸酶				
		其他				
发育评价		年龄别体重				
		年龄别身高				
		身高别体重				
		DDST 筛查 / 儿心量表				
结 论						
是否体弱儿						
处理及指导						
体检单位						
体检医师签名						

表B010401

体弱儿童管理记录表

编号：_____

儿童姓名：_____　性别：□男　□女　□不明　　出生日期：_____年_____月_____日

母亲姓名：_____　父亲姓名：_____　　　　联系电话：_____

现住地址：_____国家_____省_____市_____区（县）_____街道（乡）_____　　邮　编：□□□□□□

建档日期：_____年_____月_____日

体弱原因类别：□早产　□低出生体重儿　□先天性心脏病　喂养方式：□纯母乳喂养　□混合喂养　□人工喂养

　　　　　　　□反复感染　□活动期佝偻病　□生长发育迟缓　□儿童糖尿病　　□营养性缺铁性贫血　□中、重度营养不良

　　　　　　　　　　　　　　　　　　　　　　　□肥胖　　　　　　　　　　　　□其他_____

随诊日期	月龄	症状	体征	实验室检查项目	实验室检查结果	处理及指导	预约日期	检查机构	检查医师签名

转归：□痊愈　□好转　□无效　□死亡　□未治　□其他

结案单位：_____　结案医师签名：_____　结案日期：_____年_____月_____日

表 **B010501**　　　　　　　　**儿童死亡报告卡**

表　　号：卫统 43 表
制表机关：卫生部
批准机关：国家统计局
批准文号：国统制 [2010]5 号
有效期至：2012 年

_____区县 □□□□□□

编　号　□□□□□□□

住址_____乡(区)_____街道(村)_____
父亲姓名_____母亲姓名_____
患儿姓名_____联系电话_____
(1) 本地户口　　(2) 非本地户口
(3) 非本地户口居住 1 年以上　　　　□
性别：1. 男　2. 女　3. 不明　　　　□

	年			月		日

出生日期

	年			月		日

出生体重_____克　(1) 测量　(2) 估计　□
出生孕周_____周
出生地点：
(1) 省(市)医院
(2) 区(县)医院
(3) 街道(乡镇)卫生院
(4) 村卫生室(诊所)
(5) 途中
(6) 家中　　　　　　　　　　　　□

死亡日期

	年			月		日

死亡年龄_____岁_____月_____天

死亡诊断_____
_____
死因分类　　　　　　　　　　□□
死亡地点：(1) 医院　　(2) 途中
　　　　　(3) 家中　　　　　　□
死前治疗：(1) 住院　　(2) 门诊
　　　　　(3) 未治疗　　　　　□
诊断级别：(1) 省(市)医院
　　　　　(2) 区(县)医院
　　　　　(3) 街道(乡镇)医院
　　　　　(4) 村(诊所)医疗站
　　　　　(5) 未就医　　　　　□
未治疗或未就医主要原因：(单选)
(1) 经济困难
(2) 交通不便
(3) 来不及送医院
(4) 家长认为病情不严重
(5) 风俗习惯
(6) 其他(请注明)　　　　　□
死因诊断依据：(1) 病理尸检
　　　　　　　(2) 临床
　　　　　　　(3) 死后推断　　□

填卡单位_____　填卡人_____　填卡日期_____

填报说明：1. 本表由监测县区乡镇卫生院、社区卫生服务机构填写上报。统计范围为户籍和非户籍人口中死亡的 0～4 岁儿童。
　　　　　2. 本表为季报。每年 2 月 28 日上报上年第 4 季度报表，5 月 28 日上报本年第 1 季度报表，8 月 28 日上报本年第 2 季度报表，11 月 15 日前上报第 3 季度报表。报送方式为网络报告。
　　　　　3. 死因分类填写"儿童死因分类编号"。

01 痢疾　　　　　　　13 其他消化系统疾病　　25 交通意外
02 败血症　　　　　　14 先天性心脏病　　　　26 意外窒息
03 麻疹　　　　　　　15 神经管畸形　　　　　27 意外中毒
04 结核　　　　　　　16 先天愚型　　　　　　28 意外跌落
05 其他传染病和寄生虫病　17 其他先天异常　　　29 其他意外
06 白血病　　　　　　18 早产或低出生体重　　30 内分泌、营养及代谢疾病
07 其他肿瘤　　　　　19 出生窒息　　　　　　31 血液及造血器官疾病
08 脑膜炎　　　　　　20 新生儿破伤风　　　　32 循环系统疾病
09 其他神经系统疾病　21 新生儿硬肿症　　　　33 泌尿系统疾病
10 肺炎　　　　　　　22 颅内出血　　　　　　34 其他
11 其他呼吸系统疾病　23 其他新生儿病　　　　35 诊断不明
12 腹泻　　　　　　　24 溺水

表 B020101　　　　　　　　　　**女性婚前医学检查表**

填写日期：_____年_____月_____日

姓　　名：_____　　出生日期：_____年_____月_____日

身份证件类别：_____

身份证件号码：□□□□□□□□□□□□□□□□□□□

职　　业：_____　文化程度：_____　民族：_____

户籍地址：_____国家_____省_____市_____区(县)_____街道(乡)_____

现住地址：_____国家_____省_____市_____区(县)_____街道(乡)_____

邮　　编：□□□□□□　联系电话：_____

工作单位：_____

对方姓名：_____

近期一寸
免冠正面
照片加盖
婚检专用章

----------------------------- 以 -- 下 -- 由 -- 医一生 -- 填 -- 写 -----------------------------

编　　号：_____　对方编号：_____

检查日期：_____年_____月_____日

血缘关系：□无　□表　□堂　□其他_____

既往病史：□无　□心脏病　□肺结核　□肝脏病　□泌尿生殖系疾病　□糖尿病　□高血压
　　　　　□精神病　□性病　□癫痫　□甲亢　□先天疾患　□其他_____

手 术 史：□无　□有_____　　　　　　　　其他：_____

现 病 史：□无　□有_____

月 经 史：初潮年龄：____岁　经期/周期：____/____天　　月经量：(□多 □中 □少)
　　　　　痛经：(□无 □轻 □中 □重)　　末次月经：_____年____月____日

既往婚育史：□未婚　□已婚　□丧偶　□离异　足月产____次　早产____次　流产____次
　　　　　子____人　遗传病情况_____　　女____人　遗传病情况_____

与遗传有关的家族史：□无　□盲　□聋　□哑　□精神病　□先天性智力低下　□先天性心脏病
　　　　　□血友病　□糖尿病　□其他_____
　　　　　患者与本人关系：_____

家族近亲婚配：□无　□有(□父母　□祖父母　□外祖父母)

　　　　　　　　　　　　受检者签名_____　医师签名_____

体格检查

血压：_____/_____mmHg

精神状态：□正常　□异常_____

智力：□正常　□异常(常识、判断、记忆、计算)

五官：□正常　□异常_____

心：心率_____次/分　心律_____

肺：□正常　□异常_____

四肢：□正常　□异常_____

特殊体态：□无　□有_____

特殊面容：□无　□有_____

皮肤毛发：□正常　□异常_____

甲 状 腺：□正常　□异常_____

心脏杂音：□无　□有_____

肝：　□未及　□可及_____

脊柱：□正常　□异常_____

其他：_____

　　　　　　　　　　　　　　　　检查医师签名：_____

413

第二性征：阴毛：□正常　□稀少　□无　　　　　乳房：□正常　□异常_____

生 殖 器：肛查（常规）：外阴：_____　　　　分泌物：_____

子宫：_____　　　　　附 件：_____

阴道检查（必要时）：外阴：_____　阴道：_____　宫颈：_____

子宫：_____

附件：_____

其他：_____

同意阴道检查，本人签字：_____　　　　检查医师签名：_____

实验室及特殊检查

常规检查：胸透：_____

血常规：红细胞计数_____/L　　血红蛋白_____g/L

白细胞计数_____/L　　血小板总数_____/L

白细胞分类计数_____

尿常规：尿蛋白_____　　　尿比重_____

尿酸碱度_____　　　尿糖_____

白带常规：滴虫_____　　念珠菌_____　　阴道清洁度_____度

血转氨酶：_____U/L　　乙肝表面抗原：_____

淋球菌：_____　　梅毒螺旋体抗体：_____

HIV 抗体：_____

特殊检查：_____

检 验 报 告 粘 贴 处

检查结果：□未见异常：

　　　　　　□异常情况：＿＿＿＿＿＿＿＿＿＿＿＿＿＿＿＿＿＿＿＿＿

　　　　　　　　　　　＿＿＿＿＿＿＿＿＿＿＿＿＿＿＿＿＿＿＿＿＿

　　　　疾病诊断：＿＿＿＿＿＿＿＿＿＿＿＿＿＿＿＿＿＿＿＿＿

　　　　　　　　　＿＿＿＿＿＿＿＿＿＿＿＿＿＿＿＿＿＿＿＿＿

医学意见：①未发现医学上不宜结婚的情形　　②建议暂缓结婚

　　　　　③建议不宜生育　　　　　　　　　④建议不宜结婚

　　　　　⑤建议采取医学措施，尊重受检者意愿

　　　　　　　　　　　　　　　　　　受检双方签名：＿＿＿＿＿＿／＿＿＿＿＿

婚前卫生咨询：＿＿＿＿＿＿＿＿＿＿＿＿＿＿＿＿＿＿＿＿＿＿＿＿＿＿＿

　　　　　　　＿＿＿＿＿＿＿＿＿＿＿＿＿＿＿＿＿＿＿＿＿＿＿＿＿＿＿

婚前卫生指导：＿＿＿＿＿＿＿＿＿＿＿＿＿＿＿＿＿＿＿＿＿＿＿＿＿＿＿

　　　　　　　＿＿＿＿＿＿＿＿＿＿＿＿＿＿＿＿＿＿＿＿＿＿＿＿＿＿＿

咨询指导结果：①接受指导意见

　　　　　　　②不接受指导意见，知情后选择结婚，后果自己承担

　　　　　　　　　　　　　　　　　　受检双方签名：＿＿＿＿＿＿／＿＿＿＿＿

转诊医院：＿＿＿＿＿＿＿＿＿＿＿＿＿＿　　转诊日期：＿＿＿＿年＿＿＿月＿＿＿日

预约复诊日期：＿＿＿＿年＿＿＿月＿＿＿日

出具《婚前医学检查证明》日期：＿＿＿＿年＿＿＿月＿＿＿日

　　　　　　　　　　　　　　　　　　检　查　单　位：＿＿＿＿＿＿＿＿

　　　　　　　　　　　　　　　　　　主检医师签名：＿＿＿＿＿＿＿＿

表 **B020102**   **男性婚前医学检查表**

填写日期：_____年_____月_____日

姓　　名：_____　　　　出生日期：_____年_____月_____日

身份证件类别：_____

身份证件号码：□□□□□□□□□□□□□□□□□□

职　　业：_____　文化程度：_____　民族：_____

户籍地址：_____国家_____省_____市_____区(县)_____街道(乡)_____

现住地址：_____国家_____省_____市_____区(县)_____街道(乡)_____

邮　　编：□□□□□□　联系电话：_____

工作单位：_____

对方姓名：_____

近期一寸
免冠正面
照片加盖
婚检专用章

----------------------------- 以 -- 下 -- 由 -- 医—生 -- 填 -- 写 -----------------------------

编　　号：_____　　对方编号：_____

检查日期：_____年_____月_____日

血缘关系：□无　□表　□堂　□其他_____

既往病史：□无　□心脏病　□肺结核　□肝脏病　□泌尿生殖系疾病　□糖尿病　□高血压
　　　　　□精神病　□性病　□癫痫　□甲亢　□先天疾患　□其他_____

手 术 史：□无　□有_____　　　　　　　其他：_____

现 病 史：□无　□有_____

既往婚育史：□未婚　□已婚　□丧偶　□离异
　　　　　子_____人　遗传病情况_____　女_____人　遗传病情况_____

与遗传有关的家族史：□无　□盲　□聋　□哑　□精神病　□先天性智力低下　□先天性心脏病
　　　　　　　　　□血友病　□糖尿病　□其他_____
　　　　　　　　　患者与本人关系：_____

家族近亲婚配：□无　□有(□父母　□祖父母　□外祖父母)

　　　　　　　　　　　受检者签名_____医师签名_____

体格检查

血压：_____/_____mmHg　　　　　　特殊体态：□无　□有_____

精神状态：□正常　□异常_____　　　特殊面容：□无　□有_____

智力：□正常　□异常(常识、判断、记忆、计算)　皮肤毛发：□正常　□异常_____

五官：□正常　□异常_____　　　　甲状腺：□正常　□异常_____

心：心率_____次/分　心律_____　　心脏杂音：□无　□有_____

肺：□正常　□异常_____　　　　　肝：□未及　□可及_____

四肢：□正常　□异常_____　　　　脊柱：□正常　□异常_____

其他：_____

　　　　　　　　　　　　　　　　　　　检查医师签名：_____

第二性征：喉结：□有　□无　　　　　　　　　　　　阴毛：□正常　□稀少　□少

生　殖　器：阴茎：□正常　□异常_____　　包皮：□正常　□过长　□包茎

　　　　　　睾丸：□双侧扪及（体积（ml）左_____右_____）　□未扪及（□左　□右）

　　　　　　附睾：□双侧正常　□结节（□左_____□右_____）

　　　　　　精索静脉曲张：□无　□有（部位_____程度_____）

其他：_____

检查医师签名：_____

实验室及特殊检查

常规检查：胸透：_____

　　　　　血常规：红细胞计数_____/L　　血红蛋白_____g/L

　　　　　　　　　白细胞计数_____/L　　血小板总数_____/L

　　　　　　　　　白细胞分类计数_____

　　　　　尿常规：尿蛋白_____　　　　　尿比重_____

　　　　　　　　　尿酸碱度_____　　　　尿糖_____

　　　　　血转氨酶：_____U/L　　乙肝表面抗原：_____

　　　　　淋球菌：_____　　　　　梅毒螺旋体抗体：_____

　　　　　HIV抗体：_____

特殊检查：_____

检 验 报 告 粘 贴 处

417

检查结果：□未见异常：

　　　　　□异常情况：＿＿＿＿＿＿＿＿＿＿＿＿＿＿＿＿＿＿＿＿＿＿＿

　　　　　　　　　　＿＿＿＿＿＿＿＿＿＿＿＿＿＿＿＿＿＿＿＿＿＿＿

　　　　疾病诊断：＿＿＿＿＿＿＿＿＿＿＿＿＿＿＿＿＿＿＿＿＿＿＿

　　　　　　　　　＿＿＿＿＿＿＿＿＿＿＿＿＿＿＿＿＿＿＿＿＿＿＿

医学意见：①未发现医学上不宜结婚的情形　　　②建议暂缓结婚

　　　　　③建议不宜生育　　　　　　　　　　④建议不宜结婚

　　　　　⑤建议采取医学措施，尊重受检者意愿

　　　　　　　　　　　　　　　　　　受检双方签名：＿＿＿＿＿＿／＿＿＿＿＿＿

婚前卫生咨询：＿＿＿＿＿＿＿＿＿＿＿＿＿＿＿＿＿＿＿＿＿＿＿＿＿＿＿

　　　　　　　＿＿＿＿＿＿＿＿＿＿＿＿＿＿＿＿＿＿＿＿＿＿＿＿＿＿＿

婚前卫生指导：＿＿＿＿＿＿＿＿＿＿＿＿＿＿＿＿＿＿＿＿＿＿＿＿＿＿＿

　　　　　　　＿＿＿＿＿＿＿＿＿＿＿＿＿＿＿＿＿＿＿＿＿＿＿＿＿＿＿

咨询指导结果：①接受指导意见

　　　　　　　②不接受指导意见，知情后选择结婚，后果自己承担

　　　　　　　　　　　　　　　　　　受检双方签名：＿＿＿＿＿＿／＿＿＿＿＿＿

转诊医院：＿＿＿＿＿＿＿＿＿＿＿　　转诊日期：＿＿＿＿＿年＿＿＿＿月＿＿＿＿日

预约复诊日期：＿＿＿＿＿年＿＿＿＿月＿＿＿＿日

出具《婚前医学检查证明》日期：＿＿＿＿＿年＿＿＿＿月＿＿＿＿日

　　　　　　　　　　　　　　　　　　检 查 单 位：＿＿＿＿＿＿＿＿＿

　　　　　　　　　　　　　　　　　　主检医师签名：＿＿＿＿＿＿＿＿＿

表 B020103 　　　　　　　　　**婚前医学检查证明**

_____国家_____省_____市_____区(县)_____街道(乡)　编号：_____

姓名		出生日期	年　　月　　日	近期一寸免冠正面照片加盖婚检专用章
性别		民族		
身份证件类别				
身份证件号码	□□□□□□□□□□□□□□□□□□			
单位或职业				
现住址				
对方姓名				

直系、三代内旁系血亲关系：　　　　　□无　　　　□有

婚前医学检查结果：

医学意见：①建议不宜结婚　　　　②建议不宜生育
　　　　　③建议暂缓结婚　　　　④未发现医学上不宜结婚的情形
　　　　　⑤建议采取医学措施，尊重受检者意愿

主 检 医 师签　名		检 查 单 位专 用 章	

注：1. 本证明有效期为三个月　2. 对上述结果如有异议，可申请医学技术鉴定
此联交婚姻登记部门

　　　　　　　　　　　　　　　　　　　　　　　　　　　_____年____月____日

婚前医学检查证明存根

_____国家_____省_____市_____区(县)_____街道(乡) 编号:_____

姓名		出生日期		年 月 日	近期一寸 免冠正面 照片加盖 婚检专用章
性别		民 族			

身份证件类别	

身份证件号码	□□□□□□□□□□□□□□□□□□

单位或职业	

现 住 址	

对 方 姓 名	

直系、三代内旁系血亲关系:　　　　□无　　　　　□有

婚前医学检查结果:

医学意见: ①建议不宜结婚　　　　②建议不宜生育
　　　　　③建议暂缓结婚　　　　④未发现医学上不宜结婚的情形
　　　　　⑤建议采取医学措施,尊重受检者意愿

主 检 医 师 签 名		检 查 单 位 专 用 章	

此联留婚前医学检查单位

_____年____月____日

表 B020201 妇女健康检查表

编　号：_____

姓　名			出生日期		_____年_____月_____日
身份证件类别		身份证件号码		□□□□□□□□□□□□□□□□□□	
民　族		职　业		文化程度	
工作单位					
现住地址		_____国家_____省_____市_____区(县)_____街道(乡)			
邮　编			联系电话		
婚姻状况	□未婚　□已婚　□丧偶　□离异				

---------------------- 以 下 由 医 生 填 写 ----------------------

月经史	初潮年龄：____岁		经期／周期：____／____天		月经量：□多　□中　□少
	痛经：□无　□轻　□中　□重		末次月经日期：_____年_____月_____日		
	绝经：□否　□是(绝经年龄：____岁)			手术绝经：□否　□是	
孕产及生育史	孕次_____			产次_____	
	其中：人工流产次数_____　自然流产次数_____　中期引产次数_____ 早产次数_____　手术产次数_____　剖宫产次数_____ 死胎例数_____　死产例数_____　出生缺陷儿数_____				
	末次妊娠终止日期：_____年_____月_____日		末次妊娠终止方式：_____		
	末次分娩日期：_____年_____月_____日		末次分娩方式：_____		
	妊娠合并症／并发症史				
	其他异常孕产史				
避 孕 方 式	□无　□避孕药物　□避孕工具　□皮下埋植　□IUD　□结扎手术　□安全期　□其他				
既往疾病史					
性交出血史					
妇科疾病史					
乳腺疾病史					
家族肿瘤史					
妇科及乳腺不适症状	□无　□外阴瘙痒　□白带异常　□宫颈触血　□下腹不适　□情绪改变　□潮热出汗 □月经不规律　□失眠　□乳房疼痛　□乳腺肿块　□乳腺异常泌乳　□性交出血 □性交疼痛　□绝经后阴道出血　□其他				

检 查 与 诊 断

体格检查	心率:＿＿＿＿次／分		血压:＿＿＿／＿＿＿mmHg				
妇科检查	外　阴						
	阴　道						
	宫　颈						
	子　宫						
	左侧附件						
	右侧附件						
					检查医师签名:＿＿＿＿＿＿＿＿＿		
乳腺检查	左侧乳腺	□正常　□乳腺增生　□纤维瘤　□结节　□异常溢液　□乳腺癌　□其他＿＿＿＿					
	右侧乳腺	□正常　□乳腺增生　□纤维瘤　□结节　□异常溢液　□乳腺癌　□其他＿＿＿＿					
					检查医师签名:＿＿＿＿＿＿＿＿＿		
辅助检查	白带常规	滴虫:＿＿＿＿＿	念珠菌:＿＿＿＿	阴道清洁度＿＿＿＿度			
	淋　球　菌	＿＿＿＿＿＿	梅毒螺旋体	＿＿＿＿＿＿			
	阴道镜检查结果						
	B超检查结果						
	宫颈细胞学检查结果						
	乳腺X线检查结果						
	其　他						
体检结果							
处理及指导意见							

检查机构:＿＿＿＿＿＿＿＿＿＿＿＿＿＿＿　　　　主检医师签名:＿＿＿＿＿＿＿＿＿＿

检查日期:＿＿＿＿年＿＿＿月＿＿＿日

表 B020301   **女性计划生育技术服务记录表**

编　　号：＿＿＿＿＿＿＿

门 诊 号：＿＿＿＿＿＿＿＿＿　　　　就诊日期：＿＿＿＿年＿＿＿月＿＿＿日

姓　　名：＿＿＿＿＿＿＿＿＿　　　　出生日期：＿＿＿＿年＿＿＿月＿＿＿日

职　　业：＿＿＿＿＿＿＿＿＿　　　　工作单位：＿＿＿＿＿＿＿＿＿＿＿＿＿

现住地址：＿＿＿＿国家＿＿＿省＿＿＿市＿＿＿区（县）＿＿＿街道（乡）＿＿＿

邮　　编：□□□□□□　　　　　　联系电话：＿＿＿＿＿＿＿＿＿

既往史：＿＿＿＿＿＿　药物过敏史：＿＿＿＿＿＿＿＿　避孕史：＿＿＿＿＿＿＿

月经史：

    初潮年龄：＿＿岁　　　经期/周期：＿＿/＿＿天　　　月经量：（□多 □中 □少）

    痛经：（□无 □轻 □中 □重）　　　末次月经日期：＿＿＿年＿＿＿月＿＿＿日

婚育史：

    未婚　　　已婚　　　　　　孕次：＿＿＿＿＿　　产次：＿＿＿＿＿

    流产次数：＿＿＿＿＿　　　　引产次数：＿＿＿＿＿

    末次妊娠终止日期：＿＿＿年＿＿＿月＿＿＿日　　末次妊娠终止方式：＿＿＿＿＿＿＿

术前检查

体格检查：体温：＿＿＿＿＿℃　　　血压＿＿＿/＿＿＿mmHg　　心率＿＿＿＿次/分

    心＿＿＿＿＿＿　　肺＿＿＿＿＿＿＿

妇科检查：

    外阴＿＿＿＿＿＿　阴道＿＿＿＿＿＿　宫颈＿＿＿＿＿＿＿

    子宫＿＿＿＿＿＿＿＿＿　附件 左＿＿＿＿＿　右＿＿＿＿＿

辅助检查：红细胞计数＿＿＿＿＿/L　　血红蛋白＿＿＿＿g/L　　血小板总数＿＿＿＿＿/L

    白细胞计数＿＿＿＿＿/L　　白细胞分类计数＿＿＿＿＿＿＿＿

    阴道分泌物：清洁度＿＿＿＿　　滴虫＿＿＿＿＿　　念珠菌＿＿＿＿

    尿妊娠试验＿＿＿＿＿＿　血 β-HCG＿＿＿＿＿＿　乙肝表面抗原＿＿＿＿＿＿

    B超结果＿＿＿＿＿＿＿＿　　　其他＿＿＿＿＿＿＿＿

临床诊断：＿＿＿＿＿＿＿＿＿＿＿＿＿＿＿＿＿＿＿＿＿

检查医师签名：＿＿＿＿＿＿＿＿＿

手术记录

手术日期：_____年_____月_____日

手术名称：_____

手术情况：

宫内节育器放取术

<table>
<tr><td>宫内节育器放置术</td><td>宫内节育器取出术</td></tr>
</table>

宫内节育器放置术   宫内节育器取出术

预计可存放年限：_____年   宫内节育器已放置年限：_____年

放置宫内节育器时期：□月经净后____天   □行经期   取出宫内节育器情况：

____天   □阴道分娩时   □剖宫产时   □产后____天   □正常

（□恶露净   □恶露未净） □人流吸宫术后   □钳刮术后   □异常_____

□中期引产清宫术后   □其他

宫内节育器种类：□宫铜形 IUD   □TCu380A   □TCu220c   □母体乐铜 375

                  □活性 γ 型   □VCu200   □铜环 165   □左炔诺孕酮 IUD

                  □铜固定式 IUD   □其他_____

皮下埋植剂放取术

皮下埋植剂放置术   皮下埋植剂取出术

埋植时期：□经期   □哺乳闭经_____月   皮下埋植剂已埋植年限：_____年

          □人流后即时

埋植部位：□左上臂   □右上臂   □其他_____   取出皮埋剂：□正常   □异常_____

输卵管结扎手术

局部检查：输卵管：左_____   右_____

          卵 巢：左_____   右_____

          子 宫：_____

输卵管结扎手术方式：□近端包埋法   □银夹法   □改良普氏法   □其他_____

输卵管结扎部位：左_____右_____

手术出血量：_____ml

负压吸宫、钳刮术手术

子宫_____位   子宫大小_____周   扩张宫颈：（□未   □有）

负压吸宫吸出物：   绒毛：（□见   □未见）   胚囊：（□见   □未见）

吸出胚囊大小：_____   刮宫：（□有   □无）

药物流产

使用药物　　　□米非司酮药物　　　　　　　　　□前列腺素类药物

给(服)药时间　_____年_____月_____日_____时_____分

胎囊排出时间　_____年_____月_____日_____时_____分

副反应　　　　呕吐_____次　腹泻_____次　腹痛:(□轻　□中　□重)　其他_____

　　　　　　　□未　□是,原因_____

清宫　　　　　清宫日期:_____年_____月_____日

　　　　　　　刮出物病理:□未　□是,结果_____

中期妊娠引产

引产方法　　　□药物　　　　　　　　　　　　　□水囊

胎盘娩出　　　□完整　□不完整

胎儿娩出方式　□自然　□人工

胎儿娩出　　　□新鲜　□浸软　□坏死　□其他

胎儿娩出时间　_____年_____月_____日_____时_____分

手术出血量　　_____ml

产后软产道检查　□正常　□异常(详述)_____

　　　　　　　□未　□是,原因_____

清宫　　　　　清宫日期:_____年_____月_____日

　　　　　　　刮出物病理:□未　□是,结果_____

手术过程:□顺利　□困难(详述)_____

特殊情况记录:_____

手术并发症　□无　□有:_____

处理及指导意见:_____

　　　　　避孕指导:宫内节育器　　口服避孕药　　避孕套　　其他

　　　　　　　　　　　　　手术机构名称:_____

　　　　　　　　　　　　　手术医师签名:_____

随诊记录

随诊日期:_____年_____月_____日

主诉:_____

随诊结果:_____

处理及指导意见:_____

　　　　　　　　　　随诊机构名称:_____

　　　　　　　　　　检查医师签名:_____

425

表 B020302   **男性计划生育技术服务记录表**

编 号：_____

门 诊 号：_____   就诊日期：_____年_____月_____日

姓 名：_____   出生日期：_____年_____月_____日

职 业：_____   工作单位：_____

现住地址：_____国家_____省_____市_____区（县）_____街道（乡）_____

邮 编：□□□□□□   联系电话：_____

既往史：_____   药物过敏史：_____   避孕史：_____

术前检查

体格检查：体温：_____℃   血压____/____mmHg   心率_____次/分

心_____   肺_____

局部检查：左：阴囊_____   精索_____   输精管_____

睾丸_____   附睾_____   其他_____

右：阴囊_____   精索_____   输精管_____

睾丸_____   附睾_____   其他_____

辅助检查：红细胞计数_____/L   血红蛋白_____g/L   血小板总数_____/L

白细胞计数_____/L   白细胞分类计数_____

ABO 血型：_____   出血时间：_____   凝血时间：_____

临床诊断：_____

检查医师签名：_____

手术记录

手术日期：_____年_____月_____日

手术名称：_____

手术方法：□直视钳穿法   □传统方法   □其他_____

输精管切除：左_____cm   右_____cm

附睾端包埋：左_____   右_____

手术过程：□顺利   □困难（详述）_____

精囊灌注：药物名称_____   药物用法_____

手术机构名称：_____

手术医师签名：_____

随诊记录

随诊日期：_____年_____月_____日

主诉：_____

随诊结果：_____

处理及指导意见：_____

随诊机构名称：_____

检查医师签名：_____

表 B020401　　　　　　　　**孕产妇基本情况登记表**

编　　号：＿＿＿＿＿＿＿＿

本人情况：

姓　　名：＿＿＿＿＿＿＿　　出生日期：＿＿＿＿＿年＿＿＿＿月＿＿＿日

身份证件类别：＿＿＿＿＿＿＿＿＿＿＿＿＿＿＿＿＿＿＿＿

身份证件号码：□□□□□□□□□□□□□□□□□□

职　　业：＿＿＿＿＿＿　文化程度：＿＿＿＿＿＿　民族：＿＿＿＿＿

工作单位：＿＿＿＿＿＿＿＿＿＿＿＿＿＿＿＿＿＿＿＿＿＿＿＿

户籍地址：＿＿＿＿＿国家＿＿＿省＿＿＿市＿＿＿区（县）＿＿＿街道（乡）＿＿＿＿＿＿＿

现住地址：＿＿＿＿＿国家＿＿＿省＿＿＿市＿＿＿区（县）＿＿＿街道（乡）＿＿＿＿＿＿＿

邮　　编：□□□□□□　联系电话：＿＿＿＿＿＿＿＿＿

产后休养地址：＿＿＿＿国家＿＿＿省＿＿＿市＿＿＿区（县）＿＿＿街道（乡）＿＿＿＿＿＿

邮　　编：□□□□□□　联系电话：＿＿＿＿＿＿＿＿＿

配偶情况：

姓　　名：＿＿＿＿＿＿＿　　出生日期：＿＿＿＿＿年＿＿＿＿月＿＿＿日

身份证件类别：＿＿＿＿＿＿＿＿＿＿＿＿＿＿＿＿＿＿＿＿＿＿

身份证件号码：□□□□□□□□□□□□□□□□□□

职　　业：＿＿＿＿＿＿　文化程度：＿＿＿＿＿＿　民族：＿＿＿＿＿

联系电话：＿＿＿＿＿＿＿＿＿　　工作单位：＿＿＿＿＿＿＿＿＿＿＿

-------------------------------------- 以 -- 下 -- 由 -- 医一生 -- 填 -- 写 --------------------------------------

月经史：

初潮年龄：＿＿＿岁　　经期/周期：＿＿＿/＿＿＿天　　月经量：（□多　□中　□少）

痛经：（□无　□轻　□中　□重）　　末次月经：＿＿＿＿＿年＿＿＿＿月＿＿＿日

孕产史：

孕次＿＿＿＿＿　产次＿＿＿＿＿

其中：人工流产次数＿＿＿＿＿　自然流产次数＿＿＿＿＿　中期引产次数＿＿＿＿＿

早产次数＿＿＿＿＿　难产次数＿＿＿＿＿　手术产次数＿＿＿＿＿

死胎数＿＿＿＿＿　死产数＿＿＿＿＿　出生缺陷儿数＿＿＿＿＿

前次妊娠终止日期：＿＿＿＿＿年＿＿＿＿月＿＿＿日　前次妊娠终止方式：＿＿＿＿＿＿＿

前次分娩日期：＿＿＿＿＿年＿＿＿＿月＿＿＿日　　前次分娩方式：＿＿＿＿＿＿＿

妊娠合并/并发症史：＿＿＿＿＿＿＿＿＿＿＿＿＿＿＿＿＿＿＿＿＿＿＿＿

其他异常孕产史：＿＿＿＿＿＿＿＿＿＿＿＿＿＿＿＿＿＿＿＿＿＿＿＿

既往病史：□无　□心脏病　□肺结核　□肝脏病　□泌尿生殖系疾病　□糖尿病　□高血压

□精神病　□性病　□癫痫　□甲亢　□先天疾患　□其他＿＿＿＿＿＿＿＿＿＿

手 术 史：□无 □有＿＿＿＿＿＿＿＿＿＿＿＿＿＿＿＿＿＿＿＿＿＿＿＿＿＿＿＿＿＿＿

现 病 史：□无 □有＿＿＿＿＿＿＿＿＿＿＿＿＿＿＿＿＿＿＿＿＿＿＿＿＿＿＿＿＿＿＿

药物过敏史：＿＿＿＿＿＿＿＿＿＿＿＿＿＿＿＿＿＿＿＿＿＿＿＿＿＿＿＿＿＿＿＿＿＿＿＿＿

与遗传有关的家族史：

　　本人：□无 □盲 □聋 □哑 □精神病 □先天性智力低下 □先天性心脏病 □血友病
　　　　　□糖尿病 □其他＿＿＿＿＿＿＿＿＿＿＿＿＿＿＿＿＿＿＿＿＿＿＿

　　　　　患者与本人关系：＿＿＿＿＿＿＿＿＿＿＿＿＿＿＿＿＿＿＿＿＿＿＿

　　配偶：□无 □盲 □聋 □哑 □精神病 □先天性智力低下 □先天性心脏病 □血友病
　　　　　□糖尿病 □其他＿＿＿＿＿＿＿＿＿＿＿＿＿＿＿＿＿＿＿＿＿＿

　　　　　患者与丈夫关系：＿＿＿＿＿＿＿＿＿＿＿＿＿＿＿＿＿＿＿＿＿＿

建册单位：＿＿＿＿＿＿＿＿＿＿＿＿＿＿＿＿

建册医师签名：＿＿＿＿＿＿＿＿＿＿＿＿＿＿

建册日期：＿＿＿＿＿年＿＿＿＿月＿＿＿＿日

建册孕周：＿＿＿＿＿＿＿＿周

表 B020402　　　　　　　　　　**产前检查初诊记录表**

编　　号：_____

姓　　名：_____　　　出生日期：_____年____月____日　　　孕周：_____周

身份证件类别：_____

身份证件号码：□□□□□□□□□□□□□□□□□□

本次妊娠情况：

　末次月经：_____年_____月_____日　　　　　预产期：_____年_____月_____日

　妊娠确诊方法：□尿妊娠试验　□血 β-HCG　□B 超检查　□其他_____

　早孕反应：□无　□有(开始孕周_____)　　　胎动孕周：_____

　自觉症状：□无　□头痛(发生孕周_____)　□水肿(发生孕周_____)

　　　　　　□出血(发生孕周_____)　　□其他_____(发生孕周_____)

　基础体重：_____kg　　　基础血压：_____/_____mmHg

体格检查：

　身高：_____cm　　体重：_____kg　　血压：_____/_____mmHg

　甲状腺：_____　　心：_____　　肺：_____

　肝：_____　　脾：_____　　肾：_____　　水肿：_____

　乳房：_____　　四肢：_____　　脊柱：_____

妇科检查：

　外阴：_____　　阴道：_____　　宫颈：_____

　子宫：_____　　附件：_____　　其他：_____

实验室检查：

　血常规：红细胞计数_____/L　　血红蛋白_____g/L　　血小板总数_____/L

　　　　　白细胞计数_____/L　　　白细胞分类计数_____

　ABO 血型：_____　RH 血型：_____　　出血时间：_____　凝血时间：_____

　尿常规：尿蛋白_____　尿比重_____　尿酸碱度_____　尿糖_____

　白带常规：滴虫_____　　念珠菌_____　　阴道清洁度_____度

　血 β-HCG：_____

　肝功能：_____　　肾功能：_____　　血糖：_____

　乙肝表面抗原：_____　HIV 抗体：_____　梅毒螺旋体抗体：_____

　其他：_____

高危因素：□无　□有_____　　高危评分：_____

转诊情况：_____

处理及指导：_____

预约复诊日期：_____年_____月_____日

检查单位：_____

检查医师签名：_____

检查日期：_____年_____月_____日

表 B020403

产前检查复诊记录表

姓名：_____　出生日期：_____年_____月_____日　身份证件类别：_____　身份证件号码：□□□□□□□□□□□□□□□□□□

编　号：_____

检查日期	孕周	体重(kg)	血压(mmHg)	宫高(cm)	腹围(cm)	胎方位	胎心率	胎先露	衔接	浮肿	尿蛋白	血红蛋白	高危因素	高危评分	自觉症状	异常情况	处理及指导	预约复诊日期	检查单位	检查医师签名

B 超检查：

检查日期	孕周	检查结果	检查医师签名

产前筛查：

筛查日期	孕周	筛查项目	筛查结果	检查医师签名

产前诊断：

诊断日期	孕周	诊断项目	诊断结果	检查医师签名

骨盆测量：（孕 28 周后测量）

测量日期＿＿＿＿年＿＿＿＿月＿＿＿＿日	测量孕周＿＿＿＿＿＿＿＿＿＿＿＿＿＿
髂棘间径＿＿＿＿＿＿＿＿＿＿cm	髂嵴间径＿＿＿＿＿＿＿＿＿＿cm
骶耻外径＿＿＿＿＿＿＿＿＿＿cm	坐骨结节间径＿＿＿＿＿＿＿＿＿＿cm

检查医师签名：＿＿＿＿＿＿＿＿＿＿＿＿

表 B020404 分娩记录表

编　　号：＿＿＿＿＿＿＿＿

姓　　名：＿＿＿＿＿＿　出生日期：＿＿＿＿年＿＿＿月＿＿＿日　　住院号：＿＿＿＿＿＿

身份证件类别：＿＿＿＿＿＿＿＿＿＿＿＿＿＿＿＿＿＿＿＿

身份证件号码：□□□□□□□□□□□□□□□□□□

产妇情况：

分娩时间：＿＿＿＿年＿＿＿月＿＿＿日＿＿＿时＿＿＿分　　　　分娩孕周：＿＿＿＿＿周

分娩方式：□自然分娩（□有侧切　□无侧切）□吸引　□产钳　□臀助产　□剖宫产
　　　　　□其他＿＿＿＿＿＿＿＿＿＿＿＿＿＿＿＿＿＿＿＿＿＿＿＿＿＿＿＿＿＿

总 产 程：＿＿＿＿＿时＿＿＿＿分

第一产程：＿＿＿＿＿时＿＿＿＿分

第二产程：＿＿＿＿＿时＿＿＿＿分

第三产程：＿＿＿＿＿时＿＿＿＿分

产时出血量：＿＿＿＿＿＿＿ml

总出血量：＿＿＿＿＿＿＿ml　　　　　产后2小时出血量：＿＿＿＿＿＿＿ml

会阴情况：（□完整　□裂伤　□切开）会阴裂伤程度：□无　□I°　□II°　□III°　缝合＿＿＿＿＿针

危重孕产妇：□否　□是

产时并发症：□无　□有（详述）＿＿＿＿＿＿＿＿＿＿＿＿＿＿＿＿＿＿＿＿＿

产后血压：＿＿＿＿＿／＿＿＿＿＿mmHg　　　开奶时间：产后＿＿＿＿＿时＿＿＿＿分

产妇结局：□存活　□死亡（□产时　□产后）

新生儿情况：

胎数：□单胎　□双胎　□三胎及以上　　　　性别：□男　□女　□不明

出生体重：＿＿＿＿＿＿kg　　　　身长：＿＿＿＿＿＿cm

头围：＿＿＿＿＿＿cm　　　　胸围：＿＿＿＿＿＿cm

出生缺陷：□无　□有（详述）＿＿＿＿＿＿＿＿＿＿＿＿＿＿＿＿＿＿＿

Apgar 评分：1分钟＿＿＿＿＿5分钟＿＿＿＿＿10分钟＿＿＿＿＿

抢救：□无　□吸黏液　□气管插管　□正压给氧　□药物　□其他

新生儿并发症：□无　□有＿＿＿＿＿＿＿＿＿＿＿＿＿＿＿＿＿＿＿

新生儿指导记录：＿＿＿＿＿＿＿＿＿＿＿＿＿＿＿＿＿＿＿＿＿＿＿

分娩结局：□活产 □死胎 □死产

新生儿死亡：□否　□是　死亡原因＿＿＿＿＿＿＿＿＿＿＿＿＿＿＿＿＿

死亡时间：＿＿＿＿年＿＿＿月＿＿＿日＿＿＿时＿＿＿分

分娩单位：＿＿＿＿＿＿＿＿＿＿＿

接生者签名：＿＿＿＿＿＿＿＿＿＿＿

表 B020405　　　　　　　　　　产妇访视记录表

编　　号：＿＿＿＿＿＿＿＿

产妇姓名：＿＿＿＿＿＿＿＿＿　出生日期：＿＿＿＿年＿＿＿月＿＿＿日

身份证件类别：＿＿＿＿＿＿＿＿＿＿＿＿＿＿＿＿

身份证件号码：□□□□□□□□□□□□□□□□□□

产后休养地址：＿＿＿＿国家＿＿＿省＿＿＿市＿＿＿区（县）＿＿＿街道（乡）＿＿＿

邮　　编：□□□□□□　联系电话：＿＿＿＿＿＿＿＿

访视日期					
产后天数					
体温（℃）					
脉搏（次/分）					
血压（mmHg）					
乳房	正常				
	红肿				
	乳头				
	乳汁				
宫底					
伤口					
恶露	正常				
	异常				
	量				
大便					
小便					
宣教					
特殊情况记录					
处理及指导					
访视者签名					
访视单位					

预约产后 42 天检查日期：＿＿＿＿年＿＿＿月＿＿＿日

表 B020406 **新生儿访视记录表**

编 号：＿＿＿＿＿＿＿

新生儿姓名：＿＿＿＿＿＿＿＿＿ 母亲姓名：＿＿＿＿＿＿＿＿

身份证件类别：＿＿＿＿＿＿＿＿＿＿＿＿＿＿＿＿

身份证件号码：□□□□□□□□□□□□□□□□□□

产后休养地址：＿＿＿＿国家＿＿＿省＿＿＿市＿＿＿区（县）＿＿＿街道（乡）＿＿＿＿＿

邮 编：□□□□□□ 联系电话：＿＿＿＿＿＿＿＿＿

访视日期					
出生天数					
体温（℃）					
心率（次/分）					
体重（kg）					
身长（cm）					
皮肤					
心					
肺					
脐部					
臀红					
黄疸					
喂养	纯母乳				
	混合				
	人工				
睡眠					
小便					
大便					
疾病情况					
出生缺陷					
特殊情况记录					
处理及指导					
访视者签名					
访视单位					

表 B020407   **产后 42 天检查记录表**

编   号：_____

母亲情况：

  姓   名：_____   出生日期：_____年_____月_____日   产后：_____天

  身份证件类别：_____

  身份证件号码：□□□□□□□□□□□□□□□□□□

体格检查：

  体重：_____kg   体温：_____℃   脉搏：_____次/分   血压：_____/_____mmHg

  甲状腺：_____   心：_____   肺：_____

  乳房：_____   乳头：_____

妇科检查：

  外阴：_____   阴道：_____   宫颈：_____

  子宫：_____   附件：_____   其他：_____

  恶露：_____   伤口：_____

实验室检查：

  血常规：红细胞计数_____/L   血红蛋白_____g/L   血小板总数_____/L

        白细胞计数_____/L   白细胞分类计数_____

  尿常规：尿蛋白_____   尿比重_____   尿酸碱度_____   尿糖_____

婴儿情况：

  体重：_____kg   身长：_____cm

  喂养方式：□纯母乳喂养 □混合喂养 □人工喂养

  出生缺陷：□无 □有（详述）_____

结   论：产后_____天

        产妇：_____

        婴儿：_____

计划生育指导：_____

处理及指导：_____

检查单位：_____
检查医师签名：_____
检查日期：_____年_____月_____日

表 B020408　　　　　　　　　　**孕产妇高危管理记录表**

编　　号：＿＿＿＿＿＿＿＿

姓　　名：＿＿＿＿＿＿＿　　　出生日期：＿＿＿＿＿年＿＿＿月＿＿＿日

身份证件类别：＿＿＿＿＿＿＿＿＿＿＿＿＿＿＿＿＿＿

身份证件号码：□□□□□□□□□□□□□□□□□□

现住地址：＿＿＿＿＿国家＿＿＿省＿＿＿市＿＿＿区(县)＿＿＿街道(乡)＿＿＿＿＿＿＿

邮　　编：□□□□□□　　联系电话：＿＿＿＿＿＿＿＿＿

末次月经：＿＿＿＿年＿＿＿月＿＿＿日　　预产期：＿＿＿＿年＿＿＿月＿＿＿日

孕次：＿＿＿＿＿＿＿　　产次：＿＿＿＿＿＿＿

高危因素筛查情况：

评分日期	评分孕周	高危因素	高危评分	高危分级	筛查单位	检查医师签名

高危孕产妇随诊情况记录

随诊日期	孕周	主要症状	阳性体征	实验室检查结果	处理及指导	预约复诊日期	检查单位	检查医师签名

高危转归：□痊愈 □好转 □无效 □死亡 □未治 □其他_____

结案单位：_____ 结案医师签名：_____ 结案日期：____年____月____日

附：

高危孕产妇评分标准

（来自卫生部"降消项目"）

	异常情况	代号	评分		异常情况	代号	评分
一般情况	年龄＜18岁或≥35岁	1	10	本次妊娠异常情况	骶耻外径＜18厘米	32	10
	身高≤1.45米	2	10		坐骨结节间径≤8厘米	33	10
	体重＜40公斤或＞80公斤	3	5		畸形骨盆	34	15
	胸廓脊柱畸形	4	15		臀位、横位（30周后）	35	15
异常产史	自然流产≥2次	5	5		先兆早产＜34周	36	15
	人工流产≥2次	6	5		先兆早产34～36周+6	37	10
	早产史≥2次	7	5		盆腔肿瘤	38	10
	早期新生儿死亡史1次	8	5		羊水过多或过少	39	10
	死胎、死产史≥2次	9	10		妊娠期高血压、轻度子痫前期	40	5
	先天异常儿史1次	10	5		重度子痫前期	41	15
	先天异常儿史≥2次	11	10		子痫	42	20
	难产史	12	10		妊娠晚期阴道流血	43	10
	巨大儿分娩史	13	5		胎心率持续≥160次/分	44	10
	产后出血史	14	10		胎心率≤120次/分、但＞100次/分	45	10
严重内科合并症	贫血 血红蛋白＜100g/L	15	5		胎心率≤100次/分	46	15
	贫血 血红蛋白＜60g/L	16	10		胎动＜20次/12小时	47	10
	活动性肺结核	17	15		胎动＜10次/12小时	48	15
	心脏病心功能 Ⅰ～Ⅱ级	18	15		多胎	49	10
	心脏病心功能 Ⅲ级Ⅳ级	19	20		胎膜早破	50	10
	糖尿病	20	15		估计巨大儿或IUGR	51	10
	乙肝病毒携带者	21	10		妊娠41～41周+6	52	5
	活动性病毒性肝炎	22	15		妊娠≥42周	53	10
	肺心病	23	15		母儿ABO血型不合	54	10
	甲状腺功能亢进或低下	24	15		母儿Rh血型不合	55	20
	高血压	25	15	致畸因素	孕妇及一级亲属有遗传病史	56	5
	慢性肾炎	26	15		妊娠早期接触可疑致畸药物	57	5
妊娠合并性病	淋病	27	10		妊娠早期接触物理化学因素及病毒感染等	58	5
	梅毒	28	10	社会因素	家庭贫困	59	5
	艾滋病	29	10		孕妇或丈夫为文盲或半文盲	60	5
	尖锐湿疣	30	10		丈夫长期不在家	61	5
	沙眼衣原体感染	31	10		由居住地到卫生院需要一小时以上	62	5

注：同时占上表两项以上者，其分数累加。分级，轻：5分；中：10～15分；重≥20分。

表 B020501　　　　　　　　　**产前筛查与诊断记录表**

编　　号：_____

姓　　名：_____　　出生日期：_____年____月____日

身份证件类别：_____

身份证件号码：□□□□□□□□□□□□□□□□□□

现住地址：_____国家____省____市____区（县）____街道（乡）_____

邮　　编：□□□□□□　　联系电话：_____

本次妊娠情况：

末次月经：_____年____月____日　　　　体重：_____kg

孕周确定方法：_____　　　　胎数：_____

产前筛查：

筛查日期	筛查孕周	筛查项目	筛查方法	筛查结果	筛查单位	检查医师签名

产前诊断：

诊断日期	诊断孕周	诊断项目	诊断方法	诊断结果	诊断单位	检查医师签名

产前诊断医学指导意见：_____

_____

妊娠结局：□活产（单胎、双胎）　□死产　□死胎　□自然流产　□人工流产　□引产　□其他____

表 B020601   医疗机构出生缺陷儿登记卡

表   号：卫统 44 表

制表机关：卫生部

批准机关：国家统计局

批准文号：国统制 [2010]5 号

有效期至：2012 年

_____省（市、自治区）_____区县_____医院（保健院、所）□□□□□□□□□

产妇情况	住院号_____ 姓名_____ 民族_____ 实足年龄_____岁 通讯地址及邮编_____ 孕次_____ 产次_____ 常住址□ 1. 城镇 2. 乡村 家庭年人均收入(元) □ 1.<1000 2.1000~2000 3.2000~4000 4.4000~8000 5.8000 及以上 文化程度 □ 1. 文盲 2. 小学 3. 初中 4. 高中、中专 5. 大专及以上

缺陷儿情况：

出生日期_____年_____月_____日

胎龄_____周 体重_____克

胎数 1. 单胎 2. 双胎 3. 多胎 □

　　若双胎或多胎，请圈

　　1. 同卵 2. 异卵 □

性别□ 1. 男 2. 女 3. 不明

结局□ 1. 活产 2. 死胎 3. 死产 4. 七天内死亡

诊断为出生缺陷后治疗性引产□ 1. 是 2. 否

诊断依据 1. 临床 2. 超声 3. 尸解 4. 生化检查

（AFP、HCG、其他__） 5. 染色体 6. 其他__ □

畸形确诊时间 1. 产前(孕__周) 2. 产后七天内 □

出生缺陷诊断：

01 无脑畸形 ·················· □	15 多指(趾) 左 右 ············· □
02 脊柱裂 ·················· □	16 并指(趾) 左 右 ············· □
03 脑彭出 ·················· □	17 肢体短缩[包括缺指(趾)、裂手(足)]
04 先天性脑积水 ·················· □	上肢 左 右 ············· □
05 腭裂 ·················· □	下肢 左 右 ············· □
06 唇裂 ·················· □	18 先天性膈疝 ············· □
07 唇裂合并腭裂 ·················· □	19 脐膨出 ············· □
08 小耳(包括无耳) ·················· □	20 腹裂 ············· □
09 外耳其他畸形(小耳、无耳除外) ······ □	21 联体双胎 ············· □
10 食道闭锁或狭窄 ·················· □	22 唐氏综合征(21- 三体综合征) ····· □
11 直肠肛门闭锁或狭窄(包括无肛) ······ □	23 先天性心脏病(类型) ············· □
12 尿道下裂 ·················· □	24 其他(写明病名或详细描述) ········· □
13 膀胱外翻 ·················· □	
14 马蹄内翻足 左 右 ·················· □	

孕早期情况：

患病	服药	接触其他有害因素
发烧(>38℃)	磺胺类(名称：　　　　)	饮酒(剂量：　　　　)
病毒感染(类型：　　)	抗生素(名称：　　　　)	农药(名称：　　　　)
糖尿病	避孕药(名称：　　　　)	射线(类型：　　　　)
其他：	镇静药(名称：　　　　)	化学制剂(名称：　　　)
	其他：	其他：

家庭史：

产妇异常生育史：1. 死胎____例 2. 自然流产____例 3. 缺陷儿____例(缺陷名：_____、_____、_____)

家庭遗传史：缺陷名_____ 与缺陷儿亲缘关系_____

　　　　　　缺陷名_____ 与缺陷儿亲缘关系_____

　　　　　　缺陷名_____ 与缺陷儿亲缘关系_____

近亲婚配史：1. 不是 2. 是(关系_____)

填 表 人：_____ 职称：_____ 填表日期：____年___月___日

医院审表人：_____ 职称：_____ 审表日期：____年___月___日

省级审表人：_____ 职称：_____ 审表日期：____年___月___日

填报说明：1. 本卡由出生缺陷监测医院填报。统计范围为在出生缺陷监测医院内住院分娩且被确诊为出生缺陷的患儿。

　　　　　2. 本表为季报，每年 2 月 28 日上报上年第 4 季度报表，5 月 28 日上报本年第 1 季度报表，8 月 28 日上报本年第 2 季度报表，11 月 15 日前上报第 3 季度报表。总人口数、1~4 岁儿童数为年报。报送方式为网络报告。

表 B020701

孕产妇死亡报告卡

20　　年　　季

表　号：卫统 42 表
制表机关：卫生部
批准机关：国家统计局
批准文号：国统制 [2010]5 号
有效期至：2012 年

编号：□□□□□□□　　常住址＿＿＿省＿＿＿市＿＿＿区县

姓名＿＿＿＿＿＿＿＿　　暂住址＿＿＿省＿＿＿市＿＿＿区县　　联系电话：＿＿＿＿＿

户口　　　　　　　　　　　　　　　□	死亡地点　　　　　　　　　　　　　□
1. 本地　2. 非本地	1. 省(地、市)级医院　2. 区(县)级医院
计划内外　　　　　　　　　　　　□	3. 街道(乡镇)卫生院　4. 村卫生室(诊所)
1. 计划内　2. 计划外	5. 家中　6. 途中　7. 其他
年龄　　　　　　　　　　　　　□□	分娩方式　　　　　　　　　　　　　□
民族　　　　　　　　　　　　　　□	0. 未娩　1. 自然产　2. 阴道助产　3. 剖宫产
1. 汉族　2. 少数民族	新法接生　　　　　　　　　　　　　□
文化程度　　　　　　　　　　　　□	1. 是　2. 否
1. 大专及以上　2. 高中或中专	接生者　　　　　　　　　　　　　　□
3. 初中　4. 小学　5. 文盲	1. 医务人员　2. 乡村医生　3. 接生员　4. 其他人员
家庭年人均收入(元)　　　　　　□	产前检查　　　　　　　　　　　　　□
1. 1000 元以下　2. 1000～2000 元	1. 有　2. 无
3. 2000～4000 元　4. 4000～8000 元	初检孕周　　　　　　　　　　　□□
5. 8000 元以上	产检次数　　　　　　　　　　　□□
居住地区　　　　　　　　　　　　□	致死的主要疾病诊断
1. 平原　2. 山区　3. 其他地区	A＿＿＿＿＿＿＿＿＿＿＿＿＿＿＿
孕产次	B＿＿＿＿＿＿＿＿＿＿＿＿＿＿＿
孕次　　　　　　　　　　　□□	C＿＿＿＿＿＿＿＿＿＿＿＿＿＿＿
产次　　　　　　　　　　　□□	死因诊断依据　　　　　　　　　　　□
人工流产、引产次　　　　　　□□	1. 尸检　2. 病理　3. 临床　4. 死后推断
末次月经	死因分类　　　　　　　　　　　□□

末次月经

年				月		日	

省级医疗保健机构评审结果　　　　　□
　1. 可避免　2. 不可避免

分娩时间

年				月		日		时		分	

影响死亡的主要因素　　　　　　　□□
　　　　　　　　　　　　　　　　□□
　　　　　　　　　　　　　　　　□□

死亡时间

年				月		日		时		分	

国家级评审结果　　　　　　　　　　□
　1. 可避免　2. 不可避免
影响死亡的主要因素　　　　　　　□□
　　　　　　　　　　　　　　　　□□
　　　　　　　　　　　　　　　　□□

分娩地点　　　　　　　　　　　　□
　1. 省(地、市)级医院　2. 区(县)级医院
　3. 街道(乡镇)卫生院　4. 村卫生室(诊所)
　5. 家中　6. 途中　7. 其他

填卡单位＿＿＿＿＿＿＿＿＿＿＿＿＿＿＿　　填卡人＿＿＿＿＿＿＿　　　　　日期＿＿＿＿＿＿＿＿

填报说明：1. 本表由监测县区妇幼保健机构填报，统计范围为死亡的孕产妇。

　　　　　2. 本表为季报，每年 2 月 28 日上报上年第 4 季度报表，5 月 28 日上报本年第 1 季度报表，8 月 28 日上报本年第 2 季度报表，11 月 15 日前上报第 3 季度报表。报送方式为网络直报。

　　　　　3. 死因分类按照"孕产妇常见疾病死因分类及编号"填写根本死因。

01 流产	12 子宫内翻	23 静脉血栓形成及肺栓塞症	34 缺铁性贫血
02 异位妊娠	13 羊水栓塞	24 肺结核	35 再生障碍性贫血
03 妊娠剧吐	14 产褥感染	25 肺炎	36 其他血液病
04 死胎	15 产褥中暑	26 支气管哮喘	37 妊娠合并糖尿病
05 妊娠期高血压疾病	16 产褥期抑郁症	27 急、慢性病毒性肝炎	38 妊娠合并内分泌系统疾病
06 前置胎盘	17 晚期产后出血	28 特发性脂肪肝	39 妊娠合并急、慢性肾炎
07 胎盘早剥	18 其他产科原因	29 肝硬化	40 肾病综合征
08 产后宫缩乏力	19 风湿性心脏病	30 各类胆道系统疾病	41 系统性红斑性狼疮
09 胎盘滞留	20 先天性心脏病	31 各类胰腺炎	42 获得性免疫缺陷性综合征
10 软产道裂伤	21 其他心脏病	32 蛛网膜下腔出血	43 妊娠合并各系统恶性肿瘤
11 子宫破裂	22 慢性高血压	33 癫痫	44 其他疾病

附录 ②

妇幼保健业务活动数据集

1.《出生医学证明》签发

业务域	活动名称	数据元	标准代码	业务表单及代码
《出生医学证明》签发	出生医学报告	新生儿姓名	HR02.01.006	表 B010101 出生医学证明
		新生儿性别代码	HR02.02.002	
		新生儿出生日期时间	HR30.00.004	
		出生地	HR30.00.005	
		地址类别代码	HR03.00.003	
		行政区划代码	HR03.00.006	
		地址 - 省（自治区、直辖市）	HR03.00.004.01	
		地址 - 市（地区）	HR03.00.004.02	
		地址 - 县（区）	HR03.00.004.03	
		地址 - 乡（镇、街道办事处）	HR03.00.004.04	
		地址 - 村（街、路、弄等）	HR03.00.004.05	
		地址 - 门牌号码	HR03.00.004.06	
		邮政编码	HR03.00.005	
		出生地点类别代码	HR30.00.006	
		新生儿健康状况代码	HR55.01.001	
		出生孕周	HR30.00.007	
		出生身长（cm）	HR30.00.009	
		出生体重（g）	HR30.00.010	
		母亲姓名	HR02.01.003	
		母亲国籍代码	HR02.04.002	
		母亲民族代码	HR02.05.002	
		母亲身份证件 - 类别代码	HR01.00.003.01	
		母亲身份证件 - 号码	HR01.00.003.02	
		父亲姓名	HR02.01.004	
		父亲国籍代码	HR02.04.003	
		父亲民族代码	HR02.05.003	
		父亲身份证件 - 类别代码	HR01.00.004.01	
		父亲身份证件 - 号码	HR01.00.004.02	
		助产人员姓名	HR22.01.001	
		助产机构名称	HR21.01.003	

业务域	活动名称	数据元	标准代码	业务表单及代码
		新生儿姓名	HR02.01.006	
		新生儿性别代码	HR02.02.002	
		新生儿出生日期时间	HR30.00.004	
		母亲姓名	HR02.01.003	
		母亲身份证件 - 类别代码	HR01.00.003.01	
	《出生医学证明》首次签发	母亲身份证件 - 号码	HR01.00.003.02	表 B010101 出生医学证明
		父亲姓名	HR02.01.004	
		父亲身份证件 - 类别代码	HR01.00.004.01	
		父亲身份证件 - 号码	HR01.00.004.02	
		出生医学证明编号	HR30.00.002	
		签发日期	HR42.02.007	
		签证机构名称	HR21.01.004	
		出生医学证明编号	HR30.00.002	
		签发日期	HR42.02.007	
	《出生医学证明》补发	签证机构名称	HR21.01.004	表 B010101 出生医学证明
		补发人员姓名		
		补发原因		
		出生医学证明编号	HR30.00.002	
		签发日期	HR42.02.007	
	《出生医学证明》换发	签证机构名称	HR21.01.004	表 B010101 出生医学证明
		换发人员姓名		
		换发原因		

2. 新生儿访视

业务域	活动名称	数据元	标准代码	业务表单及代码
		新生儿姓名	HR02.01.006	
		新生儿性别代码	HR02.02.002	
		新生儿出生日期时间	HR30.00.004	
		母亲姓名	HR02.01.003	
		母亲出生日期	HR30.00.012	
		母亲身份证件 - 类别代码	HR01.00.003.01	
		母亲身份证件 - 号码	HR01.00.003.02	
		地址类别代码	HR03.00.003	
新生儿访视	新生儿访视登记	行政区划代码	HR03.00.006	表 B020406 新生儿访视记录表
		地址 - 省(自治区、直辖市)	HR03.00.004.01	
		地址 - 市(地区)	HR03.00.004.02	
		地址 - 县(区)	HR03.00.004.03	
		地址 - 乡(镇、街道办事处)	HR03.00.004.04	
		地址 - 村(街、路、弄等)	HR03.00.004.05	
		地址 - 门牌号码	HR03.00.004.06	
		邮政编码	HR03.00.005	
		联系电话 - 类别代码	HR04.00.001.02	

业务域	活动名称	数据元	标准代码	业务表单及代码
新生儿访视	新生儿访视随访记录	新生儿姓名	HR02.01.006	表 B020406 新生儿访视记录表
		新生儿性别代码	HR02.02.002	
		新生儿出生日期时间	HR30.00.004	
		母亲姓名	HR02.01.003	
		母亲身份证件 - 类别代码	HR01.00.003.01	
		母亲身份证件 - 号码	HR01.00.003.02	
		体重(g)	HR51.02.002	
		身长(cm)	HR51.02.001	
		头围(cm)	HR51.02.005	
		胸围(cm)	HR51.02.006	
		新生儿黄疸程度代码	HR51.02.091	
		喂养方式类别代码	HR51.01.004	
		小便状况记录	HR51.03.032	
		新生儿小便状况记录	HR51.03.033	
		大便状况记录	HR51.03.034	
		新生儿大便状况记录	HR51.03.035	
		特殊情况记录	HR52.02.017	
		新生儿特殊情况记录	HR52.02.026	
		新生儿并发症 - 标志	HR55.02.008.01	
		新生儿并发症 - 代码	HR55.02.008.02	
		新生儿处理及指导意见	HR54.02.005	
		访视日期	HR42.02.057	
		访视机构名称	HR21.01.014	
		访视人员姓名	HR22.01.011	

3. 新生儿疾病筛查

业务域	活动名称	数据元	标准代码	业务表单及代码
新生儿疾病筛查	新生儿疾病筛查登记	新生儿姓名	HR02.01.006	表 B010201 新生儿疾病筛查记录表
		新生儿性别代码	HR02.02.002	
		新生儿出生日期时间	HR30.00.004	
		母亲姓名	HR02.01.003	
		母亲出生日期	HR30.00.012	
		母亲身份证件 - 类别代码	HR01.00.003.01	
		母亲身份证件 - 号码	HR01.00.003.02	
		地址类别代码	HR03.00.003	
		行政区划代码	HR03.00.006	
		地址 - 省(自治区、直辖市)	HR03.00.004.01	
		地址 - 市(地区)	HR03.00.004.02	
		地址 - 县(区)	HR03.00.004.03	
		地址 - 乡(镇、街道办事处)	HR03.00.004.04	

续表

业务域	活动名称	数据元	标准代码	业务表单及代码
		地址 - 村(街、路、弄等)	HR03.00.004.05	
		地址 - 门牌号码	HR03.00.004.06	
		邮政编码	HR03.00.005	
		联系电话 - 类别	HR04.00.001.01	
		联系电话 - 类别代码	HR04.00.001.02	
		联系电话 - 号码	HR04.00.001.03	
		标本编号	HR01.00.007	
		采血日期时间	HR42.02.008	
		采血方式代码	HR52.01.001	
		采血部位代码	HR52.02.001	
		采血机构名称	HR21.01.032	
		采血人员姓名	HR22.01.002	

业务域	活动名称	数据元	标准代码	业务表单及代码
新生儿疾病筛查	新生儿疾病筛查实验室检验记录	新生儿姓名	HR02.01.006	表 B010201 新生儿疾病筛查记录表
		新生儿性别代码	HR02.02.002	
		新生儿出生日期时间	HR30.00.004	
		母亲姓名	HR02.01.003	
		母亲身份证件 - 类别代码	HR01.00.003.01	
		母亲身份证件 - 号码	HR01.00.003.02	
		新生儿疾病筛查项目代码	HR51.03.001	
		新生儿疾病筛查方法代码	HR52.01.002	
		新生儿疾病筛查结果	HR55.01.002	
		检查(测)日期	HR42.02.009	
		检查(测)人员姓名	HR22.01.003	
		检查(测)机构名称	HR21.01.005	
		筛查结果通知日期	HR42.02.010	

业务域	活动名称	数据元	标准代码	业务表单及代码
新生儿疾病筛查	新生儿疾病筛查可疑阳性召回	新生儿姓名	HR02.01.006	表 B010201 新生儿疾病筛查记录表
		新生儿性别代码	HR02.02.002	
		新生儿出生日期时间	HR30.00.004	
		母亲姓名	HR02.01.003	
		母亲身份证件 - 类别代码	HR01.00.003.01	
		母亲身份证件 - 号码	HR01.00.003.02	
		新生儿疾病筛查结果	HR55.01.002	
		召回日期	HR42.02.011	
		检查结果通知形式代码	HR52.01.003	
		通知到达人姓名	HR02.01.007	
		通知到达人与新生儿关系代码	HR02.18.001	

业务域	活动名称	数据元	标准代码	业务表单及代码
新生儿疾病筛查	新生儿疾病筛查诊断记录	新生儿姓名	HR02.01.006	表 B010201 新生儿疾病筛查记录表
		新生儿性别代码	HR02.02.002	
		新生儿出生日期时间	HR30.00.004	
		母亲姓名	HR02.01.003	
		母亲身份证件 - 类别代码	HR01.00.003.01	
		母亲身份证件 - 号码	HR01.00.003.02	
		新生儿疾病筛查结果	HR55.01.002	
		诊断日期	HR42.02.012	
		诊断项目	HR55.02.051	
		诊断方法	HR52.01.004	
		诊断结果	HR55.02.001	
		诊断机构名称	HR21.01.006	

4. 儿童健康体检

业务域	活动名称	数据元	标准代码	业务表单及代码
儿童健康体检	儿童健康体检登记	姓名	HR02.01.002	表 B010301 0～6 岁儿童基本情况登记表
		性别代码	HR02.02.001	
		出生日期	HR30.00.001	
		父亲姓名	HR02.01.004	
		父亲出生日期	HR30.00.013	
		父亲职业类别代码（国标）	HR02.07.002	
		父亲工作单位名称	HR02.07.003	
		母亲姓名	HR02.01.003	
		母亲出生日期	HR30.00.012	
		母亲职业类别代码（国标）	HR02.07.004	
		母亲工作单位名称	HR02.07.005	
		地址类别代码	HR03.00.003	
		行政区划代码	HR03.00.006	
		地址 - 省（自治区、直辖市）	HR03.00.004.01	
		地址 - 市（地区）	HR03.00.004.02	
		地址 - 县（区）	HR03.00.004.03	
		地址 - 乡（镇、街道办事处）	HR03.00.004.04	
		地址 - 村（街、路、弄等）	HR03.00.004.05	
		地址 - 门牌号码	HR03.00.004.06	
		邮政编码	HR03.00.005	
		联系电话 - 类别	HR04.00.001.01	
		联系电话 - 类别代码	HR04.00.001.02	
		联系电话 - 号码	HR04.00.001.03	
		建档日期	HR42.02.002	
		建档人员姓名	HR22.01.005	
		建档机构名称	HR21.01.007	

业务域	活动名称	数据元	标准代码	业务表单及代码
儿童健康体检	儿童健康体检问询记录	姓名	HR02.01.002	表 B010302 0～6 岁儿童健康体检记录表
		性别代码	HR02.02.001	
		出生日期	HR30.00.001	
		分娩方式代码	HR52.01.005	
		出生孕周	HR30.00.007	
		体重(g)	HR51.02.002	
		身长(cm)	HR51.02.001	
		Apgar 评分值(分)	HR55.01.003	
		出生缺陷标志	HR42.01.002	
		出生缺陷类别代码	HR55.02.002	
		新生儿疾病筛查结果	HR55.01.002	
		家族遗传性疾病史	HR51.01.002	
		患者与本人关系代码	HR02.18.002	
		过敏史	HR51.01.003	
		抬头月龄	HR42.02.013	
		翻身月龄	HR42.02.014	
		独坐月龄	HR42.02.015	
		爬行月龄	HR42.02.016	
		ABO 血型代码	HR51.03.003	
		Rh 血型代码	HR51.03.004	

业务域	活动名称	数据元	标准代码	业务表单及代码
儿童健康体检	儿童健康体检体格检查记录	姓名	HR02.01.002	表 B010302 0～6 岁儿童健康体检记录表
		性别代码	HR02.02.001	
		出生日期	HR30.00.001	
		分娩方式代码	HR52.01.005	
		出生孕周	HR30.00.007	
		体重(g)	HR51.02.002	
		身长(cm)	HR51.02.001	
		Apgar 评分值(分)	HR55.01.003	
		出生缺陷标志	HR42.01.002	
		出生缺陷类别代码	HR55.02.002	
		新生儿疾病筛查结果	HR55.01.002	
		家族遗传性疾病史	HR51.01.002	
		患者与本人关系代码	HR02.18.002	
		过敏史	HR51.01.003	
		抬头月龄	HR42.02.013	
		翻身月龄	HR42.02.014	
		独坐月龄	HR42.02.015	
		爬行月龄	HR42.02.016	
		ABO 血型代码	HR51.03.003	
		Rh 血型代码	HR51.03.004	

业务域	活动名称	数据元	标准代码	业务表单及代码
儿童健康体检	儿童健康体检实验室检验记录	姓名	HR02.01.002	表 B010302 0～6 岁儿童健康体检记录表
		性别代码	HR02.02.001	
		出生日期	HR30.00.001	
		血红蛋白值(g/L)	HR51.03.005	
		检查(测)日期	HR42.02.009	
		检查(测)人员姓名	HR22.01.003	
		检查(测)机构名称	HR21.01.005	

业务域	活动名称	数据元	标准代码	业务表单及代码
儿童健康体检	儿童健康体检医学指导	姓名	HR02.01.002	表 B010302 0～6 岁儿童健康体检记录表
		性别代码	HR02.02.001	
		出生日期	HR30.00.001	
		处理及指导意见	HR54.02.002	
		年龄别体重评价结果代码	HR55.01.004	
		年龄别身高评价结果代码	HR55.01.005	
		身高别体重评价结果代码	HR55.01.006	
		儿童神经精神发育筛查结果	HR55.01.007	
		检查(测)日期	HR42.02.009	
		检查(测)人员姓名	HR22.01.003	
		检查(测)机构名称	HR21.01.005	

业务域	活动名称	数据元	标准代码	业务表单及代码
儿童健康体检	儿童健康体检评估报告(儿童系统管理结案)	姓名	HR02.01.002	表 B010302 0～6 岁儿童健康体检记录表
		性别代码	HR02.02.001	
		出生日期	HR30.00.001	
		处理及指导意见	HR54.02.002	
		结案方式	HR55.01.004	
		结案日期	HR55.01.005	
		结案机构名称	HR55.01.006	
		结案人员姓名	HR55.01.007	

5. 体弱儿童管理

业务域	活动名称	数据元	标准代码	业务表单及代码
体弱儿童管理	体弱儿童管理登记	姓名	HR02.01.002	表 B010401 体弱儿童管理记录表
		性别代码	HR02.02.001	
		出生日期	HR30.00.001	
		母亲姓名	HR02.01.003	
		父亲姓名	HR02.01.004	
		地址类别代码	HR03.00.003	
		行政区划代码	HR03.00.006	
		地址 - 省(自治区、直辖市)	HR03.00.004.01	
		地址 - 市(地区)	HR03.00.004.02	
		地址 - 县(区)	HR03.00.004.03	
		地址 - 乡(镇、街道办事处)	HR03.00.004.04	

业务域	活动名称	数据元	标准代码	业务表单及代码
		地址 - 村(街、路、弄等)	HR03.00.004.05	
		地址 - 门牌号码	HR03.00.004.06	
		邮政编码	HR03.00.005	
		联系电话 - 类别	HR04.00.001.01	
		联系电话 - 类别代码	HR04.00.001.02	
		联系电话 - 号码	HR04.00.001.03	

业务域	活动名称	数据元	标准代码	业务表单及代码
体弱儿童管理	体弱儿童管理问询记录	姓名	HR02.01.002	表 B010401 体弱儿童管理记录表
		性别代码	HR02.02.001	
		出生日期	HR30.00.001	
		喂养方式类别代码	HR51.01.004	
		随诊月龄	HR42.02.019	
		儿童体弱原因类别代码	HR55.02.003	
		建档日期	HR42.02.002	

业务域	活动名称	数据元	标准代码	业务表单及代码
体弱儿童管理	体弱儿童管理体格检查记录	姓名	HR02.01.002	表 B010401 体弱儿童管理记录表
		性别代码	HR02.02.001	
		出生日期	HR30.00.001	
		症状	HR51.02.020	
		体征	HR51.02.021	
		检查(测)日期	HR42.02.009	
		检查(测)人员姓名	HR22.01.003	
		检查(测)机构名称	HR21.01.005	

业务域	活动名称	数据元	标准代码	业务表单及代码
体弱儿童管理	体弱儿童管理影像检查记录	姓名	HR02.01.002	表 B010401 体弱儿童管理记录表
		性别代码	HR02.02.001	
		出生日期	HR30.00.001	
		辅助检查 - 项目名称	HR51.03.006.01	
		辅助检查 - 结果	HR51.03.006.02	
		检查(测)日期	HR42.02.009	
		检查(测)人员姓名	HR22.01.003	
		检查(测)机构名称	HR21.01.005	

业务域	活动名称	数据元	标准代码	业务表单及代码
体弱儿童管理	体弱儿童管理实验室检验记录	姓名	HR02.01.002	表 B010401 体弱儿童管理记录表
		性别代码	HR02.02.001	
		出生日期	HR30.00.001	
		辅助检查 - 项目名称	HR51.03.006.01	
		辅助检查 - 结果	HR51.03.006.02	
		检查(测)日期	HR42.02.009	
		检查(测)人员姓名	HR22.01.003	
		检查(测)机构名称	HR21.01.005	

业务域	活动名称	数据元	标准代码	业务表单及代码
体弱儿童管理	体弱儿童管理医学指导	姓名	HR02.01.002	表 B010401 体弱儿童管理记录表
		性别代码	HR02.02.001	
		出生日期	HR30.00.001	
		处理及指导意见	HR54.02.002	
		检查(测)日期	HR42.02.009	
		检查(测)人员姓名	HR22.01.003	
		检查(测)机构名称	HR21.01.005	

业务域	活动名称	数据元	标准代码	业务表单及代码
体弱儿童管理	体弱儿童健康管理评估报告（儿童系统管理结案）	姓名	HR02.01.002	表 B010401 体弱儿童管理记录表
		性别代码	HR02.02.001	
		出生日期	HR30.00.001	
		体弱儿童转归代码	HR55.01.010	
		结案日期	HR42.02.021	
		结案医师姓名	HR22.01.006	
		结案单位名称	HR21.01.009	

6. 5 岁以下儿童死亡报告

业务域	活动名称	数据元	标准代码	业务表单及代码
5 岁以下儿童死亡报告	儿童死亡信息登记	记录表单编号	HR0100.001	表 B010501 儿童死亡报告卡
		姓名	HR0201.001	
		性别代码	HR0202.001	
		出生日期	HR3000.002	
		出生孕周	HR3000.007	
		体重(g)	HR5102.095	
		出生体重获得方式代码	HR3000.006	
		父亲姓名	HR0201.004	
		母亲姓名	HR0201.005	
		地址类别代码	HR0300.001	
		行政区划代码	HR0300.002	
		省(自治区、直辖市)	HR0300.003	
		市(地区)	HR0300.004	
		县(区)	HR0300.005	
		乡(镇、街道办事处)	HR0300.006	
		村(街、路、弄等)	HR0300.007	
		门牌号码	HR0300.008	
		邮政编码	HR0300.009	
		出生地点类别代码	HR3000.009	
		死亡地点类别代码	HR8500.014	
		死亡日期	HR8500.001	
		儿童死亡年龄	HR8500.002	
		死亡诊断	HR8500.017	
		死因诊断依据代码	HR8500.015	
		五岁以下儿童死因分类代码	HR8500.006	
		儿童死前治疗类别代码	HR8500.003	

业务域	活动名称	数据元	标准代码	业务表单及代码
		儿童死前诊断级别代码	HR8500.005	
		儿童死亡前未治疗或未就医原因代码	HR8500.004	
		填报日期	HR4202.055	
		填报人姓名	HR2201.018	
		填报单位名称	HR2101.012	

业务域	活动名称	数据元	标准代码	业务表单及代码
5 岁以下儿童死亡报告	儿童死亡信息审核	记录表单编号	HR0100.001	表 B010501 儿童死亡报告卡
		姓名	HR0201.001	
		性别代码	HR0202.001	
		审核人姓名		
		审核机构名称		
		审核日期		

业务域	活动名称	数据元	标准代码	业务表单及代码
5 岁以下儿童死亡报告	事件报告	记录表单编号	HR0100.001	表 B010501 儿童死亡报告卡
		姓名	HR0201.001	
		性别代码	HR0202.001	
		出生日期	HR3000.002	
		出生孕周	HR3000.007	
		体重(g)	HR5102.095	
		出生体重获得方式代码	HR3000.006	
		父亲姓名	HR0201.004	
		母亲姓名	HR0201.005	
		地址类别代码	HR0300.001	
		行政区划代码	HR0300.002	
		省(自治区、直辖市)	HR0300.003	
		市(地区)	HR0300.004	
		县(区)	HR0300.005	
		乡(镇、街道办事处)	HR0300.006	
		村(街、路、弄等)	HR0300.007	
		门牌号码	HR0300.008	
		邮政编码	HR0300.009	
		出生地点类别代码	HR3000.009	
		死亡地点类别代码	HR8500.014	
		死亡日期	HR8500.001	
		儿童死亡年龄	HR8500.002	
		死亡诊断	HR8500.017	
		死因诊断依据代码	HR8500.015	
		五岁以下儿童死因分类代码	HR8500.006	
		儿童死前治疗类别代码	HR8500.003	
		儿童死前诊断级别代码	HR8500.005	
		儿童死亡前未治疗或未就医原因代码	HR8500.004	
		填报日期	HR4202.055	
		填报人姓名	HR2201.018	
		填报单位名称	HR2101.012	

7. 婚前保健服务

业务域	活动名称	数据元	标准代码	业务表单及代码
婚前保健服务	婚前保健服务登记	姓名	HR02.01.002	表 B020101 女性婚前医学检查表 / 表 B020102 男性婚前医学检查表
		出生日期	HR30.00.001	
		民族代码	HR02.05.001	
		文化程度代码	HR02.08.001	
		国籍代码	HR02.04.001	
		身份证件 - 类别代码	HR01.00.005.01	
		身份证件 - 号码	HR01.00.005.02	
		职业类别代码（国标）	HR02.07.001	
		工作单位名称	HR02.07.006	
		地址类别代码	HR03.00.003	
		行政区划代码	HR03.00.006	
		地址 - 省（自治区、直辖市）	HR03.00.004.01	
		地址 - 市（地区）	HR03.00.004.02	
		地址 - 县（区）	HR03.00.004.03	
		地址 - 乡（镇、街道办事处）	HR03.00.004.04	
		地址 - 村（街、路、弄等）	HR03.00.004.05	
		地址 - 门牌号码	HR03.00.004.06	
		邮政编码	HR03.00.005	
		联系电话 - 类别	HR04.00.001.01	
		联系电话 - 类别代码	HR04.00.001.02	
		联系电话 - 号码	HR04.00.001.03	
		对方记录表单编号	HR01.00.008	
		对方姓名	HR02.01.008	

业务域	活动名称	数据元	标准代码	业务表单及代码
婚前保健服务	婚前保健服务问询记录	姓名	HR02.01.002	表 B020101 女性婚前医学检查表 / 表 B020102 男性婚前医学检查表
		出生日期	HR30.00.001	
		身份证件 - 类别代码	HR01.00.005.01	
		身份证件 - 号码	HR01.00.005.02	
		对方记录表单编号	HR01.00.008	
		对方姓名	HR02.01.008	
		血缘关系代码	HR02.18.003	
		既往疾病史	HR51.01.006	
		手术史	HR51.01.007	
		现病史	HR51.01.008	
		家族遗传性疾病史	HR51.01.002	
		患者与本人关系代码	HR02.18.002	
		初潮年龄（岁）	HR51.01.215	
		月经持续时间（d）	HR42.02.024	
		月经出血量类别代码	HR51.01.009	
		月经周期（d）	HR51.01.010	
		痛经程度代码	HR51.01.011	
		末次月经日期	HR42.02.025	
		足月产次数	HR51.01.012	
		早产次数	HR51.01.013	
		流产总次数	HR51.01.014	
		婚姻状况类别代码	HR02.06.001	
		生育女数	HR51.01.015	
		生育子数	HR51.01.016	
		子女患遗传性疾病情况	HR51.01.017	
		家族近亲婚配标志	HR51.01.018	
		家族近亲婚配者与本人关系代码	HR02.18.004	

业务域	活动名称	数据元	标准代码	业务表单及代码
婚前保健服务	婚前保健服务体格检查记录	姓名	HR02.01.002	表 B020101 女性婚前医学检查表 / 表 B020102 男性婚前医学检查表
		出生日期	HR30.00.001	
		身份证件 - 类别代码	HR01.00.005.01	
		身份证件 - 号码	HR01.00.005.02	
		对方记录表单编号	HR01.00.008	
		对方姓名	HR02.01.008	
		收缩压 (mmHg)	HR51.02.034	
		舒张压 (mmHg)	HR51.02.035	
		特殊体态检查结果	HR51.02.036	
		精神状态代码	HR51.02.037	
		特殊面容检查结果	HR51.02.038	
		五官检查结果	HR51.02.039	
		智力发育	HR51.02.040	
		心律	HR51.02.041	
		心率（次 / 分钟）	HR51.02.042	
		心脏听诊结果	HR51.02.010	
		肺部听诊结果	HR51.02.011	
		肝脏触诊结果	HR51.02.012	
		四肢检查结果	HR51.02.016	
		脊柱检查结果	HR51.02.017	
		皮肤毛发检查结果	HR51.02.014	
		甲状腺检查结果	HR51.02.043	
		阴茎检查结果	HR51.02.044	
		包皮检查结果代码	HR51.02.045	
		左侧睾丸检查结果代码	HR51.02.046	
		右侧睾丸检查结果代码	HR51.02.047	
		左侧附睾检查结果代码	HR51.02.048	
		右侧附睾检查结果代码	HR51.02.049	
		附睾异常情况	HR51.02.050	
		喉结检查结果	HR51.02.051	
		精索静脉曲张 - 标志	HR51.02.052.01	
		精索静脉曲张 - 部位	HR51.02.052.02	
		精索静脉曲张 - 程度代码	HR51.02.052.03	
		妇科检查方式代码	HR52.01.006	
		知情同意标志	HR42.01.003	
		阴毛检查结果	HR51.02.053	
		外阴检查结果	HR51.02.054	
		阴道检查结果	HR51.02.055	
		子宫检查结果	HR51.02.056	
		左侧附件检查结果代码	HR51.02.057	
		右侧附件检查结果代码	HR51.02.058	
		宫颈检查结果	HR51.02.059	
		左侧乳腺检查结果代码	HR51.02.060	
		右侧乳腺检查结果代码	HR51.02.061	
		检查(测)日期	HR42.02.009	
		检查(测)人员姓名	HR22.01.003	
		检查(测)机构名称	HR21.01.005	

业务域	活动名称	数据元	标准代码	业务表单及代码
婚前保健服务	婚前保健服务影像检查记录	姓名	HR02.01.002	表 B020101 女性婚前医学检查表 / 表 B020102 男性婚前医学检查表
		出生日期	HR30.00.001	
		身份证件 - 类别代码	HR01.00.005.01	
		身份证件 - 号码	HR01.00.005.02	
		对方记录表单编号	HR01.00.008	
		对方姓名	HR02.01.008	
		胸部 X 线检查结果	HR51.05.001	
		检查(测)日期	HR42.02.009	
		检查(测)人员姓名	HR22.01.003	
		检查(测)机构名称	HR21.01.005	

业务域	活动名称	数据元	标准代码	业务表单及代码
婚前保健服务	婚前保健服务实验室检验记录	姓名	HR02.01.002	表 B020101 女性婚前医学检查表 / 表 B020102 男性婚前医学检查表
		出生日期	HR30.00.001	
		身份证件 - 类别代码	HR01.00.005.01	
		身份证件 - 号码	HR01.00.005.02	
		对方记录表单编号	HR01.00.008	
		对方姓名	HR02.01.008	
		白细胞分类结果	HR51.03.008	
		白细胞计数值 (G/L)	HR51.03.009	
		红细胞计数值 (G/L)	HR51.03.010	
		血红蛋白值(g/L)	HR51.03.005	
		血小板计数值 (G/L)	HR51.03.011	
		尿比重	HR51.03.012	
		尿蛋白定量检测值(mg/24h)	HR51.03.013	
		尿糖定量检测 (mmol/L)	HR51.03.014	
		尿液酸碱度	HR51.03.015	
		血清谷丙转氨酶值(U/L)	HR51.03.016	
		乙型肝炎病毒表面抗原检测结果代码	HR51.03.017	
		淋球菌检查结果	HR51.03.018	
		梅毒血清学试验结果代码	HR51.03.019	
		HIV 抗体检测结果代码	HR51.03.020	
		滴虫检测结果代码	HR51.03.021	
		念珠菌检测结果代码	HR51.03.022	
		阴道分泌物性状描述	HR51.03.007	
		阴道分泌物清洁度代码	HR51.03.023	
		检查(测)日期	HR42.02.009	
		检查(测)人员姓名	HR22.01.003	
		检查(测)机构名称	HR21.01.005	

业务域	活动名称	数据元	标准代码	业务表单及代码
婚前保健服务	婚前保健服务诊断记录	姓名	HR02.01.002	表 B020101 女性婚前医学检查表 / 表 B020102 男性婚前医学检查表
		出生日期	HR30.00.001	
		身份证件 - 类别代码	HR01.00.005.01	
		身份证件 - 号码	HR01.00.005.02	
		对方记录表单编号	HR01.00.008	
		对方姓名	HR02.01.008	
		疾病诊断代码	HR55.02.004	
		婚前医学检查结果代码	HR55.01.011	
		检查(测)日期	HR42.02.009	
		检查(测)人员姓名	HR22.01.003	
		检查(测)机构名称	HR21.01.005	
		填报日期	HR42.02.022	
		首诊医师姓名	HR22.01.008	
		主检医师姓名	HR22.01.009	
		出具《婚前医学检查证明》日期	HR42.02.027	

业务域	活动名称	数据元	标准代码	业务表单及代码
婚前保健服务	婚前医学检查证明签发	姓名	HR02.01.002	表 B020101 女性婚前医学检查表 / 表 B020102 男性婚前医学检查表
		出生日期	HR30.00.001	
		身份证件 - 类别代码	HR01.00.005.01	
		身份证件 - 号码	HR01.00.005.02	
		对方记录表单编号	HR01.00.008	
		对方姓名	HR02.01.008	
		疾病诊断代码	HR55.02.004	
		婚前医学检查结果代码	HR55.01.011	
		主检医师姓名	HR22.01.009	

业务域	活动名称	数据元	标准代码	业务表单及代码
婚前保健服务	婚前卫生咨询	姓名	HR02.01.002	表 B020101 女性婚前医学检查表 / 表 B020102 男性婚前医学检查表
		出生日期	HR30.00.001	
		身份证件 - 类别代码	HR01.00.005.01	
		身份证件 - 号码	HR01.00.005.02	
		对方记录表单编号	HR01.00.008	
		对方姓名	HR02.01.008	
		婚前卫生咨询内容	HR54.01.002	
		婚检咨询指导结果代码	HR54.02.004	
		检查(测)日期	HR42.02.009	
		检查(测)人员姓名	HR22.01.003	
		检查(测)机构名称	HR21.01.005	

业务域	活动名称	数据元	标准代码	业务表单及代码
婚前保健服务	婚前卫生指导	姓名	HR02.01.002	表 B020101 女性婚前医学检查表 / 表 B020102 男性婚前医学检查表
		出生日期	HR30.00.001	
		身份证件 - 类别代码	HR01.00.005.01	
		身份证件 - 号码	HR01.00.005.02	
		对方记录表单编号	HR01.00.008	
		对方姓名	HR02.01.008	
		婚前卫生指导内容	HR54.01.001	
		检查(测)日期	HR42.02.009	
		检查(测)人员姓名	HR22.01.003	
		检查(测)机构名称	HR21.01.005	

业务域	活动名称	数据元	标准代码	业务表单及代码
婚前保健服务	转诊记录	姓名	HR02.01.002	表 B020101 女性婚前医学检查表 / 表 B020102 男性婚前医学检查表
		出生日期	HR30.00.001	
		身份证件 - 类别代码	HR01.00.005.01	
		身份证件 - 号码	HR01.00.005.02	
		对方记录表单编号	HR01.00.008	
		对方姓名	HR02.01.008	
		转诊日期	HR42.02.026	
		转入医院名称	HR21.01.011	

8. 妇女病普查

业务域	活动名称	数据元	标准代码	业务表单及代码
妇女病普查	妇女病普查登记	姓名	HR02.01.002	表 B020201 妇女健康检查表
		出生日期	HR30.00.001	
		民族代码	HR02.05.001	
		职业类别代码(国标)	HR02.07.001	
		工作单位名称	HR02.07.006	
		文化程度代码	HR02.08.001	
		身份证件 - 类别代码	HR01.00.005.01	
		身份证件 - 号码	HR01.00.005.02	
		婚姻状况类别代码	HR02.06.001	
		地址类别代码	HR03.00.003	
		行政区划代码	HR03.00.006	
		地址 - 省(自治区、直辖市)	HR03.00.004.01	
		地址 - 市(地区)	HR03.00.004.02	
		地址 - 县(区)	HR03.00.004.03	
		地址 - 乡(镇、街道办事处)	HR03.00.004.04	
		地址 - 村(街、路、弄等)	HR03.00.004.05	
		地址 - 门牌号码	HR03.00.004.06	
		邮政编码	HR03.00.005	
		联系电话 - 类别	HR04.00.001.01	
		联系电话 - 类别代码	HR04.00.001.02	
		联系电话 - 号码	HR04.00.001.03	

业务域	活动名称	数据元	标准代码	业务表单及代码
妇女病普查	妇女病普查问询记录	姓名	HR02.01.002	表 B020201 妇女健康检查表
		出生日期	HR30.00.001	
		身份证件 - 类别代码	HR01.00.005.01	
		身份证件 - 号码	HR01.00.005.02	
		性交出血史	HR51.01.019	
		妊娠合并症 / 并发症史	HR51.01.020	
		既往疾病史	HR51.01.006	
		家族肿瘤史	HR51.01.021	
		妇科及乳腺不适症状代码	HR51.01.022	
		初潮年龄（岁）	HR51.01.215	
		月经周期（d）	HR51.01.010	
		月经持续时间（d）	HR42.02.024	
		月经出血量类别代码	HR51.01.009	
		痛经标志	HR51.01.023	
		末次月经日期	HR42.02.025	
		绝经标志	HR51.01.024	
		手术绝经标志	HR51.01.025	
		绝经年龄（岁）	HR51.01.216	
		孕次	HR51.01.026	
		产次	HR51.01.027	
		自然流产次数	HR51.01.028	
		人工流产次数	HR51.01.029	
		阴道助产次数	HR51.01.030	
		剖宫产次数	HR51.01.031	
		死胎例数	HR51.01.032	
		死产例数	HR51.01.033	
		出生缺陷儿例数	HR51.01.034	
		末次妊娠终止日期	HR42.02.029	
		末次妊娠终止方式代码	HR52.01.007	
		末次分娩日期	HR42.02.030	
		末次分娩方式代码	HR52.01.008	
		避孕方式代码	HR51.01.035	

业务域	活动名称	数据元	标准代码	业务表单及代码
妇女病普查	妇女病普查体格检查记录	姓名	HR02.01.002	表 B020201 妇女健康检查表
		出生日期	HR30.00.001	
		身份证件 - 类别代码	HR01.00.005.01	
		身份证件 - 号码	HR01.00.005.02	
		心率（次 / 分钟）	HR51.02.042	
		收缩压 (mmHg)	HR51.02.034	
		舒张压 (mmHg)	HR51.02.035	
		左侧附件检查结果代码	HR51.02.057	
		右侧附件检查结果代码	HR51.02.058	
		宫颈检查结果	HR51.02.059	

续表

业务域	活动名称	数据元	标准代码	业务表单及代码
		阴道检查结果	HR51.02.055	
		外阴检查结果	HR51.02.054	
		子宫检查结果	HR51.02.056	
		左侧乳腺检查结果代码	HR51.02.060	
		右侧乳腺检查结果代码	HR51.02.061	
		检查(测)日期	HR42.02.009	
		检查(测)人员姓名	HR22.01.003	
		检查(测)机构名称	HR21.01.005	

业务域	活动名称	数据元	标准代码	业务表单及代码
妇女病普查	妇女病普查影像检查记录	姓名	HR02.01.002	表 B020201 妇女健康检查表
		出生日期	HR30.00.001	
		身份证件 - 类别代码	HR01.00.005.01	
		身份证件 - 号码	HR01.00.005.02	
		乳腺 X 线检查结果	HR51.05.002	
		乳腺 B 超检查结果	HR51.05.003	
		检查(测)日期	HR42.02.009	
		检查(测)人员姓名	HR22.01.003	
		检查(测)机构名称	HR21.01.005	

业务域	活动名称	数据元	标准代码	业务表单及代码
妇女病普查	妇女病普查实验室检验记录	姓名	HR02.01.002	表 B020201 妇女健康检查表
		出生日期	HR30.00.001	
		身份证件 - 类别代码	HR01.00.005.01	
		身份证件 - 号码	HR01.00.005.02	
		阴道镜检查结果	HR51.05.004	
		阴道分泌物性状描述	HR51.03.007	
		阴道细胞学诊断结果代码	HR51.03.024	
		滴虫检测结果代码	HR51.03.021	
		念珠菌检测结果代码	HR51.03.022	
		阴道分泌物清洁度代码	HR51.03.023	
		淋球菌检查结果	HR51.03.048	
		梅毒血清学试验结果代码	HR51.03.019	
		检查(测)日期	HR42.02.009	
		检查(测)人员姓名	HR22.01.003	
		检查(测)机构名称	HR21.01.005	

业务域	活动名称	数据元	标准代码	业务表单及代码
妇女病普查	妇女病普查医学指导	姓名	HR02.01.002	表 B020201 妇女健康检查表
		出生日期	HR30.00.001	
		身份证件 - 类别代码	HR01.00.005.01	
		身份证件 - 号码	HR01.00.005.02	
		体检结果	HR55.01.009	

业务域	活动名称	数据元	标准代码	业务表单及代码
		处理及指导意见	HR54.02.002	
		主检医师姓名	HR22.01.009	
		检查(测)日期	HR42.02.009	
		检查(测)人员姓名	HR22.01.003	
		检查(测)机构名称	HR21.01.005	

9. 计划生育技术服务

业务域	活动名称	数据元	标准代码	业务表单及代码
计划生育技术服务	计划生育技术服务登记	姓名	HR02.01.002	表 B020301 女性计划生育技术服务记录表 / 表 B020302 男性计划生育技术服务记录表
		出生日期	HR30.00.001	
		门诊号	HR01.00.009	
		住院号	HR01.00.010	
		职业类别代码(国标)	HR02.07.001	
		工作单位名称	HR02.07.006	
		婚姻状况类别代码	HR02.06.001	
		地址类别代码	HR03.00.003	
		行政区划代码	HR03.00.006	
		地址 - 省(自治区、直辖市)	HR03.00.004.01	
		地址 - 市(地区)	HR03.00.004.02	
		地址 - 县(区)	HR03.00.004.03	
		地址 - 乡(镇、街道办事处)	HR03.00.004.04	
		地址 - 村(街、路、弄等)	HR03.00.004.05	
		地址 - 门牌号码	HR03.00.004.06	
		邮政编码	HR03.00.005	
		联系电话 - 类别	HR04.00.001.01	
		联系电话 - 类别代码	HR04.00.001.02	
		联系电话 - 号码	HR04.00.001.03	

业务域	活动名称	数据元	标准代码	业务表单及代码
计划生育技术服务	计划生育技术服务问询记录	姓名	HR02.01.002	表 B020301 女性计划生育技术服务记录表 / 表 B020302 男性计划生育技术服务记录表
		出生日期	HR30.00.001	
		门诊号	HR01.00.009	
		住院号	HR01.00.010	
		既往疾病史	HR51.01.006	
		过敏史	HR51.01.003	
		避孕史	HR51.01.036	
		主诉	HR51.01.037	
		初潮年龄(岁)	HR51.01.215	
		月经持续时间(d)	HR42.02.024	
		月经周期(d)	HR51.01.010	
		月经出血量类别代码	HR51.01.009	

续表

业务域	活动名称	数据元	标准代码	业务表单及代码
		痛经程度代码	HR51.01.011	
		末次月经日期	HR42.02.025	
		孕次	HR51.01.026	
		产次	HR51.01.027	
		末次妊娠终止日期	HR42.02.029	
		末次妊娠终止方式代码	HR52.01.007	
		流产总次数	HR51.01.014	

业务域	活动名称	数据元	标准代码	业务表单及代码
计划生育技术服务	计划生育技术服务体格检查记录	姓名	HR02.01.002	表 B020301 女性计划生育技术服务记录表 / 表 B020302 男性计划生育技术服务记录表
		出生日期	HR30.00.001	
		门诊号	HR01.00.009	
		住院号	HR01.00.010	
		体温（℃）	HR51.02.062	
		舒张压（mmHg）	HR51.02.035	
		收缩压（mmHg）	HR51.02.034	
		心率（次 / 分钟）	HR51.02.042	
		心脏听诊结果	HR51.02.010	
		肺部听诊结果	HR51.02.011	
		外阴检查结果	HR51.02.054	
		阴道检查结果	HR51.02.055	
		宫颈检查结果	HR51.02.059	
		子宫检查结果	HR51.02.056	
		子宫位置代码	HR51.02.063	
		子宫大小代码	HR51.02.064	
		左侧输卵管检查结果	HR51.02.065	
		右侧输卵管检查结果	HR51.02.066	
		左侧卵巢检查结果	HR51.02.067	
		右侧卵巢检查结果	HR51.02.068	
		左侧附件检查结果代码	HR51.02.057	
		右侧附件检查结果代码	HR51.02.058	
		左侧附睾检查结果代码	HR51.02.048	
		右侧附睾检查结果代码	HR51.02.049	
		左侧睾丸检查结果代码	HR51.02.046	
		右侧睾丸检查结果代码	HR51.02.047	
		左侧输精管检查结果	HR51.02.069	
		右侧输精管检查结果	HR51.02.070	
		阴囊检查结果	HR51.02.071	
		精索检查结果	HR51.02.072	
		检查(测)人员姓名	HR22.01.003	
		检查(测)机构名称	HR21.01.005	
		检查(测)日期	HR42.02.009	

业务域	活动名称	数据元	标准代码	业务表单及代码
计划生育技术服务	计划生育技术服务影像检查记录	姓名	HR02.01.002	表 B020301 女性计划生育技术服务记录表 / 表 B020302 男性计划生育技术服务记录表
		出生日期	HR30.00.001	
		门诊号	HR01.00.009	
		住院号	HR01.00.010	
		B 超检查结果	HR51.05.005	
		检查(测)人员姓名	HR22.01.003	
		检查(测)机构名称	HR21.01.005	
		检查(测)日期	HR42.02.009	

业务域	活动名称	数据元	标准代码	业务表单及代码
计划生育技术服务	计划生育技术服务实验室检验记录	姓名	HR02.01.002	表 B020301 女性计划生育技术服务记录表 / 表 B020302 男性计划生育技术服务记录表
		出生日期	HR30.00.001	
		门诊号	HR01.00.009	
		住院号	HR01.00.010	
		红细胞计数值(G/L)	HR51.03.010	
		血红蛋白值(g/L)	HR51.03.005	
		血小板计数值 (G/L)	HR51.03.011	
		白细胞计数值 (G/L)	HR51.03.009	
		白细胞分类结果	HR51.03.008	
		出血时间(s)	HR51.03.025	
		凝血时间(s)	HR51.03.026	
		阴道分泌物性状描述	HR51.03.007	
		滴虫检测结果代码	HR51.03.021	
		念珠菌检测结果代码	HR51.03.022	
		阴道分泌物清洁度代码	HR51.03.023	
		淋球菌检查结果	HR51.03.048	
		梅毒血清学试验结果代码	HR51.03.019	
		HIV 抗体检测结果代码	HR51.03.020	
		尿妊娠试验结果代码	HR51.03.027	
		血 β- 绒毛膜促性腺激素值(IU/L)	HR51.03.028	
		乙型肝炎病毒表面抗原检测结果代码	HR51.03.017	
		检查(测)人员姓名	HR22.01.003	
		检查(测)机构名称	HR21.01.005	
		检查(测)日期	HR42.02.009	

业务域	活动名称	数据元	标准代码	业务表单及代码
计划生育技术服务	计划生育技术服务诊断记录	姓名	HR02.01.002	表 B020301 女性计划生育技术服务记录表 / 表 B020302 男性计划生育技术服务记录表
		出生日期	HR30.00.001	
		门诊号	HR01.00.009	
		住院号	HR01.00.010	
		疾病诊断代码	HR55.02.004	
		检查(测)人员姓名	HR22.01.003	
		检查(测)机构名称	HR21.01.005	
		检查(测)日期	HR42.02.009	

业务域	活动名称	数据元	标准代码	业务表单及代码
计划生育技术服务	计划生育技术服务手术记录	姓名	HR02.01.002	表B020301 女性计划生育技术服务记录表/表B020302 男性计划生育技术服务记录表
		出生日期	HR30.00.001	
		门诊号	HR01.00.009	
		住院号	HR01.00.010	
		手术/操作-名称	HR52.01.009.01	
		宫内节育器放置年限	HR52.02.052	
		宫内节育器放置时期代码	HR52.02.053	
		宫内节育器取出-情况代码	HR52.02.002.01	
		宫内节育器取出-异常情况描述	HR52.02.002.02	
		宫内节育器种类代码	HR53.04.001	
		皮下埋植剂埋植时期代码	HR52.02.054	
		皮下埋植剂埋植年限	HR52.02.055	
		皮下埋植剂埋植部位代码	HR52.02.003	
		取出皮下埋植剂检查结果代码	HR52.02.004	
		输卵管结扎手术方式代码	HR52.01.010	
		输卵管结扎部位代码	HR52.02.005	
		宫颈扩张标志	HR52.02.010	
		见到绒毛标志	HR52.02.011	
		胚囊-可见标志	HR52.02.012.01	
		胚囊-平均直径(cm)	HR52.02.012.02	
		清宫操作标志	HR52.02.013	
		流产方法代码	HR52.01.012	
		药物流产使用药物类别代码	HR53.01.001	
		给(服)药时间	HR42.02.035	
		呕吐次数	HR51.01.038	
		腹泻次数	HR51.01.039	
		腹痛程度代码	HR51.01.040	
		病理检查-标志	HR51.04.001.01	
		病理检查-结果	HR51.04.001.02	
		药物名称	HR53.01.002	
		药物用法	HR52.01.013	
		胚囊排出日期时间	HR42.02.036	
		清宫日期	HR42.02.037	
		输精管结扎手术方式代码	HR52.01.011	
		左侧输精管切除长度(cm)	HR52.02.006	
		右侧输精管切除长度(cm)	HR52.02.007	
		左侧附睾端包埋操作标志	HR52.02.008	
		右侧附睾端包埋操作标志	HR52.02.009	
		手术过程顺利标志	HR52.02.014	
		手术出血量(ml)	HR52.02.015	
		手术过程描述	HR52.02.016	
		手术并发症-标志	HR55.02.005.01	
		手术并发症-详细描述	HR55.02.005.02	
		特殊情况记录	HR52.02.017	
		手术者姓名	HR22.01.010	
		手术机构名称	HR21.01.012	
		手术日期	HR42.02.038	
		检查(测)人员姓名	HR22.01.003	
		检查(测)机构名称	HR21.01.005	
		检查(测)日期	HR42.02.009	

业务域	活动名称	数据元	标准代码	业务表单及代码
计划生育技术服务	计划生育技术服务医学指导	姓名	HR02.01.002	表 B020301 女性计划生育技术服务记录表 /表 B020302 男性计划生育技术服务记录表
		出生日期	HR30.00.001	
		门诊号	HR01.00.009	
		住院号	HR01.00.010	
		处理及指导意见	HR54.02.002	
		检查(测)人员姓名	HR22.01.003	
		检查(测)机构名称	HR21.01.005	
		检查(测)日期	HR42.02.009	

10. 产前保健(产前检查)

业务域	活动名称	数据元	标准代码	业务表单及代码
孕产期保健服务管理	产前保健登记	住院号	HR01.00.010	表 B020401 孕产妇基本情况登记表
		姓名	HR02.01.002	
		出生日期	HR30.00.001	
		民族代码	HR02.05.001	
		文化程度代码	HR02.08.001	
		身份证件 - 类别代码	HR01.00.005.01	
		身份证件 - 号码	HR01.00.005.02	
		职业类别代码(国标)	HR02.07.001	
		工作单位名称	HR02.07.006	
		配偶姓名	HR02.01.009	
		配偶出生日期	HR30.00.014	
		配偶民族代码	HR02.05.004	
		配偶文化程度代码	HR02.08.002	
		配偶身份证件 - 类别代码	HR01.00.011.01	
		配偶身份证件 - 号码	HR01.00.011.02	
		配偶职业类别代码(国标)	HR02.07.007	
		配偶工作单位名称	HR02.07.008	
		母亲姓名	HR02.01.003	
		新生儿姓名	HR02.01.006	
		新生儿性别代码	HR02.02.002	
		地址类别代码	HR03.00.003	
		行政区划代码	HR03.00.006	
		地址 - 省(自治区、直辖市)	HR03.00.004.01	
		地址 - 市(地区)	HR03.00.004.02	
		地址 - 县(区)	HR03.00.004.03	
		地址 - 乡(镇、街道办事处)	HR03.00.004.04	
		地址 - 村(街、路、弄等)	HR03.00.004.05	
		地址 - 门牌号码	HR03.00.004.06	
		邮政编码	HR03.00.005	
		联系电话 - 类别	HR04.00.001.01	
		联系电话 - 号码	HR04.00.001.03	

业务域	活动名称	数据元	标准代码	业务表单及代码
孕产期保健服务管理	产前保健问询记录	住院号	HR01.00.010	表 B020402 产前检查初诊记录表
		姓名	HR02.01.002	
		出生日期	HR30.00.001	
		身份证件 - 类别代码	HR01.00.005.01	
		身份证件 - 号码	HR01.00.005.02	
		现病史	HR51.01.008	
		既往疾病史	HR51.01.006	
		手术史	HR51.01.007	
		过敏史	HR51.01.003	
		家族遗传性疾病史	HR51.01.002	
		初潮年龄（岁）	HR51.01.215	
		月经持续时间（d）	HR42.02.024	
		月经出血量类别代码	HR51.01.009	
		月经周期（d）	HR51.01.010	
		痛经程度代码	HR51.01.011	
		孕次	HR51.01.026	
		产次	HR51.01.027	
		早产次数	HR51.01.013	
		自然流产次数	HR51.01.028	
		人工流产次数	HR51.01.029	
		剖宫产次数	HR51.01.031	
		阴道助产次数	HR51.01.030	
		死胎例数	HR51.01.032	
		死产例数	HR51.01.033	
		前次分娩方式代码	HR52.01.014	
		前次妊娠终止方式代码	HR52.01.015	
		前次分娩日期	HR42.02.039	
		前次妊娠终止日期	HR42.02.040	
		末次月经日期	HR42.02.025	
		预产期	HR42.02.049	
		孕期异常情况记录	HR51.01.041	
		早孕反应开始孕周	HR42.02.050	
		早孕反应标志	HR51.01.042	
		胎动孕周	HR42.02.055	
		危重孕产妇标志	HR55.01.013	
		孕产期高危因素 - 代码	HR52.02.021.01	
		孕产期高危因素 - 标志	HR52.02.021.02	
		高危评分日期	HR42.02.051	
		高危评分孕周	HR42.02.052	
		高危评分值（分）	HR55.01.014	
		高危妊娠级别代码	HR55.01.015	
		建档人员姓名	HR22.01.005	
		建档机构名称	HR21.01.007	
		建档孕周	HR42.02.056	

业务域	活动名称	数据元	标准代码	业务表单及代码
		住院号	HR01.00.010	
		姓名	HR02.01.002	
		出生日期	HR30.00.001	
		身份证件 - 类别代码	HR01.00.005.01	
		身份证件 - 号码	HR01.00.005.02	
		体重(kg)	HR51.02.004	
		身高(cm)	HR51.02.003	
		收缩压(mmHg)	HR51.02.034	
		舒张压(mmHg)	HR51.02.035	
		基础收缩压(mmHg)	HR51.02.073	
		基础舒张压(mmHg)	HR51.02.074	
		体温(℃)	HR51.02.062	
		症状	HR51.02.020	
		体征	HR51.02.021	
		心率(次/分钟)	HR51.02.042	
		胎心率(次/分钟)	HR51.02.076	
		肝脏触诊结果	HR51.02.012	
		脾脏触诊结果	HR51.02.013	
		宫颈检查结果	HR51.02.059	
		阴道检查结果	HR51.02.055	
孕产期保健服务管理	产前保健体格检查记录	子宫检查结果	HR51.02.056	表 B020402 产前检查初诊记录表 表 B020403 产前检查复诊记录表
		左侧附件检查结果代码	HR51.02.057	
		右侧附件检查结果代码	HR51.02.058	
		左侧乳腺检查结果代码	HR51.02.060	
		右侧乳腺检查结果代码	HR51.02.061	
		脊柱检查结果	HR51.02.017	
		甲状腺检查结果	HR51.02.043	
		外阴检查结果	HR51.02.054	
		乳头检查结果	HR51.02.089	
		四肢检查结果	HR51.02.016	
		浮肿程度代码	HR51.02.090	
		腹围(cm)	HR51.02.079	
		衔接标志	HR52.02.024	
		宫底高度(cm)	HR51.02.080	
		骶耻外径(cm)	HR51.02.081	
		髂棘间径(cm)	HR51.02.082	
		髂嵴间径(cm)	HR51.02.083	
		坐骨结节间径(cm)	HR51.02.084	
		骨盆测量日期	HR42.02.053	
		骨盆测量孕周	HR42.02.054	
		检查(测)人员姓名	HR22.01.003	
		检查(测)机构名称	HR21.01.005	
		检查(测)日期	HR42.02.009	

业务域	活动名称	数据元	标准代码	业务表单及代码
孕产期保健服务管理	产前保健影像检查记录	住院号	HR01.00.010	表B020402 产前检查初诊记录表 表B020403 产前检查复诊记录表
		姓名	HR02.01.002	
		出生日期	HR30.00.001	
		身份证件-类别代码	HR01.00.005.01	
		身份证件-号码	HR01.00.005.02	
		B超检查结果	HR51.05.005	
		胎方位代码	HR51.05.006	
		胎先露代码	HR52.02.025	
		检查(测)人员姓名	HR22.01.003	
		检查(测)机构名称	HR21.01.005	
		检查(测)日期	HR42.02.009	

业务域	活动名称	数据元	标准代码	业务表单及代码
孕产期保健服务管理	产前保健实验室检查记录	住院号	HR01.00.010	表B020402 产前检查初诊记录表 表B020403 产前检查复诊记录表
		姓名	HR02.01.002	
		出生日期	HR30.00.001	
		身份证件-类别代码	HR01.00.005.01	
		身份证件-号码	HR01.00.005.02	
		ABO血型代码	HR51.03.003	
		Rh血型代码	HR51.03.004	
		肝功能检测结果代码	HR51.03.030	
		肾功能检测结果代码	HR51.03.031	
		血β-绒毛膜促性腺激素值(IU/L)	HR51.03.028	
		血糖检测值(mmol/L)	HR51.03.059	
		白细胞计数值(G/L)	HR51.03.009	
		红细胞计数值(G/L)	HR51.03.010	
		血小板计数值(G/L)	HR51.03.011	
		出血时间(s)	HR51.03.025	
		凝血时间(s)	HR51.03.026	
		血红蛋白值(g/L)	HR51.03.005	
		血清谷丙转氨酶值(U/L)	HR51.03.016	
		尿比重	HR51.03.012	
		尿蛋白定量检测值(mg/24h)	HR51.03.013	
		尿糖定量检测(mmol/L)	HR51.03.014	
		尿液酸碱度	HR51.03.015	
		尿蛋白定量检测值(mg/24h)	HR51.03.013	
		阴道分泌物性状描述	HR51.03.007	
		滴虫检测结果代码	HR51.03.021	
		念珠菌检测结果代码	HR51.03.022	
		阴道分泌物清洁度代码	HR51.03.023	
		乙型肝炎病毒表面抗原检测结果代码	HR51.03.017	
		梅毒血清学试验结果代码	HR51.03.019	
		淋球菌检查结果	HR51.03.048	
		HIV抗体检测结果代码	HR51.03.020	
		检查(测)人员姓名	HR22.01.003	
		检查(测)机构名称	HR21.01.005	
		检查(测)日期	HR42.02.009	

业务域	活动名称	数据元	标准代码	业务表单及代码
孕产期保健服务管理	产前保健医学指导	住院号	HR01.00.010	表 B020402 产前检查初诊记录表 表 B020403 产前检查复诊记录表
		姓名	HR02.01.002	
		出生日期	HR30.00.001	
		身份证件 - 类别代码	HR01.00.005.01	
		身份证件 - 号码	HR01.00.005.02	
		处理及指导意见	HR54.02.002	
		检查(测)人员姓名	HR22.01.003	
		检查(测)机构名称	HR21.01.005	
		检查(测)日期	HR42.02.009	

业务域	活动名称	数据元	标准代码	业务表单及代码
孕产期保健服务管理	产前保健转诊记录	住院号	HR01.00.010	表 B020402 产前检查初诊记录表 表 B020403 产前检查复诊记录表
		姓名	HR02.01.002	
		出生日期	HR30.00.001	
		身份证件 - 类别代码	HR01.00.005.01	
		身份证件 - 号码	HR01.00.005.02	
		转诊记录	HR52.02.027	

11. 产时保健

业务域	活动名称	数据元	标准代码	业务表单及代码
孕产期保健服务管理	分娩记录	住院号	HR01.00.010	表 B020404 分娩记录表
		姓名	HR02.01.002	
		出生日期	HR30.00.001	
		分娩孕周	HR42.02.041	
		分娩日期时间	HR42.02.042	
		分娩方式代码	HR52.01.005	
		总产程时长(min)	HR42.02.043	
		第一产程时长(min)	HR52.02.056	
		第二产程时长(min)	HR52.02.057	
		第三产程时长(min)	HR52.02.058	
		产后开奶时长(min)	HR52.02.059	
		产后天数(d)	HR52.02.060	
		产时并发症代码	HR55.02.006	
		分娩结局	HR55.02.007	
		总出血量(ml)	HR52.02.018	
		产时出血量(ml)	HR52.02.019	
		产后两小时出血量(ml)	HR52.02.020	
		会阴 - 切开标志	HR52.02.022.01	
		会阴 - 缝合针数	HR52.02.022.02	
		会阴裂伤程度代码	HR52.02.023	
		危重孕产妇标志	HR55.01.013	
		Apgar 评分值(分)	HR55.01.003	
		妊娠合并症 / 并发症史	HR51.01.020	

业务域	活动名称	数据元	标准代码	业务表单及代码
		出生缺陷标志	HR42.01.002	
		出生缺陷类别代码	HR55.02.002	
		出生缺陷儿例数	HR51.01.034	
		新生儿并发症 - 标志	HR55.02.008.01	
		新生儿并发症 - 代码	HR55.02.008.02	
		新生儿抢救标志	HR52.02.028	
		新生儿抢救方法代码	HR52.01.017	
		孕产妇死亡时间类别代码	HR85.00.007	
		助产人员姓名	HR22.01.001	
		助产机构名称	HR21.01.003	

12. 产妇访视

业务域	活动名称	数据元	标准代码	业务表单及代码
孕产期保健服务管理	产妇访视登记	住院号	HR01.00.010	表 B020405 产妇访视记录表
		姓名	HR02.01.002	
		出生日期	HR30.00.001	
		民族代码	HR02.05.001	
		文化程度代码	HR02.08.001	
		身份证件 - 类别代码	HR01.00.005.01	
		身份证件 - 号码	HR01.00.005.02	
		地址类别代码	HR03.00.003	
		行政区划代码	HR03.00.006	
		地址 - 省(自治区、直辖市)	HR03.00.004.01	
		地址 - 市(地区)	HR03.00.004.02	
		地址 - 县(区)	HR03.00.004.03	
		地址 - 乡(镇、街道办事处)	HR03.00.004.04	
		地址 - 村(街、路、弄等)	HR03.00.004.05	
		地址 - 门牌号码	HR03.00.004.06	
		邮政编码	HR03.00.005	
		联系电话 - 类别	HR04.00.001.01	
		联系电话 - 类别代码	HR04.00.001.02	
		联系电话 - 号码	HR04.00.001.03	

业务域	活动名称	数据元	标准代码	业务表单及代码
孕产期保健服务管理	产妇访视随访记录	住院号	HR01.00.010	表 B020405 产妇访视记录表
		姓名	HR02.01.002	
		出生日期	HR30.00.001	
		身份证件 - 类别代码	HR01.00.005.01	
		身份证件 - 号码	HR01.00.005.02	

业务域	活动名称	数据元	标准代码	业务表单及代码
		访视日期	HR42.02.057	
		访视人员姓名	HR22.01.011	
		访视机构名称	HR21.01.014	
		产后天数(d)	HR52.02.060	
		体温(℃)	HR51.02.062	
		收缩压(mmHg)	HR51.02.034	
		舒张压(mmHg)	HR51.02.035	
		乳头检查结果	HR51.02.089	
		乳汁量代码	HR51.01.043	
		宫底高度(cm)	HR51.02.080	
		伤口愈合状况代码	HR51.02.093	
		恶露状况	HR51.03.029	
		大便状况记录	HR51.03.034	
		小便状况记录	HR51.03.032	
		特殊情况记录	HR52.02.017	
		宣教内容	HR54.01.004	

13. 产后 42 天检查

业务域	活动名称	数据元	标准代码	业务表单及代码
孕产期保健服务管理	产后 42 天检查登记	住院号	HR01.00.010	表 B020407 产后 42 天检查记录表
		姓名	HR02.01.002	
		出生日期	HR30.00.001	
		民族代码	HR02.05.001	
		文化程度代码	HR02.08.001	
		身份证件 - 类别代码	HR01.00.005.01	
		身份证件 - 号码	IIR01.00.005.02	
		地址类别代码	HR03.00.003	
		行政区划代码	HR03.00.006	
		地址 - 省(自治区、直辖市)	HR03.00.004.01	
		地址 - 市(地区)	HR03.00.004.02	
		地址 - 县(区)	HR03.00.004.03	
		地址 - 乡(镇、街道办事处)	HR03.00.004.04	
		地址 - 村(街、路、弄等)	HR03.00.004.05	
		地址 - 门牌号码	HR03.00.004.06	
		邮政编码	HR03.00.005	
		联系电话 - 类别	HR04.00.001.01	
		联系电话 - 类别代码	HR04.00.001.02	
		联系电话 - 号码	HR04.00.001.03	

业务域	活动名称	数据元	标准代码	业务表单及代码
孕产期保健服务管理	产后42天体格检查记录	住院号	HR01.00.010	表B020407产后42天检查记录表
		姓名	HR02.01.002	
		出生日期	HR30.00.001	
		身份证件 - 类别代码	HR01.00.005.01	
		身份证件 - 号码	HR01.00.005.02	
		体温（℃）	HR51.02.062	
		收缩压（mmHg）	HR51.02.034	
		舒张压（mmHg）	HR51.02.035	
		乳头检查结果	HR51.02.089	
		甲状腺检查结果	HR51.02.043	
		心脏听诊结果	HR51.02.010	
		肺部听诊结果	HR51.02.011	
		宫颈检查结果	HR51.02.059	
		阴道检查结果	HR51.02.055	
		子宫检查结果	HR51.02.056	
		左侧附件检查结果代码	HR51.02.057	
		右侧附件检查结果代码	HR51.02.058	
		左侧乳腺检查结果代码	HR51.02.060	
		右侧乳腺检查结果代码	HR51.02.061	
		外阴检查结果	HR51.02.054	
		伤口愈合状况代码	HR51.02.093	
		恶露状况	HR51.03.029	
		检查(测)人员姓名	HR22.01.003	
		检查(测)机构名称	HR21.01.005	
		检查(测)日期	HR42.02.009	

业务域	活动名称	数据元	标准代码	业务表单及代码
孕产期保健服务管理	产后42天实验室检验记录	住院号	HR01.00.010	表B020407产后42天检查记录表
		姓名	HR02.01.002	
		出生日期	HR30.00.001	
		身份证件 - 类别代码	HR01.00.005.01	
		身份证件 - 号码	HR01.00.005.02	
		白细胞计数值（G/L）	HR51.03.009	
		红细胞计数值（G/L）	HR51.03.010	
		血小板计数值（G/L）	HR51.03.011	
		血红蛋白值（g/L）	HR51.03.005	
		尿比重	HR51.03.012	
		尿蛋白定量检测值（mg/24h）	HR51.03.013	
		尿糖定量检测（mmol/L）	HR51.03.014	
		尿液酸碱度	HR51.03.015	
		检查(测)人员姓名	HR22.01.003	
		检查(测)机构名称	HR21.01.005	
		检查(测)日期	HR42.02.009	

业务域	活动名称	数据元	标准代码	业务表单及代码
孕产期保健服务管理	产后 42 天医学指导	住院号	HR01.00.010	表 B020407 产后 42 天检查记录表
		姓名	HR02.01.002	
		出生日期	HR30.00.001	
		身份证件 - 类别代码	HR01.00.005.01	
		身份证件 - 号码	HR01.00.005.02	
		处理及指导意见	HR54.02.002	
		计划生育指导内容	HR54.01.003	
		检查（测）人员姓名	HR22.01.003	
		检查（测）机构名称	HR21.01.005	
		检查（测）日期	HR42.02.009	

业务域	活动名称	数据元	标准代码	业务表单及代码
孕产期保健服务管理	产后 42 天评估报告（孕产妇保健管理结案）	住院号	HR01.00.010	表 B020407 产后 42 天检查记录表
		姓名	HR02.01.002	
		出生日期	HR30.00.001	
		身份证件 - 类别代码	HR01.00.005.01	
		身份证件 - 号码	HR01.00.005.02	
		结案日期	HR42.02.021	
		结案单位名称	HR21.01.009	
		结案方式		
		结案人员姓名		

14. 高危孕产妇管理

业务域	活动名称	数据元	标准代码	业务表单及代码
孕产期保健服务管理	高危孕产妇登记	姓名	HR02.01.002	表 B020408 孕产妇高危管理记录表
		出生日期	HR30.00.001	
		民族代码	HR02.05.001	
		文化程度代码	HR02.08.001	
		身份证件 - 类别代码	HR01.00.005.01	
		身份证件 - 号码	HR01.00.005.02	
		职业类别代码（国标）	HR02.07.001	
		工作单位名称	HR02.07.006	
		地址类别代码	HR03.00.003	
		行政区划代码	HR03.00.006	
		地址 - 省（自治区、直辖市）	HR03.00.004.01	
		地址 - 市（地区）	HR03.00.004.02	
		地址 - 县（区）	HR03.00.004.03	
		地址 - 乡（镇、街道办事处）	HR03.00.004.04	
		地址 - 村（街、路、弄等）	HR03.00.004.05	
		地址 - 门牌号码	HR03.00.004.06	
		邮政编码	HR03.00.005	
		联系电话 - 类别	HR04.00.001.01	
		联系电话 - 类别代码	HR04.00.001.02	
		联系电话 - 号码	HR04.00.001.03	

业务域	活动名称	数据元	标准代码	业务表单及代码
孕产期保健服务管理	高危孕产妇问询记录	姓名	HR02.01.002	表 B020408 孕产妇高危管理记录表
		出生日期	HR30.00.001	
		身份证件 - 类别代码	HR01.00.005.01	
		身份证件 - 号码	HR01.00.005.02	
		末次月经日期	HR42.02.025	
		预产期	HR42.02.049	
		孕次	HR51.01.026	
		产次	HR51.01.027	
		孕产期高危因素 - 代码	HR52.02.021.01	
		孕产期高危因素 - 标志	HR52.02.021.02	
		高危评分日期	HR42.02.051	
		高危评分孕周	HR42.02.052	
		高危评分值(分)	HR55.01.014	
		高危妊娠级别代码	HR55.01.015	

业务域	活动名称	数据元	标准代码	业务表单及代码
孕产期保健服务管理	高危孕产妇体格检查记录	姓名	HR02.01.002	表 B020408 孕产妇高危管理记录表
		出生日期	HR30.00.001	
		身份证件 - 类别代码	HR01.00.005.01	
		身份证件 - 号码	HR01.00.005.02	
		症状	HR51.02.020	
		体征	HR51.02.021	
		检查(测)人员姓名	HR22.01.003	
		检查(测)机构名称	HR21.01.005	
		检查(测)日期	HR42.02.009	

业务域	活动名称	数据元	标准代码	业务表单及代码
孕产期保健服务管理	高危孕产妇影像检查记录	姓名	HR02.01.002	表 B020408 孕产妇高危管理记录表
		出生日期	HR30.00.001	
		身份证件 - 类别代码	HR01.00.005.01	
		身份证件 - 号码	HR01.00.005.02	
		辅助检查 - 结果	HR51.03.006.02	
		辅助检查 - 项目名称	HR51.03.006.01	
		检查(测)人员姓名	HR22.01.003	
		检查(测)机构名称	HR21.01.005	
		检查(测)日期	HR42.02.009	

业务域	活动名称	数据元	标准代码	业务表单及代码
孕产期保健服务管理	高危孕产妇实验室检验记录	姓名	HR02.01.002	表 B020408 孕产妇高危管理记录表
		出生日期	HR30.00.001	
		身份证件 - 类别代码	HR01.00.005.01	
		身份证件 - 号码	HR01.00.005.02	
		辅助检查 - 结果	HR51.03.006.02	
		辅助检查 - 项目名称	HR51.03.006.01	
		检查(测)人员姓名	HR22.01.003	
		检查(测)机构名称	HR21.01.005	
		检查(测)日期	HR42.02.009	

业务域	活动名称	数据元	标准代码	业务表单及代码
孕产期保健服务管理	高危孕产妇医学指导	姓名	HR02.01.002	表 B020408 孕产妇高危管理记录表
		出生日期	HR30.00.001	
		身份证件 - 类别代码	HR01.00.005.01	
		身份证件 - 号码	HR01.00.005.02	
		处理及指导意见	HR54.02.002	
		检查(测)人员姓名	HR22.01.003	
		检查(测)机构名称	HR21.01.005	
		检查(测)日期	HR42.02.009	

业务域	活动名称	数据元	标准代码	业务表单及代码
孕产期保健服务管理	高危孕产妇评估报告(高危孕产妇管理结案)	姓名	HR02.01.002	表 B020408 孕产妇高危管理记录表
		出生日期	HR30.00.001	
		身份证件 - 类别代码	HR01.00.005.01	
		身份证件 - 号码	HR01.00.005.02	
		高危妊娠转归代码	HR54.02.002	
		高危转归日期	HR22.01.003	
		高危转归医生姓名	HR21.01.005	
		高危转归机构名称	HR42.02.009	
		结案日期		
		结案单位名称		

15. 产前筛查

业务域	活动名称	数据元	标准代码	业务表单及代码
产前筛查与诊断管理	产前筛查登记	姓名	HR02.01.002	表 B020501 产前筛查与诊断记录表
		出生日期	HR30.00.001	
		身份证件 - 类别代码	HR01.00.005.01	
		身份证件 - 号码	HR01.00.005.02	
		地址类别代码	HR03.00.003	
		行政区划代码	HR03.00.006	
		地址 - 省(自治区、直辖市)	HR03.00.004.01	
		地址 - 市(地区)	HR03.00.004.02	
		地址 - 县(区)	HR03.00.004.03	
		地址 - 乡(镇、街道办事处)	HR03.00.004.04	
		地址 - 村(街、路、弄等)	HR03.00.004.05	
		地址 - 门牌号码	HR03.00.004.06	
		邮政编码	HR03.00.005	
		联系电话 - 类别	HR04.00.001.01	
		联系电话 - 类别代码	HR04.00.001.02	
		联系电话 - 号码	HR04.00.001.03	

业务域	活动名称	数据元	标准代码	业务表单及代码
产前筛查与诊断管理	产前筛查问询记录	姓名	HR02.01.002	表 B020501 产前筛查与诊断记录表
		出生日期	HR30.00.001	
		身份证件 - 类别代码	HR01.00.005.01	
		身份证件 - 号码	HR01.00.005.02	
		产前筛查孕周	HR52.02.061	

业务域	活动名称	数据元	标准代码	业务表单及代码
产前筛查与诊断管理	产前筛查体格检查记录	姓名	HR02.01.002	表 B020501 产前筛查与诊断记录表
		出生日期	HR30.00.001	
		身份证件 - 类别代码	HR01.00.005.01	
		身份证件 - 号码	HR01.00.005.02	
		体重(kg)	HR51.02.004	
		检查(测)日期	HR42.02.009	
		产前筛查医师姓名	HR22.01.012	
		产前筛查机构名称	HR21.01.015	

业务域	活动名称	数据元	标准代码	业务表单及代码
产前筛查与诊断管理	产前筛查影像检查记录	姓名	HR02.01.002	表 B020501 产前筛查与诊断记录表
		出生日期	HR30.00.001	
		身份证件 - 类别代码	HR01.00.005.01	
		身份证件 - 号码	HR01.00.005.02	
		产前筛查项目	HR51.03.036	
		产前筛查方法代码	HR52.01.018	
		产前筛查结果	HR55.01.018	
		检查(测)日期	HR42.02.009	
		产前筛查医师姓名	HR22.01.012	
		产前筛查机构名称	HR21.01.015	

业务域	活动名称	数据元	标准代码	业务表单及代码
产前筛查与诊断管理	产前筛查实验室检验记录	姓名	HR02.01.002	表 B020501 产前筛查与诊断记录表
		出生日期	HR30.00.001	
		身份证件 - 类别代码	HR01.00.005.01	
		身份证件 - 号码	HR01.00.005.02	
		检查(测)日期	HR42.02.009	
		产前筛查医师姓名	HR22.01.012	
		产前筛查机构名称	HR21.01.015	
		产前筛查项目	HR51.03.036	
		产前筛查方法代码	HR52.01.018	
		产前筛查结果	HR55.01.018	

16. 产前诊断

业务域	活动名称	数据元	标准代码	业务表单及代码
产前筛查与诊断管理	产前诊断登记	姓名	HR02.01.002	表 B020501 产前筛查与诊断记录表
		出生日期	HR30.00.001	
		身份证件 - 类别代码	HR01.00.005.01	
		身份证件 - 号码	HR01.00.005.02	
		地址类别代码	HR03.00.003	
		行政区划代码	HR03.00.006	
		地址 - 省(自治区、直辖市)	HR03.00.004.01	
		地址 - 市(地区)	HR03.00.004.02	
		地址 - 县(区)	HR03.00.004.03	

业务域	活动名称	数据元	标准代码	业务表单及代码
		地址 - 乡(镇、街道办事处)	HR03.00.004.04	
		地址 - 村(街、路、弄等)	HR03.00.004.05	
		地址 - 门牌号码	HR03.00.004.06	
		邮政编码	HR03.00.005	
		联系电话 - 类别	HR04.00.001.01	
		联系电话 - 类别代码	HR04.00.001.02	
		联系电话 - 号码	HR04.00.001.03	

业务域	活动名称	数据元	标准代码	业务表单及代码
产前筛查与诊断管理	产前诊断问询记录	姓名	HR02.01.002	表 B020501 产前筛查与诊断记录表
		出生日期	HR30.00.001	
		身份证件 - 类别代码	HR01.00.005.01	
		身份证件 - 号码	HR01.00.005.02	
		产前诊断孕周	HR52.02.062	

业务域	活动名称	数据元	标准代码	业务表单及代码
产前筛查与诊断管理	产前诊断体格检查记录	姓名	HR02.01.002	表 B020501 产前筛查与诊断记录表
		出生日期	HR30.00.001	
		身份证件 - 类别代码	HR01.00.005.01	
		身份证件 - 号码	HR01.00.005.02	
		体重(kg)	HR51.02.004	
		诊断日期	HR42.02.012	
		产前诊断医师姓名	HR22.01.013	
		诊断机构名称	HR21.01.006	

业务域	活动名称	数据元	标准代码	业务表单及代码
产前筛查与诊断管理	产前诊断影像检查记录	姓名	HR02.01.002	表 B020501 产前筛查与诊断记录表
		出生日期	HR30.00.001	
		身份证件 - 类别代码	HR01.00.005.01	
		身份证件 - 号码	HR01.00.005.02	
		诊断方法	HR52.01.004	
		检查(测)日期	HR42.02.009	
		产前诊断医师姓名	HR22.01.013	
		诊断机构名称	HR21.01.006	

业务域	活动名称	数据元	标准代码	业务表单及代码
产前筛查与诊断管理	产前诊断实验室检验记录	姓名	HR02.01.002	表 B020501 产前筛查与诊断记录表
		出生日期	HR30.00.001	
		身份证件 - 类别代码	HR01.00.005.01	
		身份证件 - 号码	HR01.00.005.02	
		诊断方法	HR52.01.004	
		检查(测)日期	HR42.02.009	
		产前诊断医师姓名	HR22.01.013	
		诊断机构名称	HR21.01.006	

业务域	活动名称	数据元	标准代码	业务表单及代码
产前筛查与诊断管理	产前诊断医学指导	姓名	HR02.01.002	表 B020501 产前筛查与诊断记录表
		出生日期	HR30.00.001	
		身份证件 - 类别代码	HR01.00.005.01	
		身份证件 - 号码	HR01.00.005.02	
		产前诊断医学意见	HR54.02.006	
		产前诊断医师姓名	HR22.01.013	
		诊断机构名称	HR21.01.006	

业务域	活动名称	数据元	标准代码	业务表单及代码
产前筛查与诊断管理	产前诊断记录	姓名	HR02.01.002	表 B020501 产前筛查与诊断记录表
		出生日期	HR30.00.001	
		身份证件 - 类别代码	HR01.00.005.01	
		身份证件 - 号码	HR01.00.005.02	
		诊断项目	HR55.02.051	
		诊断结果	HR55.02.001	
		诊断日期	HR42.02.012	
		产前诊断医师姓名	HR22.01.013	
		诊断机构名称	HR21.01.006	

17. 出生缺陷监测

业务域	活动名称	数据元	标准代码	业务表单及代码
出生缺陷监测	出生缺陷监测登记	住院号	HR01.00.010	表 B020601 医疗机构出生缺陷儿登记卡
		姓名	HR02.01.002	
		出生日期	HR30.00.001	
		民族代码	HR02.05.001	
		文化程度代码	HR02.08.001	
		家庭年人均收入类别代码	HR02.99.001	
		地址类别代码	HR03.00.003	
		行政区划代码	HR03.00.006	
		地址 - 省(自治区、直辖市)	HR03.00.004.01	
		地址 - 市(地区)	HR03.00.004.02	
		地址 - 县(区)	HR03.00.004.03	
		地址 - 乡(镇、街道办事处)	HR03.00.004.04	
		地址 - 村(街、路、弄等)	HR03.00.004.05	
		地址 - 门牌号码	HR03.00.004.06	
		邮政编码	HR03.00.005	
		常住地址类别代码	HR03.00.002	
		孕次	HR51.01.026	
		产次	HR51.01.027	
		死胎例数	HR51.01.032	
		自然流产次数	HR51.01.028	
		出生缺陷儿例数	HR51.01.034	
		家族遗传性疾病史	HR51.01.002	
		家族近亲婚配标志	HR51.01.018	
		家族近亲婚配者与本人关系代码	HR02.18.004	

业务域	活动名称	数据元	标准代码	业务表单及代码
		新生儿性别代码	HR02.02.002	
		胎龄	HR52.02.063	
		分娩日期时间	HR42.02.042	
		体重(g)	HR51.02.002	
		胎数	HR51.01.045	
		多胎类型代码	HR52.02.029	
		出生缺陷儿结局代码	HR55.02.010	
		治疗性引产标志	HR42.01.005	
		出生缺陷诊断依据类别代码	HR52.01.019	
		出生缺陷确诊时间类别代码	HR52.02.064	
		出生缺陷类别代码	HR55.02.002	
		孕早期患病-标志	HR51.01.046.01	
		孕早期患病-情况	HR51.01.046.02	
		孕早期服药类别代码	HR53.01.004	
		药物名称	HR53.01.002	
		孕早期接触有害因素-类别代码	HR51.01.047.01	
		孕早期接触有害因素-情况	HR51.01.047.02	
		填报日期	HR42.02.022	
		填报人姓名	HR22.01.007	
		填报人职称代码	HR22.01.014	
		填报单位名称	HR21.01.010	

业务域	活动名称	数据元	标准代码	业务表单及代码
出生缺陷监测	出生缺陷监测信息审核	住院号	HR01.00.010	表B020601 医疗机构出生缺陷儿登记卡
		姓名	HR02.01.002	
		出生日期	HR30.00.001	
		新生儿性别代码	HR02.02.002	
		分娩日期时间	HR42.02.042	
		出生缺陷儿结局代码	HR55.02.010	
		医院审表日期	HR42.02.062	
		医院审表人姓名	HR22.01.015	
		医院审表人职称代码	HR22.01.016	
		省级审表日期	HR42.02.063	
		省级审表人姓名	HR22.01.017	
		省级审表人职称代码	HR22.01.018	

业务域	活动名称	数据元	标准代码	业务表单及代码
出生缺陷监测	出生缺陷疾病报告	住院号	HR01.00.010	表B020601 医疗机构出生缺陷儿登记卡
		姓名	HR02.01.002	
		出生日期	HR30.00.001	
		民族代码	HR02.05.001	
		文化程度代码	HR02.08.001	
		家庭年人均收入类别代码	HR02.99.001	
		地址类别代码	HR03.00.003	

业务域	活动名称	数据元	标准代码	业务表单及代码
		行政区划代码	HR03.00.006	
		地址 - 省(自治区、直辖市)	HR03.00.004.01	
		地址 - 市(地区)	HR03.00.004.02	
		地址 - 县(区)	HR03.00.004.03	
		地址 - 乡(镇、街道办事处)	HR03.00.004.04	
		地址 - 村(街、路、弄等)	HR03.00.004.05	
		地址 - 门牌号码	HR03.00.004.06	
		邮政编码	HR03.00.005	
		常住地址类别代码	HR03.00.002	
		孕次	HR51.01.026	
		产次	HR51.01.027	
		死胎例数	HR51.01.032	
		自然流产次数	HR51.01.028	
		出生缺陷儿例数	HR51.01.034	
		家族遗传性疾病史	HR51.01.002	
		家族近亲婚配标志	HR51.01.018	
		家族近亲婚配者与本人关系代码	HR02.18.004	
		新生儿性别代码	HR02.02.002	
		胎龄	HR52.02.063	
		分娩日期时间	HR42.02.042	
		体重(g)	HR51.02.002	
		胎数	HR51.01.045	
		多胎类型代码	HR52.02.029	
		出生缺陷儿结局代码	HR55.02.010	
		治疗性引产标志	HR42.01.005	
		出生缺陷诊断依据类别代码	HR52.01.019	
		出生缺陷确诊时间类别代码	HR52.02.064	
		出生缺陷类别代码	HR55.02.002	
		孕早期患病 - 标志	HR51.01.046.01	
		孕早期患病 - 情况	HR51.01.046.02	
		孕早期服药类别代码	HR53.01.004	
		药物名称	HR53.01.002	
		孕早期接触有害因素 - 类别代码	HR51.01.047.01	
		孕早期接触有害因素 - 情况	HR51.01.047.02	
		医院审表日期	HR42.02.062	
		医院审表人姓名	HR22.01.015	
		医院审表人职称代码	HR22.01.016	
		省级审表日期	HR42.02.063	
		省级审表人姓名	HR22.01.017	
		省级审表人职称代码	HR22.01.018	
		填报日期	HR42.02.022	
		填报人姓名	HR22.01.007	
		填报人职称代码	HR22.01.014	
		填报单位名称	HR21.01.010	

18. 孕产妇死亡报告

业务域	活动名称	数据元	标准代码	业务表单及代码
孕产妇死亡报告	孕产妇死亡信息登记	记录表单编号	HR0100.001	表 B020701 孕产妇死亡报告卡
		姓名	HR0201.001	
		出生日期	HR3000.002	
		民族代码	HR0205.001	
		文化程度代码	HR0208.001	
		家庭年人均收入类别代码	HR0299.001	
		计划生育指标标志	HR4201.005	
		居住地区类别代码	HR0300.012	
		地址类别代码	HR0300.001	
		行政区划代码	HR0300.002	
		省(自治区、直辖市)	HR0300.003	
		市(地区)	HR0300.004	
		县(区)	HR0300.005	
		乡(镇、街道办事处)	HR0300.006	
		村(街、路、弄等)	HR0300.007	
		门牌号码	HR0300.008	
		邮政编码	HR0300.009	
		孕次	HR5101.013	
		产次	HR5101.014	
		人工流产次数	HR5101.028	
		末次月经日期	HR4202.008	
		分娩方式代码	HR5201.007	
		分娩日期时间	HR4202.015	
		分娩地点类别代码	HR4203.001	
		死亡日期	HR8500.001	
		死亡地点类别代码	HR8500.014	
		新法接生标志	HR5202.027	
		助产人员类别代码	HR2201.008	
		产前检查标志	HR4201.001	
		初次产前检查孕周	HR4202.010	
		产前检查次数	HR5202.007	
		致死的主要疾病诊断	HR8500.018	
		死因诊断依据代码	HR8500.016	
		孕产妇死亡死因分类代码	HR8500.013	
		影响孕产妇死亡的主要因素代码	HR8500.008	
		孕产妇死亡病历摘要或调查小结	HR8500.009	
		填报日期	HR4202.055	
		填报人姓名	HR2201.018	
		填报单位名称	HR2101.012	

业务域	活动名称	数据元	标准代码	业务表单及代码
孕产妇死亡报告	孕产妇死亡信息审核	记录表单编号	HR0100.001	表 B020701 孕产妇死亡报告卡
		姓名	HR0201.001	
		出生日期	HR3000.002	
		审核人姓名		
		审核机构名称		
		审核日期		

业务域	活动名称	数据元	标准代码	业务表单及代码
孕产妇死亡报告	孕产妇死亡信息事件报告	记录表单编号	HR0100.001	表 B020701 孕产妇死亡报告卡
		姓名	HR0201.001	
		出生日期	HR3000.002	
		民族代码	HR0205.001	
		文化程度代码	HR0208.001	
		家庭年人均收入类别代码	HR0299.001	
		计划生育指标标志	HR4201.005	
		居住地区类别代码	HR0300.012	
		地址类别代码	HR0300.001	
		行政区划代码	HR0300.002	
		省(自治区、直辖市)	HR0300.003	
		市(地区)	HR0300.004	
		县(区)	HR0300.005	
		乡(镇、街道办事处)	HR0300.006	
		村(街、路、弄等)	HR0300.007	
		门牌号码	HR0300.008	
		邮政编码	HR0300.009	
		孕次	HR5101.013	
		产次	HR5101.014	
		人工流产次数	HR5101.028	
		末次月经日期	HR4202.008	
		分娩方式代码	HR5201.007	
		分娩日期时间	HR4202.015	
		分娩地点类别代码	HR4203.001	
		死亡日期	HR8500.001	
		死亡地点类别代码	HR8500.014	
		新法接生标志	HR5202.027	
		助产人员类别代码	HR2201.008	
		产前检查标志	HR4201.001	
		初次产前检查孕周	HR4202.010	
		产前检查次数	HR5202.007	
		致死的主要疾病诊断	HR8500.018	
		死因诊断依据代码	HR8500.016	
		孕产妇死亡死因分类代码	HR8500.013	
		孕产妇死亡国家级评审结果代码	HR8500.010	
		孕产妇死亡省级评审结果代码	HR8500.011	
		影响孕产妇死亡的主要因素代码	HR8500.008	
		孕产妇死亡病历摘要或调查小结	HR8500.009	
		填报日期	HR4202.055	
		填报人姓名	HR2201.018	
		填报单位名称	HR2101.012	

业务域	活动名称	数据元	标准代码	业务表单及代码
孕产妇死亡报告	孕产妇死亡评审	记录表单编号	HR0100.001	表 B020701 孕产妇死亡报告卡
		姓名	HR0201.001	
		出生日期	HR3000.002	
		致死的主要疾病诊断	HR8500.018	
		死因诊断依据代码	HR8500.016	
		孕产妇死亡死因分类代码	HR8500.013	
		孕产妇死亡国家级评审结果代码	HR8500.010	
		孕产妇死亡省级评审结果代码	HR8500.011	
		影响孕产妇死亡的主要因素代码	HR8500.008	
		填报日期	HR4202.055	
		填报人姓名	HR2201.018	
		填报单位名称	HR2101.012	

附录 3

英文缩略语索引